AF568038

KIRSTIN BREITENFELLNER

MARIA MALT

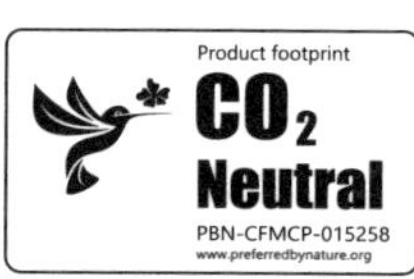

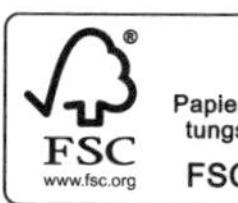

3. Auflage 2024

Grafische Gestaltung: Dorothea Löcker, Wien
Umschlagabbildung:
Maria Lassnig, Selbstporträt als Tier, 1963
© Maria Lassnig Stiftung / Bildrecht, Wien
Foto: Roland Krauss
Druck und Verarbeitung:
FINIDR, s.r.o., Český Těšín
ISBN 978-3-7117-2130-3

Informationen über das aktuelle Programm
des Picus Verlags und Veranstaltungen unter
www.picus.at

KIRSTIN BREITENFELLNER

MARIA MALT

ROMAN

PICUS VERLAG WIEN

PROLOG

Heute Nacht ist die weiße Frau wieder zu mir gekommen. Sie ist immer noch da, mehr noch als früher, als sie noch gelebt hat. Sie wird mich bald holen. Aber jetzt geht es noch nicht, habe ich zu ihr gesagt, ich habe noch zu viele Bilder zu malen. Die weiße Frau stand neben meinem Bett und hat wie immer nichts gesagt. Dann hat sie mir einen Pfahl durch die Brust gerammt wie auf dem Bild, das ich vor einem guten Vierteljahrhundert in New York gemalt habe.

Auf dem Bild sitze ich auf einem Stuhl, mit brauner Hose und nacktem Oberkörper. Hinter mir steht die Frau. Sie trägt grüne Handschuhe und ist eigentlich nur ein Bild, das hinter mir hängt. Sie ist gebannt auf ein Bild im Bild, ein Ölbild ohne Rahmen. Die Nägel, mit denen die Leinwand an dem Holzrahmen befestigt ist, kann man gut erkennen. Die Hände der Frau liegen auf meinen nackten Schultern. Sie ist schon lange nicht mehr da, deswegen habe ich sie auf dem Bild gelöscht. Ich habe, wie ich das oft tue, die Ölfarbe mit Terpentin weggewischt. Dann habe ich ihre Konturen nachgezeichnet, in zarten Kohle- und Pinselstrichen. Nur ihre Hände habe ich in Öl gelassen, sie liegen auf meinen Schultern, und ich spüre ihr Gewicht, obwohl sie mich kaum berühren.

Die Frau fasst mich nicht richtig an. Sie war nie zärtlich, aber sie hat mich beschützt. Sie trägt eine Brille und hat die Augenbrauen besorgt zusammengezogen. Sie war immer besorgt. Der Mund der Frau auf dem Bild lächelt beinahe. Wir beide schauen geradeaus, dem Betrachter direkt ins Auge. Ich lächle nicht. Ich habe den Stab gefasst, der durch meine Brust läuft und doch keine Wunde verursacht. Der durch mich durchgeht und mich doch nicht berührt. Ich halte den Stab an den beiden Seiten, an denen er aus mir heraustritt. Auf der einen Seite ist es die Mitte der Brust, ein kleines Stück über der Brustwarze, auf der anderen Seite die Mitte der Schulter. Beinahe sieht es so aus, als ob ich mich daran festhalten würde. Als ob der Stab mir Halt geben würde. Ich lebe noch, aber als Untote, seit die Frau gestorben ist. Ich habe ihren Stab übernommen, deswegen schaue ich so entschlossen drein. Ihr Stab ist eine Waffe, die gleichzeitig schützt und verletzt. Aber die Verletzungen sind unsichtbar.

Als der Krebs sie holte, wurde ich sie. Ich musste mich selbst durchs Leben bringen. Ich kann ohne sie nicht leben. Sie fehlt mir, obwohl sie in der Nacht manchmal zu Besuch kommt, immer öfter, je älter ich werde. Ich kann ohne sie leben. Ohne sie bin ich erst zu mir selbst gekommen. Ohne sie wäre ich nie zu mir selbst gekommen.

Ich habe begonnen, meine Kindheitserinnerungen aufzuschreiben. Ich erinnere mich an meine Urgroßmutter und meine Großmutter, zwei strenge Frauen, zwei arme Weiberln, die ihr Auskommen einem kargen Ackerboden entrissen haben. Über meine Mutter, diese stolze, schöne, lebenstüchtige, gesinnungslose Frau, kann ich nicht schreiben. Meine Gefühle zu ihr stecken wie ein Pfahl in meiner Brust. Wenn ich ihn herausziehen würde, würde ich verbluten. Ich habe die Gefühle gemalt, beschreiben kann ich sie nicht. Unser Verhältnis war von der Natur, dass man Literatur daraus machen müsste, habe ich zu dem jungen Mann gesagt, der mich berühmt machen wird. Aber das wäre dann keine Beschreibung mehr, habe ich gesagt. Die Beschreibung würde zum Opfer der Literatur werden.

»Ich habe eine Leidenschaft für die Philosophie, eine unglückliche Liebe zur Literatur, eine Lebensheirat mit der Malerei, eine Untauglichkeit für das Leben und eine Versäumnistodesstrafe für die Liebe.« Diesen Satz habe ich gestern in mein Notizheft geschrieben. Am wichtigsten ist der Kern des Satzes, die dritte meiner fünf Lebenssäulen, die das ganze Gebäude meines Lebens trägt. Die Malerei hat mich gerettet. Mit der Malerei habe ich mich gerettet. Die Malerei ist die Liebe meines Lebens, sie hat mich nie im Stich gelassen. Deswegen habe ich mich mit ihr vermählt. Ohne die Malerei wäre ich verkommen. Die Malerei ist mein Vermächtnis.

1. KAPITEL
DIE MASKE

Das Kind sitzt im Leiterwagen. Seine Augen sind offen, aber es sieht ins Leere. Denkt es etwas? Es fühlt. Es fühlt die Träne im Augenwinkel, denn die Sonne blendet, als die Frau, zu der das Mädchen Mutter sagen soll, an ihr vorbei zur Großmutter ins Haus geht. Drüben flirren die Blätter der kurzstämmigen Birken.

Riedi!, rufen die Kinder, die schon dort drüben in den Kronen hängen und ihre sonnengebräunten, sehnigen Körper hin und her schwingen. Das Schwingen wirft Farbtupfer in die Luft, die Formen bilden, wie kleine Kristalle, wie Schneeflocken, nur dass es Sommer ist. Riedi friert. Neben dem Leiterwagen hängen reife Himbeeren, aber Riedi schaut nicht hin. Sie hört die Kinder. Sie denkt nicht daran, hinüberzulaufen. Sie schließt die Augen und sieht immer noch bunte Flecken, die jetzt in verschiedene Richtungen wandern. Wenn sie alleine ist, tut sie das oft. Farben sind Freunde. Sie sind traurig und froh, sie können fühlen, wie Riedi selbst. Sie sind warm und kalt, trotzig und weich gestimmt. Nur sprechen können sie nicht. Aber das ist nichts Schlechtes. Das kann das Kind auch nicht. Oder will es nicht?

Red endlich was, sagt die Großmutter, die selbst nur spricht, wenn es notwendig ist. Starr nicht so!

Ein leichter Wind streicht Riedi über die Wangen, wie ein Hauch von einem Engel, von dem die Großmutter redet, wenn Riedi schlafen muss. Die Großmutter kann von dem Engel reden, aber nur Riedi kann ihn fühlen. Sie ist allein. Und sie ist nicht allein. Sie hat das Licht am Morgen, das durch die Fensterläden bricht. Sie hat das kalte Wasser, das ihre Wangen heiß werden lässt. Sie hat die Steinstufen, die warm werden von der Sonne und ihr zeigen, dass sie Füße besitzt, die ihr in die Fußsohlen einbrennen, dass sie lebt. Sie hat den Brunnen und sein kaltes Wasser, das die Füße zuerst streichelt und dann heiß werden lässt mit tausend Nadelstichen, unter das man den Kopf halten kann, bis die Haare im Nacken und vor dem Gesicht kleben wie ein Helm, wie eine Maske aus kühlem Metall.

Riedi besitzt kein Spielzeug, aber sie besitzt den Schnee, der zwischen den Zähnen schmilzt, wenn man ihn zu essen versucht, und der unter den Schuhen knirscht, wenn man den Hühnern ihre Körner bringt. Sie besitzt den Duft der Kräuterkammer. Und sie besitzt das Messer der Großmutter, das so spitz ist wie ein Schwert und so weich in der Hand liegt wie ein Stück Seife. Sie besitzt den Strohsack, der sich zusammendrückt, wenn man sich drauflegt. Sie besitzt das Bettzeug, gefüllt mit Türkenfedern, das wärmt, obwohl es ganz leicht ist. Die trockenen Blätter nimmt die Großmutter von den Maiskolben ab, bevor der Mais gedroschen wird. So nutzt der Kukuruz ihnen zweimal, einmal von innen und einmal von außen. Riedi hat ein Gesäß, das das Holz des Leiterwagens berührt, sie fühlt es durch den festen Stoff des Kittels hindurch. Sie fühlt alles. Das Kratzen des Stoffes und seine braune Kraft, die die Haut warmhält. An dem Gesäß sind die Beine dran. Sie sind kurz, aber Riedi kann sie wachsen lassen, wenn sie die Augen schließt. Sie werden so lang wie der Bach hinter dem Haus der Großmutter. Wie zwei Schlangen, die Monster sind. Das linke bäumt sich unter dem Stich eines spitzen Schwertes auf. Es zuckt. Es juckt.

Riedi öffnet die Augen, sie sieht die Gelse davonfliegen und blickt auf die Stelle, die jetzt rot wird und anschwillt. Sie sieht ihre Arme, die in einem zu kurzen Hemd stecken, und ihre

Beine, die aus dem Hemd herauswachsen und es immer kürzer aussehen lassen, obwohl das Hemd gleich lang bleibt.

Das Kind wächst, sagt die Großmutter und schaut missbilligend drein, so als ob Wachsen nichts Gutes wäre.

Riedis Finger sind rund und schmutzig, ihr Körper ist stämmig und fest. Sie ist ein quadratisches Kind, genauso breit wie hoch. Das hat die Mutter gesagt, als sie das letzte Mal da war. Quadratische Kinder sind keine guten Kinder. Sie können nicht mit einer Mutter zusammenleben, sondern müssen bei der Großmutter bleiben, bis sie lang geworden sind.

Sie sitzt so langlat wie eine Uroma, klingt die Stimme von Vroni an Riedis Ohr.

Kommst du jetzt endlich spielen?, sagt Vroni und rüttelt an Riedis Schulter.

Riedis Magen knurrt. Sie hat Hunger. Die Großmutter ist gar nicht im Haus, sie ist auf dem Feld und erntet Erdäpfel. Dazu hebt sie die Erdschollen mit dem Spaten und holt dann die Erdäpfel mit ihren großen braunen Händen heraus, um sie nicht zu beschädigen. Die Frau, die ihre Mutter ist, wird die Großmutter im Haus nicht finden und gleich zurückkommen. Sie werden zu Mittag mit ihr zusammen Erdäpfel essen, die weich und mehlig auf der Zunge kleben, die sie zerdrückt. Die Welt ist nicht nur außen, sie kommt auch nach innen. Riedi kann schlucken, und die von der Zunge zerdrückte Frucht wandert den Schlund hinunter in den Magen, den sie füllt mit einem warmen Gefühl. Das Gefühl kommt von den Erdäpfeln der Großmutter, nicht von der Großmutter selbst.

Die Großmutter ist eine ernste Frau. Sie hat zur Seite fallende Augen wie ein kleiner Hund und einen strichgeraden Mund, der immer mürrisch aussieht, auch wenn sie doch einmal lachen muss. Manchmal nennt sie Riedi Honighäfele. Das tut gut. Oder Tschapele und Tschinkale. Das sind Wörter von ihrem eigenen Vater. Tschinkale sagt die Großmutter, wenn sie Riedi lieb hat. Tschapele, wenn sie sich ärgert oder Maria wieder ein Missgeschick passiert ist. Wenn die Großmutter Maria sagt, hat Riedi etwas falsch gemacht. Riedi heißt Maria, so wie die Großmutter und so wie die heilige Mutter Gottes, aber niemand nennt sie so, denn sie ist ja auch nicht heilig. Meistens sagt die Großmutter nichts. Riedi weiß, dass die Großmutter kein lediges Kind bei sich haben will, weil ledige Kinder eine Schande sind, für die man sich schämen muss. Dass das ledige Kind nichts dafür kann, ändert seine Schande nicht.

Wenn Riedi etwas falsch gemacht hat, muss sie auf dem Holzscheit knien. Zum Beispiel wenn ihr etwas runtergefallen ist oder sie vergessen hat, etwas zu tun, was ihr die Großmutter befohlen hat. Und Riedi vergisst oft. Sie vergisst die Dinge, die sie tun soll, weil sie sich selbst vergisst. Sie ist langsam.

Schau nicht immer ins Narrenkastl, sagt die Großmutter, aber sie bleibt dabei ernst, und Riedi kommt sich vor wie ein Narr, sie hört die Schellen an den Eselsohren ihrer unsichtbaren Narrenkappe, denn sie ist dumm wie ein Narr.

Wenn Riedi auf dem Holzscheit kniet, kann sie nicht mehr schauen. Dann ist sie nicht mehr sie selbst, sondern wird ausgefüllt von ihren Knien, die schreien von den Stichen des Scheits, das in ihr Knie schneidet wie ein Messer, wie das spitze Messer, mit dem die Großmutter das Huhn absticht, das dann noch weiterläuft, obwohl es tot ist. Riedi will weglaufen, aber sie muss knien, bis die Großmutter sie erlöst.

Riedi, sagt Vroni, ganz nah an ihrem Ohr. Hörst du wieder die Flöhe husten?

Riedi isst gar keine Erdäpfel und kniet nicht auf dem Scheit, sie sitzt immer noch im Leiterwagen und öffnet jetzt die Augen.

Kommst du spielen?, fragt Vroni und lächelt.

Vronis Mutter ist Schneiderin, ihr Vater arbeitet im Wald, sie wohnen nicht in einer Keusche, sondern in einem Haus, aber sie erlauben Riedi trotzdem, mit Vroni und ihren Brüdern zu spielen. Hinter Vroni tauchen zwei Gesichter auf. Riedi kneift ihre Augen zusammen. Die drei Gesichter unter den Haaren, blond wie Besenstroh, verschmelzen zu einem. Das Gesicht gehört ihnen zusammen: Vroni und ihren Brüdern, Martin und Hubert. Riedi hat keine Geschwister.

Musst wieder mit ihr reden wie mit einem kranken Schimmel?, fragt Martin.

Ja, sagt Vroni.

Riedi kann schon reden, wenn sie will. Aber sie weiß oft nicht, wozu sie reden soll. Beim Spielen weiß sie das immer. Ohne reden kann man nicht spielen. Und beim Spielen weiß man immer, was man sagen soll und wer man ist. Man kann sich ausmachen, wer die Königin und wer die Hexe ist, wer die Mutter und wer das Kind ist, das die Mutter kaltherzig wegschicken muss. Dann ergibt sich das, was man zu reden hat, von selbst.

Die Zunge soll dir verdorren und ein Blitz vom Himmel fahren, sagt Riedi und schaut Martin böse an.

Diesen Satz sagt die Urgroßmutter immer, und ihr dicker Kropf, so groß wie eine Brust, nur dass er am Hals hängt, wackelt dabei bedrohlich. Wenn die Leute zu viel reden, stellt sich Riedi manchmal vor, wie ihre großen rosafarbenen Zungen langsam kleiner und runzliger werden, so klein und dunkel wie Dörrzwetschken. Vor allem wenn sie von Sachen reden, die Riedi nicht versteht.

Die Großmutter streichelt ihr manchmal übers Haar, zum Beispiel, wenn sie von dem Engel spricht, der über dem Kind wacht. Sie schlafen im gleichen Bett. Es ist schon warm, wenn die Großmutter hineinkriecht.

Mach Platz, Riedi, sagt sie und murmelt dann noch ihr Abendgebet, bevor sie einschläft und tief und wie ein schnarrendes Uhrwerk zu atmen beginnt.

Lass dich nicht zornig machen, denn Zorn ist eine Sünde und täte dem lieben Heiland weh, sagt die Großmutter.

Das Böse ist immer da. Es findet dein Herz und die Stelle, wo es Unheil bringen kann, sagt die Großmutter.

Jetzt träum nicht schon wieder, ruft Vroni und rüttelt an Riedis Schulter, komm lieber!

Du dumme Krot, schreit Martin und läuft voran, zurück zu den Birken und zum Bach, wo sie ihre Spiele spielen.

Schlag keinen Bahöl an wegen nichts, sagt Vroni zu Martin.

Ich komm ja, schreit Riedi, und der Leiterwagen rollt beinahe davon, als sie aufsteht.

Ihre Beine sind taub und kalt, die Großmutter wird schimpfen und sagen, dass sie sich den Tod holen kann. Riedi war schon einmal beinahe tot. Wenn man nach dem Fangenspielen aus dem kalten Brunnen trinkt, kann man eine Lungenentzündung bekommen und von dem Fieber ganz wirr werden. Riedi liegt alleine in dem großen Bett, um sie herum Frauen, die den Rosenkranz beten und ihr eine brennende Kerze in die Faust stecken. Riedi strahlt. Sie ist eine Königin, jedenfalls eine Prinzessin, ihr Herz schwillt an und klopft wie ein wildes Tier, weil sie zum ersten Mal im Leben jemand ist. Aber sie ist zu müde, um sich lange daran zu freuen. Als sie das nächste Mal aufwacht, ist es ganz still, und Riedi ist genesen. Die Großmutter dankt Gott. Also muss sie Riedi doch gernhaben, auch wenn man davon nichts merkt.

Aber geh, Kind, daran kannst du dich nicht erinnern, das haben wir dir nur oft erzählt, sagt die Großmutter, wenn Riedi davon spricht. Doch Riedi weiß es genau. Sie sieht es vor sich und spürt es auf dem Rücken und in den Innenseiten der

Hände, in denen die Kerze steckt. Sie spürt es im Herzen, das wieder anfängt zu hämmern, wenn sie daran denkt, dass sie jemand ist: wert, vor der Hölle gerettet zu werden. Jemand, dem man Kerzen anzündet und das Glöckchen läutet, um ihn in den Tod zu begleiten.

Sie gehen zum Bach. Vroni zählt die Zaunlatten, indem sie ihre Hand darüberrattern lässt.

Er liebt mich, von Herzen, mit Schmerzen, mich allein, nur zum Schein, treu und wahr, führt mich zum Traualtar, ein bissel, ein wenig oder gar nicht …

Vroni will auf jeden Fall heiraten. Wenn die Blumen zu blühen beginnen, beginnt Vroni, Blütenblätter auszurupfen.

Er liebt mich, er liebt mich nicht, er liebt mich …

Riedi ist fad, findet Vroni. Mit ihr kann man nicht reden. Schon gar nicht über das Heiraten. Aber mit Martin und Hubert kann man noch weniger darüber reden. Vroni kann alle Sprüche. Sie hat sie von ihrer Mutter gelernt.

Teufel, spring übern Zaun, lass uns in die Taschn schaun, sagt Vroni, wenn sie etwas verloren hat.

Denn der Teufel nimmt sich Sachen und sitzt dann darauf, sodass man sie nicht sieht, auch wenn man noch so gut sucht. Manchmal sitzt auch seine Großmutter auf den Sachen. Riedi lacht. Alle haben eine Großmutter, auch der Teufel.

Martin sitzt am Bach unterhalb der Häuser, die sich in eine Mulde drücken. Hier unten, am Bach, kann ihnen niemand etwas tun. Davon ist Martin überzeugt. Oben, vom Ort aus, sieht man in der Ferne die große Burg. Sie heißt Hochosterwitz. So als ob Ostern ein Witz wäre. Aber hoch droben thront sie doch, auf einem Felsen im Tal, hinter und neben ihr ragen Berge auf. Wenn die Luft im Sommer vor Hitze flirrt, sieht sie aus wie im Märchen.

Dort oben wohnen die Ritter, sagt Martin, sie haben Schwerter, aber sie haben kein Wasser, so wie wir hier unten im Hammergraben!

Auf der blauen Donau schwimmt ein Krokodil, hat so lange Haxen wie ein Besenstiel, singt Vroni.

Riedi nimmt einen feuchten Stein aus dem Bach und beginnt auf dem staubigen Weg zu zeichnen. Sie sieht den Sand, der durch ihre Zehen quillt. Auf der Seite wachsen die Sauläuse, hoch wie das Kind, das Tausendguldenkraut, das die Großmutter so sehr liebt und das sie getrocknet in ihrer Kammer aufbewahrt, und die harten Gräser, deren Köpfe man pflücken und in den Wind blasen kann. Man kann ihre Köpfe abziehen und die anderen Kinder vorher raten lassen. Hahn oder Henne? Wenn das Bündel rund ist, ist es eine Henne, wenn es einen Zipfel trägt, ein Hahn.

Riedi zeichnet das Haus, in dem sie mit der Großmutter wohnt. Es besteht nur aus einem Zimmer mit Herd, Tisch, Bank und einem Sessel. Dahinter ist die Schlafkammer. Zur Badstube mit dem Zuber muss man um das Haus herum gehen. Die Fenster sehen aus wie kleine, zusammengekniffene Augen. Das Haus ersteht vor Riedis Augen. Sie kann es noch einmal hervorzaubern mit dem Stein, indem sie Striche in den Sand drückt. Riedi mag das Spiel, weil Vroni, Hubert und Martin immer staunen, wenn es Riedi gelingt, etwas zu zeichnen, von dem man nicht erst fragen muss, was das bitte sein soll, weil es ihr das Gefühl gibt, dass ihr die Welt zu gehorchen hat. Aber Vroni will heute lieber das Spiel mit der Hexe spielen.

Mutter, willst du dein Kind verkaufen?, ruft die Hexe, die hinter dem Holzstoß und unter einer Schürze kauert.

Da will ich lieber um die Wette laufen!, rufen die Kinder und die Mutter und rennen weg.

Die Hexe muss ihnen hinterherjagen, aber sie darf erst nach dem zwölften Glockenschlag aus ihrem Versteck kommen. Riedi muss schon wieder die Hexe sein. Immer muss sie die Hexe sein. Die Kinder wollen es mit vereinten Kräften, und Riedi ist alleine und kann sich nicht wehren.

Die Kinder singen: Es hat schon eins geschlagen. Die Hex ist noch nicht da. Es hat schon zwei geschlagen. Die Hex ist noch nicht da. Es hat schon drei geschlagen. Die Hex ist noch nicht da. Es hat schon vier geschlagen …

Am Schluss trauen sich immer nur noch die Mutigsten mitzusingen, die schon nicht mehr an das Christkind und manchmal auch nicht mehr an den Nikolaus und an den Krampus und an Schutzengel glauben, weil sie schon in die Schule gehen, so wie Martin, der jetzt immer herausfordernder, immer lauter singen muss, weil Vroni und Hubert schon verstummt sind.

Riedis Herz schlägt so fest, dass sie die Glocke jetzt wirklich läuten hört, sie schlägt von innen an ihre Brust, die gleich platzen wird. Riedi hält die Luft an, aber das Schlagen hört nicht auf, bis sie es nicht mehr aushalten kann. Sie springt hinter dem Holzstapel hervor.

Ich spiel nimmer mit!, ruft sie und rennt zu den Birken.

Blutiger Hühnerkragen! Abghäutelter Schendarmschädel! Ausgezutzelter Affenschwanz!, schreit Martin ihr hinterher.

Er kann so viele Schimpfwörter, dass er einmal in der Hölle schmoren wird. In der Hölle ist es dunkel, so wie beim Schuster Roggl in Gurk, bei dem in der Küche neben der Werkstatt das Schweinefutter gekocht wird. Die Fliegen kleben so dicht an der Wand, dass es schwirrt von den metallenen Flügeln, die nicht aufhören sich zu bewegen, die nie Ruhe geben. Riedi versucht so viele Fliegen wie möglich zu fangen und sie ins Schweinefutter zu werfen. Das kochende Futter ist die Hölle der Fliegen.

Soll dich der Teufel durch die Finger durchwuzeln!, schreit Martin.

Aber Riedi hört ihn nicht mehr. Sie ist wieder in ihrem Kopf. Sie ist schon bei den Birken und springt in die Höhe und hält sich an einem Wipfel fest. Der Wipfel gibt nach unter der Last ihres kleinen, festen Körpers und zieht ihn dann empor, zum Himmel. Das Licht zwischen den Blättern flackert, die Farben vermischen sich und teilen sich wieder. Riedi kneift die Augen zusammen. Sie sieht Blau und Grün und Hell und lässt sich schwingen, der Wind bläst auf ihre Haut, die kleinen Härchen stellen sich auf, und die Sonne durchflutet das Kind, das kein Kind mehr ist, sondern ein schwingender Aff, der nicht mehr denkt und nicht mehr denken muss und nur noch fühlen kann, bis die Hände wehtun und die Arme schwach werden und der Aff sich fallen lässt und wieder ein Kind wird.

Die anderen spielen das zweite Hexenspiel, aber Riedi spielt nicht mehr mit. Vroni hat sich ein altes Tuch über den Rücken gelegt, denn sie muss nun die Hexe sein. Sie schaut grantig wie eine echte Hexe und macht einen Buckel. Riedi tut der Rücken weh, als sie es sieht. Vroni ist die Hexe, die die Mutter mit List und Ausreden aus der Stube locken muss. Wenn es ihr gelingt und die Mutter nicht mehr da ist, um ihre Kinder zu beschützen, hat die Hexe gewonnen und kann die Kinder stehlen. Es ist wichtig, dass eine Mutter da ist. Vronis und Martins und Huberts Mutter ist immer da, nur Riedis Mutter ist nicht da.

Die Mutter! Riedi hat sie beinahe vergessen.

Die Mutter war schon lange nicht mehr da, Riedi erinnert sich nicht genau, wie lange. Sie weiß nicht, wie man Jahre auseinanderhalten soll. Und der Nikolaus sieht immer gleich aus. Riedi erinnert sich aber an das Nikolausfest, bei dem die Mutter dabei ist und dann doch nicht für sie da. Der Nikolaus trägt einen langen Mantel und einen spitzen Hut, sein weißer Bart glänzt wie Seide, und seine weißen Haare wallen unter dem Hut hervor wie blitzende Wellen, nicht dunkel und trocken wie die grauen Haare der Großmutter. Der Nikolaus hat einen Sack mit Geschenken und fragt, ob das Kind eh brav gewesen ist. Die Großmutter nimmt das Kind auf den Arm. Es ist noch klein genug, um getragen zu werden.

Der Nikolaus mit dem braunen Sack und den roten Wangen spricht mit warmer, samtweicher Stimme. Beinahe wie eine Mutter. Oder wie der Großvater, den Riedi nicht kennt, weil er die Großmutter nicht heiratet, als sie ein Kind unter dem Herzen trägt. Der fesche Sohn vom größten Bauern der Gegend ist auf und davon, als er von der Mutter erfährt, die unter dem Herzen der Großmutter wächst, denn die Großmutter ist nicht vermögend genug. Sie muss deswegen einen Witwer mit einem Schock Kindern heiraten, so nennt es die Großmutter. Ein Schock sind fünf Dutzend, das weiß Riedi, und sie weiß auch, dass es ganz so viele wohl nicht sind und man nur so sagt, wenn man ganz viele meint. Dass die Sprache komisch ist und nicht immer meint, was sie sagt. Und dass das alle ohne Nachdenken verstehen, außer Riedi. Riedi versteht oft Sachen so, wie sie gesagt werden, und nicht, wie sie gemeint sind.

Riedi hat keine Geschwister, aber die Großmutter hat noch mehr Enkelkinder als Riedi. Von dem Schock Kinder ist eines ein Butzerl, kaum zwei Jahre, als die Großmutter den Witwer heiratet. Sie liebt es mehr als ihre leibliche Tochter und mehr als ihr leibliches Enkelkind, mehr als Mathilde und als Riedi. Die Großmutter gibt Bettlern ihre Kleidung. Sie ist zu gut. Deswegen wird ihre Mathilde ein so wildes Kind, sagen die Leute. Dass Mathilde, die wilde Thilde, wild ist, erkennt man daran, dass sie zuschlagen kann, zum Beispiel wenn sie ihren Cousin, den Rotzglocken-Loise, verteidigt. Riedi kann niemanden verteidigen, nicht einmal sich selbst. Wahrscheinlich ist sie deswegen nicht gut genug für ihre Mutter. Wahrscheinlich ist Riedis Vater deswegen davongerannt, so wie der Vater der Großmutter und der der Mutter. Wenn ein Mädchen kommt, rennen die Väter immer davon.

Bei dem Nikolausfest, das sich in Riedis Erinnerung eingräbt, ist die Mutter auch da, aber sie verteidigt Riedi nicht. Sie versteht nicht einmal, dass Riedi angegriffen wird, weil sie gerade nicht im Haus ist. Riedi streckt ihre kleine Hand zu den rosigen Wangen des Nikolaus aus. Ihre Hand will ihn anfassen, sie strebt wie von selbst zu den glühenden Wangen, der weichen, warmen Haut des Nikolaus. Die Hand berührt das Gesicht, und das Kind erschrickt. Das, was aussieht wie ein Gesicht, ist hart und trocken, es ist eine Maske aus Pappe. Die Großmutter lacht ihr seltenes Lachen, das nicht lieb ist, sondern papieren. Sie lacht über Riedi, die jetzt weinen möchte, und die sichtbare Welt, bis dahin ein Ort, der genauso ist, wie er aussieht, bekommt einen Riss. Riedi fällt durch ein Loch im Boden, und auf ihr liegt eine Falltür aus Pappmaché, hinter der die Welt sich verbirgt. Riedi hält den Atem an, umhüllt von einem dunklen Erstaunen, und ihr Mund verzieht sich. Bevor das Weinen beginnt, steckt sie das Gesicht in den Hals der Großmutter, wo es auch dunkel ist, aber warm und weich. Der Riss in ihrem Herzen geht nie mehr ganz zu, er heilt nicht und zeiht den heißen Sand zwischen den nackten Zehen und das kalte Wasser in den Haaren und die Wärme der Steinstufen in den Fußsohlen Lügen. Die Welt ist nicht so, wie sie zu sein scheint, und das Erstaunen darüber tut weh. Riedi hat niemanden, der ihr zeigt, wie die Welt wirklich ist. Sie muss alles selbst lernen. Das Sehen, Gehen, das Sprechen und sogar das Schlafen.

Ihre Lehrer sind die Knie, die auf dem Scheit knien, weil ihr niemand sagt, was sie darf und was nicht. Ihre Lehrer sind die Augen, die etwas sehen und dann mithilfe der Hand in den Sand zeichnen und ihr so beweisen, an was man sich anhalten kann. Ihre Lehrer sind ihre Hände, die auf die Steinstufen fallen, weil niemand das Kind an der Hand hält.

Das Geschrei, das Riedi anstimmt, als die Hände zu brennen beginnen, nutzt nichts. Da ist zwar ein Arm, der das Kind aufhebt. Das Kind sieht die Welt plötzlich von oben und legt seinen Kopf in die Halsgrube von dem, der es doch aufgehoben hat, in eine Ruhe, die nur für einen Wimpernschlag währt. Es hebt den Kopf wieder, als die Tränen zu fließen beginnen, und sieht seine Hände, rot von dem Schlag auf die Steinstufen und staubig, es sieht zum ersten Mal seine Hände und kann den Blick, der von den Tränen immer weniger scharf wird, immer weniger davon abwenden.

Schlimmer Stein, hau ihn doch!, sagt der Kopf über der Halsgrube, der die roten Hände auch sieht, und lacht.

Das Kind wird abgesetzt und haut den Stein, aber es hilft nicht, es tut noch mehr weh, es tut doppelt weh, und vielleicht ist es das, was die Großen wollen. Dass das Kind, das immer stolpert und zu dumm ist zum Gehen, das immer auf die Nase fliegt, das kein Wort und keinen geraden Satz herausbringt, endlich merkt, wie dumm es ist. Wie dumm es ist, wenn es vor Schmerz zuerst gar nicht schreien kann und nach der Luft ringt, die es zum Schreien braucht. Und dass es dann endlich schreit.

Die Großen sind immer viele, sie amüsieren sich über das Kind, das allein und klein ist und dumm und von den Steinstufen dafür bestraft wird. Das dunkle Erstaunen wird nicht nachlassen, es wird immer größer werden, je öfter das Kind sich daran erinnert. Je mehr es sich hineinfühlt. In die Wimpern, die in der Halsgrube der Großmutter feucht werden, in die Fingerspitzen, die das trockene, harte Gesicht des Nikolaus aufbewahren, das gar kein Gesicht ist und sich nicht bewegt. Auch wenn der Nikolaus jetzt lacht und einen Apfel und drei Nüsse aus seinem Sack holt. Der Schrecken bleibt. Alles ist anders, als Riedi gedacht hat. Es ist nicht heimlich, sondern unheimlich.

Maria!

Die Frau, die ihre Mutter ist, steht vor der Tür. Sie ist schön und stark. Sie hat breite Backenknochen wie die Urgroßmutter und ist ebenso gescheit. Sie hat ein langes, starkes Kinn und trägt einen feinen Rock und eine neue Bluse. In der Hand hält sie eine Puppe. Die Puppe hat eine glänzende Stirn und eine weiße Schürze mit zarten Spitzen, lange dünne Arme und Beine und schwarze lange Haare. Die Puppen, die Riedi auf dem Fensterbrett aufgereiht hat, haben auch lange Haare, aber sie sind blond und strohig, weil sie aus einem Maiskolben, dem Kukuruz, gemacht sind, der Riedi damit zum dritten Mal nutzt. Puppen aus Kukuruz haben keine Glieder, nur einen Rumpf.

Die Großmutter ist zurück vom Feld und hat schon eine Pfanne auf den Tisch gestellt. Es gibt keine Erdäpfel, sondern Speck mit Eiern, weil die Mutter da ist und etwas zu sagen hat. Riedi kann daneben sitzen. Mit ihr redet niemand. Und deswegen redet sie auch nichts. Sie hat den Zutzel bekommen, weil die Großmutter aufs Feld musste, einen Stofffetzen, gefüllt mit einem Stück Zucker und getränkt in Alkohol. Das bekommen alle Säuglinge, damit sie still sind, wenn sie alleine zu Hause warten müssen, dass die Großen von der Arbeit zurückkommen. Dabei werden sie stumm und schreien nicht mehr. Und manche, die zu viel zutzeln, werden auch dumm. Riedi ist nur außen dumm, nicht innen. Aber das können die

Großen nicht sehen. Sie kratzt an ihrem Gelsenstich. Aus seiner Mitte kommt eine durchsichtige Flüssigkeit.

Redet sie jetzt wenigstens?, fragt die Mutter.

Und die Großmutter schüttelt den Kopf. Riedi schweigt. Was soll sie sagen? Sie ist ja nicht angesprochen. Sie ist ja dumm, die Mutter hat recht. Die Wörter sind alle in ihrem Kopf und kommen nicht heraus. Und wenn man sie aus ihr herausprügeln würde. Sie würde sie nicht hergeben. Riedi ist stur wie ein alter Schafbock.

Was ist los?, fragt die Großmutter. Warum bist du da?

Die Mutter lacht. Der Großmutter fallen vor Neugier fast die Nägel von den Fingern.

Die Frauen reden, als ob Riedi nichts verstehen würde. Von Klagenfurt und dem Bäckermeister. Der Bäckermeister stammt aus der Gegend von Obermühlbach, aber geheiratet hat die Mutter ihn in Klagenfurt. Die Mutter hat einen Witwer geheiratet, so wie ihre eigene Mutter. Die Mutter heißt jetzt nicht mehr Gregorz, so wie ihre eigene Mutter und wie Riedi, sondern Lassnig. Sie arbeitet nicht mehr in den Treibacher Chemischen Werken und schon lange nicht mehr bei dem Grafen als Dienstmagd, sondern wohnt in Klagenfurt, das sie schon besser kennt als ihren Kittelsack. Klagenfurt ist die Landeshauptstadt von Kärnten, die Mutter ist jetzt wer. Und der Anton, der eigentlich Riedis leiblicher Vater ist, kann sich jetzt seinen Grafenvater, auf den er sich so viel einbildet, an den Hut stecken. Der Grafenvater hat Antons Mutter nicht geheiratet, obwohl der Anton ein Sohn war und keine Tochter. Er hat seinen Sohn nicht anerkannt, weil dessen Mutter eine Bauernmaria war. Trotzdem denkt der Anton, dass er etwas Besonderes ist. Er kann jedes Instrument spielen und auf diese Weise sogar die wilde Thilde herumkriegen, die gern in Lederhosen herumläuft. Die wilde Thilde ist Riedis Mutter, sie heißt Mathilde und ist keine Mutter, sie hat Besseres zu tun, in der Stadt oder sonstwo, das weiß niemand so genau. Der Anton hat Mathilde im Stich gelassen, so wie sein Vater die Bauernmaria im Stich gelassen hat, und er hatte allen Grund dazu, denn Riedi, die auch Maria heißt, ist ein Mädchen.

Riedi dreht sich zu der Fotografie um, die auf dem Fensterbrett steht. Auf der Fotografie trägt die Mutter eine Lederhose und Kniestrümpfe und einen Jägerhut, sie schaut keck wie ein Mann und hat wie ein echter Jäger ein Gewehr über die Schulter gehängt. Thilde wildert, nennt die Großmutter das Bild, das aus der Zeit ist, als Thilde noch keine Mutter war. Thilde ist schon über dreißig, als sie Mutter wird.

Zwei Zornbinkerl, das wär eh nicht gut gegangen, sagt die Großmutter.

Und die Mutter sagt, dass der Anton wohl einen Sohn gewollt hat, falls er überhaupt ein Kind gewollt hat, das er ja eigentlich gar nicht gewollt hat, weswegen er ja auch das Weite gesucht hat.

Wenn man einen Sohn bekommt, dann trinkt man Wein, und wenn man ein Mädel bekommt, Wasser, sagt die Mutter. Und dann rennt man noch mehr davon, als wenn man einen Buben bekommt, sagt die Mutter, sie hat es schon so oft gesagt, aber jedes Mal, wenn sie es sagt, wird es noch wahrer.

Der Bäckermeister, der so alt ist, dass Mathilde wieder jung wird mit ihren Mitte dreißig, der zwanzig Jahre älter ist als Mathilde, wohnt in der Fröhlichgasse dreizehn.

Riedis Herz macht einen bangen Sprung, beinahe so, als ob es üben wollte, fröhlich zu sein.

Da sagt die Mutter: Dreizehn, das wird ja wohl kein Unglück bedeuten.

Und die Großmutter sagt: Brot braucht jeder, mehr als einen Gstudierten oder Advokaten.

Die Mutter zeigt ihre ebenmäßigen weißen Zähne. Sie hat dichte Augenbrauen und kalte Augen. Sie kann alles schaffen. Sie ist kein Heulhäfn, so wie Riedi.

Heulhäfn, das sagen Martin und Hubert, wenn Riedi weint. Die Mutter ist eigensinnig wie ein alter Schafbock. Das ist Riedi auch. Das weiß aber nur die Vroni, die es ihr immer sagt. Und seitdem weiß sie es auch selbst. Der Bäckermeister wird Marias Vater werden. Das sagt die Mutter jetzt.

Das Kind muss in die Schule. Vielleicht wird es dann was mit dem Reden. Die Nonnen werden es ihm schon beibringen.

Die Mutter geht und gibt Riedi die Puppe.

Von deinem Vater. Du heißt bald Maria Lassnig.

Riedi möchte lieber Eleonore Löwenherz heißen, Eleonore ist ihr zweiter Name, den sie bei ihrer Taufe bekommen hat, sieben Tage nach ihrer Geburt in Kappel am Krappfeld. Sie ist auch etwas Besonderes, so wie ihr leiblicher Vater, aber niemand sieht es. Die Burg sieht man nur von der Halt aus, der Viehweide mit den Butten, auf denen Riedi gerne sitzt und in die Ferne schaut und aus denen die Kühe mit ruhigen, regelmäßigen Zügen Wasser trinken. Auch hier blüht das Tausendguldenkraut und mit ihm die Träume von einer anderen Welt, in der Riedi eine Prinzessin ist, ein Burgfräulein, das eine Burg und tausend Dukaten besitzt, nur weiß es niemand.

Die Mutter geht zum Postbus, den schmalen Weg entlang der Mulde, in die sich die Häuser drücken. Riedi dreht ihr den Rücken zu. Sie beugt sich zu dem Gelsenstich, der juckt, sie kratzt und er juckt noch mehr und sie kratzt noch mehr, bis das Jucken sie ausfüllt und sie die Augen schließt. Riedi senkt den Kopf und öffnet die Augen wieder und schaut der Mutter durch die gespreizten Beine nach. In ihren Kopf schießt das Blut, und die Tränen fließen in die Augen, weil die Augen unten sind, und die Beine sind Rahmen, die das Bild der Mutter festhalten, das verschwimmt. Ihren breiten Rücken und ihren feinen Rock und das Versprechen, das dunkel ist, weil Riedi sich nicht vorstellen kann, wie es in der Stadt ist, die eine Furt von Klagen ist, in der es eine Backstube mit Säcken voll Mehl gibt und Backbleche voll duftendem Brot und Kuchen.

Riedi sieht die Nonnen, denn sie weiß, wie Nonnen aussehen, und die Schule, von der Riedi nicht weiß, wie sie aussieht, weil sie so groß ist wie fünf Kirchen, hat die Mutter gesagt. Sie sieht die Buchstaben, von denen sie aus dem Gesangsbuch schon weiß, wie sie aussehen, und kann es gar nicht mehr erwarten, sie zeichnen zu lernen. Wenn Riedi zu den Nonnen geht, muss sie später keine Kreuze machen, wie die Großmutter, die nicht schreiben kann, sie wird Buchstaben zeichnen und Wörter erschaffen. Eine Welt auf der Tafel und auf dem Papier, nicht nur in ihr drinnen.

Dann vergeht der Sommer, und die Mutter kommt nicht, und Riedi weiß nicht, wie viel Zeit schon vergangen ist. Sie kann die Großmutter nicht fragen, die auf dem Feld ist oder im Garten Rüben ausgräbt, die Ribiselmarmelade kocht und ihre Kräuter trocknet für den Winter.

Riedi wartet, bis sie die Zeit vergisst. Sie weiß nicht mehr, ob ein paar Monate vergangen sind oder ein Jahr. Sie hat die Mutter vergessen und erinnert sich nur noch an die weiße Bluse, an die weiße Frau mit dem feinen Gewand und der schönen Puppe, die die Frau Riedi wieder weggenommen hat, weil sie hier nur schmutzig wird. Die Riedi bekommt, wenn sie nach Klagenfurt zieht, wenn die Mutter sie dorthin und also zu sich nimmt. Es muss bald so weit sein, denn die Großmutter hat gestern gesagt, dass Riedi im Herbst in die Schule kommt.

Herbst 1925. Das Jahrhundert ist schon zu einem Viertel vorbei, hat Martin gesagt. Und er muss es ja wissen, er geht schon in die vierte Klasse. Das Jahrhundert ist schon zu einem Viertel vorbei, und die Mutter kommt nicht. Es gibt ein neues Geld, das nicht mehr Kronen heißt, sondern Schilling. Das nicht mehr so schnell weniger wert wird und von dem man nicht ganze Scheibtruhen braucht, um ein Brot zu kaufen. Es ist ein Tausendkronenkraut, denn für zehntausend Kronen bekommt man nur einen Schilling. Ein Schilling schillert, denn er ist zehntausend Kronen wert.

Es gibt keine Kronen mehr, weil es auch keinen Kaiser mehr gibt. Das weiß nicht nur Martin, sondern sogar die Großmutter, die sagt, dass der letzte Kaiser, den sie Monarch nennt, schon ein Jahr vor Riedis Geburt auf den Thron verzichtet hat. Abgedankt, sagt die Großmutter, aber das hat nichts mit Dank zu tun, lacht sie Riedi aus, die fragt, warum der Kaiser sich bedankt, wenn man ihm die Krone wegnimmt.

Abgedankt heißt, dass man freiwillig geht, aber der Kaiser wurde zum Verzicht gezwungen, und damit war die Monarchie zu Ende, sagt die Großmutter, die dem Kaiser keine Träne nachweint, nur der schönen Kaiserin Zita, die jetzt keine Kaiserin mehr ist. Der Kaiser, der kein Kaiser mehr ist, ist tot, sagt die Großmutter, und die Kaiserin lebt jetzt im Exil, das heißt in einem fremden Land, zusammen mit der Prinzessin Adelheid und ihren vier Brüdern. Adelheids Vater hat den Krieg verloren und damit auch gleich sein Land. Die Prinzessin ist keine Prinzessin mehr und mit ihren Brüdern in die Fremde gezogen. Aber Riedi ist dageblieben.

Riedi kriecht in den Heuhaufen im Stadl und hält die Luft an. Sie ist Prinzessin Eleonore Löwenherz und wird bald von der Kaiserin abgeholt in ihr Schloss nach Klagenfurt. Eine Prinzessin im Heu wird ja wohl hoffen können, auch wenn sie weiß, dass die Mutter nicht mehr kommen wird, dass Riedi ein schmutziges Heukind bleiben wird und dass ihr Traum von der Prinzessin abdanken muss. Dass Klagenfurt ein Exil ist, in dem es gar keine Prinzessinnen gibt.

Der Staub der Blumen kriecht ihr in die Nase, und sie muss niesen, sie niest die Tränen heraus, die nicht fließen, sondern gleich getrocknet werden von dem flirrenden Staub, der in der Luft tanzt, die nicht leer ist, sondern sich bewegt und den Staub zum Himmel trägt.

Der Staub fliegt zum Himmel, und das Kind bleibt zurück. Es liegt schwer auf dem Rücken, niemand hebt es auf, für die Luft ist es zu schwer, es hebt die Beine und schaut durch den halben Rahmen seiner Beine. Im Rahmen der Beine erscheint die Katze, der das Kind schon den ganzen Sommer Milch ins Häferl schüttet. Die Katze ist scheu. Sie lässt sich nie streicheln. Jetzt streift sie schnurrend um die in die Höhe gehobenen Knie.

Riedi!, ruft die Großmutter.

Riedi schaut aus dem Heustadel, da steht die Mutter.

Die Großmutter hat schon alles gepackt, außer den strohgelben Puppen und ihren Kleidern besitzt Riedi ja nichts. In dem Bündel, das die Großmutter geschnürt hat, befinden sich auch die Matrosenbluse und die große weiße Schleife, mit denen Riedi mit der Mutter beim Fotografen posiert hat. Seitdem hat sie die Bluse nicht mehr getragen und auch die Schleife nicht. In einer Keusche sind solche Kleider fehl am Platz. In einem Bäckerhaus um die Ecke von dem großen Lindwurm, von dem die Mutter erzählt hat, nicht. Aber leider passt die Bluse dem quadratischen Kind nicht mehr, und für eine weiße Schleife, die fast so groß ist wie der halbe Kopf, auf dem sie thront, ist Riedi jetzt schon zu groß. Riedi dreht sich nicht um, als sie aus der Tür tritt in ihr neues, fremdes Leben. Sie denkt an die Puppe mit den langen Gliedern und den schwarzen Haaren, die die Mutter dieses Mal nicht mitgebracht hat. Vielleicht wartet sie beim Lindwurm, vielleicht ist ein Keuschenkind so eine Puppe doch nicht wert. Vielleicht muss sich das Keuschenkind so eine Puppe erst verdienen. Die Mutter nimmt Riedi nicht an der Hand. Ihr Gesicht ist glatt, ihre starken Wangenknochen erlauben dem Gesicht nicht, seine Gefühle zu zeigen. Die Haut ist so fest und so straff gespannt, dass Riedi zuerst denken will, wie eine Maske. Aber es stimmt nicht ganz. Das Gesicht der Mutter sieht aus wie ein Spiegel, nur dass man in dem Spiegel nichts sieht, weil er aus Porzellan gemacht ist.

Das starke Kinn der Mutter streckt sich nach vorne, Richtung Klagenfurt. Dort liegt Riedis Zukunft. Der Zug wird sie hinbringen. Riedi hat die Schwelle übertreten, sie geht den Hammergraben entlang und dreht sich dann doch noch einmal um.

Die Großmutter steht am Gatter und macht ein strenges Gesicht. Sie trägt eine Maske, nur dass die Maske nicht glatt ist, sondern voller Runzeln, eine Maske aus Leder, undurchsichtig und regungslos wie immer, außer wenn die Großmutter die Rührung packt und sie wegen des Jesuskinds oder der Kaiserin Zita Tränen vergießt. Die Großmutter lässt Riedi gehen, ohne eine Träne zu zerdrücken. Aber ihre zur Seite abfallenden Augen verengen sich zu schmalen Schlitzen. Neben ihr sitzt die Katze und schleckt ihr Fell. Katzen tun immer so, als ob sie alles nichts angeht. Aber die Katze braucht trotzdem Milch. Wer wird sich jetzt um die Katze kümmern?

2. KAPITEL
VERLORENE SCHLACHT

Jetzt ist er auf den Tisch gesprungen. Er steht dort oben und schreit in das spärliche Publikum hinunter. Dabei hat das Publikum sich auf etwas anderes eingestellt: die freundlichen Eröffnungsworte des jungen Mannes, der schon den Mund geöffnet hat, um zu sprechen zu beginnen. Der junge Mann steht unten, neben dem Tisch, und sieht aus wie ein Prinz, mit zartem, langem Gesicht und klaren Augen. Sein Bart ist ordentlich gekämmt, sein Haar zurückgestrichen, seine Krawatte schimmert silbergrau. Ernst Fuchs hat Kultur. Arnulf Rainer steht über ihm und gibt den Kulturaffen Zucker, indem er sie beschimpft.

Arnulf brüllt in den dunklen Raum.

Ich spucke auf euer Hemd!

Sein blasses Gesicht, gerade noch ohne Regung, wird rot. Die lockigen braunen Haare hängen bis zu den weichen, ausgepolsterten Wangen. Vor ein paar Monaten trug er noch einen Glatzkopf mit kleinen, unregelmäßigen Haarinseln. Aber seine Haare wachsen schnell. Er ist stolz darauf, sich nicht zu waschen. Er wirft regelmäßig seine Werke in den Papierkorb, aus dem der junge Mann sie rettet, der aussieht wie ein Prinz und der jetzt seinen Mund wieder schließt und sich dem Geschehen überlässt. Ernst hat Nachsicht mit Arnulf. Er fischt Arnulfs Bilder immer wieder aus dem Papierkorb, schwarzes, fettiges, graviertes Papier mit dicht gedrängten, wie eingravierten Zeichnungen von kleinen Organismen und rankenden Pflanzen, von unheimlichen Köpfen und Unterwasserwelten, die man lange anschauen muss, um etwas zu erkennen. Arnulf wohnt in Ernsts Atelier und bekommt Essensgeld von seinen Eltern. Auf den Bildern von Ernst kann man alles entziffern, es sind filigran ausgeführte Allegorien über den Zustand der Welt.

Der Phantastische Realist Ernst Fuchs und der widerspenstige Wilde Arnulf Rainer mögen einander. Sie waren noch Kinder in dem Krieg, der seit sechs Jahren zu Ende ist, zu jung, um kämpfen zu müssen. Die erste Hälfte des Jahrhunderts ist vergangen. Die zweite lässt sich rasant an. Die jungen Männer sind jetzt einundzwanzig und erheben schon den Anspruch, die Welt zu beherrschen.

Ich spucke auf euer Hemd!, schreit Arnulf.

Er spuckt jetzt tatsächlich vom Tisch herunter und gebärdet sich wie das Äffchen des Leierkastenmanns oder wie das Krokodil im Kasperltheater. Hemdsärmelig und hundsgemein. Aber spucken und schreien kann man auf längere Zeit nicht gleichzeitig. Deswegen bleibt Arnulf schon bald beim Schreien.

Wir scheißen auf euch! Ihr seid alle Arschlöcher! Ihr mit eurer vertrottelten Kunstauffassung! Ich spucke auf euch!

Maria steht am Rand. Wie immer. Sie ist dabei und hält sich im Schatten. Sie ist eine Frau und darf mitmachen, wenn es den Männern gefällt. Arnulf will sie bei allem dabeihaben, aber Maria ziert sich. Er hat es Verstärkung genannt, dabei ist er auch ohne sie stark genug. Die Männer stehen im Licht und kämpfen mit den Dämonen der Vergangenheit, einem weiteren verlorenen Krieg und den ihn begleitenden Gräueln, die vor sechs Jahren im Schutt und in der Asche des Verleugnens vergraben und seitdem nicht wieder ans Licht gezogen wurden. Die jungen Männer klammern sich an die Reste von Unterscheidbarkeit von den Frauen. Sie brauchen die Frauen, um mit ihnen zu schlafen, um sie zu heiraten, um sich mit ihnen zu schmücken. Wenn ein Mann heiratet, dann um seine

Kunst zu finanzieren. Wenn eine Frau heiratet, dann um ihre Kunst aufzugeben. Deswegen kann Maria auch Arnulf nicht die Ehe versprechen. Deswegen kann Maria auch Louis nicht heiraten, nach Paris ziehen und französisch kochen lernen. Sie beherrscht nicht einmal die Kärntner Knödelküche richtig. Meistens kocht sie Erdäpfel oder Reis. Sie trinkt Milch und jeden dritten oder vierten Tag gibt es zehn Dekagramm Leber- oder Burenwurst. Essen ist dazu da, um satt zu werden. Essen ist dazu da, um gesund zu bleiben.

Arnulf ist ein Knabe, als sie ihn adoptiert und in einen Künstler verwandelt. Er weiß nicht, wie es geht. Er will alles wissen, und Maria zeigt es ihm. Er betet sie an, aber er weist ihr auch den Weg aus der Provinz. Jetzt ist er endgültig ins Rampenlicht gesprungen. Er steht über ihr auf dem Tisch und knurrt. Er wirft einen Schatten auf sie, und ihr Gesicht verdunkelt sich. Verdunkelt sind sie alle, vom Krieg und von dem, was die Kriegshandlungen begleitet hat. Von Angst, Verfolgung und Flucht. Von Feigheit, Opportunismus und Überlebenswillen. Von der Ungewissheit und dem großen, grausamen, kaltblütigen Morden.

Ernst Fuchs steht noch immer neben dem Tisch und bewahrt seine Fassung. Sein Großvater emigriert nach Amerika, als die Nazis einmarschieren, sein Vater flieht nach Schanghai. Ernst bleibt in Wien und wird getauft. Er kommt ins Sammellager für Halb- und Geltungsjuden, zusammen mit Erich Brauer, der auch im Publikum steht, den Schalk in den Augenwinkeln. Im Luftschutzkeller versenkt Ernst sich zum ersten Mal ins Malen, stundenlang. Jetzt lebt er in Paris. Er hat den Absprung geschafft. Arnulfs Vater ist Architekt und besitzt ein Weingut. Er ist ein Bürgerkind, wie viele Künstler. Ihnen steht die Welt offen. Sie sind die Boheme, und Maria gehört nicht dazu. Sie haben zusammen die Hundsgruppe gegründet, als Protest gegen die kleinbürgerlichen Bohemiens des Art Club und zur Durchsetzung des Triumphs des Absurden. Arnulf Rainer, Ernst Fuchs und Wolfgang Kudrnofsky, der promovierte Psychologe und Fotograf, der mit Arnulf an den »Perspektiven der Vernichtung« arbeitet. Sogar Erich Brauer macht aus Solidarität mit. Sie nennen ihn Singerl, weil er auch Gesang studiert hat und zur Gitarre Lieder singt. Weil er von Dramen nichts hält.

Marias Blick gleitet über die Gesichter. Sie schaut von Erich zu Ernst und zu Wolfgang, der wie sie aus Klagenfurt stammt, und dann zurück zu Arnulf. Arnulf liebt Dramen. Und Maria bleibt nichts anderes übrig, als gute Miene zum bösen Spiel zu machen. Wenn sie es nur könnte! Aber es ist nicht so leicht. Es ist immer komplizierter, als man denkt. Maria kann sich nicht verstellen. In ihrem Gesicht kann man lesen. Es spricht immer die Wahrheit. Jedenfalls viel zu oft. Maria hat keine Masken, das macht sie so anziehend. Aber sie versucht sich welche zuzulegen. Sie versucht fröhlich zu sein. Und manchmal klappt es schon. Bei Frauen sieht das Fröhlichsein allerdings immer gleich aus wie Dummheit, wie Koketterie. Und Maria ist ein ernster Mensch. Maria spielt nicht. Sie hat keine Strategien. Sie hat keine Pläne. Und sie vergisst nicht. Alles, was vergangen ist, kann jeden Augenblick in ihr wieder auferstehen. Es verblasst nicht. Es sucht sie heim, und dann ist sie wieder dort. Sie ist immer genau und ganz dort, wo sie ist, ob in der Gegenwart oder in der Vergangenheit. Besonders, wenn sie malt.

Maria malt. Das ist ihr Leben. Mehr braucht sie nicht. Maria ist bescheiden. Sie will ihre Ruhe. Aber kaum tritt sie aus dem Atelier oder öffnet seine Tür für Besucher, ist diese Ruhe dahin. Dann treten Männer in sie hinein, mitten in ihr Herz, saugen es aus, lassen sie verbluten, und sie muss sich vom Boden erheben und neu erschaffen. Sie braucht die Kunst wie ein Stück Brot und mehr als alle Männer. Ohne zu malen kann sie nicht lieben. Und wenn sie liebt, kann sie nicht malen. Marias Augen suchen den Raum ab nach Michael. Er sollte eine Lesung halten, aber er ist nicht gekommen. Arnulf, das Baby, und Michael, der Berserker. Zwei große und zwei gescheiterte Lieben. Marias Herz ist noch ganz wund von Michael, als es für Arnulf zu schlagen beginnt. Sie nimmt sich Arnulf, weil Michael sie genommen hat. Michael ist hochrot rasend und mit allen Wassern gewaschen. Arnulf ist milchblass und unbeschrieben und auf eine unschuldige Weise neugierig. Maria will keinen Mann mehr wie Michael haben, seit sie den Knaben kennt. Aber Knaben lieben nur sich selbst. Sie kämpfen nur für sich selbst.

Jetzt steht Arnulf auf dem Tisch und weiß nicht mehr weiter. Er knurrt. Er versucht den Spieß umzudrehen.

Wir sind die Gruppe und ihr seid die Hunde, schreit er. Wir sind die Künstler und ihr nur Brei!

Dann weiß das Butzerl nicht mehr weiter und wird wütend. Irgendwann beginnen sie alle zu wüten. Aber Knurren ist keine Botschaft, es erschöpft sich nach einer Minute. TRRRR nennt sich der Knurrende neuerdings, wozu, wusste bisher niemand. Jetzt wissen sie es: Der bellende Rudelführer Arnulf Rainer hat Ernst und Erich und Wolfgang und Maria und alle anderen auf die Ränge verwiesen. Für eine Sekunde, in der Maria in den Parkettboden versinken will, der braun und schmierig unter ihren Füßen klebt und sie festhält, für diese eine Sekunde steht die Welt still und alles wird klar. Sie sieht, wie es ist. Sie versteht. Die Haare auf ihrem Kopf, kürzer als die von Arnulf, stehen zu Berge. Als Kind, wenn ihre Mutter sie kämmt und ihre langen Zöpfe flicht, hat sie manchmal dieses Gefühl. Es rinnt die Kopfhaut hinab und rennt die Wirbelsäule hinunter und wieder hinauf mit zarten Insektenbeinen. Es prickelt und lähmt den Hinterkopf und stellt die Welt still. Ein wortloses Glück, das sie anhalten möchte. Sie möchte schnurren wie eine Katze. Sie hat es lange nicht mehr gespürt. Aber der Strom, der jetzt ihre Haare aufrichtet, ist kein Glück, er stellt die Welt nicht still, sondern gibt ihr einen Stoß. Maria weiß, dass sie etwas tun muss. Die Welt dreht sich weiter. Man ist nur mit von der Partie, wenn man nicht bloß schweigt und zuschaut, sondern etwas unternimmt. Wenn man für sich kämpft.

Neben Maria stehen noch andere, die darauf warten, endlich dran zu sein. Uzzi Förster sitzt am Klavier und soll für die Musikuntermalung sorgen. Gerhard Rühm, der blasierte Dichter, will eine Geräuschsonate aufführen. Arnulf packt den Bogen einer Bassgeige und trommelt damit auf einen Paravent, an dem die Bilder der Ausstellung hängen. Er hat eine Mission und ist dort oben nicht mehr wegzubringen. Der Paravent dröhnt. Arnulf zittert. Es sieht aus, als ob er gleich einen Herzanfall bekäme. Einen Herzkasper. Der Raum hält den Atem an. Wen will Arnulf bekehren? Die eigene, verschworene Gemeinschaft? Die Ausstellung ist auf Exklusivität ausgerichtet. Die Einladungen gingen nur an ausgewählte Beifallfreudige. Deswegen haben die Spießbürger gar nicht hierhergefunden, in die hohen, hallenden Räume des Allgemeinen Jugendkulturwerks in der Museumstraße hinter dem Volkstheater. Wer soll ihm sagen, dass er seine Mission erfüllt hat? Dann, endlich, Erlösung.

Frechheit! Frechheit!, ruft jemand.

Einer hat sich erbarmt, einen Skandal zu erkennen. Einer tut ihnen den Gefallen, empört zu sein, und die Zeitungen werden morgen schreiben, was sie schreiben müssen. Ein paar Journalisten haben sich unter die Verschworenen gemischt. Ohne diese Unterstützung wären sie auf verlorener Mission.

Jetzt hört auf mit eurem Nihilismus, ihr führt den Krieg im Frieden mit anderen Mitteln weiter, ruft ein Kritiker.

Ernst schnappt nach Luft. Er ist an der Reihe und pariert den Schlag: Na, und Korea, ist das vielleicht kein Krieg?

Der Kritiker wedelt sich mit der Ausstellungsmappe Luft zu. »Cave canem – Vorsicht, bissiger Hund«, steht da. Motto: »Wer anderen eine Grube gräbt, hat Gold im Mund«.

Verweigert eure Geburt heißt eine Lithografie von Arnulf, die in der Mappe ist. Maria und Arnulf zeichnen parallel, seit er sie zum ersten Mal im Atelier besucht hat, aber eigentlich zeichnen sie gegeneinander. Schwarz ist Arnulfs Farbe, seine Bilder haben keinen freien Raum, mit wütendem Bleistift füllt er die Leere. Marias Zeichnungen beginnen schon bald leerer zu werden.

Maria braucht Luft. Auch jetzt ringt sie nach Atem. Wenn nicht bald etwas passiert, versinkt Maria im Boden. Arnulf hört auf zu schlagen. Ernst hilft ihm vom Tisch herunter, denn Maria kann es nicht. Sie kann nicht mehr. Dabei steht sie erst am Anfang. Vor einem Jahr hat sie zum ersten Mal allein ausgestellt, hier in der Hauptstadt, ohne ihn.

Der junge Mensch, den wir heute über die Schwelle der Unbekanntheit geleiten und mit unseren Empfehlungen dem Publikum vorstellen, heißt Maria Lassnig, sagt Albert Paris Gütersloh bei der Eröffnung.

Arnulf hasst den Präsidenten des Art Club Albert Paris Gütersloh, weil er dort nicht aufgenommen wird. Um dem Art Club eins auszuwischen, hat Arnulf die Hundsgruppe gegründet. Albert Paris Gütersloh hält Arnulf für einen Scharlatan, aber Arnulf kann ihn nicht angreifen, weil Albert Paris Gütersloh ein Kriegsversehrter ist und selbst gegen die Gespenster der Vergangenheit und für die jungen Künstler kämpft. Nur leider kämpft er nicht für Arnulf. Deswegen hat sich Arnulf dafür entschieden, niemanden zu brauchen, der ihn über die Schwelle führt, er springt selbst drüber. Maria bleibt dort stehen, wo sie ist. Sie ist so dumm zu warten. Aber die Prophezeiung von Albert Paris Gütersloh für Maria hat keine Wirkung. Sie hat, obwohl sie jetzt als eine von nur vier Frauen mit der Hundsgruppe ausstellen darf, die Schwelle der Bekanntheit auch ein Jahr später noch nicht überschritten.

Achtzig Werke sind im Raum zu sehen. Nur sechzehn davon haben es in die Ausstellungsmappe geschafft, darunter Marias Lithografie *Verlorene Schlacht*. Die verlorene Schlacht ist der Krieg, der sie alle zusammen am Punkt null ausgespuckt hat, jene von ihnen, die ihn in der Heimat überlebt haben, so wie Maria und Arnulf, jene, die in ihm verrückt geworden und zurückgekommen sind wie Michael. Und jene, die erst Jahre später zurückgekommen sind, wie Rainer Bergmann, Marias einziger Freund, auf den sie sich verlassen kann, der in Gefangenschaft war und trotzdem nicht verrückt geworden ist. Die Kunst am Punkt null, das sind jetzt alle, die noch genug Beine haben, um in die Akademie zu gehen, und genug Hände zum Malen und Zeichnen und genug Mut zum Zeugnisablegen oder genug Wut zur Revanche. Es sind so wenige. Und alles Männer. Verlorene Schlacht. Das ist nicht nur der Krieg. Das ist auch Marias Los in der Kunst. Sie steht vor einer Übermacht.

Maria, kommst du noch mit auf ein Glas Wein?

Maria, sei nicht so!

Maria, so jung kommen wir nicht mehr zusammen!

Maria, lass mich nicht allein mit den Männern!

Maria ist müde. Sie streckt die Waffen. Zumindest für diesen Abend. Die Buben sind zehn Jahre jünger als Maria, genauso wie Daniela Rustin, die es als zweite Frau in die Ausstellungsmappe geschafft hat. Maria hat schon die dreißig überschritten. Die Jungen gehen gemeinsam in eine Bar. Maria geht ins Bett.

Wie war ich?, fragt Arnulf, als sie sich das nächste Mal sehen.

Maria hat versprochen, dass sie ihn mitnimmt, nach Paris, sie hat den Antrag gestellt beim französischen Kulturzentrum in Klagenfurt. Ohne Einladung kann niemand dorthin fahren. Maria hat ein Stipendium bekommen. Und Devisen, denn der Schilling, der nach dem siebenjährigen Zwischenspiel der Reichsmark aus der Schatztruhe geholt wurde, ist kein Tausendkronenkraut mehr. Wer in die Welt hinaus will, braucht auch Beziehungen. Und Arnulf ist gut darin, solche zu knüpfen. Aber Arnulf spricht kein Französisch, im Gegensatz zu Maria. Sie hat in Französisch maturiert bei den Ursulinen. Die Franzosen haben Marias Ausstellung in Wien unterstützt. Und sie bekommt immer noch Post aus Paris. Von Louis.

Paris ist das Mekka der Kunst. Für Ernst Fuchs und Erich Brauer. Für Susanne Wenger, die schon 1949 dorthin gegangen ist und von dort aus weiter nach Afrika. Greta Freist führt dort ein Atelier, wo alle willkommen sind. Morgen wollen auch Arnulf und Maria in den Zug steigen, Marias Mutter hat eine Salami geschickt, Arnulf Transparentpapier besorgt und Lichtpausen von ihren Werken gemacht. Er hat sogar einen Bunsenbrenner aufgetrieben. Für Reis und Grießbrei wird es schon reichen in irgendeinem kleinen Hotel in Saint-Germain-des-Prés. Maria und Arnulf haben kaum Geld, aber sie haben die Telefonnummer von Paul Celan in der Tasche, die ihnen Max und Edgar in Klagenfurt gegeben haben. Max und Edgar haben den Surrealismus und damit Paris nach Klagenfurt gebracht, mit ihrer Zeitschrift *Surrealistische Publikationen*. Der stolze Untertitel *Die erste Manifestation der Avantgarde auf geistigem und sozialem Gebiet in deutscher Sprache* widerlegt die Vermutung, dass Klagenfurt, die Hauptstadt des südlichsten Bundeslandes des immer noch besetzten Österreich, Provinz sei.

Max Hölzer arbeitet als Richter am Landesgericht Klagenfurt und schreibt surrealistische Gedichte. Edgar Jené übersetzt André Breton und besitzt eine Telefonnummer in Paris, jene von Paul Celan. Von der Zeitschrift erscheinen zwar nur zwei Nummern, aber das reicht, um Arnulf und Maria auf die Spur zu setzen. Surrealismus ist die Antwort auf den Realismus der Nazis. Auf den Krieg. Er ist die Moderne. Er ist nicht brutal und banal, sondern komplex und raffiniert. Maria und Arnulf haben ein gemeinsames Ziel und das heißt André Breton. Sein Manifest haben sie in der Zeitschrift gelesen. Es ist zwar schon ein Vierteljahrhundert alt, aber immer noch eine Pforte in die Zukunft. Die Telefonnummer von Paul Celan ist der Schlüssel dazu. André Breton ist nur zwei Telefonanrufe entfernt.

Wie ich war, habe ich gefragt! Maria, was denkst du? Schaust du wieder ins Narrenkastl? Wie war ich?, insistiert Arnulf und reißt Maria aus ihren Gedanken.

Es war notwendig, sagt Maria. Vor allem moralisch. Moralisch war es ein Bombenerfolg.

Hast du gelitten?

Ja.

Es tut mir leid.

Muss es nicht. Jetzt bist du berühmt.

Gönnst du es mir nicht?

Warum?

Weil du so neidig schaust!

Maria schmollt. Sie gönnt Arnulf jeden Erfolg, nur nicht so einen. Maria hat sich über Arnulf und die Männer geärgert. Das schon. Trotzdem müssen sie zusammenhalten. Sie sind die Avantgarde, und auch wenn Arnulf voranspringt, hat Maria ihn zur Kunst hingeführt. Maria hat ihren Groll über sein Gebell nicht vergessen. Aber sie denkt, dass dieser kein sehr hoher Preis ist für ihr gemeinsames Voranschreiten in der Kunst.

Arnulf braucht Maria. Maria braucht Arnulf. In der Wiener Kunstszene werden sie oft in einem Atemzug genannt. An ihre Mutter schreibt Maria, dass die Eröffnung wunderbar gewesen sei, auch ohne Michael. Und es stimmt ja auch. Maria ist jetzt Teil von etwas Neuem. Und der Direktor der Gemäldegalerie des Kunsthistorischen Museums, Ernst H. Buschbeck, auch das schreibt Maria an Mutting, hat ihre Zeichnungen gelobt. Maria wird oft gelobt. Aber sie hat selten etwas davon. Je mehr Maria gelobt wird, desto mehr zweifelt sie. Je mehr Arnulf gelobt wird, desto mehr freut er sich.

Arnulf und Maria haben pflichtgemäß Zeitungen gekauft, um die Wirkung des Auftritts zu überprüfen. Aber die Zeitungen bringen schon wieder Ärger. Es geht damit los, dass Ernst Fuchs in der *Furche* »das ungekrönte Haupt der sich radikal gebärdenden Wiener Surrealisten« genannt wird. Das Sprichwort von den Hunden, die viel bellen, weil sie nicht beißen können, wird zitiert. Klar, das war aufgelegt. Aber dass Arnulfs Name kein einziges Mal genannt wird, ist gemein. Nicht einmal sein Gebell wird erwähnt. Dafür werden in gleich zwei Artikeln die Teppiche von Hilda Sapper hervorgehoben. Männer lieben immer noch Frauen, die knüpfen und weben.

Die *Neue Wiener Tageszeitung* nennt die Hundsgruppe »Extremisten, die nun dem Art Club als einem verwässerten Seicherlklub den Rücken gekehrt haben«. Das stimmt sogar. Aber in der *Presse* zeigen sich die alten Nazis wenig überraschend einmal mehr als unbelehrbare Sophisten. Maria liest vor: »Diese jungen Maler und Grafiker wollen es nicht gelten lassen, dass die Wunden der Zeit heilen, ehe der Eiter, die Fäulnis und die Dämonie, um nicht zu sagen die Satanie, die in ihr wirken, vollkommen aufgedeckt und damit unschädlich gemacht sind. Sie fühlen sich demnach berufen, eben das Chaos, die Dämonen und selbst den Satan zu beschwören, ohne sich anscheinend des Doppelsinnes dieses Wortes bewusst zu werden, der Bannen und Heraufbeschwören zugleich bedeutet.«

Arnulf stöhnt. Aber nicht lange. Denn jetzt liest Maria den Artikel vor, der allem die Krone aufsetzt: »Die weniger Begabten versuchen, die Harmlosigkeit ihrer Zeichnungen durch Titel wie *Die Exkremente des Kolibri* und *bü-häll* aufzufrisieren«, schreibt der *Kurier*.

Harmlos!, schreit Arnulf und schlägt auf den Tisch. Die haben keinen Humor!

Immerhin hast du Humor, sagt Maria. Du springst auf dem Tisch herum und bellst wie ein Hund!

Und du benennst deine Bilder nach Exkrementen, sagt er patzig.

Bist du neidisch, dass sie meinen Titel zitieren und nicht deinen?, fragt sie.

Nein, wieso sollte ich?, kontert Arnulf. Immerhin hast du mit diesem Titel einmal Humor gezeigt.

Und sonst habe ich keinen Humor?

Nein, kein bisschen.

Das sitzt. Maria hat keinen Humor. Sie weiß es. Aber sie hat Selbstironie. Davon kann Arnulf nicht einmal träumen. Arnulf hat keine Scham. Es hat keinen Sinn, es ihm zu sagen, deswegen sagt Maria nichts mehr. Arnulf nimmt sich ernst. Immer. Aber er ist kein Künstler. Oder vielleicht ist er ein Künstler, aber er interessiert sich nicht für sein Werk, sondern nur für seine Wirkung. Er kann nicht lernen. Er kann nur handeln. An der Akademie der bildenden Künste am Schillerplatz bleibt er nur drei Tage, bis zu einem Streit mit dem Direktor, der seine Arbeit als entartet bezeichnet. Das behauptet Arnulf jedenfalls, und es wird schon stimmen. Zumindest kann ihm niemand nachweisen, dass er es erfunden hat, um sich wichtigzumachen.

Entartung. Dieses Etikett tragen jetzt viele vor sich her wie eine Ehrenmedaille. Die Älteren, die dabei waren, haben es auch notwendig. Sie wollen den Krieg hinter sich lassen, dessen schwarzen Schatten sie nicht abstreifen können. Die Menschen, die der Krieg verschluckt und zumeist nicht als Engel wieder ausgespuckt hat, haben Angst. Sie haben etwas zu verbergen. Ihre Gesichter sind grau. Die Asche der zerstörten Häuser liegt auf ihnen, die Asche aus den Schornsteinen, die sie nicht gerochen haben wollen. Aber Arnulf? Er ist noch ein Knabe, als die Alliierten einmarschieren und ihre Tribunale installieren. Arnulf und die Jungen rennen herum und klagen an. Sie können es sich leisten. Maria gibt ihnen recht und beneidet sie gleichzeitig um ihre Selbstgerechtigkeit.

Maria hat kein reines Gewissen mehr, seit sie im ersten Kriegsjahr Schulkinder in den unbarmherzigen Wahrheiten der neuen Machthaber unterrichtet hat. Maria besitzt nicht das Privileg der späten Geburt, auch wenn sie noch ein Kalb ist, als Österreich heim in den Stall des Deutschen Reiches geholt wird oder vielmehr freudig hineinrennt. Auch wenn sie sich jetzt in keinen Stall mehr treiben lassen will, nicht von der Mutter in den Stall der Heirat und nicht von allen anderen in den Stall der Heimat. Maria ist kein Gruppenmensch, der sich gerne an der Meinung der anderen wärmt. Sie will fort von den Schulkindern und bewirbt sich in Wien. Maria studiert. Sie ist gefangen im Käfig der Akademie und tut das, was sie will und kann. Malen. Mehr kann Maria nicht. Mit dem Malen überlebt sie den Krieg, und das ist ihre Schuld.

Die Salami, die Lichtpausen und der Bunsenbrenner sind eingepackt. Maria und Arnulf verlassen mit dem Zug das immer noch besetzte Land Österreich und fahren in das nicht mehr besetzte Frankreich. Paris im April 1951 empfängt sie nicht mit Sonnenschein, aber immerhin müssen sie nicht wie Ernst Fuchs auf den Gittern über der Métro schlafen, um sich ein bisschen zu wärmen. Das Hotel, das sie sich leisten können, ist klein und das Zimmer kalt. Mehr eine Absteige, findet Arnulf, aber es liegt im Künstlerviertel Saint-Germain-des-Prés. Hier wimmelt es von Cafés und Bistros, durch deren Fenster Maria und Arnulf neugierig blicken, denn das Stipendium reicht nicht für solchen Luxus. Es reicht nur für Lebensmittel, die billig sind und viele Kalorien haben. Für Reis, der in dem Alutopf, den ein amerikanischer Soldat in Klagenfurt vergessen hat, immer anbrennt. Und für Baguette. Maria und Arnulf riechen den Duft der großen weiten Welt, wenn sie die Bäckerei betreten, die hier Boulangerie heißt. Wenn Maria Französisch spricht, wird sie eine andere. Arnulf bleibt immer er selbst. Das ist das Gute und gleichzeitig das Schlechte an ihm, findet Maria. Er ist und bleibt ein Welpe, der sich zum Rudelführer aufschwingen will.

Une baguette, s'il vous plaît!, sagt Maria.

Was hast du gesagt?, fragt Arnulf.

Ein Baguette, bitte, sagt Maria und fühlt sich weltläufig.

D'où venez-vous?, fragt der Bäcker.

Vienne, verkündet Maria.

Sie genießt Arnulfs fragenden Blick.

Ah, vous êtes une Autre-chienne?, fragt der Bäcker.

Maria wird rot.

Was hat er gesagt?, fragt Arnulf.

Eine andere Hündin, flüstert Maria. Komm, lass uns gehen. Au revoir!

Au revoir, sagen auch Arnulf und der Bäcker.

Arnulf hat das Brot genommen und hält es wie ein Schwert.

Was hat er gesagt? Warum bist du so rot geworden, Maria?

Autriche, das ist Österreich! Autre chienne heißt eine andere

Hündin. Wir sind für sie immer noch Hunde. Sie sind noch im Siegestaumel. Den haben sie sich auch verdient.

Maria kann den Bäcker verstehen. Aber es gibt ihr trotzdem einen Stich. Der Stich wird nicht weniger schmerzhaft, wenn er wiederholt wird. Autre-chienne. Maria ist in der großen weiten Welt, aber die Heimat hält sie am Gängelband fest und wirft ihr die Schuld hinterher.

Arnulf rennt voraus. Er scheint es zu genießen, wenn sie ihm hinterherlaufen muss. Jedenfalls ist er immer zwei Meter voraus, dabei kann er hier ohne sie keinen Schritt tun, denn er versteht kein einziges Wort Französisch. Dafür rächt er sich mit Davonlaufen. Maria schäumt. Sie rennt hinter ihm her. Und er rennt von ihr weg. Bis er sie doch wieder braucht, weil er nicht weiß, wo es langgeht. Zuerst einmal geht es zu Paul Celan. Paul Celan ist ihre Hoffnung. Und die Hoffnung wird wahr, zumindest für Maria. Der schmale Mann mit den zurückgekämmten Haaren und dem ernsten Gesicht öffnet die Tür. Seine Stimme klingt grau wie ein Grab, er spricht auf ein und derselben Tonhöhe, ein bisschen so wie Maria. Sie sind Freunde, sofort. Sie drehen und wenden die Wörter. Sie denken sich zusammen fort. In die Zukunft genauso wie in die Vergangenheit. Paul Celan wird 1920 im rumänischen Czernowitz, Bukowina, geboren. Er heißt Paul Antschel, auf Rumänisch Ancel geschrieben. Celan ist ein Anagramm, ein Buchstabenrätsel. Vielen ist Paul Celan ein Rätsel. Maria nicht. Sie versteht ihn. Maria und Paul schwimmen auf einer Welle.

Maria ist immer am glücklichsten, wenn sie sich mit einem Menschen alleine unterhalten kann. Wenn zu viele Menschen auf einmal reden, verliert das Gespräch an Tiefe und Maria verliert den Anschluss. An Paul Celan hat sie sich sofort angeschlossen. Er ist ein Jahr jünger als sie. Trotzdem wird er ihr Mentor, zumindest was Bücher betrifft. Maria ist eine Leserin.

Und Paul das Konzentrat der Welt, wie Maria ihn gerne nennt, eine Feier der Wörter, die Maria so oft verschlossen bleiben. Paul Celan ist der Totenwächter des Vergangenen, das nicht mehr vergeht. Der Dichter der Überlebensschuld lebt in einem Hotel am Boulevard Saint-Michel und schreibt immer noch auf Deutsch, der Sprache seiner Peiniger, die seine Eltern deportierten und der Zwangsarbeit, dem Typhus und der Erschießung auslieferten. 1947 von Rumänien über Ungarn nach Wien geflohen, begegnet Celan dort der jungen Dichterin Ingeborg Bachmann, geboren in Klagenfurt, die auch bei den Ursulinen in die Schule geht, aber sieben Jahre nach Maria. Maria und Ingeborg kennen einander nicht und werden sich nicht kennenlernen, auch wenn es nun ein Verbindungsglied zwischen ihnen gibt. Paul Celan.

Seit drei Jahren lebt er in Paris, sozusagen auf der Durchreise, aber er wird nirgends mehr ankommen. Er wird in Paris bleiben und ein halbes Jahr später, im November 1951, seine spätere Frau Gisèle Lestrange kennenlernen, eine Zeichnerin und Grafikerin, die auch einige Jahre jünger ist als Paul, aber trotzdem eine Freundin von Maria werden wird. Paul wird seine Überlebensschuld nicht aushalten und neunzehn Jahre später in die Seine gehen. Maria wird in New York sein und die Nachricht kaum verwinden. Sie wird es nicht verhindert haben können, aber sie wird es auch nicht verstehen wollen. Sie wird es verstehen, denn sie weiß, was Paul erlebt hat. Gegen das, was Paul erfahren hat, ist Marias Leben ein Spaziergang.

Arnulf sitzt da mit einem Manuskript, das Paul ihm in die Hand gedrückt hat. Paul übersetzt es aus dem Rumänischen. Der Text stammt von einem Landsmann, Emil Cioran. *Die Lehre vom Zerfall*, lautet sein Titel. Es trifft Arnulf ins Herz, was er liest auf den wenigen Seiten, die der Meister schon ins

Deutsche übertragen hat, die Sprache der Lüfte und des Untergangs, die Sprache der Barbarei und der Poesie.

André Breton sagt, dass jeder Mensch ein Künstler ist. Emil Cioran sagt, dass jeder Mensch ein Prophet ist. Arnulf fühlt, dass beides auf ihn zutrifft.

Am Abend liegen Maria und Arnulf im Bett und zeichnen. Schwarz ist Arnulfs alte und neue Liebe. Sie haben keinen Tisch, und nur unter der Bettdecke ist es warm genug. Die Bettwäsche, schon vorher nicht blütenweiß, bekommt dunkle Schlieren von Kohle und Grafit. Sie essen Baguette und verbrennen Reis. Sie werden kaum satt, aber sie sind auch nicht hungrig, außer auf Kunst. Sie haben das Geld für zwei Tassen Kaffee in dem Kaffeehaus, in dem André Breton residiert, beiseitegelegt. Ihr Budget ist genau eingeteilt. So wie die Pariser Kunstszene. Das rechte Seineufer haben die Kubisten okkupiert, das linke die Surrealisten. Hier gibt es nicht nur Cafés und Buchhandlungen, sondern auch Dinge, die Maria noch nie gesehen hat. Die Schaufenster der Antiquitätengeschäfte ziehen sie magisch an. Es sind Königreiche als Ramschläden. Die Tische haben Intarsien und gedrechselte Füßchen wie feine Damen, die Vitrinen geschliffenes Glas und die Sessel sind mit Damast bezogen. Arnulf nennt Maria spießig. Aber Maria denkt nicht daran, so etwas zu besitzen. Und malen würde sie es nie und nimmer. Sie will nur schauen und träumen.

Komm weiter, sagt der Welpe, der, findet Maria, keinen Sinn hat fürs Schöne.

Das ist doch Zerfall, spottet Maria, das magst du doch neuerdings.

Zerfall ist Avantgarde, sagt Arnulf patzig, denn jeder Mensch ist ein Prophet.

Er ist böse und rennt Maria schon wieder davon. Er will weiterkommen, und das heißt zu André Breton. Maria hat den Zettel mit den Informationen in der Tasche, den Heimo Kuchling Maria gegeben hat und den Edgar Jené zuvor Heimo Kuchling gegeben hat. Sie bilden eine Stafette. Auch Maria will an die vorderste Spitze. Die Avantgarde. Zu Breton. Zu Henri Michaux. Heimo Kuchling ist ein Freund von Michael seit der gemeinsamen Schulzeit. Maria hat in Klagenfurt seine Vorträge zu moderner Kunst besucht. Jetzt unterrichtet er an der Akademie der bildenden Künste in Wien. Er doziert nicht vom Katheder, sondern spielt das sokratische Spiel vom Fragen und Antworten, bei dem die Fragen wichtiger sind als die Antworten. Durch Heimo hat sie Werner Berg kennengelernt. Durch Heimo hat sie gelernt, wie hilfreich es sein kann, Kritik anzunehmen. Aber es will ihr von keinem anderen gelingen, außer von Heimo. Schon gar nicht von Arnulf.

Im Vergleich zu Wien ist Paris eng und seine Cafés klein. Das Café de Flore, das Paul Celan ihnen empfohlen hat, liegt ebenfalls im Quartier Saint-Germain. Hier halten sie Hof, Sartre und Beauvoir, Picasso und Giacometti. Maria und Arnulf haben sie schon gesehen, aber heute ist keiner von ihnen da. Heute ist das Café der Blumen der Tempel, in dem der fünfundfünfzigjährige Mann mit dem Marmorhaupt sein Ritual abhält, umringt von einem Dutzend junger Männer und wenigen Frauen, André Breton, der Grund ihrer Reise nach Paris.

Er sitzt an der Wand und hält Monologe, während seine Jünger und Bewunderinnen die Luft anhalten. Ihre Gesichter sehen aus, als ob sie innerlich jedes Wort mitschreiben würden. Arnulf versteht nichts, Maria zuerst nicht viel. Aber dann kristallisieren sich einzelne Wörter heraus.

Von »Trotzki« und »gescheiterter Revolution« spricht der Meister, dessen Haar wie ein Helm um seinen Kopf gelegt ist, dabei sind Arnulf und Maria gekommen, um mehr über »das Unbewusste«, »die Automatik« und »den Traum« zu erfahren. Die zwei Jünger in spe aus der finsteren österreichischen Provinz haben erwartet, von der Speerspitze des geistigen und künstlerischen Fortschritts getroffen zu werden. Aber sie sind zu spät gekommen.

1938, in dem Jahr, in dem Hitler in Österreich einmarschiert und die Verbindung zu zeitgenössischen Kunstentwicklungen kappt, organisiert Breton gemeinsam mit Paul Éluard, Wolfgang Paalen, Marcel Duchamp und Man Ray in Paris die erste *Exposition Internationale du Surréalisme*, 1947 die zweite. Heimo hat darüber gesprochen, Marias Ohren damit zum Klingen gebracht und ihr Fernweh erweckt. Sie hat nicht verstanden, dass der Surrealismus auf dem absteigenden Ast sitzt. Dass sie zu spät kommen würden, weil seit der Veröffentlichung von Bretons Manifest des Surrealismus über ein Vierteljahrhundert vergangen ist. Es könnte ein surrealistischer Witz sein, aber es ist die Realität. Maria braucht nicht jedes Wort des alten, eitlen Mannes zu verstehen, um zu begreifen, dass die Speerspitze der Avantgarde stumpf geworden ist, dass der Zug abgefahren ist. Aber sie sind nun einmal da, und Arnulf stößt Maria jedes Mal, wenn der Meister eine Pause einlegt, in die Rippen. Er will nicht wissen, was der Meister gesagt hat, er will, dass Maria etwas sagt.

Jetzt!

Maria ist nicht schüchtern.

Excusez-moi!

Junge Frauen entschuldigt Breton gerne. Er erinnert sich sogar an den Anruf von Paul. Und natürlich will er den Kontakt zur nächsten Generation auch außerhalb Frankreichs nicht abreißen lassen. Als er das surrealistische Manifest verfasst, schwingt Maria noch in den Birken im Hammergraben in Obermühlbach. Jetzt küsst er ihr die Hand, das ist Maria noch nicht oft passiert. André Breton ist ein soignierter älterer Herr, eine Statue, die noch nicht wankt, aber bröckelt. Maria schaut zu Arnulf. Und Arnulf zückt die Mappen. Mit den Lichtpausen auf dem Transparentpapier können sie sich sehen lassen. Die Jünger recken die Hälse. Der Meister schaut sich ihre Mappen tatsächlich an. Er sagt nicht viel, aber er blättert. Maria und Arnulf, die beiden Provinzkinder, küssen, wenn auch nur in Gedanken, den Sockel der internationalen Kunstmacht und halten die Luft an. André Breton gibt ihnen seinen Segen und formt anerkennende Laute. Dann spricht er mit Maria. Arnulf stößt sie in die Rippen.

Was sagt er?

Aber Maria antwortet nicht. Soll der Welpe doch schmoren. Er soll ruhig merken, dass er Maria braucht.

Was heißt Enwitasjo?, fragt Arnulf.

Er lädt uns zum Abendessen ein!, flüstert Maria.

Arnulf unterdrückt einen Schrei. Maria hat es geschafft. Aber Arnulf hat ihr den Anstoß dazu gegeben. Das Fragen hat sich gelohnt. Fragen lohnt sich immer. Man kann nie aufdringlich genug sein. Denn von selbst passiert nichts, das weiß Arnulf nur zu genau. Jetzt sollte es auch Maria wissen, die immer nur wartet. Wer will einen schon entdecken. Niemand. Man muss sich in Stellung bringen. Die Reise hat sich gelohnt. Maria hat das Geld beigesteuert und die Sprachkenntnisse, Arnulf hat ihr gezeigt, wie man es macht. Dass man sich nicht abwimmeln lassen darf. Maria kann es ja, sie ist nicht schüchtern. Er begreift immer noch nicht, warum sie es trotzdem nicht tut. Warum sie sich so schlecht verkaufen kann.

Aber das ist im Moment nicht wichtig. Wichtig ist, dass Maria und Arnulf den innersten Zirkel betreten haben und als

Gäste in den berüchtigten Tempel von André Breton eingeladen sind. Maria hat die Adresse aufgeschrieben, und Arnulf kann auch jetzt nicht vorausrennen, denn er kennt den Weg nicht. Maria ist froh, dass sie ihn mitgenommen hat, dass sie nicht allein ist. Hand in Hand betreten sie den dunklen Gang von Bretons Wohnung, eines Wirklichkeit gewordenen Albtraums, eines Museums des Horrors. Sie werden von Dingen empfangen, die sie noch nie gesehen haben, von denen sie nicht einmal träumen konnten in ihrem abgeschnittenen Stück Welt namens Österreich. Da stehen afrikanische Statuetten aus schwarzem Holz auf eigens gefertigten kleinen Regalen, an der Wand hängen Bilder über Bilder, konventionelle Stillleben und moderne Kunst, daneben kleinere Statuetten und Masken. Ein Hocker stellt einen Affen dar, ein Stuhl ist mit Figuren von Tänzern geschmückt. Unter einem hohen Glassturz wächst ein künstlicher Baum mit Flügeltieren auf den filigranen Ästen. Und dann sind da noch Totenschädel. Sie tragen einen Nasenring, obwohl die Nase gar nicht mehr da ist, und manche haben sogar noch Haare. Künstliche oder echte? Es handelt sich um André Bretons berühmte Schädelsammlung. Maria und Arnulf trauen sich kaum hinzuschauen.

Die junge Frau mit dem biedermeierlichen Gesicht und der altmodischen Frisur ist Bretons Tochter. Sie steht am Bügelbrett und bügelt. Arnulf schließt die Augen und verabschiedet einen weiteren Traum. Maria tut dasselbe. Der Papst der Kunst, der Bürgerschreck, der mit dem Revolver auf die Straße stürmen und blindlings in die Menge schießen will, lässt sich von seiner Tochter die Unterhosen bügeln. Sieht so die Revolution gegen die bürgerliche Verlogenheit aus? Es ist ein Museum der Illusionen. Das Marmorhaupt sitzt tief in seinem speckigen Lederfauteuil und raucht seinen vergangenen Ruhm durch die Pfeife. Es sagt ein paar Worthülsen. Die Tochter bügelt und schweigt. Zwischen André Bretons Romanheldin Nadja, der psychisch kranken Prostituierten, Bretons Paradebeispiel für die Konvulsivität der Schönheit, und der bügelnden Tochter klafft ein Abgrund. Von dem Geruch, der ihm entsteigt, wird Maria schlecht. Aus diesem Grab wird nichts Neues entstehen. Diese Erkenntnis lässt sich nicht verleugnen. Aber wo sollen sie es nun suchen?

Der Besuch dauert nicht lang, die Ernüchterung danach tut weh. Maria und Arnulf gehen durch den Regen nach Hause. Sie spazieren durch Paris und wissen nicht, wohin sie gehen sollen. Der Louvre? Dort hängt das Alte. Sie machen sich auf die Suche nach kleinen Galerien und finden welche. Aber der springende Punkt ist nicht dabei. Das Punctum saliens, das zeigt, dass das Ei befruchtet ist, das Indiz für Lebendiges, das wachsen will, um irgendwann davonfliegen zu können. Sie brauchen eine Initialzündung, aber langsam und sicher verglüht ihr Interesse, ihre Hoffnung. Maria und Arnulf liegen im Bett und zeichnen. Sie stehen wieder auf, um Reis zu kochen und Baguette zu kaufen. Sie schlendern durch die Gegend. Es passiert in einer Seitengasse des Boulevard Saint-Germain, der Rue Dragon. Marias Fuß stockt. Die Ausstellung heißt *Véhémences confrontées.*

Was steht da?, fragt Arnulf.

Aber Maria hat schon die Türklinke gedrückt und ist drinnen. *Extreme Tendenzen der gegenstandslosen Kunst,* lautet der Untertitel der Schau. Es sind gegenübergestellte Heftigkeiten. In der Galerie steht eine Frau, die Maria erklärt, dass die Ausstellung eigentlich schon seit Ende März geschlossen ist. Maria und Arnulf dürfen sie trotzdem sehen. Sie haben es geschafft, um fünf nach zwölf. Maria blättert in dem Faltblatt, das die junge Frau ihr gegeben hat.

Den Katastrophen des zwanzigsten Jahrhunderts kann man nicht mehr mit Realismus beikommen, übersetzt sie dem ungeduldigen Arnulf.

Mit was sonst?, will er wissen.

Sondern nur mit Abstraktion, übersetzt Maria weiter.

Maria liest. Arnulf stößt sie in die Rippen.

Wie weiter? Mit welcher Abstraktion?

Nicht mit der braven, geometrischen, sondern mit dem Unförmigen, dem Gestus, dem Ausdruck des Inneren, sagt Maria.

Das Insekt beginnt zu laufen, die Kopfhaut hinunter und die Wirbelsäule entlang. Wenn Maria eine Erkenntnis trifft, spürt sie es nicht nur im Gehirn, sondern im ganzen Körper. Der Ausdruck des Inneren, das ist das Schlüsselwort. Wie kann man das Innere nach außen bringen und auf die Leinwand? Das ist die Schlüsselfrage. Galerie Nina Dausset, stand an der Tür. Die junge Frau ist aber nicht Nina Dausset, sondern nur eine Assistentin, sie lässt sich trotzdem auf ein Gespräch ein. Und ein paar der Bilder hängen tatsächlich noch an der Wand. Es sind nackte Leinwände mit wenigen Strichen darauf. Maria stockt der Atem. Die Leinwand kann leer bleiben. Die Striche sagen alles. Sie hat so etwas noch nie gesehen. Sie sieht, dass Arnulf es auch sieht. Arnulf hat es vor Maria schon gewusst. Jetzt sieht sie es auch. Man muss nicht müssen. Kunst ist frei. Wenn Maria den Hintergrund frei lassen will, kann sie das machen. Die Striche schweben. Und Maria hebt ab. Sie ist angekommen. Die Reise hat sich gelohnt. Das Suchen wurde belohnt. Es ist gut, wenn man nie zufrieden ist. Denn sonst versteinert man mit André Breton und den alten Männern oder im Louvre bei den toten Malern der Vergangenheit.

Die wichtigen Bilder sind schon wieder abgehängt. Von ihnen bekommt man einen Eindruck im Faltblatt.

Schau, sagt Maria.

Und Arnulf schaut. In dem Faltblatt, das von jedem der vertretenen Künstler ein Werk zeigt, sehen sie ein Drip Painting von Jackson Pollock, hergestellt mit Tuben, Pinseln und Spachteln nicht auf einer Staffelei, sondern auf dem Boden. Drip heißt tropfen.

Arnulf stöhnt. Englisch soll man jetzt auch noch können? Aber er kennt Pollock aus den Zeitschriften, die er in den Bibliotheken der Besatzer gelesen hat. Pollock ist ein Action-Maler aus New York, das klingt so modern und gleichzeitig verwegen, dass Arnulf auch einer sein möchte. Die Bilder von einem Künstler namens Willem de Kooning zeigen deformierte Körper und Fratzen. Arnulf hat den Namen auch schon irgendwo gelesen.

Wie die Masken bei Breton, sagt er.

Aber anders, sagt Maria.

Sie schauen einander an. Das ist es. Sie haben gefunden, was sie gesucht haben, obwohl sie nicht wussten, was es hätte sein können. Im hinteren Raum steht ein junger Mann in ihrem Alter mit dichtem schwarzem Haar und einem schmalen, langen, französischen Gesicht mit prominenter Nase und hoher Stirn. Maria spricht mit ihm, und Arnulf steht daneben. Der Mann, der einen komischen Akzent hat, ist ein Künstler aus Montreal in Kanada und lädt sie in sein Atelier ein, hier in Paris. Wie Jackson Pollock hat er sich dem Action Painting verschrieben. Arnulf zuckt es in den Fingern. Er sieht sich den Bleistift beiseitelegen und mit dem Pinsel tanzen. Malen muss keine fein säuberliche Angelegenheit sein, man kann die Farbe auch klecksen, spritzen und tropfen. Malen kann Spaß machen.

Kanada!, sagt Maria.

In Paris!, sagt Arnulf.

Ich will nach New York!, sagt Maria.

Er schaut sie erstaunt an.

Du bist wohl nie zufrieden!

Sie lachen erlöst. Und es macht Maria nichts aus, dass Arnulf am Heimweg vor ihr her rennt. So hat sie Zeit, um nachzudenken. Sie weiß immer genau, wenn sie einen neuen Freund gefunden hat. Im ersten Moment. Sie spürt es in den Haarwurzeln, und sie hat noch nie unrecht behalten. Paul Celan und Jean-Paul Riopelle. Zwei Pauls in einer Stadt. Zwei neue Freunde auf einer Reise. Jean-Paul Riopelle nimmt Maria und Arnulf mit zu den Orten, wo sich seine Freunde treffen: ins Tabou in der Rue Dauphine, wo Juliette Gréco auftritt, und in die American Bar, wo Jean-Paul Sartre, Raymond Queneau, Jacques Prévert und Antonin Artaud sich treffen. Georges Mathieu ist ein Maler, der Farben schleudert, ein bunter Hund wie Jackson Pollock und Willem de Kooning. Männer treten immer im Trio auf, dreifaltige Berühmtheiten, egal, ob sie selbst einen Club bilden oder später von den Magazinen und Zeitungen zum Terzett formiert werden. Frauen treten immer alleine auf. Deswegen haben sie so wenige Chancen. Frauen sind nur zum Singen vorgesehen, so wie Juliette Gréco. Oder sie sind Exoten, aus einem Hundeland entflohen, das in Paris den Geruch des Unbekannten hat, so wie Maria, die autre-chienne. Maria und ihr Welpe werden beschnüffelt und für interessant befunden. Die Pariser Stadtkinder reichen die Provinzkinder aus den Alpen weiter. Und wenn Maria und Arnulf gefragt werden, was sie wollen, sagen wie aus einem Mund: Eine Ausstellung in Paris!

Das neue Zauberwort heißt Informel. Das Fleckige und aus der Form Geratene ist sein Credo. Maria und Arnulf brauchen Mappen, um sich vorstellen zu können, und für diese Mappen Texte von Menschen, die alt oder wichtig genug sind, um ihre Zukunft verlässlich prophezeien zu können. Ihre neuen Freunde, die dafür zu jung sind, werden bei Schriftstellern vorstellig. Es klappt. Um André Breton kommt hier niemand herum. Julien Gracq, der Dichter und Bewunderer Bretons, schreibt über Arnulf, Benjamin Péret, der Mitbegründer des Surrealismus, ebenfalls ein Freund von Breton, über Maria. »Der Leiberpferch der wilden Horden reizt zu unerwarteten Begattungen. Im kaum geborenen Tag wird sich Maria Lassnigs Welt dem Liebesspiel ergeben«, dichtet Péret, der erst seit vier Jahren aus dem Exil in Mexiko zurück ist, wo er den Österreicher Wolfgang Paalen und seinen Kreis surrealistischer Dissidenten kennenlernt, sich mit den präkolumbianischen Mythen befasst und sich um die Witwe von Leo Trotzki kümmert. Dass die Mappe mit Marias automatischsurrealistischen Arbeiten und der dichterischen Zueignung von Péret nie erscheint, macht nichts. Sein Text schreibt sich in Marias Herz. Sie fühlt sich besamt von etwas Größerem, einer Verheißung, einer Hoffnung, der sie sich ausliefert, auch wenn sie nicht in Erfüllung geht. Der Text gibt ihr eine Zukunft, die erst noch geboren werden muss. Maria ist bereit, auf dieses Ereignis zu warten. Nein, diesem Ereignis entgegenzuarbeiten.

Zunächst einmal säen Maria und Arnulf den Samen in ihrer Heimat aus. Die Schau *Unfigurative Malerei*, die sie organisieren und mit der sie den Informel nach Österreich bringen, eröffnet bereits im November 1951 in Klagenfurt. Maria nennt sich nicht mehr Lassnigg, wie im Katalog von *Cave canem*, sondern Lassing. Oder soll sie Salassing nehmen? Mit seinem Namen zu experimentieren ist in Mode. Arnulf streicht zwei R aus dem TRRRR und schrumpft zu TRR, aber das ist ihm dann doch zu wenig. Arnulf ist kein Mensch, zu dem die Devise »Weniger ist mehr« passen würde. Dann schon lieber alles streichen, findet Arnulf. Er nennt seine neue Mappe *Perspektiven der Vernichtung*. Sie enthält Mikrozeichnungen,

Atomisationen und Fotos von Materialhaufen aus Gras und Erde sowie ausgedrückten Farbtuben. Im Katalog schreibt er über eine gewisse Katharina Zuzlu: »Dieses schöne Naturkind hat unsere ganze Verehrung. Ihre Nadamalerei, eine Entwicklung aus dem Naturalismus, hat ihr schon viele Ehrenpreise eingebracht. Ihre letzten Werke, unfigurativ, stellten den Höhepunkt ihrer Entwicklung dar, um den wir sie alle beneiden. (Meinen Glückwunsch, Katharina.)« Katharina heißt eigentlich Arnulf. Und der Kunstgriff ist ein Befreiungsschlag. Man muss nichts wollen, nur etwas verweigern. Kunst ist, was man nicht macht. Nadamalerei. Wo nichts drinnen ist, darf aber noch ein Rahmen außen herum sein. Arnulf hängt leere Rahmen auf. Und er hat Erfolg damit. Der Welpe ist bald ein Star, neben dem Maria alt aussieht. Maria hat das Spiel noch nie verstanden. Denn sie weigert sich, für sich selbst zu werben mit anderen Mitteln als ihrer Kunst.

Lang hatte Maria die Nase vorne bei Ausstellungen. Jetzt dreht ihr Arnulf eine Nase. Er leugnet das natürlich, denn schließlich ist es sein gutes Recht, sich zu verkaufen. Er macht es für sich, nicht gegen Maria. Er will Maria ja helfen, immer noch und immer wieder, aber das ist schwer, denn sie macht keine Konzessionen. Und sie vergisst nicht. Zum Beispiel das Debakel mit dem Katalog. Bereits im Herbst 1949 hat Maria ihre erste Einzelausstellung in der Galerie, die Edith Kleinmayr drei Jahre zuvor in der Buchhandlung am Alten Platz in Klagenfurt eröffnet hat. Für einen Katalog ist leider kein Geld vorhanden. Und das Lob der Zeitungen hinterlässt bei Maria einen sauren Geschmack. »Die Kompromisslosigkeit dieser Malerin mutet durchaus maskulin an«, schreibt die *Neue Zeit*. Maria ist nicht überrascht und trotzdem gekränkt. Das höchste Lob, das sich eine Frau verdienen kann, ist immer noch, mit einem Mann verglichen zu werden. Und das im zwanzigsten

Jahrhundert! Wenn Marias Kunst »durchaus maskulin« anmutet, heißt das natürlich, dass sie nie an das Lob, das für Männer bereitgehalten wird, herankommen wird. Dazu braucht es keine prophetischen Gaben. Die *Volkszeitung* schlägt in dieselbe Kerbe und meint, dass bei Maria eine »für eine Frau auffällige Beteiligung des Intellekts« zu erkennen sei.

Maria ärgert sich immer noch, wenn sie daran denkt. Was sollen die Zeitungen dann bei Arnulf entdecken? Etwa eine für einen Mann auffällige Nichtbeteiligung des Intellekts? Arnulf liest wie ein Verrückter, er sitzt ständig in der Nationalbibliothek oder der Albertina. Aber das merkt man seiner Kunst nicht an. Arnulf hat keinen Genierer. Es kann schon sein, dass Maria neidisch ist, aber sie hat trotzdem recht. Denn als Arnulf zwei Jahre nach Maria, im Herbst 1951, bei Edith Kleinmayr ausstellt, bekommt er einen Katalog. Ob er darum gebettelt hat oder ob die schöne Edith ihm den Katalog gewährt hat, weil der Welpe ihr nur treu in die Augen geschaut hat, oder ob Edith Kleinmayr inzwischen einfach mehr Mittel zur Verfügung hat, ist Maria egal. Es bleibt eine Ungerechtigkeit. Arnulf hat keine Scheu, dick aufzutragen. So dick, dass die Wahrheit mitunter davon zugekleistert wird. In der Einladung zur Ausstellung behauptet er, Mitarbeiter bei mehreren »ausländischen Kunstgruppen«, darunter der »groupe des surréalistes« in Paris zu sein. Und sein Werk, das befindet sich natürlich, ohne Schmäh, »in privaten und staatlichen Sammlungen in Brasilien, Deutschland, Frankreich, Italien, Österreich, Schweiz, USA etc.«. Maria findet es nicht mehr lustig. Aber sie hat ja angeblich keinen Humor. Sie nimmt die Kunst ernst. Und macht Arnulf Vorwürfe. Der lacht Maria nur aus. Er genießt es, mit ihr zu streiten.

Die Leute können Surrealismus und abstrakte Malerei doch eh nicht auseinanderhalten!, feixt Arnulf.

Maria sagt nichts.

Besonders stolz bin ich auf das Etcetera. Honolulu hätte ich auch noch schreiben sollen!, legt Arnulf nach.

Maria steht auf und geht. Sie muss sich nicht alles bieten lassen. Weder von Arnulf noch von Klagenfurt, das sich wieder einmal als Provinzstadt gezeigt und die Gelegenheit nicht ausgelassen hat, aus Anlass von Arnulfs Ausstellung schon wieder das Wort Skandal im Mund zu führen. Marias Skandal ist schon vier Jahre her und liegt ihr immer noch im Magen. Jetzt hat Arnulf nachgezogen, aber im Gegensatz zu Maria genießt er es, angefeindet zu werden und dem rückständigen Provinzpublikum, das keine Fantasie hat und immer noch mit den ewiggestrigen, ewiggleichen Wörtern um sich wirft, die kalte Schulter zu zeigen. Arnulf liest die Wörter und lacht.

Schmutz und Schund!

Das gesunde Volksempfinden beleidigt!

Einmal fällt sogar wieder das Wort, das mittlerweile eine Auszeichnung bedeutet:

Entartet!

Arnulf heftet sich das Wort an die Brust und geht.

Arnulf hat es als Erster begriffen: Wer in Paris war, ist für Klagenfurt verloren. Es dauert noch, bis Maria Klagenfurt ganz den Rücken zukehrt. Wien ist teuer, Wien ist anstrengend, aber Maria will etwas erreichen. Dazu braucht sie ein Zimmer für sich allein. Sie findet es schließlich in der Bräuhausgasse in der Nähe des Naschmarkts. Es ist eine Bassenawohnung mit nur einem Raum und Wasser auf dem Gang, aber sie ist hell, weil sie unter dem Dach liegt. Im Sommer wird es brütend heiß. Dann beginnt Marias Herz zu rasen, sie spaziert nackt herum und bespritzt die Leintücher, die die Vorhänge ersetzen, mit Wasser. Aber es nutzt nichts. Maria ist angekommen. Aber die Unruhe bleibt. Marias Herz ist ein Hase. Sie kann seine Sprünge und Winkelzüge nicht voraussehen. Die Malerei ist ein Hase, sie lässt sich so schwer fangen und noch schwerer festhalten. Im Winter bleibt der Schnee auf dem schrägen Atelierfenster liegen, und es ist bitterkalt. Das Fenster zeigt Richtung Norden. Licht! Maria kann nicht ohne Licht malen, sie kann nur malen, wenn die Sonne die Farben zum Leuchten bringt. Also malt sie einstweilen in Schwarz, Nachtblau und Weiß.

Stumme Formen nennt sie diese Bilder in ihrer Ausstellung im Art Club zu Anfang des Jahres 1952. Maria liebt Farben. Seit die Nazis alles mit Braun zugeschüttet haben, sehnt sich Maria nach der Pracht der ungemischten Farben, der Komplementärfarben, der saftigen, zuckersüßen Farben. Derzeit ist Maria ein Schneehase. Sie hat sich an ihre Umgebung angepasst. Natürlich lässt sie sich Farben nicht ganz verbieten, aber sie wird lange brauchen, die Farben zur Gänze zurückzuerobern. Dann wird sie wissen: Die Farben zu opfern war der größte Verzicht, der größte Tribut, den sie für die Entwicklung ihrer Kunst zahlen konnte. Sie wird diesen Fehler wiedergutmachen. Die *Statischen Meditationen*, die sie ebenfalls im Art Club zeigt, mit dickem, ruhigem Pinselstrich gemalte runde Formen, nennt sie für sich selbst Knödelbilder. Maria hat keinen Humor. Aber sie hat Selbstironie. Statt Knödel zu kochen, malt sie lieber Knödel. Maria will ihr Unbewusstes nicht überlisten, so wie die Farbschleuderer, die sich der neuen Mode des Informel angeschlossen haben, weil sie gar nicht malen können. Sie will zu ihrem Unbewussten durchdringen. Außerdem gefällt ihr der Begriff Knödel einfach besser. Oder Kipferl. Die komplizierten Wörter sind nur für die gierigen Menschen gemacht, die über die Ausstellungen schreiben. Maria lacht. Sie ist auch ein Scharlatan. So wie Arnulf. Aber nur ein bisschen. Ein Scharlatan ohne Firlefanz und Pathos. Marias Ausstellung wird beachtet und besprochen, das heißt aber noch lange nicht, dass sie sich auch verstanden und gewürdigt fühlen muss. Ihre Bilder seien nur Theoriebelege, schreibt ein Kritiker und ruft sie auf, eine Wende einzuleiten. Denn sie sei »eine der ganz starken künstlerischen Begabungen«. Dass er es merkt, ehrt Maria. Deswegen braucht er ihr aber noch lange nicht vorzuschreiben, wie sie malen soll.

Farben sind teuer. Wer Farben kaufen will, muss beim Essen sparen. Maria kocht Reis und Erdäpfel. In dem Fleisch, das Mutting schickt, entwickeln sich eh nur Maden. Das Keuschlerkind weiß, was man in so einem Fall tut. Maria Eleonore Gregorz Lassnig Löwenherz hält das Fleisch mutig über den Gaskocher, und die Würmer kommen herausgekrochen. Das Fleisch kann man jetzt wieder essen. Essen ist nicht wichtig. Aber man braucht es zum Überleben. Manchmal ist es notwendig, ein Bild in Lebensmittel einzutauschen. Das macht nicht nur Maria, das machen alle. Auf Farbe zu verzichten ist schwerer als auf Essen. Wer Farbe sparen will, verdünnt sie mit Terpentin. Die Mehlsäcke vom alten Vater schickt die Mutter nach Wien. Sie taugen immer noch gut zu Leinwänden. Maria trägt das Haar jetzt kürzer, dazu eine Schnürlsamthose, die um ihre Beine wallt, einen langen Schal und einen schwarzen Pullover.

Als Maria und Arnulf von Paris nach Hause kommen, ist noch ein bisschen Geld übrig. Dafür kauft sich Maria einen Lippenstift. Sie haben nicht nur das Informel, sondern auch den Existenzialismus mitgebracht. Der Mensch ist nichts anderes als sein Entwurf. Er rollt den Stein umsonst den Berg hinauf und kommt nie an. Um den anderen zu erkennen, muss er sich selbst erkennen. Das Ich ist nackt und Jean-Paul Sartre sein Apologet. Maria verschlingt Sartres Buch über das Imaginäre. Das innere und das äußere Bild sind nicht getrennt. Der Mensch gestaltet sein Leben gemäß seiner Einbildungskraft.

Dass Maria eine Reise nach innen und dann wieder nach außen antreten will mit ihrer Malerei, weiß sie schon vor der Reise nach Paris. Das Jahrhundert ist noch nicht halb vorbei. Maria sitzt in der Straßenbahn. Sie hat vorne den Schilling eingeworfen, und es hat klick gemacht. Sie steht da und schaut aus dem Fenster, der Klang des Schillings hallt nach, und der Groschen fällt. Sie entdeckt, was sie entdecken muss. Sie entdeckt, was sie eigentlich schon weiß: Sie wird sich nach innen wenden. Das tut niemand, so kommt es jedenfalls Maria vor in der Straßenbahn in dem Nachkriegsjahr, an dessen Zahl sie sich nicht erinnern wird, aber der Moment wird ihr für immer in Erinnerung bleiben. Maria will sich nach innen wenden, auch oder gerade weil die anderen sich von innen nach außen kehren wollen, weil sie die Welt belehren wollen, indem sie die Vergangenheit besiegen. Woher der Gedanke kommt, der eine Erkenntnis ist, der in ihr weiterklingt und mit dem Geräusch der Straßenbahn verschmilzt, ist egal. Bim, Bim, Bim. Ich bin, ich bin, ich bin. Maria hält den Moment fest, so wie sie alles festhält und nicht mehr loslässt. Ihr Kopf ist ein Kühlschrank, fridge, sagen die Amerikaner, in ihrem Kopf verkommt nichts. Was sie erlebt hat, kann sie Jahre und sogar Jahrzehnte später wieder aus dem Eisfach holen und es ist nicht von Maden zerfressen, sondern frisch wie am ersten Tag. Dann erst wird Maria ein Wort dafür finden. Körperbewusstseinsbilder. Body awareness painting, sagen die Amerikaner dazu. Maria wird in New York sein, wenn sie das Wort findet.

Die Bräuhausgasse befindet sich in der Nähe des Wiener Naschmarkts, des lang gezogenen Lebensmittelmarkts zwischen der Linken und der Rechten Wienzeile. Bräuhauspferdchen ist Marias neuer Spitzname. Die Stimme von Arnold Clementschitsch steigt aus dem Kühlschrank von Marias Gedächtnis auf und trifft sie eiskalt. Maria sagt nichts, aber sie zuckt jedes Mal zusammen.

Schön wie ein Pferd!

So hat Clementschitsch sie genannt. Maria sagt es Arnulf. Der kann es nicht glauben. Er sagt, dass sie es sich einbildet. Er sagt, dass sie Geschichten erfindet. So wie die von ihrer Großmutter, die von einem Sigmund Rainer geschwängert wurde, der sie natürlich nicht geheiratet hat. Maria glaubt das wirklich. Zumindest in dem Moment, in dem sie es Arnulf vorwirft.

Die Rainers sind alle Betrüger!

Aber du willst doch gar nicht heiraten, Maria!, kontert Arnulf.

Natürlich will ich nicht heiraten. Kafka hat auch nicht geheiratet, antwortet Maria patzig. Trotzdem sieht man daran, wie die Rainers sind!

Dabei bleibt Maria. Manchmal ist ihr nicht mit Vernunft beizukommen. Vor allem, wenn sie sich gegenseitig in ihren Wettbewerb hineinsteigern. Jetzt hat Arnulf auch noch angefangen, Blindmalerei zu machen. Das hat Maria schon gemacht, bevor sie ihn gekannt hat. Bevor der Welpe gewusst hat, dass es Kunst überhaupt gibt!

Das hast du mir noch nie erzählt!, wundert sich Arnulf.

Habe ich doch! Arnold Wande kann es bezeugen, sagt Maria.

Ich kann mich aber nicht erinnern, sagt Arnulf.

Das glaubst du nur, weil du mir die Idee nicht gestohlen haben willst. Aber du bist ein Dieb. Ihr glaubt alle, Frauen können nichts erfinden. Aber da habt ihr euch geschnitten.

Haben sie denn schon was erfunden?

Natürlich. Aber wenn sie niemand ernst nimmt, wird nie eine Schule daraus.

Du sagst doch immer, dass du nie dasselbe machen willst. Willst du jetzt eine Schule gründen?

Natürlich nicht. Ich will Kunst machen. Nicht mich verkaufen. So wie andere.

So wie ich, willst du sagen?

Das hast du jetzt gesagt, nicht ich!

Und wovon willst du dann leben, wenn du dich nicht verkaufst?

Das wird mir langsam zu dumm.

Mir auch!

So ergibt ein Satz den anderen und jeder macht es schlimmer. Wer von ihnen den letzten Satz gesagt hat, ist egal. Sie gehen auseinander. Sie kommen nicht mehr zusammen. Maria weint. Sie weint sich die Augen aus, so sehr, dass sie nicht mehr malen kann. Aber mit Arnulf kann sie schon gar nicht mehr malen. Sie kann nicht einem einzigen Menschen alles versprechen. So wie es Arnulf von ihr verlangt hätte, weil es alle Männer von einer Frau verlangen. Männer sind dazu da, Maria etwas zu nehmen. Und was sie ihr zu geben bereit sind, kann Maria nicht annehmen. Niemand kann Maria geben, was die Kunst ihr gibt. Maria wartet. Die Kunst ist noch immer zu ihr zurückgekommen. Im Gegensatz zu den Männern. Maria bleibt der Malerei treu. Sie sitzt in Wien und träumt sich nach Paris. Sie fährt nach Paris und Arnulf fährt ihr hinterher, weil Maria nicht antwortet. Er weiß nicht, was er Maria getan hat, und sie weiß nicht, was sie ihm antut. Sie kommen nicht mehr zusammen. Und auch wenn sie noch lange nicht voneinander loskommen, wird es nie mehr so wie früher.

Das kleine Paris in Wien ist der Art Club. Er residiert im Keller der Loos-Bar im Kärntner Durchgang nahe dem ausgebrannten Stephansdom, der immer noch keine neue Glocke hat. In den wenigen Monaten zwischen Dezember 1951 und Februar 1953 wird hier Geschichte geschrieben. Der Strohkoffer, ein zeitgebundenes Strohfeuer, gräbt sich tief in das Gedächtnis der Wiener Kultur. Um acht Uhr, nach Galerieschluss, öffnet er seine Pforten. Der Name stammt vom Bildhauer Fritz Wotruba, der sich auch als Förderer der jungen Künstler betätigt, und lag nahe. Denn gegen die Feuchtigkeit wird der enge Raum mit Strohmatten vom Neusiedler See ausgekleidet. Es gibt nur drei Tische, ein paar Hocker und ein Klavier, trotzdem drängen sich hier oft sechzig Menschen zusammen. Der Einlass zum Club ist kontingentiert, deswegen wollen so viele hinein. Denn von hier aus kann man eine Karriere starten und es der Welt zeigen, berühmt werden wie Picasso oder Jackson Pollock. Sie haben die ersten Jahre nach dem Krieg überlebt und sind bereit für die große Welt, die in dem kleinen feuchten Keller simuliert wird.

Manche haben Glück und gute Beziehungen, so wie Georg Eisler, dessen Vater Hanns in Hollywood lebt, von wo er seinem Sohn Anzüge zukommen lässt. Auch wenn sie gebraucht sind und viel zu eng, man kann sie weiter machen lassen. Der Maler Kurt Moldovan kennt einen böhmischen Flickschneider. Die wattierten Schultern und großen Karos aus dem Mekka der Konsumkultur sind begehrt, werden an Freunde aber nicht verkauft, sondern verschenkt. Sie alle besitzen die Fähigkeit, aus nichts etwas zu machen. Fritz Wotruba und der junge Alfred Hrdlicka benutzen die in Trümmern liegenden Häuser als Steinbruch für ihre Skulpturen. Bildhauer haben es da leichter. Farbe liegt leider nirgends herum. Aber man kann mit Lasurtechnik Farbe sparen. Auch Papier ist knapp, es wird durch die Alliierten zugeteilt. Druckereien haben nur stundenweise Strom, manche Bücher sind auf verschiedenen Sorten Papier gedruckt und changieren in Weiß, Gelb und Grau oder sind mit schwarzem statt mit weißem Faden geheftet.

Erich Brauer hat einen Trick entdeckt, kostenlos an Farbe zu kommen. Ein Kollege auf der Akademie, der mehr Geld hat, trägt die Farbe dick auf. Besonders bei den Glanzlichtern. Wenn er sich entfernt, sticht Brauer die Haut auf und melkt das Bild. Er will malen, weil er malen kann und muss. Er hat die Ideologie des Kommunismus bald hinter sich gelassen und ist seitdem auf den Genossen Stalin viel böser als auf Hitler, obwohl Stalin ihm im Gegensatz zu Hitler nichts getan hat. Aber der Genosse Stalin hat Erich gezeigt, wie verführbar die Jugend und auch er selbst durch flotte Sprüche ist. Erich tut sich seitdem schwer damit, die Anhänger des Peinigers und Mörders seiner Familienmitglieder zu verurteilen. Es ist eine bittere Lehre, die ihn nicht verbittert, sondern von der Vergangenheit erlöst.

Die Zukunft heißt Kunst. Und im Besonderen Malerei. Über den Verkauf von Kunstwerken wird nicht gesprochen, um keinen Neid zu erwecken. Auch der Futterneid ist noch lange nicht obsolet geworden. Wenn jemand etwas Besonderes zu essen ergattert hat, versucht er es heimlich zu verspeisen. Auf der Biennale in Venedig, zu der im Jahr 1948 auch Maria anreist, isst Anton Lehmden das von ihm mitgebrachte Huhn mitten in der Nacht, um es nicht teilen zu müssen. Nicht weil er geizig gewesen wäre, sondern weil die Mahlzeit lange vorhalten muss. Ernst Fuchs bekommt von irgendwo einen Sack Weizen, die Körner werden in der Kaffeemühle grob gemahlen, das Mehl mit Wasser vermischt und in einer Eisenpfanne zu Fladen gebacken. Jede Mahlzeit, und sei sie auch noch so karg, ist ein Genuss, aber ein noch größerer Genuss ist es, nicht tot zu sein und zu wissen, dass man nicht jeden Augenblick getötet werden kann durch ein Gewehr, eine Bombe oder ein einstürzendes Haus. Arnulf malt ein Bild, das aussieht wie eine Schusswunde, mit schwarz herausquellendem Blut, daneben schreibt er: *Einschussloch von einem Revolver 7 mm aus geringer Entfernung in der Bauchgegend.*

Auch wenn die Lebensmittel immer noch rationiert sind, rückt der Krieg in eine gewisse Ferne. Der Aufschwung hat begonnen. Er ist kein Wunder, sondern harte Arbeit. Er ist aus Träumen gemacht, den Träumen von der großen weiten Welt oder vom Ruhm, der vom Keller des Art Club in die Welt dringt.

Im Art Club treffen sie sich alle, die es zu etwas bringen wollen. Künstler und Literaten, Musiker und Kabarettisten. Helmut Qualtinger ist immer auf der Suche nach neuen Talenten, auch im Strohkoffer. Natürlich nach Männern. Denn Frauen haben vielleicht Talent, aber keinen Humor. Und wenn, dann sind sie nicht lustig. Lustig ist nur, wer die Lacher auf seiner Seite hat. Wer Witze machen kann, hat Macht. Wer über Witze lacht, macht sich untertan. Frauen haben gefälligst zu lachen, auch wenn sie die Witze nicht lustig finden. Auch wenn die Witze auf ihre Kosten gehen. Das unterwürfige Lachen ist der Preis, den sie zu zahlen haben, wenn sie dazugehören wollen. Weil Frauen rar sind, nicht nur bei den Kabarettisten, sondern auch bei den Literaten und genauso bei den Künstlern, sind sie ein Aufputz. Zumindest hier unten im Keller. Draußen werden diese Schmuckstücke nicht gerne gezeigt. Da präsentieren sich die Herren am liebsten alleine. Wer ausstellen will, muss am besten ein Mann sein und die richtigen Männer kennen. Wer eine Frau ist, muss auch die richtigen Männer kennen. Aber dann muss eine Frau es auch zulassen, dass die richtigen Männer etwas für sie tun. Damit hat Maria ihre Probleme. Deswegen geht es mit ihr so langsam bergauf. Deswegen muss sich Maria immer noch zwingen, nach draußen zu gehen. Sie kann nicht glauben, dass eine Frau von Anfang an draußen ist, weil sie es nicht glauben will. Dass es in der Malerei nicht um Talent geht, sondern um Geschlecht. Sie versucht es trotzdem, aus Vernunft und um die Hoffnung nicht aufzugeben, auch wenn es eine unvernünftige Hoffnung ist.

Maria rafft sich auf, zieht sich gut an und geht mit in den Strohkoffer. Wenn sie einmal dort angekommen ist und die enge Wendeltreppe nach unten steigt in die Vorhölle der Kunst, ist es nicht mehr schlimm. Dann macht es sogar Spaß. Sie ist nicht so schick und so weltgewandt wie Maria Biljan-Bilger und Johanna Schidlo, aber es sind immer mehr Männer als Frauen da, so bekommt auch Maria Beachtung. Maria ist froh, wenn es nicht zu viel ist. Die Männer teilen sich auf in eine Biljan-Bilger- und eine Schidlo-Fraktion.

Das wird noch das Ende des Art Club sein, hat einer prophezeit. Natürlich muss daran wieder eine Frau oder vielmehr zwei schuld sein. Abgesehen davon, dass es nicht stimmt. Maria Biljan-Bilger ist sieben Jahre älter als Maria, Johanna Schidlo vier Jahre jünger. Vor Maria Biljan-Bilger haben sie Respekt. Sie himmeln sie an. Die andere Maria hat auch Männer, die zehn Jahre jünger sind als sie selbst. Das liegt unter anderem daran, dass die alten im Krieg gefallen sind oder Nazis waren, und die werden aus Prinzip nicht in den Art Club aufgenommen. Da ist es ja klar, dass nur die jungen übrig bleiben. Um die junge Schidlo, die ihre Eltern bei der Flucht nach Österreich verloren hat, scharwenzeln die jungen und die älteren Herren. Sie trägt eine Ponyfrisur und ist weniger objektiv hübsch als die Biljan-Bilger, erweckt aber den Beschützerinstinkt der Männer. Biljan-Bilger macht Keramiken, Schidlo webt Gobelins. Das kommt für Maria nicht infrage. Genauso wenig wie Blumenmalerei. Biljan-Bilger ist keine Bürgerstochter so wie Susanne Wenger. Sie kommt aus einer Arbeiterfamilie so wie Maria. Freundinnen werden die beiden Marias trotzdem nicht.

Maria eilt durch die Kärntner Straße, die zum Stephansdom führt, und bereitet sich innerlich vor auf das Reden und Repräsentieren, auf das Flirten und Taktieren. Schon daran zu denken, macht Maria müde.

Maria!, ruft es hinter ihr.

Marias Stimmung hellt sich auf, als sie die Stimme von Erich Brauer erkennt. Wenn einer wie Erich es schafft, fröhlich zu bleiben, kann Maria sich auch nicht in die Düsternis zurückziehen. Im Gegensatz zu Maria hat Erich wirklich gelitten. Der Bub aus der Wiener Vorstadt ist kein Bürgerkind, so wie viele Künstler, sondern der Sohn eines aus Litauen stammenden Schuhmachers. Seine Familie fällt dem großen Morden zum Opfer. Erich überlebt. Zuerst weil ihn die Hausmeisterin, die Juden eigentlich hasst, im Klo versteckt, als die Gestapo kommt. Erich kommt trotzdem ins Sammellager in der Malzgasse im jüdisch geprägten zweiten Wiener Bezirk Leopoldstadt. Dort läuft er weg, taucht die letzten Kriegsmonate in einem Schrebergarten unter und betritt 1945 als Sechzehnjähriger mit Holzsandalen die noch rauchende Akademie. Alleine, aber nicht gebrochen. Die Akademie steht noch, nur einer der vier Ecktürme ist von Bomben zerstört. Jeder Student muss eine bestimmte Anzahl von Ziegeln abklopfen. Dann kann es losgehen.

Erich tut das, wonach ihn sein Vater gefragt hat, in einem Brief aus dem Konzentrationslager. Ob der Sohn noch male. Ja, Erich malt. Der Sohn des Schusters läuft auch im Winter noch mit seinen Klapperln herum, einfachen Holzsandalen mit einem primitiven Gelenk. Aus einem Lastwagen werfen ihm russische Soldaten zwei Stiefel zu. Sie sind weich und warm, nicht einmal der Genosse Stalin hat bessere. Aber er hat vermutlich nicht zwei linke Stiefel, so wie Erich jetzt. Besser zwei linke als gar keine Stiefel. Erich ist glücklich, obwohl er alles verloren hat. Er hat seine Freiheit und seine Würde zurück und wird sie nicht mehr hergeben. Er radelt mit dem Fahrrad über Paris bis nach Nordafrika, von Oase zu Oase und singt dort Wiener Heurigenlieder und Schuberts *Lindenbaum*. Er kann singen, und noch besser kann er malen. Seine Bilder explodieren von Rot und Blau, von Gelb und Grün, wabernde, wachsende Traumwelten, die dem Bösen mit naiver Lebensfreude trotzen. Erich kann malen. Wer gut malen kann, gilt mittlerweile nichts mehr oder vielmehr als altmodisch. Maria findet das ungerecht, denn sie kann auch malen, obwohl sie es genießt, das im Moment nicht zu müssen. Sie bleibt stehen, damit Erich sie einholen kann.

Gehst du auch in den Strohkoffer?, fragt Maria.

Nein, die gehen mir gerade auf die Nerven mit ihrer Blasiertheit, sagt Erich.

Er hat eine Verabredung im Café Alt Wien in der Bäckerstraße hinter dem Dom.

Schade, sagt Maria.

Erich eilt weiter.

Maria klettert die steile Stiege hinunter, und ihre Nüstern weiten sich. Am liebsten würde sie sich die Nase zuhalten. Der Raum ist immer noch feucht. Von irgendwo hört sie den Satz: Mensch, ist das gfäud.

Es ist der aktuelle Lieblingsausspruch von denen, die keine Zeit haben, Kunst zu machen, weil sie feiern müssen. Gfäud ist eine Mischung aus verfault und verfehlt. Aber das ist keine Kritik, sondern ein Lob. Die Möchtegernkünstler übertreffen sich darin, das Gfäude an allen Ecken und Enden zu entdecken. Denn das ist Wien: eine Feier des Morbiden.

Die Männer tragen Anzüge und sagen Sie zueinander, weil sie in der Deutschen Wehrmacht geduzt wurden. Eine Zigarette kostet fünf Schilling, und wer bloß hundert Schilling im Monat zur Verfügung hat, kann nicht zu viele davon rauchen. Trotzdem kann man die Luft im Strohkoffer schneiden. Die billigste und härteste Sorte ist A3. Maria hält die Luft an. Ihre Lungen sind genauso wie ihre Nase und genauso wie ihre Ohren. Nichts an ihr hat eine feste Grenze. Sie atmet lang ein. Der Rauch berauscht sie, auch wenn er nur durch die Nase kommt. Sie hat keine Zigaretten, sie hat nie Zigaretten, auch wenn sie gerne raucht, und bis jetzt hat ihr noch niemand eine angeboten. Jemand hält ihr ein Glas hin, das er aus der Wirtschaft gegenüber geholt hat. Maria nimmt einen Schluck von dem reschen Veltliner und schließt die Augen.

Der Wein läuft prickelnd ihre Kehle hinunter und löst ihre Glieder. In ihre Nase dringt der Geruch von verbranntem Fleisch. Wer im Strohkoffer Hunger hat, holt sich ein Burenhäutl mit Kremser beim Kleinen Sacher, dem Würstelstand um die Ecke des altehrwürdigen Hotel Sacher, nach dem diese Schnellküche für arme Leute benannt wurde und aus dem erst vor Kurzem die britische Besatzung ausgezogen ist. Maria öffnet die Augen. Sie hat keinen Hunger, aber als sie den gelben Senf mit den braunen Körnern sieht, läuft ihr das Wasser im Mund zusammen.

Die Männer pudeln sich auf, wie immer. Und der Strohkoffer ist eine ideale Bühne für ihre Selbstdarstellung. Der Bildhauer mit der Vorliebe für grobschlächtige Formen macht einen Handstand auf den Daumen, alle lachen. Alfred Hrdlicka ist ein Freund von Fritz Wotruba und gibt ebenfalls gerne den hemdsärmeligen Kraftlackl. Er ist auch heute wieder mit seinem Intimus Rudolf Schönwald da. Wotruba, zwanzig Jahre älter als die beiden, gehört zu denen, die Marias Kunst schätzen. Er hat Maria sogar ausgestellt, und das ist eine Auszeichnung. Trotzdem erwächst daraus nichts. Marias Ausstellungen sind Eintagsfliegen.

Die ist schon gut, heißt es dann.

Aber diejenigen, die das sagen, wissen nicht, dass es auch stimmt. Sie glauben es nicht einmal, wenn sie es selbst sagen. Auch deswegen befindet sich Maria auf einem verlorenen Posten.

Maria schaut sich um. Sie kennt hier viele und genauso viele gar nicht. Zum Glück gibt es Auskenner, die gerne Auskunft geben. Die Maria Namen zu Gesichtern nennen, die sie sich zu merken versucht. Bei Namen ist sie schlecht. Bei Gesichtern ist sie gut. Sie vergisst ein Gesicht nie und kann es auch Jahre später noch aus dem Gedächtnis zeichnen. Dort drüben steht Wolfgang Hutter, der Schöngeist, er ist schon halb ergraut und gibt trotzdem den Belami. Ihn kennt Maria, er ist der Sohn von Albert Paris Gütersloh und kann es sich noch leisten, realistisch zu malen. Friedrich Stowasser, der sich seit zwei Jahren Hundertwasser nennt, versteht etwas von Werbung und Marken. Er trägt eine weiche, viel zu große Kappe und führt überall, wo er hingeht, eine Holzschachtel mit sich, in der sich sein Reisepass, Devisen, Utensilien zur Zahnpflege, ein Miniaturmalzeug und Reproduktionen seiner Lieblingsbilder befinden. Wer neunundsechzig Familienmitglieder verloren hat, vergisst das nicht so schnell und bleibt auf alles gefasst.

Mit dem Mann, der sich eher im Hintergrund hält, hat Maria noch nie gesprochen. Es ist Rudolph Charles von Ripper, von dem die wenigsten mehr kennen als seinen Namen und seine derzeitige Funktion. Er darf sich nicht mehr Baron nennen, obwohl er einer ist, ein Haudegen im Anzug mit einem Hauch von Dandy. Der hochdekorierte Kriegsheld ist ein Spezi von Verleger Ernst Molden und arbeitet, wie man munkelt, für die Amerikaner. Aber nicht so, wie es offiziell verlautbart wird, für die Kulturabteilung. Seine Frau ist Mopsa von Sternheim, die Tochter des Autors Carl Sternheim, aber darauf will von Ripper derzeit lieber nicht angesprochen werden. 1905 im damals von der k. u. k. Monarchie regierten, nunmehr rumänischen Klausenburg geboren, schickt ihn das zwanzigste Jahrhundert um die Welt. Bereits 1933 wird er in Gestapohaft genommen und im KZ Oranienburg inhaftiert, wo seine Schädeldecke der Folter nicht standhält. Davon zeugt eine große, schorfige Narbe auf seinem Hinterkopf. Nach der Entlassung verdingt er sich bei der Fremdenlegion, kämpft im Spanischen Bürgerkrieg und emigriert nach Amerika, wo seine Karriere als Künstler einen Schub erhält. Bei der Befreiung seiner Heimat dabei zu sein, will er sich trotzdem nicht nehmen lassen. Bereits im März 1945 landet Rudolph Charles von Ripper als Vorhut der vierunddreißigsten Division der US Army mit dem Fallschirm auf Kärntner Gebiet.

Der Agent soll Kontakt zur Widerstandsbewegung aufnehmen, außer einigen Deserteuren stehen jedoch keine leistungsfähigen Männer mehr zur Verfügung. Auf dem Weg nach Klagenfurt wird er am Bahnhof verhaftet. Männer, die zu gesund aussehen, um nicht an der Front zu sein, werden zwangsläufig kontrolliert. Natürlich kann ein Agent gefälschte Dokumente vorweisen. Der durchtrainierte Herr will der Konstrukteur Carl Reber aus einer Fabrik in Linz sein? Der Dienstführer der Gestapostelle hegt Zweifel und lässt sich telefonisch nach Linz verbinden. Charles von Ripper sieht sein Ende gekommen. Er greift in die Tasche, wo die Kapsel liegt. Die Fernverbindungen zu Hitlers Lieblingsstadt sind bei dem Angriff der Air Force vor ein paar Stunden zusammengebrochen. Und dann ruft auch noch die Frau des Dienstführers an und bestellt, dass zu Hause ein Braten im Rohr auf ihn warte. Der Appetit siegt, Carl Reber alias Charles von Ripper wird entlassen und steckt seine Kapsel wieder zurück in die Tasche.

Charles von Ripper ist nicht nur Soldat und Kulturpolitiker, sondern auch selbst Künstler. Bekannt gemacht hat ihn eine Mappe mit Radierungen, in denen er seine Erlebnisse im KZ Oranienburg darstellt. Berühmt gemacht hat ihn sein Bild vom Mann des Jahres im Jahr 1938: Kein Geringerer als

Adolf Hitler prangte damals auf dem Cover des *Time Magazine*, dargestellt von Rudolph Charles von Ripper als unheiliger Organist an der Weltorgel, die ein Folterinstrument darstellt. Ein so bombastisches wie hellsichtiges Bild, das den Krieg voraussagt und nicht verhindern kann. Mit seinem Körper trägt der Künstlersoldat allerdings zu dessen Ende bei und wird dafür mit zwei Silver Stars ausgezeichnet. Zu seiner Ausstellung ein Jahr nach Kriegsende kommt sogar Bundeskanzler Leopold Figl.

Kunst wurde zu oft zu Propagandazwecken missbraucht, lautet Charles von Rippers Wahlspruch. Sie muss seiner Meinung nach frei sein und also abstrakt. Seiner Meinung nach oder auf höheren Befehl? Jedenfalls fördert von Ripper die Abstrakten, wo er nur kann. Und exportiert ihre Vertreter auch in die anderen Länder des Marshallplans. Erich Brauer und Ernst Fuchs und ihr Freund Rudolf Hausner, alle, bei denen eine Nase eine Nase ist und an der richtigen Stelle im Gesicht sitzt, sind auf sich selbst gestellt. Charles von Ripper selbst hält sich nicht an die von ihm propagierte Doktrin und bleibt bei der gegenständlichen Darstellung, bei surrealistischen, maximal kubistischen Darstellungen. Er ist und bleibt ein Mysterium, das eine offensichtliche Kunstpolitik betreibt: die Propagierung der von den Nazis als entartet verunglimpften Kunst der Abstraktion. Denn der Realismus, das war Hitler und das ist im neuen, Kalten Krieg Stalin, der eine Woche nach der Schließung des Strohkoffers stirbt. Realismus, das ist Lobhudelei der Diktatoren und bedeutet gleichzeitig auch die Möglichkeit, Kritik zu üben an politischen Verhältnissen. Davor haben die Besatzer Angst, denn Künstler sind doch seit jeher linke Gesellen.

Die linken Gesellen des Art Club lassen sich von den wild dramatischen Einschwörungsversuchen des geborenen Barons gegen den Kommunismus kaum beeindrucken. Aber abstrakt malen trotzdem alle, die es zu etwas bringen wollen.

Neben Charles von Ripper lehnt ein Asiate mit einer Kamera, der ebenfalls amerikanischer Staatsbürger ist. Leutnant Yoichi Okamoto, offizieller Bildberichterstatter von Hochkommissar General Mark Clark, überliefert nicht nur seinem Arbeitgeber, sondern auch der Nachwelt Fotos aus den Ateliers der Wiener Künstler der ersten Nachkriegsjahre, von deren Ausstellungen und natürlich auch aus dem Strohkoffer.

In der Ecke sitzt Albert Paris Gütersloh, der Präsident des Art Club und Marias Mentor. Er schaut aus seinen Echsenaugen in die Runde, die Brille ist an seine Nasenspitze gerutscht, aber seine Teilnahmslosigkeit täuscht. Obwohl er die siebzig schon überschritten hat, arbeitet er immer an irgendeinem Projekt. Hinter der Fassade von mönchischer Bescheidenheit blitzt immer wieder ein ätzender Witz auf. Der Malerdichter und Schauspielerphilosoph hat Maria über die Schwelle der Unbekanntheit geleitet in der Ausstellung in der Buchhandlung Kosmos im runden Jahr 1950. Er hat ihr die Bekanntheit prophezeit. Passiert ist aber bis jetzt nichts, wenn man die Ausstellung im Art Club nicht zählt. Maria Lassnig ist nach Maria Biljan-Bilger, die mit Susanne Wenger und anderen schon 1947 bei der Gründung dabei war und bei allen die größte Wertschätzung genießt, die erste Frau, die eine Einzelschau bekommt. Aber das reicht ihr nicht.

Vielleicht hätte Maria auf Wolfgang Hutter hören sollen bei der Ausstellung in der Buchhandlung. Der Sohn von Albert Paris Gütersloh hat Marias Bilder gesehen und gesagt, dass sie das nicht machen darf. Alles zeigen, was sie gemalt hat.

Die Leute wollen nicht sehen, was du alles kannst. Du musst nur eine Sache zeigen, damit du die Leute nicht verwirrst.

Aber was, wenn Maria selbst verwirrt ist? Wenn der Besuch in Paris ihr einen Anstoß gegeben, aber keine Klarheit verschafft hat?

Heute fühlt sich Maria weniger wohl als sonst. Weniger wohl als bei dem Gschnas, bei dem sie hier ihr Debüt hatte. Die Wiener lieben diese Feiern mit Kostümen, und Maria, Kind des Kärntner Faschings, liebt sie auch. Verkleidung macht Maria sicher. Sie spielt lieber eine Rolle als sich selbst und erscheint im rosa Pyjama, Arnulf an ihrer Seite, der sich als Mäderl verkleidet hat. Es macht Spaß, verrucht zu sein, auch wenn man es nur spielt. Die Mutigen tanzen Boogie und Jitterbug und schwingen ihren Körper so, wie sie sich vorstellen, dass es die Wilden im Busch tun. Dabei sind die einzigen Schwarzen, die sie jemals gesehen haben, kultivierte, gut ernährte Soldaten, die im Jeep durch Wien patrouillieren und den Kindern Süßigkeiten und den Frauen Netzstrümpfe und andere Luxusgüter schenken. Erst im Juli 1955 soll der frühere Bundeskanzler und nunmehrige Außenminister Figl die berühmten Worte rufen: »Österreich ist frei!«. Und die Besatzungstruppen langsam abziehen.

Einstweilen wird die ferne Freiheit im Keller des Strohkoffer eingeübt, mit amerikanischer Musik, die aus Afrika stammt. Der junge Mann, der am wildesten tanzt, heißt Buddy Frieberger. Ihn kennt jeder, nicht nur weil er als Kartenabreißer an der Tür steht, sondern auch, weil er einer der am wenigsten angepassten Künstler der Stadt ist. Er hat eine Lehre als Schirmmacher begonnen und ist dann lieber in die Schule des Lebens gewechselt. Buddy geht in Abbruchhäuser und malt dort die Wände an, eine Kunst, die vergänglich ist und von ihm mit der Kamera festgehalten wird. Auf einem Foto hat er sieben Kinder der Größe nach aufgestellt. Der vorderste Bub hält einen Hammer in der Hand, die anderen eine Holzlanze, mit der sie offenbar ein hinter ihnen befindliches Wandgemälde à la

Picasso zerstören wollen. *Avanti! Vienna Avantgarde 1950* heißt das Bild. Es ist so schelmisch wie sein Schöpfer, der seinen Fotos stets einen komischen Dreh zu geben versteht.

Buddy Frieberger ist zwanzig und weiß immer genau, was er will. Maria ist zweiunddreißig und hat oft keine Ahnung, was sie wollen soll. Buddy trägt Anzug und Krawatte und tanzt wie ein junger Gott. Maria hat noch niemanden so heftig, so mit seinem ganzen Dasein tanzen gesehen. Er stampft sich in Trance und sieht aus, als ob er jeden Moment in Ohnmacht fallen würde. Als er stolpert, springt Maria instinktiv auf. Aber er fängt sich wieder und lacht sie nun an. Er lacht direkt in sie hinein, seine Hand bewegt sich in ihre Richtung und Marias Hand schnellt ohne ihr Zutun in die entgegengesetzte. Zu ihm. Er nimmt ihre Hand und wirbelt Maria herum. Maria verliert zuerst den Boden unter den Füßen, im nächsten Augenblick vergeht ihr Hören und Sehen, es rauscht in ihren Ohren, ihr Herz hört auf zu schlagen, als sie durch die Luft fliegt, und ein lautes Lachen entringt sich ihrer Kehle. Der junge Gott kennt die neuesten Tänze. Unter seiner Führung kennt Maria sie auch, als ob sie sie immer schon gekannt hätte. Sie vertraut sich dem Rhythmus der Musik und des Mannes an, der den Takt vorgibt und dessen Wärme über seine Hände in die ihren fließt. Marias Herz fliegt in die Höhe, ihre Füße werden heiß und ihre Beine zucken. Sie ist nicht mehr sie selbst und doch so sehr eins mit sich wie schon lange nicht mehr. Der Abend dauert lang und ist in dem Augenblick vorbei, als Maria weiß, dass sie gehen muss.

Maria lässt die anderen weitertanzen und steigt die enge Wendeltreppe hinauf. Vor der Tür steht Arnulf. Er ist in ein Gespräch mit Rudolf Schönwald vertieft. Es geht um ein Ankaufsgespräch mit einem Beamten des Kulturamts. Marias Schritt stockt. Wen sie im Moment nicht braucht, das ist

Arnulf. Aber sie braucht Geld. Wie immer. Und sie versteht immer noch nicht, wie man es verdient. Wie man sich verkauft. Schönwald weiß es auch nicht, aber er versucht es zumindest. Er hat den Krieg überlebt, also wird er auch jetzt überleben. Von Hamburg ziehen seine Eltern auf der Flucht vor Hitler nach Salzburg. Aber Hitler kommt hinterher. Die Eltern versuchen die Kinder auf ein Schiff nach England zu setzen, aber das Schiff kann nicht auslaufen, denn inzwischen hat Hitler einen Krieg verbrochen. Schönwalds Vater bringt sich um. Die Mutter, die nach den Nürnberger Gesetzen als Halbjüdin gilt, und die zwei Söhne, die paradoxerweise als Dreivierteljuden eingestuft werden, ziehen nach Wien, fliehen von dort aus nach Budapest, werden deportiert und getrennt. Rudolf und sein jüngerer Bruder überleben den siebenwöchigen Kampf um die ungarische Hauptstadt durch jugendliche Zähheit und Anpassungsfähigkeit sowie durch zahlreiche Glücksfälle, die Mutter das Konzentrationslager Auschwitz. Wieder vereint, macht die Mutter ihren Söhnen keine Vorschriften mehr, wie sie zu leben haben. Künstler? Warum nicht. Schönwald ist so alt wie Arnulf. Trotzdem kennt er sich besser aus als Maria. Er geht nicht hausieren mit seiner Lebensgeschichte, denn die Wiener mögen ihre ehemaligen Opfer nicht. Aber er will mit seinen Bildern Geld verdienen.

Maria braucht immer noch die Hunderter, die Mutting ihr schickt. Arnulf hat ihr mehrmals angeraten, sich eine Arbeit zu suchen. Und wenn schon das nicht, dann sich wenigstens von der engen Beziehung mit ihrer Mutter zu lösen. Maria hat beides nicht einmal in Erwägung gezogen. Maria braucht Mutting. Und sie kann nicht arbeiten, weil sie Kunst machen muss. Aber Maria weiß, dass es so nicht weitergehen kann. Deswegen gibt sie sich einen Ruck, um anzuhalten, um stehen zu bleiben und sich in das Gespräch zu mischen. Sie weiß ja so wenig. Wenn man immer im Atelier sitzt und malt, bekommt man nichts mit von der Welt.

Arnulf schaut nicht sehr begeistert drein, als er Maria sieht. Maria stellt sich trotzdem dazu und fragt nach einer Zigarette. Wer raucht, muss nicht reden. Schönwald gibt ihr eine. Offenbar hat er gerade Geld. Maria zieht an der Zigarette, und nicht nur wegen des scharfen Dampfs, der in ihre Lunge dringt und sie von innen ausfüllt, der in ihre Adern kriecht und ihren Kopf durchputzt, muss sie die Luft anhalten. Eigentlich sollte sie das Nikotin gewöhnt sein, denn natürlich raucht Maria, so wie alle, aber bei ihr wirkt immer alles stärker als bei anderen. Sie ist hellwach und weiß, dass sie heute Nacht wieder einmal nicht schlafen können wird. Arnulf merkt nie etwas, wenn er raucht. Und jetzt sowieso nicht. Er pafft und hustet, aber Maria weiß, dass er darunter nicht leidet. Er hat andere Sorgen als seinen Körper. Deswegen behandelt er ihn oft so sträflich. Und wenn Arnulf an Geld denkt, nimmt er sowieso nichts anderes wahr. Marias Grant gibt ihr die Gedanken ein. Warum soll sie gerecht sein, wenn zu ihr auch niemand gerecht ist?

Arnulf erzählt gerade von seinem Zwillingsbruder, der jetzt bei der Atombehörde arbeitet, wo es eigene Lebensmittelkarten gibt, und Steuern müssen sie dort auch keine zahlen.

Manche können es sich eben richten, meint Schönwald, der von Arnulf unterbrochen wurde in seiner Geschichte über das Verkaufsgespräch im Kulturamt.

Aber wenn man sich einbildet, Künstler sein zu wollen, ist es nicht so leicht, sagt Maria.

Ja, da wird einem nichts nachgeworfen, bestätigt Schönwald.

Das Kulturamt befindet sich hinter dem Rathaus, das immer noch renoviert wird. Dass die Beamten sich dort aufführen wie kleine Götter, hat Maria schon gehört. An Lebensmitteln scheint es ihnen auch nicht zu mangeln.

Der Beamte war so blad, dass ihr euch das gar nicht vorstellen könnt, sagt Schönwald. Mindestens hundert Kilo! Und natürlich eine Glatze! Sein Knopf war immer kurz davor, herunterzuspringen. Ich konnte nirgendwo anders hinschauen.

Wer zu viel denkt, dem rennt das Haar davon, unkt Arnulf.

Zu viel zu denken kann man Arnulf nicht vorwerfen, denkt Maria, aber sie verkneift es sich. Zu sehr ist sie bereits in das kleine Dramolett hineingerutscht, das Schönwald nun zum Besten gibt.

Ich komm rein und steh herum. Also, geben S' Ihre Sachen schon her!, sagt der Blade. Ich reich ihm die Mappe. Soll ich selber blättern?, raunzt er mich an. Ich blättere und zeige ihm meine Sachen. Aber er fäult mich an: Ich hab schon genug gesehen. Das reicht!

Maria riecht den Atem des Beamten, den Rauch der Zigarre und den Rest seines Mittagessens, und ihr Magen zieht sich zusammen. Sie riecht die Macht und ihren Missbrauch. Die Verachtung dessen, der glaubt, ein wenig Macht ergattert zu haben, für den Bittsteller, der vor ihm steht. Den Gram des Bittstellers, der in diesem Fall Schönwald heißt und ein Künstler ist und vor dem dicken Beamten buckeln muss, um sich etwas zu essen kaufen zu können. Der schönes Deutsch spricht, vielleicht weil er in Hamburg geboren wurde, der vor den Rassengesetzen nach Ungarn fliehen musste und dort ins Lager kam, der als U-Boot überlebte und nun vor dem Beamten kniet, der seinen fetten Hintern wahrscheinlich immer zeitgerecht auf den nächsten Posten hinübergerettet hat. Der den Dialekt benutzt, um dem feinen Herrn zu zeigen, wer das Sagen hat. Maria wirft die Zigarette zu Boden und tritt darauf.

Die war doch noch nicht zu Ende geraucht, sagt eine Stimme hinter ihr, und eine Hand legt sich auf ihre Schulter.

Es ist Buddy. Er scheint schon den ersten Teil des Gesprächs mit angehört zu haben. Maria hat es gar nicht gemerkt. Dabei hat sie doch sonst den sechsten Sinn.

Warum tust du dir das an?, fragt Buddy. Ich mach bei so was nicht mit.

Es kann nicht jeder so ein Naturmensch sein wie du, wir anderen brauchen Geld, sagt Schönwald.

Maria lässt das Wort Naturmensch auf ihrer Zunge liegen. Ist der Mensch nicht immer Natur? Nein, sagt die Stimme in ihr, die manchmal mehr weiß als sie selbst. Niemand ist Natur. Wir alle sind Kultur. Sie alle sind Kultur. Sie können sich verstellen. Nur Maria nicht. Sie läuft herum wie ein verlorenes Lamm und bekommt nicht mit, wie die Welt funktioniert und worum sie sich dreht. Natürlich um Geld. Das weiß sogar Maria. Aber sie will es nicht wissen, weil es sie nicht interessiert. Es sollte sie aber interessieren. Deswegen gibt sie sich schon wieder einen Ruck.

Und, hat er welche gekauft?, fragt sie.

Aber Schönwald antwortet nicht. Arnulf stößt ihn in die Seite. Schönwald, dessen Blick ins Leere geglitten war, wacht auf.

Er hat zum Schluss auf zwei Bilder gezeigt und mich angeschnauzt: Das und das tragen S' jetzt in »Das gute Bild für jeden«. Und sagen S' denen, dass ich Sie schick.

Also doch! Kann sich da jeder bewerben?, unterbricht Maria.

Wart, ich bin noch nicht fertig, sagt Schönwald.

Er hat sich die Pointe für den Schluss aufbewahrt.

Was zahlen Sie denn?, frag ich schüchtern. Was haben S' sich denn vorgestellt?, fragt er zurück. Ich sag meinen Preis. Das ist auf jeden Fall zu hoch, schnauzt er mich an. Und: Gemma, gemma! So hat er mich rauskomplimentiert.

Wie viel zahlen sie jetzt wirklich?, will Maria wissen.

Aber Buddy zieht sie weg.

Paris kommt auch nach Wien. Ende 1951 spricht der kleine große Mann der Weltkunst Pablo Picasso auf der Reichstagung des Weltfriedensrats, der von den Kommunisten kontrolliert wird. Auf den Plakaten, die an allen Baustellen kleben, ist ihm die Taube vorausgeeilt, Picassos Beitrag zur völkerübergreifenden Verständigung über die Notwendigkeit des Friedens. Er soll die Albertina besuchen, aber dann doch nicht mit großem Empfang, wie es deren Direktor geplant hat, sondern, bitte, nur privat und in kleiner Begleitung. Der Direktor ist unter Druck geraten und gibt es nicht gerne zu. Der Friede ist fragil, und überall wird ein Wiederaufreißen der Gräben, ein Wiederaufflammen des Krieges befürchtet, zumindest ein Anheizen der erkaltenden Feindschaften mittels Brandreden. Im Dezember 1952 beginnt es wieder zu glimmen. Jean-Paul Sartre, der noch viel kleinere große Mann der Weltphilosophie, spricht auf dem Kongress der Weltfriedensbewegung in Wien.

Dazwischen liegt der Besuch von Jean Cocteau im Mai 1952 im Strohkoffer, ein Weltereignis im Taschenformat. Igor Strawinskys *Oedipus Rex* wird im Akademietheater aufgeführt. Die Adaption des Dramas von Sophokles hat der russische Komponist mit dem französischen Dichter verfasst. Als die Protagonisten des Art Club Wind davon bekommen, dass Cocteau der Stadt einen Besuch abstatten wird, werden sie aktiv. Der Schriftsteller, Maler und Regisseur Jean Cocteau im Gespräch mit den Künstlern des Art Club, am besten im Strohkoffer? Wer nicht groß denkt, kann nicht gewinnen. Und auf jeden Fall darf es nicht zu früh durchsickern. Der Coup gelingt. Der Meister wird ab dem Frühstück betreut, seine Laune überwacht, die Proben besucht, die Freunde angerufen, die bitte nichts verlautbaren sollen. Aber die Nachricht verbreitet sich wie ein Lauffeuer. »Jede Stadt hat ihre Spitze, in Paris ist es Saint-Germain-des-Prés, in Wien ist es der Art Club«, wird

Cocteau später in der Zeitung zitiert. Die Speerspitze der Wiener Avantgarde, die Mitglieder des Art Club, sind nicht viele. Und nicht viel mehr passen in den Strohkoffer hinein. Die Privilegierten müssen mit Zulassungskarten ausgestattet werden. Arnulf kann keine ergattern, schließlich ist er kein Mitglied und auch im Keller nicht immer gerne gesehen.

Trotz der strengen Beschränkung ist der Andrang groß. An die sechshundert Schaulustige belagern den Kärntner Durchgang, als Cocteau das Lokal betritt. Die Wochenschau hat ihre Kabel verlegt und ihre Scheinwerfer aufgestellt. Autogrammbitten sind untersagt, vergebens. Kaum ist der Universalkünstler unten angelangt, als der Erste ein Autogramm verlangt. Irgendjemand wird rabiat. Beinahe eskaliert die Situation. Dann reißen sich alle zusammen. Cocteau wird einer der wenigen Tische zugewiesen, die meisten Zuschauer bleiben stehen, damit sie ihn auch sehen können. Sein ausdrucksvolles Gesicht mit den großen Augen ist im Profil am markantesten, dominiert von einer langen, spitzen Nase. Seine hohe Stirn verlängert sich in eindrucksvolle Geheimratsecken. Obwohl er über sechzig ist, weist sein voller, dunkler Haarschopf kaum graue Strähnen auf. Eine Traube von pfeifenrauchenden Männern und sorgfältig gewandeten Damen drängt sich um ihn auf dem Foto, das den Weltaugenblick in Wien festhält. Die Namen der Herren sind dokumentiert, die der Damen nicht. Sie sind sichtbar, aber trotzdem unbekannt.

Wenn Arnulf etwas will, lässt er sich nicht so leicht abwimmeln. Er schafft es, unbemerkt in den Halbstock und in die Garderobe zu gelangen, wo die Frau eines Malers zum Dienst bestellt ist. Aber sie ist auch hinuntergegangen in die heilige Halle, um dem Gottesdienst beizuwohnen. Arnulf versteckt sich hinter dem Tisch, auf dem die Jacken und Mäntel liegen, und kritzelt manisch auf ein Blatt Papier, das er dem Meister überreichen will. Er ist nicht gewillt, so eine Chance an sich vorbeigehen zu lassen. Seine Bilder nennt Arnulf Zentralisationen, Zentralgestaltungen oder Zentralgestalt. Er setzt Pinsel oder Stift mittig an und lässt ihn dann auszucken. Das hat Kraft und Lebendigkeit. Arnulf lässt es zu, dass seine Hand geführt wird, vom Leben selbst. Das begreifen die alten Männer nicht, jedenfalls viele von ihnen, und sie sollen es ja auch nicht. Die alten Männer gestalten nicht mehr, sie verwalten nur. Arnulf hasst es, von ihnen abhängig zu sein.

Jean Cocteau wirkt beweglich wie eine Marionette, die langen Finger scheinen immer in Aktion, aber manchmal erstarrt sein Gesicht plötzlich zur Maske und die Anwesenden in Ehrfurcht. Sein Deutsch ist kaum verständlich, nicht nur wegen seines starken Akzents. Seine Aussagen versteht trotzdem jeder. Denn wer eine Sprache nicht beherrscht, kann sich nur einfach ausdrücken, ohne Nuancen, Ironie und doppelten Boden. Das macht ihn noch interessanter. Den Rest erzählten Cocteaus Hände, umschmiegt vom Seidenfutter seines Rockärmels, den er lässig aufgeschlagen hat, sodass die eleganten elfenbeinfarbenen Manschetten sichtbar werden.

Ich spreche schlecht Deutsch, aber mein Herz spricht gut, sagt er, und ein ehrfürchtiges Lächeln geht durch die Menge.

Der Künstler ist frei, sagt er, und die Menge nickt, die Männer ziehen befriedigt an ihrer Pfeife, die Damen haben ihre Augen an seine markante Stirn geheftet. Wer genug Ehrgeiz besitzt, versucht seinerseits, mit einem Statement oder vielmehr einem Bonmot zu kontern. Auf diese Weise entspinnt sich kein Gespräch, aber so etwas wie ein Schlagabtausch. Überliefert werden aber nur die Sätze des Meisters.

Der freie Mensch ist ein Monster, sagt der Meister, un monstre.

Man schaut sich gegenseitig an.

Früher sind die Künstler totgeschwiegen worden, sagt der Meister, heute werden sie totgelobt.

Ein Raunen geht durch die Menge, dabei gibt es hier niemanden, der sich zu viel gelobt fühlt. Aber alle wissen jetzt, warum das so sein muss. Einen Satz hat der Meister noch.

Jede Gesellschaft will ihre Dichter töten.

Und noch einen.

Am schlimmsten ist es, wenn die Dummheit denkt.

Dann berichtet Cocteau davon, was in der Welt passiert, von Picasso, der aus Müll Plastiken macht und dabei Spaß hat. Picasso lässt alles lebendig werden. In der Ziege, die er jetzt gemacht hat, une sculpture, ist alles enthalten: ein Korb, ein Besenstiel, eine Sprungfeder, Milchdosen, Glühbirnen. Der Meister muss sein mangelhaftes Deutsch mit französischen Wörtern ausstopfen. Aber sie verstehen ihn trotzdem.

Picasso est un dieu. Er wirft eine Handvoll gypse auf seine Ziege, gießt sie in Bronze, und sie lebt immer noch. Picasso est le roi des marchés aux puces, der Flohmärkte. Trödelmärkte. Picasso ist der Napoleon der Kunstwelt des zwanzigsten Jahrhunderts.

Maria ist nicht dabei, aber sie bekommt es von Arnulf brühwarm erzählt, der auch nicht dabei ist, sondern im Halbstock sitzt, aber alles erzählt bekommt von denen, die heimlich mitgeschrieben haben, um einen Beweis zu haben, dass sie bei dem Ereignis dabei waren, um die Erkenntnisse heimzutragen, die der schmale große Mann ihnen gespendet hat, und sie dann in die Welt hinauszuposaunen.

Arnulf trägt die Worte zu Maria.

Der freie Mensch ist ein Monster!, sagt er mit leuchtenden Augen.

Da hat er wohl dich gemeint?, spottet Maria.

Hör auf, Maria. Du bist nur neidisch, dass du nicht dabei

warst. Jede Gesellschaft will ihre Künstler töten! Das hat er auch gesagt.

Ich habe gehört, dass er gesagt hat, jede Gesellschaft will ihre Dichter töten.

Ist doch egal! Dichter oder Künstler. Das ist doch dasselbe.

Ist es nicht, sagt Maria. Sonst wäre ich schon lange Dichterin, aber ich bin es nicht, weil ich es mir nicht anmaße.

Dann schreib doch einfach was!

Dafür gibt es zu wenig Wörter!

Arnulf will noch zum Altwarentandler. Das mit dem roi des marchés aux puces hat ihn beeindruckt. Arnulf hat auch schon vor dem Besuch des Meisters auf Flohmärkten eingekauft: Bilder, die er dann übermalt hat. Arnulf hat kein Geld für Leinwand und Rahmen. Aber kein Geld zu haben ist auch Kunst, jedenfalls wenn man etwas daraus macht. Wenn sogar jemand wie Picasso aus Trödel Kunst machen kann, dann kann er das auch.

Du bist nicht Picasso, sagt Maria.

Aber du?, stöhnt Arnulf.

Du bist eher der Napoleon des zwanzigsten Jahrhunderts, schnauft Maria. Bekanntlich ist Napoleon kläglich gescheitert. Aber ihr erinnert euch nur an seine Siege. Ihr seid immer bereit, euch gegenseitig und auch selbst zu vergöttern. Picasso hält sich bestimmt für einen Gott. Aber so gut ist er gar nicht.

Arnulf schaut Maria an.

Du glaubst anscheinend wirklich, dass du selbst ein Picasso bist.

Maria sagt nichts mehr.

Erzähl weiter, fordert sie, aber Arnulf erzählt nichts mehr.

Dafür erzählen andere Maria, was passiert ist. Dass Carl Unger, seines Zeichens Gründungsmitglied des Art Club, echauffiert hinuntergekommen sei, noch während Cocteau gesprochen habe, und gesagt habe: Da sitzt der Rainer in der Garderobe und onaniert. Und dass manche das wirklich geglaubt hätten. Maria lacht. Arnulf fährt beim Zeichnen immer so rasend schnell mit dem Bleistift hin und her. Das weiß Maria, aber das wissen nicht alle. Und er hat sich ja wirklich einen abgeschüttelt über den großen Meister, der einen Stock tiefer saß und dem Publikum seine Worte spendete.

Und, hast du ihm die Zeichnung jetzt gegeben?, fragt Maria das nächste Mal, als sie sich sehen.

Aber Arnulf schnauft nur. Er hat genug von allem. Und von Maria sowieso. Sie hat auch genug von ihm. Er kann nie etwas zugeben. Selbst wenn es sonnenklar ist und auf der Hand liegt. Er wirft ihr dasselbe vor. Mit ihnen ist es aus. Jedenfalls muss es bald aus sein. Auch wenn Arnulf immer noch und immer wieder glaubt, sich für Maria einsetzen zu müssen. Und es ihr dann vorhalten zu können. Bei der ersten Ausstellung im Strohkoffer ist noch kein Bild von Maria dabei, weil sie sich nach Kärnten zurückgezogen hat. Aber Arnulf engagiert sich für sie. So sehr hasst er den Art Club doch nicht. Oder noch nicht. Dann klappt es doch. Die Jury verfrachtet das Bild in die dunkelste Ecke. Ohne Maria zu fragen, startet Arnulf eine nächtliche Aktion. Er hängt das Bild um. Dafür muss Maria dann dankbar sein. Aber sie will sich eigentlich nur genieren. Sie liebt Arnulf. Jedenfalls manchmal. Und er liebt sie. Jedenfalls auf seine Art. Immer wenn Maria denkt, es ist aus, geht es noch weiter. Wenn ein Brief von Arnulf kommt, wird sie weich. Arnulf denkt, dass Liebe keine Einbahnstraße ist. Er hat zu oft auf Maria gewartet. Wenn sie sich treffen, bricht sofort Streit aus. Eine Liebe ist aber kein Krieg, denn sie endet meistens nicht im Frieden. Marias Liebesbeziehung mit Arnulf ist eine verlorene Schlacht. Maria fährt wieder einmal dorthin zurück, wo sie hergekommen ist, zu Mutting nach Kärnten. Wie damals, kurz vor Ende des Krieges. Maria rutscht in Gedanken so oft in die Vergangenheit zurück, dann beginnen die Zeitebenen zu verschwimmen. Alles, was in ihrem Kopf vor sich geht, wird für Maria zur Gegenwart.

3. KAPITEL
BRAUN IST KEINE FARBE

Während Maria in der Akademie der bildenden Künste am Schillerplatz das akademische Malen lernt, zerstört der Krieg die Welt. Maria kämpft nicht im Krieg, sie kämpft darum, nicht in ihn hineingezogen zu werden. Dezember 1944. Maria hat ihr Studium abgeschlossen. Die Tochter und Enkelin einer langen Reihe von unehelichen und ungebildeten, unterprivilegierten und überarbeiteten Frauen ist Besitzerin des Diploms einer Hochschule. Aber was soll sie nun damit tun? Welche Zukunft eröffnet ihr dieser Sieg?

Der Professor, der auch aus Kärnten kommt, sagt zu ihr: Fahren Sie heim, solange es noch geht.

Der Krieg neigt sich dem Ende zu, die Niederlage ist unausweichlich, aber das glaubt Maria schon lange, so lange, dass sie es langsam nicht mehr glauben kann. Sie fährt trotzdem nach Hause, zu ihrer Mutter und dem alten Vater. Sie hat ja sonst niemanden. Maria sitzt im Zug und fährt zurück dorthin, wo sie hergekommen ist. Über die Berge und durch die Täler fährt der Zug, der voll ist mit Menschen, die nach Hause wollen oder die nur irgendwohin wollen, weg von Wien. Der Zug rollt schon durch Kärnten, den kleinen Gau, der im Krieg eine große Rolle gespielt hat. Als Heimat von überdurchschnittlich vielen überzeugten Nationalsozialisten. Als Bollwerk gegen den Süden, gegen Italien und die slawische Welt, die mitten in Kärnten beginnt, wo binnen weniger Jahre fast kein Slowenisch mehr gesprochen wird. In einem Rest von Erbarmen – oder ist es nur Kalkül? – gesteht man den Slowenen zu, sich zu »germanisieren«. Viele haben es schon vorher getan. Marias Urgroßvater, der Vater ihrer Großmutter, 1836 geboren, kommt aus der Nähe des slowenischen Kranj. Von ihm stammt der Name Gregorc, den er bereits bei seiner Heirat mit zweiundvierzig Jahren Gregorz schreibt. Slowenisch spricht in der Familie aber niemand mehr, und der Urgroßvater ist schon fünf Jahre vor Marias Geburt gestorben. Nur die Großmutter hat noch slowenische Wörter benutzt. Tschmute und Tschwote heißt langweiliger Mensch, Tschapele dummes Ding und Tschinkale kleines Kind. Vielleicht hatte die Großmutter sie noch von ihrem Vater gehört. Im Fotoalbum von Mathilde ist ein Bild der Urgroßeltern. Darunter steht: »Die Großeltern Gregor«. Das z oder c hat Mathilde offenbar oder vielmehr wohlweislich weggelassen. Mathilde ist sehr anpassungsfähig. Vor allem, wenn es zu ihrem eigenen Vorteil gereicht.

Viele, die sich erst mit dem sogenannten Anschluss Österreichs an Nazideutschland »germanisieren«, verhindern damit den Tod, aber nicht die Enteignung. Als Ausweg bleibt nur die Flucht zu den Partisanen. Diese Wunde wird jahrzehntelang nicht verheilen. Es wird über sechzig Jahre dauern, bis in Kärnten zweisprachige Ortstafeln aufgestellt werden.

Im Zug spricht man Deutsch. Aber die meisten schweigen. Sie sind zu müde zum Reden. So wie Maria. Die Bomber sind schon aus der Ferne zu sehen. Die Menschen schreien, die Bomben fallen, sie treffen den Zug, aus dem die Menschen springen, jedenfalls die, die nicht tot sind und noch springen können. Maria springt. Sie landet auf ihren kräftigen Beinen. Die letzten vierzig Kilometer geht sie zu Fuß. Sie zittert, aber sie geht. Sie schaut, aber sie denkt nicht mehr. Sie läuft weg von den Toten und hofft, dass ihre Eltern noch leben. Sie erreicht das Haus, das noch steht.

Maria atmet auf. Aber ihre Brust ist immer noch zusammengeschnürt. Sie kann nicht sprechen. Sie hat nichts mehr zu sagen. Deswegen sagt sie nicht einmal Grüß Gott, bevor sie ein Stück Kohle nimmt und eine Holzfaserplatte. An einen Gott glauben nur liebe Menschen. An einen Gott glauben nur die, die noch nichts erlebt haben. Maria schaut in den Spiegel und sieht eine fünfundvierzigjährige Frau, obwohl sie erst fünfundzwanzig ist. Sie war nie jung. Jetzt ist sie alt. Die Kohle färbt ab wie der Krieg. Das Mädchen mit den langen Zöpfen, das sich mitten im Krieg an der Akademie beworben hat, ist gestorben. Maria holt die Farben aus dem Koffer. Grün und Rot, Blau und Gelb. Viel ist nicht mehr drinnen in den Tuben. Sie wird sich lange keine neuen kaufen können. Vielleicht nie mehr.

Die Frau, die auf der Holzplatte entsteht, trägt einen Kranz aus Kugeln um den Hals, rot wie Blut über den grünen Brüsten. In der Hand hält sie das Stück Kohle. Das Selbstporträt ist ein Abschied. Maria ist fünfundzwanzig und hat kein Leben hinter sich. Sie hat, wie alle, eine schwarze Wand vor sich, die Krieg heißt und bald in sich zusammenstürzen soll, aber was heißt bald. Das Jahrhundert hat tausend Jahre gebraucht, um immer noch nicht halb vorbei zu sein. Wenn die tausend Jahre vorbei sind, ist auch ihre Jugend vorbei. Maria hat studiert und soll jetzt beginnen zu leben. Aber wie, wo und warum? Warum hat sie gelernt, nach der Natur zu zeichnen, wo die Natur auch ohne sie gut zurechtkommt? Warum hat sie gelernt, Menschen zu malen, wenn Menschen alles zugrunde richten?

Maria kann nichts anderes. In der Akademie zeichnet sie Tag und Nacht, sie zeichnet Samstag und Sonntag. Was soll sie auch sonst tun? Professor Wilhelm Dachauer ist eine Respektsperson. Maria kann von ihm lernen. Manchmal ruft er die Studenten in sein Arbeitszimmer, raucht seine Pfeife an und fragt sie, was sie am liebsten zeichnen würden. Maria fühlt sich gemeint. Der Professor ist ein alter, wichtiger Mann, aber er interessiert sich dafür, der Jugend etwas beizubringen. Das merkt man sonst nicht, weil er immer nur auf eine Viertelstunde zu ihnen herunterschaut. Als Maria das erste Mal hinaufgerufen wird, ist sie glücklich. Sie ist glücklich, wenn sie zeichnet. Manchmal hat sie Angst, dass es zu viel des Glückes sein könnte.

Wer zeichnen lernen will, sagt der Professor, vor dem Maria eine heilige Ehrfurcht hat, darf keinen Radiergummi verwenden. Maria radiert für ihr Leben gern, aber sie gewöhnt es sich ab. Der Professor mag es auch nicht, wenn sie zu rasch zeichnet und gleich fertig ist. Maria bemüht sich, sich zu beherrschen. Aber der Stift ist schneller. Und der Kopf verlangt nach mehr. Nach Vorbildern. Nach Anregungen. Die Bibliothek ist leer geräumt. Nur noch Bauernmalerei. Aber Bauern interessieren Maria nicht. Es bleibt ihr nichts anderes übrig, als die Impressionisten zu entdecken. Édouard Manet wird ihr Gott. Der Herrscher des Lichts. Sogar Braun wirkt bei ihm freundlich. Die Klarheit seiner Farben tröstet Maria über das Dunkel der Hallen, die Leere der Bibliothek und die Eintönigkeit der Uniformen auf der Straße hinweg. Farben sind Licht, Farben sind Freude.

Aber der Professor duldet kein Licht. Er duldet keine Farben. Braun in Braun lautet die Devise. Maria rührt die braunen Saucen an, es bleibt ihr nichts anderes übrig. Wenn Maria lang genug auf das Braun starrt, trennt es sich auf in Rot und Grün, in Gelb und Blau. Sie schaut mit Scheuklappen so lange auf einen winzigen Fleck, bis sie zur Herrin der Farbe wird.

Was starrst du so!

Das hat schon die Großmutter zu Maria gesagt und dann die Mutter. Jetzt hat Maria einen Grund zu starren. Maria wechselt die Klasse, weil die Farben, die sich bei dem Starren in

Rot und Grün, Gelb und Blau auflösen, nicht zurück zu dem Braun zusammenfließen wollen.

Draußen tobt der Krieg. In ihren Tagebücher schreibt Maria fast nichts über den Krieg und die Verfolgungen. In ihren Tagebüchern steht nichts von dem Skandal, der sie vor das Studentengericht bringt. In ihren Tagebüchern geht es nur um die Kunst. Die Kunst ist jetzt Marias Leben. Maria ist ihre Dienerin. Aber wer Kunst machen will, braucht Geld. Maria sucht um Stipendien an und erhält welche. Ihre Arbeit wird geschätzt, denn Maria ist begabt. Maria wird gelobt, aber sie ignoriert das Lob. Es geht nicht um sie selbst, es geht um ihre Bilder.

Im dritten Kriegsjahr, 1942, feiert die Akademie ihren zweihundertfünfzigsten Geburtstag mit einem Spektakel. Gauleiter und Reichsstatthalter Baldur von Schirach und der ehemalige Bundeskanzler Arthur Seyß-Inquart, der jetzt auch Reichsstatthalter heißt, erhalten beim Festakt eine Ehrenmitgliedschaft der Akademie. Männer in Uniform schreiten die Bilder entlang. Sieben von ihnen stammen von einem Keuschlerkind mit dicken Zöpfen, das es nicht versteht, sich von der Welt abzusetzen, das nichts tut als zeichnen und malen, denn es kann ja sonst nichts, ein dummes Kind, stur wie ein Schafbock, das nicht mit der Menge blökt, sondern schweigt, weil es nicht zu reden gelernt hat, weil es nicht hierhergehört und nur zu Gast ist in den kühlen Hallen, denen es ein Geheimnis zu entreißen versucht, von dem es weiß, dass es sich in der Malerei versteckt, aber die Hallen verlangen einen Preis dafür.

Du weißt gar nicht, wie genial du bist, sagt einer zu ihr, der auch versucht, malen zu lernen, aber sich viel schwerer damit tut als Maria. Ja, das weiß Maria tatsächlich nicht. Sie weiß nicht einmal, was das ist: genial. Aber sie weiß, dass sie mehr will als die anderen, die sie in ihren Briefen nach Hause

»sogenannte Künstler« nennt, die lieber im Weinkeller sitzen und anlassig werden, als über Kunst zu reden oder Kunst zu machen. »Ich glaube, ich werde immer am Unerreichbaren hängen, ich kann nicht anders«, schreibt Maria an Mutting, da ist sie erst ein paar Monate an der Akademie. Und dass ihr jede Stunde schade sei, die sie nicht der Kunst opfere. Maria ist Asketin, und Asketinnen brauchen keine Wärme, sondern Anerkennung. Die bekommt sie auch. Sie wird mit ihrem Nachnamen angesprochen und Lassnig oder Lassnigin genannt, nicht mit ihrem Vornamen, so wie die anderen Studentinnen. Maria lebt schon in einem Turm, als sie auch räumlich in den Turm ziehen darf, in eines der Ateliers in den Türmen der Akademie.

Maria fühlt sich erwählt. Im Turm arbeiten zu dürfen ist ein Privileg, das nur wenigen zuteilwird. Maria genießt das Licht. Sie spricht nicht viel, das lässt sie anziehend erscheinen, für die jungen Mädchen wie für die Burschen. Aber sie lässt nicht so schnell jemanden an sich heran. Sie lässt nicht so schnell jemanden teilhaben an ihrem Hochmut und ihrer Einsamkeit.

Maria genießt es, dort oben im Turm der Welt zu entfliehen, denn sie weiß, was unten passiert. Die Zimmerwirtin hat ihr gleich am Anfang gesagt, dass über die Straße eine Synagoge gestanden ist, dass auch sie gebrannt hat in jener Nacht im November 1938, die in Wien erst in den Morgenstunden so richtig an Fahrt aufgenommen hat, an Geschrei und Geklirr, und dabei ging nicht nur Glas zu Bruch, dabei kamen auch Menschen zu Tode. Mit der Welt stimmt etwas nicht, und man kann es nur vergessen, wenn man im Turm sitzt und schweigt. Wenn man sich in den kühlen Hallen der Akademie bewegt, wo es keine Uniformen gibt. Wenn man schweigt. Und wenn man malt. Und wenn man mitmacht. Schweigen kann Maria. Mit dem Mitmachen steht sie auf Kriegsfuß. Aber dem Arbeitsdienst entkommt niemand.

Im Sommer 1941 wird Maria als Erntehelferin nach Rechnitz geschickt, um Reben zu binden und Rüben zu hauen. Die Landschaft mit Blick auf die endlos erscheinende ungarische Tiefebene ist grandios, aber die Winzerarbeit ist anstrengend, und der Bauer, bei dem Maria wohnt, nicht glücklich, als Maria ihn zeichnet. Dabei will Maria sich nur erkenntlich zeigen. Sie hat auch schon andere Landleute gezeichnet, so wie sie als Lehrerin ihre Schüler gezeichnet hat. Der Bauer sagt, dass er lieber zum Fotografen gehe, der mache ihn schöner. Dabei sieht er genauso grantig und misstrauisch und hart aus, wie Maria ihn gezeichnet hat.

Im Sommer 1943 lässt Maria sich lieber im Facheinsatz als Assistentin beim Freskenmaler Switbert Lobisser in Klagenfurt in der Kohldorfer Straße einteilen. Lobisser feiert mit seinen Bildern die angebliche Kraft des Bauernstands sowie die Frauen, die dem Führer dienen, indem sie ihm so viele Kinder wie möglich schenken. 1938 durfte er die von den Nazis abgeschlagenen Fresken von Anton Kolig im Kärntner Landhaus durch ein großmannsüchtiges Panorama zur Heimkehr Kärntens ins Reich ersetzen. Inzwischen kaufen bei ihm Joseph Goebbels und Rudolf Hess ein. Maria klettert auf das Gerüst, das für das Fresko errichtet wurde. Sie ist für die Kolorierung auf der weiblichen Seite zuständig, wo eine stillende Mutter sitzt, umgeben von Mädchen und Blumen, Lobisser für den Vater und den Buben, die sich zum Holzhacken aufmachen. Mutting ist stolz auf Maria. Sie hat es eingefädelt. Es ist noch nicht zu spät, Maria ist auf dem richtigen Weg. Bald wird die Tochter der Akademie den Rücken kehren. Bald wird sie berühmt sein und einen wichtigen Mann heiraten und Kinder bekommen. Was soll eine Frau denn auch sonst tun?

Switbert Lobisser, der weißhaarige Mann mit dem Gesicht eines Bergbauern, ist seit 1933 Parteimitglied. Er ist überzeugt vom Endsieg, und er wird es bleiben. Er ahnt nicht, dass ihr gemeinsames Fresko sein letztes werden wird. Am 1. Oktober 1943 stirbt der ehemalige Benediktinermönch, der wegen einer Frau den Orden verlassen hat, fünfundsechzigjährig. Maria sitzt an seinem Totenbett und zeichnet sein Gesicht. Sie sucht in seinen Zügen nach der Wahrheit, aber sein Gesicht spricht nicht. Dass sie seine Tochter ist, als die Lobisser Maria bezeichnet hat, stimmt nicht. Sie schaut das Foto an, das er ihr geschenkt hat. Maria sitzt darauf auf dem Gerüst vor dem Fresko auf einem Schemel. Sie trägt schon länger keine Zöpfe mehr und sieht seitdem älter aus, als sie ist. In ihren Schoß schmiegt sich ein Kleinkind, drei weitere Kinder klettern auf die Leiter, blond und mit Zöpfen, hinter ihr steht der Maler mit dem wettergegerbten Gesicht. Sie sind selbst ein Gemälde von Lobisser, eine heile Familie mit altem Vater und junger Mutter und einer Schar Kinder. Ein Gemälde, in dem Maria sich nicht wiederfindet.

Mutting stellt sich das Bild auf die Kredenz. Sie ist stolz auf ihr Kalb, das bald in den Stall der Ehe heimgetrieben sein wird. Aber das Foto lügt, und niemand zeigt darauf sein wahres Gesicht. Der freundlich dreinblickende Maler heißt das finstere Morden gut, und die Assistentin, die gute Miene zum bösen Spiel macht, verbirgt ihre finsteren Gedanken hinter einer undurchschaubaren Fassade. Sie wird nicht in den Hafen der Ehe einlaufen, auch wenn Mutting sich das noch so sehr wünscht. Die Fassade ist mit frischer Farbe getüncht, aber bald wird der Putz abblättern.

Maria streitet schon während des Kriegs für den Frieden, aber nur mit ihren engsten Freunden. Was soll eine junge Frau, die bloß Bilder malt, auch jemandem erzählen können, der gerade von der Front kommt und von Auffrischung und Abhärtung und dem neuen Menschen nach dem Krieg spricht? Gab es nach dem Ersten Weltkrieg neue Menschen? Gab es nach irgendeiner Krise neue Menschen? Maria weiß davon nichts. Aber was soll so jemand, der gerade von der Front kommt, von einer jungen Frau annehmen wollen, die sich offenbar von Pazifisten beeinflussen lässt? Maria sehnt sich nach Frieden, aber nicht dem falschen Frieden, wie sie ihn kennt, wenn Mutting und der alte Vater zusammenhalten um des lieben Frieden willen. Da ist Maria das reinigende Gewitter eines handfesten Ehekrachs lieber. Aber krachen soll es nur im Haus, nicht draußen, nicht im Großen, nicht überall. Nicht um den Preis der Kunst und des Wohlstands, den Maria in den Streitgesprächen gerne Wohlhabenheit nennt.

Wenn Maria Ideale gehabt hat, sind jetzt die letzten davon zusammengebrochen. Sie hat nur noch Mutting. Leider hat Mutting immer noch Ideale, im Kleinen wie im Großen, für ihre Tochter wie für ihr Land. Maria muss darüber hinwegsehen, wenn sie Mutting nicht verlieren will. »Sinn oder Un-Sinn?! Der Sinn ist schwer zu finden«, schreibt Maria Ende 1943 an Mutting, »der Un-Sinn steckt darin, dass man mit heiligem Ernst den Sinn zu wissen glaubt! Verblendete Menschheit, gräbt ihr eigenes Grab, jahrtausendelang schon und überall. – Kein Ende zu sehen!« Die jungen Männer fallen im Krieg, auch solche, die Maria kennt. 1944 findet Maria die Worte, die sie in dem Foto nicht gefunden hat, und schreibt sie an Mutting: »Wir sind alle schuld an diesem Krieg.«

Wer war Maria in dieser dunklen, undurchsichtigen, gewaltsamen Zeit? Eine junge Frau auf dem Weg zu sich selbst? Maria hat sich noch nie besonders für sich selbst interessiert. Sie will sich selbst erkennen, damit sie die anderen besser erkennen kann. Und dann beginnt sie zu begreifen, dass sie sich selbst durch die Kunst besser verstehen lernen kann. Kunst ist

Selbsterkenntnis, aber ohne Kunst ist das Selbst nicht interessant. Maria taucht aus ihren Erinnerungen auf und betrachtet das Porträt von sich selbst. Es ist kein Bild, sondern eine Suche. Aber Kunst ist ja auch keine Antwort, sondern eine Frage.

Sie hat das Bild mit zittrigen Fingern gemalt, nach dem Fußmarsch, der weg von dem zerbombten Zug führt und in die zerbombte Heimatstadt. Maria legt den Pinsel aus der Hand. Die Augen der Frau, die ihr fremd ist, die nicht mehr jung, aber auch noch nicht ganz alt aussieht, schauen erschrocken auf einen nicht sichtbaren Spiegel. Sie hält ein Mordinstrument in der Hand, schwarz und schmal und spitz wie ein Messer. Aber es ist nur ein Stück Kohle. Das Auge, das an dem Messer vorbeischaut auf sich selbst, quillt grün von Blut und Tränen, der Mund ist halb geöffnet. Aber er spricht nicht. Er spricht nie. Der Mund ist ein Portal, das die Welt in Maria hineinlässt, er kann sich nicht wehren. Das Bild ist noch nicht fertig, aber es ist gut so. Es ist das erste Bild seit Langem, das Maria anschauen kann, das sie aufstellt in ihrem Zimmer, neben das grüne Selbstporträt, das sie bei Professor Andri gemalt hat.

Professor Dachauer zu verlassen, indem sie zu Professor Andri wechselt, tut weh, aber es geht nicht anders. Maria hätte auf jeden Fall gelernt, so zu malen, wie sie es für richtig hält, aber so geht es schneller. »Meines Entschlusses so gar nicht froh, bin ich traurig über die Untreue, zu der mich mein Leben und meine Veranlagung zwingt«, schreibt sie an Mutting. »Wäre ich stark, könnte ich Dachauer mitreißen, so reißen mich andre Einflüsse (die muss ich zugeben) von ihm weg.« Maria hat kein Selbstbewusstsein, aber sie weiß, was sie will. Andri, Parteimitglied seit 1938 und seit 1944 gelistet auf der tausend Namen umfassenden Gottbegnadeten-Liste von Propagandaminister Joseph Goebbels, lässt sie. Er war Teil der Avantgarde um die Jahrhundertwende und sogar Präsident der

Wiener Secession und hat die siebzig bereits überschritten. Ihm fehlt der Eifer zur Bekehrung. Deswegen lässt er Maria leben und wachsen wie eine Pflanze zum Licht. Andri sagt zu Maria:

Sie machen's halt so, es plagt sich halt jeder auf seine Art.

Bald braucht Maria keine Professorenurteile mehr, denn sie weiß, was gut ist. Und das erreicht sie am besten, wenn sie alleine ist.

Maria sitzt im Elfenbeinturm. Draußen wütet der Krieg. Seit dem Herbst 1944 kommen die Flieger aus Tunesien und Sizilien, sie haben die Rüstungsindustrie südlich von Wien im Visier, aber sie fliegen auch über Kärnten und lassen Bomben auf Klagenfurt und Villach fallen. Vierhundertsiebenundsiebzig Tote und zweihundertfünfundsechzig Tote sind nicht wenig für zwei Provinzstädte. Die Menschen ducken sich und warten. Auf was? Dass die Bombardements aufhören? Dass die Angreifer siegen? Auch Maria wartet, zwischen Anspannung, Verzweiflung und zunehmender Gleichgültigkeit. Maria erwartet nichts, außer dass Wien auch noch drankommt. Wird es ihr gelingen, die Stadt vorher zu verlassen?

Maria malt. Sie hat schon so viele Selbstbildnisse gemalt, dass es ihr graust. Maria meidet die Politik. Aber das ist beinahe unmöglich. Einmal macht sich Maria über eine lustig, die sich »hergerichtet« hat. So nennt man Mädchen, die auf ihr Äußeres zu viel Gewicht legen. Hänseln ist kein Staatsverbrechen. Es tut weh, das weiß Maria genau. Sie ist selbst nur allzu oft gehänselt worden. Das Mädchen gibt Maria eine Ohrfeige. Maria wehrt sich nicht, weil sie weiß, dass das Mädchen recht hat. Aber die anderen Mädchen wehren sich und rächen Maria, sie hängen Zettel an Zimmertüren, und plötzlich ist aus einer Hänselei Politik geworden. Marias Herz rast und ihre Knie zittern. Das Unheil hat Einzug in den Turm gehalten.

Es ist eine Zeit, in der man so schwer schweigen kann, in der man so schwer gut bleiben kann. Maria muss vor das Studentengericht, aber es wird ihr noch einmal vergeben. Professor Dachauer verteidigt sie.

Auch die Meisterklasse zu wechseln ist kein Staatsverbrechen. Vor allem, wenn es nichts mit Politik zu tun hat. Und Maria will nichts mit Politik zu tun haben. Sie ist begabt, aber sie wird zurechtgewiesen. Auch hier, bei Professor Andri. Malen fällt ihr leicht. Schweigen fällt ihr noch leichter und immer und immer noch leichter. Sie sitzt im Turm, auch wenn sie in der Klasse sitzt, sitzt sie im Turmatelier und konzentriert sich auf das, was unmittelbar vor ihrer Nase liegt. Auf den Farbpunkt, der sich verändert, der immer unbegreiflicher wird, je länger sie darauf schaut. Sie ist begabt, aber sie hat kein Kontinuum. Das hat Professor Andri gesagt. Sie muss auf dem Erreichten aufbauen, sagt der, der es wissen muss, der Professor mit über siebzig Jahren Lebenserfahrung. Aber das Erreichte ist für Maria nicht interessant. Da ist sie lieber töricht und unprofitabel, wie der Professor solche nennt wie Maria, die nicht Stein auf Stein setzen, um ein Fundament zu errichten, sondern von Stein zu Stein springen und das Risiko eingehen, dabei auszurutschen.

Maria liegt auf einer Matratze. Sie hat Kriegsdienst, wenn auch nur innerhalb der Mauern der Akademie. Es ist dunkel, aber das Mädchen neben ihr ist wach.

Ich bin nicht zufrieden mit der Welt, wie sie ist, sagt Maria.

Was meinst du?, fragt die andere ängstlich.

Ich weiß auch nicht, sagt Maria. Nicht, was du meinst. Ich möchte die Welt ändern. Aber ich kann es nicht.

Maria kann malen. Sie hat etwas erreicht. Und dann bleibt es dabei. Das grüne Selbstporträt, das sie 1944 bei Professor Andri malt, ist eine Errungenschaft. Es ist nicht mehr stolz und braun wie das von 1942 bei Professor Dachauer, für das noch Rembrandt Pate steht und auf dem Maria so forsch in die Zukunft schaut. Es ist grün und rot und orange und skeptisch, Marias Mund ist geschlossen, und dem rechten Auge fehlt die Pupille. Es ist nicht so, wie Maria sein möchte, sondern so, wie Maria ist. Die Skepsis, an der Maria festgehalten hat und die in den Winkeln des geschlossenen Mundes geschrieben steht, der schweigt und fühlt, hat Maria gerettet. Aber die Errungenschaft des grünen Selbstporträts verwandelt sich mit der Zeit in eine Hürde, die Maria seitdem nicht mehr überwunden hat. Es ist ein Sieg, der mit der Zeit zu einer Niederlage wird, weil sie nicht auf ihm aufbauen, weil sie ihr eigenes Bild nicht überwinden kann, auf dem beide Augen zur Seite schauen, als ob sie nicht sehen könnten, als ob sie blind wären.

Jetzt hat der Krieg Maria die Augen geöffnet, indem er so nahe gekommen ist, dass er ihre Ohren betäubt hat. Er ist keine Nachricht auf dem Papier mehr, sondern in ihrem Inneren explodiert, als der Zug explodiert ist. Grün ist eine bessere Farbe als Braun. Das neue Selbstporträt, auf dem Maria den Mund geöffnet hat, um etwas zu sagen oder zumindest zu fragen, hat es endgültig bewiesen. Es ist nicht nur grün und rot und orange, sondern auch lila und türkis und rosa. Maria hat die Farben separiert, indem sie so lange auf das Braun gestarrt hat, bis die dahinterliegende Wirklichkeit zutage getreten ist. Die Farben sind explodiert und Marias Antwort auf die Düsternis des Krieges. Das Selbstporträt ist der Ausdruck ihres Hungers nach Leben. Das neue Selbstporträt auf der Holzplatte, das bezeugt, dass Maria den Krieg endgültig erkannt und gleichzeitig verabschiedet hat mit einer emphatischen Geste, ist ein kleiner Sieg in einer großen, inmitten der größten vorstellbaren Niederlage.

Die Farbe steht zu ihrer Verfügung. Maria kann die Welt erschaffen, wie sie sie sieht. Sie ist niemandem mehr Rechenschaft schuldig. Sie muss nicht nach der Natur malen. Sie kann jetzt malen, wie sie will. Maria fühlt sich, mit der Betonung auf sich. Vorher hat sie sich nicht gefühlt. Sie weiß, dass sie die Welt nicht braucht, weil sie sich selbst entdeckt hat. Das Gesicht als Porträt. Das Selbst als Körper. Es ist da und muss nur noch aus der Holzplatte herausgeschält werden. Sie braucht dazu kein Messer, sondern nur ein Stück Kohle und einen Pinsel. Keine Gewalt, sondern nur so viel Aufmerksamkeit wie möglich. Sehen erfordert Mut. Und Maria will so genau hinsehen, wie sie kann. Maria schließt die Augen. Herbert Boeckl, der stattliche Professor, der aus Kärnten kommt und sich so wie Maria in der dunklen Zeit in sich selbst zurückgezogen hat, hat zu ihr gesagt:

Fahren Sie nach Hause. Nach Wien kommen die Russen.

Maria ist in den Zug gestiegen, und die Bombe hat den Zug getroffen. Die Bombe, die die Gleise sprengt, das Kreischen der Bremsen, der Schrei der Frau, die neben ihr sitzt und auch aus dem Zug steigt, alle steigen aus und wissen, dass er nicht mehr weiterfahren wird. Marias Beine sind wie gelähmt und zittrig, die Landstraße ist staubig und lang, der Krieg wird zu ihrem Lehrmeister und bringt ihr nichts bei. Nicht einmal die Todesangst. Er stellt einfach die Zeit still. Das Leben macht Pause, während immer noch Bomben auf Klagenfurt fallen. Die Alliierten greifen aus allen Himmelsrichtungen an, auch aus dem Süden. Der Kärntner Zentralraum ist eines ihrer Hauptziele. Und die Bomben fallen von Anfang an auch auf Wohnhäuser. So ist es auch am Ende geblieben. Aber Maria hat keine Angst mehr. Sie rennt auf die Straße, wenn die Flieger kommen, und der alte Vater holt sie verzweifelt wieder hinein. Dann stürzt das Hinterhaus des Bäckerhauses ein und der Krieg ist aus. Wann hat er angefangen?

Maria sitzt im Klassenzimmer bei den Nonnen, bis sie das Abschlusszeugnis in der Hand hält. Zwölf Jahre bei den Ursulinen, ein Jahr Ausbildung zur Lehrerin. Und dann steht Maria plötzlich selbst vor den Kindern, im Pfarrhof mit acht Schulstufen und einem Raum, auf tausend Metern Höhe in der Feistritz. Herbst 1939. In den Pausen zeichnet sie die Kinder, die Keuschlerkinder und die Bauernkinder, die ehelich geborenen und die unehelich geborenen, die schiachen und die schönen. Auf dem Papier werden sie alle schön.

Maria steht um fünf Uhr auf, weil sie eine Stunde gehen muss bis zum Pfarrhof. Sie wird krank und wieder gesund. Sie lehrt die Kinder mit Worten, aber die Worte kommen nicht von ihr selbst, die Worte diktiert der Krieg, der mit den Worten herbeigebetet wird, die in der Schulfibel stehen, dem neuen Katechismus. Dass sie Lehrerin wird, entscheidet die Mutter, weil Maria wie ein Kalbl im Stall steht. Sie versucht nicht einmal, eine gute Frau zu werden. Sie hat kein Ziel und keine Idee, wen sie einmal heiraten will. Als Lehrerin hat sie eine Pflicht. Aber sie erkennt keinen Sinn. Sie muss die Kinder mit dem ausgestreckten Arm begrüßen, und die Kinder grüßen auf dieselbe Weise zurück. Den langen Stock, den Meterstab, den der alte Lehrer verwendet hat, um den Ungehorsam aus den Kindern herauszudreschen und die Wahrheit in sie hineinzuprügeln, den benutzt sie nicht.

Der Krieg hat gerade begonnen und soll nicht lange dauern, so heißt es jedenfalls. Umso heftiger muss er angefeuert werden mit gestreckten Armen und forschen Parolen. Maria kann den Kindern nicht die Wahrheit sagen, weil sie sie selbst nicht weiß. Sie kann nur spüren, dass es so alles nicht stimmt. Auf ihren Spürsinn kann sich Maria immer verlassen. Sie verlässt den Berg, um in die Welt hinunterzufahren. Mit den Zeichnungen der Kinder steigt sie auf ihr Fahrrad, die Freundin an der Seite, die auch eine Lehrerin ist und auch lieber malen möchte, als Kindern den Krieg zu erklären. Noch ist der Krieg weit weg. Noch sieht es so aus, als ob er außerhalb der Heimat gewonnen werden und nicht in der Heimat verloren werden würde.

Das Fahrrad hat Maria zum fünfzehnten Geburtstag bekommen, schwarz lackiert und mit einem weichen Sattel. Das Netz am Hinterrad ist grau geworden, sie hat es gehäkelt, so wie es sein muss, damit der lange Rock sich nicht in den Speichen verfängt. Von Klagenfurt nach Wien sind es dreihundert Kilometer. Die sandige Landstraße ist breit genug, um zu zweit nebeneinander zu fahren, auch wenn man keine Kraft hat zu reden. Die Berge sind viele und die Pässe sind hoch. Unterwegs sammeln sie Reisig, das sie unter die Kotflügel klemmen, damit der Rücktritt nicht zu heiß wird, wenn es wieder bergab geht.

Die Maturaprüfung hat Maria mit blauen Flecken und einer gebrochenen Hand bestanden. Die Wandervögel haben ihren Körper befreit, und die blauen Flecken sind der Preis dafür. Bei den Nonnen durfte man sich nicht anschauen und schon gar nicht anfassen. Man durfte nur brav sein und beten. Marias neue Kirche wird die Natur, auch wenn der Pfarrer die Sonntagsausflüge der Jugend nicht gerne sieht. Die Mutter erlaubt es. Maria muss nicht in den Gottesdienst, sie fährt mit dem Fahrrad in die Welt. Sie kocht unter freiem Himmel und übernachtet im Zelt. Sie gewinnt Freunde, die genauso jung und ungestüm sind wie Maria. Sie haben Körper, die sich berühren, sie sind Kälber, die sich aneinander reiben und am Morgen nebeneinander aufwachen. Traudl hat sie für die Wandervögel geworben, bald sind sie zu viert, ein unzertrennliches Quartett, zusammen mit Gerlinde und Rainer, der ihr so lange sagt, dass sie sich an der Akademie bewerben soll, bis sie wirklich losfährt.

Rainer Bergmann kennt Maria, und Maria erkennt Rainer auch, als sie ihn zeichnet, auf der Radtour in die Gottschee, wo Gerlinde bei ihren Großeltern Ferien macht. Das ist lange her, ein Jahr vor dem Anschluss und zwei Jahre vor dem Krieg. 1937 sind sie noch frei wie die Vögel. Sie fahren genauso weit, wie Maria jetzt fahren muss, um das zu tun, was Rainer ihr schon damals gesagt hat, drei Jahre zuvor, im unschuldigen Jahr 1937. Rainer Bergmann ist Marias bester Freund. Sie können sich necken, ohne dass daraus peinliche Situationen entstehen. Rainer versteht Marias Witz, und Maria ist nicht beleidigt, wenn Rainer sie frotzelt. Maria und Rainer sind auf dem Rückweg von Gerlinde, mit der Maria bald wieder auf der Schülerinnenbank sitzt, um Lehrerin zu werden. In der grünen Ebene kurz vor Laibach machen sie in einem Buchenwald Rast. Rainer sitzt im Gras. Maria sieht, wie sich das Licht an seinem kantigen Kinn bricht. Seine Lippen sind schmal und traurig, seine Nase fein und so sanft gebogen wie seine Stimme, die ihr irgendetwas erzählt. Rainer will Architekt werden. Er liebt Gerlinde. Seine Augen schauen in die Zukunft. Seine Stirn ist klar und hell. Maria versteht ihn. Sie schließt die Augen. Seine Stirn fährt in ihr Herz, seine Augen fallen wie Sterne vom Himmel, wie das Licht, das seinen Kopf umstrahlt, es heißt Gegenlicht und lässt ihn erscheinen, wie er wirklich ist. Er ist schön. Sie sieht seine Zukunft. Sie liebt ihn, weil er Gerlinde liebt. Sie sieht ihn als Vater, mit Frau und Haus und Kindern. Sie kann in jede Zukunft schauen und die Geschichten von Menschen vorausschreiben, nur nicht in ihre eigene.

Warte!

Maria kramt in ihrem Rucksack.

Du, ich mache ein Porträt von dir.

Rainer dreht seinen Kopf in ihre Richtung.

Nein, halte den Kopf so wie vorher, sagt sie.

Rainer dreht den Kopf wieder zurück und verfällt augenblicklich in das vorige Nachdenken. Das ist gut so. Sie schweigen, während Maria zeichnet. Sie trifft ihn, so wie er ihr Herz getroffen hat. Noch nie ist sie so weit in einen Menschen hineingeschlüpft. Sie ist drinnen und zugleich draußen. Sie sieht die Wahrheit und kann sie festhalten.

Du musst dich an der Akademie bewerben!, sagt Rainer, als sie ihm das Blatt zeigt.

Er wird Gerlinde heiraten, und das macht ihn so liebenswert. Maria kann ihn lieben, ohne sich zu verlieren. Er wird es ein Leben lang erlauben. Maria lacht. Aber er sagt es ihr seitdem immer wieder.

Du musst dich an der Akademie bewerben.

Er hat recht. Und Mutting kann auch nichts dagegen sagen, denn der Wahrsager hat es ja auch in der Glaskugel gesehen, ein Kind, das begabt ist und dem man nichts in den Weg legen soll für die künstlerische Laufbahn. Seitdem weiß Mutting, dass Maria den Stift nicht abnormal hält, sondern dass etwas in ihr steckt, das herausgeholt werden soll, bevor sie dann das tut, was Mutting so gut gelungen ist und was sie auch für Maria geplant hat, obwohl im Haus des Bäckers andauernd die Häferln fliegen. Heiraten.

Jetzt, drei Jahre später, im dunklen Jahr 1940, fährt Maria mit ihrem Fahrrad nach Wien, die Porträts der Kinder liegen gut verpackt im Korb, der auf dem Gepäckträger befestigt ist. Maria ist in dem Jahr geboren, in dem Frauen an allen Fakultäten, mit Ausnahme jener der katholischen und der evangelischen Theologie, zugelassen werden. In diesem Jahr wird Platzmangel als Grund vorgeschoben, um den Antrag auf Zulassung noch einmal abzulehnen. Doch die Frauen lassen sich nicht aufhalten. Ein Jahr später geht der Antrag durch. Maria hat Glück gehabt. Sie muss nur noch einen hohen Berg, einen Pass und eine weite Ebene überqueren, um ihr Glück auch in die Hand nehmen zu dürfen.

Maria fährt über den Pass und badet im eiskalten See. Sie übernachtet in einem Heustadel, wo denn sonst. Es geht bergauf, es geht bergab. Wenn die Straße gerade wäre, wenn keine Berge zwischen Kärnten und Wien liegen würden, wäre Wien gar nicht so weit weg. Wenn Maria alleine fahren müsste, hätte sie den Mut schon verloren. Die Mädchen keuchen und schnaufen. Sie bleiben stehen, um sich den Schweiß aus den Augen zu wischen. Und dann sehen sie etwas. Am Straßenrand stehen gebückte Gestalten mit Spitzhacken und Schaufeln. Sie arbeiten und schwitzen, aber irgendetwas stimmt nicht in dem Bild. Maria kneift die Augen zusammen. Die Arbeiter sehen nicht aus wie Arbeiter. Sie haben Brillen auf und unglückliche Gesichter. Sie sind nicht jung und stark, sondern ausgemergelt und krank.

Das sind Juden, flüstert die Freundin.

Sie weiß mehr über die Welt als Maria, sie erzählt etwas über die Arbeiter, das auch Maria schon gehört hat, die sonst wenig über die Welt weiß, die den Herrgott einen guten Mann sein lässt. Die bei den Wandervögeln ist, weil Traudl sie eingeladen hat, und dort schon ist, als alle sich entscheiden müssen für eine der Jugendorganisationen, die gemeinsam haben, dass sie Menschen nicht mögen wie die, die nun am Straßenrand stehen und die Straße aufhacken mit der Arbeit ihrer Hände, die aussehen, als ob sie besser Bleistifte hielten und Federn und in Büchern blätterten. Die Wandervögel werden gleich nach dem Anschluss Österreichs an Hitlerdeutschland eingegliedert in die Hitlerjugend, und Rainer Bergmann protestiert, weil sie ja etwas Besseres sind oder das zumindest bis dahin geglaubt haben.

Jetzt sind alle gleich, außer denen, die mit Spitzhacken und Schaufeln vor ihnen stehen. Die beiden Lehrerinnen steigen von ihren Rädern ab und schieben diese für ein paar Schritte, sie machen Platz, und Maria spürt, wie der Raum zwischen ihr und den Unglücklichen zusammenschrumpft. Ein kalter Hauch von Unheil zieht in ihr Herz und wohnt seitdem an einer verborgenen Stelle. Die Welt ist nicht so, wie sie zu sein scheint. Maria weiß es, seit sie das Gesicht, seit sie die Maske des Nikolaus angefasst hat. Sie hätte es sehen müssen, aber sie hat es nicht wissen wollen.

Maria steigt auf und fährt dem Unrecht davon, sie klappert über das Kopfsteinpflaster der Hauptstadt, erklimmt die breiten Stufen zur Akademie und schiebt die schweren Türen auf. Sie betritt einen Palast, der sie düster und verheißungsvoll umfängt. Ihre Zöpfe brennen auf den Schultern. Sie zeigt dem Professor die Bilder von den Kindern, quadratisch und unwissend, wie sie selbst eines gewesen ist. Riedi ist keine Prinzessin, aber auch quadratische Kinder können gut gezeichnet sein. Quadratische Kinder können auch selbst gut zeichnen und haben ein Recht, die Akademie zu besuchen, die jetzt solche wie sie braucht, mit gesundem Volkskörper und ohne zu viel Wissen über die Welt. Die jetzt Platz haben, weil die jungen Männer in den Krieg geschickt wurden und die Frauen gut genug sind, die offen gewordenen Stellen auszufüllen. Zumindest bis die Männer zurückkommen. Riedi hört das Wort »unverdorben« und das Wort »bildsam«. Ihre Bilder und ihre Zöpfe haben ihr die Tür geöffnet. Sie muss zurück und zum Schulinspektor in Klagenfurt, denn Lehrerinnen sind kriegswichtig. Sie können eigentlich nicht weg von ihrem Einsatz in tausend Metern Höhe und ihrer Schulklasse aus dreißig Kindern in acht Schulstufen und ihrem Lehrbuch, das die Kinder auf den

Kampf des Mannes einschwört, der aus Österreich kam und mit der deutschen Wehrmacht in seine Heimat einfiel, um frenetisch beklatscht zu werden und von hier aus die ganze Welt zu erobern. Maria zeigt dem Schulinspektor ihre Zeichnungen von den Kindern, die sie alleine lassen will, und als er sie sieht, sagt er: Ja, Sie müssen schon.

Sie müssen schon gehen, nach Wien, heißt das. Marias Zeichnungen haben dem Schulinspektor befohlen, es ihr zu erlauben. Sie ebnen ihr den Weg über die vielen hohen Berge in die hügelige Hauptstadt mit den breiten Straßen und dunklen Steinen, wo der Krieg noch nicht angekommen ist, weil er gerade eben in die Welt hinausgezogen ist und die jungen Männer mitgenommen hat, die auch gut zeichnen können, und Platz gemacht hat für Mädchen wie Riedi. Sie ebnen ihr den Weg in die Hauptstadt mit den prachtvollen Häusern, in die der Krieg dann, spät, aber doch, zurückgeschlagen wird und von denen nun so viele nicht mehr stehen, in Trümmern liegen wie alles, was gut und richtig war. Auch die Zukunft, die Riedi nie kannte, und die Vergangenheit, die sie nicht klar genug gesehen hat. Die Vergangenheit ist vorbei und damit auch das Schulbuch und der Zwang, seine Inhalte zu lehren, die Straßenarbeiter und der Hang, über sie zu schweigen.

Maria schreckt aus ihren Erinnerungen, als sie die Tür hört. Sie dreht das neue Selbstporträt zur Wand, denn die Mutter soll es nicht sehen. Es ist zu expressiv, und Maria ist es nicht gewöhnt, der Mutter ihre Gefühle zu zeigen. Maria will sich nicht in die Karten schauen lassen und deswegen auch nicht in die Bilder. Sie wird es so beibehalten. Ihre Bilder sind Geheimnisse, die sie nur manchen zeigt und die sie nicht verkaufen will, auch wenn sie Geld braucht, denn wer lässt schon jemanden in seinem Tagebuch lesen. Die sie erst in ihrem Atelier aufhängt, wenn sie fertig sind und für Maria sprechen können. Die Mutter kommt nach Hause und scheint froh, ihr Kind zu sehen. Der Krieg hat sie nicht schwächer, er hat sie stärker gemacht. Auch wenn sie es lange nicht sehen will.

»Eine Wut bekomm ich, wenn ich lese, von dem Tamtam, das man mit den Toten macht, auch da noch Propaganda!«, hat Maria vor Monaten schon an Mutting geschrieben. Mutting soll nicht immer so leichtfertig vom Sichaufopfern für das Volk sprechen. Aber sie tut es. Wir sind alle schuld an diesem Krieg? Das sieht Mutting anders. Schuld sind bei ihr immer die anderen. Der Krieg ist auch noch nicht zu Ende, er dauert noch bis zum 8. Mai, an dem die britischen Soldaten in Klagenfurt einmarschieren und dem Stillstehen der Zeit im Bombenregen ein Ende bereiten. Jetzt beginnt die Zukunft. Aber welche Zukunft? Maria hat noch nie ihre Zukunft geplant. Umso weniger weiß sie jetzt, was zu tun ist. Aber Mutting weiß wieder, was zu tun ist. Sie hat immer irgendwelche Informationen und immer ein Geschäft in Aussicht, das auch fast immer mit rechten Dingen zugeht. Sie tritt wieder in die Kirche ein, aus der sie nach dem Anschluss an Nazideutschland ausgetreten ist. Sie weiß immer, was das Gebot der Stunde ist.

Viele Häuser in Klagenfurt sind zerstört. Im benachbarten Villach, dem Verkehrsknotenpunkt in den Süden, sind es noch viel mehr. Der Krieg ist aus, und das halbe Bäckerhaus ist weg. Platz gibt es keinen, und Licht nur wenig. Für Mutting ist alles trotzdem sonnenklar. Ein Kind, das Malerei studiert hat, muss malen. Sonst war ja alles umsonst. Mutting sagt das Wort Atelier, und natürlich ist es das, was eine Malerin braucht. Maria hat keinen Plan, aber ein Ziel: berühmt zu werden. Das ist kein Ausdruck von Unbescheidenheit, sondern ergibt sich aus dem Ausschluss von allem anderen. Maria will etwas tun, wo sie niemanden zu bitten braucht. Sie braucht keinen Ehemann, sie braucht keine Arbeit, sie braucht keine Anweisungen, sie braucht nur die Kunst. Der alte Vater stellt alte Mehlsäcke und Bäckermäntel zur Verfügung. Und er bäckt Brot.

Um in der Provinz eine Berühmtheit zu werden, braucht es nicht viel. Lebensmittel sind rationiert. Zuerst sind es tausendzweihundert, dann tausendachthundert Kalorien, die jedem von Staats wegen zustehen. Da kann ein Korb voll mit duftendem Brot schon die Männer anziehen. Zumal wenn im Atelier eine junge Malerin steht, die in Wien studiert hat. Maria fährt nicht mehr auf dem Trittbrett nach Wien, um etwas zu suchen, an das sie anschließen kann, so wie sie es die ersten Monate nach Kriegsende getan hat, um etwas zu suchen, das nicht mehr da ist. Sie hat kein Zimmer mehr in der zerbombten Hauptstadt. Sie wohnt am Heiligengeistplatz eins. Durch das Jugendstilhaus gelangt man in das Atelier mit Blick auf die enge Klostergasse, die in den weitläufigen Schillerpark hinaufführt. Drüben läuten die Glocken der Kirche. Unten sind Handwerker an der Arbeit. Es klopft und hämmert, aber abends wird es ruhig. Dann beginnen die Abende in Marias Atelier.

Die Kunstszene in einer Provinzstadt ist nicht groß. Bald kennen sich alle. Die meisten sind selbst Künstler. Manche sind Kunstphilosophen wie Heimo Kuchling, der nur zwei Jahre älter ist als Maria. Die Männer kommen, um Marias Bilder zu sehen. Und dann schauen sie auch auf die Frau. Sie hat die spröde Eleganz von einer, die nicht weiß, wie man sich zurechtmacht. Die es nicht tun würde, selbst wenn sie wüsste, wie es geht. Sie trägt die Haare gelockt und kurz und hat einen Stil, der bewusst auf Einfachheit setzt, um seine Durchdachtheit zu verbergen. Auf ihren Selbstporträts sieht sie immer hässlicher aus, als sie in Wirklichkeit ist. In Wirklichkeit ist sie sehr anziehend, aber sie weiß es nicht. Gerade das macht sie reizvoll. Eine reizvolle Frau, die gut malen kann, aber noch nicht gelebt hat, verfügt über magnetische Kräfte. Sie wird taxiert und sanktioniert.

An dem Tag, an dem Michael zum ersten Mal um ihre Bilder und dann um sie selbst tanzt, greift Arnold Clementschitsch, ein Mann von fast sechzig Jahren, ein heimischer Malergott und Vorbild, unter Marias Kinn, dreht ihren Kopf zur Seite und sagt: Schön wie ein Pferd. Seine Hand brennt an ihrem Kinn. Sie presst die Zähne zusammen und hält die Luft an. Sie öffnet ihren Mund nicht. Aber der Preis steht fest. Maria trägt ein Brandzeichen. Sie weiß jetzt, dass die Männer wegen der Bilder kommen und nicht wegen der jungen Malerin, die wie ein Pferd in ihrem Atelier steht.

Je weniger Maria merkt, dass sie wegen ihr kommen, desto stärker zieht sie die Männer an. Sie umkreisen Maria wie Motten das Licht, das Maria versucht, unter den Scheffel der Kunst zu stellen. Es geht nicht um sie selbst, es geht um ihre Bilder. Maria weiß noch nicht, was sie will. Aber sie weiß, was sie kann. Sie beginnt sich im Widerschein ihrer Bilder zu sonnen. Sie beginnt mit dem Gedanken zu flirten, dass die Männer auch wegen ihr kommen. Sie genießt es, mit ihnen zu kokettieren. Aber noch mehr, sie abblitzen zu lassen. Sie ist das Licht, um das die Motten schwärmen, eine Diva wider Willen und mit zunehmender Leidenschaft. Wer ihr zu nahe kommt, verbrennt. Und Maria kann selbst nicht anders, als zu brennen. Sie kann es sich nicht leisten zu verbrennen. Die Ehe ist kein Hafen, ein Heiratsantrag ist das Feuer, an dem die Motten verglühen. Auch die Mutter hat Marias Wert geschätzt und setzt jeden Bewunderer ihres unschönen Kindes auf die Rechnung. Aber die Rechnung geht nicht auf. Schließlich sind es nur Künstler, die da kommen. Manche von ihnen sind arrivierte Herren, so wie Clementschitsch. Das gefällt Mutting. Einmal kommt sogar Herbert Boeckl, ein großer, schwerer Mann mit neun Kindern. Er ist leider kein Kandidat. Aber er ist eine Auszeichnung für das Kalbl. Für Clementschitsch ist Maria die beste Stute im Stall der jungen Künstler.

Du willst zu viel und weißt noch nicht, was, deswegen bist du kleinmütig, sagt er zu ihr.

»Recht hat er, ich bin bloß ein Dickschädel mit zu viel weicher Herzmasse drin«, schreibt sie in ihr Notizbuch.

Schade, dass du nicht kurzsichtig bist, du siehst zu scharf!

Diesen Satz hat Clementschitsch auch zu ihr gesagt. Maria weiß nicht, was sie davon halten soll.

Maria versucht, mit ihrer Malerei noch einmal von vorne zu beginnen, aber sie findet keinen Halt. Sie hält sich an dem schweren Mann fest, bei dem sie während des Krieges die Farbenlehre besucht hat und der den Nationalsozialismus überlebt, indem er sich einsperrt mit seinen neun Kindern. Herbert Boeckl macht keine Kompromisse mit den Nazis, aber er protestiert auch nicht. Er schweigt, weil er Schweigen für essenziell in der Kunst hält. Er denkt, dass es schon genug Spektakel in der Welt gibt. Im Jahr des Kriegsbeginns legt er seine Meisterklasse zurück und zieht sich in das unverfänglichere Aktzeichnen zurück. Sein Abendakt genannter Kurs wird legendär.

Bei der Zweihundertfünfzigjahrfeier der Akademie, bei der das Keuschlerkind mit sieben Zeichnungen vertreten ist, stellt der Professor nur ein Ölbild und ein Pastell aus, und sein fünfzigster Geburtstag im Sommer 1944 wird in der Akademie nicht gefeiert. Seine großen Werke sieht Maria erst nach dem Krieg. Sie sind pure Fleischlichkeit, purer Körper. Kunst bedeutet für Boeckl nicht, die Welt abzumalen, sondern das Chaos zu meistern. Darin kann Maria ihm nur voll und ganz zustimmen.

Aber das Chaos ist nicht nur draußen, sondern auch drinnen. Maria weiß nicht, was sie will, weil nur noch Boeckl übrig geblieben ist, weil alles andere, das sie auf der Akademie gelernt hat, keine Gültigkeit mehr hat, und sie weiß, dass sie nicht malen kann wie jemand anderes. Auch wenn sie es wollte. Das Satte, Schwere, dicht Gedrängte von Boeckls Farben zieht sie an. So will sie malen. Und deswegen will sie es auf keinen Fall. Sie will nicht, dass sie wollen muss. Sie will nicht, dass jemand Macht über sie hat. Sie will unabhängig sein.

Die Männer tanzen um Maria, aber Maria tanzt um die Kunst. Denn das Chaos erwacht auch, wenn die Männer zu Maria kommen und sie nicht weiß, ob sie sich freuen soll. Wenn sie sich geschmeichelt fühlt und dadurch nicht mehr frei. Wenn sie beginnt, es zu genießen und dadurch den Fokus auf die Kunst verliert. Wenn sie auf der Bühne ihres Ateliers hin und her geht und eine zweite Maria an der Wand sitzt und sie dabei beobachtet. Beobachtet, wie die erste es genießt und die Schlinge sich immer enger zieht. Die Schlinge, die die Ehe ist. Denn die Männer wollen nur das Eine von ihr. Und Mutting will es auch. Maria kann aber nicht wollen, was alle von ihr wollen. Sie sieht an der Mutter und dem alten Vater, was Ehe bedeutet. Sie flüchtet sich in das Chaos, weil es besser ist als ein Gefängnis.

Kunst ist Chaos. Moderne Kunst sowieso. In Marias Atelier findet sich ein bunter Haufen zusammen. Sie alle eint die Ablehnung der Vergangenheit. Die Nationalsozialisten waren pure Ordnung. Ordnung ist grausam. Das Chaos ist Leben. Maria beginnt es zu genießen, in Form der surrealistischen Gedichte, der Wortkaskaden, die Max Hölzer von seinen handbeschriebenen Zetteln bis in die Morgenstunden vorliest. Sie liebt das Wörterchaos, weil es das Chaos in ihrem Kopf abbildet. Aber wie kann sie das Chaos auf die Leinwand bringen? Wie kann sie sich der Kunst widmen, wenn sie sich auch ins Chaos des Lebens stürzen will? Maria hat die Starre abgeschüttelt und ist offen für Neues. Eigentlich ist sie offen für alles.

Max ist Richter am Landesgericht und hat Michael aus der Nervenheilanstalt geholt. Ein Richter ist in Muttings Augen eine Persönlichkeit, auch wenn er nur vier Jahre älter ist als Maria und Unverständliches von Zetteln liest. In Marias Atelier kommt auch Johannes Lindner, der beinahe so alt ist wie Mutting und dem jungen, aufstrebenden Kärntner Dichter Michael Guttenbrunner eine Anstellung im Kulturreferat der Landesregierung verschafft hat. Auch Wandelein ist da, Arnold Wande, der bereits mit siebzehn an der Akademie zu studieren beginnt und dort mit Maria Seite an Seite an der Staffelei steht. Er kommt aus dem Krieg zurück, aus dem nicht alle zurückkommen. Rainer Bergmann ist immer noch dort, ein Gefangener der Vergangenheit, obwohl der Krieg vorbei ist.

Der Krieg hat lange und grausame Nachwehen. Arnold Wande ist schwer verwundet, aber seiner Gemütsruhe hat der Krieg nichts anhaben können. Nur manchmal rastet er aus. Maria kennt keinen Mann, der nicht manchmal ausrastet. Arnold Wande ist in Deutschland geboren, aber seine Mutter lebt in Kärnten. Maria und Arnold Wande haben sich schon früher getroffen, jetzt ist er regelmäßig da. Er sitzt mit stillen, dunkel umschatteten Augen im Hintergrund, und Maria lässt ihn gewähren. Er ist ein Kind, sie nimmt ihn nicht ernst. Aber sie liebt seine Sprache. Wer über Kunst reden will oder über Literatur, darf nicht Mundart sprechen, findet Maria. Arnold kommt aus Braunschweig. Maria hat die Sprache der Großmutter und auch die Sprache der Mutter hinter sich gelassen, weil sie in der Mundart nicht denken kann. Weil die Mundart einen festhält und nicht voranbringt.

Ziehen Sie bei mir bitte Ihre Hausschuhe aus!, sagt Maria, wenn jemand ihr in Mundart antwortet.

Das hören nicht alle gern. Manche sind beleidigt. Was bildet sich diese junge Frau ein? Aber Mutting ist zufrieden. Wozu hat sie sonst in Maria investiert, mit Klosterschule, Klavierstunden und Kunstunterricht im Palais Milesi? Die Tochter soll höher hinaus und dort bleiben, auch wenn sie wieder zurück in Klagenfurt ist. Auch in Klagenfurt gibt es gute Partien.

4. KAPITEL
DER SKANDAL

Michael spricht keine Mundart so wie alle, sondern Schriftdeutsch. Der aufstrebende Dichter Michael Guttenbrunner spricht die Sprache der Dichter des vergangenen Jahrhunderts, sie ist alt und doch ein frischer Wind in Marias Ohren. Als Maria Michael kennenlernt, ist der Krieg erst ein paar Monate vorbei. Sie alle gehen noch auf wackligen Beinen. Niemand weiß mehr, wie Frieden funktioniert. Und schon gar nicht, wie man tanzt. Michael tänzelt. Er geht mit kleinen Schritten um ihre Bilder herum, die mit den Bildern anderer, bedeutenderer Künstler als Maria, im Klagenfurter Landhaus ausgestellt sind, und kommentiert diese. Sein Kopf ist ein Haupt, sein Haar ein Kranz, die Stirn hat Ecken und er spricht wie ein Graf. Nein, wie ein Schauspieler. Ein nervöser, hochsensibler Schauspieler, immer kurz vor dem Ausbruch höchster Emotion.

Michael ist ein Ereignis. Er ist kein Mensch mit Meinungen und Zielen, er ist Energie. Er sprüht. Aber er ist kein fröhlicher Mensch. Michael ist ein Vulkan, und Maria stürzt in seinen Krater. Die Liebe ist der Schlüssel zum Leben. Maria wird in seiner Lava zu einem Menschen gebacken, zu einer Menschin mit Geist und Körper. Zum ersten Mal verliert sie sich selbst und kommt damit zu sich. Erst seit sie Michael kennt, weiß Maria, wie viel Gier zuvor in ihr gewohnt hat, ohne sich zu erkennen zu geben. Erst jetzt versteht Maria, warum sie einen Körper besitzt und was dieser Körper ihr bescheren kann. Eine Lust, die so intensiv ist, dass Maria sie kaum ertragen, aber ihren Körper auch nicht mehr ohne diese Lust aushalten kann.

Maria, die Nonne, ist gestorben, und Maria, die Frau, ist geboren. Sie ist Phönix und erhebt sich aus der Asche. Michael ist ein Feuervogel, das Wesen aus den slawischen Märchen, das Segen und Unheil zugleich bringt. Sein Gefieder strahlt wie die Glut eines Lagerfeuers, und einzelne Federn, die herausfallen, können einen ganzen Raum erhellen. Maria ist der Raum, den er mit seiner Liebesbotschaft von innen ausleuchtet. Michael ist ein Erzengel, der mit dem Satan kämpft und ihn nicht besiegen kann. Nur in seinen Gedichten.

Er schreibt ihr Briefe in der Sprache der Romantiker, es ist eine blütentreibende, eine wütende, aber auch eine zärtliche und achtsame Liebe. Er ist soeben aus der Landes-Nervenanstalt entlassen worden. In die hat ihn der Krieg gebracht, vor dem ihn der Erzengel, der Bezwinger des Satan und der Patron der Soldaten, nicht beschützt hat. Michael hat im Krieg gegen den Krieg gekämpft und ist beinahe daran zugrunde gegangen. Jetzt will er leben. Darin trifft er sich mit Maria, die das nur nicht gewusst hat, bevor sie Michael trifft. Auch Maria will jetzt vor allem eines, leben.

Sie sind gleich alt. Michael ist nur einen Tag vor Maria in Treibach-Althofen geboren, einen Katzensprung entfernt von Kappel am Krappfeld. Er hat die Liebe mit älteren Frauen erlernt und vergräbt sich in Marias Unschuld. Maria wird Michaels Schülerin. Michael ist der Orkan, der sie aus der Starre des Krieges erlöst. Sie ist der Hafen, in den er aus dem Rasen des Krieges einläuft. Sie malt Bilder und er schreibt Gedichte. Keiner von beiden will seine Haut und damit seine Werke zu Markte tragen. Sie beide wissen, dass Kunst sich nicht kaufen lässt und man keine Kunst machen kann, wenn man sich zu verkaufen bereit ist. Sie schwören, sich treu zu bleiben und damit der Kunst. Maria weiß, dass sie ihre Bestimmung gefunden hat. Trotzdem weiß sie nicht, was sie fühlen soll. Die Geschichte mit Louis hat sie taub gemacht. Sie muss eine Entscheidung treffen und kann es nicht. Sie soll handeln und wird stattdessen zu einem Spiegel.

Michael dringt in sie ein und spielt mit ihr. Aber Maria kann nicht spielen. Ihre Unfähigkeit, sich zu verstellen, zieht Michael magisch an. Sie ist da. Immer. Er kommt und geht. Er ist die Welle, auf der Maria ins Leben geschwemmt wird, auf der sie ins Leben reitet. Sie fürchtet sich vor seinen Ausbrüchen, aber genauso sehr fürchtet sie sich vor dem kalten Hauch der akademischen Malerei. Vor der Erinnerung an die hohen Hallen, in denen alle Farben in einem einheitlichen Braun ersterben, an denen das Leben vorbeirauscht und auf die keine Bombe fällt. Michael ist das Trommelfeuer, das die kalten Hallen mit seinem heißen Licht erhellt und ihre Wände zum Einsturz bringt.

Maria hat keine Abwehr. Und sie will sich ja auch gar nicht wehren. Die Lust sei der Schlüssel zu Himmel und Hölle, schreibt Michael in seinen heißen Briefen. Sie gibt ihm recht. In jeder seiner Berührungen steckt ein Aufstöhnen, das auf Maria überspringt. Maria hat nicht gewusst, wie viel Gefühl in der Haut schlummert. Wie viel Lust die Sinne spenden können. Sie will es ausschöpfen. Festhalten. Darin baden. Nie wieder loslassen. Aber sie kann diese magnetische Energie, dieses Wohlgefühl, das sie bis jetzt nur vom Zöpfeflechten kennt, nicht immer aushalten. Wenn es zu viel wird, wird sie steif. Und Michael flüchtet sich in seine Wut.

Die Wut hat ihm der Krieg beigebracht. Maria kann sich vor ihr nur ducken. Aber wenn die Wut über Michael kommt, rennt er sowieso von ihr weg. Der Himmel steckt in Marias Haut. Die Hölle steckt in ihrer Angst, sie nicht mehr zu spüren. Sobald Michael fort ist, wird Marias Haut kalt und ihr Herz weich. Sie will ihn zurück. Wenn er ihr heiße Briefe schreibt, glüht ihr Herz. Wenn er bei ihr ist, zieht sie sich in ihren Turm zurück.

Michael erobert Maria aber nicht nur mit seinem Körper, sondern genauso sehr mit seiner Sprache. Er liest Karl Kraus und die alten Griechen und nährt Maria mit unnachgiebigen Argumenten und mit literarischen Ergüssen. Seine Freunde nennen ihn Zitaterich. Dabei ist er ein Wüterich. Er nennt Maria liebes Fräulein und holdeste Freundin. Dabei ist sie eine Amazone, die auf den Schlachtfeldern der Kunst und der Liebe gleichzeitig kämpft. Noch ist sie frischen Mutes. Denn die Liebe weckt, so wie die Kunst, Marias Kraft. Diese frische, unbedarfte, naive Kraft macht Michael schwach. Er schreibt ihr Elogen, die Maria liest wie Nachrichten von einem fremden Stern, an eine Frau, die Maria nicht kennt. Trotzdem fühlt sie sich gemeint. Erkannt und emporgehoben.

»So scheint in Ihnen ein wildverlangendes Weib mit einem frommen Kinde gepaart zu sein«, schreibt er ihr, »mit einem jener seltenen Kinder, die wissend, aber unbefleckt geboren werden, die uns anblicken wie die raphaelitischen Engel. Im Zwiespalt der beiden Naturen wurzelt das Künstlertum.« Michael verehrt Marias Weltfremde, Maria verehrt Michaels Blick für das Wahre. Michael liebt ihre Kunst, und, was noch wichtiger ist, er versteht sie. »Deine Malerei hat mir heute sehr gut gefallen«, schreibt er ihr, »ich bin erstaunt – nicht erstaunt darüber, dass du so etwas machst, sondern erstaunt darüber, dass so etwas gemacht wird. Hier und heute.« »Du bist wirklich ein Mensch mit einer höchst eigenen, tiefgründigen Dämonie«, schreibt er ihr, »und es schmeichelt mir ernstlich, dass ich dir, der Malerin, persönlich nahestehe und öfters als irgendein anderer Mensch Einblick in deine geistige und künstlerische Sphäre nehmen darf.«

Marias Seele schwingt. Aber wenn sie ihm antwortet, klingt bei ihm keine Saite, denn Maria fehlen die Worte. Sie hat noch nie gerne Reden geschwungen. Ihre Briefe sind kurz und sachlich, Morsezeichen von einem anderen Stern, die ihn ratlos zurücklassen, die eine Unrast auslösen. Maria weiß nicht, was sie schreiben soll, so wie Riedi, das quadratische Kind, nicht wusste, was es reden sollte. Wie soll sie es auch wissen? Maria schreibt keine Gedichte. Sie malt nur Bilder. Sie ist verliebt, aber Michael kann es nicht spüren. Je weniger er Maria spüren kann, desto wütender wird er. Desto glühender schreibt er. Er schreibt in fremden Sprachen, und das nicht nur, wenn er altgriechische Zitate verwendet.

Nur eine von Michaels Sprachen versteht Maria: die Sprache seines Körpers. Sie sieht, wenn sie die Augen schließt, sein Geschlechtsteil. Und Maria schämt sich nicht. Sein Körper löst ihre Zunge und damit ihre Feder. »Du, du, könnte ich nur ein Stück deines Gesichtes aus seinem strengen Zusammenhang lösen«, schreibt Maria, »und als fleischliche Wirklichkeit bei mir tragen! Würde dein Gesicht bis auf die Stirne, oder Mund, Auge, verdeckt sein, würde diese den ganzen Reiz in sich konzentriert haben, die kindlichste, erhabenste Schläfe nur anzuschauen allein genug sein an Staunen bis an ihr Verbleichen. So ginge es mir mit jedem Teil deines Gesichts, das als Ganzes aber mich erbleichen lässt in wollüstigem Befremden.«

Sie kommen nicht zusammen. Und sie kommen nicht voneinander los. »Sex, Liebe und Kunst sind nicht vereinbar«, schreibt Michael. »Erkennst du, Geliebteste, den Stachel, der mich quält? Erkenne aber auch, dass ich – obwohl von dämonischer Triebhaftigkeit und von zerbrechlichster Feinheit des Intellekts, fast schon ein geistreicher Schwächling! – in Hinblick auf dein Werk und deine Sinnaufgabe, die eben die Vollendung des Werks ist, immer noch dein Gefährte sein darf, der die Gefährdung deines Werks, die du durch ihn erfährst, durch größte Wachsamkeit, Aufrichtigkeit und Aufbietung aller guten Verstandes- und Seelenkräfte wettzumachen nie ermüden wird.« Maria inhaliert seine Sätze, aber sie kann seine Liebe nicht erwidern, sie kann nicht mit ihm leben. Je mehr sie sich entzieht, desto heftiger begehrt er sie. Er betet sie an und überschüttet sie mit dem heißen, klebrigen Pech seiner Worte. Je schwülstiger er schreibt, desto stummer wird Maria. »Du hast am Vormittag gearbeitet, das heißt gekämpft, gelitten, auch bist du mit jedem Pinselstrich, den du gemacht hast, ein bisschen gestorben«, schreibt Michael, »und ich habe dieses Absterben oder Abbröckeln deiner sinnlichen Natur beobachtet.«

Marias Liebe ist heiß und kalt zugleich. Sie wird immer kleiner, bis sie kaum mehr vorhanden ist. Maria kann auch nicht mehr malen. Sie weiß nicht mehr, wie es möglich sein kann, ein Gesicht zu malen, sie versteht nicht mehr, wie man überhaupt auf die Idee kommen kann zu malen. Die Natur ist vollkommen, wozu braucht es da noch Kunst? Die Frage könnte auch heißen: Die Liebe oder die Kunst? Ohne Kunst kann Maria nicht leben. Dann lieber ohne Liebe. In Marias Notizbuch braut sich die eine Frage zusammen: »Michael oder ich?« Keinem von ihnen kommt das Wort »wir« über die Lippen. Michael verfolgt Maria, weil er wünscht, sie zu besitzen, er glaubt, sie erschaffen zu haben. Aber wenn sie mit ihm zusammen ist, kann sie sich selbst nicht mehr finden. Sie trennen sich. »Kapitel Michael aus! Zu viel Form, zu wenig Inhalt! – Unter einer Sprechlawine ging mein eigener Kunst- und Weltbesitz beinahe verloren«, schreibt Maria in ihr Notizbuch.

In ihrem Notizbuch steht nur selten etwas über sie selbst und häufiger etwas über ihre Kunst, die anspruchsvolle Geliebte, die flieht wie ein Regenbogen am Horizont, den man nicht mit vielen Worten einfangen kann, sondern höchstens mit einem einzigen gelungenen Pinselstrich, der alle Farben enthalten müsste und damit in einer großen Geste das ganze Leben entfalten. Die Liebe ist Ballast, aber sie ist auch der Ballon, der einen in den Himmel steigen lässt, wenn man den Ballast abgeworfen hat. Maria und Michael können noch nicht ganz voneinander lassen. Wenn sie sich lieben, schweben sie im Himmel der Selbstvergessenheit. Wenn sie sich streiten, rennt jeder in seinem eigenen Gefängnis an die Wand. Maria wird leise und Michael laut. Er wirft mit Gegenständen nach ihr. Dann hasst er sich selbst. Er ist eifersüchtig auf alles, sogar auf die Männer, die sie nicht hat. Sie will von seiner Eifersucht nichts hören, auch wenn sie Gründe hat. Auch Maria lässt sich nicht einsperren. Michael ist unberechenbar. Maria weiß nie, wann er kommen wird. Sie versucht den Teufel mit dem Beelzebub auszutreiben und liest Kierkegaards *Tagebuch des Verführers*. Aber es hilft nicht. Michael ist der Krieg, und er macht ihr Angst. Maria hat gehofft, dass der Krieg vorbei ist, aber er ist noch in den Menschen drinnen. Michael erzählt. Es will aus ihm raus. Aber Maria will es nicht hören.

Michaels Vater kommt versehrt aus dem Ersten Weltkrieg zurück, er hat ein Bein verloren und seine Ohren sind taub geworden von den vielen Explosionen. Er arbeitet auf den Gleisen und überhört den anrauschenden Güterzug. Als er weglaufen will, bleibt er mit dem Holzbein zwischen den Schienen hängen und ist sofort tot. Die Mutter, hochschwanger, kommt mit dem vierjährigen Michael und dem sechsjährigen Josef zum Bahnhof und weiß nicht mehr weiter. Die Eisenbahnarbeiter setzen einen Sammelbrief auf, um sie finanziell zu unterstützen, aber als sie ein Jahr später genug Geld zusammengebracht haben, ist es fast nichts mehr wert. Genauer gesagt um neunzig Prozent weniger. Michaels Mutter heiratet wieder, was soll sie auch sonst tun.

Im sogenannten Sparherdzimmer mit einem Ofen zum Heizen, Kochen und Wasserwärmen, ohne Strom und fließendes Wasser, ist für die wachsende Familie nicht genug Platz. Michael und Josef werden jeden Abend als Bettgeher zur Ziehmutter des neuen Vaters geschickt, der auch bei der Bahn arbeitet. Josef fürchtet sich, wenn sie durch den Friedhof zu ihrem fremden Nachtlager gehen. Der jüngere Michael nicht.

Zum Glück ist der neue Vater tüchtig und baut ein kleines Haus in einer neuen Arbeitersiedlung in Sankt Peter bei Klagenfurt, bei den Windischen, wie die slowenisch besiedelten Gegenden genannt werden. Hier, in Šentpeter pri Celovcu, geht Michael in die Schule. Er hat immer noch keine Angst, weder vor dem Lernen noch vor dem Wald. Er kommt mit einer ausgewachsenen Ringelnatter um den Hals nach Hause, eine zweite hat er sich um den Leib gelegt wie einen Gürtel, so einer ist Michael, anders als sein Bruder und die neuen Geschwister, aber das ist nicht der Grund, warum ihn, kaum ausgeschult, der Krieg erfasst und sich wie eine Schlange um seinen Hals legt und ihn beinahe erwürgt. Michael tut nichts, um sich dem Krieg zu entziehen. Und dann tut er alles, um nicht mitmachen zu müssen. Aber da ist es schon zu spät, da hat ihn der Moloch bereits verschluckt.

Zuerst ist es der Ständestaat von Engelbert Dollfuß, dem Konkurrenten Hitlers und Bewunderer Mussolinis, gegen den Michael anläuft. Er schließt sich der verbotenen Arbeiterpartei an und kassiert im Zuge des kurzen Bürgerkriegs eine nicht sehr kurze Haftstrafe. Sechs Monate im Landesgefangenenhaus wegen Geheimbündelei und Hochverrats! Die Mutter schreibt an die Behörden und bittet um Erbarmen, aber vergeblich. Der Bub ist sechzehn, also minderjährig, und sie ist bereit, sich jemandem zu Füßen werfen, der etwas vermag, ganz egal wem, aber Michael will gar keine Gnade. Er hält zu seinen Genossen im Kampf, und wenn er dafür sitzen muss, umso besser. So einer ist Michael.

Wieder in Freiheit wird er Rossknecht, wie sein Vater einer war, bevor dieser bei der Bahn angeheuert hat, die ein Erbarmen mit dem Kriegsversehrten hatte und der heranrauschende Güterzug dann wiederum gar keins. Für einen Revolutionären Sozialisten schließen einander Arbeiten und Lesen nicht aus, im Gegenteil. Und Michael liest. Er kann keine Bücher kaufen, sondern schleicht in der Buchhandlung Kleinmayr in Klagenfurt um ihre Rücken. Die knabenhafte, elegante Frau in der Buchhandlung, Edith Kleinmayr, sieht seine Zukunft, und sie wird auch in Zukunft junge Dichter fördern, aber einstweilen braucht sie einen Gehilfen, der verstaubte Bücher aus einem alten Magazin tragen kann. Es sind Hunderte, vielleicht tausend Bände, die Michael mit seinen Arbeiterhänden ans Tageslicht befördert, mit Prägedrucken und Widmungen, ein Schatz, von dem er nie zu träumen gewagt hätte. Die zierliche Dame schenkt sie dem starken jungen Knaben, der schon aussieht wie ein Mann.

Dann kommt der nächste Weltkrieg, den der Büchernarr nur mit Mühe und Not überlebt. Seine Schätze verbrennen beim letzten Luftangriff auf Klagenfurt. Der junge Mann, der die Bücher nicht wie einen Schatz hüten konnte, weil er im Krieg war, ist im Krieg gestorben. Heimgekommen ist ein Versehrter. Ein äußerlich womöglich noch schönerer Mann mit einem rasenden, verdunkelten Geist. Die hübsche Bücherherrin unterstützt ihn, wo sie kann. Aber mit Michael wird niemand mehr so leicht fertig. Schon gar nicht er selbst. Die Gestapo holt sich ihn schon kurz nach dem sogenannten Anschluss, vier Monate sitzt er ohne Gerichtsverfahren.

Ein Jahr nach dem mutwilligen Beginn des Krieges, der schon wieder die ganze Welt ergreift, wird er einberufen. Michael kann sich nicht unterordnen, aber es bleibt ihm nichts anderes übrig. Eine Weile geht es gut. Dann steht er auf einer griechischen Insel vor dem nächsten Gericht, dem Kriegsgericht. Dem Leutnant gehorchen, der aufständische Kreter erschießen lässt? Michael rebelliert. Ein Jahr lautet das Urteil, davon fünf Monate in Athen, in einem fliegenden Militärgefängnis als Schließer. Zurück an die Front. Der Wolchow fließt vom Ilmensee in den Ladogasee, nordöstlich von Leningrad, das seit einem Jahr belagert ist. In den Sümpfen des Flusses sind, eingekesselt von der Wehrmacht, Tausende sowjetische Soldaten verhungert. Michael rettet ein Durchschuss der linken Hand. Lazarett. Für Widersetzliche und Disziplinargestrafte wie ihn gibt es das Ersatzheer in der Heimat. Aber er darf nicht bleiben. Das folgende, dritte Jahr ist er in Bosnien bei den Landesschützen. Wer sich die Haare nicht schneiden lassen kann, weil er nichts mehr mit sich machen lassen kann, kommt wegen Befehlsverweigerung erneut vor das Kriegsgericht und fasst dann immerhin nicht mehr als sechs Monate Arrest aus, aber nur, wenn er, so wie Michael, Fürsprecher in der Heimat hat.

Italien und das Wort Frontbewährung passen nicht zusammen. Sie tun dem, der sein Leben auf Gedichten und klassischer Bildung aufbauen will, nicht gut. Was er indessen gut kann, ist aufwiegelnde Reden zu halten. Auch Michael ist naiv, nicht nur Maria. Oder wie kann er sonst glauben, den Kompanietruppenführer mit Fäusten bearbeiten zu dürfen, nur weil ein bayerischer Graf namens Claus Philipp Maria Schenk von Stauffenberg in einem ostpreußischen Bunker seine Mission verfehlt hat? Auf Hochverratsverteidigung steht die Höchststrafe. Rangverlust. Todesstrafe. Todesangst. Kein Alkohol. Kein Urlaub mehr, der eigenmächtig verlängert werden könnte. Durch die Gitter strecken sich die Hände der Kameraden zu dem Verurteilten. Sie weinen. Michael nicht. Michael ist versteinert. Michael ist noch nicht tot. Aber er ist auch nicht mehr lebendig. Da macht es auch nichts mehr, dass er, statt exekutiert zu werden, zum Regiment Dirlewanger kommt, der berüchtigten Sondereinheit der Waffen-SS, nach Polen, in die Slowakei und nach Ungarn muss, zusammen mit einem verlorenen Haufen, rekrutiert aus den Verschleppten der unterworfenen Völker und Überlebenden aus den Konzentrationslagern. Sie leben von der Hand in den Mund, ohne Nachschub, vom täglichen Raub, machen keine Gefangenen und gebrauchen Kinder und Frauen als Schutzschilde aus Fleisch und Blut. Michael spricht mit tonloser Stimme, so wie eben jemand spricht, der nicht mehr lebt. Er sagt die Worte Warschauer Ghetto und Massaker.

Hör auf, schreit es in Maria. Sie hat keinen Schutzschild, das weiß Michael nicht, weil er so sicher hinter seiner Wut verschanzt ist. Der Gesichtsschuss hat seiner Schönheit keinen Abbruch getan, aber ihm eine Operation verschafft in einem Wiener Krankenhaus. Mit einer Fieberspritze bewahrt ihn ein Arzt davor, zurück an die Ostfront geschickt zu werden. Stattdessen erhält er Bombenurlaub in Klagenfurt. Die Schlange ist von seinem Hals geglitten. Aber das Haus, in dem seine Bücher aufbewahrt sind, liegt in Schutt und Asche. Michael schwört sich, nicht zurückzugehen in den Krieg, den er nie wollte. Er geht stattdessen dorthin, wo er schon immer gewesen ist: in den Widerstand. Und zwar in den organisierten. Als Kurier im Widerstand der slowenischen Partisanen zahlt er für eine Schuld, die sich nie mehr tilgen lässt. Er wohnt in der Koschatstraße bei Rittmeister Baron Urban im Zimmer von dessen kriegsgefangenem Sohn und trägt Parolen durch die Stadt und ins Rosental, das von den Kärntner Slowenen kultivierte breite Tal der Drau.

Verwegen kann nur der sein, der Angst hat. Michael braucht keinen Mut mehr, er braucht auch keine Camouflage, denn der Krieg hat seine Angst verschluckt. Weil er keine andere Kleidung besitzt, trägt Michael immer noch die Uniform der deutschen Wehrmacht, verwegen, spöttisch und todessüchtig. Er überlebt, aber er ist kaum mehr er selbst. Ohne Alkohol kann er nicht mehr gerade denken. Mit Alkohol explodiert er jede Minute. Dagegen sind auch die Ärzte in der Landes-Nervenklinik machtlos. Wenn Michael Soldaten sieht, rastet er schnell aus. Das betrifft auch die Besatzer. Er kann gar keine Soldaten mehr sehen, denn der Krieg ist kein Naturereignis. Er ist kein Schicksal und muss deswegen bekämpft werden, wo er sein Haupt erhebt, und sei es nur in Form von banalen Zurechtweisungen. Michael liefert sich ein Handgemenge mit einem Besatzungssoldaten und wird in die Landes-Nervenklinik eingewiesen, die immer noch Landes-Irrenanstalt heißt und in der noch lange der Geist der Unterscheidung von wertem und unwertem Leben regiert. Es ist der Beginn einer langen Reihe von Einweisungen und Entlassungen.

Die Gedichte, die Michael in der Landes-Irrenanstalt schreibt, geben Zeugnis davon, dass tief in seinem Inneren noch immer ein edler Geist wohnt. Die von Michael herausgegebene Anthologie *Schmerz und Empörung* erscheint 1946, ein Jahr später *Schwarze Ruten* und der Prosaband *Spuren und Überbleibsel*. Michael ist das Kind einer grausamen Zeit, dem Tod mehr als einmal zu oft von der Schaufel gesprungen. Maria schreit. Aber ihre Schreie sind stumm. Deswegen hört Michael sie nicht. Er liest ihr seine Gedichte vor. »In dicker Luft taucht immer wieder grinsend / des Todes fürchterliche Fratze auf, / sooft Granaten gurgelnd sich erbrechen. / Durch Menschenfetzen rasen Menschenleiber / unmenschlich heulend, ein ersticktes Weinen / mit kläffendem Hurraschrei überbrüllend.« Das Gedicht heißt *Der Verwundete* und stammt aus Michaels Gedichtband *Schwarze Ruten*, verlegt von Edith Kleinmayr.

Maria versucht ihre Ohren zu verschließen, aber es gelingt ihr nicht. Sie kann ihm nicht sagen, dass er aufhören soll. »Der Boden ist mit Toten dicht bedeckt. / Durch schmutzige Kleiderfetzen blicken Wunden, / Haut, Knochen, Bäuche, schweißbedecktes Fleisch. / Auf blutigen Leichen schreitend wie auf Moor / das schwappend unter seinen Füßen weicht, / flieht jener wie ein Tier, das sich der Faust / des Peinigers entriss.« Michael macht ihr Angst. Michael ist das Moor, in dem Maria nicht versinken will. Der Krieg ist die Dunkelheit, die Maria blind machen wollte und der sie mit bunten Farben zu entkommen suchte. Jetzt ist er vorbei, aber nur äußerlich. Maria wird keine Kriegsbilder malen. Erst spät wird sie dem Krieg ihren Tribut zollen.

Michael trinkt. Wenn er trinkt, hört er nicht auf zu erzählen. Maria will nicht wissen, wie viele Menschen er getötet hat. Sie will nicht mehr zuhören. Michael ist ihr zu viel, nicht nur sich selbst. Er versucht sie über ihre Mutter zu erreichen, und eine Zeit lang klappt es noch, sie richtet ihm Botschaften aus, aber die Botschaften kommen nicht immer an. Sie suchen gemeinsam einen Ausweg und fahren ins siebzig Kilometer entfernte Nötsch im Gailtal, zu Anton Kolig. Franz Wiegele ist tot. Zusammen mit Anton Kolig, Sebastian Isepp und Anton Mahringer hat Wiegele den Nötscher Kreis gebildet, in den ein Krater geschlagen wurde.

Maria besucht Franz Wiegele bereits 1943 mit einem Freund, im selben Sommer, in dem sie sich auf das Fresko mit Lobisser eingelassen hat. Maria zeigt Wiegele ihr Bauernmädchen, und Wiegele sagt:

Dem Mädchen kann ich Kredit geben. Sie hat große Chancen.

Wiegele sagt Schanzen. Es klingt wie eine Rampe, die Maria zum Ansprung braucht. Sie schreibt hinten auf das Bild: »Gelobt von Wiegele.« Diesen Kredit kann Wiegele allerdings nicht mehr einlösen. Am 17. Dezember 1944, sechshundert Jahre nach dem Erdrutsch, der anno 1348 ganze Dörfer vergräbt und im Dobratsch eine immer noch sichtbare rosafarbene Wunde hinterlässt, trifft eine zielgenaue Bombe die Künstlerkolonie, die in der Mühle der Familie Wiegele lebt. Anton Kolig, erst vor einem Jahr als pensionierter Professor aus Stuttgart zurückgekehrt, befindet sich ebenfalls dort. Er wird zusammen mit seiner Frau verschüttet und schwer verletzt. Andere haben mehr Glück. Sebastian Isepp ist 1938 nach Großbritannien emigriert, und Anton Mahringer lebt in Sankt Georgen im Gailtal. Franz Wiegele wohnt immer noch in seinem Elternhaus, aus dem er selbst, seine Mutter und seine Schwester sowie deren Ziehtochter nicht mehr lebend geborgen werden können. Viele von Wiegeles Bildern verbrennen und mit ihnen Marias Malheimat, in die sie nicht hineingeboren ist, aber die sie sich erarbeitet hat, als Forscherin der Farbe.

»Ein Grashalm wirft um zehn Uhr vormittags ein anderes Licht als um elf Uhr«, lautet Wiegeles Wahlspruch. Maria hat ihn überprüft, und es stimmt. Jetzt wächst Gras auf seinem Grab. Maria hat ihre Wurzeln gefunden. Sie steht in einer Reihe von Müttern, die unehelich geboren haben, aber sie steht auch in einer Reihe von Vätern, zumindest ideell, denn Maria ist eine Erbin der Kärntner Koloristen. Wiegele liebt die slowenische Sprache und spricht sie offensiv auf der Straße. Maria liebt Wiegeles große slawische Farbigkeit. Seine Malerei ist Musik. Mutting ist Marias Vater, dem Hubinger Anton, aufgrund von dessen Musizierkünsten erlegen. Und Mutting hat auch selbst Musik im Leib. Sie schreibt Gedichte, im Kärntner Dialekt mit seinen langen, singenden Selbstlauten und kurzen Mitlauten. Wie die Kärntner Slowenen, mit denen sie zusammenleben, lassen auch die deutschsprachigen Kärntner das Wort »es« weg, wenn sie sagen: Heit is aba kolt. Oder die Präposition, wenn sie sagen: I foahr Klagenfurt.

Maria fährt von Nötsch nach Klagenfurt, zu Mutting. Sie hat die Kärntner Mundart abgelegt, aber das heißt nicht, dass sie ihre Herkunft abgelegt hat. Auch wenn Muttings Gedichte schlecht sind und Franz Wiegele tot.

Im Sommer 1947 ist es nicht mehr gefährlich, Slowenisch zu sprechen, denn es gibt keine Rassengesetze mehr, in deren Folge es allerdings auch nur noch wenig Slowenischsprachige gibt. Die Nazis haben ganze Arbeit geleistet. Aber sie haben die Zweisprachigkeit nicht aus der Welt schaffen können und auch nicht die wechselseitige Befruchtung der Sprachen. Im Sommer 1947 fährt Maria mit Michael nach Nötsch, zu Anton Kolig. Sie hat ihn schon vor einem Jahr besucht. Seitdem schreiben sie sich Briefe. Koligs Briefe beginnen mit »Viel verehrte Jüngerin« und enden mit »Vater Kolig« oder »Malervater«. Der Nötscher Kreis hat Maria aufgenommen, obwohl Franz Wiegele sie nicht mehr loben kann. Der Sohn eines Kirchenmalers aus Neutitschein und Studienkollege Oskar Kokoschkas Anton Kolig hat sein Atelier jetzt im Schulhaus. Es ist geräumig und hell. Maria atmet ein und kneift die Augen zusammen. Das Licht bricht sich in den großen Fenstern. Malen ist eine Schule des Lebens. Und ein Schulhaus kein schlechter Ort für ein Atelier. Anton Kolig malt wieder. Die Bombe sitzt in seinem Körper, sie hat ihn nicht in die Luft gefetzt, sondern auf die Erde gepresst. Sein Körper ist eine Last, die auch seine Förderer ihm nicht abnehmen können. Der Maler kraftvoller Jünglinge ist schwer gehbehindert. Unter der runden Brille schaut noch manchmal der alte Schalk hervor.

Michael kann nicht anders, als weiterhin Bomben zu zünden. Er trägt den Krieg mit sich, wohin er geht. Maria will ein eigenes Zimmer und ihren Frieden, aber sie bekommt ihn nicht. Sie bekommt ein Gedicht, das Michael auf einen Zettel geschrieben hat. Er steckt den Zettel unter der Tür durch, an die er zuvor hämmert und die Maria ihm nicht öffnet. Weil seine Liebe brennt wie Feuer, zündet er das Gedicht an. Rauch dringt unter der fest verschlossenen Tür hervor. Maria versteht seine Rauchzeichen nicht. Sie trampelt das Feuer aus. Und damit den letzten Rest an Glut, der noch in ihr schwelt. Michael kann jetzt nur noch eine Indianerin retten oder eine Partisanin, erprobt im Kampf, keine verhinderte Nonne, keine eiserne Jungfrau, so wie Maria.

Sie liebt seinen Körper, aber sie kann nicht jeden Preis dafür zahlen. Lieber würde sie sich einen Mann kaufen. So machen es doch die Männer. Sie lösen das Problem des Verlangens, das auch in Maria weiterglimmt, mit Geld. »Wenn ich mein Leben so kühl und aufs Notwendigste berechnet einrichten könnte – in der Art von Cézanne, der gesteht, einmal in der Woche ins Bordell zu gehen und sonst an nichts Gedanken aufwendet als die Malerei«, schreibt sie in ihr Notizbuch, das kein Tagebuch ist, weil es dort keine Bekenntnisse gibt, dafür Thesen oder den Versuch dazu. »Die Frauenfrage ist erst dann vollkommen gelöst, wenn es auch für Frauen Bordelle gäbe«, schreibt Maria, die sich der Wahrheit verpflichtet fühlt und nichts als der Wahrheit.

Ist sie deswegen ein schlechter Mensch? Die Freundin von Mutting, die glaubt, sich einmischen zu dürfen, will nicht daran denken, dass körperliche und geistige Liebe getrennt sein können, so wie Maria es frisch heraus behauptet, ohne zu merken, gegen welch eherne Etikette sie damit verstößt. Maria ist nicht böse. Aber sie weiß nicht, was gut ist. Das denkt Muttings Freundin, die Maria verurteilt. Maria aber weiß es anders, weil sie anders ist als andere. Liebe ist gut. Schlecht ist, dass man sie braucht. Schlecht ist, Menschen überhaupt zu brauchen. Maria braucht Michael nicht, weil sie ihn nicht brauchen will. Trotzdem besorgt er ihr Pinsel und Farben und Leinwände und verkauft ihre Bilder. Er reicht für Maria Stipendien ein, denn Johannes Lindner, kein Pferdeknecht wie Michaels Vater, sondern Dichter und Beamter im Landeskulturamt, hat in ihm einen Sohn gefunden. Michael rührt die Herzen jener, die hinter dem Wüterich das empfindsame Kind zu erkennen vermögen.

Michael steht Maria Modell, warum auch nicht. Den ersten Akt, den sie von ihm gemalt hat, hat er ihr einfach abgenommen. Maria kann nichts dagegen machen. Den neuen Akt wird sie nicht hergeben. Sie wird ihn der Öffentlichkeit zeigen. Maria braucht noch Bilder für die kommende Ausstellung, an der sie teilnehmen darf. Die Kunst hat Maria und Michael zusammengeführt, und die Kunst hält sie zusammen. Er liegt nackt auf einem Sofa und noch einmal auf der Leinwand, vor der Maria steht. Sie schaut ihn an und verschwindet in seinem Inneren. Sie spürt seine Verletzlichkeit, vielleicht zum ersten Mal. Sie steht hinter der Staffelei, die Maria schützt, und sieht plötzlich die Wahrheit. Michaels Brust schimmert grün wie ihre eigene auf dem Selbstporträt, ausgelöst von der Bombe, die den Zug nach Hause stoppt. Sein kräftiger, beinahe gedrungener Körper leuchtet hell vor dem schwarzen Hintergrund und dem roten Sofa, auf dem er liegt. Das Gesicht liegt im Schatten. Seine Augen blicken fragend und unsicher, sein Mund, verrutscht und halb geöffnet, möchte sich zu einem Weinen verziehen. In der Mitte, aus dem Zusammenhang gelöst, brennt sein Geschlechtsteil. Es liegt rot auf seinem weißen Bein, im Rahmen des kohlrabenschwarzen Schamhaars. Ein Objekt des Begehrens.

Sommer 1947. Das Bild hängt in der Ausstellung. Der Kunstverein, dessen Jugendstilgebäude noch von den britischen Besatzungsbehörden gebraucht wird, zieht in den Wappensaal des Landhauses. Rechts vom Eingang hängen jene, die nie gezweifelt haben, dass Kunst von Können kommt und Wert von Bewahren, links jene, die die Zeitungen in den nächsten Tagen jugendliche Revolutionäre nennen. Unter ihnen Maria mit ihren drei Bildern, zwei Akten und einem Gruppenbild. Aber nur ein Bild, das von Michael, wird zum Skandal. Niemand schaut in Michaels verletztes Gesicht, niemand sieht seine gewalttätige Zärtlichkeit, seine kindliche Wollust. Alle sehen das Corpus Delicti, sein rot glühendes Geschlechtsteil. Sie sehen rot. Der Krieg ist erst zwei Jahre vorbei und Maria endgültig berühmt in der Provinz, wenn auch nicht so, wie Mutting es sich vorgestellt hat. Das Bild wird verhängt. Und die Presse tut, was ihre Aufgabe ist, schreiben.

Der Künstler August Veiter befindet in der von der Kärntner Volkspartei betriebenen *Volkszeitung* Marias Bild für nicht gelungen. Er ist schon achtzig und kommt sich gewieft vor, weil er dem Bild seinen Wert abspricht, indem er ihm das Gegenteil davon vorwirft, was es ist. »Solche Übungen wurden schon vor Jahrzehnten in den Malklassen der Kunstschulen gepflegt ohne Anspruch auf Entdeckung neuer Kunstwege.« Maria hört die Botschaft. Wenn eine das wagt, was bis jetzt nur Männer dürfen, nämlich einen begehrlichen Blick auf den Körper des anderen Geschlechts zu werfen, braucht sie nicht zu glauben, dass es etwas Neues ist! Der Redaktion ist Veiters Kritik zu wenig. Sie fühlt sich verpflichtet, darauf hinzuweisen, dass hier doch auf alle Fälle die Grenze des Künstlerischen in Richtung Pornografie überschritten sei, zumal der Abgebildete, der stadtbekannte Dichter Michael Guttenbrunner, im Kulturamt der Landesregierung arbeitet. Maria wird von dem

Skandal überrollt, den sie nicht erwartet hat, dabei hätte sie es wissen müssen. Aber sie weiß es nicht, weil sie keine Zeitungen liest, außer wenn sie selbst drinnensteht. Sie weiß nicht, wie die Leute denken, obwohl sie sie kennt. Sie vergisst es, weil sie nur in sich selbst steckt. Weil zwischen ihr und den Leuten eine Wand ist aus weißem Glas. Sie kann nur raten, was sie empfinden, außer wenn sie sie malt, denn dann spürt sie es. Sie kann sich Geschichten ausdenken, aber die sind nicht immer wahr. In der Ausstellung wird ihr Name zugeschmiert, und auf der Straße rufen nicht nur Männer, sondern auch Frauen ihr böse Wörter hinterher.

Michael trifft es nicht weniger hart, aber aus anderen Gründen. Er tut, was er immer tut. Er schäumt. Er kann es nicht aushalten, wenn sie weitermachen wie vorher. Sie, das sind Nazis wie August Veiter, der 1938 dafür war, dass die »undeutschen« Fresken von Anton Kolig im Landhaus abgeschlagen werden. Er kann es nicht aushalten, wenn diese Unverbesserlichen glauben, dass der Krieg noch immer nicht vorbei ist, und weiter aus ihren Schützengräben schießen. Mögen auch andere Zeitungen das Formempfinden, die Kraft und den Eros der jungen Malerin Maria Lassnig verteidigen, ihr das Recht zugestehen, auf Durchschnittskünstler herabzublicken. Michael genügt das nicht. Er muss Stellung beziehen zu dem Skandal, der um das Bild entbrennt, auf dem er schließlich selbst zu sehen ist, und zwar öffentlich und mit dem, was ihm zu Gebote steht, der Sprache. Michael schreibt selbst einen Artikel.

Darin stellt er die für ihn notwendigen Fragen in der für ihn gebotenen gedrechselten Form. Warum fällt es Veiter ein, einer »kopflosen Schar peinlich-schönfärbender Dilettanten mit weitestgehender Hintansetzung aller Ansprüche« lobzuhuldeln? Warum erlaubt er sich auf der anderen Seite, »all jene zu besudeln, die sich erfrecht haben, durch ihre Malart *nicht* zu beweisen, dass sie wie die heute noch Braven – als Mesnerknaben aufgewachsen und später und vor kurzem noch bemüht gewesen sind, als möglichst geartete Maler diesseits ins ›Haus der Deutschen Kunst‹ und jenseits in den Himmel zu kommen«? Die Anspielungen auf das Haus der Deutschen Kunst in München, wo die Propagandaausstellung *Entartete Kunst* einst Station macht, versteht auch in Klagenfurt jeder. Michael kann nicht anders, als zu replizieren. Aber auch wenn er mit feiner Klinge ficht und obwohl Johannes Lindner ihn so gut schützt, wie er kann, kann er seine Stellung in der Kulturabteilung auf Dauer nicht halten. Wer sich geschworen hat, keinem Nazi mehr zu einem Posten zu verhelfen, steht selbst auf verlorenem Posten.

Maria flüchtet für ein paar Monate nach Wien. Sie will zurück an die Akademie und bewirbt sich im Herbst 1947 bei Albert Paris Gütersloh, aber sie wird abgelehnt, denn die Plätze sind jetzt für die nachfolgenden Generationen reserviert. Bei ihrer alten Vermieterin, der Pepitante, die sie über den Krieg bekocht hat, ist es zu voll. Sie bezieht ein Zimmer in der Wimbergergasse. »Kostspielig ja, aber ich kann in der dicken Luft der Provinz nicht mehr leben, wo die großen Geister einander verschlingen oder aufreiben müssen, weil der Käfig zu eng ist«, schreibt sie an Mutting. »Lieber in Wien ein Abwaschmädl sein, als in Klagenfurter Salons die Dame spielen zu müssen und Umgangsformen einzutauschen gegen seine eigene große Lebensform!«

Die Wäsche wäscht immer noch die Pepitante. Die Mutter schickt wieder Reindlinge, wie im Krieg. Außerdem den Malkasten, Aquarellpinsel, Karton, Hefte, eine Glühbirne, einen Mantel, Schuhe, eine Nagelbürste, eine Schuhbürste, Zigaretten, Nudeln, Kaffee, Eier und Schmalz. Ohne Mutting wären die Pepitante und Maria schon im Krieg verhungert, ohne den Wein vom alten Vater wäre Maria schon damals dem Trübsinn verfallen. Maria hängt immer noch an dieser Nabelschnur. Diese ist unverwüstlich und leitet außerdem von Klagenfurt nach Wien: Kohle, Parfum, Zünder, Riemen, Nadeln und eine Kette, Gemüse und Mehl. Maria fühlt sich verwöhnt aus der Ferne. In der Nähe der Mutter ist das nie so. Maria atmet auf. Muttings Tuchent deckt sie zu. Die Schiffbrüchige hat einen Hafen gefunden, der aus der Heimat beliefert wird. Sogar der gute alte Johannes Lindner greift ihr unter die Arme und will ein Bild kaufen. Maria braucht Geld. Umso mehr, je weiter weg von Mutting sie ist. Sie braucht Mutting, umso mehr, je weiter sie von ihr entfernt lebt.

Maria will Michael vergessen und flüchtet in die Arme von Arnold Wande. Das Sicheinlassen auf einen anderen Mann ist bei Maria in einem Wimpernschlag geschehen. Wenn ihr jemand zu tief in die Augen schaut, ist sie verloren. Der Krieg, der Michael lauter gemacht hat, hat Arnold leiser werden lassen. Arnold ist kein Erfinder, obwohl er Daidalos heißt mit zweitem Namen. Er ist das Stillleben, das er mit seinen ruhigen Bewegungen auf dem Tisch arrangiert, während Maria sich an der Staffelei abmüht. Sein Gang holpert, aber sein Blick ist so stetig, dass Maria nicht nur einmal, sondern immer wieder hineinkippt. Wenn sie aufhört zu kokettieren, ist sie verloren. Sie fällt in die Liebe wie in ein Grab. Aber dieses Mal ist die Liebe kein Orkan, sondern ein dunkler, ruhiger Teich. Sie ist das Prickeln im Hinterkopf, die süße Lähmung, die Maria überkommt, wenn sie Arnold zusieht, wie er die Gegenstände zu einem Bild zusammenstellt, ein Gleichklang, wie nicht von dieser Welt. Arnold malt mit seinen Händen, nicht mit dem Pinsel. Trotzdem zieht er mit seiner Staffelei bei ihr ein. Sie malen nebeneinander, nicht miteinander. Sie malt sein Porträt, schließt es in ihr Herz und lässt es nicht mehr los. Dann zieht er zurück nach Deutschland. Maria vergisst ihn bald. Und sie vergisst ihn nie mehr. Mutting, zurückgeblieben im Klagenfurter Stall, kann nach der Ausstellung für lange Zeit den Leuten nicht mehr unter die Augen treten. Aber eine Mutterkuh verstößt ihr Kalbl nicht. Sie hat auf dieses Fohlen gesetzt, das schön wie ein Pferd ist. Es ist ihr einziges Pferd im Stall.

5. KAPITEL
DER KNABE

Er hat ihr geschrieben, ob er sie besuchen darf, ein Schüler aus Villach, der dort die Staatsgewerbeschule besucht. Sein Vater will, dass er Architekt wird. Der Sohn aber hat es sich in den Kopf gesetzt, dass er zur Kunst berufen ist. Ein bisschen berühmt ist Maria jetzt schon. Auf jeden Fall bis in die vierzig Kilometer westlich gelegene zweitgrößte Stadt Kärntens. Den Kontakt eingefädelt hat die Vermieterin des Schülers, die Beziehungen in die Kulturszene der Landeshauptstadt Klagenfurt unterhält und Maria mit Informationen über den vielversprechenden jungen Mann versorgt hat. Aber eigentlich ist Arnold Wande daran schuld, dass Arnulf Rainer nun vor der Tür des Ateliers steht und sich nicht zu klopfen traut. In den Sommerferien bei seinem Großvater in Sankt Georgen am Längsee lernt der Schüler den akademischen Maler Wande kennen und hört zum ersten Mal den Namen Maria Lassnig. Aber er weiß nicht, wie er mit ihr in Kontakt treten kann. Reden bringt die Leut zusammen, das sagt Arnulfs Vater auch immer.

Und es stimmt. Hätte Arnulf seiner Vermieterin nicht davon erzählt, stünde er vermutlich nicht hier. Oder noch nicht. Dann hätte er eben einen anderen Weg gefunden. Arnulf hebt seinen Zeigefinger, krümmt ihn und klopft leise an die Tür. Maria macht auf, und das Bild des Knaben fällt in sie hinein. Es setzt sich in ihrem Kopf fest, und sie wird es nicht mehr los. Sein Haaransatz ist waagerecht, die äußeren Winkel seiner Augen neigen sich zur Seite. Seine obere Lippe ist fein und geschwungen, die untere üppig und voller Verheißung.

Komm herein, sagt Maria.

Er ist kein Knabe, sondern ein Kind. Deswegen kann Maria nicht Sie zu ihm sagen. Er ist ein Welpe, der beinahe über seine Füße stolpert, und er hat die zutraulichen Augen von jemandem, der noch nichts erlebt hat. Dann stolpert er plötzlich gar nicht mehr, sondern geht auf leisen Sohlen an ihren Bildern entlang. Er bleibt vor jedem stehen und schaut so lange, bis Maria es nicht mehr aushält und etwas sagen möchte. Aber er geht jedes Mal im richtigen Moment weiter. Vor dem Bild von Michael stockt sein Schritt. Der Knabe kennt den Skandal. Seine Zimmervermieterin hat ihm davon erzählt. Sie hat ihn gewarnt und damit seiner Neugier Feuer gegeben. Arnulf hat eine Mappe dabei und fragt, ob er sie ihr zeigen darf.

Bist du Künstler?, fragt Maria.

Der Knabe wird rot. Er will Künstler werden und hofft, dass die Frau ihm zeigt, wie das geht, denn er selbst hat keinen blassen Schimmer davon.

Malst du?, fragt Maria weiter.

Nein.

Arnulf wird noch röter. Künstler malen. Schüler zeichnen. Die Frau wird ihn zurückweisen, weil er es nicht wert ist, da ist sich der Knabe plötzlich sicher. Er schaut in das helle, offene und doch undurchsichtige Gesicht der Frau und weiß, dass er den Sprung wagen muss.

Ich zeichne.

Dass er Künstler werden will, bringt er nicht über die Lippen. Aber Maria liest es von diesen ab. Sie kann denken und sehen. Und plötzlich sieht sie ihn mit Michaels Augen. Sie sieht seine blassen Arme. Er ist größer als sie. Maria hebt den Blick und sieht seine Augen, klar wie ein Gebirgssee. Sie springt in das frische Wasser. Es ist eine Begegnung. Zuerst nährt sie sich von Briefen, denn der Knabe wohnt in Villach und die Malerin in Klagenfurt. Ihre Verbindung ist nicht denkbar, gerade deswegen ist das Band immer schwerer zu durchreißen.

Auch Arnulf kann seinen Blick nicht mehr lösen. Die Frau hat etwas Freimütiges. Sie hat etwas Forderndes. Sie hat etwas Schamloses. Sie ist ganz da. Ihre Haare sind kurz geschnitten und locken sich im Nacken. Sie lächelt nicht. Sie ist so ernst, dass Arnulf weiche Knie bekommt. Er ist ein Kind und sie ist eine Frau. Sie weiß alles. Ihre Stimme klingt hart und klar, aber ihre Brüste wölben sich weich unter der Bluse. Die Bilder, die an den Wänden hängen und auf dem Boden stehen, bilden einen Rahmen um die Frau, die Arnulf schön vorkommt, weil sie sie selbst ist. Sie stehen in einer Kirche, die der Kunst geweiht ist, und in ihrer Mitte steht die Hohepriesterin, die ihn in ihre Geheimnisse einweihen wird.

Maria badet in seinen Augen, die genauso unschuldig sind, wie ihre eigenen Augen es noch vor kurzer Zeit waren. Arnulfs Augen sind Gebirgsseen, die Maria durch ihre Kälte heiß werden lassen. Maria fühlt das Prickeln am ganzen Körper. Das Blut steigt in ihre Wangen. Sie schaut auf seine Hände, während er in seiner Mappe blättert. Sie hat kein Auge für die Zeichnungen, die energisch und eigenwillig sind und die sie in diesem Moment überhaupt nicht interessieren. Seine Hände sind weiß und zart. Sie haben noch nichts angefasst. Schon gar kein Kriegsgerät. Ihre Waffe ist der Bleistift. Der Knabe ist ein unbeschriebenes Blatt, voller Begierde, gefüllt zu werden, kein dunkler Sumpf wie Michael, vor dessen Begehren Maria sich fürchtet. Arnulfs Trumpf ist die Zukunft. Maria reißt sich von der Vergangenheit los.

Ihr Bett steht im Stock unter ihnen, getrennt durch den Dielenboden. Arnulf schaut sie an und hängt an ihren dunklen Augen. Er weiß nicht, was die Frau denkt, aber er weiß, dass es ihn interessiert. Dass sie das Leben bereits gekostet hat, nach dem es ihn so sehr dürstet. Alles, was er bis jetzt gewusst hat, fällt von ihm ab. Er weiß, dass er angekommen ist, dass er lernen will. Von ihr. Der Knabe ist unwissend, aber sein Körper sagt ihm, was er will. Vielleicht weiß er es noch nicht und kann es in diesem Moment nicht einmal denken, aber Maria sieht es, sie sieht, was passieren wird. Sie will noch warten. Wie viele Tage sie wartet, ist egal, wie viele Monate oder Jahre.

Es ist schon jetzt entschieden. Sie weiß, dass sie ihn haben wird. Sie wird ihn lehren, so wie Michael sie gelehrt hat, aber anders. Zuerst zart, dann immer wilder. Sie hat gedacht, dass das Wilde von Michael kommt, aber es hat auch in ihr gesteckt, und Michael hat es nur aufgeweckt.

Arnulf nennt die Malerin Fräulein, denn sie ist eine Dame. Sie ist sein Engel. Maria nennt den Schüler Bruder, aber sie ist ihm keine Schwester. Sie wird ihm Frau, Mutter und Lehrerin. Aber mit einem Engel kann man nur im Himmel wohnen, nicht auf der Erde. In der Schule kann der Knabe nur noch an sie denken. Er schreibt ihr Briefe von Villach nach Klagenfurt. Vierzig Kilometer sind nicht viel, aber in dem leeren Raum dazwischen entstehen Welten. Er besucht sie mit dem Zug, wann immer sein Stundenplan es erlaubt. Maria fährt auch nach Villach, mit dem Zug. Arnulf kann sie nicht abholen, sonst reden die Leute. Zeichnen kann er nur, wenn er nicht bei ihr ist. Dann bleibt Maria in all ihrer Komplexität in ihm und errichtet ein Universum. Arnulf hat nicht gewusst, dass die Liebe nicht blind, sondern sehend macht. Maria ist komplex und nobel, sie ist weich und stolz, sie ist schweigsam und niedergeschlagen, sie ist natürlich und ohne Vorurteile. Sie ist eine mütterlich Liebende und ein arroganter Vamp.

Arnulf schreibt ihr Briefe, nicht stürmisch und voller Schwulst wie Michael, sondern tastend und nach Worten suchend, aber nicht weniger gewandt. Michael war Sturm und Drang, Arnulf ist Romantik. Seine Reinheit verklärt Maria. Das Älfchen, wie er sich selbst nennt, ist frühreif, und nicht nur das, es ist eine voll entwickelte Seele. Ihm stehen die Wörter der Gebildeten zur Verfügung, und er weiß sie schlafwandlerisch zu benutzen. Woher kennt er die Begriffe und die Gefühle, über die er schreibt? Doch nicht aus der Zeitung oder dem Radio. Arnulf interessiert sich für Camus und Ibsen. Er kennt die Verlogenheit der bürgerlichen Welt aus eigener Anschauung und schätzt auch deswegen Marias diesbezügliche Unverdorbenheit. Denn Maria ist nicht von dieser Welt. Jedenfalls nicht der bürgerlich-spießbürgerlichen.

Ihr Nichtzusammenseindürfen vor der Welt facht das beiderseitige Begehren an. Die Heimlichkeit und der Schmerz, mit denen sie sich am Bahnhof verabschieden, verstärken die Sehnsucht nach dem gemeinsamen Raum. Die Frau und der Knabe. Der Unterschied zwischen ihnen verstärkt die Anziehungskraft. Er macht ihre Liebe abstrakt und hebt sie ab von der Wirklichkeit und ihren schnöden Institutionen. Die Ehe kann sich Maria sowieso nicht vorstellen und Arnulf schon gar nicht. Bei Arnulf ist Maria sicher. Und falls er sich doch einmal solchen Gedanken hingeben wird, wird er bei Maria auf Granit beißen. Arnulfs unschuldige Zuneigung erweicht ihr Herz. Der Knabe ist ihr ganz verfallen. Der Frau und der Künstlerin. Und Maria gibt sich auch nur ganz oder gar nicht. Zwischen diesen beiden Zuständen gibt es bei ihr keine Abstufungen. Wie soll der Knabe das verstehen? Wenn er nicht bei ihr ist, kann er sie nicht mehr spüren. Dann schreibt er ihr, und sie antwortet ihm. Aber nicht immer. Es schmeichelt ihr, dass auch der Knabe ihre Begabung anerkennt, so wie Michael sie anerkannt hat. Aber es ist Maria nicht egal, was die Leute denken. Was Mutting denkt. Ihre Briefe muss Arnulf vernichten. Er spielt mit.

Arnulf kämpft. Wie kann er die Frau und die Wirklichkeit zusammenbringen? Den Schüler und die Malerin? Er liebt nicht ihren Körper, sondern ihre Kunst. Und ihren Körper natürlich auch. Sie versuchen es mit einer Freundschaft, aber das reicht nicht. Zu viel hat die Begegnung in ihnen entzündet. Arnulf kann ohne Maria nicht er selbst werden. Maria kann ohne Arnulf nicht weiterkommen. Wenn sie sich sehen, kommt es schnell zu Streit. Aber auch wenn sie sich zurückziehen, können sie nicht mehr anders, als sich aufeinander zu beziehen. Arnulf fährt mit der Schule nach Wien. Die Auslage der Buchhandlung Kosmos ist voll mit moderner Kunst. Die Wiener Frauen interessieren ihn weniger, denn er denkt nur an Maria. Er denkt schon durch sie und für sie und für ihre Kunst. Er denkt an ihre Kompliziertheit, die eine Komplexität ist. Maria hat so viele Schichten. Sie ist ein fertiger Mensch. Was soll der Knabe sich da noch für ein dummes, nettes Mädchen interessieren können? Maria ist eine Blume mit tausend Blütenblättern, aber sie ist auch eine Muschel, die sich verschließt und an die man nicht mehr herankommt.

Wie viel Zeit vergangen ist, als Maria sich zum ersten Mal öffnet, als sie zum ersten Mal gemeinsam im Bett liegen, wissen sie nicht mehr. Stunden, Tage, Wochen spielen keine Rolle. Als es geschieht, gerät Maria außer sich. Maria ist nicht zart. Sie weiß, was sie will. Genau das hat der Knabe erwartet. Er ist das Instrument, auf dem Maria spielt. Aus dem Knaben brechen Töne, die er bis jetzt nicht gehört hat. Er glaubt, aus sich herauszufahren, dabei wird er zum ersten Mal ankommen und kein Mensch auf der Suche mehr sein, sondern er selbst. Die Frau weiß alles, auch wie man ein Körperteil anfasst, das glüht wie auf dem Bild von Michael, von dem Dichter, dessen Körperteil auf Marias Bild den Skandal auslöst, der wiederum

Arnulf auf die Spur setzt, dem Dichter, dem vermutlich nie die Worte fehlen, so wie sie dem Knaben jetzt fehlen. Die Frau kennt keine Scham, und das ist gut so. Und auch, wenn der Akt schnell vorbei ist, ist das noch lange nicht das Ende. Der Knabe ist ein gelehriger Schüler. Die Liebe ist ein hartes Geschäft, sie hat Sprengkraft und erschafft einen neuen Menschen, einen Mann. Aber sie macht auch gleichzeitig weich. Das ist das Gefährliche an der Liebe, weiß Maria.

Eine Flutwelle ist über sie hinweggebraust und hat ihnen die Luft genommen, aber sie sind wieder aufgetaucht und in den Hafen geschwommen. Arnulf schläft ein. Marias Hände liegen auf seiner Brust, und ein Strom geht von seiner Haut aus, der durch ihren Körper reist und wieder zurück in seine Brust. Sie sind ein Kreislauf, aneinandergedockt wie zwei Schiffe, die sich gegenseitig volltanken. Arnulf ist kein Orkan, so wie Michael. Er ist ein frischer Wind, der die faule Luft aus Marias Künstlerklause vertreibt. Das Wasser bleibt nicht still. Die Schiffe machen Ausflüge. Es kommen Boote und Dampfer in den Hafen. Der magische Moment der Begegnung ist vorbei. Aber es ist etwas Neues daraus entstanden, eine Bewegung, die, einmal angestoßen, sich fortsetzt und nicht an Kraft verliert, sondern eher noch gewinnt.

Maria malt, und Arnulf zeichnet. Er sieht ihre Kunst zuerst mit Bewunderung und dann mit Eifersucht. Sie kann es. Und sie tut es. Maria hat Disziplin, aber sie hat ja auch schon etwas gelernt. Arnulf hat keine Disziplin, denn er befindet sich noch auf der Suche. Maria befindet sich zwar auch auf der Suche, aber sie macht keine Suchbewegungen. So kann sie auch nichts finden. Dafür hat sie jetzt einen Boten. Arnulf. Arnulf zeichnet, und Maria malt. Und da ist immer auch noch der andere, Wande. Soll Arnulf auch auf ihn eifersüchtig sein? Zwei Staffeleien stehen in dem Atelier am Heiligengeistplatz, in das von unten das Gehämmer der Handwerker heraufklingt. Zwei Staffeleien und ein Tisch, auf dem Arnulf zeichnet. Er ist kein akademischer Maler. Er kann auch auf dem Boden liegen und dabei zeichnen. Er braucht keine Staffage aus Rahmen und Paletten. Arnulf hat es eilig, zu den beiden aufzuschließen. Aber er kann nicht warten, bis irgendwelche Farben getrocknet sind. Er will zeichnen und noch einmal zeichnen. Seine Bilder werden immer dunkler, so viel zeichnet er drauf. Bis alles voll ist und nichts mehr leer. Bis er sich leer gezeichnet hat und etwas Neues braucht. Ein leeres Blatt Papier. Eine Anregung. Der Herr Kunstmaler Wande kann sie ihm nicht geben. Er war zwar im Krieg, aber er erzählt nichts davon. Und seine Bilder noch weniger. Der Kunstmaler hat keine Zukunft, jedenfalls nicht bei Maria. Arnulf hat keine Vergangenheit, aber er weiß, dass er Marias Zukunft ist. Er kennt sie noch nicht, weil er sich noch nicht kennt. Er weiß, was er will, aber nicht, wie er es erreichen kann. Er muss nur warten. Und sich gelehrig erweisen, komme, was da wolle.

Maria und die Männer. Sie hat keine Ordnung. Sie hat kein Verhältnis zu Zahlen. Sie zahlt in keine Zukunft ein, sie zählt nicht ihre Jahre, sie zählt nicht ihre Männer. Sie zählt auf niemanden. Sie nimmt sich, was sie kann. Sie bekommt nicht, was sie will. Sie lebt nicht in der Zeit, sondern in mehreren Zeitzonen gleichzeitig. Sie kann zwei Männer lieben, ohne sich zu verirren. Sie vergisst einfach den, der gerade nicht da ist. Sie ist immer ganz da und verliert sich im anderen. Nur wenn sie malt, ist sie von einem Schutzzaun umgeben. Sie steigt ein in die leere Leinwand und kommt erst wieder heraus, wenn sie etwas vollendet hat. Arnulf hört auf, wenn er keine Lust mehr hat. Maria hört auf, wenn sie etwas geleistet hat. Und Wande macht sich aus dem Staub. Er geht dorthin, wo er hergekommen ist, nach Deutschland.

Arnulf macht Maria, anders als Michael, nie Komplimente. Aber das ist nicht schlimm. Maria zurrt sich sowieso in sich zusammen, wenn jemand sie lobt. Deswegen ist sie froh, dass Arnulf kein Charmeur ist wie Michael. Er ist kein Liebhaber, so wie Michael. Er lässt ihr Luft, obwohl er sie liebt. Denn Arnulf hat keine andere Wahl. Er hat keine Macht über Maria, so wie Michael. Sie beide lieben die Kunst und damit sich selbst.

Maria und Arnulf zeichnen parallel. Und manchmal zeichnen sie sogar zusammen. Sie treiben sich gegenseitig an, denn sie haben ein gemeinsames Ziel. Berühmt zu werden. Aber jeder geht dieses Ziel auf seine Weise an. Arnulf überlässt sich dem Zufall, Maria will Kontrolle. Arnulf will keine Bewertungen, Maria will Rechtfertigung. Wenn sie ihn fragt, wie er ihr Bild findet, sagt er nichts. Er hat kein Recht, sie zu kritisieren. Was weiß er schon von Kunst. Und selbst wenn er es wüsste, würde sie es nicht hören wollen. Maria ist sich doch selbst die Einzige, die weiß, wie sie malen muss. Sie macht keine Kompromisse. Arnulf schon. Er kann sie nicht schlagen mit ihren eigenen Mitteln, so wie er seinen Bruder geschlagen hat.

Arnulf ist nie alleine. Er stand immer im Wettbewerb. Das liegt daran, dass er einen Zwillingsbruder hat. Sie machen von Anfang an alles gemeinsam, wie es Zwillinge eben tun. Reinhard zeichnet gerne, aber seine Zeichnungen finden beim Vater keinen Anklang, der selbst Maler werden will und Porträts der Verwandten anfertigt. Deswegen überlegt es sich Reinhard anders. Er wird Jus studieren, denn er ist nicht nur für die Kunst, sondern auch für die Sprache begabt. Auch bei seinem zweiten Sohn Arnulf will der Vater verhindern, dass dieser seinen geheimen Traum erfüllt, der eigentlich der Traum des Vaters ist. Arnulf soll nicht Kunst studieren, sondern Architekt werden wie der Vater, deswegen schickt er ihn auf die Gewerbeschule in Villach. Maler ist kein Beruf, sagt der Vater, der sich selbst nicht erlaubt hat, ein solcher zu werden. Arnulf hält sich daran, ohne daran zu glauben. Bis er Maria trifft.

Maria zeigt Arnulf den Ausweg zu sich selbst. Sie ist der Beweis, dass die Kunst eine ernste Beschäftigung ist. Sie nimmt nicht nur die Kunst ernst, sondern auch alles andere. Das imponiert ihm, aber es ruiniert ihn mit der Zeit auch. Muss es denn so sein? So bierernst? Um Maria zu ärgern, sagt Arnulf, dass er die akademische Kunst verachtet. Und es stimmt ja auch. Er verachtet die Bilder, die in den Museen hängen. Maria vergöttert die Kunst und damit sich selbst. Sie ist arrogant. Sie erwartet Erlösung. Aber die bekommt sie nicht. Arnulf will seinen Spaß. Maria will arbeiten. Er macht Vorschläge. Sie hat Bedenken. Arnulf versteht es nicht. Kann man nicht einfach etwas machen? Muss man immer warten, bis man die richtige Entscheidung getroffen hat? Kann man nicht einmal etwas nur einfach so machen? Weil man Lust hat?

Komm, wir schlafen miteinander.

Ich muss malen.

Komm, wir gehen spazieren!

Ich will lesen!

Du denkst zu viel!

Und du zu wenig!

Komm schon, wir gehen spazieren!

Und wenn uns jemand sieht?

Es stimmt schon. Wenn sie unterwegs sind, folgen die Blicke dem Knaben und der jungen Frau. Sie sind in der Provinzstadt ein ungewöhnlicher Anblick und erregen deswegen Aufsehen. Die Burschen in den Trachtenanzügen und die Frauen in den Kostümen und mit den modischen Hüten murmeln laute Sätze, wenn sie vorbeigehen.

Das ist keine Kultur, sagen die Burschen.

Wie die sich benehmen, sagen die Frauen. Was die sich herausnehmen!

Maria trinkt ihr Glas Wein lieber zu Hause. Arnulf schmollt. Wenn Maria ins Glas schaut, ist es immer halb leer.

Wann sollen wir denn hinausgehen, wenn nicht jetzt?, sagt er. Die Leute werden sowieso nicht aufhören, blöd zu reden.

Ich weiß, sagt Maria.

Aber sie tut nichts.

Willst du denn nicht mehr?, fragt er.

Natürlich will ich, sagt sie.

Aber du liebst mich nicht, weil du denkst, dass du etwas Besseres bist als ich, mault er.

Du liebst mich nicht, weil ich nicht schön bin, schmollt sie.

Maria, wie oft soll ich es dir noch sagen?

Sag es doch!

Aber er sagt es nicht. Er kann es nur fühlen, ohne Worte. Wenn sie sagt, dass sie nicht schön ist, sagt er nichts. Er hat es versucht. Aber es nützt nichts, egal, wie oft er es ihr sagt, sie glaubt es nicht. Maria ist schön. Aber sie will es nicht hören. Und wenn sie es hört, will sie es nicht glauben. Er ist bei ihr auf verlorenem Posten. Arnulf hat genug und geht hinaus.

Arnulf schwärmt aus. Er fährt nach Wien und besucht Ausstellungen, er sitzt in Kaffeehäusern und liest Zeitschriften, er nutzt die Aufklärungsangebote der Besatzer und kommt mit seinen Funden zurück. Er hat die Begeisterung, die Maria entglitten ist. Er strengt sich nicht an, ihm fliegt alles zu. Maria war selbst so. Jetzt hat sie ihre Unschuld verloren. Sie hat Angst, ihn zu verlieren, denn sie braucht die Impulse, die er aus der großen weiten Welt, die jetzt in Klagenfurt, aber auch in Wien ihr Lager aufgeschlagen hat, in das kleine Atelier bringt. Die Impulse kommen von den Siegern, die die Klagenfurter immer noch Besatzer nennen, obwohl sie den jungen Menschen die Lehre der Freiheit bringen. Kunst und Kultur heißt das Lehrbuch, mit dem die Alliierten sich glücklicherweise entschlossen haben, den Barbaren, die mit dem Morgenthauplan Bauern hätten bleiben müssen, doch die Demokratie beizubringen.

Zwei Jahre nach Kriegsende organisieren die Franzosen im Museum für angewandte Kunst in Wien eine große Schau mit Bildern, die für die Besiegten neu sind, obwohl sie schon vor Jahrzehnten gemalt wurden. Zwei Picassos sind darunter. Das Dreigestirn Van Gogh, Gauguin und Matisse ist vertreten. Es ist ein Ereignis, bei dem jeder dabei sein muss. Auch Arnulf und Maria. Manche haben ihre Lebensmittelkarten gegen Straßenbahnfahrkarten getauscht, um hierherzukommen. Die Menschen hängen in Trauben auf den Plattformen der Straßenbahnen. Manchmal muss man eine Dreiviertelstunde warten, bis man einen Platz erwischt, so voll sind sie. Aber es lohnt sich, ins Zentrum zu fahren und sich zu vergewissern, dass es endlich bergauf geht. An den Häusern hängen immer noch Schilder mit der Aufschrift LSR oder LSK, das heißt Luftschutzraum und Luftschutzkeller. Die Menschen müssen sich nicht mehr vor den Bomben verstecken, sondern vor der Vergangenheit. Sie haben keine Arbeit und nichts zu essen. Sie wissen, dass es bald besser werden wird, aber nicht wann. Immer wieder dreht jemand zu Hause den Hahn auf. Mit dem Wiener Gasgemisch stirbt es sich schnell. Maria hat die Stadt rechtzeitig vor der großen Bombardierung verlassen. Sie erkennt sie kaum wieder. Auf den Schutthaufen an der Ringstraße wächst Unkraut mit zaghaften gelben Blüten. Die Oper liegt immer noch in Schutt und Asche.

Siebenhundertsiebenundvierzig Bomber starten am 12. März

1945 in der Früh von Italien aus. Sie werden von zweihundertneunundzwanzig Jagdflugzeugen begleitet. Ihr Ziel sind Rüstungs- und Lokomotivbetriebe an der Donau und die Ölraffinerie in Floridsdorf. Aber wenn man mit dem Abwurf noch nicht ganz fertig ist und schon abdreht, ist man binnen Sekunden dort, wo man nicht hinwill. Zum Beispiel über der Albertina und der Staatsoper, in der gerade eine Veranstaltung zum Jahrestag des Anschlusses vorbereitet wird. Hinter der Albertina liegt der Philipphof. In seinem Luftschutzkeller sitzen dreihundert Menschen aus den umgebenden Häusern. Manche werden von einstürzenden Mauern erschlagen, manche ersticken im Feuer, manche werden in siedendem Löschwasser gekocht. Die Nachlöscharbeiten dauern bis Ende März. Die Albertina, große Teile der Ringstraße und das Burgtheater, aber auch das Hauptquartier der Gestapo im ehemaligen Hotel Metropol sind zerstört. In der Staatsoper werden Hydranten und Wasserleitungen beschädigt. Sie brennt zwei Tage, nur die Vorderfront bleibt stehen.

Die, die das kulturelle Zentrum Wiens bombardiert haben, heißen bei denen, die von ihnen mit Kunst und Kultur erzogen werden sollen, jetzt auch Barbaren. Sie residieren in den wenigen erhalten gebliebenen Prachtbauten. Das amerikanische Informationsbüro bezieht das Hotel Sacher hinter der devastierten Oper, die Briten das Hotel Bristol auf der anderen Seite der Ruine. Von hier aus beginnen die Siegermächte mit der Umerziehung. An den Bretterzäunen vor der Oper hängen Zettel. »Tausche gut erhaltenes Dirndl gegen Bügeleisen«. »Tausche Jugendstilkredenz gegen ein Kilo Zucker«. »Tausche die Gesamtausgabe von Johann Nestroy gegen ein Pfund Speck«. Es geht bergauf, wenn auch nur langsam. Statt Fleisch gibt es jetzt manchmal Kabeljau, Milch ist meistens nur in Form von Pulver erhältlich, und nicht immer sind in allen Bezirken der Hauptstadt Erdäpfel zu bekommen. Die Menschen haben Hunger. Auch auf Kunst.

Die hängt jetzt, zwei Jahre nach Kriegsende, im Museum für angewandte Kunst. Die Menschen stehen in Trauben vor den Bildern. Manche schweigen und genießen. Andere fangen endlich an zu reden, weil sie das, was sie da sehen, nicht genießen können. Sie haben sich nach Kunst verzehrt. Und jetzt verzerren sich ihre Münder unter den Kommentaren, die sie für diese Kunst übrig haben. So viele Jahre haben sie geschwiegen, jetzt können sie sich Luft machen. Es entbrennen Diskussionen unter Wildfremden. Der Spanier mit dem neckisch gezwirbelten Schnurrbart, Salvador Dalí, hat einen Mann mit herabgelassener Unterhose gemalt, in der ein Scheißkegel liegt. Die Menschen, die ihn begutachten, haben dazu eine Meinung. Sie tragen abgewetzte Kleidung und haben nur zaghafte Hoffnungen. Aber sie haben unverrückbare Überzeugungen.

Gruselig!

Mist!

Schweinerei!

Entartung!

Arnulf und Maria beteiligen sich an diesen Gesprächen nicht. Sie sehen und staunen. In den Bibliotheken der Besatzer in Klagenfurt hat Arnulf schon Schwarz-Weiß-Abbildungen von Dalí gesehen. Was er jetzt sieht, ist damit nicht vergleichbar. Es ist eine Offenbarung. Drüben, bei den Russen, zeigen sie *Sowjetische Malerei*. Die lockt niemanden hinter dem Ofen hervor, vielleicht weil dort die Bäuerinnen genauso zukunftsfroh in den Himmel starren wie auf den Bildern, die die Menschen die letzten Jahre gesehen haben. Vielleicht weil dort die Arbeiter genauso muskelbepackt in die Zukunft marschieren wie auf den Bildern, denen niemand entkommen konnte. Die

Menschen sind mitmarschiert und haben gesungen und geschwiegen. Sie lieben die moderne Kunst nicht, aber sie wollen sie sehen. Sie wollen sie sehen und schimpfen. Es ist ein Ärger. Und eine große Erleichterung.

In Klagenfurt haben die Franzosen ihr Informationszentrum im Souterrain des Künstlerhauses aufgeschlagen. Auch sie gedenken die Besiegten mit Kunst zu unterrichten. Es gibt Zeitungen, Zeitschriften, Bücher und Kataloge. Das British Council am Neuen Platz besitzt ebenfalls eine Bibliothek. Dort ist es sogar geheizt. Nicht nur deswegen ist Arnulf dort oft anzutreffen. Er trägt seine Entdeckungen in das Atelier am Heiligengeistplatz, Francis Bacon und Henry Moore, die École de Paris. Sie leben immer noch hinter dem Mond, derweil die Kunst sich schon mehrmals um die eigene Achse gedreht hat.

Wer französische Kunst sehen will, kann ihr ein Stück entgegenfahren, etwa bis nach Innsbruck. Auch dort veranstaltet das Französische Kulturinstitut Ausstellungen, Theateraufführungen und Lesungen. Maria fährt zweimal hin, steht dort vor den Werken ihres frühen Meisters Cézanne und ihres neuen Meisters Picasso, und in ihrem Kopf verschieben sich die Verhältnisse. Sie sieht, dass man die Welt nicht so zeigen muss, wie sie scheint. Cézanne hat die Welt in ihre Formen zerlegt. Und Picasso hat die Welt angehalten, indem er ihr einen Schlag versetzt hat. Dabei sind die Augen zur einen Seite gerutscht und der Mund auf die andere. Picasso hat dem Nikolaus die Maske abgerissen. Die Welt sieht nicht so aus, wie sie ist. Das weiß die Welt schon, bevor in den Kärntner Bergen ein Keuschlerkind geboren wird. Aber die Berge schirmen diese Nachricht ab, das Gebirge des Krieges und seine Gewitter machen das Reisen unmöglich, und die, die die Bücher verbrennen, machen es unmöglich, dass die Bilder zu dem Keuschlerkind reisen.

Jetzt sind die Bilder angekommen. Und Maria kann endlich anfangen. Sie malt Arnulf und zerschneidet sein Gesicht in Dreiecke. Sie klebt Zeitungsausschnitte in seine Hand, auf denen die Worte »Wasserstoff-Bombe« oder »noch Kunst?« zu lesen sind. Die Welt setzt sich aus Ausschnitten zusammen. Und das Bild ist schief, das man sich von ihr macht, wenn man sie zu sehr geraderücken will. Der Kubismus ist eine Erlösung.

Arnulf bringt Kataloge mit, in denen die Wirklichkeit aussieht wie im Traum. Surrealismus gibt es nicht nur in der Literatur, sondern auch in der Kunst, ihr Meister ist der Magier mit dem gezwirbelten Schnurrbart, der die Welt so zeigt, wie sie von innen aussieht. So wie sich Maria oft fühlt, ohne dass sie bis jetzt ein Wort dafür gehabt hat. Surrealismus ist ein Schlüssel. Maria hat gelernt zu malen, wie es sich gehört. Jetzt beginnt sie zu malen, wie sie sich fühlt. Das Verdrehte, Vertauschte, Verstümmelte sieht noch richtiger aus als die Wirklichkeit. Arnulf versteht das. Die anderen sind entsetzt. Mutting. Die Akademischen. Nur Michael nicht.

Du hast den sechsten Sinn, sagt er.

Ach, lass, sagt Maria.

Aber sie weiß, dass es stimmt.

Marias sechster Sinn hat den Welpen entdeckt, nachdem der Welpe Maria entdeckt hat, und dann hat der Welpe die Welt entdeckt. Ohne Arnulf würde Maria in der Provinz versauern. Arnulf will die Welt erobern, Maria spürt ihren kalten Hauch. Aber auch sie steckt die Nase in den Wind. Der Wind führt den Bleistift, er verführt ihn zu unbekannten Linien, zu kühnen Gedanken. *Die Malerin am Heiligengeistplatz* nennt sie eine Zeichnung, auf der der Torso einer Kurzgelockten auf einer zerbrochenen Säule steht, mit nur noch einer Brust und einem Auge. Unter ihr, in ihrem Keller, liegen Leichen in Form von Holzpuppen, denen Gliedmaßen fehlen, und um die Säule schleicht eine Katze. Die Malerin auf der Zeichnung schaut in den Himmel und sieht so gar nicht erleuchtet aus. Sie ist eine versehrte Frau, aber sie kann über sich lachen. Maria zeichnet ein *Selbstporträt als Ohr*. Denn sie hat nicht nur Ohren, immer öfter ist sie auch ihr Ohr. Sie besitzt nicht nur einen Körper, sie ist ihr Körper. Und das heißt, dass sie ihm ausgeliefert ist. Zwischen Marias Körper und der Welt mit ihren scharfen Kanten und kratzigen Oberflächen gibt es keinen Puffer. Zwischen dem Ohr und der Welt mit ihren lauten Tönen keinen Filter. Jedes Geräusch wird zum Übergriff und marschiert in Maria hinein. Maria kann die Augen vor der Welt verschließen und sich eine eigene schaffen, aber die Ohren sind ihre offene Wunde. Ohren kann man nicht verschließen. Sie will nicht hören, sondern fühlen. Sie will nicht hören müssen, sondern fühlen dürfen.

Maria malt Arnulf öfter, als er sie zeichnet. Wenn sie ihn malt, ist sie ihm nahe, beinahe wie in dem ersten, magischen Moment. Sie will ihm noch näherkommen. Sie will ihn nackt malen. Aber er will nicht.

Willst du mich zu Michael machen?

Daran hat sie überhaupt nicht gedacht.

Hast du etwa Angst vor einem Skandal?

Natürlich nicht!

Hast du Angst vor Michael?

Ich kenne ihn ja nicht einmal!

Als Ausgleich macht Arnulf Fotos von Maria in ihrem Atelier. Auch von anderen lässt sie sich ablichten. Sie hat ja nach dem Skandal sowieso nichts mehr zu verlieren. Auf einem Foto trägt Maria Schuhe und weiße Socken, sonst ist sie nackt. Ihre kurz geschnittenen Haare ringeln sich am Hinterkopf, ihr rot geschminkter Mund ist ein wenig skeptisch zusammengezogen. Sie schaut nicht in die Kamera, sondern sinnend nach unten. Auf ihre Brust fällt ein dunkler Schatten, der sie wohlgeformter aussehen lässt, als sie ist.

Du siehst aus wie ein Filmstar!, sagt Arnulf, als sie es gemeinsam betrachten.

Maria denkt das Wort Pferd und sagt nichts. Dann sagt sie doch etwas.

Fotos sind nur Schein, und man muss sich der Realität stellen.

Du immer mit deinen Prinzipien, sagt Arnulf.

Traust du dich jetzt zu Michael?, fragt Maria.

Arnulf sagt nichts.

Dann besucht er ihn doch. Michael ist keine Gefahr für Arnulf, denn er hat inzwischen eine hübsche Partisanin geheiratet. Maria schreibt Michael einen Brief, kurz und nüchtern. Er antwortet ihr sachlich. Arnulf soll ruhig kommen. Arnulf nimmt Maria nicht mit. Ihre Hinweise, sich vorher die Haare zu kämmen, ignoriert er. Der Knabe ist zum Mann geworden, einem wilden Kerl, der durch nichts zu bändigen ist, schon gar nicht durch einen hundsordinären Kamm. Arnulf verachtet die bürgerliche Existenz, er hat sich der Boheme verschrieben, auch wenn er der Einzige ist, dem man das zehn Kilometer gegen den Wind ansieht. Der Welpe ist zu einem wilden Hund geworden. Maria schämt sich nicht, weil sie nicht so genau weiß, was Scham ist. Aber sie merkt schon, dass die Leute nicht weniger reden. Das liegt nicht daran, dass sie sich nicht an Arnulf und Maria gewöhnt hätten, sondern daran, dass Arnulf nicht mehr aussieht wie ein Schüler, sondern wie jene, vor denen die Nazis die Leute gewarnt haben.

Michael öffnet die Tür. Vor ihm steht ein junger Mann,

dessen riesiger Kopf von der Wolle eines ganzen Schafes bewachsen zu sein scheint. Der Kopf wirkt gekippt, als ob er nicht am Hals befestigt wäre, sondern an der Schulter. Michael zwinkert. Die Augen des jungen Mannes sind starr, starr vor Angst, denkt Michael, aber er hat auch schon ein paar Gläser getrunken und sieht, wenn er alkoholisiert ist, zwar nicht alles doppelt, aber der Eindruck ist doppelt so stark wie sonst. Das Bild von Arnulf brennt sich in sein Gedächtnis, und er vergisst es nicht mehr. Michael wird später selbst die Epitheta »Waldmensch mit fliegenden Haaren« und »Autohasser« tragen. Das weiß er noch nicht, aber es ist klar, dass sich hier zwei Gleichgesinnte getroffen haben. Sie werden befreundet bleiben, sie werden sich mit dem Monsignore verbünden, sie brauchen Maria nur als Anstoß, um sich kennenzulernen.

Komm rein, sagt Michael und schlägt Arnulf auf die Schulter.

Der Krampf löst sich. Der Kopf richtet sich auf. Arnulf tritt ein. Er kommt zu Michael nicht als Rivale, sondern als Künstler. Deswegen hat er vier meterlange Zeichnungen mitgebracht, kohlschwarzer Bleistift, fettglänzend in den Grund gefeilt. Michael hat die Apokalypse im Krieg gesehen. Gewalt ist ein Monster, denn sie macht den Menschen zu seinem solchen. Jetzt sieht er sie noch einmal als Mikrokosmos. Auf den Zeichnungen des jungen Wilden weben Mikroben und Infusorien ein Netz, dazwischen sind Rosenkränze geflochten, Gedärm quillt und schwillt von irgendwo heraus, und Mädchen schwimmen in einem Meer aus nummerierten Konservendosen und dem Müll des Krieges und der Industrie. Michael grunzt anerkennend. Er schlägt Arnulf noch einmal auf die Schulter. Sie sind Brüder. Mit diesem einen Schlag. Sie sprechen eine gemeinsame Sprache, ein Morsealphabet aus wenigen Zeichen, die Frauen zwar entziffern, aber weder senden noch empfangen können. Diese Sprache ist der Vorsprung, der Maria das Nachsehen lehren wird, ein Code, der ihr nicht zur Verfügung steht. Und selbst wenn sie ihn verstehen würde, würden die Männer nicht in dieser Sprache mit ihr sprechen, denn diese Sprache ist nicht dazu da, Frauen einzubeziehen. Aber Maria sieht den Schulterschlag nicht, der ein Schulterschluss ist, eine der ersten Verbündungen, die Arnulf von Maria entfernen. Sie sitzt zu Hause, wie immer, und malt.

Die Männer trinken, Arnulf hört Michael zu. Michael ist ein Mann und nicht kompliziert. Er ist ein Mann, wie er sein muss. Er ist ein Mann ohne Skrupel, der nur auf sich selbst hört. Der tut, was er denkt, und denkt, was er sagt. Die Worte, die Michael sagt, marschieren in Arnulfs Kopf, ohne dass er sie stoppen kann. Sie tragen die sonderlichsten Uniformen. Arnulf hat noch nie so einen Mann erlebt, aber er weiß jetzt, was ein Mann ist. Michael maskiert sich mit Dichtern und Philosophen. Er ist Kultur. Aber er lebt trotzdem ganz in der Realität. Er hat ein Leben, und er trägt es auf der Zunge. Arnulf bleibt der Mund offen.

Die Partisanin klopft an der Tür, und der Mund geht so bald nicht mehr zu. Sie heißt Traudl Marketz, geborene Markec, und stammt aus Ruden, vierzig Kilometer östlich von Klagenfurt. Ihre Mutter hat sich mit einem Modegeschäft in der Landeshauptstadt etabliert. Bestimmt hat sie genauso markante Wangenknochen wie ihre Tochter und eine genauso hohe, wogende Brust. Traudl ist ganz anders als Maria. Sie zögert nicht, sie handelt. Sie packt das Leben, wo sie es zu fassen kriegt, und hebt sich nicht für eine unbekannte Zukunft auf, so wie Maria. Traudl ist eine Bilderbuchschönheit und schon einmal verheiratet gewesen, mit einem Nazioffizier. Aber der Krieg schlägt den Lack ab von seinen glänzenden Stiefeln, und Traudl zieht die Konsequenzen. Auch sie ist eine

Überlebenskünstlerin. Sie geht in den Widerstand und lebt in dem ausgedehnten Waldgebiet zwischen Köttmannsdorf und Keutschach, zwischen dem Wörthersee und der Drau. Als die Briten am 8. Mai 1945 in Klagenfurt einmarschieren, kämpft Traudl in der Jugoslawischen Befreiungsarmee. Das vergessen die Leute nicht, die selbst vergessen haben, auf welcher Seite sie gestanden sind. Jedem, der seine schöne Braut Tito-Hure nennt, schlägt Michael ins Gesicht. Er liebt das Rosental und die Karawanken und die wilden Gesänge der Kärntner Slowenen, seine schöne Frau, die er heiratet, als Maria ihn nicht mehr erträgt. Traudl und Michael gehören zusammen.

Arnulf erzählt es Maria, und Maria kann es selbst sehen, als sie sich treffen. Michael und Traudl laden Maria und Arnulf zu sich ein, gemeinsam machen sie Ausflüge ins Rosental, das kein Tal ist, sondern eine weite Ebene, durch die die Drau sich behäbig ergießt. Sie sitzen im Gras und lauschen Traudls fremder Stimme, die slowenische Lieder singt. Es tut gut, außer ein paar Wörtern nichts zu verstehen. Sie alle wissen, dass es nichts zu verstehen gibt. Es gibt nur das Leben, den Fluss, der vom Toblacher Feld kommt, über Marburg und Pettau und Ormoz fließt, die Grenze zu Ungarn bildet und dann bei Osijek in die Donau mündet, die ihr Wasser ins Schwarze Meer trägt.

Dass sie hier sitzen, ist dem Friedensvertrag von Saint-Germain zu verdanken, der zwei Tage nach Marias Geburt in Kappel am Krappfeld, am 10. September 1919, in Kraft trat. Im darauffolgenden Jahr, 1920, teilt man für die Volksabstimmung im Grenzgebiet Südkärntens die Bezirke so ein, dass das Rosental, obwohl hier die Slowenen in der Überzahl sind, doch noch zu Österreich kommt und nicht zum Königreich Jugoslawien. Traudl singt und Michael erzählt. Von seinen Reisen, die eigentlich Zwangsverschickungen im Krieg waren. Dank des Krieges war er schon überall. Michael lacht bitter.

Michael lacht über Maria. Maria, die Naive. Nein, Osijek liegt nicht an der Adria. Maria hat Osijek und Rijeka verwechselt, das liegt natürlich an der Adria. Sie bleibt in Gedanken trotzdem dort. Maria riecht den Tanggeruch von Venedig. Italien ist das Land, in das sie aus Österreich zum ersten Mal über die Grenze getreten ist. Maria träumt sich fort. Biennale 1948. Am Canal Grande wird die Welt groß und weit. Peggy Guggenheim ist eine Frau mit kleinen Hündchen, die in New York lebt und in Venedig große Männer zeigt. Picasso. Max Ernst. Der Surrealismus öffnet Maria immer noch und schon wieder die Augen. Er ist kein Traum, obwohl er wie Einbildung aussieht. In Venedig lernt Maria, dass auch ihr eigenes, kleines, schlechtes Land Kunst hervorbringt, die die Welt schon wieder sehen will. Diese Kunst ist grob und wahr wie bei Fritz Wotruba. Sie ist schonungslos und grotesk wie bei dem 1918 an der Spanischen Grippe gestorbenen Egon Schiele. Beide residieren im Österreichischen Pavillon. Und sie ist zerfasert wie bei dem im englischen Exil lebenden Niederösterreicher Oskar Kokoschka. Maria liebt Kokoschkas plakative und filigrane Farbigkeit, seine mangelnde Scheu vor dem Grellen und Unschönen.

Du malst ja wie der Kokoschka, sagen sie schon auf der Akademie zu Maria.

Aber Maria weiß gar nicht, wer der Maler mit dem klingenden Namen ist, und in der Bibliothek findet sie ihn auch nicht. Kein Wunder, der »Entartetste unter den Entarteten« und »Kunstfeind Nummer eins« von Adolf Hitler, der sich 1933 fest in Wien niederlassen will, flieht zuerst in die Tschechoslowakei und nach der Ankündigung der Mobilmachung nach Großbritannien. Maria muss nach Venedig fahren, um zu ihm heimzukommen.

Arnulf will fort, nach Wien. Er hat genug vom Landleben. Vor allem, seit sie Werner Berg auf dem Rutarhof besucht haben. Werner Berg ist einer der wenigen Maler der älteren Generation, der öfter in Marias Atelier am Heiligengeistplatz zu Gast ist, den sie anerkennen, obwohl er ganz anders malt als sie selbst. Werner Berg ist ein Künstler, kein Mitläufer. Er hat Maria schon öfters eingeladen, und jetzt fahren sie hin. Der Rutarhof liegt in der Gemeinde Gallizien, aber vom Postbus aus ist es ein langer Fußweg bis zu dem geduckten Haus, das sich auf eine Hochebene schmiegt, von der aus man den über zweitausend Meter hohen Hochobir sieht, den höchsten Berg der nördlichen Karawanken. Michael kann nicht mitkommen, denn er ist von Werner Berg des Hofes verwiesen worden, ein Vorgang, den der grantige Maler, der schnell heiße Freundschaften schließt, schon oft durchexerziert hat. Heimo Kuchling ist oft dort, er liebt nicht nur Bergs Malerei und den Hof, sondern auch die älteste Tochter Ursula. Werner Berg muss sich nicht selbst malen, so wie Maria, sondern benutzt dafür die Schar seiner Kinder. Er liebt es, sich eine Idylle zu zaubern. Eine Welt, in der Mädchen hinter Blumenvasen sitzen, Buben friedlich schlafen und Häuser sich in den Schnee schmiegen.

Maria und Arnulf kennen die Bilder. Sie erwarten eine Idylle, aber sie finden sie nicht. Sie finden ein Leben, das eigens für die Malerei inszeniert wird. Dem Maler gibt dieses Leben das Motiv ab. Für seine Frau und seine Kinder bedeutet es harte Arbeit. Maria und Arnulf finden einen Mann, der in einem Spagat lebt zwischen Karriere und Eremitendasein, zwischen Deutschland und Unterkärnten. Auch Werner Bergs Mutter ist gerade zu Gast, eine distinguierte Dame, die in Wuppertal eine gut sortierte Spielwarenhandlung betreibt und jetzt ihre Enkelkinder hütet, die ohne Strom aufwachsen. Nicht einmal eine Wasserquelle gibt es hier oben.

Ihr Sohn kauft den Hof 1931 mit dem Geld, das die Bürger aus Wuppertal und Umgebung ins Spielwarengeschäft tragen, weil er von der Archaik der Landschaft und ihrer Bewohner überwältigt ist. Der Maler hat sich auf den Berg zurückgezogen, aber er sitzt nicht fest, so wie seine Familie. Er besucht Emil Nolde und überwirft sich mit ihm. Er befreundet sich mit Herbert Boeckl und überwirft sich mit ihm. Er fährt zur Eröffnung von Ausstellungen. Jene des Kölner Kunstvereins von 1935 wird gesperrt, weil seine Bilder nicht dem »gesunden Volksempfinden« entsprechen. Dabei ist es genau das, wonach er immer gesucht hat und immer noch sucht. Werner Berg hat einen anderen Begriff von Volk als die Nazis. Trotzdem wird er als Kriegsmaler an die Eismeerfront geschickt. Das Leben auf dem Rutarhof, auf der Ablagerung eines riesigen Eiszeitgletschers, scheint aus der Zeit gefallen. Maria sieht die Kinder und wird wieder zu Riedi. Die Kinder des Rutarhofs haben eine Mutter, die in Wien Volkswirtschaft studiert, um dann Bäuerin zu werden. Riedi hat eine Mutter, die in die Stadt geht, damit ihr Kind keine Bäuerin werden muss.

1947 sieht Maria zum ersten Mal Bilder von Werner Berg in der Galerie von Edith Kleinmayr. Das Bauernmädchen, das Maria 1943 malt und dem Wiegele seinen Kredit gibt, bekommt dennoch keine Geschwister mehr. Ob man nach dem Krieg noch Bauernmädchen malen kann, weiß Maria nicht. Eine, die einmal ein Keuschlerkind war, kann sich auch nicht nach dem Landleben sehnen. Maria malt auch keine Blumen. Jedenfalls nicht um ihrer selbst willen. Vor Blumen hat sie einen Graus, weil sie so schön sind. In der Akademie haben die Mädchen so gerne Blumen gemalt, aber wenn Mädchen Blumen malen, werden sie anders gesehen, als wenn zum Beispiel Cézanne oder Van Gogh Blumen malen. Maria hat sich geschworen, sich nicht auf die Schönheit festlegen zu lassen. Schon gar nicht auf die von Blumen.

Maria und Arnulf essen das Brot, das die Frau des Hauses, genannt Mauki, ihnen gebacken hat. Sie trinken die Milch, die hier gemolken wird. Sie besichtigen das Atelier, das über dem früheren Schafstall liegt. Werner Berg ist das alles genug. Er ist sich selbst genug. Und damit er sich selbst genug sein kann, hat er Mauki und die Kinder, die Modelle abgeben und Früchte vom Baum pflücken, die Brot backen und Kühe hüten und der Erde Nahrung entreißen. Die das Wasser von der Quelle herauftragen und die das Feld der Zeit bestellen, auf dem er unsterblich werden kann. Sie sehen einen Mann, der kein Vorbild ist, weil sie nicht so leben wollen. Sie wollen nicht zurück zum Ursprung, sondern voraus in die Zukunft. Aber sie sehen einen Mann, der bei sich angekommen ist. Und wenn es nicht so ist, dann glauben sie es zu fühlen. Sie brauchen den Glauben daran, dass es eine Kunst gibt, bei der Leben und Werk ineinanderfallen. In der es keine Zweifel gibt und die einen mit Sinn erfüllt. Niemand kann ohne Vorbilder leben. »Lassen Sie mich in Ihnen ein Vorbild sehen, für einen Künstler, bei dem Leben und Werk und Persönlichkeit ein Einziges darstellen«, schreibt Arnulf an Werner in einem Dankesschreiben. »Bei Ihnen entsteht große Kunst aus seltsamen Begegnungen und tiefen Ausdeutungen täglichen Tuns – während ringsherum alles den Kopf verlor oder ihn noch nicht gefunden hat – entstand hier ein seltenes Beispiel der Kunst aus innerer Notwendigkeit«, schreibt Maria.

Arnulf hat endgültig genug von Kärnten, er hat genug von Klagenfurt. Arnulf will ganz nach Wien. Er ist eh schon so oft dort. Und was er will, das tut Arnulf auch. Wenn Maria sich noch nicht entschließen kann, ist es ihr Problem. Arnulf eilt voraus. Zum Glück hat Ernst Fuchs Mitleid und ein freies Atelier in der Haasgasse im zweiten Wiener Bezirk, der Leopoldstadt. Maria wohnt dort auch. Aber nicht lange. Dafür lässt sie sich lange bitten. Arnulf will die Aufnahmeprüfung an der Kunstgewerbeschule machen. Heimo Kuchling hat ihm dazu geraten, weil es sich so gehört, dass man etwas ernsthaft lernt, und Maria ist auch dafür. Sie soll nachkommen. Aber die Vorhut des Surrealismus scheitert am Provinzialismus der Wiener Kunstinstitution, die Arnulf wissen lässt, dass es so etwas Verrücktes hier nicht gebe. Arnulf wird dennoch genommen, aber er geht nicht hin. Er kann sich nicht beugen. Er kann wie Maria keine Kompromisse machen. Kunst ist nicht dazu da, um lieb und nett zu sein, auch wenn es Plakatkunst ist, findet Arnulf. Dann lieber doch auf die Akademie? Auch dort sind keine originellen Ideen gefragt, sondern nur Malen nach der Natur. Bauernmotive! Arnulf kann nicht warten, bis er fünfzig ist, um seinen eigenen Stil zu finden. Arnulf hat schon vom Baum der Kunst gekostet, durch Maria. Aus ihm wird kein Diplommaler mehr.

Arnulf beschnuppert Wien und spaziert am Kanal, er sucht ein Zimmer, aber seine Eltern, die ihm das Wohngeld bezahlen, sind nicht so leicht zufriedenzustellen. Er vermisst Maria, denn ohne sie macht alles keinen Sinn. Deswegen versucht er alles für Maria zu arrangieren. Von der Bleibe bis zur Bettwäsche. Zuerst wohnt er bei Heimo Kuchling und seiner Frau Ursula in Hütteldorf, zumindest für ein paar Monate. Auch Maria ist dort gerne gesehen, als sie endlich kommt. Maria ist gut darin, Entscheidungen hinauszuschieben. Sie lässt Männer lieber warten, als sie zu erlösen, durch ihr Kommen oder durch ihre Absage. Auch ihre Briefe ersetzen Maria nicht. Maria schüttet ihr Herz nicht in Worten, sondern in ihren Bildern aus. Worte führen zu so vielen Missverständnissen, vor allem, wenn sie zwischen Menschen gewechselt werden, die etwas voneinander erwarten. Maria hasst es, wenn Männer etwas von ihr wollen. Arnulf schreibt und klagt. Sie schweigt. Er entschuldigt sich und wirbt. Und dann bereitet sie ihren Umzug heimlich vor, ohne Arnulf. Mutting hilft. Sie mischt sich zu viel ein, findet Arnulf. Aber nur, weil Mutting Arnulf nicht mag. Maria ist lieber von ihrer Mutter abhängig als von einem Mann. Davon kann Arnulf allerdings nichts ahnen.

Sie arbeiten immer noch gemeinsam. Das liegt auch daran, dass sie zusammen in den verschiedenen Ateliers von mitleidigen Künstlern unterkommen. Ein Zimmer, das man sich leisten kann und das sich auch als Atelier eignet, muss man erst mal finden. Es ist ein Hin und Her. Arnulfs Eltern besitzen eine Villa in einem Stadtteil von Bad Vöslau südlich von Wien. Dort sind zwar noch die Russen, aber es gibt ein lichtdurchflutetes Atelier. Und Weinberge. Von Gainfarn ist es nicht weit nach Wien. Sonst würde es Arnulf dort nicht aushalten. Wer aus gutem Hause kommt und genug Geld von seinen Eltern geschickt bekommt, muss auch manchmal nach ihrer Pfeife springen. Die meiste Zeit ist Arnulf in Wien. Aber er bekommt auch Besuch aus der Hauptstadt. Wein ist genauso magnetisch wie volle Brotkörbe. Der Besuch kommt natürlich auch wegen seiner Kunst. In Gainfarn kann Arnulf endlich wieder arbeiten. Hier hat er endlich seine Ruhe. Hier kann er nachdenken.

Man kann es Maria nicht recht machen. Sie macht aus allem einen Zirkus. Er will Kunst machen, ohne dauernd kritisiert zu werden. Ohne sich selbst dauernd zu kritisieren. Er will sich auch nicht selbst verbessern die ganze Zeit. Maria ist nie zufrieden. Arnulf schon manchmal und neuerdings immer öfter. Das Leben kann auch einfach sein. Man kann Dinge nur aus einer Laune heraus entscheiden. Und das Glas ist nicht immer halb leer. Es ist randvoll. Arnulf stürzt sich ins Leben. Er trifft Menschen. Er knüpft Kontakte. Er wird gesehen. Wenn Maria auch wieder einmal nach Wien kommt, nimmt er sie mit. Arnulf will, dass Maria Erfolg hat. Und dann passiert es zum ersten Mal.

Eine Schülerin von dir?, fragt irgendjemand, der bloß nett sein will.

Auch wenn es ein Kompliment oder nur ein Schmäh sein soll, trifft es Maria ins Mark. Sie ist jetzt eine Schülerin von ihm, von ihrem Baby. Maria ist die dumme Riedi vom Land, und das sogar in Wien, wo sie selbst studiert hat, sie ist die dumme Riedi, genauso wie damals, in Klagenfurt, als sie aus Obermühlbach bei Sankt Veit an der Glan kam und ins kalte Erziehungswasser der Ursulinen geworfen wurde.

Eine Schülerin von dir?

Das Wort steckt in ihrer Kehle, und sie kann es weder schlucken noch wieder ausspucken. Es schnürt ihr den Hals zu. Es passiert immer wieder. Es tut jedes Mal gleich weh. Aber Maria wird dadurch nicht zu einem hässlichen Entlein. Maria wird zu einem stolzen Schwan. Sie will alles und hat noch nichts erreicht. Maria hat gesät und Arnulf hat geerntet. Maria schluckt das Wort Verrat hinunter. Denn das Band zwischen ihnen ist stark. Einstweilen sind sie noch gemeinsam stark und stärker als jeder von ihnen alleine. Für seine Kunst braucht Arnulf Maria nicht mehr, zum Leben schon, aber er bekommt sie nicht. Maria braucht Arnulf auch nicht mehr, um in der Zukunft anzukommen. Sie steckt jetzt selbst mitten in der Zukunft. Und in Männergeschichten. Sie besitzt jetzt ein eigenes Atelier. Arnulf hat davon nichts geahnt. Mutting hat geholfen. Maria ist in der Bräuhausgasse ihre eigene Herrin. Bis ein Mann bei ihr einzieht.

6. KAPITEL
DER TAUBENFÄNGER

Und du warst wirklich schon mehrmals in Paris?

Woher weißt du das?

Das erzählen alle. Alle, die neidisch sind.

Maria nickt. Jetzt weiß sie, warum sich Buddy für sie interessiert.

Denkst du, ich bin dein Fenster zur Welt?, fragt sie spöttisch.

Buddy ist beleidigt. Sein Gesicht ist lang und seine Haare kurz. Er trägt einen Pullover mit V-Ausschnitt und ein weißes Hemd.

Warum hat dich der Schönwald einen Naturmenschen genannt?, fragt Maria.

Jeder Mensch ist Natur, nicht nur ich, sagt Buddy. Und Kunst ist auch Natur.

Buddy trinkt keinen Alkohol und isst kein Fleisch. Er isst gar nichts vom Tier, denn auch der Mensch ist ein Tier, sagt Buddy, und Maria kann ihm nicht widersprechen. Buddy ist nie besoffen. Schon das unterscheidet ihn von den anderen Männern. Aber noch viel mehr. Buddy ist Künstler, aber anders als Maria. Und auch anders als Arnulf. Buddy ist anders als alle, die Maria kennt. Er ist noch jünger als Arnulf, aber das merkt man nicht. Höchstens daran, dass er sich im Bett wie ein störrischer Hengst benimmt. Er ist genauso radikal wie Arnulf, aber das gefällt Maria. Er ist kein Städter, sondern er ist überall zu Hause. Am liebsten ist er in der Natur, aber genauso gern in Jazzkellern. Er ist Künstler, aber mit Kultur hat er nichts am Hut. Jedenfalls nicht mit Kultur, so wie Maria sie kennengelernt hat.

Schon als Kind will er nicht Indianer spielen, sondern baut sich eine Hütte, auf die er eine alte Glastür legt. Das ist sein erstes Atelier. Die Kunst ist bei Buddy schon immer da, so wie bei Maria. Aber er ist nie für sie zugerichtet worden, so wie Maria. Buddy hat nie versucht, es mit der Kunst jemandem recht zu machen, so wie Maria. Er muss sich nicht befreien, so wie Maria, sondern er ist frei. Er ist schon als Kind so frei, es den Nachbarskindern nicht recht machen zu wollen, die Indianer spielen. Buddy spielt nicht mit, aber nicht, weil er ein Spielverderber wäre, sondern weil er nicht Abenteuer spielt, so wie seine Freunde, sondern Abenteuer erlebt.

Mach nicht immer so brenzlige Sachen, sagen die Eltern. Aber sie meinen es nicht so. Sie sind nicht autoritär, so wie die Eltern seiner Freunde in Krems. So wie Mutting und der alte Vater und die Großmutter und die Urgroßmutter. Riedi darf nie machen, was sie will. Außer, wenn sie zeichnet. Krems ist eine Kleinstadt an der Donau, achtzig Kilometer stromaufwärts von Wien. Dort betreibt Buddys Großvater eine Gemischtwarenhandlung, und Buddys Vater besucht das Geschäft als Vertreter. Er bleibt als Ehemann. 1945 trennt sich Buddys Vater von der Mutter und zieht nach Grinzing, da ist Buddy vierzehn. Die Mutter ist eine Verwandte von Johann Schober, Polizeipräsident von Wien und erster Präsident von Interpol, Außenminister, dreimaliger Bundeskanzler und konservativer Erzfeind von Karl Kraus. Davon merkt man aber bei Buddy nichts. Wenn jemand nicht konservativ ist, dann Buddy. Er geht auf die Akademie, aber dort hält er es nicht lange aus. Er arbeitet lieber, als Tischler, als Kartenabreißer, beim Tunnelbau, wo er kann. Buddy kann anpacken. Er kann fast alles, ohne es gelernt zu haben. Er hat ja auch nie gelernt, Kunst zu machen, sondern legt selbst fest, was Kunst ist. Das gefällt Maria. Darin ist ihr Buddy überlegen.

Marias Ohren klingeln. Das liegt nicht an den Geschichten, die Buddy erzählt, sondern daran, dass Maria immer mehr Ähnlichkeiten auffallen. Arnulf hat es auch nicht ausgehalten an der Akademie. Maria hält es nicht aus mit Männern, die nichts Brenzliges machen. Die normal sind. Die sie in eine Ehe zerren wollen. So wie Louis. Louis, der einen respektablen Beruf hat, der gewartet hat über ein Jahr, dass Maria nach Paris kommt, der eine Wohnung für sie eingerichtet hat, der einen Beruf hat, der versucht, die Welt mit Marias Augen zu sehen. Maria macht die Augen zu und kommt nicht. Denn die Ehe, das ist kein Hafen, sondern ein Kerker. Das weiß sie spätestens, seit sie in der Fröhlichgasse die Häferln fliegen sieht. Die Ehe macht, dass auch ein sanfter Mann wie der alte Vater in Rage gerät.

Ehe, Ehre, Ehrenämter, das ist doch alles für die Würscht, sagt Buddy, und Maria riecht seine Haut, die schimmert und von der etwas Gefährliches ausströmt, eine Wut und ein Wollen, das ihr selbst manchmal fehlt.

Was ist eigentlich aus deinem Glastür-Atelier geworden?, fragt Maria.

Buddy zuckt mit den Achseln. Er hängt nicht an Dingen.

Jetzt hat Buddy kein Atelier mehr. Er hat nicht einmal eine Wohnung. Er wohnt bei Freunden. Oder irgendwo. Er ist überall. Seine Musik ist der Jazz, die Improvisation. Eigentlich heißt Buddy Walter. Er nennt sich nur Buddy, in Erinnerung an Buddy Bolden, Kornettist und einer der ersten Bandleader des Jazz, der im selben Herbst gestorben ist, in dem Walter geboren wird.

Walter alias Buddy liebt den *Buddy Bolden's Blues*, den einer von Buddy Boldens Freunden nach einem Lied von Buddy komponiert hat, und sammelt die verschiedenen Interpretationen. Der Text bleibt immer gleich, und er sagt die Wahrheit.

»Thought I heard Buddy Bolden say. The nasty and dirty, take it away. You're terrible and awful, take it away. I thought I heard him say. Thought I heard Buddy Bolden shout. Open up that window, and let that bad air out. Open up that window, and let that stinky air out.« Walter alias Buddy liebt die frische Luft. Und er ist unbedingt dafür, dass die faule Luft rausgelassen wird, eigentlich aus allem: der Familie, der Politik, der Vergangenheit. Die Zukunft braucht einen frischen Wind, und Walter, der jetzt nicht mehr Walter, sondern Buddy heißt, ist bereit, ihn anzufachen. Buddy fährt Fahrrad und der Vergangenheit davon. Irgendwann wird niemand mehr wissen, wie er wirklich heißt. Er nennt sich Buddy, Bady und später Padhi. Das Leben ist ein Experiment.

Buddy fährt Fahrrad und damit der Zukunft entgegen. Er hasst Autos und alle Motoren. Lieber geht er in den Wald oder in die Au und fotografiert sterbende Bäume. *Waldsterben* heißt ein Zyklus, in dem er den Kreislauf der Natur dokumentiert, nein, inszeniert. Denn Buddy ist eine einzige Inszenierung. Seiner selbst und seiner Kunst, er inszeniert Objekte und Personen auf Fotos, die eine Geschichte erzählen, ja ganze Dramolette aufführen, eingefangen in einem Sekundenbruchteil. Oft ist er sein eigenes Motiv.

Buddy klingelt. Hier komme ich! Buddy hupt. Die Polizisten, die die Kreuzungen regeln, kennen ihn, denn mit dem Rad fährt in den frühen fünfziger Jahren in der Bundeshauptstadt Wien sonst fast niemand. Der Pepi bei der Oper hebt grüßend die Hand, wenn Buddy vorbeikommt, und Buddy antwortet mit einem Konzert. An die linke Seite seines Lenkers hat er eine Hupe montiert, an die rechte eine Klingel. Der Krach, den er damit macht, klingt nicht aggressiv. Pepi lacht, stoppt den Verkehr und gibt Buddy Vorrang. Auch Verkehr ist Musik. Buddy fährt den Ring und den ehemaligen Alsbach entlang und biegt nach Ottakring ab. Auch hier kennen ihn die Verkehrspolizisten. Er steckt mit allen unter einer Decke. Er hat freie Fahrt. Buddy fährt aus Wien hinaus, an seiner Heimatstadt Krems vorbei bis zum Kamp und sitzt dort stundenlang am Wasser. In das fließende Wasser steigt er auch bei Minusgraden hinein. Buddy gibt sich das Leben. Er ist sich nicht zu schade zu arbeiten, so wie Arnulf. Er arbeitet immer irgendwo. Zumindest hat er irgendwelche Gschäftln. Und wenn nicht, lässt er den Herrgott einen guten Mann sein, so wie Maria.

Buddy zieht nicht bei Maria ein, er bleibt einfach. Und Maria weiß, dass sie wieder einmal verloren hat. Sie kann es nicht langsam angehen. Sie wird immer überwältigt von der Liebe. Ihr System kennt nur Schwarz oder Weiß. Ja oder Nein. Buddy kennt alle Zwischentöne. Sie ist gefangen. Er ist frei. Er bleibt und er geht, wie es ihm gefällt. Sie wartet, wie immer. Er muss immer wissen, wo etwas los ist, er holt Erkundigungen ein. Das bringt Vorteile. Buddy kennt jeden, nicht nur den Pepi an der Oper, sondern auch Besatzungssoldaten. Mit seinem Freund Konrad Bayer zieht Buddy um die Häuser. Konrad schreibt und Buddy macht Kunst. Aber meistens sind sie unterwegs. Zusammen mit H. C. Artmann, Friedrich Achleitner, Gerhard Rühm und Ossi Wiener bildet Konrad die Wiener Gruppe. Maria stöhnt. Frauen führen im stillen Kämmerlein einen verlorenen Kampf. Männer schließen sich immer zusammen. Arnulf ist genauso. Er findet immer Verbündete. Er ist immer irgendwo dabei. Auch Buddy ist dabei, aber weniger bei einer bestimmten Partie, denn er ist überall dabei. Vor allem, wo getanzt wird.

Den feschen Konrad mit dem kantigen Kinn und den verschlafenen Augenlidern lernt er beim Strawanzen kennen, beim

Schubertpark, wo die Schlurfs herumhängen, aber auch die Plattenbrüder, die die Unterwelt dominieren. Die Halbstarken beherrschen die »Grimm«, das Viertel im benachbarten Bezirk, in Unterdöbling, wo die Arbeiter wohnen und nicht die Gestopften. Damit ist angeblich die Halbinsel Krim am Schwarzen Meer gemeint oder der Krieg, der vor hundert Jahren um diese getobt hat, aber in Wien werden alle Konsonanten weich ausgesprochen. Konrad ziehen diese Schlägertypen magisch an. Buddy lässt sich davon weniger beeindrucken und streunt lieber alleine weiter, durch den Schutt und Staub. Irgendwo findet er immer etwas, das er brauchen kann. Denn Buddy ist ein Sammler. Konrad wohnt mit seiner Mutter in Zimmer, Küche, Kabinett. Wasser und Klosett sind am Gang, wie bei vielen Wiener Wohnungen. Seine Mutter ist Hausmeisterin, sein Vater Bankbeamter, und Konrad schreibt nicht nur, er zeichnet auch, surrealistische Sachen, wie alle. Er besitzt einen Marineblazer aus dem PX-Laden für die amerikanischen Besatzungssoldaten am Währinger Gürtel. Darum beneiden ihn alle. Auch Buddy.

Buddy besorgt sich Stoff und näht sich selbst eine Jeans aus Sackleinen. Jeans sind keine Hosen, sondern der Inbegriff des Neuen. Er trägt Sandalen ohne Socken, außer wenn er in die Tanzschule geht, den Dumser und die Mizzi Lahn. Die beste, weil modernste ist der Hofstädter-Riede im Porrhaus am Karlsplatz, dorthin kommen die Künstler, weil dort die Jazzmusiker spielen. Natürlich gibt es auch hier Adabeis, so wie überall, wo das moderne Leben sich aus dem Schutt und Staub des alten erhebt. Vor der Tür stehen die Russen mit Maschinengewehren, denn in der Früh, wenn die Tanzschule aus ist, gibt es oft Schlägereien. Es geht um Mädchen und darum, wer besser getanzt hat.

Stoi, schreien die Russen und gehen mit den Kolben ihrer Gewehre zwischen die Kontrahenten. Halt!

Am Alsergrund spielt jedes Wochenende eine schwarze Band, und auch als Gäste dürfen nur Schwarze rein. Für sie wird auch im ersten Chinarestaurant exklusiv gekocht. Konrad lädt die Musiker in den Strohkoffer ein, den auch die Wiener Gruppe frequentiert. Und sie kommen. Die Mitglieder der siebzehnten Infanterie spielen Big-Band-Jazz. Es ist ein Ereignis. Konrad trinkt wie immer zu viel Whiskey und liegt am Boden. Buddy ist immer noch nüchtern und geht nach Hause.

Maria liegt mit einem Buch im Bett. Zum Malen ist es schon lange zu dunkel, zum Sitzen ist es zu kalt im Zimmer. Maria hört Buddys Geschichten. Sie versucht vergeblich, den Geruch des chinesischen Essens nicht zu riechen, und sie versucht vergeblich, das Schlagen der Gewehrkolben nicht vor sich zu sehen. Stoi! Halt! Hört auf! Ist der Krieg noch nicht vorbei? Buddy ist Pazifist. Das ist Maria auch. Er hasst die Atomwaffen und die Konsumgesellschaft, und Maria stimmt ihm zu. Sie hasst den Krieg und versucht zu verstehen, was Buddy mit Konsumgesellschaft meint. Maria braucht nichts. Sie ist Asketin. Aber nicht, weil sie auf etwas verzichtet hätte. Sie hat nie etwas gebraucht. Maria denkt zu viel. Deswegen kann sie so selten lustig sein. Wenn Maria in Schwermut verfällt, wird Buddy traurig und geht. Aber er kommt wieder und öffnet die Fenster und bringt frischen Wind in die Bräuhausgasse. Deswegen kann Maria ihn nicht vor die Tür setzen. Ohne Buddy würde sie vergessen, dass es da draußen eine Welt gibt.

Maria malt und Buddy trommelt. Buddy ist eine Sonne, Maria die Erde. Buddy ist aber auch der Mond, er wandert und bewegt sich, jedoch nicht von Maria weg. Buddy hat die Ruhe weg. Er kann stundenlang vor sich hin trommeln und singen und zufrieden sein. Maria malt und vergisst Arnulf. Dann steht er plötzlich vor der Tür. Es hat geklopft, als ob der Postbote da wäre, aber es ist ein Geist aus Marias Vergangenheit, die sie so schnell nicht loswird. Arnulf verlangt Einlass und will Marias Bilder sehen. Er hat wieder irgendwelche Vorhaben und möchte, dass Maria mitmacht. Er nennt es Freundschaftsbesuch, Maria nennt es Spionage. Maria will ihn nicht hereinlassen. Sie hat mit ihm abgeschlossen und will ihm die Tür vor der Nase zuknallen, aber sie schafft es nicht, denn von drinnen ruft jetzt Buddy. Arnulf ist nicht überrascht. Er hat es gewusst. Er hat es geahnt und gehofft. Deswegen setzt er in diesem günstigen Augenblick, in dem Maria sich zu Buddy umdreht und ihm zuzischt, leise zu sein, den Fuß in die Tür. Maria stellt sich ihm entgegen. Sie will keinen Skandal, aber sie schafft es nicht, ihn hinauszubugsieren. Sie rangeln, sie raufen, dann ist Arnulf drinnen. Er ist stärker als sie. Maria verlegt sich aufs Bitten und Fordern.

Ich kann dich nicht mehr sehen, sagt sie. Dein Anblick ist mir unerträglich.

Aber Arnulf hört nicht. Er ist erst zufrieden, als er Buddy sieht. Die Männer mögen einander. Und Buddy versteht nicht, was Maria hat. Maria ergibt sich. Arnulf erzählt etwas von einem Auftrag, dass er Fotos von Maria braucht, die jemand zum Veröffentlichen haben will. Aber dass er die Fotos nur weitergibt, wenn Maria wieder freundschaftlich ist. So versteht es Maria. Sie lässt sich nicht erpressen. Weil Buddy da ist und genauso stark und noch jünger als Arnulf, verzieht Arnulf sich ohne eine weitere Rangelei. Er wird über Maria und Buddy reden, davon ist Maria überzeugt. Arnulf redet immer. Marias Herz klopft bis zum Hals. Marias Herz krampft bis zum Bauch. Sie weiß, dass sie ihm hätte über den Mund fahren sollen. Aber das Problem ist nicht sein Gerede hier in ihrer Wohnung, sondern sein Gerede in der Stadt. Maria kann es nicht verhindern. Aber sie kann verhindern, dass sie sich weiter über Arnulf ärgert. Sie wird sich nicht mehr ärgern. Soll Arnulf doch erzählen, was er will. Maria wird sich nicht wehren. Hauptsache, sie ist ihn los. Tatsache bleibt, dass Arnulf immer noch versucht, Maria zu helfen. Aber wer Maria helfen will, beißt auf Granit.

Komm, wir gehen heute Abend tanzen, sagt Buddy. Maria vergisst Arnulf. Sie schwingt sich in Buddys Rhythmus ein. Der Krampf löst sich. Buddy nimmt Maria mit zu den Jazzabenden. Manchmal darf sie auch mittrommeln. Sie schlägt den Takt und die Wut auf Arnulf aus sich heraus. Sie lässt sich von Buddy herumwirbeln und durch die Luft werfen, sie japst und kriegt einen Lachanfall. Es ist wie das Kribbeln auf dem Kopf, wenn Mutting sie als Kind gebürstet hat, nur dass es am ganzen Körper kribbelt. Maria geht mit Buddy auf eine Maskenredoute. Wenn Maria sich verkleidet, kann sie aus sich herausgehen und wird auf einmal eins mit sich selbst. Maria lebt und will nichts mehr als das. Sie kann für diese kurzen, herrlichen Augenblicke, Minuten und Stunden genießen. Aber dann ruft die Kunst sie zurück in die Pflicht. Bei Buddy ist das Leben Kunst. Sie ist mühelos. Bei Maria ist die Kunst ihr Leben. Und Kunst ist Arbeit. Bei Maria ist die Vergnügungssucht immer schnell gestillt. Aber die Arbeitssucht, die bleibt. Die Arbeit bringt Maria leider immer noch fast kein Geld ein. Mutting schickt Fresspakete und oft auch Geldscheine. Den Ratschlag von Arnulf, sich eine Arbeit zu suchen, hat Maria immer noch nicht angenommen. Arnulf macht ja auch bloß Kunst und sonst nichts.

Der alte Vater ist gestorben, aber Mutting hat schon einen neuen Mann an der Angel und geht spazieren, bis ihr die Füße wehtun. Mutting fällt immer auf die Füße. Maria und

Mutting tauschen Briefe aus. Das Band zwischen Wien und Kärnten ist stark. Wenn ihr Leben, und das heißt ihre Kunst nicht so vorangeht, wie Maria es sich vorgestellt hat, bekommt Maria Heimweh. Aber sie weiß, dass es keinen Weg zurück gibt. Manchmal kommen Freunde vorbei, wie Traudl Paulin oder Rainer Bergmann. Im Sommer besucht Maria Rainer und Gerlinde in ihrer Hütte auf der Turracher Höhe. Alle, die aus Kärnten kommen, bringen etwas zu essen mit. Und jetzt hat Maria auch einmal wieder ein Bild verkauft, es wird im Belvedere hängen und ist ein ehrlicher Erfolg. Maria hat ihn sich nicht erschlichen durch Schöntun, sondern verdient durch ihre Malkunst. Und durch die Fürsprache eines jungen Doktors. Der alte Museumsdirektor hat sich gesträubt, aber der junge Mann hat für Maria gesprochen. Die jungen Männer sind Marias Segen. Das Geld geht schon bald in Kohle auf. Aber dafür ist es in Marias Atelier eine Zeit lang weniger kalt. Trotzdem friert die Wasserleitung ein, und Maria muss das Wasser von woanders holen.

Maria darf in Frankfurt ausstellen, wo Arnulf schon war. Sie wird Arnulf nicht los, weil sie ihn braucht. Arnulf hat Talent darin, mit Leuten zu reden, deswegen hat er auch Talent darin, Sammler zu kontaktieren und zu überzeugen. Sie lassen sich von ihm sogar einreden, Maria auszustellen. Maria braucht Arnulf und nimmt ihn mit nach Deutschland. Zuerst München, dann Frankfurt und weiter bis nach Holland, so lautet der Plan. Wenn man schon einmal unterwegs ist, muss es sich auch lohnen, finden Maria und Arnulf. Für Buddy ist das kein Problem. Maria und Arnulf steigen in den Zug nach München. Dafür reicht der Reisezuschuss, den Maria mit Muttings Hilfe in Klagenfurt aufgestellt hat.

Arnulf und Mutting haben Talent für Geld. Maria hat Talent zum Autostoppen. Und zum Organisieren. Sie hat den

Mitgliedsausweis der Naturfreunde mitgenommen und die Adressen der Häuser aufgeschrieben. Ein Hotel können sie sich nicht leisten. Der Packen mit Bildern und Fotografien ist schwer und unhandlich, aber Maria und Arnulf müssen ihn die ganze Zeit mit sich schleppen. Die Bilder sind ihr einziges Gut, eine Versicherung. Maria und Arnulf besuchen die Alte Pinakothek und erweisen den alten Meistern die Reverenz, sie klopfen bei den modernen Galerien an, wo Maria Fotos von ihren Bildern zeigt. Die Stimmung ist gut, auch auf der Autobahn, als sie weiterwollen Richtung Norden. Es regnet leicht, und vor Maria ist gerade ein schnittiger Luxuswagen stehen geblieben, der Besitzer ist allem Anschein nach kein Deutscher und schaut giftig auf Arnulf, der einfach dazusteigt, und fährt dann wie der Teufel nach Stuttgart.

Arnulf weiß, wie sie es machen sollen.

Lass mich in Frankfurt mit dem Franck reden, sagt er.

Maria ist immer so ungeschickt. Sie weiß, dass sie sich damit viel verpatzt, trotzdem lässt sie es sich nicht nehmen. Sie fährt heimlich nach Frankfurt, ohne Arnulf. Wenn es sein muss, kann Maria genauso rücksichtslos sein wie er.

Herr Franck ist erstaunt, sie zu sehen, und erfreut, die Ausstellung mit ihr besprechen zu können. Der Termin wird festgesetzt. Maria könnte jubeln und weiterfahren. Bis nach Holland sollte es gehen. Aber der Termin hat ihr alle Energie geraubt. Sie fährt zurück nach Stuttgart, wieder per Autostopp. Ihre Laune ist im Keller, obwohl sie gerade einen Sieg eingefahren hat. Nicht mal einem brummigen Möbeltransporter kann sie es recht machen. Er schmeißt sie raus, weil sie nicht in einem fort mit ihm redet.

Maria steht am Straßenrand und schäumt, aber nur kurz, denn der Lastwagen war sowieso unter ihrer Würde. Ein normales Auto hält an. Maria ist froh, dass der Mann nichts von ihr hören will, sondern selbst schwüle Reden schwingt. Nach einer Weile hält sie auch das kaum mehr aus. Maria ist froh, als sie aussteigen kann. Arnulf ist schon lange abgereist, und das ist Maria nur recht. Ohne männliche Begleitung ist das Autostoppen sowieso leichter. Ein Fabrikant aus Pforzheim fährt Maria bis Salzburg, begleitet sie zum Zug und reicht ihr sogar noch Schokolade und Blumen durchs Fenster in das Abteil.

Davor unternimmt Maria noch einen Abstecher zu Arnold Wande in München. Er arbeitet inzwischen als Gebrauchsgrafiker und hat sich nicht verändert. Blond, blass und knabenhaft wie eh und je, ist Wande entsetzt, dass Maria zu fremden Männern ins Auto steigt, denn auf der Autobahn treibt sich gerade ein Mädchenwürger herum. Wande will Maria zur Grenze bringen, aber dazu kommt es nicht, denn Wandes neue Freundin, ebenfalls in der Gebrauchsgrafik tätig, ist gar nicht einverstanden mit Wandes Fürsorge für seine alte Malerfreundin aus Kriegstagen, die ihm offenbar immer noch am Herzen liegt. Wo Maria hinkommt, löst sie ein Drama aus. Die Gebrauchsgrafikerin fährt davon, aber das nutzt Maria nichts, weil sie von Wande ja nichts mehr will.

Sie entflieht Wande ebenfalls, und zwar doch über die Autobahn, wo der Fabrikant sie aufliest, der kein Mädchenwürger ist, sondern ein Gentleman. Auf Wande ist kein Verlass, er hat hoch und heilig geschworen, Maria in einer Woche in Wien zu besuchen. Sie glaubt ihm kein Wort, obwohl sie es eine Woche lang heimlich hofft. Sie lässt die Männer hinter sich, denn sie hat keine Zeit mehr für die Liebe und keinen Platz und kein Geld. Maria ist Mitte dreißig und immer noch auf die monatlichen Sendungen von Mutting angewiesen. Aber Maria ist froh, dass sie Mutting hat. Sie schüttet Mutting in einem Brief ihr Herz aus. Mutting kann zufrieden sein. Endlich hat Maria etwas von sich preisgegeben. Maria ist immer noch so stur wie früher, aber Mutting weiß, dass Maria sie braucht. Und ihre alten Freunde. Wenn Maria von Wien genug hat, fährt sie nach Klagenfurt oder zu Rainer und Gerlinde in die Berge, da ist nicht alles so kompliziert, denn dort oben hört Maria auf zu wollen, dort oben kann sie vertrauen, und ihr Blick, von Angst und Zorn getrübt, wird wieder glasklar.

Wande kommt doch noch nach Wien, und Arnulf ist auch wieder da. Maria wird das Komplizierte nicht los, sie zieht es an, indem sie sich auf Männer einlässt, die sie anziehen, und sie dann nur halbherzig wieder abstößt. Es werden immer mehr, Maria verliert den Überblick. Und erlebt ein Déjà-vu. Da ist Wande, der seine Vergangenheit, wie so viele, nicht loslassen kann. Da ist Arnulf, der Maria begehrt, weil der andere wieder da ist, der Maria schon lange losgelassen hat, aber dem jetzt plötzlich doch wieder die Galle übergeht und der dann doch, unter Einreden durch den alten Rivalen, auf Maria verzichtet. Es ist keine Tragödie, aber ein Theaterstück, dessen Vorhang fällt, als sich Wande kalt verabschiedet und zu seinem ursprünglichen Schauplatz, nach Klagenfurt eilt. Das glaubt jedenfalls Maria, die Mutting auf Wande ansetzt, um herauszufinden, ob er es wirklich ernst meint. Es ist eine Tragikomödie, bei der Mutting die Kupplerin spielen soll und nicht anders kann als scheitern.

Dass dabei nichts Gutes herauskommen kann, war von Anfang an klar. Warum musste es also sein? Maria ist es wieder einmal zu heiß ums Herz zum Malen. Dabei geht es ihr doch eigentlich nicht um die Männer, sondern um die Kunst. Das ist ganz klar. Da ist nichts kompliziert. Maria wird sich von der Welt zurückziehen und nur noch Kunst machen. Sie muss weg von den alten Geschichten, sie muss von Wien weg in die Welt. Aber eigentlich kann sie nirgendwo mehr hin, denn Maria hat sich verrannt. Sie steckt in einem Labyrinth und findet den Ausgang nicht mehr. Sie muss selbst zurück zum Start, nach Klagenfurt, zu Mutting. Mutting weiß immer, was zu tun ist. Maria weiß das nie. Aber Maria bleibt trotzdem in Wien. Sie macht weiter. Immer wenn sie denkt, dass sie keine Kraft mehr hat, hat sie doch Kraft. Und Mutting hätte sowieso keine Zeit für Maria. Mutting hat einen neuen Mann. Maria hat mindestens zwei Männer zu viel. Mit Arnulf und Arnold wird es nichts mehr. Aber Buddy ist noch da. Maria braucht Klarheit. Aber sie schafft sie sich nicht. Was sie schafft, sind Bilder.

Maria malt und Buddy hämmert. Er hat ein Gestell für das Radio gebaut und das Atelier aufgeräumt, die Sonne flutet in den Raum, Buddy liebt das Räumen. Maria hat für diese Art von Arbeit keine Zeit. Zum Glück kann sie die Wäsche in die elektrische Waschanstalt bringen. Die Arbeit macht die Maschine. Das Bringen und Holen ist anstrengend genug. Maria malt, und Buddy schimpft über die Akademie. Wenn er einmal zu schimpfen anfängt, hört er so schnell nicht mehr auf.

Moderne Kunst kommt nicht von der Akademie, sagt Buddy. Das war doch schon früher so.

Maria schweigt. Buddy setzt nach.

Erst wenn sie tot sind, werden echte Künstler Ehrenmitglieder genau von den Akademien, auf die sie vorher gepfiffen haben, sagt Buddy und lacht höhnisch. Was hast du denn auf der Akademie gelernt? Staffeleimalerei!

Braune Sauce rühren!, sagt Maria und schüttelt sich in der Erinnerung daran.

Dass Buddy nur neidisch ist, dass sie studiert hat und er nicht, sagt Maria nicht. Sie weiß, dass Buddy schlecht über die

Akademie redet, weil Maria dorthin zurückwill. Die Akademie ist langweilig, aber notwendig, eine Voraussetzung für die Kunst. Buddy glaubt, dass er Kunst aus dem Nichts schaffen kann. Aber Kunst baut immer auf anderer Kunst auf.

Siehst du, sagt Buddy, und deswegen hasst du jetzt auch Braun. Du bist verbildet. Dabei ist Braun eine schöne Farbe, die Farbe von Holz. Ich liebe Braun!

Maria bleibt ruhig. Sie lässt sich nicht provozieren. Aber er schafft es trotzdem, sie aus der Ruhe zu bringen, indem er sich hinter Maria stellt, um das Bild auf der Staffelei zu begutachten. Maria hasst das. Selbst fertige Bilder darf nicht jeder sehen. Sie stehen in ihrem Atelier, aber mit der Vorderseite zur Wand gedreht. Erst wenn sie vollendet sind, werden sie aufgehängt.

Hast du daran noch was gemacht?, fragt Buddy.

Auf dem Bild ist er selbst zu sehen, nackt und mit einer Taube in der Hand. Buddy liebt Vögel.

Ja, sagt Maria unwillig.

Sie mag es nicht, wenn jemand ihre Bilder zu früh sieht, bevor sie fertig sind. Schon gar nicht, wenn derjenige selbst darauf zu sehen ist. Wenn sie jemanden malt, ist sie ihm nahe. Sie liest sein Gesicht und seinen Körper. Sie kennt seine Geschichte, ohne sie erzählt bekommen zu haben. Wenn derjenige das Bild betrachtet, schiebt sich die Fremdheit wie eine Mauer zwischen sie.

Ich sehe nichts, sagt Buddy.

Die Veränderungen, die Maria nach den ersten zwei, drei Stunden am Bild noch vornimmt, sieht nur sie selbst. Aber das bedeutet nichts. Die meisten Menschen sind blind auf beiden Augen. Maria ist meistens zufrieden, wenn sie zwei, drei Stunden an einem Bild gemalt hat. Aber wenn sie es nach einer Pause wieder betrachtet, findet sie Mängel. Marias Stärke liegt darin, nie zufrieden zu sein. Das macht sie für andere so anstrengend. Buddy sieht auch nichts, als Maria ihn auf die Änderungen hinweist. Aber das ist egal. Das Bild muss Maria gefallen, sonst niemandem. Es muss wahr sein, nicht schön. Das Bild, das mit dem Gesicht zur Wand lehnt, zeigt Buddy und Maria im Doppelporträt. Buddy steht bedrohlich im Hintergrund, Maria trotzig im Vordergrund. Sie muss sich ihrer selbst vergewissern, aber das gelingt immer weniger. Vor allem seit sie das Gefühl hat, dass seine Hand an ihrer Gurgel liegt und jederzeit zudrücken könnte. Maria hat Buddy das Bild noch nicht gezeigt. Er würde es lieben, aber genau das ist das Problem.

Maria malt und Buddy klebt. Früher hat er auch gemalt und gezeichnet. Er gibt seinen Bildern keine Titel, denn jeder soll sich selbst etwas dazu denken. Auch eine Datierung lehnt Buddy ab. Namen und Daten sind Schall und Rauch. Er malt nicht schlecht, aber es reizt ihn nicht lange. Abends kommt Buddy oft mit einem großen Sack voller Fundstücke, die er in Marias Atelier lagert, das schon aussieht wie eine Müllhalde. Zeitungen, Möbelteile, Kisten, Draht und alte Flaschen. Bei ihm wird alles zu Kunst. Er macht Collagen und Objekte. Eines besteht aus einem Tisch, auf den er einen Metallbecher klebt und in den er einen zersägten Sessel platziert. Buddy arrangiert Settings für seine Fotos. Maria macht mit. Buddy stellt zwei Sessel zusammen und sie setzen sich mit dem Rücken zueinander drauf. Hinter ihnen an der Wand hängt ein Bild, das aus zwei gerundeten Hälften besteht, wie ein Gesäß. Buddy und Maria schauen voneinander weg, jeder nach schräg unten, ins Leere. Ein trauriges Bild, so wie ihre Beziehung. Dabei sind sie beide eigentlich voller Energie, und manchmal auch Humor.

Buddy besitzt keinen Fotoapparat, aber das ist kein Problem. Er findet immer einen, den er sich ausborgen kann. Mit kleinen Holzstiften legt er den Namen Maria aufs Fensterbrett und macht ein Foto. Er leiht sich auch Schallplatten aus, obwohl er gar keinen Plattenspieler besitzt. Buddy hat Fantasie. Er bildet sich ein, die Musik zu hören, wenn er mit dem Finger über die Rillen fährt. Platten müssen sich drehen, so wie sich das Leben weiterdreht. Buddy ist Nomade, und er sieht auch die Dinge als nomadisch an. Er will nicht besitzen, deswegen macht es ihm nichts aus, andere anzuschnorren, sich Dinge zu leihen und schenken zu lassen, auf ihre Kosten zu leben. Leben ist Natur und fließt durch einen durch. Natur ist immer im Fluss, und Buddy kehrt Maria immer wieder den Rücken zu. Sie sitzt und sehnt sich. Sie malt und meutert. Aber sie geht nicht, sie bleibt.

Maria malt, und Buddy macht Kunst aus allem. Er kann aus nichts etwas machen und aus allem Kunst. Nicht nur aus dem Material, das er auf der Straße findet. Buddy fabriziert auch nichts aus Mode, er macht Mode lieber selbst. Er sucht karierte Hemden, denn karierte Hemden und Jeans gehören zusammen, aber die sind in Wien und Umgebung nicht aufzutreiben. Dann gibt ihm irgendjemand einen Tipp. In der Judengasse im ersten Bezirk wird Kleidung aus den Altkleidersammlungen und Sendungen von Hilfsgütern verkauft, die von amerikanischen Juden gespendet wurden. Buddy hat kein Geld, aber die Mädels dort, mit denen er rasch verbandelt ist, legen ihm immer etwas weg. Zu den selbst genähten Jeans und Holzfällerhemden kommt die große Kappe, die Buddy sich ausgedacht, entworfen und nähen lassen hat und die dann ein anderer als sein Markenzeichen etabliert: Friedrich Stowasser, der sich Hundertwasser nennt und ebenfalls ein Naturmensch ist, zwei Fremdkörper in der Wiener Boheme. Buddy macht es nichts aus, dass immer mehr Leute von der Hundertwasser-Kappe reden, denn er findet nicht, dass seine Erfindungen ihm gehören. Buddy und seine Freunde besorgen sich gestreifte Stoffe von Liegestühlen und nähen Jacken daraus.

Buddy macht sogar Kunst aus seinem Haarwuchs. Manchmal rasiert er sich eine Glatze, dann lässt er das Haar und den Bart wallen wie bei einem Waldmenschen. Er isst dasselbe Futter wie die Vögel, die er sich hält, und bezieht es bei einer Tierhandlung. Über Nacht eingeweicht ergibt es ein billiges und, wie Buddy behauptet, gesundes Frühstück. Seine Idee, Schafe zu halten, scheitert allerdings daran, dass er keinen Grund und Boden besitzt. Taubenzucht funktioniert hingegen auch in der Stadt tadellos. Von einem russischen Züchter besorgt er sich eine Original-Friedenstaube. Bevor Picasso die Taube zum Inbegriff des Friedens macht, fungiert sie nämlich als kommunistisches Symbol.

Obwohl Friedenstauben jetzt, vor allem auf Bildern und Plakaten, Konjunktur haben, gibt es den Frieden, den sie symbolisieren, immer weniger. Es gibt wieder Krieg, aber er ist kalt. Buddy will es den Spießern zeigen. Seine Kunst ist Politik, aber er ist kein Fanatiker. Buddy versteht die Kunst der Gelassenheit. Vielleicht weil er nicht von Selbstzweifeln angekränkelt ist. Er werkelt einfach vor sich hin. Er ist zufrieden und neugierig wie ein Kind. Maria kann von ihm lernen. Aber sie kann nicht im Wald leben. Sie will in die Welt. Buddy träumt nur von der Welt. Und er wird in den Wald ziehen, das weiß Maria.

Buddy braucht die Welt nicht, er ruht in sich selbst, möchte Maria meinen. Aber dann packt ihn plötzlich die Wut. Alle Männer, die Maria kennt, glauben, dass sie ein Recht dazu haben auszurasten. Die, die im Krieg waren und immer noch dort sind. Und die, die nicht im Krieg waren und die eine Wut haben auf ihre Väter, die dort waren und ihnen das alles eingebrockt haben. Männer glauben immer, das Recht zu dem zu haben, wonach ihnen gerade ist. Männer halten immer Monologe, und denen, die ihnen zuhören, fällt die Rolle der Stichwortgeber zu, vor allem, wenn es Frauen sind. Wenn Buddy ausrastet, und das passiert gar nicht so selten, ruht Buddy nicht in sich selbst, sondern sprudelt aus sich heraus. Er ist eine Meinungsmaschine und scheint immer zu hundert Prozent sicher. Auch darin gleicht er allen anderen Männern. Er kann es nur schlechter verbergen als manche andere Männer. Frauen haben bei ihnen allen nur das Recht, sie zu bewundern. Maria kann Buddy nicht bewundern, so wie sie Arnulf nicht bewundert hat. Sie kann überhaupt niemanden bewundern. Falls sie jemals jemanden bewundern konnte, kann sie es jetzt nicht mehr. Deswegen sagen ja alle, dass Maria nicht charmant ist. Sie ist nicht liebenswürdig. Aber sie liebt Buddy.

Maria liebt Buddy, weil er seine Haut nicht zu Markte trägt, so wie Arnulf. Arnulf schwimmt wie ein Fisch im Wasser des Kunstbetriebs. Das wurmt Maria. Buddy lehnt das System Kunst als Ganzes ab. So wird er nie berühmt werden, aber das ist ihm egal. Buddy geht es nicht um Ruhm, Maria schon. Um was geht es Buddy? Er ist ein Buddha für sie. Ein Buddha mit einem Schwert.

Ich bin die Avantgarde, sagt Buddy.

Alle anderen sind Arschlöcher, sagt Buddy.

Er ist jähzornig, abergläubisch und misstrauisch wie ein Bergbauer. Trotzdem hat er Freunde überall. Maria hat keine Freunde. Buddy braucht keine Galerien für seine Kunst. Er braucht nur Material. Maria braucht eine Galerie, aber sie bekommt sie nicht.

Monsignore Mauer hat die Buberln um sich versammelt. Für ein Mädchen, das eine Frau von Mitte dreißig ist, ist da kein Platz. Die Buberln sind jünger als Maria, und Kiki ist noch jünger. Sie hat Charme, das sagen alle. Deswegen hat sie der Monsignore auch unter seine Fittiche genommen. Die Existenz von Buddy beruhigt Maria. Er will nichts, und das genau an der Stelle, wo es ihr nicht gelingt, nichts zu wollen. Maria schraubt sich in ihre Gedanken. Wie soll sie da malen können? Buddy ist kein Bohemien, das ist das Rührende an ihm. Das ist das Verwandte zwischen ihnen. Seit sie Buddy kennt, zieht Maria nur noch bequeme Schuhe an. Jedenfalls im Alltag. Sie will keinem Mann mehr hinterherstolpern, so wie Arnulf in Paris.

Maria ist zu Hause. Es klopft. Buddy hält etwas in seinen groben Händen, die sich zärtlich wölben. Es ist ein Täubchen, das kaum flattern kann.

Es ist aus dem Nest gefallen, ich dachte, du möchtest dich darum kümmern, sagt Buddy und gibt ihr einen Kuss.

Auch taube Tauben klauben mal ein Korn, versucht Buddy zu reimen.

Er liebt die Sprache und spricht gewandt, aber auch mit der Sprache spielt er nur. Buddy liebt Kalauer, aber er würde nie ein philosophisches Buch lesen. Maria legt den Kierkegaard zur Seite und lässt sich das Täubchen in die Hand setzen. Buddy schaut liebevoll auf das Vögelchen hinab. Er kann so zärtlich sein, wenn er will. Wenn seine Stimmung es erlaubt. Maria schaut ihm in die Augen. Er ist heute ruhig. Maria atmet auf. Gestern hat Buddy sie eine Mimose genannt. Dabei ist er selbst eine. Er ist empfindlich wie eine Mimose, wie alle Männer, aber er zieht sich nicht zusammen, wenn er falsch berührt wird, sondern er explodiert. Unkraut verdirbt nicht, lautet sein Wahlspruch. Und Maria kann sich tatsächlich nicht vorstellen, dass Buddy alt wird und stirbt. Der Mann ist ein Baum. Er wird in tausend Jahren noch dastehen. Buddy holt einen Fotoapparat heraus, den er sich schon wieder irgendwo geliehen hat. Ein Freund hat ihm einen Film geschenkt, und er kennt jemanden, dessen Dunkelkammer er benutzen kann. Buddy kann alles richten. Er ist ein Taubenfänger. Maria sieht ihn vor sich. Der breite Rücken, die stämmigen Beine, die übergroßen Hände, die sich um die kleine Taube schließen. Er könnte sie zermalmen, aber er tut es nicht. Er ist ein zärtlicher Koloss. Er bringt die Natur zur Kunst.

Die Taube bleibt bei Maria. Sie ist eine Friedensbotschaft. Maria liebt Tiere, weil sie sie versteht. Tiere haben keine undurchschaubaren Absichten, so wie Menschen. Sie bewegen sich so anmutig, weil sie sich nichts dabei denken. Sie machen Dreck, ohne sich zu schämen. Sie leben einfach, ohne zu denken und etwas zu wollen außer dem Überleben. Sie wollen keinen Ruhm. »Überall sind Taubenpatzis«, schreibt Maria an Mutting. »Sie frisst schon aus der Hand und hat ihre Flugrouten festgesetzt. Es ist dadurch viel Leben im Atelier, und das ist gut.«

Buddy sammelt. Und zwar nicht nur Gegenstände, aus denen er Kunst machen kann. Er kann an keinem Zettel vorbeigehen, ohne ihn aufzuheben. Er bewahrt jede Straßenbahnkarte auf, denn sie bezeugt, dass er von A nach B gefahren ist und dafür Geld gezahlt hat. Er fängt an, Collagen zu kleben, denn alles gehört irgendwie zusammen und ergibt einen neuen Sinn. Die Dinge sind Beweise seiner Existenz. Er gräbt sich in ihnen ein. Er hat keine Angst, in ihnen zu ersticken. Dabei war er einmal eingegraben, im Schutt eines der letzten Angriffe der fünfzehnten Luftflotte der US-Armee auf den Kremser Bahnhof am 2. April 1945.

Buddy erzählt. Es ist Ostermontag, die Sonne strahlt, die Bäume blühen, aber die Kremser sind nicht in Feiertagsstimmung. Eigentlich macht man an so einen Tag einen Spaziergang in der Altstadt oder zum Ufer der Donau. Ostern bedeutet Auferstehung und Hoffnung, aber nun bewegt sich mit hundert Maschinen das Weltende auf die kleine Stadt zu. Es ist schon länger näher gerückt, am Ostersonntag stehen die Russen bei Wiener Neustadt, und der Bahnhof von St. Pölten wird schwer bombardiert. Nun ist also Krems dran. Es ist keine Überraschung, aber eine Überrumpelung. Sie fliegen so tief, dass Walter die doppelten Leitwerksträger und die Lufttorpedos mit freiem Auge erkennen kann. Auf jedem Flügel prangen vier Raketen, sie glänzen im knallblauen Himmel. Es ist die letzte Ausgabe der P-38-Jagdbomber, das weiß Walter, der sich über alles informieren kann, wenn er nur will. Alles Gute kommt von oben, denkt er bitter, und wundert sich, dass er noch einen Witz machen kann. Schwarze Zeiten brauchen schwarzen Humor. Und er hilft. Die Maschinen fliegen weiter, Richtung Wien.

Walter sitzt mit der Mutter in der Wohnung, der Vater geht jetzt vielleicht gerade durch Grinzing und sieht die Flugzeuge auf sich zukommen, wenn er nicht schon im Keller sitzt. Die Mutter schenkt den Kaffee ein, der schwarz ist und trotzdem dünn und nach nichts schmeckt außer vielleicht einer schalen Erinnerung. Ein Freund von Walter ist zu Gast, der niemanden zum Feiern hat, und bald haben sie auch nichts mehr zu feiern, denn die Flieger kommen zurück, und niemand hat sie gewarnt. Deswegen sitzen alle immer noch in ihren Wohnungen. Im Auerhof nebenan war früher das jüdische Theater. Walter denkt gerade daran, als das Fenster birst. Irgendetwas Großes ist vorbeigeflogen und nicht einmal explodiert. Luftmine, denkt Walter und schaut zur Mutter und zu seinem Freund. Sie sitzen starr. So als ob nichts passiert wäre. Da durchfährt es Walter wie ein Blitz. Sie dürfen nicht dableiben, sie müssen weg. Er ist dreizehn Jahre alt und weiß es besser als die Mutter, deren Gesicht leichenblass ist und aussieht wie eine Maske. Walter schreit, aber niemand rührt sich. Walter explodiert. Er packt den Sessel, auf dem er eben noch saß, und schlägt ihn auf den Tisch. Die Kaffeehäferln fallen zu Boden und zerbersten.

Kommt, schreit Walter, runter!

Da wachen die Mutter und der Freund auf, sie poltern zu dritt die Stiegen hinunter, unten sind schon andere, auch der Weinhauer, der sie in seinen Kellerstock treibt. Dort steht ein riesenhafter Tisch. Schutz. Aber der Tisch ist kleiner, als er aussieht. Walter steht wie vom Donner gerührt. Er hat es geschafft. Aber der Blitz kommt zurück.

Renn!, befiehlt der Blitz.

Aber die Mutter schreit:

Bleib hier!

Sie will unter dem Tisch hervor, aber der Weinhauer hält sie fest, und Walter rennt. Nebenan ist ein Stall, die Motoren der Bomber brüllen wie Höllentiere, sie pfeifen wie Sirenen und rauschen wie eine gewaltige Flutwelle heran, eine Kakofonie aus den Schreien der Toten. Das Geknatter der Jagdbomber wird übertönt vom Niederfallen der Mauern und Steine und dem Wiehern der Pferde, zwischen deren warme Leiber Walter flieht. Die Leiber atmen. Er ist nicht allein. Plötzlich ist es still.

Mein Haus ist eine Burg, denkt es in Walter. Dann hört er das Prasseln der Flammen. Die Pferde atmen nicht mehr, sie sind erstickt. Es ist noch nicht vorbei. Die Tiefflieger kommen zurück. Sie haben die Panzer gesehen, die schon heranrücken, um die Verschütteten auszugraben. Walter hört die Flieger, er hält sich die Ohren zu und schreit und will nie wieder aufhören zu schreien. Da berührt ihn etwas Kaltes. Er öffnet die Augen und schaut in das Rohr eines Königstigers. Die Wunderwaffe, der schwerste deutsche Kampfpanzer im Zweiten Weltkrieg, rettet Walter aus dem Schutt, aber sie kann den Krieg nicht gewinnen. Und sie soll es auch nicht. Die Pferde sacken zusammen, als Walter zwischen ihnen herausgezogen wird. Seine Beine sind lahm, aber er kann noch gehen. Walter tritt auf die Straße hinaus, und seine Augen müssen sich erst an das Sonnenlicht gewöhnen, dann liest er das Plakat: »Kapitulation niemals«.

Walter entscheidet sich für das Gegenteil. Nie wieder Krieg. Das wird sein Lebensmotto. Er ist belehrbar. Nur darin nicht. Nie wieder Krieg. Denn einen Krieg kann man so leicht vom Zaun brechen. Ihn zu beenden ist hingegen beinahe unmöglich. Sogar in einer Provinzstadt.

Am 6. Mai trommeln die letzten Kremser Unbelehrbaren zu einem schaurigen Gedenken an den Führer. Adolf Hitler, der sich das Leben genommen hat, ist für sie nicht tot. »Der Führer starb nicht, denn sein Werk lebt«, titelt die Parteizeitung am 8. Mai 1945, dem Tag, an dem die Briten in Klagenfurt einmarschieren. Wien ist seit drei Wochen befreit, der Vater hat einen Boten geschickt, der die frohe Botschaft überbracht hat. Die Rote Armee steht bei Hollenburg auf der anderen Seite der Donau und wird von allen ersehnt außer von jenen, die jetzt im Kreis stehen und junge Menschenblüte genannt werden in dem Artikel in der Zeitung, die unbelehrbar bleibt bis zum Schluss, außer der jungen Menschenblüte, die einen Kranz niederlegt und die rauchlose Opferflammen zum Himmel schickt. Oder zur Hölle, in der der Führer schon glüht.

»Ernst und trotzig blicken ihre Milchgesichter, und fest und treu umklammern die jungen starken Arme die Wehr ihrer Waffen«, steht in dem Artikel, und Walter wird weiß wie die Wand. Von der Kremser Hasenjagd, abgehalten am gleichen Tag, hört er nur hinter vorgehaltener Hand erzählen. Von dem

Anstaltsleiter des Zuchthauses in Stein bei Krems, der Gefangene freilassen will, die meisten davon politische, die im Falle einer Niederlage dem sicheren Tod bestimmt sind. Es gibt noch Menschen mit Herz. Aber auch hier gibt es ewig Unbelehrbare, sie veranstalten mit Maschinengewehren und Handgranaten ein Massaker. Flucht, Verfolgung, Erschießungen. Hunderte Tote noch einmal. Die bloß Kriminellen werden entlassen, die Hunderten verbliebenen Politischen per Schiff nach Bayern transportiert. Und dann, irgendwann nach diesen endlosen, unnötigen Verbrechen bis zum letzten Atemzug des kriegerischen Regimes, ist der Krieg aus. Walter ist kein Kind mehr, und er hat eines gelernt: Nie wieder Krieg. Das erreicht man nicht mit Politik, sondern mit Kunst.

Buddy hat keinen Plan, aber eine Agenda. Sie ist auch zehn Jahre nach Kriegsende nicht schwächer geworden. Maria hat den Krieg hinter sich gelassen, sie ist froh, nicht mehr daran denken zu müssen, sie ist froh, sich in ihrer Kunst nicht damit auseinandersetzen zu müssen, denn Kunst ist frei. Buddy treibt den Krieg vor sich her, um ihm nie wieder eine Chance zu ermöglichen. Er verliert ihn nie aus dem Blick. Maria will sich mit ihrer Kunst besser verstehen. Buddy will mit seiner Kunst etwas bewirken. Bei den anderen, den Unbelehrbaren. Das sind jetzt nicht mehr die Nazis, weil niemand mehr Nazi gewesen sein will, sondern die Spießer, die Langweiler und die Neurotiker. Ihnen gedenkt er es zu zeigen. Buddy fährt an die Adria, um einen Kilometer lang die Ufersteine blau, rot und weiß zu bemalen. Er will die Reaktionen der Neurotiker testen. Aber Maria bezweifelt, dass er einen Kilometer lang durchgehalten hat. Kunst braucht den langen Atem, und Buddy ist ein Wirbelwind. Maria würde gerne sagen, dass Buddy ein Scharlatan ist, aber es stimmt nicht. Das, was er tut, tut er mit vollkommenem Ernst. Es ist sogar Kunst, wenn auch nicht

Marias. Buddy kann immer Kunst machen. Und gleichzeitig macht er es so selten. Das macht Maria nervös. Sie fühlt sich nicht mehr befreit, sie fühlt sich behindert.

Das Bild, das immer noch mit dem Gesicht zur Wand steht, zeigt Buddy und Maria. Maria dreht es um und schreibt darauf: »Erinnerung an Buddy«. Denn es ist aus. Sie schreibt seinen Namen immer anders. Buddy. Bady. Pady. Aber das ist ja auch nicht verwunderlich, denn Maria hat es nicht so mit Namen, und außerdem ist Buddy ein Chamäleon. Jetzt hat er sein wahres Gesicht gezeigt. Der große Mann mit den groben Händen ist kein unschuldiger Bub, sondern ein Taubenfänger. Und Maria ist der Vogel, der ihm in die Falle gegangen ist. Maria malt den Taubenfänger mit nacktem Körper und übergroßen Händen. Er grätscht auf die kleine dunkle Taube zu, die erstarrt im Vordergrund steht und sich nicht rühren kann. Maria kann sich nicht rühren, aber sie hat den Pinsel. Maria malt sich frei.

Sie übermalt das alte Bild, das Doppelporträt, das nun nicht mehr stimmt. Vielleicht hat es noch nie gestimmt. Sie verstärkt die Kontraste und setzt den Gesichtern, die sie nicht mehr erkennt, eine Maske auf. Masken sind Rollen. Beide sind unheimlich. Die Rollen und die Masken. Buddy und Maria. Die Frau, um deren Mund vorher noch eine Spur Verbissenheit lag, schaut jetzt mit einem gleichgültigen Hochmut an dem Mann vorbei. Sie hat sich ihre Individualität abgeschminkt. Sie hat sich einen neuen Rahmen gegeben. Buddys Gesicht gleicht einer afrikanischen Maske, dunkel und bedrohlich. Marias Wange ist mit einem schwarzen Rand von seiner Wange abgegrenzt und glüht zartrosarot. Ihr weißes Gesicht sieht aus wie eine Harlekinmaske, nur dass es nicht lustig aussieht und nicht einmal melancholisch. Das Haar ist kurz wie bei einem Mann.

Auf dem alten Bild sah Maria nicht aus wie eine Frau, sondern wie ein verbitterter Junge. Jetzt sieht sie androgyn aus, ein Wesen zwischen Mann und Frau, zwischen Mensch und Puppe. Die Augen, grau umrandet, schauen ins Leere, der Mund, nicht rot und breit, sondern schmal und leidend, hat sich mit allem abgefunden. In dunklem Rot hingegen leuchtet der Schal, den Maria trägt. Oder ist es eine Hand, mit der Buddy nach ihrem Hals greift? Man kann es immer noch nicht entscheiden. Auf dem alten Bild, das jetzt unsichtbar unter dem neuen begraben ist, trägt Maria einen weißen Kragen. Als sie ihn übermalt, erkennt sie, dass der dunkle Schatten vor ihrer Brust kein Schal ist, sondern eine Hand. Oder zumindest ein Handschuh, ein Fausthandschuh, ein Boxerhandschuh, nicht glühend rot, sondern von der Farbe getrockneten Blutes. Buddys Hand an Marias Gurgel. Der junge Gott ist ein Würger, ein Schlächter. Er scheint manchmal, wie aus heiterem Himmel, wie vom Teufel besessen. Dann lässt der Dämon plötzlich von ihm ab, und das heitere Naturkind kommt wieder zum Vorschein. Auch deswegen muss Maria das Bild neu malen. Buddy ist nicht zu fassen mit einem Bild, auch wenn er ihr noch so geduldig Modell sitzt. Der Hintergrund, vorher schwarz bei Buddy und heller bei Maria, ist jetzt gelb. Gelb ist Marias neue Farbe. Sie gräbt sich darin ein. Sie übermalt das Dunkle mit dem Licht der Sonne. Wieder einmal hat die Kunst Maria befreit.

Das mit dem gleichgültigen Hochmut ist nicht wahr. Maria leidet. Maria vermisst seine Hände, die zärtlichen, brutalen Pranken eines Tieres. Mit einem Tiger schlafen. Als sie sich von ihm trennt, schlagen die Pranken zu. Der Tiger wehrt sich. Seine Füße treten die Wohnungstür ein. Er will ohne sie nicht leben. Dabei hat er genug andere Liebschaften. »Ich bring ihn ohne Skandal und Selbstmord nicht los. Er wollte vor mir aus dem Fenster springen. Ich kann nicht zur Polizei, er würde was Entsetzliches machen. Ich weiß nicht mehr aus noch ein. Er hat erkannt, dass ich Angst habe, und traut sich jetzt alles«, schreibt Maria an Mutting.

Mutting ist ihren Mann losgeworden, indem der alte Vater gestorben ist. Mutting hat geerbt. Aber das war ihr nicht genug. Sie hat den neuen Mann geheiratet und ist schon wieder eine Ehe eingegangen. Paul Wicking ist pensionierter Finanzbeamter und kommt aus einer wohlhabenden Familie. Er ist lustig und schreibt Maria launige Briefe, zusammen mit Mutting. Paul ist ein Nudist, und die wilde Thilde hat einen Gegenpart gefunden. Sie ist eine Indianerin in der Verkleidung einer Ehefrau. Aber deswegen ist Mutting noch lange nicht glücklich. Sie ist nicht glücklicher als Maria. Maria weiß, dass sie nie heiraten wird, auch wenn es ihr schwerfällt, Mutting das anzutun. Sie will alles tun, was Mutting gefällt. Nur dieses Eine, das kann sie nicht. Selbst wenn sie es wollte. Aber sie will es auch nicht und will es nicht einmal wollen: sich noch einmal in ihrem Leben auf einen neuen Mann einlassen.

Aber zuerst einmal muss sie diesen hier loswerden. In ihrem Notizbuch lässt Maria am 16. Oktober 1954, sie hat vor Kurzem ihren fünfunddreißigsten Geburtstag gefeiert, die inneren Stimmen gegeneinander antreten. Maria hat in Wien immer noch keine Freundin, mit der sie die Für und Wider diskutieren kann. Sie kann schwer vertrauen und Frauen noch schwerer als Männern. Also spricht sie mit sich selbst in ihrem Notizbuch, in einer der wenigen Reflexionen, die nicht von den Möglichkeiten ihrer Kunst handeln, sondern von der Unmöglichkeit der Liebe, die nicht von der Verhinderung ihrer Kunst durch andere handeln, sondern von dem Einhalt, den sie selbst ihrer Liebessehnsucht gebieten muss.

»Erste Stimme: Lieber süßer Bady, wie waren deine Füße so süß dick. Nur einmal deine Stimme hören und meine Seele wär gesund.

Zweite Stimme: Er ist nicht mehr süß, wenn er länger dableibt, als du willst. Seine Füße sind plump, wenn er vor Zorn aufstampft, denk daran, an die schrecklichen Augenblicke, die alles sorgsam Gehütete in den Boden zerstampft haben.

Erste Stimme: Aber wie süß war seine Reue, seine Verzweiflung, die Tränen, das rote verschwollene geschwärzte Gesicht! Alles so echt, so aus dem Herzen gerissen.

Zweite Stimme: Echt? Weißt du, worum es ihm ging? Hat er den ganzen Sommer einmal von Liebe geschrieben und nicht immer von seinen ›Plänen‹? War ich ihm nicht als gute Partie verlockend gewesen? Legt er nicht immer Proben seiner Bauernschlauheit ab? Verschweigt er nicht auch immer, was seinen Kram stören würde? Kannst du ihm voll vertrauen? Nein! Denk an seine Rechtsauffassung von ›Mein und Dein‹, die kleinen Diebstähle, Beschädigungen.

Erste Stimme: Aber er wird sich durch meine Liebe ändern, hat er sich nicht schon zu seinem Vorteil verfeinert? Würde das nicht immer fortschreiten? Bin ich nicht glücklich, das Edle erst in ihm entdecken zu können?

Zweite Stimme: Mit wie viel Geduld und Zeit und Kraft wirst du diese Veränderung bezahlen müssen. Lohnt sich der Einsatz? Die Reserven werden bald wieder aufgebraucht sein. Denk daran, dass du keine Ehe so durchhältst.

Erste Stimme: Ach, Ehe, sowieso nicht. Aber Liebe, wieso ihr der vernünftigen Einsicht zuliebe so viel abzuzwicken. Die Hitze an seinem Hals, der ungebrochene reine Strahl seiner Augen, die leidenschaftliche Stimme, die glühende Aura seines Leibes entbehren müssen? Nein. Das Leben ist kurz. Einmal noch ihn sehen, ihn küssen, dann kann er mich töten.

Zweite Stimme: Große Worte, was liegt dir schon an der Wirklichkeit? War dir das Erinnerungsbild allein nicht lieber? Die Wirklichkeit ist dir zu grob, zu undifferenziert.«

Zwei Tage später:

»Entsetzlicher Rückfall im Sichgehenlassen nach der Liebe hin. Am Rande des Abgrunds. O heilige Einsicht, die kurze Zeit, wo ich dich verließ, wird das noch gutzumachen sein? Wo beginnen? Diese Leib und Geist zerstörende Liebe. Schwer, das Blut wieder gleichmäßig zu pumpen. In den Kopf hinauf zu pumpen, denn dort muss mein Schwerpunkt sein, sonst bin ich schwach.

Lagebericht:

Erstens: Von der Schwärmerei geheilt.

Zweitens: Wenn er wegfahren will, ist es nur gut, hab ich nicht gewünscht, dass er sein Herz dort lässt, weil ich selbst mich nicht losreißen kann?

Drittens: Seine Welt als absolut fremde einsehen.

Viertens: Seine Anhänglichkeit als absolut materielle erkennen.

Fünftens: Der Schmarotzer an meiner Substanz.

Sechstens: Konsequenz durch Sturheit beginnen.

Siebtens: Er ist dumm, anmaßend, prahlerisch, neidisch, traut mir weder Treue noch Größe zu, erkennt nicht, was er an mir hatte, verdient deshalb nicht die geringste Liebenswürdigkeit noch Wohlwollen.

Achtens: Da keine geistige Erfüllung da ist, ist die körperliche Unerfülltheit umso schlimmer, erniedrigender.

Neuntens: Wo ein Bad der Reinigung beginnen?

Zehntens: Seine Arroganz lebt von meiner Bescheidenheit, wie immer!«

Maria muss ihn loswerden, weil sie sonst nicht mehr leben kann. Warten ist kein Leben. Wut auch nicht. Das Bild, das

Maria malt und das *Erinnerung an Bady* heißt, ist ihre Methode, sich von ihm loszueisen. Wieder ist der Pinsel ihre Waffe. Das Bild sollte eigentlich heißen *Abschied von Bady*. Aber Erinnerung bedeutet, dass sie den Abschied schon hinter sich gebracht hat. Sie schreibt Buddy ins Aus, obwohl er noch auf ihrer Haut brennt. Sie schneidet ihn aus ihrem Fleisch, nur so kann Maria weitergehen, nur so kann Maria wieder leben. Die Bilder, die sie von ihm gemalt hat, sind teuer bezahlt. Aber sie sind gut. Maria ist bereit, für ihre Kunst jeden Preis zu zahlen. Sie kann malen. Nicht nur Linien und Knödel. Nicht nur Schwarz, Weiß und Blau. Sonnengelb leuchtet der Hintergrund auf den Bildern mit dem bedrohlichen Mann, den sie so zärtlich und schmerzlich vermisst. Sie kann Menschen malen, und niemand kann es ihr verbieten. Auch nicht die, die die abstrakte Kunst in den Himmel heben und als einzig selig machende verkaufen. Maria will malen dürfen, wonach ihr gerade ist, egal ob realistisch oder abstrakt. Beides hat seine Berechtigung. Aber nur eines hat einen Wert, den der Markt bestimmt.

Dass ihre Menschenbilder niemand kaufen will, ist Maria egal. Sie schwört sich, sich nie mehr etwas vorschreiben zu lassen. Nicht von einer Kunstrichtung und schon gar nicht von einem Mann. Sie schwört sich, sich vor der Liebe zu hüten, aber sie weiß, dass sie es nicht kann. Buddy war kein Gegner, und trotzdem stand sie mit ihm im Wettstreit. Sie weiß nicht, wie sie mit anderen Menschen leben soll, ohne mit ihnen zu streiten. Arnulf hat ein Bild gemalt, es heißt *Tuchent*. Darauf wölbt sich ein bedrohlich waberndes schwarzes Federbett, das beinahe das ganze Bild ausfüllt. Maria sieht es und weiß: Unter der gemeinsamen Bettdecke kann man nur ersticken. Sie wird sich mit keinem mehr unter die Decke legen. Das schwört sie sich hoch und heilig.

Im Herbst 1954 geht Maria noch einmal an die Akademie. Aber was sie dort lernt, ist nicht mehr gültig. Sie bleibt trotzdem sechs Semester eingeschrieben und kommt vor allem im Winter, wenn es so kalt ist, dass sie auf die Heizung in der Akademie angewiesen ist. In den alten Hallen sitzt jetzt eine jüngere Generation von Frauen, mit denen Maria sich anfreundet. Maria hat sich noch nie jung gefühlt, deswegen fühlt sie sich auch jetzt nicht zu alt für Gertrude Fröhlich und Sigrid Kogelnik. Gertie ist elf Jahre jünger als Maria und in dem kleinen Dorf Kláštor in der Slowakei geboren, das direkt an der Grenze zu Polen liegt und wo ihr Vater eine Stelle als Dorfschullehrer und Organist bekleidet. Sie geht in Pressburg auf das Gymnasium, als die Familie fliehen muss, 1944, vor der einrückenden sowjetischen Armee. Sigrid, genannt Kiki, wächst in Bleiburg, slowenisch Pliberk, im Kärntner Jauntal vier Kilometer von der Grenze zu Jugoslawien auf und ist bei Kriegsende gerade einmal zehn Jahre alt. Sie hat drei Wochen an einer Volksschule im Lavanttal unterrichtet und ist dann nach Wien abgehauen. Aber nicht mit dem Fahrrad, so wie Maria.

Kiki und Gertie haben keine Ahnung, wie es sich anfühlt, ohne Vorbilder zu malen, blinde Flecken auf die Leinwand zu setzen, weil man weiß, dass das Kunstleben irgendwo da draußen in der Welt versteckt ist, wo man nicht hinkann, dass die Bilder, die man sehen müsste, um voranzukommen, verbrannt sind oder verbannt in irgendwelche Kerker und Archive. Deswegen sind die Mädchen so unbeschwert. Ihre Unbeschwertheit zieht Maria an. Kiki ist fröhlich. Gertrude heißt nur Fröhlich mit Nachnamen, sie weiß, was es bedeutet, fremd zu sein. In Wien riecht man immer noch den Vielvölkerstaat, auch wenn Österreich nur noch ein Rumpf mit Phantomschmerzen ist. Wenn Maria mit Gertie und Kiki zusammen ist, verschwinden ihre Bedenken. Die Unbeschwertheit hebt sie in die Lüfte. Wenn sie sieht, wie leicht und sicher die Mädchen mit den Männern umgehen, fällt Maria auf den Boden zurück. Maria kann so schwer freundlich sein, weil sie Angst hat, jemandem zu schmeicheln. Kiki und Gertie sind freundlich, weil sie nicht nachdenken. Weil sie einfach so sind. Deswegen finden sie bald einflussreiche Gönner. Aber das allein ist es nicht. Die Mädchen haben auch selbst Mut und Ideen. Sie schreiten voran, während Maria sitzen bleibt. Sie gehen auf Menschen zu, während Maria ihnen aus dem Weg geht.

Maria grübelt. »Allen, die nur im Geringsten mit mir in Wettstreit treten wollen, aus dem Weg gehen«, schreibt sie in ihr Notizbuch, vier Tage vor ihrem fünfunddreißigsten Geburtstag. »Sehr deutliches Gefühl der Behinderung bei dem bloßen Gedanken, mit ›wichtigen‹ Leuten Verbindung aufnehmen zu müssen«, schreibt sie an ihrem Geburtstag, dem 8. September 1954. Maria weiß nicht, wie sie es schaffen soll, wenn sie sich nicht mit wichtigen Leuten anfreunden kann. Sie weiß, dass sie gar nicht so bescheiden ist, auch wenn sie es selbst oft glauben will, sondern, was sie gerne Buddy vorwirft, im Grunde ihres Herzens arrogant. Maria will und kann sich niemandem zu Füßen werfen. Sie kann keine Kompromisse machen. Aus Kompromissen ist noch nie große Kunst entstanden. Maria ist nur sie selbst, sie hat keine zweite Person zur Verfügung, die für sie wirbt. Deswegen wirkt sie so dumm. Aber Maria will nicht schlau sein. Sie will nur eins mit sich sein. Und bleibt damit immer mehr alleine.

Vor fünf Jahren hat sie ihren Geburtstag in einem Gasthaus in Klagenfurt mit zwanzig Gästen gefeiert, die meisten älter als sie, die meisten Verehrer. Sie denkt, irgendwo angekommen zu sein. Sie ist ein Star in der Provinz mit einer Zukunft in der Hauptstadt. Aber das hat sich als Illusion entpuppt. Maria ist losgegangen und nirgends angekommen. Sie tritt auf der Stelle. Sie rennt im Kreis. Sie fürchtet, wahnsinnig zu werden. Nicht im Sinne von verrückt. Aber sie fühlt sich wie ein Vogel im Käfig. Sie schlägt mit ihren Taubenflügeln gegen die Gitterstäbe und wünscht, dass sie eine Waffe besäße. Aber eine Waffe würde nichts nützen, denn sie hat keine Feinde. Sie hat nur keine Chancen. Maria flüchtet sich in Bücher. Sie liest über Physik und in der Bibel. Sie studiert Augustinus und inhaliert Gottfried Benn. Sie lässt sich von Kafka die Schönheit der Aussichtslosigkeit vorführen. Sie lässt sich durch James Joyce treiben. Bei Joyce ist jede Beobachtung, jeder Gedanke, jeder Gedankenfetzen gleich wichtig. Gespräche sind Stückwerk, das Leben ein Mosaik, dessen Zwischenräume flüssig sind und das deswegen seine Gestalt nicht halten kann. Maria schwört, von den Männern zu lassen, aber Männer mit Geist machen sie schwach. Junge Männer machen Maria schwach. Welpen machen Maria schwach. Wenn Arnulf gedacht hat, dass ihre Beziehung gescheitert ist, weil er zu jung war, hat er nicht recht, denn ihre Männer werden immer jünger. So kann es nicht weitergehen. Maria schwört sich, von den Männern zu lassen und sich nur der Kunst zu widmen. Männer machen hungrig, aber die Kunst macht satt.

7. KAPITEL
KOPFHEITEN

Maria ist unterwegs. Sie hat sich vorgenommen, sich zu bessern. Nicht immer wegzulaufen, wenn sie jemanden auf der Straße trifft. Einmal die Gelegenheit am Schopf zu ergreifen. Es wäre ja gelacht. Meistens trifft sie sowieso niemanden. Denn wenn jemand zu weit weg ist oder sich mit jemand anderem unterhält, zählt es nicht. Aber jetzt, in diesem Moment, zählt es. Maria geht durch die Wollzeile Richtung Rotenturmstraße und sieht ihn. Sie weiß, was sie zu tun hat. Aber sie tut es nicht. Da drüben geht er, auf der anderen Straßenseite kommt er Maria entgegen, kaum drei Meter entfernt, und weit und breit kein Mensch, der ihn in Beschlag nehmen könnte. Er hebt den Blick, gleich wird er sie sehen. Maria senkt den Blick und will um die Ecke biegen. Ihr Fuß stockt, und mit einem Moment wird ihr alles klar. Sie kann es nicht ändern, weil sie es nicht ändern will und weil sie nicht so ist. Sie wird nicht zu ihm hingehen, was sie eigentlich tun müsste, sie wird nicht überrascht tun, ihn zu sehen, sie wird nicht so tun, als freute sie sich, ihn zu sehen, sie wird ihm nicht wie nebenbei von ihrer neuen Serie erzählen (sie hat gar keine Serie, sie hasst Serien), vom Arbeitsfluss und der Inspiration, so wie es Arnulf machen würde, so wie es Kiki machen würde, so wie es alle tun, die es zu etwas bringen, nur Maria nicht.

Der Monsignore schlägt den Mantelkragen auf und geht vorbei. Vermutlich ist er in Gedanken. Oder er will Maria nicht sehen. Es weht sie eiskalt an. Der Monsignore erinnert Maria immer ein bisschen an Gustaf Gründgens, den wohl bekanntesten Darsteller des Mephistopheles, mit dem langen und blasierten Gesicht, nur dass der Monsignore nicht so blendend aussieht und langsam in die Breite geht. Der Monsignore ist auch kein Teufelsdarsteller und Nazi, sondern ein Gottesmann. Ein Gottesmann, der jetzt kein Akademikerseelsorger mehr ist, sondern ein Künstlerversteher. Und nebenbei Domprediger im altehrwürdigen Dom St. Stephan. Er ist die unwahrscheinliche Erscheinung, ein Wiener Faktotum, ein Kirchenmann, der die abstrakte Kunst unter seine Fittiche genommen hat und ihr eine Bühne bietet. Die Bibelabende im Widerstand gegen das Naziregime hat er ausgetauscht gegen den Widerstand gegenüber den tiefschwarzen Kirchenfunktionären, denen die unmoralischen, antibürgerlichen Umtriebe der jungen Künstler zuwider sind.

Mangelnden Mut kann man Monsignore Otto Mauer nicht vorwerfen. 1942 wird der Fünfunddreißigjährige von der Gestapo aus der Sakristei des Grazer Domes geholt als einer der »intransigentesten Gegner des Regimes«. Monsignore Otto Mauer macht keine Kompromisse. Er wird mehrmals verhaftet und mit Predigtverbot belegt. Aber das nutzt nichts. Nicht nur, weil er von hoher Stelle geschützt wird. Auch nach dem Krieg predigt er mit einem fanatischen Ernst, der sich an das Gewissen der Gemeindemitglieder wendet. Halbe Sachen sind nicht das Seine. Wenn der Mann mit dem skeptisch-verschmitzten Lächeln und dem düster-mythischen Zugang zum christlichen Glauben sich etwas in den Kopf gesetzt hat, kämpft er es gegen alle Widerstände durch.

Deswegen ist es im Herzen von Wien zu einer seltenen Koalition gekommen, in der Galerie in der Nähe des Domes, die zum Sprungbrett für die jungen Wilden wird, die Stephansbuben. Maria hat sie als Erste so genannt, jetzt nennen sie alle so. Die Stephansbuben, das sind Arnulf Rainer, Josef Mikl,

Markus Prachensky und Wolfgang Hollegha, und Monsignore Otto Mauer hat sie adoptiert, obwohl er noch keine fünfzig ist. Die Buben sind alle so alt wie Arnulf, nur Prachensky ist drei Jahre älter. Maria ist zehn Jahre älter und eine Frau. Sie malt keine Kreuze, sondern Knödel. Sie gibt sich nicht religiös, um dem Monsignore zu gefallen. Und schon gar nicht hält sie sich für Jesus, so wie die Buben, jedenfalls Arnulf. Jesus hat gelitten, er trug die Dornenkrone, er hatte Nägel in den Füßen, er war für den Frieden und die Versöhnung.

Arnulf wird von seiner Familie wieder auf das Weingut geschickt, damit es, wenn die Russen endlich abziehen, nicht von irgendjemand anderem besetzt wird. Offenbar haben sie dort ein Quartier gehabt. Arnulf nennt es Familienstrategie. Ja, das hat er von seiner Familie geerbt. Er ist ein Stratege. Mutting ist auch eine Strategin, aber Maria hat es nicht geerbt. Sie würde nie heiraten, um nach oben zu kommen, so wie es Mutting schon wieder getan hat. Gertie Fröhlich hat die Galerie ins Leben gerufen. Sie studiert immer noch Malerei bei Albert Paris Gütersloh, aber sie denkt weiter. Die Tochter von Otto Kallir, Eva Maria, will die Neue Galerie ihres Vaters in der Grünangergasse hinter dem Dom nicht weiterführen. Gertie hat kein Geld, aber Ideen. Sie überredet Monsignore Otto Mauer, den Chef ihres Sommerjobs bei der Katholischen Aktion, die Räume zu mieten. Die Galerie St. Stephan ist geboren.

Gertie wird als Sekretärin engagiert und macht das Programm. Bald denken alle, dass Otto Mauer die Galerie ins Leben gerufen hat und Gertie bloß sein Laufmädchen ist. So wie alle denken, dass Maria die Schülerin von Arnulf ist. Es ist so wie immer. Die Frau arbeitet im Hintergrund, der Mann trägt die Früchte nach Hause und sammelt die Lorbeeren ein. Gertie protestiert nicht, sie arbeitet und zieht ihre Fäden. Im

Fädenziehen sind die Frauen gut. Auf Vermittlung von Gertie fährt Monsignore Mauer auch nach Gainfarn. Arnulfs kohlrabenschwarze zentralistische Zeichnungen findet er nicht nur furchtbar, sondern auch zum Fürchten. Er denkt, als er sie sieht und für nicht ausstellungswürdig befindet, an den Teufel, um nicht an Erotik zu denken. Letzteres vermutet jedenfalls Arnulf nach dem Besuch und erzählt es überall herum.

Monsignore Otto Mauer glaubt an die Apokalypse und ist überzeugt, dass die Zeit des Nationalsozialismus eine Vorstufe dazu war, ein Vorgeschmack auf das Weltgericht, vor dem das Göttliche unsichtbar wird und das Böse überhandnimmt. Nun zeigt sich ihm das Göttliche aber Gott sei Dank wieder: in der abstrakten Kunst. Nein, die schwarzen Zeichnungen von Arnulf sagen ihm nicht zu. Aber die Proportionsstudien gefallen ihm. Drei reine, farbige Flächen nebeneinander, mehr ist es nicht, aber das ist mehr als genug für den Monsignore. Wahrscheinlich denkt er an die Dreifaltigkeit. An die reine Unschuld. An das Gegenteil von Chaos und Vermischung. Abstrakte, also reine Kunst muss für Otto Mauer den Anspruch erfüllen, nichts mit Politik zu tun zu haben. Da trifft sich der Monsignore mit der Meinung von Rudolph Charles von Ripper und dessen Arbeitgebern, ohne dass damit bewiesen sein müsste, dass sie unter einer Decke stecken. Reine Kunst kann nicht zu politischer Propaganda ausarten, schon gar nicht zu solcher für die Regimes jenseits des Eisernen Vorhangs, der jetzt verhindert, dass der Krieg wieder heiß wird und damit zum Flächenbrand.

Kunst muss ein Akt der Liebe sein, findet der Monsignore, das heißt der schöpferischen Bejahung. Dann weist sie über die Welt hinaus zu Gott. Kunst ist Begeisterung und deswegen religiös. Sie treibt die Dämonen aus. Zumindest soll sie das. Arnulf ist gebucht für die erste Ausstellung in der neuen

Galerie. Maria geht zur Eröffnung in die Grünangergasse, eine der finsteren Gassen mit Kopfsteinpflaster hinter dem Dom. *Proportionsstudien* nennt Arnulf seine Arbeiten. Wenn Maria das machen würde, würde Arnulf sagen, dass das prätentiös klingt. Maria sagt nichts. Aber wo sind da die Studien? Arnulf hat noch nie etwas studiert. Es sind einfach unterschiedlich breite Striche. Dann sieht Maria die Kreuze. *Monochrom übermalte und überzeichnete Kreuzformen* heißt das in der Sprache der modernen Kunst, die alles mit Bedeutung aufbläht, aus drei Strichen die Dreifaltigkeit und aus zwei sich kreuzenden Strichen die Erlösung herauslesen kann.

Arnulf Rainer will das Tafelbild überwinden. Fünfhundert Jahre Bilder, gemalt von Meistern von Velázquez bis Picasso, will ein Bub aus Niederösterreich überwinden? Maria lacht. Aber das Lachen bleibt ihr im Hals stecken. Denn der Coup gelingt. Noch im gleichen Jahr ergattert Arnulf Ausstellungen in Deutschland, und ein Stuttgarter Sammler kauft einen Stapel Bilder, die nun genau genommen keine Bilder mehr sind, sondern überwundene Bilder. Maria kann sich nur noch die Augen reiben. Arnulf hat eine Schweizer Freundin, die ihm der massige wie mächtige, von Maria so geliebte Herbert Boeckl ausspannt, der bereits die sechzig überschritten hat. Arnulf, der sonst gegen alles protestiert, wehrt sich nicht, er akzeptiert es. Denn Boeckl ist oben, dort, wo Arnulf auch hinwill. Männer verstehen Hierarchien, deswegen klettern sie in ihnen auch nach oben. Deswegen malen sie das, was anderen Männern gefällt. Deswegen liegen sie im Kampf mit der ganzen Kunstgeschichte, die vor ihnen stattgefunden hat. Sie denken, sie sind die Krone der Schöpfung, nicht nur, sondern auch und vor allem ihrer Ausformung als Kunst. Frauen sind fleißig, aber Männer sind Genies.

Für Maria sind Bilder weniger Mittel zum Zweck der Anerkennung, denn der Teilhabe am Leben. Sie würde auch keine Bilder zerstören, so wie Arnulf es tut, als seine Ausstellung bei der Galerie Würthle nicht genug Erfolg hat. Maria zerstört auch Bilder, aber nur, wenn sie ihren eigenen Ansprüchen nicht genügen. Maria wäre schon froh, wenn sie ausstellen könnte. Ob in der Galerie der Gehemmten, wie Alfred Schmeller die Galerie Würthle nennt, oder in der Galerie der Enthemmten, der Galerie St. Stephan. Aber um dort eingeladen zu werden, müsste sie etwas tun, und sie kann es nicht. Manchmal müsste sie nur einfach zusagen, denn sie ist ja eingeladen. Aber sie zögert zu lange, weil sie zu viel auf einmal will. Es ist eine Behinderung. Maria versteht das Spiel der Macht nicht. Und wenn sie es verstehen würde, würde es ihr auch nichts nutzen, denn sie ist eine Frau, und einer Frau macht niemand die Räuberleiter.

Höchstens vielleicht einem Mädchen. Das Mädchen muss dann sehr gut aufpassen, sonst wird es weggeheiratet und kann keine Kunst mehr machen. Gertie Fröhlich ist auch weggeheiratet worden, von Markus Prachensky. Prachensky macht seine Kunst, und Gertie bekommt ein Kind. Auch beim Sex geht es um Macht und Geld und um das Vorankommen. Die Künstler heiraten sich eine Versorgerin ein, die bereit ist, einem langweiligen Brotberuf nachzugehen, damit ihr Mann sich entfalten kann. Nur eine Zeit lang, sagen die Männer, bis meine Karriere in Gang kommt. Aber diese Zeit dauert oft zu lang. Dazwischen wird die Künstlergattin schwanger und bekommt Kinder, und diese Ehe kann nicht halten. Denn wie soll sie gleichzeitig Geld verdienen und die Kinder hüten? Der Mann muss ja Kunst machen. Oder die Künstlergattin verzichtet aufs Kinderkriegen und kann dann erleben, wie ihr Künstler immer grantiger wird, weil seine Karriere nicht in

Gang kommt und er immer weniger Dank dafür zeigen kann, was die Künstlergattin dafür geopfert hat.

Maria hat sich geschworen, Arbeit und Liebe nicht mehr zu vermischen. Deswegen muss sie ja nicht auf die körperliche Liebe verzichten. Maria geht es beim Sex um den Körper. Um den Genuss. Ums Dasein. Sie versteht das Spiel der Verführung, aber sie kann sich nicht anbieten.

Maria betrachtet die Kreuze. Arnulf glaubt wohl schon, dass er selbst der Erlöser ist, der am Kreuz hängt. Nur Männer haben diese Erlöserfantasie. Maria nicht, sie bewegt die Worte in ihrem Herzen. Arnulf denkt, dass er spirituell ist. Maria weiß nicht, was dieses Brimborium bringen soll, aber sie weiß, was Jesus gelitten hat. Nicht symbolisch. Sie weiß, wie es sich anfühlt, wenn man ans Kreuz genagelt wird, sie spürt, wie die Nägel durch das Fleisch stoßen und dabei die kleinen Knochen brechen, von denen es im Fuß so viele gibt. Jesu Leiden sind für Maria unvorstellbar, gerade weil sie sie sich so gut vorstellen kann. Wenn sie daran denkt, fangen ihre Füße an zu brennen. Sie weiß, wie es ist, verspottet zu werden. Die dumme Riedi vom Land, das war Maria, als sie nach Klagenfurt kam. Arnulf versteht Jesus nicht. Er denkt, dass Jesus ein Rebell war und sich aufgelehnt hat. Aber diese Erkenntnisse nützen Maria nichts.

Arnulf wird zum Liebkind des Monsignore. Maria bleibt links liegen. Otto Mauer würde nie sagen, dass Maria nicht gleich gut ist. Er kennt sie und er erkennt ihr Talent, aber er würdigt sie nicht mit Ausstellungen. Außerdem hat der Monsignore jetzt Sigrid Kogelnik, genannt Kiki, das Küken. Sie ist charmant und zugänglich. Sie wirft sich ins Rennen und wird bestimmt bald ausgestellt. Zumindest ist sie schon verlobt. Mit Arnulf. Aber nicht lange. Arnulf schwimmt im Strom. Seine Methode ist simpel. Wenn etwas keinen Erfolg hat, wird es zerstört. Wenn etwas Erfolg hat, wird es reproduziert. Er hat keine Scheu, dasselbe noch einmal und noch einmal und noch einmal zu machen. Er denkt, dass jedes Mal sein Genie drinnensteckt und den Preis des Werks bestimmt. Solange es gekauft wird, kann es nicht schlecht sein. Langweilt sich Arnulf nicht? Dazu hat er gar keine Zeit, denn er ist ein Hansdampf in allen Gassen. Maria weigert sich. Sie will sich nicht selbst wiederholen. Sie will etwas entdecken. Wenn sie etwas erreicht hat, wird es uninteressant für sie. Sie will weiter. Maria kann nicht aufhören, sich an Arnulf zu reiben.

Maria atmet aus. Sie ist um die Ecke gebogen, im gleichen Moment, in dem Otto Mauer an ihr vorbeigegangen ist. Sie braucht ihn nicht. Aber ihre Kunst braucht ihn. Maria ist niemandem verpflichtet, nur ihrer Kunst. Sie gibt sich einen Ruck und geht zurück auf die Wollzeile.

Monsignore!, ruft sie.

Der Monsignore dreht sich um.

Fräulein Lassnig!

Er kennt Maria und weiß, dass sie bereits im Ausland wahrgenommen wird. Sie hat in der Zimmergalerie Franck in Frankfurt Bilder gezeigt, wo zwei Jahre zuvor schon Arnulf Rainer ausgestellt hat, und für die Reise sogar eine Fahrtsubvention bekommen. Sie ist beim Künstlerclub Exil dabei und hat auch Kontakt zur Wiener Gruppe. Otto Mauer hat nichts gegen Frauen. Im Gegenteil, er möchte sie fördern.

Wie geht es der Kunst?, fragt er.

Ich male, sagt Maria.

Und was malen Sie im Moment?

Maria verkneift sich zu sagen, dass sie nicht mehr so malt, wie es dem Monsignore gefällt, nicht automatistisch, kein Kritzikratzi oder Pitzipatzi.

Figuren, sagt Maria.

Realistische?

Nein, sagt Maria. Eher in Würfeln. Köpfe.

Sie verkneift sich das Wort Brüste.

Schwarz-Weiß?

Nein, eher Blau mit Gelb.

Kommen Sie mal vorbei, sagt der Monsignore. Er versucht interessiert zu klingen, aber er ist auch kein besserer Heuchler als Maria.

Maria denkt an die Fahrt, die der Monsignore zu Arnulf nach Gainfarn auf sich genommen hat. Natürlich, ihre Bilder sind kleiner. Aber sie wird sie nicht durch die Gegend tragen.

Da müssen Sie schon zu mir kommen, sagt Maria.

Ja ja, selbstverständlich, machen wir uns einen Termin aus, sagt der Monsignore.

Dann verabschiedet er sich. Das mit dem Terminausmachen war wohl für eine fernere Zukunft gemeint. Vermutlich meint der Monsignore, Maria soll sich bei Gertie einen Termin ausmachen. Aber das tut Maria nicht. Und deswegen wird diese Zukunft noch ein paar Jahre nicht Gegenwart werden. Maria beschließt jetzt schon, in diesem Moment, keine Figuren mehr zu machen, jedenfalls keine bunten. Was glaubt der Monsignore, sie ausfragen zu dürfen und sich ein Bild von ihren Bildern machen zu können, ohne sie gesehen zu haben? Nein, sie wird keine bunten Figuren mehr machen, die der Monsignore dann für moderne Kirchenfenster hält. Höchstens finstere Gesellen in Schwarz, Weiß und Grau. Sie wird nicht malen, was jemand von ihr erwartet, schon gar nicht am laufenden Band. »Die Serienerzeugung hat die moderne Kunst ruiniert«, hat sie am Ostersonntag 1955 in ihr Notizbuch geschrieben. Maria möchte sich nicht wiederholen, sie möchte überraschen, nicht nur die anderen, sondern auch sich selbst. Aber zunächst wird Maria wieder einmal vom Leben überrascht.

Er ist ein Mann mit Geist. Und Perfektionist. Deswegen fühlt er sich vom Jazz angezogen, der ihm für kurze Zeit Erleichterung verschafft. Beim Jazz muss man kein Perfektionist sein, es muss nur zusammenpassen. Und die Männer passen wie immer zusammen. Der Sohn von einem Schulwart aus Simmering ist dabei, wenn sie sich treffen, am Sonntagabend spielen sie bei ihm im Turnsaal und unter der Woche in irgendwelchen Kellern. Buddy spielt Bongo und Schlagzeug, Franz Stadlmann Posaune, irgendein Straßenbahner, dessen Namen Maria nicht kennt, zupft am Banjo. Uzzi Förster spielt Klavier. Auch zwei von der Wiener Gruppe sind dabei, beide haben Geist, aber nur einer ist Perfektionist. Sie heißen Konrad Bayer und Ossi Wiener. Buddy hat wieder einmal alle zusammengebracht. Und der Kreis schließt sich auch für Maria. Die Falle schnappt zu, und Maria kann sich nicht einmal beklagen, denn sie hat sie selbst ausgelegt. Das Jungwild ist nichts ahnend hineingetappt. Jetzt liegt es in ihrem Bett und schläft. Ossi sieht aus wie die Unschuld, dabei hat er es faustdick hinter den Ohren und trägt immer eine Pistole mit sich herum. Außerdem spielt er Trompete. Zum Beispiel in der Adebar, wo Maria manchmal hingeht, wenn sie wieder unter Leute muss. So wie gestern Abend.

Sie hat ihn einfach mitgenommen. Der junge Mann mit dem zurückweichenden Haaransatz und der korrekten Kleidung gefällt ihr. Er spricht über Bücher, und er hat sie auch gelesen. Er ist kein dahergelaufener Künstler. Er hat es auf dem Kasten. Ossi spielt in Walter Terharens Wirklicher Jazzband. Die heißt wirklich so und ist nicht nur eine Kinderkombo im Turnsaal. Außerdem studiert er Rechtswissenschaft, Musikwissenschaft, Mathematik und afrikanische Sprachen oder hat das alles studiert, ob bis zum Ende, weiß Maria nicht, aber das ist ihr egal. Sie hört ihm zu, sie hängt an seinen Lippen.

»Wovon man nicht sprechen kann, darüber muss man schweigen.« Diesen Satz von Ludwig Wittgenstein hört Maria zum ersten Mal, aber sie versteht ihn unmittelbar. Auf Ossi trifft er nicht zu, denn Ossi kann über alles reden. Vor allem über die Sprache. Bei ihm geht es nicht um Inhalte, sondern um das Denken an sich. Nicht um Sinneseindrücke, sondern um die Wahrnehmung als solche. Marias Ohren klingen. Sie interessiert sich für die Wahrnehmung. Sie ist ja selbst ganz Wahrnehmung. Ob sie etwas über die Wahrnehmung als solche wissen will, weiß sie nicht, aber sie will es versuchen. Vielleicht hilft es ihr beim Malen. Schließlich muss man wissen, was man tut. Und Maria versucht schon länger, ihre Wahrnehmungen zu zeichnen, zu malen. Festzuhalten und zu ergründen. Sie will nach innen schauen. Sie will ihre Wahrnehmungen wahrnehmen, im Wortsinn, vor allem die des Körpers, und auf die Leinwand bannen, denn Wahrnehmungen sind flüchtig, und dennoch sind sie alles. Was soll man tun, wenn einem alles immer entgleitet? Maria malt.

Im Gegensatz zu Buddy, der neuerdings Rauschebart und Lederkappe trägt, schmückt der junge Mann sein Gesicht mit einer Gelehrtenbrille und umrahmt es mit weißem Hemd und Krawatte. Der Rebell steckt tief in seinem Geist, aber er ist auch nicht weniger unerbittlich als Buddy. Das spürt Maria, und sie hat nichts dagegen. Sie ist selbst unerbittlich, wie soll sie da einen Kompromissler lieben können? Den jungen Mann liebt sie nicht, sie begehrt ihn. Ossi ist zwanzig, Maria sechsunddreißig. Irgendwie werden ihre Männer immer jünger und bleiben damit gleich alt, nur Maria wird älter. Das bedeutet nicht, dass sie weniger Lust hat. Sie hat keine Lust auf die alten Männer. Wenn sie an die alten, dicken Bäuche denkt, wird ihr übel. Wenn sie an den Zynismus und die Verbitterung der alten Männer denkt, will sie weglaufen. Sie liebt die festen

Muskeln und harten Sehnen, sie liebt die klaren Augen und die unschuldige Rage der Jungen.

Maria und Ossi sitzen in der Adebar und reden und reden. Das heißt, Ossi redet und Maria hört zu. Aber sie hat auch etwas zu sagen. Ossi merkt es, und das zieht ihn an. Intelligente Frauen gefallen ihm. Maria sieht aus wie ein Mädchen, aber sie hat die Reife einer Frau. Diese Mischung hat etwas Magisches. Sie ist ein bisschen spröde, aber voller Spannkraft. Ihr Begehren liegt offen zutage für die, die es sehen wollen. Die es knistern spüren. Ossi weiß nicht, wie er darauf reagieren soll. Bestimmt hält ihn Maria für einen grünen Jungen, und er hat keine Lust, sich eine Abfuhr zu holen. Ossi könnte noch ewig weiterreden, als er spürt, wie sein Magen zu knurren beginnt. Er nimmt diesen Hinweis dankbar auf.

Ich gehe ein Burenhäutl essen, sagt Ossi.

Ich gehe mit, sagt Maria.

Sie spazieren von der Annagasse Richtung Albertina. Maria hat Hunger. Das Geld ist ihr egal. Sie lebt jetzt. Noch nie hat eine Wurst so heiß und so köstlich geschmeckt.

Ich habe ein Atelier in der Nähe vom Naschmarkt, kommst du mit?

Gerne.

In der Nähe vom Naschmarkt, das ist stark untertrieben. Bis zur Bräuhausgasse geht man eine halbe Stunde zu Fuß. Aber der Weg wird ihnen nicht weit.

Ossi schläft. Maria zeichnet. Er hat die Hand unter den Kopfpolster geschoben. Sein Gesicht ist auf die linke Seite gedreht. Die Decke liegt so federleicht auf seinem Körper, als würde sie ihn streicheln, so wie ihn Maria gestreichelt hat in der ersten Nacht. Sanft öffnet sich sein Mund, und seine Lippen, die schmal sind, aber geschwungen, scheinen sinnlicher, als sie in

Wirklichkeit sind. Sie haben Marias Brüste geküsst und sich ihren Bauch hinuntergetastet. Ossis Lider liegen unschuldig auf seinen braunen Augen. Sein Blick kann Menschen durchbohren, so stechend ist er. Er analysiert ohne Mitleid. Das gefällt Maria. Ossi ist ein Knabe, mit niedlichen Grübchen in den Wangen, wenn er lacht, aber er ist nicht unschuldig. Seine Kraft erinnert Maria an Michael, seine Haut erinnert Maria an Buddy, als Buddy noch keine langen Haare hatte, sogar an Arnulf, als Arnulf noch keinen Zottelpelz auf dem Kopf trug. Ossi ist kein Vampir, so wie Arnulf. Er ist kein Schnorrer, so wie Buddy. Von ihm kann sie etwas lernen. Und das Wichtigste ist: Er ist kein Künstler. Maria muss nicht mit ihm um die Wette malen. Ossi weiß, was er will. Er will alles wissen. Er möchte schreiben, aber er weiß noch nicht, was. Seine ersten Versuche können seinem strengen kritischen Urteil nicht standhalten. Es sind Notizen, mehr nicht. Ossi ist die Konzentration selbst. Trotzdem hält er Maria kaum aus. Sie sitzt vom Morgen bis in die Dunkelheit vor der Staffelei.

Maria malt, Ossi liest Spinoza. Niemand sagt ein Wort. Und das über Stunden. So ernst sollte man Wittgenstein auch nicht nehmen, findet Ossi. Aber wenn er anfängt zu reden, merkt er, wie falsch es ist. Er kommt mit Reden bei Maria nicht weiter. Das wurmt ihn, deswegen versucht er es noch einmal.

Was denkst du, wenn du stundenlang vor der leeren Staffelei sitzt?, fragt Ossi.

Nichts, sagt Maria.

Aber du musst doch etwas denken!

Nein, ich warte.

Mein Kopf denkt immer.

Meiner nicht. Jedenfalls nicht, was du denken nennst. Mit schwierigen Wörtern und Fachbegriffen.

Was sonst?

Ich spüre.

Und was spürst du?

In mich hinein.

Und was findest du dort?

Das weiß ich nicht so genau, weil es immer so schnell weg ist.

Deswegen willst du es festhalten?

Ja.

Aber du musst es doch benennen können!

Nein, das muss ich nicht, sonst wäre ich Schriftstellerin geworden und keine Malerin.

Also mich würde das verrückt machen.

Deswegen schreibst du ja und malst nicht.

Hast du nie Hunger?

Wieso?

Offenbar nicht. Also ich gehe ein Wurstbrot essen! Kommst du mit? Ich lade dich auch ein.

Wenn du noch ein bisschen wartest …

Wie lange?

Bis das Bild fertig ist.

Und vorher darfst du nichts essen? Maria!

Maria sagt nichts. Ossi gibt auf. Ossi schäumt. Maria ist nicht gesellig. Sie trifft Leute nur, wenn sie etwas von ihnen will. Die Wiener Kunst des Schmähführens interessiert sie nicht. Sie weiß nicht, was das soll. Spaß um des Spaßes willen, reden, damit die Leut zusammenkommen. Sie ist ehrlich bis zur Selbstentblößung. Nicht so wie die Avantgardisten, die ihre ehrliche Wut herauslassen und alle beschimpfen, die zu den Spießern gehören. Maria sagt den eigenen Leuten, was sie denkt, und das verschnupfen nicht alle. Sie fühlt sich beschmutzt. Maria hat nie Lust, unter Leute zu gehen. Aber wenn sie einmal dort ist, taut sie dann doch auf. Sie spürt die Menschen und ihre Lust. Sie lacht über ihre Scherze und möchte die Welt umarmen. Dann sagt jemand etwas, das Maria in die falsche Kehle bekommt. Maria will zahlen, weil sie es nicht mehr aushält. Da hört sie die Stimme:

Maria, sei doch nicht dumm! Wir sind doch eingeladen.

Maria kommt sich dumm vor. Sie geht nach Hause und nimmt die Kränkung mit. Sie legt sie in die Schublade und kann sie dort jederzeit herausholen. Marias Erinnerungen sind Wiedergänger. Ihre Kränkungen sind Untote, die nicht sterben können, auch wenn es sich um Missverständnisse handelt. Maria nimmt alles, was die Leute sagen, wörtlich. Niemand hält sie für dumm. Das ist nur eine Redensart, und der, der sie ausgesprochen hat, hat sie schon lange vergessen, wenn Maria ihn damit konfrontieren wird. Marias Erinnerungen sind Nachzehrer. Sie saugen Kraft. Sie fressen sie innerlich auf. Natürlich halten die Männer die Frauen grundsätzlich für dumm. Bei Maria machen aber viele eine Ausnahme. Nur hat sie nichts davon.

Maria lässt sich verzehren von der Sucht nach der Anerkennung, die sie nicht bekommt. Es gelingt es ihr immer wieder, Spaß zu haben mit den anderen. Aber dieser Spaß hält nicht an. Er kippt um in ein Grauen, in eine Fremdheit vor der Welt, den anderen und vor sich selbst. »Wenn es mir besonders graut vor denen allen, geht es aber dann doch. Aber dann graut mir nachher vor mir selbst«, schreibt Maria in ihr Notizbuch. »Ich kann nach Gesellschaft nie schlafen. Die Unfreiheit, dass ich nicht sagen darf, was ich will (diese Beherrschung lässt mich erst recht was Falsches sagen), und dabei doch immer sprechen zu müssen, die vielen gleichzeitigen Eindrücke und zugleich soll man ruhig und gelassen, gesprächig und heiter sein – das ruft eine Spannung im Kopf hervor.« Was Maria nicht versteht: Wie man zugleich ein guter Künstler sein kann, also schwer, und ein guter Gesellschaftsmensch, also leicht.

Maria sitzt und schweigt. Sie kommt nicht hoch. Die Kunst hält sie auf dem Boden. Auf dem Sessel. Sie wischt stundenlang auf dem Bild herum, das sich nicht verändert. Jedenfalls sieht Ossi keinen Unterschied. Maria sieht ihn schon. Ossi steht auf und geht. Er liebt Maria. Sie ist die ungewöhnlichste Frau, die ihm bis jetzt begegnet ist. Er schätzt ihren Geist, aus dem sie mehr herausholen könnte. Sie hingegen zieht es vor, vor der Staffelei zu sitzen, ins Leere zu starren und zu meditieren.

Ihre Bilder sind gut. Aber mit Maria ist es langweilig. Sie ist an einem toten Punkt. So wie ihr Kritiker es gesagt hat. Sie will Menschen und Körper und Gesichter, aber sie malt Konturen. Sie will Realität mit Saft, aber sie verkriecht sich in ihrem Hirn. Sie kommt nicht mehr an die Menschen heran. Die Körper sind dazwischen. Sie zerlegt die Körper in Wangenschilder und Stirnschilder und Halszylinder, aber es bleiben Kopfheiten. Der Pinsel ist zu weich für die Sturköpfe, deswegen benutzt Maria oft lieber das Palettmesser. Der Pinsel ist ein Streichelinstrument, er hat weiches Haar wie eine Bürste, das Palettmesser ist ein Forminstrument, es schabt die ungeschminkte Wahrheit aus den Farben heraus. Maria entfernt die Person, ihre brutale Körperlichkeit, die Maria nicht überwinden kann. Die sie bedroht. Der Kopf wird ein Schema, in dem man die Individualität trotzdem noch erkennen kann. Ossi will ihr vorwerfen, dass sie fanatisch ist, aber das kann man niemandem vorwerfen, das soll man ja sein. Ossi ist selbst ein Fanatiker. Jeder Avantgardist, der auf sich hält, ist Fanatiker. Deswegen sagt er, dass ihre Bilder ihn an Fritz Wotruba erinnern. Wenn das kein Lob ist! Maria ist beleidigt.

Wenn es notwendig ist, bist du nicht da, hat Wotruba zu Maria gesagt.

Maria sagt nichts. Es wird schon stimmen. Sie ist nie da, wenn der Schmäh rennt, sie ist nie da, wenn die Freunderlwirtschaft blüht, sie ist nie da, wenn es um andere geht. Wer soll da Lust haben, sich für Maria einzusetzen? Maria sollte sich selbst ins Spiel werfen, um diesen Einsatz zu verdienen. Sie findet es aber wichtiger, Dinge zu vermeiden, die nicht wichtig sind. Maria ist eine Unterlassungskünstlerin. Maria ist eine Rückzugskünstlerin.

Ossi geht, und Maria bleibt alleine zurück. Sie starrt auf die Farben, sie sind frisch angerieben und gemischt und vertrocknen, wenn nicht etwas passiert. Ossi will immer über das Gehirn reden. Aber über ihre Bilder sagt er nichts. Er fragt, wie es vorangeht, und will nicht wissen, was sie macht. Warum schreibt er nichts über ihre Bilder? Ossi schwingt sich andauernd zu ihrem Lehrer auf. Er will etwas über sie schreiben, aber sie soll ihm zuerst etwas darüber sagen. Nur das kann Maria nicht. Ihre Aufgabe ist es, zu malen, seine Aufgabe ist es, ihre Bilder zu interpretieren, findet Maria. Auch Ossi ist gut im Verweigern. Er zieht sich zurück, und Maria wird ihm mehr und mehr fremd. Sie ist keine Frau, die sich anschmiegt. Sie nimmt alles ernst. Hat Maria ein Innenleben? Ossi weiß es nicht. Ist sie leer? Oder nur übervoll mit Wahrnehmungen? Jedenfalls sprudelt sie nicht über. Sie ist misstrauisch wie eine alte Eule. Sie kann nicht aus sich heraus, nur in ihren Bildern. Sie denkt, dass Kunst ein Mittel zur Selbsterkenntnis ist. Ossi denkt, dass Kunst ein Instrument der Welterkenntnis ist.

Ossi liebt Zahlen und die junge Wissenschaft der Kybernetik. Er will die Welt errechnen. Maria rechnet nie. Sie weiß. Zum Beispiel, wann sie ihre Regelblutung bekommt. Ihre Regel ist pünktlich wie ein Uhrwerk, und Ossi kann nicht anders, als dem Respekt zu zollen. Der Mensch ist eine Maschine. Auch wenn sie blutet. Maria kann nicht in abstrakten Begriffen denken. Für sie ist alles konkret. Sie kann nicht um die Ecke denken. Wenn er sie lobt und sagt, sie solle sich treu bleiben, denkt sie, dass er ihr sagen will, dass sie bei ihrer derzeitigen Methode zu malen bleiben soll und sich nicht weiterentwickeln. »Ich möchte Methoden finden, die ich noch nicht kenne. Der Anfang jedes Bildes muss Angst sein vor dem, das ich nicht kenne«, notiert Maria. Leichtsinnige Sprünge kann sich eine, die mit vollem Ernst Kunst betreibt, nicht leisten. Ossi denkt, dass sie Kunstkummer hat. Das stimmt, das ist der Grundton ihres Lebens. Aber Maria hat auch Liebeskummer.

Eigentlich fürchtet sich Maria vor Ossis Urteil. Aber das gibt sie nicht zu. Alle fürchten sich vor Ossi. Ossi fürchtet sich nur vor Konrad. Wer jung ist, fürchtet sich vor den Älteren, und Frauen fürchten sich vor Männern. Wenn Konrad Bayer einen Raum betritt, erstarren sogar die Älteren. Er kann stundenlang tanzen, ohne ein Anzeichen von Erschöpfung. Er ist ein Dandy, wie er im Buche steht. Und er ist unerbittlich und zelebriert seine Grausamkeit. Wenn er spricht, verstummen die Gespräche und die Spannung im Raum beginnt zu knistern. Die Wiener Gruppe veröffentlicht eine *Fibel für Ratlose.* »Bayer ist eine Ratte, Wiener ist ein Idiot«, steht da schwarz auf weiß. Aber das dürfen die Mitglieder der Gruppe nur über sich selbst sagen. Das dürfen nur die sagen, die oben sind, und nicht die, die unter ihnen stehen. Die Menschen sind in Geschlechter und in Gruppen eingeteilt. Die verschiedenen Gruppen reden nicht miteinander, außer mit der Sprache der Faust. Wer lange Haare hat, bekommt auf der Kärntner Straße schnell mal eine Dätschn. Ist ja selbst schuld. Der Krieg ist noch nicht lange vorbei. Er regiert immer noch die Köpfe.

Maria malt. Sie will Ossi malen, den Sturschädel. Dafür sind düstere Farben perfekt. Der Monsignore will bunte Farben, Maria malt aber jetzt Schwarz und Grau. Ein Kopf wie ein Monolith aus Granit. Einen Kopf wie ein Rammbock. *Schwarzer Kopf auf Weiß (Ossi)* heißt das Bild, als es fertig ist. Ossis Haupt ist dunkelgrau und sein Gesicht nach unten geneigt. Er will mit dem Kopf durch die Wand, er ist versunken in Gedanken. Sein Schädel hat keine Öffnungen, nicht für Augen, nicht für den Mund, nicht einmal für die Nase. Dafür ist er eingerahmt in einen schwarzen Kragen, der ein Mantelkragen sein könnte, nur dass er höher hinaufreicht, bis über die Ohren, die man nicht sieht, denn Ossi will auch nicht hören. Oswald ist Gewalt, aber keine tätliche. Er trägt eine Pistole in der Tasche, aber er wird nicht schießen, das weiß Maria. Er will nur wissen, dass er es könnte.

Was soll ein Kind auch tun, das in den Krieg hineingeboren wird, auch wenn dieser erst fünf Jahre später beginnt, was soll ein Kind auch tun, das mit dem Geräusch der viermotorigen Bomber aufwächst? Das in der Sommerfrische Panzer im Garten stehen sieht und dann selbst mit Maschinengewehren auf Rehe schießt? Das einen Vater hat, der von 1938 bis zum Kriegsende im Gefängnis sitzt, weil er im Widerstand ist, und dessen Widerstandsfähigkeit im Gefängnis einen Knacks bekommt, sodass er als gebrochener Mann wieder herauskommt? Das einen Vater hat, der auf der richtigen Seite steht und ihm trotzdem nichts zu sagen hat? Es muss sich ebenfalls in den Widerstand begeben. Ossi fliegt von zwei Schulen. Er lässt sich von niemandem etwas sagen, nicht von seinen Lehrern und schon gar nicht von seinem Vater. Die Väter haben abgedankt. Die Söhne werden zu Möchtegernnapoleons.

Mit zwölf entdeckt Ossi *Blue Danube Network*, den Sender der amerikanischen GIs, und damit den Jazz. In dem Konvikt, in dem ihn seine Eltern abgegeben haben, um seiner Respektlosigkeit nicht selbst Herr werden zu müssen, basteln sich die Buben einen Radioapparat. Sie schrauben aus den Hörern der öffentlichen Telefonzellen die Lautsprecher heraus, kaufen sich in der Chemikalienhandlung Germanium, irgendwo finden sie ein paar Drähte, und fertig ist das Gerät, aus dem nun das Wunschkonzert für Soldaten schallt, aber ein- oder zweimal die Woche auch ein Jazzstück. Der *Honky Tonk Train Blues* von Meade »Lux« Lewis fährt direkt in Ossis Glieder. Dann erzählt ihm jemand vom Hot Club de Vienne in der Philharmonikerstraße, im ersten Stock über einem Café, da müsse man läuten. Da er abends nicht mehr rausdarf, klopft Ossi dort am Nachmittag an. Jemand öffnet und schaut an seinen kurzen Hosen und schmächtigen Beinen herunter.

Was willst du?

Ich will Mitglied werden!

Da musst du am Abend wiederkommen.

Da kann ich nicht, da bin ich im Heim.

Ossi will sich umdrehen.

Warte, ruft der Mann, komm am Samstagnachmittag.

Da es in Österreich schwierig ist, an Devisen zu kommen, ist es auch schwierig, an Schallplatten aus dem Ausland heranzukommen. Den Dreisten, den Möchtegernnapoleons gehört die Welt. Sie trompeten ihre Wünsche hinaus, und sie werden erhört. Ossi hat einen Feldzug gestartet. Er erhält über seine neuen Freunde im Hot Club die Adresse eines Jazzclubs in New Orleans und schreibt dorthin. Aufgrund seiner Jugend wird er als gebührenbefreites Ehrenmitglied aufgenommen und bekommt heißen Stoff: die Broschüre *The Second Line*. Die zweite Reihe, das sind die jungen Menschen, die auf dem Gehsteig tanzen, wenn eine Band zum Friedhof zieht. Ossi tanzt mit der Welt des Jazz. Er kommt an Informationen heran, die nicht auf der Straße liegen oder überall hinausposaunt werden. Er kennt die Bücher des Information Centers. Er ist sich nicht zu schade und geht zwei Monate auf den Bau, um das Geld zusammenzusparen. Ossi fährt mit dem Fahrrad nach Basel, um Schallplatten zu kaufen. Der Krieg ist erst sechs Jahre vorbei und Basel gut achthundert Kilometer von Wien entfernt. Aber den Mutigen gehört die Welt. Er ersteht bei einem Plattenhändler zehn Schallplatten und baut darauf seinen Ruhm in Wien auf. Zuerst ist es notwendig, damit hausieren zu gehen. Dann spricht es sich wie ein Lauffeuer herum. Wer hat echten New-Orleans-Jazz? Wer hat Bebop? Ossi Wiener.

Ossi ist seines Glückes eigener Schmied. Er sitzt nicht zu Hause und wartet, sondern spricht einfach einen Mann auf der Straße an.

Ist das eine Posaune?, fragt Ossi und zeigt auf den Koffer des Mannes.

Natürlich ist es eine Posaune, das weiß Ossi, aber indem er es fragt, öffnet er eine Tür. Zumindest einen Spaltbreit.

Ja, sagt der Mann mürrisch und schaut den Knaben nicht mal an.

Welche Musik machen Sie damit?

Wirst du nicht kennen.

Vielleicht doch!

Jazz.

Ich spiele auch Jazz.

Der Mann dreht sich um und schaut ihn doch genauer an. Er ist selbst ein Knabe, nur zwei Jahre älter als Ossi. Auch er hört das *Blue Danube Network*. Ossi nutzt die Gunst der Stunde und erzählt von seinen Platten. Der Mann glaubt ihm nicht. Andererseits: Wie kann so ein Kind Platten erfinden, von denen es nichts wissen kann? Der Mann sagt, dass er sich Ossis Sammlung anschauen will. Dafür hat er dann überraschenderweise schon am nächsten Tag Zeit. Beim nächsten Besuch bringt er einen Freund mit, der auch nicht viel älter ist als Ossi. Er heißt Konrad Bayer und ist ein Freund von Buddy Frieberger. Der Mann mit der Posaune ist Walter Terharen. Sie gründen die Wirkliche Jazzband. Der Name stammt vom Mundartdichter H. C. Artmann, später heißt sie Walter Terharens Wirkliche Jazzband.

Als Ossi zum ersten Mal den Strohkoffer betritt, hat er die kurzen Hosen gegen lange Schnürlsamthosen getauscht und trägt einen schwarzen Parallelo-Pullover, die Uniform der wenigen Dutzend Avantgardisten Wiens. Die Avantgardisten sind Möchtegernnapoleons, nur dass sie mit Pistolen herumlaufen, nicht mit Degen. Mangels anderer Haudegen in der zweiten Hälfte des zwanzigsten Jahrhunderts bewundern viele Stalin oder Mao. Ossi nicht. Denn Ossi ist ein Herr oder möchte zumindest einer werden. Er ist ein Herrscher über die Sprache und über ganze Regionen. Ihm schwebt ein Roman vor, der ganz Europa abdeckt, also die für ihn relevante Welt. Er hasst die Hochkultur und ist doch ein Teil davon, ohne es wissen zu wollen.

Maria liest. *Continuum* heißt das Periodikum, im Untertitel *Zur Kunst Österreichs in der Mitte des 20. Jahrhunderts.* Ossi hat Maria die neue Ausgabe 1956 mitgebracht. »Jahrgang 1929« heißt der Artikel, den Alfred Schmeller, seines Zeichens Sekretär des Art Club, mit blumigen Worten verfasst hat, eine Lobeshymne auf »die erste Generation, die das Jahr 2000 erleben wird«. Die Jahrtausendwende scheint Äonen entfernt. Genau deswegen bedeutet ihr wahrscheinliches Erleben eine Adelung. Die Jungen, Jahrgang 1929, sind schon jetzt unsterblich. »Wer sind sie? 1929: Mikl, Lehmden, Hollegha. – 1928: Hutter, Fruhmann, Hundertwasser, Kedl, Marcolin. 1930: Fuchs, Decleva, Prachensky, Kubovsky, Brauer und Arnulf Rainer.« Maria stöhnt. Sie hat nicht einmal eine halbe Seite gelesen, und es tut jetzt schon weh. Weiß Schmeller nicht, wann Arnulf geboren ist? Brauer und Rainer sind 1929er. Und Alfred Schmeller ist auch nur zehn Jahre älter, Jahrgang 1920, ein Jahr jünger als Maria. Jetzt schwingt er sich zum Übervater auf, zum Jugendversteher. Eine Selbstbeweihräucherung. »Diese Generation tauchte allmählich nach dem Krieg auf, sie gehörte zur ›modernen Kunst‹, die in die plötzliche Lautlosigkeit nach dem Abbrechen des Kriegslärms vorstieß. Sie öffnete eine Tür; sie hatte die Funktion eines Ventils. Nach 1945 konnten österreichische Maler plötzlich Weltpositionen besetzen.«

Maria ist auch ein Maler. Auch wenn sie immer als Malerin abgespeist wird. Sie kommt natürlich nicht vor. Sie kann nicht vorkommen, weil sie zu früh geboren ist. Sie ist schon erwachsen, als ein, wie Schmeller es herablassend nennt, »großes Nachsitzen in ›moderner Kunst‹« beginnt. Maria lacht. Ja, sie wurden mit Nachsitzen bestraft, nachdem sie in der Nazizeit damit bestraft worden waren, nichts zu erfahren von den Entwicklungen der Kunst in der Welt. Maria hatte keine Ahnung und war sich dessen bewusst. Arnulf hatte auch keine Ahnung, wie all die Sechzehn-, Siebzehn-, Achtzehnjährigen, die Schmeller jetzt auf den Sockel hebt, weil sie sich selbst schon draufgestellt haben, die er selbstbewusst und frühreif und ohne mit der Wimper zu zucken »Könner« nennt, obwohl, das weiß Maria, alle nichts konnten. »Im Laufe der Jahre kamen immer neue Sprösslinge aus diesem dichten Beieinander von Jahreszahlen hervor. Es wuchs sich zu einem Gruppenphänomen aus, es war ein ›Wurf der Natur‹.«

Maria ächzt. Natürlich. Die Natur hat beschlossen, nur männliche Künstler hervorzubringen, keine weiblichen. Es ist immer dasselbe. Die Männer sichern sich die Pfründe, und dann wird es als naturgegeben oder gottgewollt gerechtfertigt. Männer sind immer viele, Frauen sind immer ihre eigene Welt.

»Als Gruppe, alle gemeinsam, aufzutreten, machten sie nur einen Versuch: als ›Hundsgruppe‹«, konstatiert Schmeller. Nur einen Versuch? Maria stöhnt schon wieder. Denn die Hundsgruppen sind ja immer Rudel mit Alphatieren. Arnulf ist doch auch ein solches, jedenfalls für Maria. Er springt auf den Tisch und bellt das Publikum an und wird dafür mit Liebe belohnt, während die, die unten, in seinem Schatten stehen, eine verlorene Schlacht kämpfen. Es hat sich nichts geändert seitdem. Waren in der Hundsgruppe, zumindest in der Ausstellung, als das Butzerle den knurrenden Rudelführer gab, nicht auch Frauen dabei? Sie sind nicht einmal der Erwähnung wert.

Maria hört auf zu lesen. Sie blättert und zählt. Ein Bild von Hundertwasser, eins von Mikl, über den Schmeller am längsten schreibt, eins von Arnulf, dann je eins von Brauer, Hutter, Fruhmann, Lehmden, Fuchs. Marias Augen picken die Wörter »Insektengliedergelenke und Fernrohrvergrößerung«, »durchsichtige, fischbeinige Panzer« heraus. Schmeller ist nicht nur verliebt in die kleinen bösen Buben, sondern auch in sich selbst und seine Sprachmacht. Fuchs kriegt ein wenig Fett ab, wird »Super-Akademikertalent« genannt und »technisch überzüchtet«. Aber Lehmden fällt angeblich, so wie seinem ganzen glorreichen Neunundzwanzigerjahrgang, angeblich das meiste in den Schoß.

Stöhnen hilft nicht mehr. Maria schlägt auf das Papier. Es stimmt schon: Kunst ist ja keine Arbeit. Aber das ist sie ja wirklich nicht. Kunst ist Meditation. Jedenfalls für Maria. Trotzdem fällt einem nichts in den Schoß, jedenfalls Maria nicht. Maria will das Heft wegwerfen, aber sie kann nicht anders, als zu lesen, was Schmeller über Arnulf schreibt. Und es ist gar nicht so falsch. Ja, so ist Arnulf, »agil und immer gut informiert«, »immer up to date in einer konsequent-experimentellen, sucherischen Grundeinstellung«, er beginnt mit Proporzübungen und landet »bei Formen ähnlich dem Gewölle von Nachtraubvögeln, bei Formen in Form von Unverdaulichem, Knäueln von Dunkelheit, verfilzten Schatten in gerupftem Strich«. Doch dann kommt der Gipfel von Schmellers Formulier-, nein Fabulierkunst: »In der eingesponnenen Silhouette verbirgt sich ein geheimer Klassizismus, geteert und gefedert. Seine Zeichnungen sind graphische Lynchjustiz, auf den Gegenstand angewendet.«

Maria will sich amüsieren, aber es zieht ihr den Magen zusammen. Sie selbst wird nicht für wert befunden, in so schaumige Worte gehüllt und dann aufgespießt zu werden. Was hätte Schmeller wohl über sie geschrieben? Maria wird es nicht erfahren. »Der Jahrgang 29 ist eine Generation der ›Mimosen‹. Hochsensible Naturen, wirkt sich bei diesen Malern der Kriegsschock und das Nachkriegserlebnis aus. Es ist eine Generation mit inneren Verletzungen. Es ist ihr aber auch auferlegt, das ›Zeitalter der Angst‹ zu überwinden.« Maria mault. Wenn auch nur in sich hinein. Mimosen? Hochsensibel? Sie liest weiter. »Das früheste Bewusstseinserlebnis war ein ungeheurer Druck: der Bombenkeller als Spielplatz, der totale Krieg, der politische Terror als Kindheitserlebnis. Möglich, dass die seelische Überlastung daran schuld ist, dass ihnen eine immense Begabung in den Schoß fiel; sie sind alle von Anfang an große Könner, wie von selbst ausgestattet mit einer stupenden Maltechnik.« Maria hält es nicht mehr aus. Stupende Maltechnik? Welche stupende Technik hat Arnulf, dass er dabei sein darf bei denen, die in gleichem Maße bewundert und bemitleidet werden?

Das sind Westentaschennapoleons, schreit es in Maria. Banden. Sie wurden nicht von der Kriegsmaschine zerschmettert, so wie Michael. Sie laufen herum mit einem reinen Gewissen und glauben, sich moralisch über alle erheben zu können, die keine andere Wahl hatten, als dabei zu sein. Maria hat kein reines Gewissen. Sie war dabei und ist nicht ganz unversehrt herausgekommen. Sie hat die Weisheit nicht mit Löffeln gefressen und läuft nicht herum und verurteilt andere. Sie glaubt nicht, dass Kunst bloß dazu da ist, den Nationalsozialismus zu überwinden und den Spießern den Spiegel vorzuhalten. Kunst hat auch noch andere Funktionen. Zum Beispiel in sich hineinzuschauen. Aber dazu haben die Buben ja keine Lust. Mimose, das hat Arnulf immer zu Maria gesagt. Jetzt soll er selbst eine sein? Maria versteht die Welt nicht mehr. Sie versteht nur, dass es keine Gerechtigkeit gibt. Dass sie zwischen den Stühlen sitzt. Sie ist nicht alt genug, so wie Boeckl und Wotruba, die Schmeller einen »Reibepol« für die Jungen nennt. Frauen sind nie ein Reibepol, weil sie keine Konkurrenz sind, weil sie außer Konkurrenz mitlaufen, auf irgendeiner Schiene, die ins Nirgendwo führt.

Maria ist ein Jahr älter als Schmeller und für ihn nicht interessant. Sie ist zu spät dran, obwohl sie nie eine Chance hatte, rechtzeitig da zu sein. Sie war nie jung, und jetzt ist sie alt. Sie hat sich immer alt gefühlt, und jetzt, wo sie sich genauso jung fühlt wie Arnulf, wie Buddy, wie Ossi, wo sie keinen Unterschied spürt, weil keiner da ist, soll sie plötzlich alt sein. Aber eigentlich, und das weiß Maria genau, hat es mit dem Alter nichts zu tun. Es kommen auch keine Frauen in dem Artikel vor, die punktgenau 1929 geboren wurden. Maria knallt den Band auf den Tisch. Das Inhaltsverzeichnis schlägt sich auf. Und siehe da, da sind doch zwei Frauen, beide Kärntnerinnen. Immerhin sind zwei Gedichte von Christine Lavant und vier Gedichte von Ingeborg Bachmann abgedruckt. Hätte Maria doch lieber Dichterin werden sollen? Hätte sie als Dichterin mehr Chancen gehabt?

Maria gibt sich selbst einen negativen Bescheid. Sie ist nicht sprachmächtig wie Christine Lavant, mit der sie die Schonungslosigkeit verbindet und die nicht bürgerliche Herkunft. Und ihr fehlt das waidwunde Pathos, ihr fehlt die zur Schau gestellte Bedürftigkeit von Ingeborg Bachmann. Maria fehlt die Geduld zum Romaneschreiben, und ihre Gedichte, die im Verborgenen des Tagebuchs bleiben, obwohl es Dutzende davon gibt, sind Vergnügungen, sie haben keine künstlerischen Ambitionen. Denn Schreiben, das bedeutet, jeden Tag sechs Stunden zu schreiben, so wie Goethe, und nicht nur, wenn einem zwischendurch mal was Schönes einfällt. Maria muss malen. Es hilft nichts.

Arnulf hat zu einem Fest nach Gainfarn eingeladen. Es ist ein großes Künstlertreffen, Maria und Ossi sind dabei.

Eine Mordshetz!, sagen die, die auf der Terrasse stehen und schon bei ihrem Eintreffen am Nachmittag fetzenblau sind.

Die Künstler sind hier unter sich und schmoren in ihrem eigenen Saft. Sie schauen in den Garten hinunter und in die Landschaft hinaus und sezieren die Welt, das heißt die Kunstwelt Wiens. Ossi führt bei der großen Weltverwaltung, die auf eine Weltverbesserung hinausläuft, denn die Künstler haben die Weisheit mit Löffeln gefressen, ein großes Wort, wie immer. Maria steht daneben, und Arnulf tut ihr fast leid. Denn auch der Gastgeber wird ohne Gnade auseinandergenommen. Der hat es eh dick mitbekommen mit seinem Palast vor den Toren Wiens, mit dem braucht keiner Mitleid zu haben. Glücklicherweise bekommt er nichts mit von dem Neid der anderen. Er ist ganz in seinem Element und hascht als Oberfaun die Nymphen im Garten. Es ist ein Sommernachtstraum.

Eine Tragikomödie von Shakespeare'schen Ausmaßen, will Maria gerade in die Runde sagen.

Aber Ossi redet immer noch, und einer Frau hört sowieso niemand zu, wenn mehrere Faune in der Runde zusammenstehen. Wie immer fühlt sich Maria als etwas Besonderes und gleichzeitig ausgestoßen. Sie weiß um ihren Wert und dass niemand ihn schätzen kann, weil sich jeder um sich selbst dreht. Sie selbst ja auch. So sind sie, die Künstler. Und Maria ist eine von ihnen. Später werden Ringkämpfe im Mondschein ausgetragen, nicht Wort gegen Wort, sondern Körper gegen Körper, manche liegen schon flach, die haben sich selbst niedergerungen mit dem Wein der umgebenden Weinberge. Maria tanzt auf der Terrasse. Maria tanzt und genießt den Puls ihres Körpers und die zunehmende Trance der Gedanken. Sie tanzt sich selbst aus dem Leib heraus, bis die Müdigkeit sich meldet.

Die Müdigkeit überfällt Maria immer abrupt und dann gleich total. Es ist vier Uhr Früh, Maria sucht ein Bett. Im Gästezimmer, das in Arnulfs Düstermanier mit Totenköpfen und Knochen austapeziert ist, liegen schon Gäste, die die Waffen sogar schon vor Maria gestreckt haben. Maria wandert weiter. Die Villa hat acht Zimmer, aber alle sind belegt mit tanzenden, redenden oder schlafenden Künstlern. In einem davon findet Maria dennoch ein kleines Platzerl, in das sie sich dünn zu machen versucht, aber schon bald steht sie wieder auf, denn das Geplärr des Grammofons, das auf der Terrasse steht, dringt durch alle Ritzen. Maria flüchtet ins Badezimmer und ergattert dort eine Stunde Schlaf. Sie weiß nicht, wie andere Menschen das machen, aber ihr Körper setzt ihr irgendwann, eher früher als später, eine Grenze. Maria weiß nicht, wie es sich anfühlt, sternhageldicht zu sein, denn ihr Körper erlaubt es ihr nicht, sich sinnlos zu besaufen, er wirft immer schon weit vor der Besinnungslosigkeit das ganze Gift wieder aus. Maria ist eine Apothekerwaage, auf der man keine Mehlsäcke wiegen kann, sondern die das Gewicht der Welt in Milligramm vermisst.

Maria steht auf und geht in den Wald. Es ist fünf Uhr und nicht mehr dunkel. Sie atmet die feuchte, kalte Luft, ihre Ohren klingen noch von dem Grammofon, aber langsam, Schritt für Schritt, wird es leiser in Maria, und es entsteht ein klarer, heller Raum, der nur ihr alleine gehört. Ein Ast knackt, ein Vogel begrüßt den Morgen, ein zweiter stimmt ein, Maria ist nicht alleine, sie geht schnell und immer schneller, und die Spannung der Party, die Spannung des Dazugehörenmüssens, des Sichamüsierenmüssens, des Schlafenmüssens, kurz die Spannung der Nacht fällt von ihr ab. Als sie zur Villa zurückkommt, startet gerade ein Auto, voll besetzt mit jungen Männern, nicht alle haben Schuhe an, nicht alle sind rasiert. Ein Platzerl ist noch frei.

Maria, komm mit!, schreien die Jünglinge.

Und Maria steigt ein. Sie wollen zur Milchtrinkhalle und sind nicht bereit, ein paar Schritte zu Fuß zu gehen. Die Tragikomödie geht weiter. Maria lacht in sich hinein. Sie fühlt sich ausgeruht von der Waldluft und kann es wieder genießen, der Zaungast eines Satyrspiels zu sein. Aber ihr wird gehörig schlecht dabei, denn der Bärtige, der am Steuer sitzt, hat offenbar noch nicht allen Alkohol abgebaut, der durch seine Adern fließt. Maria hält sich an den starken Armen ihrer Sitznachbarn fest, wenn das Auto in der Kurve schlingert. Als es mit einer Vollbremsung vor der Milchhalle hält, muss Maria sich beinahe übergeben. Die Jünglinge steigen aus, bestellen Milch und merken jetzt erst, dass sie kein Geld dabeihaben.

Können wir uns eine Milch ausleihen?, fragt einer.

Die anderen prusten los, und die verdutzte Milchfrau gibt ihnen tatsächlich Milch, als sie die Adresse der Villa angeben. Maria verkutzt sich, als sie die Milch im Auto trinken will. Und das nicht nur, weil sie das Gesicht ihres Chauffeurs gesehen hat und schätzt, dass er sicher noch nicht volljährig ist und deswegen auch keinen Führerschein haben kann. Die nächste Kurve macht Maria den Garaus. Sie schließt die Augen, denn sie ist sich sicher, dass ihr letztes Stündchen geschlagen hat. Maria hält die Luft an und lässt ihr Leben vor ihrem inneren Auge ablaufen, das ungewollte Baby im Bauch der Mutter, das wilde Springen und Kaffeetrinken der Mutter, um die Leibesfrucht wieder loszuwerden, den Obermühlbach und die Birken, in denen sich das ungewollte Kind zum Himmel schwingt, das Bäckerhaus des alten Vaters und den Garten im neuen Haus der Eltern mit dem neuen, lustigen Vater in der Tschabuschniggstraße, den Garten, dessen Blühen sie wieder einmal verpasst und aus dem ihr die Eltern manchmal Blumen in das Paket mit Wurst und Schinken und Kuchen und Hundertschillingscheinen legen, das Haus, das frisch geweißigt ist und in dem Maria einen Wohnbereich eingerichtet bekommen hat, den sie noch gar nicht auskosten konnte, den echten Tonivater mit dem eckigen Mongolenkopf, die Schnapszuckerl, die er ihr 1941 aus Paris geschickt hat, Herbert Tasquil, den Studienfreund, mit dem sie sich damals gut versteht und den sie trotzdem abweist und der dann eine Prinzessin aus gutem Hause heiratet, blond und strahlend, und Assistent von Herbert Boeckl wird, die Dichterlesung von Ossi im letzten Jahr, auf der er eine Viertelstunde nur »Ding, dong« liest und die beklatscht und ausgepfiffen wird, die Radtour nach Wien mit den Zeichnungen der Kinder auf dem Gepäckträger, die Baustelle mit den Arbeitern mit den Brillen und den gelehrten Gesichtern, die dunklen Hallen der Akademie und die Bilder, die sie noch nicht gemalt hat und die sie nun nicht mehr die Gelegenheit haben wird zu malen, weil sie so dumm war, sich einem Jüngling anzuvertrauen, in sein Auto einzusteigen, das ihm gar nicht gehört, und mit ihm in den sicheren Tod zu fahren. Maria ist dumm, sie fällt immer und immer wieder auf die Jünglinge herein, die ihr noch nie Glück gebracht haben. Die Jünglinge sind Faune, die Menschen durch böse Träume erschrecken und meistens nicht alleine auftreten. Sie sind Figuren des Begehrens und des Chaos, die das Leben verheißen und Gefahr bringen. Maria hält die Augen fest zugepresst und schließt mit dem Leben ab, aber ihr letztes Stündchen hat offenbar doch noch nicht geschlagen. Die Bremsen quietschen. Alle steigen gesund und munter vor der Villa aus. Nur Maria ist sterbensübel. Sie weiß: Der Mensch ist nicht nur zum Genießen da. Und ohne eine Clique ist man verloren. Mit ihr aber auch. Die Übelkeit ist der Preis, den Maria für diese Erkenntnis zahlen muss.

Ossi will nach Griechenland, und Maria fährt mit. Im Autostoppen hat Maria Erfahrung und Talent. Sie stehen am Straßenrand und träumen sich Richtung Süden. Maria denkt an das Meer und das Licht, das sich im Wasser spiegelt. Ossi denkt an Aristoteles und Plato. Während die südliche Landschaft am Fenster vorbeifliegt, kann man sich leicht in seinen Gedanken verlieren. Mit Zwischenstation in Padua und Bologna gelangen sie bald nach Bari. Dort steigen sie auf die Fähre nach Ithaka. Ossi ist Odysseus, Maria nicht mehr Penelope. Sie begnügt sich nicht mit dem Warten. Sie sitzt nicht mehr zu Hause, sondern ist mitgekommen. Sie ist aber auch keine Sirene und schon lange nicht mehr unwiderstehlich. Unwiderstehlich sind die Landschaft und das Licht, das auf ihr schwebt. Das Wasser und die entschwindende und sich nähernde Küstenlinie nehmen Maria gefangen. Das Meer schaukelt in ihrem Magen, als sie wieder aufs Festland gehen. Sie wohnen in Herbergen und stoppen per Lastwagen über den Peloponnes. Sie schlafen unter freiem Himmel und zählen die Sterne. Sie werden morgens von Schafen geweckt, die Maria das Gesicht ablecken. Maria fühlt sich geliebt. Das Meeresglitzern steigt in ihren Körper, der gesund wird und zu leuchten beginnt.

Maria lernt: Baden ist gesünder als malen. Kunst und Genießen haben ihre eigene Zeit. Jetzt ist die Zeit des Genießens. Dazu braucht man einen jungen Abenteurer an seiner Seite. Maria und Ossi stibitzen Tomaten, weil sie kein Geld haben, und trinken geharzten Wein, den ihnen ein Wirt spendiert und der Marias Zunge verklebt und ihr bitter den Schlund hinunterrinnt. Sie essen Oliven, die Maria in Erstaunen versetzen. Wie ist es Gott eingefallen, eine Ölfrucht an einen Baum zu hängen? Der Baum der Erkenntnis ist nahrhaft. Ossi liest ihr Plato vor, sie sieht überall nur noch Höhlenwände und Schatten. Unter den Olivenbäumen lässt sich die brennende Sonne am besten aushalten. Marias Augen sind empfindlich. Zum Malen braucht sie Licht, aber der Süden ist ihr zu hell.

Sparta und Mykene ziehen Ossi magisch an, die Orte der Helden und ihrer Kriege. Maria will lieber nach Delphi, schließlich kommt sie aus einer Familie von Wahrsagern. Sie will die Zukunft wissen, obwohl sie sie schon kennt. Ossi hat ihr gesagt, dass er ein normales Leben führen will, mit einer geregelten Arbeit und Kindern. Davon schreibt sie ihren Eltern nichts, als sie ihnen einen Postkartengruß aus dem Süden schickt.

»Liebes Muttilein und Patschi! Wir sind schon vier Tage in Athen und steigen jeden Tag auf die Akropolis, denn man kann sich nicht sattsehen an ihrer Schönheit.«

Ossi will nach Ephesos, aber sie haben kein Geld für die Überfahrt in die Türkei. Deswegen nehmen sie den Rückweg über Neapel und Pompei. Das letzte Geld reicht nur noch für eine Eintrittskarte. Ossi gibt den Gentleman und lässt Maria vor. Die Fresken gehen Maria mehr an als Ossi. Und Ossi weiß, dass er bald wieder nach Italien fahren wird. Er weiß es einfach.

Die Reise ist keine Rettung. Der Herbst wird trist und grau und so wie immer. Ossi geht aus. Maria bleibt zu Hause. Sie kann keine belanglosen Gespräche führen. Sie muss beim Reden die Messer wetzen. Aber das interessiert die Wiener nicht. Die Wiener sind zu gemütlich. Sie wollen immer Schmäh führen. Sie tragen ihr Herz auf der Zunge. Maria will möglichst wenig von sich preisgeben. Sie muss nicht unbedingt geliebt werden. »Man liebt mich nicht, weil ich zu wenig sündig bin. Weil ich den Trieb der Welt nach Glanz und Schein nicht mitmache, deshalb nicht gutzuheißen scheine. Weil Sündelosigkeit böse aussieht«, schreibt Maria in ihr Notizbuch.

Maria malt. Aber es tut sich: nichts. Die vier Stephansbuben haben eine Ausstellung nach der anderen. Sie dulden niemanden neben sich, außer Dichter wie Ossi und die Wiener Gruppe oder Filmemacher wie Kubelka, Radax oder Kren. Wer nicht mit den Buben schläft, ist nirgends, wer mit ihnen schläft, wird auch nicht ernst genommen. Schließlich wird Maria doch eingeladen mitzumachen. Sie lehnt ab, weil sie auf Arnulf eine Wut hat. Einmal darf sie bei einer Gruppenausstellung mitmachen. Aber auf ihre erste Einzelausstellung muss sie noch warten. Bis sie grün wird?

Noch ist Ossi da. Aber es ist keine richtige Liebe mehr. Maria verurteilt ihn und verzeiht ihm wieder. Sie schluckt und verdaut. Sie versteht nicht, was sie bei ihm anrichtet durch das Schweigen und Schlucken. Durch das Sitzen und Starren.

Seit zehn Jahren lebt sie aus eigenen Kräften, sie strengt sich an, aber sie bekommt: nichts. Sie malt und malt, weil es ihr beim Malen gut geht. Nur wenn sie hinausgeht, geht es ihr schlecht. Die anderen, die hinausgehen, weil sie nicht malen können, die es nicht aushalten mit sich selbst und der Staffelei, die bekommen alles. Zumindest Anerkennung. Das neue Jahr hat begonnen. 1959. Bald ist das Jahrzehnt zu Ende, in dem

Maria es nicht geschafft haben wird. Nicht in der Kunst und schon gar nicht in der Liebe.

19. Januar: »Es ist aus. Briefe zurückverlangt.«

12. Februar: »O Schmerz lass nach! Ich kann nicht sterben und möchte nur das. Am 26. Januar trennt sich Ossi auf endgültig. Vierzehn Tage nur Weinkrämpfe. Nur Rauchen. Jetzt der schmerzlichste Zustand in Permanenz. Wie lange wird das weitergehen? Kann das Herz nicht ganz brechen? Die Kunst kein Trost. Morgen ist Ossis Ball der jungen Generation. Er wird Trompete spielen und tanzen und küssen. Ich werde die Fenster nicht waschen, durch die du geblickt hast, ich werde den Boden nicht kehren, auf dem du gegangen bist. Ich werde das Bett nicht glätten, auf dem du gelegen hast. Ich werde die Tür nicht schließen, durch die du verschwunden bist. Ich werde die Musik nicht hören, die du spielen wirst. Ich werde die Mädchen nicht sehen, mit denen du tanzen wirst. Du wirst die Augen nicht sehen, die nicht mehr sehen können. Du wirst das Herz nicht mehr hören, das sich zu Tode hofft.«

Den vorletzten Satz streicht Maria durch, den Rest lässt sie stehen. Maria fällt ins Nichts. Sie hofft sich zu Tode, aber sie lebt weiter als Untote. Sie hat keine Tageszeiten mehr, sie hat keine Wochentage mehr, sie hat keine Jahreszeiten mehr, ihr Zimmer ist leer, ihr Herz ist taub, und wenn sie Mutting am meisten braucht, gibt es nur Vorwürfe. Maria kennt kein Richtig mehr und kein Falsch, kein Vorher und kein Nachher. Die Liebe hat Maria besiegt und ist auf und davon gezogen.

Ossi arbeitet seit einigen Monaten für die Firma Olivetti und verkauft Rechenmaschinen. Er hat ein geregeltes Einkommen. Er sucht eine Frau. Die Kinder stehen am Horizont und wollen gezeugt werden. Aber zuerst einmal vernichtet er seine in den letzten vier Jahren entstandenen Schreibversuche. Er will ein echtes Werk schaffen und schafft es nicht. Deswegen vergnügt er sich einstweilen mit Provokationen. Dezember 1958. Die Wiener Gruppe organisiert ihren ersten großen Auftritt in einem kleinen Theatersaal. *literarisches cabaret* heißt er in der einzig richtigen, provokanten Schreibweise, der Kleinschrift, und die vier Protagonisten, Ossi, Konrad, Gerhard und Friedrich, stehen auf der Bühne und versuchen dem Publikum zu erklären, wie groß sie sind. Dabei entsteht ein richtiger Tumult. Aber die vier Großmannssüchtigen haben auch Nonverbales vorbereitet. Konrad Bayer reckt das Kreuz der deutschen Chemiefirma Bayer in die Höhe, und das nur, weil er zufälligerweise denselben Namen trägt. Ossi Wiener hält ein Transparent, auf dem »der Wiener 1959« steht. Ja, er heißt so wie die Stadt, und das heißt etwas. Friedrich Achleitner wirft Achleitner-Käsepackungen in das johlende Publikum. Das Publikum wurde aber nicht nur geladen, um die Herren auf der Bühne zu bewundern, sondern auch um mitzuspielen bei ihrem Satyrspiel. Einem Zuschauer wird die Armbanduhr abgenommen. Die Uhr kommt in einen Plastikbeutel und wird mit einem Hammer zertrümmert. Entsetzte Gesichter, sowohl beim Besitzer der Uhr als auch beim Publikum. Alle halten den Atem an. Die Herren lachen.

Der Trick hat nicht funktioniert, leider, leider!, rufen sie.

Das Publikum lacht erleichtert, es hat den Trick nicht verstanden, aber das war ja der Trick dabei. Der Mann bekommt die Reste seiner Armbanduhr zurück. Der Trick war gar kein Trick, sondern ein Protest. Ein Terrorakt, der den Terror politischer Willkür widerspiegelt. Willkür ist Männersache, egal auf welcher Seite. Der Mann betrachtet die zerstörte Uhr und weiß, dass es sinnlos ist, zu protestieren. An ihm ist ein Exempel statuiert worden, obwohl er gar nichts verbrochen hat. Er ist ein willkürliches Opfer, das seinen Mund zu halten hat, um nicht als humorlos zu gelten. Maria ist nicht dabei, wie so oft. Es ist ihr leid um die Uhr, als sie davon hört.

Zwei Mädchen stehen auch mit auf der Bühne. Ingrid Schuppan, die erst sechzehn Jahre alte Freundin von Konrad, ist eine Schönheit. Sie hat die Handelsschule absolviert und gleich danach Konrad Bayer kennengelernt. Ingrids weiches, sinnliches Gesicht wird umrahmt von toupierten langen schwarzen Haaren. Ihre großen Augen wirken umschattet und blicken mit halb geschlossenen Lidern lasziv ins Publikum. Ihr Mund ist eine Versprechung. Er öffnet sich jetzt und beginnt, den *Erlkönig* vorzutragen. Aber was ist das für ein Vortrag? Ingrid schafft es, mit ihrer Stimme scheinbar haltlos am richtigen Ton vorbeizudeklamieren. Das Publikum kreischt und johlt. Es hat begriffen: Hier geht es nicht ums Verstehen, hier geht es um den Spaß. Dann bläst Ingrid Zigarettenrauch durch ihre Nasenlöcher und dabei in eine Trompete. Nach drei Stunden ist erst die Hälfte des Programms absolviert, und der Spaß ist zu Langeweile mutiert. Die Veranstaltung wird abrupt beendet. Sie ist vollkommen misslungen und hat gerade deswegen das Zeug zur Legende. Die vier Protestierer hat sie jedenfalls berühmt gemacht.

Ganz Wien spricht nur noch über die Wiener Gruppe, die nach dieser erfolgreichen Okkupation die Stadt zu repräsentieren scheint. Der Erfolg verlangt nach mehr. Er wird wiederholt. Die Methode radikalisiert. »Provokation« reicht bald schon nicht mehr als Credo, das beim nächsten Happening vier Monate später in »Bewusstseinsveränderung« umgetauft wird. Es geht darum, die Köpfe der Menschen zu erobern und neu zu programmieren. Dazu werden die Rollen vertauscht. Die Mitwirkenden sitzen mit Operngläsern auf der Bühne und glotzen ins Publikum. Aber natürlich sind dort auch die Protagonisten zu sehen. Friedrich Achleitner lässt sich hier den Kopf kahl scheren, dann braust er mit dem Motorrad durch den Mittelgang. Konrad Bayer zieht Rollschuhe an und stürzt. Das ist nicht geplant. Aber für einen Avantgardisten ist auch ein Misserfolg ein Erfolg. Ingrid ist wieder dabei und singt schlüpfrige Lieder, ein Klavier wird zertrümmert und ein Mitwirkender ins Publikum geworfen. Irgendjemandem ist es zu bunt geworden. Plötzlich ist sie da, die Polizei, und macht dem Spektakel ein Ende. Auch das ist nicht geplant, aber nicht unwillkommen. Es geht nicht um Kunst, es geht um die Wirkung auf das Publikum. Es geht um den Skandal und den Ruhm, der diesem auf dem Fuß folgt.

Die Zeitungen spielen mit und kleben ihnen ihre alten Etiketten auf, die für Künstler immer noch keine Beschimpfung, sondern ein Gütesiegel darstellen. Die »Ent-Artmänner« heften sich den Orden an die Brust und klopfen den Frauen, die wieder einmal nur Aufputz waren, auf die Schultern. Man hat es den Nazis und den alten Spießern mal wieder gezeigt. Ossi hat seine Heimat gefunden: in der Gruppe. Kunst ist Protest, und protestieren kann man nicht im stillen Kämmerlein. Dazu braucht es die Bühne. Gleichgesinnte. Und womöglich die Orgie. Künstler, die eine Wohnung haben, die dafür groß genug ist, führen ein offenes Haus. Sie sind nie alleine. Sie haben immer Besuch. Aber wann haben sie Zeit für ihre Kunst? Maria hat Zeit. Und sie hat auch neue Ideen.

Auf der Griechenlandreise hat Maria Ossi verloren. Aber sie ist auf den Geschmack gekommen. Reisen ist doch nicht so schwer. 1959 unternimmt Maria mit der Unterstützung von Stipendien Studienreisen nach Paris, Rom, Oslo und Stockholm. Sie schnuppert den Duft der großen weiten Welt. In Paris trifft sie Louis und besichtigt endlich den Louvre in aller Ausführlichkeit, in Oslo und Stockholm ist sie erstaunt über die Kühle der Menschen. Hier rennt kein Schmäh. Hier sind alle bei der Arbeit. Maria fühlt sich fremd und doch irgendwie zu Hause. In Rom isst sie Weintrauben, beobachtet Katzen und wird zu einem Konzert der Wiener Symphoniker unter Anwesenheit des Papstes im Vatikan eingeladen sowie zum darauf folgenden Empfang des österreichischen Botschafters beim Heiligen Stuhl. Mutting vernimmt die Kunde per Brief und kann endlich wieder einmal stolz sein. Nur ein Problem gibt es in Rom: Es gibt so viel zu sehen, dass Maria nicht zum Malen kommt. Reisen kann niemals Zweck von Marias Leben sein, das kann einzig und allein die Kunst sein. Maria fährt nach Hause, damit sie endlich wieder Zeit hat zum Malen.

8. KAPITEL
MARIA MIT BART

Maria meditiert. Malen ist Meditation. Malen bedeutet für Maria die einzige Möglichkeit, ganz zu sich zu kommen. Wenn Maria zu aufgewühlt ist, um zu malen, zeichnet sie. Auch Zeichnungen sind eine Möglichkeit, zu sich zu kommen, aber sie sind abstrakter als Bilder. Zeichnungen sind Annäherungen an Ideen. Mit Zeichnungen schafft Maria den Raum für ihre Malerei. Sie zeichnet sich frei. »Konzentration! – Die Kunst wird von selber kommen«, hat Maria einmal in ihr Notizbuch geschrieben. Jetzt, wo Ossi aus ihrem Leben verschwunden ist, hat Maria Zeit. Aber sie hat keine Muße. Maria hat sich verloren und muss sich erst wiederfinden. Dabei hilft ihr die Askese des Bleistifts. Der Bleistift zeichnet Konturen, er umfasst das Unfassbare, das Flüchtige und Unförmige. Maria lässt sich führen von ihrer Hand. Sie hat keine Absichten mehr, sie sucht eine Öffnung in die Zukunft. Der Bleistift kann auch durch ein Stück Kreide ersetzt werden. Kreide ist weicher und hat weniger Widerstand. Und die schwarze Kreide ist dunkler als der graue Bleistift. Sie zeigt schwarz auf weiß, was ist. Sie lässt keine Zweifel zu.

Maria zeichnet ein Bild. Oder zeichnet sich das Bild durch Maria? Die Zeichnung zeigt einen Kopf, aber er besteht nicht aus düsteren, felsigen Beschwerlichkeiten wie ihre Kopfheiten, sondern aus einem feinen, dünnen Strich. Maria hat es nicht gleich getroffen, sie hat herumradiert, aber das macht nichts. Die Irrtümer können ruhig durchscheinen. Die Irrtümer bringt man nie wieder ganz weg, nicht in der Liebe und nicht in der

Kunst. Maria betrachtet das Bild und weiß den Titel. Das ist nicht selbstverständlich, denn viele Titel entstehen erst viel später, sind Tüftelei und Kompromiss, sind Zusatz zum Bild und Interpretation. Hier gibt es nichts zu interpretieren. *Mein Gesicht mit Meditationsöffnung in der Gehirnschale* heißt die Zeichnung von 1958, die vierundvierzig mal sechzig Zentimeter misst. Die Schädeldecke hat einen Spalt, die schlafenden Augen sind nur angedeutet. Der breite Mund zieht sich leidend nach unten. Maria ist eine Mönchin. Sie hat nur ihre Bilder. Die Bilder sind ihre Kinder, die sie nicht loslassen kann, so wie Mutting Maria nicht loslassen kann. Maria will ihre Bilder ausstellen, aber sie weiß nicht, ob sie sie verkaufen will. Galerien sind sowieso Halsabschneider. Lieber verkauft sie privat.

Maria braucht Geld, wie immer, aber im Moment kauft niemand ihre Kunst. Früher, da hat manchmal jemand gekauft. Es ist immer ein Kampf. Zum Beispiel mit dem jungen Mann, es muss kurz nach der Parisreise gewesen sein, aber in Marias Gedächtnis verschwimmen die Jahre. Die fünfziger Jahre sind so lang wie kein Jahrzehnt zuvor, und das liegt daran, dass Maria keinen Schritt weitergekommen ist. Sie befindet sich in einem Stellungskrieg, den sie nicht gewinnen kann, weil der Feind in der Überzahl ist und Maria sich in einem Graben verschanzt hat. Wie soll da jemand ihre Bilder kennenlernen und kaufen wollen? Der junge Mann will kaufen. Er schreibt Maria einen Brief, in dem er höflich anfragt, ob er kommen darf, um sich die Bilder anzuschauen. Es dauert lange, bis sie einen Termin ausgemacht haben. Mit dem Verkaufen lässt sich Maria immer Zeit. Sie ist schon den ganzen Tag nervös. Dann hört sie Schritte am Gang. Es klopft. Maria öffnet und schreckt zurück. Der Mann sieht aus wie ein Knabe. Hat der überhaupt genug Geld?

Kann ich reinkommen?, fragt der junge Mann.

Maria lässt ihn ein, aber erfreut scheint sie nicht. Dem jungen Mann ist das egal. Er kennt die Regeln des Marktes und die Marotten der Künstler. Je komischer ein Künstler ist, desto mehr spricht das für seine Kunst. Und Maria Lassnig ist eine Künstlerin, findet der junge Mann, sie hat das Recht, komisch zu sein. Er schaut sich im Atelier um, an der Wand hängen Bilder, aber es stehen genauso viele auf dem Boden, mit dem Gesicht zur Wand. Das macht den jungen Mann neugierig.

Kann ich die Bilder auch sehen?, fragt er.

Nur unwillig dreht sie manche davon um, um sie ihm zu zeigen und dann gleich darauf wieder zurück zur Wand zu drehen. Der junge Mann reckt seinen Hals und brummt, sagt aber nichts.

Lass das offen, sagt er jetzt bei einem Bild, das Maria besonders am Herzen liegt.

Maria gehorcht. Ihr Herz blutet, wenn sie ihre Schutzbedürftigen so hilflos der Welt ausgeliefert sieht. Es fühlt sich an, als ob sie selbst nackt vor dem jungen Mann stehen würde, vor dem Röntgenblick, mit dem er die Qualität ihrer Bilder und damit sie selbst prüft. Aber Maria braucht etwas zum Anziehen, und wenn der Winter kommt, braucht sie Heizmaterial. Warum braucht so ein Knabe überhaupt ein Bild? Will er sich an ihr bereichern? Er hat einen guten Geschmack, das muss Maria ihm lassen. Er sucht sich die schönsten Bilder aus und will gleich drei davon kaufen. Eigentlich könnte heute ihr Glückstag sein, aber Maria ist verzweifelt. Sie versucht, ihm andere Bilder einzureden, vergeblich. Er hat sich entschieden, sie kann nichts mehr dagegen tun. Der junge Mann ist gleich bereit, den Preis zu zahlen, den Maria verlangt. Das liegt daran, dass Maria eine Hemmung hat, viel zu verlangen, denn sie will eigentlich nichts mit Geld zu tun haben. Geld ist obszön. Man muss sich dafür prostituieren.

Geld ist nur gut, wenn man es hat. Maria weiß nicht, warum sie gezwungen ist, sich damit abzugeben. Natürlich sind ihre Bilder mehr wert als der Preis, den sie ihm nennt, deswegen ist der junge Mann ja jetzt so froh. Aber eigentlich ist es auch egal, denn Bilder können sowieso nicht mit Geld aufgewogen werden.

Die Rahmen bleiben aber bei mir, sagt Maria.

Es kann nicht sein, dass sie sich jetzt auch noch neues Rahmenholz besorgen muss. Der junge Mann ist einverstanden, ja beinahe erleichtert. Maria löst die Leinwand, und der junge Mann rollt die Bilder ein. Maria dreht sich um und schaut aus dem Fenster. Dort taucht gerade die Sonne auf, zwei Wolken klemmen ihre Strahlen ein, die Maria wie ein Blitz blenden. Maria blinzelt. Sie kann den Kauf noch rückgängig machen. Sie sollte es …

Hast du Papier zum Einschlagen?, fragt der junge Mann.

Nein, sagt Maria.

Egal, sagt er, ich kann sie eh nicht heute mitnehmen. Ich muss zum Zug nach Graz.

Maria atmet aus. Sie stellt die Rolle in die hinterste Ecke und begleitet den Möchtegernsammler zur Tür. Das Geld hat er schon dabei, er hat die Scheine zu einer kleinen Rolle zusammengewuzelt. Die Scheine sind viel kleiner als die Bilder, und sie sind nicht annähernd so viel wert. Aber sie sind jetzt da, Maria kann es sich nicht leisten, sie nicht zu nehmen.

Meine Bilder sind eigentlich mehr wert, sagt Maria.

Jetzt noch nicht, sagt der junge Mann, aber hoffentlich bald.

Maria hat gewusst, dass er sie übervorteilen will. Sie schaut ihn böse an. Der junge Mann lacht.

Das ist doch der Sinn vom Kunstsammeln, sagt er, man investiert in Künstler, die noch nicht so teuer sind, und hofft, dass sie mal mehr wert sein werden.

Dann hast du bei mir Hoffnung?, fragt Maria.

Sonst würde ich ja nicht kaufen, sagt er und reicht Maria die Scheine, die eigentlich ziemlich viel Geld sind. Maria steckt sie in den Hosenbund und der Kauf ist besiegelt.

Woher hast du so viel Geld?, will Maria wissen.

Der Mann ist jung, noch drei, vier Jahre jünger als Arnulf, schätzt Maria, aber er fühlt sich schon als einer, der die Kunstwelt versteht und seinen Platz in ihr hat, wenn auch nur als Vermittler. Er trägt einen Staubmantel und hat einen kleinen Koffer mit, er spielt auf große weite Welt, dabei fährt er nur nach Graz. Auch so ein Möchtegernnapoleon.

Warum willst du das wissen?, fragt er, jetzt schon ein bisschen entnervt.

Kunst zu kaufen macht sonst viel mehr Spaß. Sonst hat er immer das Gefühl, dem Künstler eine Freude zu machen. Dieses Mal nicht.

Nur so, sagt Maria.

Ich hab geerbt, sagt der junge Mann und geht.

Es hört sich nicht so an, als ob es stimmt. Aber Maria hat es sowieso nicht wissen wollen. Sie will nicht wissen, mithilfe welchen Geldes ihr Todesurteil vollstreckt wurde.

Aha, murmelt Maria.

Mein Vater ist gestorben, wenn Sie es genau wissen wollen, ruft der junge Mann über die Schulter zurück.

Maria schämt sich.

Maria ist nicht erreichbar. Der junge Mann, ein Bekannter von Arnulf, lässt ihr Grüße ausrichten, sie solle sich bei ihm melden. Maria tut es nicht. Er schreibt ihr einen Brief mit einem Terminvorschlag. Keine Antwort. Er lässt ihr ausrichten, dass er bald vorbeikommt. Maria lässt ihm einen Übergabetermin ausrichten, der zwei Wochen in der Zukunft liegt. Der junge Mann ist pünktlich und wartet eine Stunde, aber Maria erscheint nicht. Nach drei Monaten, in denen er seinem neuen Kunstbesitz keinen Schritt nähergekommen ist, reißt ihm der Geduldsfaden. Er steht früh auf, viel früher als sonst. Er schätzt Maria Lassnig als eine ein, die früh zu malen beginnt. Er will nicht, dass sie zum Naschmarkt entwischt oder sonst irgendwohin. Er wartet vor der Bräuhausgasse neunundvierzig, bis jemand herauskommt, und tut so, als ob er sich die Schuhe bindet. Bevor die Tür zufallen kann, schlüpft er hinein. Er klopft an der Tür. Maria öffnet. Der Mund bleibt ihr offen stehen. Sie hat gewusst, dass der junge Mann es nicht gut mit ihr meint. Aber jetzt kann sie nichts mehr machen.

Ich bin gekommen, um meine Bilder abzuholen, die ich bezahlt habe, sagt der junge Mann mit fester Stimme und stellt einen Fuß in die Tür.

Natürlich, sagt Maria, und ihre Stimme zittert ein wenig.

Sie geht in die Ecke, wo die Rolle steht, schnappt sie und will sie ihm überreichen. Aber sie kann nicht.

Ich begleite Sie nach unten, sagt sie und rennt schon los. Der junge Mann rennt ihr hinterher.

Sie stehen vor der Tür, und der junge Mann schaut sie an, er ist nicht böse, er kann nur nicht glauben, was da gerade geschieht. Maria kann es auch nicht glauben. Sie hält ihre Bilder, sie hält ihre Kinder, sie hält ihr Leben fest, und der junge Mann, dem der Geduldsfaden, den er wieder mühsam zusammengeknüpft hatte, jetzt endgültig reißt, packt die Rolle. Er zieht, aber Maria lässt nicht los. Für ein paar Sekunden ringen die beiden, wortlos. Maria kann nicht so fest zupacken wie der Mann, denn sie kann ihren Kindern keine Gewalt antun. Er entzieht ihr die Rolle, und nun reißt auch Maria der Geduldsfaden, sie kann nicht mehr dulden, dass so etwas ungestraft passieren darf. Sie gibt dem jungen Mann einen unsanften Stoß, er stolpert auf die Straße und fängt sich wieder.

Sie …, ruft er noch.

In der Ernsthaftigkeit des Gefechts ist ihm das Du-Wort abhandengekommen, so fremd wird ihm die Frau, die eine Furie gibt, die sich wehrt, obwohl er sie nicht angegriffen hat, sondern nur seinen rechtmäßigen Besitz einfordert. Eine Unverschämtheit.

Du spinnst wohl, ruft er hinterher.

Aber hier helfen keine Worte mehr. Und Maria ist schon weg. Sie hat die Tür hinter sich zugeschlagen und rennt jetzt die Stiegen hinauf, sie kommt atemlos an und kann sich den ganzen Tag nicht mehr beruhigen. Sie kann die ganze Nacht nicht schlafen. Sie weiß nicht, wozu man malt, wenn jemand daherkommen kann und glauben, dass er ein Recht hat auf die Bilder, die unersetzlich sind. Maria malt keine Serien. Sie kann ihre Ölgemälde nicht reproduzieren, weil sie ein Stück von ihr selbst sind. Wie soll sie sich beruhigen, nachdem gleich drei Stücke von ihr selbst geraubt wurden? Der Phantomschmerz hält noch lange an.

Georges Mathieu kommt nach Wien, aber Maria geht nicht hin. Sie kennt sein Werk und hat es bewundert. Aber diese Zeit ist vorbei. Halb Wien ist trotzdem dort. Für junge Künstler wird es ein Schlüsselerlebnis. Am 2. April 1959 bespielt er das Theater am Fleischmarkt mit einem Happening. Die Farben dafür spendiert der Senfproduzent Mautner Markhof. Ein paar Hundert Tuben hat Mathieu beordert und ins Theater schaffen lassen, nun stellt sich heraus, dass er nur vier kleine Pinsel dabeihat. Zum Glück erinnert sich der zum technischen Leiter ernannte Rudolf Schönwald, acht große Dachshaarpinsel im Keller versteckt zu haben. Der in schwarzer Hose, weißem Hemd und Pariser Maßschuhen auftretende Meister mit dem Dalí-Bärtchen tänzelt und streicht, schreitet und schleicht um die sechs mal zweieinhalb Meter große Leinwand. Untermauert von einer ohrenbetäubenden Klangcollage aus Straßenlärm und anderen Alltagsgeräuschen, spritzt er die Farben verschwenderisch darauf. Dann schüttet er aus einer Bronzekanne eine Flüssigkeit aus, beißender Gestank verbreitet sich.

Schluss! Aus! Der ist ja narrisch!, schreit der anwesende Feuerwehrmann.

Er ist bereit, die Veranstaltung anzubrechen. Schließlich sind bei dem legendären Ringtheaterbrand im Jahr 1881 vierhundert Zuschauer ums Leben gekommen.

Das ist doch kein Benzin, das ist Terpentin, erklärt der gewitzte Schönwald.

Und es klappt. Die Performance darf weitergehen. Nach vierzig Minuten ist der Meister erschöpft. Tosender Applaus. Pfiffe. Vereinzelte Buhrufe.

Betrug! Prostitution! Haut's den Schmähtandler auße!

Das Großkunstwerk wird der Stadt angeboten, aber die ist nicht bereit, die daran geknüpften Bedingungen zu erfüllen, nämlich es als Altarbild in einer extra dafür errichteten Kapelle aufzustellen. Die halb ausgedrückten Tuben bekommt ein langhaariger, in bunte Gewänder gehüllter junger Mann, der sich traut zu fragen, ein Schützling von Buddy, der sich Barabbas nennt und seine Beute in einem Zenger, der großen geflochtenen Korbtasche, die die Fleischhauer verwenden, davonträgt. Barabbas hilft Arnulf auch beim Umzug in das neue Atelier in Mariahilf. Der bärtige Kunstnachwuchs, der sich im Kampf gegen das Spießertum seiner bürgerlichen Familie mit Villa im noblen Döbling mit einem Künstlerfreund dem Islam angeschlossen hat, zieht Arnulfs Habseligkeiten im Handwagen durch die halbe Stadt und bekommt dafür ein paar informelle Bilder von ihm, wobei er ihm versprechen muss, sie als Malgründe zu verwenden. So malt die nächste Generation von

Männern auf den Leinwänden und mit den Farben der vorigen weiter. Die Plätze sind verteilt, die Pfründe gesichert. Männer kommen vor den Frauen, die Frauen müssen immer einen Schritt hinter ihnen bleiben. Als Maria die ganze Geschichte von irgendwem brühwarm erzählt bekommt, weiß sie, dass sie das Weite suchen wird. Maria wird in die Welt expandieren. Es ist nur noch eine Frage der Zeit.

Arnulf hat es wieder getan. Er hat sich mit Fuchs und Hundertwasser auf einen Haufen geworfen und das Pintorarium gegründet. Zuvor, im September, hat die Avantgarde, die der Monsignore um sich geschart hatte, im altehrwürdigen, imposanten Kloster Seckau mit der hundertdreiundvierzig Meter langen Front und den zwei achteckigen Türmen eine Tagung abgehalten. Hier malt Herbert Boeckl schon seit sieben Jahren in der Engelkapelle an einer Apokalypse, in deren Zentrum ein achtäugiges weißes Tier steht, das aussieht wie ein Stier oder ein Lamm oder ein Teufel oder alles zusammen, ein tolles Werk zwischen naiver Malerei und Picasso. Hundertwasser, der nicht mehr Friedrich heißt, sondern Friedensreich, liest aus dem *Verschimmelungsmanifest gegen den Rationalismus in der Architektur.* Das Pintorarium baut darauf auf. Es will die Kunst aus der Behaglichkeit der Galerien und Museen auf die Straße holen und mit Plakaten Furore machen. Neun Tage nach Marias vierzigstem Geburtstag publizieren die Buben, die nun auch schon Männer sein sollten, ihr Manifest und affichieren es an den zugigen Bahnsteigen der Stadtbahn. »Das Pintorarium ist eine Brutstätte zur Heranbildung der schöpferischen Elite.« Maria versteht diese These als einen weiteren Hinweis dafür, dass sie wegmuss. Sie weiß, dass sie nie drinnen war und jetzt, mit vierzig, ausgeschieden ist. Aber vielleicht ist das nicht das Schlechteste für eine Künstlerin. So kann sie wenigstens in Ruhe arbeiten.

»Grundsatz des Pintorariums ist die individuelle Autonomie. Nacheiferungen sind untersagt. Vorbilder gibt es nicht. Studierende, Lernende und Schülernde finden im Pintorarium weder Halt noch Ansatzpunkt. Ihnen wird kein Strohhalm gereicht«, schreibt Hundertwasser. Natürlich, das Pintorarium ist ja nicht für die anderen da, sondern es ist eine Plattform für seine Gründer. Sie stehen auf dem Podest und knurren wieder, sie werfen mit Steinen. »Das Pintorarium wird aufhören zu existieren, wenn es anfängt, nicht mehr ein permanenter Stein des Anstoßes zu sein. Dies ist der erste Stein auf euch, und der soll nicht der letzte sein«, schreibt Arnulf. Sein Stein des Anstoßes sind monochrome Übermalungen. Arnulf leidet an der Welt oder vielmehr an seiner Welterkenntnis. Aber was hat er erkannt? Maria traut ihren Augen nicht: Arnulfs tragische Welterkenntnis soll jetzt zu seinem Rückzug von der Welt führen. Arnulf hat sich selbst nicht durchschaut. Maria durchschaut ihn auch nicht mehr. Oder zu gut? Einen anderen Satz versteht sie jedenfalls. »Die einzige Form für den sensitiven Geist, hier noch kommunikativ zu sein, ist die Clownerie.« Ja, Arnulf ist ein Clown, aber ein böser Clown. Maria ist schon wieder ungerecht. Aber sie will es sein.

Maria ist nicht dabei, wie immer. Sie ist es beinahe schon so gewohnt, dass sie es gar nicht mehr merkt. Als Otto Mauer sie dann doch dabeihaben will bei einer Ausstellung, sagt sie ab, weil sie Arnulf eins auswischen will. Aber jetzt kann sie nicht mehr Nein sagen. Monsignore Otto Mauer hat sich vom Himmel herabgelassen und der Jungfrau Maria eine Einzelausstellung angeboten. Maria weiß nicht, wie ihr geschieht. Doch dann wird ihr zugetragen, was sich wirklich ereignet hat oder haben soll. Maria ist nicht gut in Gerüchten. Sie kriegt nie was mit. Aber das wird ihr nun von mehreren Seiten gesteckt, sodass sie es endlich begreift. Nicht dem Monsignore sei es eingefallen, Maria einzuladen, sondern dem Kunsthistoriker, Journalisten und nunmehrigen Ausstellungsmacher Werner Hofmann, seines Zeichens ein 1928er. Er hat ein Herz für Maria und sie für ihn. Maria liebt seine Schärfe, auch wenn diese Schärfe manchmal nur Jähzorn ist. Jähzorn kann Maria nicht mehr erschrecken. Meinungslosigkeit kann Maria erschrecken. Deswegen gefällt ihr Werner. Er redet nichts schön, er liebt es zu urteilen und besonders zu verurteilen. Wenn er das nur nicht verliert. Er hat einen Trick verwendet, um Maria in der Galerie St. Stephan unterzubringen, und Otto Mauer gesagt, dass er eine Gruppenausstellung zusammenstellen will. Und dann hat er doch nur Maria ausgesucht. Zumindest hat es Maria so verstanden und sich ins Fäustchen gelacht. Die Geschichte ist gut, auch wenn es unglaubwürdig ist, dass ein designierter Direktor des ersten Museums des 20. Jahrhunderts in Wien noch eine Ausstellung organisiert. Die Pointe bleibt: Der Monsignore wird vor vollendete Tatsachen gestellt und muss gute Miene zum bösen Spiel machen.

Die Ausstellung soll am 17. März 1960 ihre Pforten öffnen und drei Wochen, bis 5. April, zu sehen sein. Maria sucht ältere, abstrakte Bilder aus, aber sie will auch neue Gemälde und Aquarelle zeigen. Dabei sind das *Nabelselbstporträt* und eine *Komposition in Rosa*. Sie hat sich in Rot- und Rosatöne eingegraben, in die Farbe des Fleisches, die Farbe des Blutes, sie verfolgt die Spur des Lebens und zieht sie mit breitem Pinsel auf der Leinwand nach. Sie löst sich auf in bunte Wolken. Maria zeigt das Bild *Quadratisches Körpergefühl*, eine orangefarbene Riedi mit weiß-roter Mütze, genauso breit wie hoch, und ein *Tachistisches Knödelselbstporträt*, das eine ähnliche Form hat, aber in Kreide und nicht in Öl ausgeführt ist. Ob er sich überrumpelt fühlt oder nicht, der Monsignore besteht darauf, die

Eröffnungsrede zu halten. Was bei ihm gezeigt wird, färbt auf ihn ab. Deswegen bleibt es essenziell für ihn, es zu interpretieren und damit in das richtige Licht zu stellen.

Der Raum füllt sich mit Gästen. Maria und der Monsignore stehen im Nebenraum und führen ein Vorgespräch, das eigentlich ein Ausfragen ist. Der Monsignore will wissen, was sie sich gedacht hat beim Malen. Maria weiß, dass für den Monsignore die abstrakte Kunst das Transzendente visualisiert. Aber Maria kann nicht lügen, schon gar nicht über ihre Kunst.

Da geht es um mein Inneres, mein Körpergefühl, sagt Maria.

Der Monsignore zieht die Brauen hoch. Er hat es gewusst. Jetzt hat er den Scherben auf. Der Scherben, den die Wiener auch Scheam nennen, ist ein gefüllter Nachttopf. In dem ist auch das drinnen, worüber niemand etwas wissen will, schon gar nicht in der Kunst: eine Körperflüssigkeit.

Ich bitte Sie, hören Sie auf, ich will gar nicht wissen, wo Sie das herhaben, sagt der Monsignore.

Gerade dass er nicht hinzufügt: Mäderl. Maria ist vierzig und fühlt sich immer noch wie ein Schulmädchen. Ihre Haare trägt sie jetzt wieder länger. Maria schmiegt sich in ihr Samtsakko. Sie fröstelt. Der weiße Stehkragen sticht in ihren Hals.

Ich bitte Sie, hören Sie auf, ich will gar nicht wissen, wo Sie das herhaben, hallt es in ihrem Kopf nach.

Der Satz liegt Maria bitter auf der Zunge. Sie versucht ihn zu schlucken, aber es gelingt ihr nicht. Sie trägt den Satz nach der Eröffnung der Ausstellung nach Hause und spuckt ihn in eine ihrer Schubladen. Dort fault er vor sich hin. Der Geschmack auf der Zunge geht nicht weg. Jahrelang. Jahrzehntelang. Sie kommt wieder und wieder darauf zurück, auch in ihren Notizbüchern. Maria lernt etwas: Es ist nicht notwendig, seine eigene Kunst zu erklären, denn es will sowieso niemand wissen, worauf sie hinauswill. Was in ihr drinnen ist und aus ihr herauswill. Hauptsache, Maria weiß es selbst, in ihrem Herzen.

Der Monsignore redet. Er spricht zum Himmel der Kunst und adelt Marias Bilder zu einer kosmischen Malerei, wobei er mit einem Seitenblick auf die Künstlerin, die am Rand steht und zu Boden blickt, bemerkt, dass das Kosmische im Falle der Maria Lassnig vom untersten Körperlichen bis zum Geistig-Seelischen reicht. Der Gottesmann baut mit erbaulichen Worten Barrieren vor Marias Bilder. Er steckt die Bilder in sein Himmelsgefängnis. Maria weiß, dass der Monsignore nicht anders kann, als den Körper zu verachten. So hat er es gelernt, so hat er es gepredigt. Aber der Körper ist nichts Niederes, kein sündiges Fleisch, das weiß Maria im Innersten ihres Herzens. Der Körper ist eine Kathedrale. Er ist ihr Forschungsobjekt, er ist ihr Zugang zur Welt. Er ist ihre Welt. Sie ist in einem weiblichen Körper geboren, und deswegen muss sie in der Hölle der Nichtbeachtung schmoren. Maria ist kein Mann, und sie will keiner werden. Aber sie hat den Männern einen Streich gespielt. Es ist nur nicht sicher, ob sie ihn überhaupt verstehen werden. So wie sie es nicht verstehen, wenn Maria sagt:

Diese Knödel, die ich gemalt habe, das bin ich selbst, mein Körper!

Vor einem halben Jahr hat Maria eine Skizze in ihr Notizbuch gemacht. Das tut sie sehr selten: zeichnen, dort, wo die Worte das Dilemma in den Griff bekommen sollen. Aber jetzt reichen keine Worte mehr. Maria zeichnet mit dem Kugelschreiber ihren Kopf, ein Strichmanderl mit Seitenscheitel und halblangen Haaren, so, wie sie sie auch heute trägt, mit besorgt dreinschauenden Augen und ein paar Falten auf der Stirn. Von der Nase bis weit über die Wangen hinaus reicht ein Spitzbart à la Salvador Dalí. Darüber schreibt sie: Mario Lassnig. Maria lacht. Dalís Streich in Form eines Buches mit dem Titel *Dalís Moustache* ist vor fünf Jahren erschienen, mit absurden, selbstironischen Selbstporträts des großen Surrealisten, der damit einem kleinen Detail ein großes Buch widmet. Maria widmet den Schnurrbart um: zu einem kleinen Detail, das einen großen Unterschied macht.

Maria sitzt an der Druckerpresse. Das Faltblatt zur Ausstellung ist fertig, sie soll es nur noch einmal überprüfen. Das Titelbild zeigt Maria in ihrem Atelier in der Bräuhausgasse. An der Wand hängen große, abstrakte Gemälde, und sie hält ein ebenso großes Gemälde, hinter dem sie steht und fast verschwindet, von oben mit der Hand fest, nur der Kopf schaut dahinter hervor. Maria blickt trübsinnig an der Kamera vorbei. So wird die Welt sie also sehen: als eine nicht mehr ganz junge Frau mit hängenden Mundwinkeln. Da huscht ein Lächeln über ihr Gesicht. Sie wird es tun. Da kann Werner sagen, was er will. Maria wird ihnen den Unterschied wegnehmen, das Alleinstellungsmerkmal, das auch Georges Mathieu bei seinem Auftritt in Wien trägt. Maria hat sein Bild in der Zeitung gesehen. Sie glauben, dass sie Dalí werden, wenn sie einen Dalí-Bart tragen. Maria wird ihnen beweisen, dass das nicht stimmt. Dass sie nur Westentaschendalís sind.

Maria zückt eine schwarze Kreide. Sie malt sich einen Bart, so wie auf der Zeichnung vom August 1959, in die Gegenrichtung zum Mund, einen lachenden Moustache bis über die Ohren hinaus. Einen Schnurrbart, der auch eine Teufelskrone sein könnte aus zwei Hörnern. Sie schaut das Foto an und ist zufrieden. Sie gibt das Signal zum Start der Maschine. Drinnen ist ihr Manifest abgedruckt. Ja, Maria hat auch ein Manifest geschrieben. Sie schreit es trotzig hinaus in die Welt der Serienkunst. »den stil verwerfen! man wird sich früh genug selbst ausbeuten«, heißt das dritte Rezept. Ob jemand merken wird, dass das kein Rezept sein kann, weil ein Rezept bedeutet, dass man immer dasselbe macht? Maria lacht sich ins Fäustchen. Natürlich werden sie es nicht merken.

Im Faltblatt steht auch ein schöner Text von Werner Hofmann. Aber das größte Aufsehen erregt der Bart. Einmal ist Maria eine Werbe-Coup gelungen. Auch wenn Werner meint, dass das kontraproduktiv ist und keine Werbung. Sondern nur typisch Maria. Als Georges Mathieu mit seinem Dalí-Bärtchen in Wien auftritt, findet das natürlich niemand infantil, so wie der Kritiker der *Presse*, des Blattes der Konservativen, der Maria nun genau das vorwirft. Denn Frauen sind ja keine Erwachsenen, so wie Männer. Gnädigerweise hat der Kritiker nicht nur Mitleid mit Maria, sondern mit ihrer ganzen Generation, deren Positionen sich als haltlos erwiesen hätten. Deswegen plädiert er dafür, der jungen Frau doch mit der Offenheit zu begegnen, die sie verdient habe. Maria hat vor über fünfzehn Jahren die Akademie verlassen und wird mit über vierzig Jahren immer noch wie eine Anfängerin behandelt.

Im *Kurier* widmet sich Alfred Schmeller der nicht mehr ganz jungen Künstlerin, jener selbst nicht mehr ganz junge Kritiker und Generationenversteher, der den Jahrgang 1929 in den Himmel gehoben hat, wo er seitdem zur Rechten Gottes, also Schmellers selbst, thront. Der Artikel erscheint erst am 28. März, elf Tage nach Ausstellungseröffnung. Schmeller versteht es, Maria warten zu lassen. *Einige Perspektiven auf Weiblichkeiten*, lautet die Überschrift. Ja, Weiblichkeiten. Denn Frauen machen ja keine Kunst, allenfalls weibliche Kunst. Maria beginnt zu lesen. Der Artikel hebt mit einem Lob an: »Die weiblichen Maler sind derzeit bei uns viel besser als die männlichen Kunst-Kritiker samt den weiblichen.« Wenn Maria geglaubt hat, dass Schmeller nun endlich über sie schreibt, hat sie sich getäuscht. Denn diesem Lob, das nach einer Selbstkritik aussieht, aber nur die Krone von Schmellers Selbstverliebtheit darstellt, folgt ein Nebelwerfen der Worte, ein Urteilen im Vorbeigehen, ein Pirouettendrehen um die eigene Achse.

Schmeller sieht in Marias Aquarellen im Gegensatz zu Monsignore Mauer »gar nichts Kosmisches, keinen Urdampf, keinen Schöpfungstag«. Er erlaubt sich, die Bilder gegenständlich anzuschauen und mit dem »Demiurgenpathos« Schluss zu machen. Denn: »Wer war schon dabei, damals, als die Welt erschaffen wurde? Wer kann wirklich Authentisches berichten?« Maria gibt ihm recht. Sie liest gespannt weiter. Schmeller geht zuerst einmal weit zurück und bescheinigt Marias Bildern von vor zehn Jahren, in der berühmten Pariser Ausstellung *Véhémences confrontées* von 1951 ohne Weiteres einen Platz gehabt haben zu können. Ein Lob? Das scheint zunächst nicht ganz klar. Denn in den aktuellen »pastosen Raumballungen« und ihrem »freudlosen Ächzen« erkennt der Kunstkritiker nur die angestrengten Versuche, die Sterilität von kalkulierten Kompositionen zu überwinden, »gegen die Buchhalter an der Leinwand, gegen die Planaufzwinger, gegen die Dürre des bewirtschafteten Kunstwerks, gegen die absolute Norm«.

Gibt er Maria damit endlich doch den Platz, den sie verdient? Es scheint so. »Die neueren Bilder Maria Lassnigs haben sich aus der Verbissenheit gelöst, sie sind nicht mehr von den Geräuschen knirschender Eckzähne begleitet, namentlich die Aquarelle sind von großer Lockerheit, sie sind heiter. Einige der Ölbilder bleiben noch stark dem Farbauftrag verhaftet, sie sind zu sehr Farbe und zu wenig Malerei. Aber gerade jene, die nach gar nichts aussehen, in denen aus den Farbschwemmen Andeutungen aufsteigen, unmissverständliche, helle Formen, sind infolge ihrer scheinbaren Nichtigkeit besonders schön. Unter den Aquarellen sind ein paar, die ein wenig äußerlich geraten sind – aber das Risiko bei einer Malerei, die vom Herstellungsprozess gelenkt ist, ist groß. Die meisten Aquarelle im ersten Raum und alle im zweiten (bis auf das ganz rechts) scheinen mir besonders gut gelungen, farbfrisch und in jenem Schwebezustand verhaltend, der der Essenz der Dinge und ihrer Identität gleich viel gibt.«

Ach, Alfred, du sagst alles über dich und darüber, was du über Frauen denkst, denkt Maria. Aber der Artikel hätte schlimmer sein können, denkt Maria. Dann liest sie den nächsten Satz. Er enthält die Quintessenz von dem, was Maria zu erwarten hat, von dem sie gewusst hat, dass es auf sie zukommt, aber das sie nun schwarz auf weiß vor sich stehen hat. Es ist Demiurgenpathos, aber aufseiten des Kritikers, dessen Conclusio lautet: »Dargestellt sind Weiblichkeiten. Die Bilder sind Perspektiven auf Akte. In Wasserfarben verwandelte Haut, Duft, Frischgebadetes.« Maria stöhnt. Sie weiß: Sie ist eine Frau. Da kann sie sich noch so oft Bärte aufmalen. Aber eine Frau, die ernst genommen werden will. Und das wird sie nicht. Frischgebadetes! Duft! Haut! Eine Kunst wie eine Seifen-Reklame? Es geht aber noch weiter. Denn nicht mal die Seife gehört ihr selbst. »Das geht eigentlich zurück auf die Pastelle von Degas«, schreibt Schmeller. »Das ist in Aquarell umgesetzter Klimt, ohne allerdings das Prickelnde, ohne die Reize halber Verhüllung. Verflüssigter Matisse ohne Dekor.«

Maria liest den letzten Satz und weiß: Es ist das für einen wie Schmeller höchstmögliche Lob. Mehr Lob kann sie von ihm nicht erwarten. Nur ist das Lob kein Lob. »Eine Malerei, die in ihrer Natürlichkeit eigentlich sehr männlich ist. Insofern hat der Schnurrbart auf dem Photo der Malerin seine Berechtigung.« In ihrer Natürlichkeit sehr männlich! Maria will laut schreien, aber es kommt kein Ton aus ihrer Kehle. Sie hat das höchste Lob eingefahren, das von einem wie Schmeller denkbar ist. Und sie ist selbst schuld daran mit ihrer Bartkritzelei.

Sie haben den Witz nicht verstanden. Sondern gegen Maria gewendet. Elf Jahre später hat sich nichts geändert: Die Kompromisslosigkeit einer Malerin mutet immer noch maskulin an.

Der Journalist, der für die *Wochenpresse* gekommen ist, hat ausführlich mit Maria geredet. Sein Artikel erscheint am 2. April und trägt den Titel *Maria mit Bart*, obwohl Maria auf dem Foto, auf dem sie vor einem ihrer Bilder zu sehen ist und mit entspannt geöffnetem Mund lächelt, gar keinen Bart trägt. Er fängt ebenfalls mit dem Zitat des Monsignore von der »kosmischen Malerei« an, die »vom untersten Körperlichen bis zum Geistig-Seelischen« reiche. »Primitive Laiengemüter könnten von einigen Bildern vielleicht an wehende bunte Wolken oder zarte Federn, an einen Frauenrücken oder an einen See im Gebirge erinnert werden, doch die Künstlerin will davon ganz und gar nichts wissen. Die Bilder in vorwiegend roten, weißen und gelblichen Fleisch-, Blut- und Schleimfarben sind für sie, im Sinne des Monsignore, Ausdrucksmittel intimer sinnlicher und seelischer Erlebnisse.«

Maria schließt die Augen. Zuerst sieht sie die Umrisse der Zeitung vor sich, die kleinen schwarzen Buchstaben, die zu tanzen beginnen und sich in rosa Wolken auflösen. In rosa Wolken mit grünen und blauen Flecken, in Schaumflocken, die durch die Luft fliegen und wandern. Maria lacht auf. Sie hat es ihnen nicht gesagt. Und sie werden nie darauf kommen. Die Wolken sind real. Sie sind das, was man sieht, wenn man die Augen schließt. Nur Menschen, die nicht aufmerksam sind, denken, dass es dunkel wird, wenn man die Augen schließt. Sie sehen keine Blitze, sie sehen keine Federn, Seen und Gebirge. Sie sind blind für ihre eigenen Augen.

Maria öffnet die Augen und liest weiter. »›Der Rhythmus des Malens soll sein wie Atemstöße, wenn uns das Leben würgt‹, schrieb Maria Lassnig, eine junge Frau zwischen gesunder Bäuerin und nervöser Gamine mit schwarzem Pagenhaar, schon 1952.« Das Zitat stammt aus dem Manifest. Und Maria ist zwar eine Bäuerin, damit kann Maria-Eleonore-Riedi Lassnig-Gregorz ganz gut leben. Aber eine Gamine? Gamine ist die weibliche Form des französischen Worts gamin, Bengel, das weiß Maria. Sie hat ja bei den Ursulinen Französisch gelernt. Eine Gamine ist eine schlanke, fast bubenhafte, attraktive Frau, so wie Audrey Hepburn in *Sabrina* oder Jean Seberg in *Bonjour tristesse*. Eigentlich ist die Bezeichnung ein Kompliment. Aber Maria mag keine Komplimente. Soll sie beleidigt sein? Das kann sie später entscheiden. Sie liest weiter.

»Damals war die Gütersloh-Schülerin in ihrer ersten nichtgegenständlichen Periode und stellte im Wiener Art-Club-Keller aus, unter dem Titel ›Phantastische Automatik, statische Meditationen, stumme Formen, Malerei‹. Sie erinnert sich, dass man sie damals ›als Kleckserin und Pinslerin beschimpft‹ hat, ›die Wiener Kritiker waren in tachistischem Schauen ja gänzlich ungeübt‹. Als der Tachismus dann auch in Wien nicht mehr unbekannt war, malte sie ›fast aus Trotz‹ Figuren, die 1956 in der Galerie Würthle zu sehen waren. Jetzt arbeitet sie wieder ganz weg vom Gegenstand, aber zum Unterschied von einst nicht mehr ›komprimiert‹, sondern viel lockerer, freudiger, und nennt es die Periode ihrer ›Expansion‹.«

Maria lacht. Ja, Expansion. Das ist jetzt dran. Maria wird Wien verlassen, sie will in die Welt expandieren, auch wenn sie das noch niemandem verraten hat. Sie hat dem Journalisten viel verraten, weil sie sich nicht verstecken kann, und er zitiert alles in Klammer. Maria bereut es schon, dass sie so vertrauensselig drauflosgeplaudert hat, aber sie kann es nicht mehr ändern. »Wie bei St. Stephan, im Heim der ›abstrakten‹

Jugend Wiens üblich, hat auch Maria Theorien, Methoden und Programme. Ihr Katalog von 1952 beruft sich (›das würde ich mich heute nicht mehr trauen‹) stolz auf Heidegger- und Hölderlin-Zitate. Der jetzige Katalog, acht Jahre später, zeigt das Porträt der Künstlerin mit einem Dalí-Schnurrbart und begnügt sich mit Adalbert Stifter und eigenen ›malrezepten‹:

das bild ist nebensache (beim malen nicht hinsehen!)

den stil verwerfen!

man wird sich früh genug selbst ausbeuten.

für solche art nehme man viel terpentin, viele maltücher, einen pinsel 6 cm breit

Mit dem Ergebnis solchen Programms sah Maria sich im Vorjahr in Paris überraschend eines Sinnes mit den dortigen ›Malern der Geste‹, die einer Art neuem, abstraktem Impressionismus huldigen, und sie fand verschiedentlich interessierte Galerien. ›Ich hätte dort bleiben sollen, aber ich kann mich schwer vom Boden lösen.‹«

Ja, Maria war in Paris, und seitdem überlegt sie, ob sie dorthin soll, für immer. Sie hätte schon vor zehn Jahren ins Ausland gehen wollen. Dagegen sprach nur Mutting, die ihr Kind nicht verlieren will. Dagegen spricht auch heute nur Mutting, die ihr Kind nicht verlieren will. Dagegen sprach damals, dass Maria glaubte, in Wien gut dazustehen. Dafür spricht heute, dass sie weiß, dass das eine Illusion war und immer sein wird.

Der Journalist beschreibt ihre Situation nicht schlecht: »Wien ist ihre ›unglückliche Liebe‹, sie hat hier ein sehr helles Atelier (›meine Bilder brauchen Licht, dann leuchten sie‹), verbringt aber Monate in ihrem Heimatort Kappel in Kärnten, zurückgezogen in einem kleinen Bauernhaus, um dort zu meditieren und zu malen. Das Existenzminimum (›ich bin eine große Sparkünstlerin‹) sichern gelegentliche Stipendien und Ankäufe. Auch jetzt haben ihre Aquarelle schon Käufer angezogen, und die sehr aktive ›Moderne Galerie‹ in Aschaffenburg will sogar die gesamte Lassnig-Produktion zum Europa-Verkauf übernehmen. In der Ausstellung zeitgenössischer österreichischer Maler, die der Direktor des neuen Wiener Museums moderner Kunst, Dr. Werner Hofmann, für London zusammenstellt, wird sie mit zwei Ölbildern vertreten sein.«

Maria seufzt. Das klingt so, als ob sie es geschafft hätte. Als ob sie bald reich sein würde. Aber Maria weiß, dass es nicht so sein wird. Jedenfalls nicht, wenn sie in Wien bleibt. Das hat sie dem Mann, der ihr so viele Fragen gestellt hat, auch verraten. »Dennoch resümiert Maria, sie habe es als Frau weit schwerer gehabt als ihre malerisch gleichgesinnten Kollegen. ›Ein Artikel im *Magnum* schreibt jetzt zum Beispiel meine Art-Club-Ausstellung dem Maler Rainer zu, das ist der Gipfel der Ungerechtigkeit.‹« Maria schnauft. Sie geht weg. Auch wegen Arnulf. Wo Arnulf ist, kann sie nicht atmen. Sie wird ihn nicht los. Er kann kein Französisch. Deswegen ist sie in Paris vor ihm sicher. Ja, sie hat es geschafft, beim Monsignore auszustellen, aber nur als Kuckuckskind von Werner Hofmann. Sie wird es nie schaffen, einer von den Buben zu sein. Da kann sie sich noch so viele Bärte aufmalen. »Auch dem Wohlwollen, das ihr nun in der Galerie St. Stephan begegnet, steht sie misstrauisch gegenüber und empfindet das ihr gespendete Lob als ein nur relatives (›für eine Frau relativ gut‹) und darüber ›kann ich mich nicht freuen. Deshalb habe ich mir im Vorhinein auch gleich einen Bart angemalt.‹«

Ja, Maria hat es geschafft. Ihre Bilder ziehen in die Welt. Das mit London stimmt. Und Maria hat es nicht geschafft. Sie ist nie zum richtigen Zeitpunkt am richtigen Ort. Sie wird es hier nie schaffen. »Mein Leben unter dem Motto: Zu früh und zu spät. Oder zu früh ist zu spät«, schreibt Maria in ihr Notizbuch. »Manche sind ihrer Zeit so weit voraus, dass sie nicht bemerkt werden oder dass sie reaktionär wirken.« Diesen Satz muss Maria aufschreiben. Sie weiß, sie muss weg, nach Paris, wo sie ja angeblich eh schon ist. Sie hat keine Angst. Wer von Obermühlbach nach Klagenfurt geholt wurde, kann auch von Wien nach Paris gehen und wieder bei null beginnen.

Paris ist die Hauptstadt der Kunst, und wer in Paris ein wenig Anerkennung errungen hat, schafft es in alle Kunstzeitschriften und erobert die Welt. Deutschland kommt für Maria nicht infrage, denn wer in Deutschland bekannt ist, schafft dasselbe höchstens nach dem Tod. Und in Österreich? Maria hat acht Jahre gebraucht, um ein bisschen bekannt zu werden. Aber nutzen tut es ihr nichts. Deswegen macht sie sich auf an die Seine. Louis hilft ihr bei der Einrichtung des Ateliers. In die Bräuhausgasse ziehen Rainer Bergmanns Söhne ein, die bereits zu studieren beginnen. Bei Maria hat das Leben noch gar nicht angefangen. Bei Rainer und Gerlinde ist schon die nächste Generation herangewachsen.

Lauf doch nicht weg, jetzt, wo du endlich Erfolg hast, rät ihr Heimo Kuchling, der sie immer noch besucht, der treue Freund aus Klagenfurt.

Aber dieses Mal hat Heimo nicht recht. Denn Maria läuft nicht weg vor dem Erfolg, auch wenn es stimmt, dass es ihr unangenehm ist, gelobt zu werden. Maria läuft weg, weil Maria weiß, dass der Erfolg nichts bedeutet in Wien, inmitten der Buberlpartie, dass er ihr nichts nützt und im Keim erstickt werden wird.

Auch andere verlassen Wien. Buddy, der Naturmensch, zieht endgültig hinaus aufs Land und 1960 in das verfallene Schloss in Hagenberg im Weinviertel ein. Es gehört ihm zwar nicht, aber das macht nichts. Buddy muss nicht besitzen. Er hat kein

Problem damit, sich etwas zu borgen. Und schon gar nicht ein mächtiges vierflügeliges Renaissance-Wasserschloss mit einer efeubewachsenen Front, in das es auch andere friedensbewegte Künstler wie Friedensreich Hundertwasser zieht. Sogar Konrad Bayer wohnt hier zeitweilig und versucht vergeblich, seinen Roman *der sechste sinn* zu vollenden. Buddy zieht in ein Reich des Friedens. Er nennt sich jetzt Padhi und passt sich der Natur an, das heißt, er verwildert zunehmend. Er pfeift immer noch darauf, Kunstgeschichte zu schreiben. Seine Kappen, die Friedensreich Hundertwasser zur Marke gemacht hat, verkaufen sich gut. Padhi näht sie natürlich nicht selbst, sondern lässt das Ingeborg Schneider tun, seine neue Muse und Schlossprinzessin. Dafür hat Padhi Zeit, seine Kunst als Fotograf und Arrangeur kleiner ironisch-romantischer Szenen zu entfalten. Er inszeniert Epitaphe auf verstorbene Künstler und fotografiert seinen Neffen und Ingeborg, seine Lebensgefährtin. Künstler kommen vorbei, nisten sich ein, ziehen weiter. Padhi bleibt. Die große weite Welt zieht ihn nicht an, denn er besitzt die Gabe, die Vielfalt im Kleinen zu entdecken, zu Hause in Niederösterreich.

Ossi heiratet 1961 die aus Münster gebürtige zweiundzwanzigjährige Absolventin der Akademie der bildenden Künste und der Pariser Académie de la Grande Chaumière Lore Heuermann, die mit ihm nach Griechenland, in die Türkei und den Nahen Osten fährt und ihm drei Kinder schenkt. Trotzdem hält die Ehe nicht. Lore bleibt allein mit den drei Kindern. Und Ossi geht an ein neues Ufer. Die kleine Ingrid, das Küken der Wiener Gruppe, hat es ihm angetan. In sie sind alle verliebt, seit sie aufgetaucht ist. Aber niemand traut sich, sie anzufassen, denn sie gehört Konrad Bayer. Dann beschließt der glühend heiße, ironisch heitere, düster melancholische, eisig kalte Demiurg Konrad Bayer, Ossi mit Ingrid zu verkuppeln. Er verschafft Ossi damit eine Frau fürs Leben. Und wählt selbst am 10. Oktober 1964, vier Jahre nach dem Ende der Wiener Gruppe, noch keine zweiunddreißig Jahre alt, den Freitod, indem er in der Wohnung einer Freundin das Gas aufdreht. Die, die ihn finden, werden zu Zeugen der Inszenierung seines Credos: »Worauf hoffen? Es gibt nichts, was zu erreichen wäre, außer dem Tod.«

Die sechs Jahre, in denen Konrad sinnlos Geige lernen muss, die sieben Jahre, in denen er seinem Vater zuliebe in der Bank arbeitet, die Gedichte, die er schreibt, wie jeder in seiner Umgebung, wie er lapidar zu sagen pflegt, das Leben als Dandy und Drahtzieher, der Jazz und das Saufen verlieren ihren Sinn. Aber nicht das Romanwerk, an dem er scheitert, weil er den sechsten Sinn dann doch nicht besitzt. Konrad überwindet die Literatur, indem er sie zu seinem Leben macht, er überwindet die Gefahr nicht, indem er ihr durch eine unerklärliche Intuition entrinnt, sondern indem er sie bewusst herbeiführt. Er vollendet sein Werk *der sechste sinn*, das ein Fragment bleibt und 1966 als solches zwischen zwei Buchdeckeln erscheint, indem er das Schicksal von dessen Hauptfigur an sich selbst vollzieht: »als goldenberg wieder in seinem zimmer war, öffnete er beide hähne, schloss das fenster und machte es sich auf dem sofa bequem, der geruch war nicht unangenehm, und er wartete auf schlaf.«

Konrad liegt, als er am nächsten Morgen nach der durchzechten Nacht mit seinen Freunden Ferry und Ida, die im Café Hawelka beginnt und dem Hietzinger Haus eines gemeinsamen Freundes fortgeführt wird und in der Wohnung einer Freundin endet, nicht auf einem Sofa, sondern auf einem Notbett in der Küche. Er ist fünf Jahre älter geworden als sein frühes Idol Georg Trakl, der sich fünfzig Jahre zuvor, am 3. November 1914, zuerst mit einem Gewehr zu erschießen versucht und dann eine Überdosis Kokain nimmt. Der Witz und das Grauen hängen eng zusammen, bemerkt Ernst Bloch einmal über Konrad Bayer. Das trifft auch auf die Kunst und den Tod zu, jedenfalls in den heißen, zähflüssigen Jahrzehnten, die dem großen Sterben des Krieges folgen, in denen nicht nur Maria denkt, dass sie im Kreis geht und niemals irgendwo ankommen wird, sondern auch jene, von denen Maria denkt, dass sie es geschafft haben.

Nicht jeder von ihnen liebt den Tod. Erich Brauer, der sich mittlerweile Arik nennt, der Abenteurer unter den Wiener Künstlern, ist schließlich in Israel gelandet, wo er eine bildschöne Israelin mit jemenitischen Wurzeln geheiratet hat. Seit zwei Jahren lebt er in Paris. Er produziert immer noch seine figurative Feinmalerei, singt und liebt das Leben, das ihm so hart zugesetzt hat, denn er weiß, dass es, um die Hölle zu kreieren, keine Teufel braucht, sondern nur Menschen, dass jeder einen Funken des Bösen trägt und man gut daran tut, andere nicht zu verurteilen.

Auch Maria liebt das Leben, und Arnulf ebenfalls. Darin stimmen die beiden ehemaligen Liebenden und lebenslangen Kontrahenten immer noch überein. Maria geht in die Stadt, die berühmt ist für das schöne Leben. Und was macht Arnulf? Er heiratet die »Stephanssekretärin«, wie Maria in einem Brief an Mutting aus Paris berichtet, diese sei ihm aber schon nach einer Woche wieder »durchgegangen« wegen »schlechter Behandlung und mangels Kost«. Maria weiß es brennheiß aus der Gerüchteküche, deren Dünste bis Paris schweben, aber sie kann es sich zu gut vorstellen, als dass es nicht wahr sein könnte. Noch im gleichen Jahr lässt Arnulf sich wieder scheiden. Maria empfindet eine kleine Genugtuung.

Maria malt und Arnulf übermalt. Er zeigt beim Monsignore seine gesammelten Übermalungen und Überzeichnungen aus den letzten fünf Jahren. Bevor Maria sich endgültig in die Weltmetropole der Kunst verabschiedet, will ihr alter Freund und Gönner Fritz Wotruba noch einmal Bilder von ihr ausstellen, aber Maria ist nicht dankbar, im Gegenteil, sie streitet mit ihm. Dass er gegenüber anderen betont, von Maria mehr zu halten als von allen anderen, nutzt Wotruba da auch nichts mehr. Maria hört das Kompliment als Gerücht und schreibt es Mutting, aber sie weiß selbst nicht, was sie davon halten soll. Was bedeutet es, wenn jemand etwas von ihr hält und ihre alten Bilder ausstellen will und nicht die neuesten? Nichts, findet Maria.

Werner Hofmann und Fritz Wotruba sind nicht die einzigen Freunde und Förderer von Maria. Wieland Schmied, seines Zeichens Mitglied des berüchtigten Jahrgangs 1929, Jurist, Kunsthistoriker, Redakteur der Wiener *Furche* und nun Lektor im renommierten Insel Verlag sowie Kunstkritiker bei der *Frankfurter Allgemeinen Zeitung*, will ihre Bilder nach Aschaffenburg bringen, aber auch das behagt Maria nicht. Wenn die lang ersehnte Anerkennung am Horizont steht, wird sie überschattet von der Sorge, durch den Kunstbetrieb fortgerissen zu werden von der Kunst. Maria tut nur mit, wenn sie muss. Auch wenn es manchmal schwer ist, dem Ruhm zu widerstehen.

Ein Jahr nach Maria hat Kiki ihre erste Einzelausstellung beim Monsignore. Der Monsignore lädt sie selbst ein. Und was für Töne entringen sich dem sonst so ernsten Mann bei der feierlichen Eröffnungsrede, die er sich auch dieses Mal nicht nehmen lässt: »Joie de vivre – den Existenzialisten von Saint-Germain-des-Prés fallen, angesichts von Kiki Kogelnik, die falschen Bärte ab. Von dieser Leinwand erklingen Jazztrompeten, Choräle einer neuen dithyrambischen Frömmigkeit. Die sehr weltlich, aber auch sehr kindlich ist. Alles ist sinnlich an dieser Malerei, das heißt getränkt von Seele.« Aber Kiki zeigt dem

Monsignore und den Existenzialisten von Saint-Germain-des-Prés inklusive allen falschen Bärten die kalte Schulter und geht nach New York.

9. KAPITEL
PRINZESSIN PORZIUNKULA

Sie haben die Großmutter, die Katze, die schwingenden Birken und den Obermühlbach hinter sich gelassen, sind in Sankt Veit an der Glan in den Zug gestiegen, von der Burg Hochosterwitz weg und nach Klagenfurt gefahren. Vom Bahnhof geht es durch die Viktringer Vorstadt Richtung Norden in die Innere Stadt. Die Häuser sind hoch und die Straßen breit. Die Stadt ist laut, und die Menschen haben viel zu transportieren. Manche ziehen Handwagen hinter sich her, andere haben Pferde, die vor einen Wagen gespannt sind, und wieder andere thronen in Automobilen und blicken um sich wie Fürsten und Grafen, Prinzen und Prinzessinnen, die es ja jetzt nicht mehr gibt. Ihre Kutsche ist das Automobil, aber eine Kutsche, die knattert und stinkt.

Riedi hält sich die Ohren zu, und das bewirkt auch, dass ihr die Augen nicht endgültig aus dem Kopf fallen. Riedis Augen sehen mehr, als sie erkennen können. Die Welt ist zu groß für sie und die meisten Dinge zu neu. Die Mutter führt sie am Lindwurmbrunnen vorbei zum Bäckerhaus, obwohl dieses eine Parallelstraße südlich vom Wahrzeichen der Stadt liegt. Sie will Riedi Respekt einflößen, dabei ist Riedi sowieso schon beinahe Hören und Sehen vergangen.

Pass nur auf, sagt die Mutter, als sie vor dem imposanten Wurm stehen, dieses Monster hat früher Tiere und Menschen gewürgt. Es hat in einem Sumpf gelebt, der nun ein See ist, der Wörthersee. Es konnte nur durch eine List überwältigt werden. Unsere freundliche Stadt ist auf dem Sieg über dieses Monster aufgebaut.

Riedi sieht keinen See, aber sie stellt sich ein Wasser voller Wörter vor, in dem sie lesen lernen wird. Deswegen ist sie ja nach Klagenfurt geholt worden. Das Haus des Bäckermeisters, zu dem sie nun zurückgehen, ist so groß, dass Riedi den Kopf in den Nacken legen muss, um es mit den Augen zu umfassen. Es hat zwei Stockwerke und ein imposantes Dach. Dass es in der Fröhlichgasse liegt, bedeutet etwas Gutes. Dass es die Nummer dreizehn trägt, gleicht das Gute wieder aus.

Eine Unglücksnummer, sagt die Mutter, als sie davor stehen.

Sie betreten das Haus. Über Riedi wölbt sich die Decke wie in einer Kirche. Der Boden ist schief wie der Weg vom Haus der Großmutter bis zum Bach. Riedi hat den Schilling in der Hand, den ihr die Großmutter beim Fortgehen mitgegeben hat, und drückt ihn fest in der Faust. So fest, dass die Faust wehtut. Der Schmerz tut gut. Der Bäckermeister kommt aus der Backstube und begrüßt sein neues Kind. Er hat eine weiße Bäckerhaube auf und ein staubiges Gesicht. Er ist alt wie ein Großvater, aber er lächelt lieb und beugt sich zu Riedi herunter.

Gib die Hand, zischt die Mutter.

Sie hat es Riedi im Zug eingebläut, und Riedi will es gerade tun, als die Mutter es zischt. Nun denkt die Mutter, dass sie es vergessen hat, und sie hat zum ersten Mal etwas falsch gemacht. Aber der neue Vater, der ein alter Vater ist und eine hohe Stirn hat, keine niedrige, so wie die Mutter, von der aber das graue Haar zurückweicht, sodass sie noch höher wird, der große Ohren hat und einen schiefen Gang, scheint es nicht gemerkt zu haben. Er lächelt immer noch.

Willst du die Rauchkuchl sehen?, fragt er.

Riedi nickt, und der neue alte Vater nimmt sie an der Hand und zeigt ihr das schwarze Zimmer, das aussieht wie eine Hölle. Die Wände glänzen und schimmern, als ob sie glühen würden, und sie sind nicht glatt, sondern hügelig, mit kleinen Kristallen und Löchern. Hinter der Kuchl liegt das Badezimmer.

Bück dich, sagt der neue alte Vater, denn wenn man sich nicht bückt, streift man an der Wand an und wird ganz schmutzig.

Der neue alte Vater verspricht, Riedi am nächsten Morgen in die Backstube mitzunehmen. Dafür muss sie früh aufstehen.

Willst du?

Riedi will.

Der neue alte Vater muss arbeiten, und Riedi geht mit der Mutter durch das große, schwere Tor, um über das Vorhaus und die breite Stiege in die Wohnräume zu gelangen. In dem breiten Gang im oberen Stockwerk steht ein langer Tisch. Riedi bleibt davor stehen. Sie hat nicht gewusst, dass ein Tisch so groß sein kann wie ein Zimmer in einer Keusche.

Hier essen die Bäckergesellen zu Mittag, sagt die Mutter. Da vorne sind die Burschenzimmer, da gehst du mir nicht hinein! Da sind nur Männer, und genauso riecht es dort auch.

Riedi nickt. Ihr Magen zurrt sich zusammen, als sie sieht, wie die Mutter das Gesicht verzieht von dem Gestank, der gerade gar nicht da ist, den sich Riedi aber so gut vorstellen kann, dass sie ebenfalls das Gesicht verzieht und ihr beinahe schlecht wird.

Und da links ist das Dienstmädchenzimmer, fährt die Mutter fort.

Riedi schluckt.

Was schaust du so blöd?, fragt die Mutter.

Welches Dienstmädchen?

Na unseres, sagt die Mutter.

Riedi kann es nicht glauben, bis sie das Mädchen sieht und sieht, dass es dient, in der Küche und beim Waschen und beim Aufwischen. Sie hat es schon gespürt, als sie die breiten Stiegen hinaufgestiegen ist, dass dieses Haus ein Schloss ist, so breit und majestätisch ist die Stiege. Überall wölbt sich die Decke, nur nicht in der Backstube und im Schlafzimmer der Eltern. Riedi ist keine Prinzessin. Sie ist aber jetzt ein Bäckerkind. Sie schaut durch die Gitterstäbe des Ganges hinunter zum Hof.

Dort sind der Schweinestall und die Vorratskammer, sagt die Mutter, dort hast du nichts verloren.

Aus der Vorratskammer kommt ein Mann mit einem schweren Sack auf dem Rücken. In dem ist das Mehl, mit dem das Brot gebacken wird, und Riedi weiß, dass sie hier zumindest nie Hunger haben wird, dass sie immer Brot und Kipferl essen wird, wie im Schlaraffenland. Noch mehr im Schlaraffenland fühlt sie sich, als sie die Stube und das Schlafzimmer sieht und die Mutter ihre Kiste aus dem obersten Fach ihres Wäschekastens holt und Riedi die feinen Sachen zeigt, die darin aufbewahrt sind.

Das wirst du einmal erben, sagt die Mutter, und faltet ein Spitzentaschentuch zusammen.

Sie legt die Kette, die Riedi durch ihre Finger gleiten lassen darf, wieder zurück in die Schatulle, zu der Brosche mit dem funkelnden Rubin. Die braunen Lederhandschuhe schmiegen sich weich an Riedis Wange.

Wozu brauchst du die Federn?, fragt Riedi, und legt sich die Federschlange um, die am Hals kitzelt. Riedi muss lachen.

Die lege ich an, wenn ich zum Maskenball gehe, sagt die Mutter.

Und Riedi weiß: Die Mutter ist eine Königin, die zu Bällen geht und in die Oper, denn in dem Kästchen befindet sich auch ein Operngucker mit Perlmuttverzierung. Wenn man durch ihn hindurchsieht, sieht man alles vergrößert, die Fotos, die an der Wand hängen, und die Flecken, die auf dem Plüschdiwan sind. Riedi weiß: Jetzt kann jeder König und Königin,

Fürst und Graf und Prinz und Prinzessin werden, wenn er nur genug Geld dafür hat. Die Mutter gehört jetzt dazu, weil sie den alten Vater geheiratet hat und damit das Bäckerhaus mit seinen Schätzen.

Am nächsten Morgen holt der alte Vater Riedi aus dem Bett und trägt sie in die Backstube mit den großen Mehlsäcken und den großen Männern, die Teig kneten und Bleche in die Öfen schieben. Auch hier glänzen die Wände von schwarzem Pech und Harz, so wie in der Rauchkuchl. Das Schwarze rinnt wie dunkle Tränen zur Erde hinunter, gezogen von den Kräften der Hölle. An der Wand und auf dem Boden krabbeln Küchenschaben. Es sieht aus wie beim Schuster Roggl in Gurk, wo Riedi die Fliegen ins Schweinefutter geworfen hat. Hier fallen die Schaben von selbst in den Teig und werden mitgebacken. Die Tiere der Hölle werden im Schweinetopf und im Bäckerofen getötet und dann gegessen. Aber die Leute, die das Brot kaufen, wissen davon nichts, nur Riedi weiß es jetzt, und sie wird nichts sagen. Sie hat jetzt ein Geheimmis.

Aus den zwei Öfen kommt eine Hitze, wie Riedi sie noch nie gespürt hat, sie bläst ihr entgegen und ihre Haut erstarrt, als ob sie vereist wäre, dabei ist es Wärme, die aber so warm ist, dass die Haut nicht schwitzt, sondern ganz hart wird, und Riedi weicht zurück von dieser Hölle, deren Herr der alte Vater ist. Der alte Vater gibt Riedi ein Kipferl in die Hand, und Riedi taucht ihre Nase in das frische Gebäck. Die Hölle ist schwarz und fettig, aber das Brot, das sie ausspuckt, ist weiß und kracht verheißungsvoll zwischen den Zähnen, und der Zucker, der wie kleine Hagelkörner auf dem Kipferl liegt, fährt in Riedis Zunge hinein wie tausend Engel, so köstlich wie das Brot des Himmels, das der Herr in die Wüste regnen ließ.

Hier wird das beste Brot der Stadt gebacken, sagt ein Bäckergeselle, der an Riedi vorbeigeht und ihr mit seiner weißen Hand auf den Kopf tatscht.

Du siehst aus wie eine Braut mit einem weißen Schleier auf dem Kopf, lacht der Bursche.

Nein, sie sieht aus wie eine Prinzessin, sagt der alte Vater und tatscht Riedi ebenfalls auf den Kopf.

Riedi weiß nicht, was sie fühlen soll, denn sie hat noch nie einen Vater gehabt. Sie hustet und der Vater lacht und sagt: Hast du jetzt schon den Bäckerhusten? Du bist ja eine Prinzessin auf der Erbse!

Die Mutter ist stark, sie hat vertrauenerweckende Knochen. Die Mutter hat wie eine richtige Königin einen Tisch mit einem Spiegel, vor dem sie Riedi die Haare bürstet. Dabei erzählt die Mutter Riedi Geschichten. Sie erzählt immer wieder dieselben Geschichten, zum Beispiel von Riedis Geburt, wo der Vater enttäuscht war, dass sie kein Bub gewesen ist.

Und eine Schönheit warst du auch nicht, sagt die Mutter.

Du hast so einen quadratischen Schädel wie dein Vater, sagt die Mutter.

Die Mutter hat selbst einen quadratischen Schädel, aber das sagt Riedi nicht. Was soll sie auch sagen. Sie weiß, dass sie nicht gut genug gewesen ist für den echten Vater, und sie ist auch nicht gut genug für die echte Mutter.

Bei Mädchen trinkt man Wasser und bei Buben Schnaps, nur wenn das Mädchen eine Schönheit ist, freut sich der Vater.

Diesen Satz wiederholt die Mutter so oft, dass Riedi ihn nicht mehr vergisst. Die Mutter träufelt die Kränkung, die auch ihre eigene Kränkung ist, denn sie ist ja selbst ein Mädchen gewesen und kein Bub, in Riedis Herz, wo das Gift sitzen bleibt.

Dein Vater wurde als Büchsenmacher verspottet auf einem aufgestellten Schild, an das man alte Dosen gehängt hat, erzählt die Mutter. Büchsenmacher nennt man Männer, die nur Mädchen zu zeugen imstande sind.

Riedi versteht. Mädchen sind keine Gewehre, sondern leere Gefäße. Und Mädchen müssen schön sein. Die Mutter versucht deswegen auch, Riedi schöner zu machen, indem sie ihr die Haare mit einer weichen Bürste bürstet. Riedi spürt die Borsten auf die Haare und die Haare auf die Kopfhaut drücken, und es ist, als ob die Mutter sie streichelte. Die Mutter bindet ihr eine große Schleife ins Haar, nicht so groß wie die Schleife auf dem Fotografenfoto, aber es ist eine Schleife. Riedi ist kein Keuschenkind mehr, aber auch keine Prinzessin, die auf der Burg Hochosterwitz wohnt. Sie besitzt eine feine Porzellanpuppe, mit der sie aber nicht spielen darf, weil die Puppe sonst kaputtgeht. Die Mutter erzählt, dass sie den alten Vater nur wegen Riedi geheiratet hat, und Riedi fühlt sich schuldig, dass die Mutter diesen Zwang auf sich genommen hat, aber ohne die Ehe hätte die Mutter all die Herrlichkeiten nicht, die Gewölbe, das frische Brot und die Schatulle mit den feinen Dingen, und Riedi hätte sie auch nicht. Und wenn die Mutter Riedi nicht hätte, hätte sie dem alten Vater keine Tochter mit einer Schleife bieten können, keine Familie, die sonntags flanieren geht und am Lindwurm vorbeigeht zum Hotel Sandwirth, um den Leuten zu zeigen, wie eine richtige Familie aussieht. Ohne die Heirat mit dem alten Vater würde die Mutter in der Keusche sitzen oder in einer Arbeiterwohnung der Treibacher Chemischen Werke.

Die Mutter erzählt auch vom Leiterwagen. Wie sie zur Großmutter nach Obermühlbach kommt, und die Großmutter ist auf dem Feld, und Riedi sitzt im Leiterwagen, ganz schmutzig, und stiert durch die Mutter hindurch. Da weiß die Mutter, dass sie Riedi holen muss. Riedi ist ein schmutziges Bankert, ein lediges Kind, aber sie ist es wert, dass die Mutter sie holt.

Riedi ist dankbar, dass die Mutter sie geholt hat. Riedi ist dankbar, dass sie auf der Welt ist und die Mutter sie bekommen hat. Denn die Mutter erzählt ihr auch, dass sie sie eigentlich nicht bekommen wollte und was sie alles unternommen hat, um das Bankert loszuwerden. Aber es hat nichts genutzt.

Die Mutter ist stark. Sie erzählt, wie sie als Kind die Knaben verprügelt hat. Jetzt verprügelt sie Jakob Lassnig, den alten Vater. Sie haut ihn nicht, sie wirft mit Tassen. Die wilde Thilde tobt, und der alte Vater tobt auch, und Riedi versteckt sich unter der Decke, die auf dem Plüschdiwan liegt, über dem die Fotos der Eltern hängen und auch Fotos von Riedi, denn sie sind jetzt eine Familie. Aber warum nimmt die Mutter sie nie in die Arme, so wie die Großmutter? Nur einmal, als Riedi Fieber hat, trägt die Mutter sie aus dem Bett zum Plüschdiwan und hält sie fest. Riedi ist schon lange im Bäckerhaus, und sie ist erst jetzt angekommen. Sie hat eine Mutter, für die sie einen Wert besitzt. Warum muss ein Kind erst mit dem Sterben drohen, um seinen Wert zu spüren zu bekommen? Es ist wie damals, als Riedi mit der Lungenentzündung im Hammergraben im Bett liegt und die Kerzen angezündet werden und die Frauen für sie beten. Riedi liegt gerne auf dem Plüschdiwan. Sie will dort nie mehr weg.

Werde ich sterben?, fragt Riedi.

Du dummes Zotterle, sagt die Mutter, und das Gefühl der Geborgenheit ist vorbei.

Trotzdem wünscht Riedi sich, nie wieder gesund zu werden. Aber das Festhalten der Mutter, die ihre Arme um das Kind geschlungen hat, wirkt, und Riedis Körper wird langsam wieder gesund. Riedi hat einen kräftigen Körper, der etwas aushalten kann. Nur ihr Geist bleibt noch lange schwach, weil sie nicht begreift, warum die Mutter sie nur festhält, wenn sie am Sterben ist, wenn es zu spät ist, und nicht jetzt, damit Riedi leben kann. Sie braucht die Liebe der Mutter zum Leben, aber sie bekommt sie nicht.

Riedi liegt in dem vergitterten Bett, das im Schlafzimmer der Eltern steht, und der süße Geruch des Dampfls steigt vom unteren Stockwerk herauf. Auch wenn Riedi schlafen geht, erzählt die Mutter ihr Geschichten. Sie macht das Licht aus und zündet eine Kerze an, damit sie Riedis Gesicht sehen kann. Die Mutter erzählt vom Schinderhannes und von Gespenstern, von Räubern und von Hexen und vom Lindwurm, der Menschen und Tiere erwürgt, bis er mit einem Stier als Köder an einem eisernen Haken gefangen wird, der sich in den Gaumen des Lindwurms schraubt. Riedis Gaumen zieht sich zusammen, sie reißt die Augen auf, und die Mutter legt noch einen drauf und erzählt, wie die Klagenfurter Männer den Lindwurm mit eisernen, spitzenbesetzten Keulen erlegen, wie er sich aufbäumt und das Blut aus seinem Maul spritzt. Je weiter das Kind die Augen aufreißt, desto grauslicher erzählt die Mutter.

Die Mutter betrachtet das Gesicht des Kindes, dessen Augen sich nach und nach zu Schlitzen verengen, während sich der Mund in die Breite zieht und dann nach unten. Die Mutter betrachtet das sich verwandelnde Gesicht des Kindes mit kaltem Blick, nur in ihren Augen sieht man, dass sie es genießt. Aus den Augen der Mutter grinst ein kleiner Teufel. Wenn sich Riedis Kehle endlich Schluchzer entringen und sie es nicht mehr ertragen kann, wenn sie sich nicht mehr beruhigen kann und weint und weint, erlaubt die Mutter ihr, sich an sie zu kuscheln. Dann tröstet die Mutter die Tochter, die sie vorher in Angst und Schrecken versetzt hat, und Riedi spürt, dass die Mutter sie braucht. Die Mutter braucht es, gebraucht zu werden, und Riedi braucht die Mutter, die sie nun endlich hat. Riedi genießt es, die feste Haut und darunter die festen

Knochen der Mutter zu spüren, ihren Geruch zu riechen nach Schweiß und Parfüm, zu wissen, dass sie eine Mutter hat, die sie beschützen kann, wenn sie nur will. Dann ist, zumindest für eine Zeit lang, alles gut. Aber manchmal kommt der Teufel zurück in die Augen der Mutter. Sie nimmt einige Kleider und bindet sie zu einem Bündel.

Geh weg, sagt sie mit kaltem Blick. Ich liebe dich nicht mehr, suche dir eine andere Mutter.

Das ist ein Kinderspiel, Riedi kennt es. Aber jetzt ist es kein Spiel, sondern Ernst. Riedi zittert. Sie nimmt das Bündel und geht langsam, Schritt für Schritt, in Richtung Tür. Sie horcht, aber die Stimme erklingt nicht. Sie dreht sich um und schaut zur Mutter zurück. Die Mutter lacht, und Riedi spürt, wie ihr Gesicht sich verzieht zu einem neuen Schluchzen. Sie hält das Schluchzen fest, denn sie weiß, dass die Mutter es sonst zu sehr genießt. Riedis Gesicht erstarrt zu einer Maske, und auch das Gesicht der Mutter erstarrt. Es ist ein Pappmachégesicht und sieht nicht aus, wie es sich anfühlt, das weiß Riedi, auch wenn sie es jetzt nicht anfassen kann. Auch Riedis Gesicht ist eine Maske. Selbst wenn die Mutter es jetzt streicheln würde, und es gibt nichts, was Riedi sich sehnlicher wünscht, würde Riedi nichts spüren. Aber die Mutter streichelt es nicht.

Du dummes Zotterle!

Da erklingt die Stimme doch und klingt wie Musik in Riedis Ohren. Wie Blechtrommeln und Trillerpfeifen.

Du dummes Zotterle, das ist doch nur ein Scherz! Das ist doch nur ein Spiel!

Und Riedi hat noch einmal Glück gehabt. Sie darf bleiben.

Riedi liegt im Bett und denkt an die Geschichten, die die Mutter ihr erzählt hat, vom wehenden Vorhang, der ein Gespenst ist und der die Prinzessin töten will. Sie denkt an die

Großmutter, die noch nie hierhergekommen ist und die nur davon träumen könnte, in so einem Schloss zu wohnen. Die Königinmutter lebt in der Keusche, und die Prinzessin, die aus der Keusche in das Schloss kam und sich immer noch nicht benehmen kann, zittert. Heute fängt die Schule an, Riedi war vor ein paar Tagen einkaufen mit der Mutter und hat ein neues Dirndl bekommen. Sie ist an der Schule vorbeigegangen, die so lang ist wie fünf Kirchen und vor der sich Riedi fürchtet, denn die Schule ist zu groß für ein kleines Kind aus dem Hammergraben, das nichts weiß und keinen Buchstaben kennt und nicht einmal richtig reden kann.

Riedi schaut zu der Madonna hinüber, die über dem Elternbett hängt und milde lächelt. Hinter dem Bett steht der Tischdeckentisch, ein Tischchen mit einer Spitzendecke, an dem die Mutter sitzt, wenn sie die Haushaltsbücher führt und Zahlen hineinschreibt und rechnet, den Kopf schüttelt und noch einmal rechnet und schimpft und noch einmal rechnet. Das Geld ist immer zu wenig, und Riedi kostet immer zu viel. Eine Träne läuft Riedi die Wange hinunter. Sie wischt sie weg und leckt ihre Hand ab, die salzig ist und nass. Aber da ist noch ein Geruch. Er ist süß und zugleich scharf. Nicht nur die Hand ist nass, sondern auch Riedis Beine und das dazwischen, und Riedi springt aus dem Bett.

Sie läuft in die Stube, der dunkelgrüne Kachelofen verbreitet eine wohlige Wärme, aber Riedi friert, obwohl sie aus dem Bett kommt. Die Mutter kommt ins Zimmer und sieht sofort, was passiert ist. Sie dreht sich um und will das heiße Wasser holen, auf das sie Riedi gedrückt hat, auf den Topf mit dem siedenden Wasser. Sie will Riedi noch einmal eine Lektion erteilen, weil das dumme Kind die letzte nicht gelernt hat. Aber Riedi schreit und rennt hinaus aus der Stube und rennt hinunter, weg von dem heißen Wasser, zum alten Vater, dem mürrischen Mann, der beim Essen nie ein Wort spricht, aber der Riedi versteht und zur Mutter gesagt hat:

Lass das Kind, es kann nichts dafur.

Der alte Vater hat sie verteidigt. Er sagt dafur, nicht dafür. Aber der Satz wirkt trotzdem. Die Mutter lässt von Riedi ab.

Der Vater sagt nie Riedi oder Maria zu dem Kind, er sagt Porziunkula oder Prinzessin zu ihr oder nur einfach P. Er hat eine Scheu, Menschen beim Namen zu nennen.

Was macht die P?, ruft er, wenn er nach dem Mittagsschlaf mit lauten launischen Ausrufen durch das Haus geht. Er geht hüpfend wie ein Faun, nur in Gattihosen gekleidet, damit auch alle merken, dass er wieder da ist. Dann erst geht er zu seinem Pfeilerkasten und holt seine Ausstattung, die Manschettenknöpfe, den steifen Kragen, die Krawatte, die Schnurrbartbürste und die Uhr an der Kette. Er ist kein Faun mehr, sondern eine Respektsperson.

Und die Mutter sagt: Er hat dich gern, ich weiß auch nicht, warum.

Hast du deinen Vater gern?, fragt die Dienstmagd, die auch keinen Namen hat, sondern nur Mädel heißt.

Ja, sagt Riedi.

Willst du ihn heiraten?

Natürlich, sagt Riedi.

Und das Mädel und die Burschen, die dabeistehen, lachen, und Riedi schämt sich.

Jetzt schämt sie sich auch. Sie schämt sich zur Hölle, in der sie steht und sich an den Vater schmiegt. Es ist egal, dass die Bäckergesellen sie sehen. Es ist nicht egal, dass die Mutter ihr hinterherläuft.

Lass das Kind, es kann nichts dafur.

Das sagt der alte Vater jetzt noch einmal, als die Mutter zornig und rot und groß und bedrohlich wie ein Erzengel in der Tür steht. Und die Mutter schimpft, aber dann dreht sie sich um und geht, und Riedi schleicht sich nach einer Weile auch hinauf und sieht, dass die Mutter das Federbett zum Fenster hinausgehängt hat. Sie legt ihr nasses Nachthemd in den Wäschekorb und zieht ihr Dirndl an und geht in Begleitung ihrer Mutter zum ersten Mal zu den Ursulinen. Die Mutter hat Riedis Zöpfe mit einem stinkenden Wasser eingerieben. Riedi hat Läuse mitgebracht, von Vroni und Martin und Hubert, und die Mutter hat es erst gemerkt, als am übernächsten Morgen in der Fröhlichgasse eine Laus auf ihrem Kopfpolster spaziert ist. Da war sie nicht mehr fröhlich. Die Mutter hat gute Augen und klare Pläne. Sie will nicht, dass Riedi noch einmal Läuse einfängt.

Riedi trägt ihr neues Dirndl und ihre von dem Petroleum glänzenden Zöpfe, die anderen Mädchen tragen weiße Schürzen und Schleifen im Haar, und keine riecht so, wie Riedi riecht. Sie rücken von ihr ab und sind Prinzessinnen, keine Keuschlerkinder, sie kommen aus der anderen Richtung zur Schule, müssen nicht am Lindwurm und der Verkehrsinsel vorbei, sondern kommen aus dem Villenviertel am Kreuzbergl. Sie nennen Riedi dumm, das wundert Riedi nicht, sie ist es gewöhnt. Sie nennen sie Muttikind, weil sie sich am ersten Tag an ihrer Mutter festklammert. Sie verspotten sie, weil sie so stramme Beine und ein kleines Bäuchlein bekommen hat. Denn Riedi isst Briochekipferl, seit sie im Bäckerhaus wohnt, sie isst Brot und Kuchen. Sie hat keinen Hunger mehr, aber immer Appetit.

Nur bei den Ursulinen, da vergeht ihr der Appetit, denn sie versteht nicht, was die Mädchen von ihr wollen. Sie sind nicht wie Vroni und Martin und Hubert, die Riedi einfach mitnehmen und ihr sagen, was sie spielen wollen. Wo sie nichts reden braucht, sondern sich nur an die Regeln halten muss, wo sie den Bach haben und die Birken, in denen sie schwingen. Hier ist Riedi alleine. Sie gehört nicht zur Gerdapartei und nicht zur Hildepartei, die einander den Krieg erklärt haben. Riedi hat es nicht einmal gemerkt. Sie ist jetzt auch im Krieg, aber sie hat keine Verbündeten. Riedi bringt Briochekipferln mit in die Schule und verteilt sie an die Mädchen, aber das nützt nichts. Gerda und Hilde sind Anführerinnen. Sie hassen einander, aber sie respektieren einander. Sie beschützen die Mädchen, die zu ihnen gehören. In der Mitte bleibt nur noch Riedi übrig.

Sie bezieht Prügel von beiden Seiten. Sie wird an den Zöpfen gezogen und geschubst. Einmal fällt sie hin und blutet am Knie. Auch die Nonnen helfen ihr nicht. Sie werden von den frechen unter den Mädchen selbst am Schleier gezogen. Und weil sie Bräute Christi sind, dürfen sie sich nicht wehren. Riedi wehrt sich auch nicht, dabei ist sie keine Braut Christi. Anna Plank, Riedis Lehrerin, die aus Tirol nach Kärnten gezogen ist, hat ganz blanke Augen, beinahe möchte Riedi meinen, dass sie weint, als sie den Mädchen erzählt, dass sie früher in einer Knabenschule unterrichtet hat.

Die Knaben waren so fein, nicht so wie ihr, sagt sie. Sie haben immer auf den Weg geschaut und sind jeder Ameise und jedem Käfer ausgewichen, um sie nicht zu zertreten.

Riedi sitzt und hört. Solche Knaben, die nicht wild sind, sondern sanfter als Mädchen, hat sie noch nie gesehen. Tirol muss ein schönes Land sein. Riedi möchte dort zur Schule gehen, und zwar in eine Knabenschule. Sie will kein Mädchen sein, denn Mädchen sind böse. Sie tun lieb und tragen Schleifen und Rüschen, aber in Wahrheit sind die Schleifen und Rüschen die Maskierung, hinter der sich ihr wahres Gesicht verbirgt.

Riedi ist eine brave Schülerin, was bleibt ihr anderes übrig. Es fällt ihr nicht schwer, dem Unterricht zu folgen, aber weil sie nie den Mund aufmacht, bekommt sie in Fleiß ihren einzigen Dreier. Warum sie schon bald überall die besten Noten bekommt, weiß Riedi nicht. Vielleicht, weil sie niemanden hat, mit dem sie tuscheln und kichern kann. Wenigstens ist die Mutter zufrieden. Nur Hilde und Gerda sind nicht zufrieden und deswegen auch die anderen Mädchen nicht.

Die dumme Riedi will schlau sein, rufen sie und nennen sie eine Streberin.

Was sie nicht wissen: Riedis Kopf merkt sich einfach alles, ohne dass sie es will. Sie fordern von Riedi, Speckbrote mitzubringen, und reißen sie ihr ohne Dank aus der Hand. Es bringt nichts. Riedi bleibt alleine. Sie kann nicht einmal zu Gott beten, was ihr Schwester Agnes rät. Sie probiert es, aber sie ist danach nur noch mehr alleine. Sie wagt nicht, Schwester Agnes zu sagen, dass das Beten ihr auf die Nerven geht. Sie betet, so wie sie es gelernt hat: Herr, ich bin nicht würdig, dass du eingehst unter mein Dach, aber sprich nur ein Wort, so wird meine Seele gesund. Aber ihre Seele wird nicht gesund. Und sie weiß auch nicht, warum Gott, der Allmächtige, der Erlöser eingehen soll wie eine Geranie auf dem Fensterbrett.

Riedi betet das Spottgebet der Klosterschülerinnen: Lieber Gott, schick mir zum Geburtstag keinen Bären, auch nicht Soldaten mit Gewehren, schick mir lieber einen Mann, der meine Koffer tragen kann.

Aber sie weiß gar nicht, ob sie einen Mann will, denn die Mutter hat einen Mann und ist auch nicht zufrieden. Koffer tragen kann der alte Vater jedenfalls nicht, weil er immer in der Backstube steht.

Riedi trägt jetzt ein grünes Schnürlsamtkleid. Damit wirkt sie auch nicht eleganter. Wenn Riedi ein Loch im Strumpf hat und es nicht bemerkt, sagt die Mutter: Du kannst so nicht aus dem Haus gehen. Wenn du einen Unfall hast und die Leute es entdecken, ist es eine Schande. Und du darfst mir keine Schande machen. Riedi darf auch kein Geld kosten. Jedenfalls nicht zu viel. Schnürlsamt ist billiger als Samt. Sie ist es wohl nicht wert, dass die Mutter ein teures Kleid für sie kauft. Riedi bastelt Papierkörbchen, um sie den Mädchen zu schenken, für jedes eines, mit zarten ausgeschnittenen Spitzen und darauf gezeichneten Blumen. Sie teilt sie aus, aber das erste Mädchen, das ein Körbchen entgegennimmt, zerreißt es mit einem höhnischen Grinsen in der Luft, und das machen alle Mädchen, der Reihe nach.

Riedi sitzt mit kaltem Gesicht in der ersten Reihe, der Deppenbank. Nur die Guten dürfen hinten sitzen, dort, wo sie ihre Ruhe haben und die Nonnen nichts merken. Gute Noten hat Riedi zwar schon. Aber sie gehört trotzdem zu den Deppen. Nach dem Läuten läuft sie am Lendkanal entlang und weint. Hinter Riedi erklingt ein böses Kichern, und sie fällt beinahe in den Kanal, als ein Bub an ihren Zöpfen zieht. Bei den Ursulinen ist es verboten, seinen Körper zu berühren. Manche Nonnen sind alt, aber manche sind jung. Wenn man unter ihre Haube schaut, sieht man ihren nackten weißen Hals. Schwester Agnes hat eine schlanke Taille, das sieht man auch durch die Kutte. Sie unterrichtet Zeichnen, aber Riedi kann es besser als Schwester Agnes.

Das Einzige, was die Mutter ihr immer gibt, ist Papier. Denn die Mutter braucht ihre Ruhe. Wenn Riedi einen Stift in die Hand bekommt, vergisst sie die Küche, in der sie sitzt, die Nonnen und ihre Mitschülerinnen, die Mutter und ihre unerfüllbaren Ansprüche. Sie wird eins mit dem Stift, entflieht der rauen, verwirrenden Wirklichkeit und wird doch gleichzeitig eins mit der Welt, die ihr im Zeichnen zur Verfügung steht. Riedi zeichnet am Tisch und sogar im Bett. Seitdem hat sie sich nicht mehr nass gemacht. Das Papier hat sie gerettet. Riedi zeichnet, wenn die Mutter in den Haushaltsbüchern rechnen muss. Sie versinkt in der Form, die sie den Dingen gibt. Sie passt sich den Dingen und den Menschen an, die sie so gut zeichnen kann, dass die Mutter sie sogar wiedererkennt, wenn sie einmal von den Haushaltsbüchern aufschaut.

Von wem hast du das?, fragt die Mutter.

Riedi weiß es auch nicht. Denn von sich selbst kann ein dummes Kind eine solche Gabe ja nicht haben.

Riedi besucht mit der Mutter den echten Großvater Josef Winter. Die Mutter stammt aus einem richtigen Bauerngeschlecht. Josef Winter ist ein großer und fescher Mann und hat eine Vermögende geheiratet. Offenbar hat die Mutter diese Eigenschaft von ihrem Vater geerbt. Der Großvater ist an den Beinen gelähmt. Sein Vater, Riedis Urgroßvater, war ein großer Lackl wie er und stand bei der Militärparade in der ersten Reihe, als der Kaiser vorbeifuhr. Auch der Großvater hat dem Kaiser gedient. Im Krieg musste er so oft durch kalte Flüsse waten, dass ihn die Füße nun nicht mehr tragen wollen. Er hat es mit den Nerven, auch weil er sich zu viel geärgert hat. Er hat sich zum Krüppel geärgert, aber er hat sich einen Rollstuhl gebaut, mit dem fährt er bis Sankt Veit an der Glan, das sind fünfzehn Kilometer, um seine Geliebte zu besuchen. Auch er ist einer, der weggeht, wenn ein Mädchen kommt. Er bleibt nicht bei der Großmutter, deswegen ist die Mutter ein lediges Kind, so wie die Großmutter schon ein lediges Kind war und wie ihre Enkelin, wie Riedi, ein lediges Kind sein wird. Riedi steht in einer Reihe von unehelichen Kindern. In der anderen

Reihe stehen die Männer, die weggehen. Die Männer zeugen Kinder, und die Frauen ziehen sie auf.

Riedi zeichnet den Großvater mit einer Pfeife im Mund. Der Großvater schaut das Blatt an und sagt: Ja, das bin ich.

Der Großvater erkennt sein langes Gesicht und den Schnurrbart und die wachen Augen, und Riedi schenkt ihm das Bild. Seine Zeichnungen hängen in der Stube an der Wand, auf ihnen sind Hirsche und Landschaften und ein Obstkorb mit Äpfeln und Birnen zu sehen. Das quadratische Gesicht hat Riedi von seiner Mutter, ihrer Urgroßmutter, geerbt. Sie hat helle Augen und Riedi dunkle. Riedi zeichnet auch die Urgroßmutter und weiß jetzt, wie sie selbst aussehen wird, wenn sie eine alte Frau ist. Die Urgroßmutter sieht die Zeichnung, und ihre Kiefer beginnen zu klappern, ihr Gesicht wird breit, noch breiter als ihre Backenknochen, dann wird es lang, wie das ihres Sohnes, und dann kippt es und wird schief und aus ihren hellen Augen fallen Tränen.

Was hast du?, fragt Riedi besorgt.

Ach Kind, ich freu mich ja nur, sagt die Urgroßmutter Agathe Winter.

Sie freut sich anders als andere Leute, aber sie kann ja auch lesen und schreiben, im Gegensatz zur Großmutter, die immer nur ein Kreuzl aufs Papier macht. Sie geht am Stock und kann sich nur bis auf die Bank vor dem Haus bewegen. Die Urgroßmutter sagt: Was glaubt ma, was glaubt ma.

Und das bedeutet, dass man nie weiß, was kommt. Das bedeutet, dass noch Zeichen und Wunder geschehen können.

Und Wunder geschehen tatsächlich. Riedi tappt im Dunklen, aber manchmal wird es ganz hell um sie. Wenn sie zeichnet, was sie vielleicht vom Großvater hat, wenn sie die Dinge und Menschen trifft. Und wenn es sie trifft. Es trifft sie, wenn die

Mutter ihr die Zöpfe flicht und so sehr zieht an den Haaren, dass der Käfer beginnt, auf der Kopfhaut zu krabbeln, nicht juckend, wie die Läuse, sondern jubilierend, wenn er hinunterkrabbelt, die Wirbelsäule nach unten läuft, von deren Wurzel dann ein Gefühl aufsteigt, das Riedi nicht beschreiben könnte, selbst wenn sie es wollte. Mit demselben Wimpernschlag, mit dem es gekommen ist, verschwindet das Gefühl auch wieder. Aber es kann zurückkommen, auch wenn das nicht oft geschieht. Riedi kann es sich nicht herbeiwünschen und auch nicht herbeifantasieren, es kommt von selbst, wie ein Zauber. Vielleicht ist sie doch eine verwunschene Prinzessin, Prinzessin Porziunkula. Sie wird leicht wie eine Feder und schwebt über der Welt und hinein in den unendlichen Raum. Ihr Kopf wird so weit und klar wie das Weltall. So dunkel und sternenbeleuchtet in einem. Sie sieht alles, was ist, und es ist gut so. Sie sieht Dinge, die niemand außer ihr sieht, sie ist eine Seherin. Wenn die Bäckergesellen Riedi fragen, ob sie auch einmal Bäckerin werden will, sagt sie: Nein, ich werde Wahrsagerin.

Willst du nicht mehr Hebamme werden?, fragen die Bäckergesellen.

Riedi beißt sich auf die Zunge. Sie hat wieder zu viel von sich verraten. Und wieder lachen alle über sie.

Die Mutter geht manchmal zum Wahrsager, wenn sie ganz verzweifelt ist, weil sie wieder Tassen nach dem alten Vater geworfen hat und nicht mehr ein noch aus weiß, wobei Riedi nicht versteht, was die Mutter hat. Sie hat es doch gut beim alten Vater, der zwar nicht viel redet, aber ein Bäckerhaus hat mit allen Herrlichkeiten, der der Mutter eine Existenz gegeben hat und ihr Kind adoptiert, das nun eine Klosterschülerin ist, ein Mädchen mit Aussichten. Wenn die Mutter vom Wahrsager kommt, ist sie immer erleichtert. Sie erzählt nicht, was er ihr wahrgesagt hat, jedenfalls ist seine Wahrheit so beschaffen, dass sie den Kummer von der Mutter nimmt.

Aber auch der Wahrsager kann den Kummer, den die Ehe der Mutter mit dem alten Vater bedeutet, zu der Riedi sie zwingt, nicht immer und nicht gänzlich von der Mutter nehmen. Einmal wacht Riedi auf. Jemand hebt sie aus dem Bett und trägt sie zur Tür. Riedi blinzelt durch die halb geschlossenen Augen. Die Mutter liegt im Ehebett, aus ihrem Mund quillt grüner Schaum. Der Doktor ist da und sagt kein Wort, aber Riedi weiß, dass die Mutter nicht mehr leben will, weil sie nicht ein noch aus weiß. Dass sie aber leben muss, weil sie ein Kind hat und eine Verpflichtung und dass das Kind, Riedi, schuld daran ist, dass die Mutter leben muss, wie sie nicht will. Riedi geht durchs Haus, sie hat den bitteren Geschmack des grünen Schaums auf der Zunge, sie will sich ein Zuckerkipferl holen, um ihn zu vertreiben, sie betritt die schwarze Hölle der Backstube und sieht, wie eine Küchenschabe in den Teig fällt. Der alte Vater legt ihr die Hand auf die Schulter und sagt:

Du kannst nichts dafur.

Wenn die Familie Lassnig sich fein anzieht und zu dritt aus dem Haus geht, heißt das Ziel Sonntagskonzert mit Gabelfrühstück im Hotel Sandwirth. Die Mutter trägt ein durchsichtiges beigefarbenes Kleid und einen modischen Topfhut, Riedi das blaue Kleid mit den schwingenden Volants aus dem Geschäft der stattlichen Frau Fischbach. Die Eltern brauchen das Kind, um einen Staat zu machen. Sie sitzen im Gastgarten, in dem jeder sie sehen kann, lauschen der Musik und essen Rindfleisch. Riedi summt mit und stellt sich vor, dass sie die Melodie in diesem Moment erfindet, in dem die Kapelle sie spielt. Sie kann die Melodie voraussehen, weil sie eine Wahrsagerin ist. Wenn sie im Gastgarten des Sandwirth sitzen, streiten die Eltern nicht. Vielleicht weil sie von allen gesehen werden können und weil sie mit den Eltern vom Pepperl zusammensitzen und sich mit ihnen unterhalten müssen. Die Mutter vom Pepperl stammt aus Wien und fällt schon deswegen aus der Reihe. Ihr Mann ist Eisenbahnbeamter, und sie wohnen in der Bahnhofstraße. Die beiden Familien gehen oft zusammen zum Sandwirth. Auch das neue Jahr hat die Familie Lassnig gemeinsam mit der Familie Haas begrüßt. Frau Haas hat einen Schweinskopf mit Essigkren gekocht. Sie hat ein rundes, glänzendes Gesicht und eine üppige Figur, aber ihr Mann stellt sie bezüglich Fettleibigkeit noch um einiges in den Schatten. Riedi spielt mit Pepperl. In Pepperls Hosentasche klimpern immer ein paar Münzen, und zwischen seinen Schneidezähnen ist eine riesige Lücke, so groß, dass Riedi immer hinschauen muss.

Nach der Hauptspeise spielen Pepperl und Riedi Verstecken. Riedi zählt. Sie hat die Arme an die Mauer gelegt und den Kopf in die Arme, als sie spürt, wie eine Hand ihr Haar hinunterstreichelt. Der Käfer beginnt zu krabbeln. Es ist wie die Berührung mit einem Feenstab. Riedi öffnet die Augen. Es ist der Zornbinkerl, der Pepperl. Als die Nachspeise kommt, sagt die Mutter, dass Riedi jetzt eine Ruhe geben soll und sich wieder zum Tisch setzen. Riedi nimmt sich eine Papierserviette und zeichnet. Manchmal zeichnet sie sogar auf Bierdeckeln. Wenn sie zeichnet, verbindet sich Riedi auch mit den Menschen, die ihr sonst fremd sind. Sie sieht ihre Gesichter und versteht ihre Geschichten. Sie denkt sich eine Geschichte zu jedem Gesicht aus. Riedis Denken sinkt in ihre Fingerspitzen, die den Stift führen, gelenkt von den Augen, die die Gesichter der Menschen abtasten und die Geschichten an die Fingerspitzen weitergeben. Und dann sind sie auf dem Blatt, in dem Porträt, in dem sich die Leute wiedererkennen und das sie loben.

Erstaunlich, sagen die Leute. Wie das Kind so sehen kann.

Riedi versteht es auch nicht. Sie gibt sich nicht einmal besonders viel Mühe. Es fließt ihr heraus, weil es stimmt. Sie kann die Leute ja nicht anders zeichnen, als sie aussehen. Riedi kann nicht so gut eislaufen wie die zierlichen Mädchen, die am Meierteich ihre Pirouetten drehen in ihren feinen weißen Jackson-Lederschühchen mit Absatz, während Riedi mit den Eisblumen, den groben Eisenkufen, die sie auf ihre alten Schuhe schnallt, und den wackelnden Knöcheln ein unbeholfenes Bild abgibt. Riedi kann auf dem Eis nicht um sich selbst kreisen. Aber ihr Bleistift vollführt Pirouetten, indem er um die anderen kreist. Auf dem Papier ist Riedi eine Eiskönigin.

Da drüben sitzt Annamirl, ihre neue Freundin. Sie ist auch ein bisschen dick. Sie wird auch gehänselt, denn Annamirl ist adelig. Deswegen wollen die Gerdapartei und die Hildepartei mit ihr nichts zu tun haben. Annamirl soll sich nichts einbilden, finden beide Parteien, die sich wieder einmal verbünden können über einem Sündenbock. Sie wollen nicht zu Annamirl aufschauen. Deswegen merken sie gar nicht, dass Annamirl gar nicht hochnäsig ist. Riedi beneidet sie um ihren Namen. Annamirl Klopp-Vogelsang, schon der Name ist ein Gedicht. Annamirl kann auch gut zeichnen, denn sie bekommt Zeichenunterricht. So haben Riedi und Annamirl noch etwas gemeinsam. Und so kommt es, dass das Keuschlerkind und das Adelskind einander finden.

Annamirl hat Riedi entdeckt. Sie kommt herüber, eine Frau im Schlepptau, die auch adelig aussieht, die ein feines Kleid trägt, noch feiner als das der Mutter. Die Mutter schaut Riedi erstaunt an.

Das ist Annamirl, von der habe ich dir erzählt, flüstert Riedi.

Die Adelige?, fragt die Mutter.

Ja, sagt Riedi.

Die Mutter richtet sich auf und wird ganz Freundlichkeit. Wenn sie will, kann sie so liebenswürdig sein, dass die Menschen nicht anders können, als sie zu mögen. Annamirl steht jetzt vor der Mutter und macht einen Knicks. Die Mutter schaut zu der Dame auf.

Tante Ella, das ist Riedi, von der ich dir erzählt habe. Sie darf doch mit mir zum Zeichnen kommen? Alleine ist mir so langweilig!

Die alte Dame gibt der Mutter die Hand. Die Schultern der Mutter wachsen um noch ein paar Zentimeter, und sie schaut Riedi so stolz an wie noch nie in ihrem Leben.

Darf Ihre Tochter mit Annamirl zum Zeichenunterricht kommen?, fragt die Dame. Der Unterricht findet bei mir im Palais Milesi statt.

Das Palais Milesi, das früher Palais Fugger hieß, liegt gegenüber vom Stadttheater.

Selbstverständlich, sagt die Mutter.

Aber zu Hause hat sie plötzlich Bedenken. Was das kosten wird? Wird Riedi sie blamieren? Riedi fängt an zu reden. Sie redet um ihr Leben. Die Mutter hört zu. Zum ersten Mal. Das dumme Kind hat Argumente. Es kann Sätze bilden, es redet ohne Unterbrechung, und nicht mal dummes Zeug. Außerdem will die Tante nur einen Schilling als Beitrag zu dem Unterricht.

Aber du sprichst ja, und dazu noch schön und gewählt! Du bist ja gescheit!, sagt die Mutter, und es klingt so, als ob sie, indem sie es sagt, diese Tatsache zum ersten Mal zu denken versucht.

Es hält nicht lange an. Nicht einmal zehn Minuten. Denn wo die Mutter schon einmal zuhört, erzählt Riedi der Mutter auch, wie der Pepperl sie gestreichelt hat, und die Mutter versteht wie immer nicht, was Riedi meint. Dass das Besondere an dem Streicheln ist, dass der Pepperl ja eigentlich ein Zornbinkerl ist. Dass er ja eigentlich kein Streichler ist und man ihm den Streichler jedenfalls nicht ansieht, dass der Streichler aber doch tief in ihm steckt. Die Mutter hört nicht zu und sagt nur, dass aus dem Pepperl einmal nichts werden wird und Riedi sich keine Hoffnungen zu machen braucht. Und Riedi macht sich keine Hoffnung, dass die Mutter einmal einsehen wird, dass nichts so aussieht, wie es ist. Dass man der Welt dazu die Maske vom Gesicht reißen müsste.

In der darauffolgenden Woche betritt Riedi mit dem Schilling in der Hand zum ersten Mal in ihrem Leben ein echtes Palais. Das Bäckerhaus ist eine dunkle, enge Hütte gegen dieses Bauwerk mit den breiten Stiegen und hohen Räumen. Es ist eine Keusche gegen dieses Schloss. Der Unterricht findet in der Küche statt, die so groß ist wie eine Kapelle, an deren Wänden kupferne Pfannen hängen und in der es nichts macht, wenn sie herumschmieren. Der Tisch, an dem sie sitzen, ist so groß, dass der große Tisch im Gang des Bäckerhauses klein wird. Wie groß muss erst der richtige Tisch sein, der im Salon? Wenn man an einem Ende des Esstischs im Salon sitzt, kann man fast nicht mehr reden mit dem, der am anderen Ende sitzt, sagt Annamirl. Riedi findet das sehr imposant. Bei Riedi zu Hause wird beim Essen sowieso nicht geredet. Aber hier wird geredet, sogar beim Zeichnen. Riedi hört der Tante zu, die so aristokratisch spricht wie Annamirl, beinahe noch aristokratischer. Sie merkt sich die Wörter und spricht sie in Gedanken mit. Aristokratisch ist besser als Mundart. Die Mutter merkt schon bald, dass Riedi vornehmer spricht. Und weil die Mutter hoch hinaus will mit ihrem dummen Kind, das sich nach und nach als gescheites Kind entpuppt, ist sie sehr zufrieden.

Die Tante stellt ihnen Aufgaben. Zuerst zeichnen sie ein Porträt von einem Maler, der Rembrandt heißt und der Größte ist, wie die Tante sagt. Und dann ein Porträt der Tochter der Herodias von einem Maler, der Carlo Dolci heißt. Am anderen Ende des Tischs sitzt einmal der Neffe der Tante, Richard Milesi. Er ist nur fünf Jahre älter als die Mädchen, aber sieht bereits aus wie ein junger Mann. Und er kennt sich aus mit Kunst, weil er Kunstgeschichte studiert oder studieren will. Die Tante zeigt dem Neffen Riedis Rembrandt-Porträt, und er muss zugeben, dass die Kleine gut zeichnen kann. Aber er versteht nicht, warum die Tante die Kinder so altmodische Sachen zeichnen lässt. Annamirl macht es nichts aus, dass Riedi besser ist, denn es ist ihr sowieso egal, wie gut sie zeichnen kann. Sie ist froh, die langweilige Stunde nicht alleine absitzen zu müssen. Sie hört sowieso bald auf mit dem Zeichnen, weil sie keine Ausdauer hat. Riedi hat Ausdauer. Jedenfalls beim Zeichnen. Zeichnen ist leicht, weil es so schnell geht. Dafür braucht sie eigentlich gar keine Ausdauer. Riedi lernt jetzt auch Klavier, denn wenn schon, denn schon, findet die Mutter, und Annamirl lernt ja schließlich auch Klavier. Riedi spielt Etüden, die nicht schwer sind. Das Klavierspielen kam vor dem Zeichnen, denn die Mutter hat gewusst, dass bessere Leute Klavier spielen, aber sie hat keine Ahnung gehabt, dass auch Zeichnen wichtig ist, um im Leben voranzukommen. Jetzt weiß sie es.

Riedi zeichnet sich selbst. Als sie das Bild anschaut, kann sie nicht glauben, was sie sieht. Das Mädchen auf dem Bild sieht wirklicher aus als sie selbst. Sie hat sich eingefangen und gleichzeitig befreit. Sie sieht sich von außen. Es ist angenehm, sich nicht von innen wahrnehmen zu müssen, denn die Eindrücke, die ihr fester und zuverlässiger Körper sendet, ändern sich jede Sekunde. Auch die Gefühle ändern sich jede Sekunde. Da gibt es nichts, woran man sich festhalten kann. Nun hat Riedi die Zeit angehalten. Sie sieht endlich so aus, wie sie sich anfühlt. Sie hat sich selbst beglaubigt. »8.VI.1932«, schreibt Riedi unter das Bild, an den rechten Rand, und darunter ihren Namen: »R. Lassnig«, denn sie hat beim Großvater, der »J. Winter« an den unteren Rand seiner Bilder schreibt, gesehen, dass man das so macht.

Riedi zeichnet in der Schule unter der Bank ein Porträt von Kaiser Maximilian. Das Abzeichnen fällt ihr beinahe zu leicht, um sie stolz machen zu können. Trotzdem ist es schön, etwas zu können. Es ist schön, wenn die Leute die Luft durch die Zähne einziehen, wenn sie Riedis Zeichnungen sehen, wenn das Wort »begabt« fällt. Das hört auch die Mutter gern. Trotzdem hört sie es nicht gern, wenn irgendjemand meint, dass Riedi auch malen lernen soll. Mit Ölfarben, Leinwand und dem ganzen teuren Zeug. Ein Kunststudium ist für Riedi nicht vorgesehen. Riedi wird heiraten. Und um eine gute Partie zu machen, reicht es, dass sie gut zeichnen lernt.

Riedi versteckt sich hinter dem großen viereckigen Kachelofen. Von draußen klingen raue Stimmen empor, wie Riesen oder Ungeheuer, die drohend knurren und dabei mit Stöcken schlagen. Es stampft und knallt und durch das Fenster dringt ein flackerndes Licht.

Riedi wagt sich hinter dem Ofen hervor und lugt aus dem Fenster. Sie sieht Fackeln und Stiefel.

Heil, Heil!, klingen die Rufe der Männer, von unten herauf.

Auf der gegenüberliegenden Straßenseite stehen Menschen, die einen stumm und voller Angst, die anderen voller Begeisterung. Auch Kinder sind dabei.

Da, da ist der Verlobte meiner Schwester, schreit ein kleines Mädchen.

Ein Raunen geht durch die Menge, aus dem sich ein einzelner Lacher entringt. Riedi hat genug. Sie kriecht hinter den Ofen zurück. Es sind nur Menschen. Aber sie sind nicht geheuer.

Der Nikolaus läutet an der Tür und hat den Krampus bei sich. Riedi versteckt sich mit Annamirl in der Rauchkuchl. Annamirl gefällt das dunkle Bäckerhaus. Es erinnert sie an ein Hexenhaus aus dem Märchen. Der Krampus kommt aus der Hölle und will bestimmt nicht dorthin zurück. Sie kriechen wieder heraus und streifen an den Wänden an, ihre Kleider werden schmutzig. Riedi hat das schöne Kleid an, weil Annamirl zu Besuch ist. Wenn man an der Wand der Rauchkuchl anstreift, nachdem man aus dem Badezimmer kommt, ist man schmutzig hineingegangen und schmutzig wieder herausgekommen. Das ist die Hölle. Egal, was man macht, es wird nicht besser, und alle Anstrengungen nutzen nichts. In diese Situation gerät Riedi oft.

Dass Annamirl hierherkommen darf, ist der neuen Zeit geschuldet und dem Umstand, dass sie in der Schule sonst keine Freundinnen hat. Die Mutter hat ihr Feiertagsgesicht aufgesetzt, als sie Annamirl begrüßt hat. Jetzt steht sie vor der Rauchkuchl und ruft die Mädchen heraus. Es war gar nicht der Nikolaus, der geklopft hat, das haben Riedi und Annamirl nur gespielt. Annamirl wird gleich abgeholt. Deswegen schimpft die Mutter auch nicht über das schmutzige Kleid und sie schlägt Riedi auch nicht mit der Birkenrute auf den nackten Hintern, wie sie es sonst tut, wenn Riedi sich etwas zuschulden hat kommen lassen. Heute packt die Mutter die Konfektschachtel aus, und jedes Mädchen darf sich ein Konfekt nehmen, das darf Riedi sonst nur, wenn sie ganz brav gewesen ist. Die Mutter freut sich, dass das dumme Kind eine adelige Freundin hat und zeichnen lernt. Auch wenn sie nicht weiß, wozu sie auch noch malen lernen soll. Wenn die Mutter nicht mehr weiterweiß, geht sie zum Wahrsager.

Dieses Mal geht die Mutter zu einem anderen Wahrsager als sonst. Der neue Wahrsager ist jung und berühmt. Die Mutter erzählt Riedi alles. Vorher und nachher. Riedi sitzt zu Hause und wartet. Was sie schon weiß: Der Wahrsager heißt Fridolin Anton Kordon-Veri, und die Mutter hat über ihn in der Zeitung gelesen. In der Zeitung steht zwar, dass der Hellseher und Kunstmaler ein Scharlatan ist, aber das stört die Mutter nicht. Das Übernatürliche wird von den Zeitungen immer abgetan, aber das bedeutet nicht, dass es das Übernatürliche nicht gibt. Mathilde spürt, dass der Mann mit dem gewichtigen Namen ihr weiterhelfen kann mit ihrer stummen, störrischen, verschlossenen Tochter, die sich nicht nur als fleißige Schülerin erwiesen hat, sondern jetzt auch noch eine besondere Begabung haben soll.

Dass man Begabungen, die ja vom Herrgott gegeben werden, unterstützen soll, weiß Mathilde. Aber sie ist sich nicht sicher, ob bei dem komischen Kind, das so anders ist als andere, auch eine wirkliche Begabung vorhanden ist. Und ob die Kunst überhaupt zu etwas führen kann, weiß Mathilde auch nicht. Ob es nicht vergeblich ist, in das komische Kind einzuzahlen. Denn die Kunst ist kein Lebensweg, jedenfalls nicht für Mädchen. Mathilde ist zwar selbst Künstlerin, genau genommen Dichterin. Sie schreibt Gedichte mit Reimen und in Mundart. Aber sie bildet sich nicht ein, das zu ihrem Lebensmittelpunkt zu machen, so wie das störrische Kind.

Fridolin Anton Kordon-Veri, von dem in der Zeitung auch ein Foto abgebildet ist, sieht aus, als ob er das alles wissen würde oder zumindest sehen könnte in seiner Kugel. Mathilde hat außerdem in der Zeitung gelesen, dass Fridolin Anton Kordon-Veri gleich um die Ecke wohnt, in der Karfreitstraße, und nimmt das als ein gutes Zeichen. Dass er auch selbst Maler ist und impressionistische Gemälde von Landschaften anfertigt, nimmt Riedi als gutes Zeichen. Riedi hat eins davon in der Zeitung gesehen, und auch wenn es nur schwarz-weiß ist, weiß sie, dass der Mann sehen kann. Sie weiß, dass der Mann die Wahrheit sehen wird. Sie hofft es zumindest. Fridolin Anton Kordon-Veri führt parapsychologische Phänomene vor, auch das steht in der Zeitung. Und er nennt sich erster wissenschaftlich geprüfter Hellseher und Psychometer. Das steht auf seinem Türschild. Die Mutter nimmt, wie der Wahrsager es ihr beim Vorgespräch empfohlen hat, ein Foto von Riedi mit, das in einem Umschlag steckt, damit es der Wahrsager nicht sehen kann. Wenn er es sehen könnte, müsste er ja nicht wahrsagen.

Der junge Mann, der die Tür öffnet, hat dunkle Haare und weit auseinander liegende, weit aufgerissene Augen, so wie auf dem Foto in der Zeitung. Er geleitet die Mutter in einen Salon, wo auf einem Tisch eine Kristallkugel steht. Der Wahrsager setzt sich hinter die große Kristallkugel, die Mutter davor. Fridolin Anton Kordon-Veri legt sich mit einer salbungsvollen Bewegung eine Augenbinde an, und die Mutter schiebt den Umschlag unter die Kristallkugel. Der Umschlag und die Augenbinde stellen eine doppelte Absicherung dar, aber der Hellseher tappt nicht lange im Dunklen. Er lässt die Hände über der Kugel schweben, in der sich das spärliche Licht bricht, das durch die schweren Vorhänge fällt, und spricht nach einer Pause von nicht einmal einer Minute, in der das Herz der Mutter, die bis jetzt nicht aufgeregt ist, zu schlagen anfängt, dass sie meint, es müsse ihr aus der Brust springen:

Ich sehe ein sehr begabtes Kind, dem man nichts in den Weg legen soll für die künstlerische Ausbildung.

Der Mund des Hellsehers bewegt sich dabei unter den verbundenen Augen wie selbständig, wie ein Automat. Mathilde Lassnig sagt nichts. Ihr Schlucken ist kaum hörbar, die schweren Vorhänge nehmen das Geräusch gnädig auf. Aber die Kehle tut der Mutter noch weh, als sie dem Kind davon erzählt. Nach dem Satz, der Riedi das Tor zur Welt der Kunst öffnet, stehen der Verkünder und die Empfängerin auf und gehen zur Tür. Sein Gesicht ist gelöst, er lächelt, vor allem, als er den zweiten Umschlag sieht, in dem die vereinbarte Summe steckt. Es ist nicht wenig Geld, aber wenig im Vergleich zu dem, was sie nach dem verhängnisvollen Satz noch in die Tochter wird stecken müssen. Mathilde wehrt sich nicht gegen ein Schicksal, das so glasklar auf der Hand liegt.

Sie haben Glück gehabt, sagt der junge Mann, der Mathilde zum Abschied die Hand drückt und ihr mit seinem stechenden Blick bis ins Herz schaut, denn ich gehe demnächst nach Zürich.

Mathilde erzählt es Riedi, und Riedi weiß, dass sie Glück gehabt hat. Einmal in ihrem Leben hat sie Glück. Aber wahrscheinlich ist es kein Glück, sondern einfach die Wahrheit.

Die Mutter erzählt Riedi auch, dass der Wahrsager, der ein Maler ist und dazu Fotograf, weswegen er Vertrauen in Fotografien hat, die imstande sind, die Seele einzufangen, in Zürich eine Cona-Bruderschaft gründen wird. Und dass Cona eine Wesenheit bedeutet, die nicht aus dieser Welt stammt, sondern eine außerirdische Intelligenz ist. Diese Intelligenz hat ihm die Gründung der Bruderschaft befohlen, und dazu muss der Wahrsager, der ein Maler ist, jetzt, nachdem er Riedi die Zukunft vorhergesagt hat, schnell in die Schweiz, das Land hinter den Bergen, hinter Tirol, das Riedi sich noch schöner vorstellt als Tirol, wo die Buben Achtung vor Käfern und Ameisen haben. Wer weiß, wovor die Schweizer alles Achtung haben.

Ein Lehrer hat den Klosterschülerinnen neulich etwas gesagt, das Riedi schon wieder nicht vergessen kann:

Ein Stuhl ist kein lebloses Ding, sondern ein Lebewesen. Man darf ihn also nicht schlecht behandeln, hat er gesagt, und drohend den Finger gereckt.

Der wollte doch nur, dass wir nicht so grob mit den Möbeln der Schule umgehen, lacht Annamirl, als Riedi darüber spricht.

Aber Riedi besteht darauf, den Lehrer wörtlich zu verstehen. Sie sieht Stühle seitdem anders. Ob Fauteuil, Sessel oder Schemel: Sie haben vier Beine und ihren eigenen Charakter. Ja, vielleicht sogar ihren eigenen Willen. Riedi zeichnet den Vater in seinem großen Ohrensessel, und es stimmt: Der Sessel hat eine Aura. Sie gleicht der des Vaters.

Der alte Vater ist ein guter Mann, zu dem die Bäckergesellen halten. Einer besonders, der schöne Robert, der sich im Backhaus verschanzt, obwohl eine grölende Menge sich vor dem Tor versammelt und fordert, dass der Robert herauskommt und mitmacht bei dem Streik. Robert ist ein Streikbrecher, das ist etwas Schlimmes, findet die grölende Menge, aber für Riedi bedeutet das Wort Streikbrecher seitdem, dass Robert eine Lanze gebrochen hat für den alten Vater.

Der alte Vater steht am Fenster und schaut hinaus in das Gegröle und Gestoße, in das Gestikulieren und Gedränge und sagt das Wort Mob. Der alte Vater atmet so schnell und wird so rot im Gesicht, dass Riedi Angst hat, dass sein Herz stehen bleibt. Dann fällt ein Stein gegen das Fenster, aber er prallt am Rahmen ab. Der Streikbrecher lässt sich nicht erpressen, er bringt den alten Vater hinauf in die Stube, und Riedi richtet ihm eine warme Ecke in ihrer Herzensstube ein. Sie wird den feschen Robert nie vergessen, denn man soll diejenigen nicht vergessen, die zu einem gehalten haben, auch in der Not. Außerdem hat der Robert so dichte dunkle Haare und einen so frohen Blick. Er ist anziehend, weil er so jung und so fesch ist, aber auch weil er weiß, was er will, und weil er sich nicht beeindrucken lässt von dem, was andere von ihm wollen. So etwas gefällt Riedi, dem störrischen Mädchen.

Riedi ist nicht mehr alleine, seit sie Annamirl hat, und wer erst einmal eine Freundin hat, findet auch eine zweite. Sie heißt Traudl Paulin und hat eine Mutter, die ganz anders ist als Riedis Mutter. Auch Annamirls Mutter ist anders als Riedis Mutter. Wenn die Töchter am Muttertag oder am Geburtstag der Mutter ein Gedicht aufsagen, weinen die Mütter, vor Rührung. Wenn Riedi am Muttertag und am Geburtstag ein Gedicht aufsagt, dann weint Riedi, weil sie sich tagelang vorbereitet hat und sie dann so eine große Furcht überkommt, dass sie zu stottern beginnt. Riedi weint auch am Heiligen Abend, wenn sie *Stille Nacht* singt. Dann schüttelt es sie, ihr Gesicht verzieht sich zu einer Grimasse und die Tränen kullern wie bei ihrer Urgroßmutter Agathe.

Mathilde weint nie. Ihr Gesicht verzieht sich höchstens zum Zorn. Riedi verbringt jetzt die Nachmittage bei Paulins. Dort fliegen keine Tassen, dort ist niemand zornig und nicht einmal mürrisch, sondern dort haben alle Dinge, die sie gerne machen. Frau Paulin bringt den Mädchen Kochen bei, obwohl sie eine feine Frau ist. Traudl spielt Klavier, aber viel besser als Riedi. Sie soll Pianistin werden, aber das ist für Frau Paulin nichts Besonderes, sondern das Normalste auf der Welt. Frau Paulin findet es auch das Normalste auf der Welt, dass Riedi gut zeichnen kann und gerne malen lernen würde. Mathilde hat jetzt beinahe ein normales Kind, mit dem sie eigentlich zufrieden sein kann. Ein Kind, das zu einem jungen Mädchen herangewachsen ist.

Riedi liegt in der Badewanne. Sie hat sich vorgenommen, immer bewusst zu sein. Nicht nur für das, was um sie herum vorgeht, sondern auch für das, was in ihr vorgeht. Die Welt ist voller Eindrücke, der Körper ist voller Empfindungen, aber bevor man alles wahrgenommen hat, sind die Eindrücke und Empfindungen schon wieder verschwunden. Riedi schaut an ihrem Körper hinunter. Sie hat Brüste, die nicht sehr groß sind. Sie hat eine Hüfte, die breit ist wie die von Urgroßmutter Agathe. Das warme Wasser umhüllt die Haut und bildet auf dem Bauch einen kleinen See mit einer leicht gewölbten Oberfläche. Die Körperteile, die unter dem Wasser liegen, verändern ihre Form, wenn das Licht sich im Wasser bricht. Die Körperteile, die aus dem Wasser herausschauen, sehen aus wie Steine oder Nilpferde oder Inseln. Ihre Konturen sind umgeben von den spärlichen Resten des Schaums.

Die Mutter kommt in das Badezimmer, das nicht mehr hinter der Rauchkuchl liegt, sondern eine echte Badewanne hat. Ein Badezimmer gehört jetzt zu einer bürgerlichen Ausstattung, weswegen die Mutter eines einrichten lassen hat. Sie achtet darauf, dass Riedi nicht zu viel Wasser verbraucht. Sie achtet darauf, dass Riedi mit dem Schaum nicht zu verschwenderisch umgeht. Und sie achtet darauf, dass Riedi nicht zu lange in der Wanne liegt und damit auf der faulen Haut.

Kommst du jetzt endlich raus!, sagt die Mutter und betrachtet ihr Kind, das bald kein Kind mehr ist.

Sie sieht die kleinen Brüste, die breite Hüfte und erteilt dem Kind eine Lektion fürs Leben.

Es ist nicht wichtig, schön zu sein, man muss nur was verstehen.

Riedi begreift. Aber etwas anderes, als die Mutter gewollt hat. Riedi begreift, dass sie nicht schön ist. Aber was folgt daraus? Riedi weiß, was die Mutter sagen wollte. Sie wollte sagen, dass die, die nicht schön sind, so wie Riedi, diesen Mangel mit Schläue ausgleichen müssen. Aber wenn Riedi nicht einmal das ist? Sie kommt sich immer noch so oft einfach dumm vor, denn die Welt ist so kompliziert, und die Menschen sind noch komplizierter. Riedi kann keine Ordnung hineinbringen. Sie hat das Gefühl, am Boden zu kleben und keinen Überblick zu gewinnen. Sie ist nicht schön, aber sie versteht auch nichts. Sie ist eine Enttäuschung für die Mutter.

Die Mutter ist nicht nur schön. Sie hat glänzende lange Haare, ein ebenmäßiges Gesicht und gerade Zähne, sie hat Farbe auf den Wangen, auch wenn sie sich nicht schminkt. Sie nimmt das Leben selbst in die Hand. Sie ist so lebhaft und tüchtig. Sie spricht immer von Carl Auer von Welsbach, der den Glühstrumpf erfunden hat, den Metallfaden in der Glühlampe und den Zündstein im Feuerzeug, der mindestens vier Elemente entdeckt und die Treibacher Werke in Meiselding gegründet hat, wo die Mutter gearbeitet hat. Der Welsbach-Vater hat sich aus bescheidenen Verhältnissen emporgearbeitet und war auch schon ein Erfinder. Er entwickelte den Naturselbstdruck, die Schnellpresse und die automatische Kupferdruckpresse. Und dafür wurde er sogar in den Adelsstand erhoben.

Riedi begreift, warum die Mutter diesen Männern Respekt zollt. Die Mutter hat sich selbst emporgearbeitet, wenn auch nur durch Heirat. Aber sie ist befreundet mit Bischöfen und Pfarrern. Und mit der stattlichen Frau Fischbach vom Kindermodengeschäft mit dem gleichen Namen in der Fröhlichgasse, Ecke Bahnhofstraße, einer imposanten Erscheinung mit Damenbart, mit der die Mutter immer lange vor dem Geschäft steht und plaudert. Manchmal kauft die Mutter dort auch für Riedi ein. Das blaue Tuchkleid mit Volantverzierungen zum Beispiel. Die Mutter ist eine schöne Frau, Riedi nicht. Deswegen nutzt es nichts, ihr zu viel zu kaufen. Erst seit sie eine adelige und eine bürgerliche Freundin hat, kauft die Mutter ihr öfters ein teureres Gewand. Denn zu den neuen Freundinnen kann die Mutter sie nicht in einem alten Schnürlsamtkleid gehen lassen. Die Mutter hat also die Hoffnung für Riedi noch nicht aufgegeben.

Der Pfarrer hat neulich, als er bei der Mutter zu Besuch war, etwas zu Riedi gesagt, das sie seitdem nicht vergessen kann. Er hat gesagt, dass die Mutter Riedi nicht versteht. Riedi starrt den Pfarrer an, und sie weiß nicht, ob sie ihn hassen oder ihm dankbar sein soll. Die Mutter ist gerade draußen, sonst hätte der Pfarrer es ja nicht gesagt. Das Gespräch ist tot, weil die Wahrheit im Raum steht. Da ertönt die Stimme des alten Vaters, der vom Mittagsschlaf aufgestanden ist.

Wo ist die Prinzessin Porziunkula?

Der Pfarrer lacht und fragt, ob Riedi überhaupt weiß, was das bedeutet. Riedi schüttelt den Kopf und erfährt, dass der Portiunkula-Ablass – der Pfarrer spricht ihn mit T statt mit Z – ein vollkommener Ablass ist, benannt nach einer Kapelle, zu der der heilige Franziskus gegangen ist. Er kann die Schuld, die ein Mensch auf sich geladen hat, vollkommen tilgen. Aber Riedi weiß nicht, welche Schuld sie auf sich geladen hat. Sie weiß nicht, was sie wiedergutzumachen hätte. Und schon gar nicht, wie das gelingen könnte. Wie kommt es, dass der Pfarrer etwas versteht, was Riedi nicht versteht? Riedi läuft ihrer Mutter nach, aber die stößt sie weg. Die Mutter ist jetzt immer öfter mit der Politik beschäftigt, in der sich etwas zusammenbraut. Adolf Hitler hat in Deutschland die Macht ergriffen und wird im großen Saal des Hotel Sandwirth groß gefeiert. Die Mutter betrachtet das Foto in der Zeitung, spricht das Wort »notwendig«. Aber Riedi hat kein Interesse für die Politik.

Zum Glück hat Riedi jetzt die Wandervögel, zu denen Traudl sie eingeladen hat. Sie gewinnt noch mehr neue Freunde. Die Nonnen heften den Mädchen, die zu kurze Röcke tragen, Papierstreifen unten dran, damit man nicht zu viel von den Beinen sieht. Bei den Wandervögeln sind die Beine frei. Bei den Wandervögeln sind die Beine die Hauptsache. Sie treten in die Pedale des neuen Fahrrads, das Riedi zum fünfzehnten Geburtstag bekommt, sie liegen in der Sonne in einem kurzen Badeanzug, der es zulässt, die heißen Strahlen auf der Haut prickeln zu lassen. Traudl und Riedi lernen Gerlinde und Rainer kennen. Sie werden unzertrennlich. Rainer ist ein feiner junger Mann. Aber er ist verliebt in Gerlinde. Riedi ist nicht verliebt, höchstens manchmal, höchstens ein bisschen. Sie genießt die Sonne, den Wald, das Wasser, die Freunde und, zum ersten Mal in ihrem Leben, sich selbst.

Riedi liegt am Wörthersee, der ein blitzendes Meer ist. Das Glitzern auf dem Wasser verstärkt die Strahlen der Sonne. Es ist ein Flimmern und Flirren, wie damals, als Riedi in den Birken schwingt. Die Strahlen trocknen das Wasser, das vom Baden an den Beinen klebt, es juckt wie tausend Käfer. Das Sonnenlicht sticht wie feine Nadeln, die Beine werden heiß und das Blut steigt zum Herzen, das auch warm wird, und eine Freude breitet sich in Riedi aus, die sie noch nie gekannt hat. Riedi fühlt sich zum ersten Mal schön. Denn auch in Riedi sind ein paar Burschen verliebt. Sie hat jetzt schlanke Beine und ist kein hässliches Entlein mehr. Sie kann ein Schwan werden.

Die Wandervögel fahren mit dem Fahrrad zum hundert Kilometer entfernten Weißensee, der auf über neunhundert Metern Seehöhe liegt, und schlafen in Zelten. Ihre Körper berühren sich, und Riedi fühlt sich zum ersten Mal nicht fremd, sie fühlt sich zum ersten Mal nicht alleine. Die Haut ist ein Organ, das den ganzen Körper umhüllt, die Freude fließt um Riedi herum und noch einmal herum und noch einmal, sie gräbt sich ins Fleisch und sinkt in die Knochen. Am Morgen danach liegt Riedi im Gras und gönnt es sich, faul zu sein. Die

Wärme der Sonne strahlt auf ihre Achselhöhlen, ihre Hände liegen unter dem Kopf, am Ufer gluckst das Wasser, und Riedi ist glücklich. Dann kommt jemand, der jemand, der gestern im Zelt neben ihr lag, und legt sich neben sie. Riedi ist nicht mehr alleine und hat eine Heimat gefunden bei ihren Freunden und in der Natur.

Nur manchmal noch fühlt sie sich fremd, denn sie versteht nicht alle Regeln. Zum Beispiel wenn es heißt, dass sie immer die Wahrheit sagen sollen, dass niemand etwas verheimlichen soll, auch wenn es noch so unangenehm ist. Alles teilen, allen helfen, lautet das Motto der Wandervögel. Riedi kann sowieso nicht anders, als die Wahrheit zu sagen. Aber genau das ist ihr Fehler, ihre Schwäche. Das Gute ist, dass sie immer noch keine ist, die viel redet.

Psst, sei still, sagt die Mutter jetzt immer öfter.

Inmitten der sonnigsten Zeit von Wanderungen und Radtouren, von neuen Freundschaften und mächtigen, kaum abzuwehrenden Gefühlen beginnt eine finstere Zeit. Riedi weiß nicht, wann es begonnen hat. Sie hat wie immer nichts mitbekommen.

Wann geht es endlich richtig los?, fragen die, die mit dem Neuen einverstanden sind.

Was soll das noch werden?, fragen die, die mit dem Neuen nicht einverstanden sind.

Riedi weiß überhaupt nicht, wie es weitergehen soll. Sie weiß nicht, was sie werden soll. Manchmal denkt sie an den Rat von Rainer, an die Szene in dem Buchenwald, an die Rast auf dem Rückweg von der Gottschee, als Riedi Rainers Profil zeichnet. An seinen Rat, an seine dringliche Bitte, sich an der Akademie zu bewerben. Weil sie nicht weiß, ob Rainer recht hat, folgt sie dem Rat der Mutter.

Du wirst Lehrerin und aus!, sagt Mathilde.

Die Mutter hat vergessen, was der Wahrsager gesagt hat. Und Riedi denkt auch nicht daran. Jedenfalls nicht fest genug, um die Mutter umzustimmen. Um die Mutter umzustimmen, müsste Riedi einen Plan haben, und sie hat keine Pläne. Eine Lehrerin hat ein Auskommen, sagt die Mutter. Sie hat eine Tätigkeit und eine Unterkunft, bis sie einen findet, der sie heiraten kann. Dann ist sie unter der Haube.

Gerlinde hat sich auch angemeldet. Lehrer werden jetzt gebraucht, sagt die Mutter. Und sie muss es ja wissen, weil sie immer alles weiß und mit dem Neuen grundsätzlich einverstanden ist. Die Nonnen sagen es auch im Sommer 1937, und sie müssen es ja noch besser wissen. Lehrerinnen werden jetzt gebraucht. Noch ein Jahr bei den Ursulinen, noch ein Jahr im Stall, noch ein Jahr, in dem Riedi Schülerin sein kann und nicht zu überlegen braucht, was sie will und was das alles bedeutet.

Juni 1938, Riedi ist Lehrerin. Österreich heißt schon seit drei Monaten Ostmark. Die Machtübernahme ging ohne Widerstand und ohne Waffengewalt vor sich. Im Gegenteil: mit einem Fahnen- und Fackelzug. Der Platz, auf dem der Lindwurm steht, heißt nicht mehr Dollfußplatz, sondern Adolf-Hitler-Platz. Adolf Hitler kommt sechs Tage vor der Volksabstimmung in die Kärntner Landeshauptstadt. Die Klagenfurter werden aufgefordert, ihre Häuser mit Hakenkreuzfahnen zu schmücken, und lassen sich nicht zweimal bitten. Es ist ein Brüllen, Singen und Marschieren, das viele mitreißt und andere das Fürchten lehrt. Die katholischen Bischöfe fordern die Bevölkerung zur Abgabe einer Ja-Stimme bei der Volksabstimmung am 10. April 1938 auf. 99,79 Prozent der Kärntnerinnen und Kärntner kommen dem nach, zumindest in der offiziellen Zählung. Riedi wurde zwei Tage nach dem Abschluss des Friedensvertrags von Saint-Germain geboren, der von ihrem Geburtsland nur noch einen Rumpf zurückgelassen hat, und wird volljährig, als dieser Rumpf sich mit dem vereint, was vom Deutschen Reich übrig ist. Jetzt wollen die beiden durch den Ersten Weltkrieg Amputierten die alte Schmach wiedergutmachen. Ihr Ansinnen heißt Rache. Dazu werfen sie alle Moral über Bord, die bislang gegolten hat.

Die Mutter, die immer mit Pfarrern und Bischöfen verkehrt hat, tritt aus der Kirche aus, und mit ihr die ganze Familie. Aber erst im Dezember, ein paar Monate, nachdem Riedi die Klosterschule verlassen hat. Riedi ist sowieso lieber im Wald oder am Wasser. Ihr fehlt nicht der Glaube. Aber in der Natur kann sie einfach nur sie selbst sein. Hier ist alles klar. Und still. Der alte Vater schweigt ohnehin. Er hält nicht viel von den neuen Machthabern, aber er sagt es nicht. Auch der echte Vater findet die braun Uniformierten nicht gut. Aber er ist ja sowieso ein Schuft. Nur die Mutter meint weiterhin, dass es notwendig ist. Sie liest Riedi aus der Zeitung vor, dass der kommissarische Leiter der Kärntner Industrie aus der Familie der Auer von Welsbach jeden, der sich gegen das neue Volksgesetz auflehnen will, dessen eiserne Faust spüren lassen will.

Riedi zuckt zusammen und läuft weg. Aber es gibt kein Entkommen. Riedi muss mitmarschieren, gemeinsam mit der ganzen Klosterschule. Die frisch ausgebildeten Lehrerinnen kommen den neuen Machthabern zupass, die drei Tage nach dem Volksentscheid die Schulen schließen, um vom 13. bis 22. April missliebige Lehrkräfte loszuwerden. Auch wenn die Mädchen noch nach dem alten System erzogen wurden, sie sind jung und formbar, wenn notwendig, mit Gewalt. Im Juni 1938 verlässt Riedi die Ursulinen für immer. Aber zuerst kommt der Arbeitsdienst, der die Arbeitsmaiden, wie sie nun genannt werden, darauf einstimmen soll, wozu sie geboren wurden: zum Kinderkriegen und zur Land- und Hauswirtschaft. Riedi wird vergessen, was in diesem halben Jahr ihre Pflicht war. Sie wird sich nicht mehr daran erinnern, wo sie sich zu dem Zeitpunkt aufhält, als die schöne neue Welt der Ostmark in tausend Scherben zerspringt.

November 1938. Der Fröhlichgasse ist der Frohmut abhandengekommen, es klirrt Glas, aber das ist nicht das Schlimme. Das Schlimme ist die Zerstörung, das Schlimme ist die Vertreibung. Das Schlimme ist der Verrat. Das Schlimme ist der Neid, der bis jetzt nur ab und zu aufgeflackert ist und heimlich vor sich hin geglüht hat und von dem nicht viele geahnt haben, welche Hitze er erreichen kann. Die Zerstörung der Geschäfte in Klagenfurt und Villach beginnt erst am nächsten, helllichten Vormittag nach der sogenannten Kristallnacht, dem Pogrom, das nicht vornehmlich Glas zerstört, sondern Existenzen. Es kann mitnichten als ein spontaner Ausbruch des Volkszorns verbucht werden, denn zuvor werden die Ehemänner, Väter und Brüder verhaftet. Von Frauen und Kindern ist kein Widerstand zu erwarten. So macht das Wüten noch mehr Spaß.

Heute ist kein Unterricht, heute ist Judenverfolgung, ruft ein Schulwart in Villach, und die Jungen rennen los.

Auch in Villach gibt es ein Bekleidungsgeschäft namens Fischbach. Dass der Name Fischbach für die Familie das Öl, das den Tempel erhellt, bedeutet, weiß keiner von denen, die die Flammen in den jüdischen Tempeln legen, und keiner von denen, die die Wohnung der Fischbachs plündern. Auch Moritz Fischbach wird schon vor der Randale und den Plünderungen vorsorglich abgeholt. Amalie Fischbach steht am Fenster und sieht zu, wie ihr Besitz auf die Straße geworfen wird, Bücher, Geschirr, Silberbesteck, Bettwäsche, Lebensmittel, sogar die heruntergerissenen Vorhänge. Was nicht durch die Fenster passt, wird zertrümmert. Auf dem Sockel der Pestsäule am Villacher Hauptplatz, der seit März Adolf-Hitler-Platz heißt, stehen Jugendliche, die immer wieder schreien:

Hoch hänge der Jude am Laternenpfahl. Jude verrecke im eigenen Drecke.

Sie wissen nicht, was sie tun, aber sie haben Spaß dabei.

In Klagenfurt brennt die Platzgasse, und das jüdische Bethaus ist dabei. In Klagenfurt brennt die Fröhlichgasse, und das Bäckerhaus ist nicht dabei. Als Riedi sich dessen vergewissert hat, ist sie beruhigt. Zumindest fragt sie nicht mehr nach. Einmal fragt Riedi doch, sie hat gehört, dass das Kindermodengeschäft der Familie Fischbach den Fackeln und Stöcken und Stiefeln zum Opfer gefallen ist.

Weißt du was von den Fischbachs?

Die Mutter scheint irritiert. Sie muss nachdenken, so als ob sie nie eine Familie Fischbach gekannt hätte.

Die werden Gott sei Dank alle über die Grenze nach Italien geflüchtet sein, dort sind sie in Sicherheit, sagt die Mutter.

Dass die männlichen Juden Kärntens zwei Tage nach dem Pogrom in die Konzentrationslager Dachau, Buchenwald und Sachsenhausen transportiert und nur wieder entlassen wurden, wenn sie der Arisierung ihrer Geschäfte oder einer sofortigen Auswanderung bis Jahresende zugestimmt haben, sagt Mathilde ihrem Kind nicht. Auch nicht, dass Max Fischbach in den drei Monaten in Dachau schwer misshandelt wurde. Sie hat es ja auch nur als Gerücht vernommen.

Die werden Gott sei Dank alle über die Grenze nach Italien geflüchtet sein, dort sind sie in Sicherheit.

Weil Riedi sich mit dem Satz zufrieden gibt, entsteht auch für Mathilde keine Notwendigkeit, über seine Absurdität nachzudenken oder mehr in Erfahrung bringen zu wollen. Max Fischbachs Frau Edith, nach der Verhaftung ihres Mannes allein geblieben mit dem zweijährigen Paul und der sechs Monate alten Evelyn, bereitet die Ausreise der Familie alleine vor. Australien, Nordamerika und Barbados versagen die Aufnahme jüdischer Flüchtlinge, so wie die meisten Länder der Welt.

Die Villacher Verwandten, Moritz und Amalie Fischbach, wollen nach Kuba, aber die Flucht scheint zum Scheitern verurteilt. Ihren Söhnen Leopold und Josef gelingt zumindest die Einreise in die USA. Mit Tickets und kubanischen Urlaubsvisa, die die Söhne den Eltern nun doch schicken können, besteigen Moritz und Amalie Fischbach im Mai 1939 in Hamburg mit über neunhundert anderen Passagieren die »St. Louis«. Das Schiff fährt los, in Richtung freie Welt. Aber in Kuba werden die Passagiere nicht an Land gelassen. Es geht um Korruption. Oder ist alles nur ein Propaganda-Gag von Joseph Goebbels? Kapitän Gustav Schröder, ein Mann der Pflicht, fühlt sich benutzt. Er hat Order, nach Deutschland zurückzukehren, und tut es nicht, denn er kann sich schwer vorstellen, für den Tod von so vielen Menschen verantwortlich zu sein. Die Pflicht wird zur Qual und die Qual seiner Passagiere zur neuen Pflicht. Die Selbstmorddrohungen seiner Schützlinge erleichtern seine Lage nicht. Eine Meuterei kann Schröder ihnen glücklicherweise ausreden. Er erwirkt, dass ein paar Juden an Land dürfen. Ein Tropfen auf den heißen Stein.

An dem Drama um das Schiff, das vor Havanna liegt, nimmt die ganze Welt teil, aber niemand erbarmt sich der Verzweifelten. Präsident Roosevelt ist im Wahlkampf und braucht keine Einwanderer, die um knappe Arbeitsplätze rittern. Auch Kanada will keine Juden, und Hitler kann darüber triumphieren, dass die von ihm Verstoßenen auch niemand anderes haben will. Die »St. Louis« muss den langen Weg zurück nach Europa antreten. Eine Rückkehr nach Deutschland kommt nicht infrage, denn in Cuxhaven wartet die Gestapo auf die Passagiere. Die Sturheit des Kapitäns zahlt sich aus. Nach dreizehn Tagen Irrfahrt darf die »St. Louis« doch noch in Antwerpen einlaufen, je ein Viertel der Passagiere wird von Belgien, Frankreich, den Niederlanden und Großbritannien aufgenommen. Moritz und Amalie finden Unterschlupf in Frankreich, das kurze Zeit später von der Wehrmacht besetzt wird. Moritz stirbt 1941, Amalie wird 1942 nach Auschwitz deportiert und ermordet.

Die Klagenfurter Fischbachs, Max und Edith, steigen ebenfalls in Hamburg in ein Schiff. Edith Fischbachs Eltern, die in Laa an der Thaya leben und sich wegen ihrer guten gesellschaftlichen Stellung sicher sind, nicht in Gefahr zu sein, lehnen die Ausreise ab. Die beiden Dampfschiffe »SS Königstein« und »SS Caribia« wollen im Verbund fahren. Die Fischbachs werden der »SS Königstein« zugeteilt, mit dabei sind Max Fischbachs Bruder Ignatz, dessen Frau Mira und die Söhne Herbert und Karl Heinz, Paul Fischbach Bloch und Evelyn Fischbach Bloch sowie sechsundsiebzig weitere Passagiere. Der Kapitän der »SS Königstein« ist Parteimitglied, so wie Kapitän Gustav Schröder, aber auch er kümmert sich um die ihm Anvertrauten.

Die Klagenfurter Fischbachs haben mehr Glück als die Villacher Fischbachs. Die »SS Königstein« verlässt Hamburg bereits im Januar 1939 in Richtung der britischen Kolonie Trinidad, wo die Flüchtenden aber nicht an Land gelassen werden, weil die Gesetze sich den neuen Routen angepasst haben und Flüchtende nicht anlocken, sondern abschrecken sollen. Auch in Honduras dürfen die Menschen nicht von Bord. Erst in Venezuela ist es so weit. Die beinahe ihrer letzten Hoffnungen Beraubten erleben eine Überraschung. Die Venezolaner in Portobello nahe der Hauptstadt Caracas empfangen die »SS Königstein« am 17. Februar 1939 mit offenen Armen. Sie zünden Fackeln an, um dem Schiff beim Navigieren in den dunklen Hafen zu helfen, und bringen den an Land Gegangenen Bananen und andere tropische Früchte. Einen Monat später, am 16. März, trifft auch die »SS Caribia«, die zunächst in Britisch-Guyana abgewiesen worden war, in Venezuela ein. Dass sich die Fischbachs in Caracas ein neues Leben aufbauen, weiß weder Mathilde noch Riedi.

Die werden Gott sei Dank alle über die Grenze nach Italien geflüchtet sein, dort sind sie in Sicherheit.

Mit diesem Satz der Mutter gibt sich Riedi zufrieden. Aber ein Stachel bleibt. Sie wird die stattliche Frau Fischbach nie vergessen.

Riedi tut, was sie muss. Die Nazis lassen niemandem eine Wahl, schon gar nicht denen, die gar nicht wissen, was sie eigentlich wollen. Bereits im April 1939 wird Riedi vom Arbeitsdienst befreit und als Aushilfslehrerin nach Oberhof im Metnitztal abkommandiert. Im September 1939, als der Krieg beginnt, wird sie zuerst als Aushilfslehrerin nach Grades versetzt und zwei Monate später, genau ein Jahr nach dem Pogrom, in die höher gelegene, einklassige Expositur ohne Lehrerwohnung nach Feistritz ob Grades. Riedi weiß nicht, was mit dem alten Lehrer passiert ist, und fragt auch nicht danach. Vielleicht war er nicht mehr genehm. Aber wahrscheinlich wurde er eingezogen. Riedi und ihre Mitschülerinnen müssen einrücken und die Lücken füllen. Der Krieg ist weit weg, aber er wird von zu Hause aus befeuert. Mit Männern, die ihre Berufe an den Nagel hängen müssen, um Soldaten zu werden und als Kanonenfutter zu enden. Mit Fabriken, die ihr Angebot erweitern. Die Treibacher Chemischen Werke, die den

Menschen Licht gebracht haben, sind nun ein Rüstungsbetrieb und produzieren Waffen. Da sitzt Riedi lieber auf dem Berg.

Die Feistritz ist kein Ort, sondern eine Ansammlung von weit verstreuten Häusern. Sie liegt auf gut tausend Metern Höhe, ein guter Ort, um der Welt abhandenzukommen. Der Krieg findet anderswo statt. Man kann ihn nicht hören, man kann ihn nicht sehen, man muss ihn nicht spüren. Sein gefährlicher Geruch entströmt der Schulfibel, aus der Riedi nun unterrichtet und die ganz anders aussieht als Riedis Schulfibel bei den Ursulinen, in der auch andere Dinge stehen als in der Schulfibel, mit der sie bei den Ursulinen auf das Unterrichten vorbereitet wurde. Die Fibel ist eine Bibel des Krieges und des Sieges. Und an der Wand, wo einst das Kreuz hing, hängt nun der finstere Mann, der ihr befiehlt, den Arm zu recken, bevor sie mit dem Unterricht beginnt. Kein Wunder, dass Riedi es hier nicht lange aushält.

10. KAPITEL
LANDLEBEN

Maria hat sich vor der Welt versteckt. Maria hat sich in der Welt versteckt. Sie lebt im Zentrum der Kunst, das schon lange nicht mehr Paris heißt, sondern New York, aber dort steht sie nicht im Rampenlicht. Dort kennt sie niemand. Sie hat auf dem Mond gelebt und kommt jetzt wieder auf die Erde zurück. Zuerst nach Wien und dann nach Feistritz ob Grades. Und das liegt daran, dass Maria einen Ruf bekommt. Zuerst kommen die Gerüchte, dass die jungen Künstlerinnen und Künstler sie vorgeschlagen hätten. Dann kommt die Aufforderung, sich zu bewerben, dann kommen die Anrufe von Freunden, die Maria gut zureden, dann kommt eine Delegation in Person von Malerprofessor Adolf Frohner, Spezialist für malträtierte Frauen, der sowieso gerade in New York ist, und schließlich kommt der Termin bei der Ministerin. Hinter alldem steht der Rektor der Hochschule für angewandte Kunst Oswald Oberhuber. Maria soll an die Angewandte berufen werden. Frau Professor Lassnig.

Maria will nicht. Kunst kann man nicht unterrichten. Sie ist Trägerin des Preises der Stadt Wien von 1977, aber sie lebt in New York. Sie will es hier schaffen. Sie will nicht zurück in die Höhle der Löwen, in die Arena der Platzhirsche. In die Welt der Manipulationen. Eine Frau von bald sechzig Jahren hat keine große Wahl mehr. Wenn Maria in den Spiegel schaut, sieht sie eine alte Frau. Sie möchte sich am liebsten verkriechen, und das am liebsten in Kärnten. Sie braucht Sicherheit, zumindest bald, denn die Kräfte werden irgendwann nachlassen. Sie will es nicht, aber sie schickt die Bewerbung ab. Sie besteht darauf, nur eine Professur mit Pensionsberechtigung zu nehmen. Das ist sie Mutting schuldig. Das sagt sie dem Abgesandten, Adolf Frohner, der selbst eine Professur mit Pensionsberechtigung an der Angewandten besitzt.

Delegationen reichen ihr nicht. Maria stellt Bedingungen. Die Ministerin muss persönlich anrufen. Die Ministerin ist eine Frau in einer Position und denkt nicht groß über den Zeitunterschied zwischen Wien und New York nach. Aber Maria pfeift sowieso auf Konventionen. Sie kann auch mitten in der Nacht mit Ministerinnen reden. Maria lacht, wenn sie an die Botschaftsabgesandten denkt, die bei ihr mit einem Lorbeerkranz aufgetaucht sind, um die Exilierte in New York zu krönen. Sie haben eine Flasche Champagner dabei, aber Maria besitzt nur ein Glas. Ein einzelner Anruf einer Ministerin kann die Mauer des Widerstands, die Maria umgibt, noch nicht niederreißen.

Ich komme nur, wenn sie mir so viel zahlen wie Joseph Beuys, sagt Maria zu einer Künstlerfreundin in ihrem Loft in New York.

Eigentlich sollte nämlich der Künstlerstar, dessen Markenzeichen der Filzhut und das schlammfarbene Anglergilet sind und der jeden Menschen zum Künstler erklärt, die Professur erhalten. Maria weiß das. Sie glaubt nicht daran, dass ihr so viel Wert zugebilligt werden wird wie dem Guru, der es versteht, die junge Generation dort abzuholen, wo sie ist, obwohl er zur alten Generation gehört und nur zwei Jahre jünger ist als Maria. Beuys hat in Düsseldorf mit den Jungen gegen die Aufnahmeprüfung protestiert, die es natürlich nicht braucht, wenn jeder Künstler ist. Er hat sich gegen die Obrigkeit aufgelehnt, indem er mit den Jungen das Rektorat besetzt hat. Und seine Professur verloren. Nur deswegen hat er Wien, das ihm in dieser Notsituation den roten Teppich ausrollt, überhaupt in Betracht gezogen. Doch dann bekommt er seine Professur zurück. Und schickt den Wienern ein lapidares Telegramm: »Komme leider nicht.« So wird Platz für eine Frau. Ist das eine Demütigung oder eine Chance? Die Freunde raten Maria, es als Letzteres zu sehen. Maria muss die Chance, vielleicht ihre einzige und letzte, nur ergreifen. Sie muss auf den roten Teppich treten und Farbe bekennen. Sie muss ihr Versteck verlassen und der jungen Generation begegnen.

Dann reist Maria tatsächlich nach Wien. In dem großen Büro der Ministerin macht sie einen verheerenden Eindruck, unsicher wie ein Schulmädchen. Das glaubt zumindest Maria. Die Ministerin ist zehn Jahre älter als Maria. Hertha Firnberg, die erste Wissenschaftsministerin Österreichs und eine erfahrene Politikerin, bewahrt einen kühlen Kopf. Sie lässt sich nicht beeindrucken durch das Imponiergehabe von Männern. So kann sie die Universitätsreform durchsetzen. Sie lässt sich auch nicht beeindrucken durch die Unsicherheit von Frauen, aber diese hier ist eine harte Nuss. Sie stellt Forderungen wie ein Star und geriert sich dann als Mimose.

Die Frauen wollen Sie haben, sagt die Ministerin.

Sie meint damit die jungen Feministinnen, die ihr einen Brief geschrieben und Maria als Professorin vorgeschlagen haben.

Ich bin aber nicht geboren zur Lehrerin, sagt Maria.

Dabei bleibt es erst einmal. Der Besuch bei der Ministerin verschafft Maria Klarheit. Sie weiß jetzt wieder sicher, warum sie nicht gewollt hat. Sie kann nicht wollen, was sie nicht wollen kann, und reist zurück nach New York. Glücklicherweise bleibt die Ministerin dran. Dreimal ruft sie an. Und Maria gibt zu ihrem eigenen Erstaunen nach. Das ist möglich, weil sie sowieso genug hat von der Welt, sie will zurück nach Kärnten, und wenn Wien der Preis dafür ist, dann soll es so sein, wenn sie dafür wieder Lehrerin werden muss, soll es so sein. Immerhin kann sie dieses Mal unterrichten, was sie für richtig hält. Sie wird reden und reden, und dann wird sie sich wieder erholen.

Mit einundsechzig Jahren tritt sie ihre erste feste Stelle seit ihrer Abkommandierung als Volksschullehrerin in die Feistritz an. Sie verdient zum ersten Mal in ihrem Leben gutes Geld. Auch ihre Bilder sind bares Geld wert. Ihr Preis steigt und damit Marias Ansehen. Maria kann sich deswegen nicht leichter von ihnen trennen. Sie braucht aber auch die andere Währung, die Anerkennung. Von der kann kein Mensch genug bekommen, und Frauen bekommen sie zumeist nicht im Übermaß. Geld bedeutet Macht. Maria kann sich etwas kaufen. Ein Haus.

Rainer Bergmann hilft ihr. Er ist findig. Und er ist Architekt. Er ist der gute Geist, mit dem sie nie streitet. Er hat sie noch nie beleidigt. Das passiert bei Maria so leicht, dass es der Beleidigende oft gar nicht merkt. Aber die Beleidigte vergisst nicht. Auf diese Weise zerbrechen Freundschaften. Freundschaften zerbrechen auch, weil Maria ihre Freunde vergisst, wenn sie sie nicht sieht. In New York vergisst sie ihre Wiener Freunde. In Wien vergisst sie ihre New Yorker Freunde. Aber die Freunde und Freundinnen vergessen Maria nicht. Sie vergessen ihr schelmisches Lächeln nicht und ihre burschikose und doch mädchenhafte Art, ihren harten Akzent, ihren Mut zur Selbstoffenbarung und ihre brutale Lust auf erotisches Glück. Maria ist zurück in Wien und vergisst ihre Filme. Sie ist wieder Malerin. Auch ihren Schülern zeigt sie die Filme fast nie.

Maria bittet Rainer Bergmann, sich nach einem Haus umzuschauen, in das sie fliehen kann, um sich von den Lehrverpflichtungen zu erholen, in dem sie aber auch malen kann. Rainer und Gerlinde besitzen immer noch das Haus auf der Turracher Höhe. Maria will, dass Rainer ihr ein Haus entwirft, aber Rainer lehnt ab. Er kennt Maria. Er baut Häuser für Leute, die wissen, was sie wollen. Die nicht kompliziert sind. Und Maria ist kompliziert. Helfen kann er ihr dennoch. Er hört sich um, er schaut sich um. Und der Kreis schließt sich.

Durch Zufall entdeckt er bei einer Wanderung in der Feistritz ein Schulhaus. Es liegt nur wenige Meter unterhalb des Pfarrhofs, in dem Maria in der finsteren Zeit aus der Fibel unterrichtet, wo sie ihre Zeichnungen von den Kindern anfertigt, mit denen sie nach Wien radelt. Das Schulhaus, das leer steht, wurde in den fünfziger Jahren gebaut. Aber es gibt schon länger nicht mehr genug Kinder in der Gegend. Es hat ein riesiges Klassenzimmer mit einer riesigen Fensterfront nach Süden, mehrere Wohnräume und einen riesigen Keller mit einem Turnsaal. Maria schlägt ein. Sie kann es kaum glauben. »Rainer, ich bin jetzt berühmt und reich. Willst auch ein Geld?«, schreibt sie, gepackt von Übermut, an den treuen Freund. Danke, er sei Architekt, antwortet er, er habe selbst genug Geld.

Maria ist geizig. Aber wenn jemand Geld braucht, gibt sie es her. Geld ist nichts wert. Es tut nur so. Ossi und Ingrid brauchen auch einmal Geld. Sie leben nicht mehr im Berliner Exil, wo Maria sie oft besucht hat, wo sie ein Lokal geführt haben und dann noch eins, Mittelpunkt der Kunstszene und doch davon kaum affiziert. Am 7. Juni 1968 nimmt Ossi an der sogenannten Uni-Ferkelei teil, dem österreichischen Beitrag zur Weltrevolution, bei der eine Gruppe von Haudegen, bestehend aus Peter Weibel, Otto Muehl, Günter Brus und anderen, unter dem Titel *Kunst und Revolution* und dem Absingen der Nationalhymne so ungefähr alles auf offener Bühne vollzieht, was eigentlich nicht einmal hinter dem verschlossenen Vorhang passieren sollte: Nacktsein, Masturbieren, Auspeitschen, Selbstverstümmelung und als I-Tüpfelchen wird noch ein Kackhaufen abgesetzt. Auch eine Frau ist bei dem Exzess, der seine Wirkung nicht verfehlt, dabei: Valie Export. Danach heißt es für Ossi: sechs Monate Gefängnis oder ab ins Ausland. Er entscheidet sich für Berlin und nennt sein erstes Lokal Exil. Ingrid kocht und Ossi doziert hinter dem Tresen, daneben studiert er Mathematik. Es geht nicht um Geld. Deswegen bleibt ja auch kein Geld übrig. Ossi und Ingrid ziehen weiter nach Kanada, wo sie ebenfalls ein Lokal führen, denn das ist es, was sie können, aber nur im Sommer. Ossi und Ingrid sind ausgestiegen, zumindest ein bisschen. Sie wollen sich eine Hütte in der Wildnis kaufen, das versteht Maria nur allzu gut. Aber sie haben kein Geld gespart. Und voilà, da ist das Geld. Maria gibt es gerne her.

Sie bekommt es auch wieder zurück. Maria ist erstaunt, sie hat nicht mehr mit dem Geld gerechnet. Ossi überlegt, ob er nun beleidigt sein soll, aber er verkneift es sich. Er kennt Maria. Sie erneuern ihre Freundschaft, als Maria mit einem Stipendium nach Berlin zieht, ein Jahr, bevor der Ruf nach Wien erschallt. Wer mit Maria befreundet sein will, muss sie so nehmen, wie sie ist. Und nicht alles für bare Münze nehmen, was sie sagt. Ossi wollte ein normales Leben führen und tut das auch. Aber auf seine Weise. Mit Frau und Kindern klappt es nicht auf Dauer, aber in Ingrid hat er eine Lebenspartnerin gefunden. Ingrid sieht nicht aus wie eine, die für die Ehe gemacht ist. Ossi und Ingrid bleiben dennoch ein Paar. Maria bleibt mit Ossi befreundet, was man sonst von keinem ihrer Männer sagen kann, jedenfalls von keinem, der ebenfalls Künstler ist. Auch mit Ingrid bleibt Maria befreundet. Ingrid ist zwar

Künstlerin, wenn sie nicht gerade kocht, webt sie Gobelins, aber sie hat nicht Marias Ambitionen. Wenn Maria mit Ingrid zusammen ist, entspannt sie sich. Auch mit Rainer Bergmann kann sich Maria entspannen. Rainer wollte nie malen und kam Maria deswegen nie ins Gehege. Er hat Maria schon gekannt, als sie noch kein Fahrrad hatte und noch ein Kalbl in Muttings Stall war. Auch mit Traudl Paulin hat Maria noch Kontakt, obwohl Traudl in England lebt. Sie ist tatsächlich Pianistin geworden. Maria vergisst nicht. Jedenfalls nicht ihre alten Freunde.

Die Feistritz liegt immer noch fern der Welt. Wer nicht Auto fährt, muss das Taxi bis zum Südbahnhof nehmen, mit dem Zug bis Friesach fahren und von dort wieder ein Taxi heuern. Das dauert lang und ist teuer, aber es lohnt sich. Denn Maria steht jetzt jeden Tag in der Klasse. Sie muss reden. Sie muss unterrichten. Sie muss Streit schlichten. Sie muss aufpassen, dass sie nicht zwischen die Fronten gerät. Die Feistritz ist ein Refugium. Hier sagen ihr die Rehe Gute Nacht. Hier kann sie einen Zwetschkenbaum setzen. Hier kann sie in der Sonne sitzen. Die eckige Sonnenbrille aus New York ist immer dabei.

Die Bauern wissen, dass Maria hier in der Nähe geboren ist. Dass sie hier, im alten Pfarrhof, unterrichtet hat. Maria hat eine Rippenfellentzündung bekommen, in dem Winter, in dem der Krieg die Welt zu verwüsten begann. Manchmal spürt Maria es noch, als ein Stechen mit glühenden Nadeln. Es sind fünfzig Jahre vergangen, und doch hat sich nicht viel verändert. Die Bauern nennen sie Frau Lehrerin, obwohl sie Professorin ist. Aber das macht nichts. Maria stattet allen einen Besuch ab, zumindest auf ihrer Seite des Tals, denn sie geht zu Fuß. Ihre ehemaligen Schüler sind jetzt über fünfzig und wohnen immer noch in der Feistritz. Maria ist eine von ihnen. Sie ist eine Eingeborene. Sonst würde es nicht gehen. Mit einer, die nichts arbeitet. Die malt. Die mit dem Motorrad herumfährt.

Dass Maria malt, wissen die Bauern, aber gesehen haben sie es noch nicht. Sie sind diskret und verschwiegen wie Aristokraten. Sie kennen das Wort Kunst nicht und erkundigen sich nicht nach ihren Bildern. Dass Maria ihre Ruhe haben will, verstehen sie. Sie sehen, wie sie auf der Bank sitzt und nichts tut. Eine Frau aus einer Stadt muss auch einmal ausruhen. Diesen Luxus gibt es in der Stadt nicht. Die Bauern kennen Wien nicht, aber sie wissen, dass es keine Erholung bietet. In der österreichischen Provinz herrscht keine gute Meinung über die Hauptstadt. Den Wasserkopf. Den Moloch, der seine Opfer verschlingt, den man am besten nur im Rückspiegel sieht.

Dass Maria Motorrad fährt, sehen die Bauern. Maria ist sechzig, und noch länger kann sie nicht warten. Maria sucht die Herausforderung. Wenn sie auf das schwere Gerät steigt, muss sie ihre Angst überwinden. Sie muss den echten Vater, den Hubinger Anton, überwinden, der auch Motorrad gefahren ist und der ein Horoskop erstellen lassen hat, das ihr bescheinigt, dass sie es als Künstlerin nie bis ganz oben schaffen wird. Der Briefe schreibt an die »Liebe Tochter« oder das »Liabs Diandele«, die mit den mit den Worten schließen: »dein dich tief ins Herz geschlossener Rabenvater« oder »dein dich liebender Tonivater«. Spät, aber doch haben sie sich ein bisschen zusammengerauft. Humor hat der Tonivater jedenfalls. Aber er ist trotzdem ein Schuft.

Die Mutter stellt Maria ihren echten Vater erst vor, als Maria schon zweiundzwanzig ist. Der Lassnigvater darf nicht wissen, dass sie den Tonivater besuchen, weil er sonst eifersüchtig ist. Maria wird wieder zu Riedi und versteckt sich hinter dem breiten Rücken der Mutter, sie hängt an ihrem Rockzipfel und biegt ihren Kopf nach hinten, um den großen Mann zu sehen, der kein Mädchen haben will. Der Tonivater trägt eine große Brille, weil er Autos repariert. Er zeigt Riedi die Autoteile, die er zusammengesammelt hat. Die stammen noch aus dem vorigen Krieg, und jetzt denken alle, man kann damit nichts mehr machen. Aber das stimmt nicht. Der Vater kann aus nichts Autos bauen. Der Tonivater ist ganz in Leder gekleidet, seine lange Jacke hat zwei Reihen dicker Knöpfe, und sein Gesicht verschwindet beinahe unter einer riesigen Schirmkappe. Er ist nicht altmodisch wie der Lassnigvater, er ist ein moderner Mensch. Er ist ein stattlicher Mensch. Aber er hat kein Herz, weder für Riedi noch für die Mutter.

Der Schuft, sagt die Mutter, als sie auf dem Heimweg sind.

Maria bleibt trotzdem in Kontakt mit ihm. Er gratuliert ihr zum Geburtstag, sie berichtet über ihre Erfolge. Der Tonivater sammelt die Kataloge der Ausstellungen und Rezensionen. Trotzdem bleibt er ein Schuft, der ihr ein Horoskop hineinreibt mit der Bescheinigung, dass sie Mittelmaß bleiben wird, dass die Kunstwelt recht hat, wenn sie Maria nicht anerkennt. Zwei Elternteile, zwei Weissagungen, und beide stimmen. Maria hat Talent, man muss sie fördern, sagt das eine. Sie wird es nicht bis ganz oben schaffen, sie wird das letzte hohe Ziel nicht erreichen, sie wird sehr weit kommen, aber vor dem Ziel scheitern, sagt das andere. Im Gegensatz zu Mutting versteht der Tonivater aber, dass Maria nicht heiraten will. Er sagt: Wenn man nicht dafür geboren ist, soll man es nicht tun. Deswegen hat Maria aus dem Leinen ihrer Aussteuer Leinwände geschnitten.

Maria braust durch den Wald, der Angst davon, sie braust durch die frische Luft und ist den Bäumen nahe. Beinahe fliegt sie wie ein Vogel. Sie liegt in der Kurve wie ein Adler. Sie gibt sich der Illusion hin, aus eigener Kraft zu beschleunigen. Sie muss ihr Leben beschleunigen, denn es neigt sich schon dem Ende zu, und sie hat noch so viel vor. Maria fährt der Zukunft entgegen und der Gegenwart davon. Sie hat den Geschwindigkeitsteufel in sich und malt sich mit nacktem Oberkörper und Hörnern auf dem Kopf, die ein Lenkrad sind. Sie sitzt auf dem Motorrad und hat keine Zeit zu verschwenden. Sie fährt der Zeit davon und geradewegs auf das Schild zu. Der Geschwindigkeitsteufel ist ihr zu Kopfe gestiegen und hat sie blind gemacht für Gefahren. Sie sieht das Schild, die Straßentafel, hell und klar, und weiß, dass sie jetzt nicht mehr bremsen kann. Der Arm bremst Maria und bricht entzwei. Aus der Traum der Jugend. Alt fühlt sich Maria trotzdem nicht. »Ich habe die Jahre nie gezählt. Ich war nie jung. Und bin jetzt nicht alt.« Diesen Satz muss Maria aufschreiben.

Das Schulhaus liegt auf tausend Metern Höhe, aber einen Ausblick hat man nur vom Friedhof aus, der einige Meter über dem Schulhaus die Kirche umsäumt. Daneben weiden Kühe. Maria holt die Milch beim Bauern. Das Landleben ist karg. Maria braucht diesen Widerstand. Maria malt sich mit Kuh. Maria malt sich als Kuh, mit Hörnern und nackter Brust. Sie malt sich eingezwängt in eine Küchenschürze, die Maria mit einem K.-o.-Schlag auf den Kopf bedroht. *Selbstporträt mit Kochtopf* nennt sie ein Bild, auf dem sie einen Topf als Hut trägt, der bis über die Augen reicht und blind macht. Maria malt das Reh, das nicht mehr am Waldrand steht, mit scheuem Blick und einem Krickel vor der Stirn. Die Bauern sind Jäger, sie hassen die Natur. Sie schießen die Rehe, wo es nur geht.

Maria malt die Sinne, Nase, Mund, Auge, Ohren und dreimal den Schädel mit den weißen Zahnreihen und der grauen Hirnmasse. Denn alle ihre Sinneseindrücke rauschen ohne

Filter in ihre Hirnmasse und explodieren dort. Die Sinne verschaffen Maria Informationen, die sie nicht sortieren kann. Sie verschaffen ihr Informationen, die sie nicht braucht. Lärm, Gestank, Hunger. Der Hunger kommt von innen, aus dem Bauch, von innen kommen auch die Druckstellen, obwohl äußere Gegenstände sie verursachen, wie die Sitzfläche des Stuhls. Maria kann nicht *nicht* wahrnehmen. Das hat sie jetzt davon, dass sie immer bewusst sein wollte. Sie wird mit Informationen zugemüllt. Und trotzdem ist sie dankbar dafür. Ihr Körper zeigt ihr, dass sie lebt. Sie besitzt keinen Körper, sie ist ihr Körper. Maria hat keine Philosophie, sondern sie hält sich an ihr Credo, möglichst genau wahrzunehmen. Die Sinneswahrnehmungen sind ein Schatz von einem unerschöpflichen Reichtum, der von den meisten Menschen links liegengelassen wird. Maria nennt so etwas Verschwendung oder noch lieber Verwahrlosung. Wenn man nur in seinem Hirn residiert. Es ist die neue Art von Verkommenheit.

Die Bauern haben keine Sinne mehr, so abgehärtet sind sie. Die Städter packen sich in Daunenjacken und spüren keine Stöße und keine Kälte mehr, so verwöhnt sind sie. Die Bauern schwingen ihre Motorsägen und hören die Vögel nicht mehr. Die Städter tragen Kopfhörer und hören die Vögel nicht mehr. Maria kann Musik nicht nebenbei hören, weil die Musik ihre Gedanken verdrängt. Sie besitzt eine Haut, aber sie ist keine Schutzhülle, deswegen liegen ihre Nerven blank. Maria muss sich immer die Socken aufschneiden, weil das Bündchen tiefe Kuhlen in die Haut über den Knöcheln gräbt.

Maria wischt die Brösel mit der flachen Hand vom Tisch. Sie hat das ihr Leben lang getan, weil ihre Mutter es so gemacht hat. Auch in New York, aber in New York war es etwas anderes. Maria ist zurück. Sie säubert den Tisch, wie ihre Mutter, ihre Großmutter und wie ihre Urgroßmutter es in dieser Gegend schon getan haben. In der Küche hängt ein Geweih auf einem Kreuz. Das ist das Erinnerungskreuz an die Rehe. Daneben hängt das Porträt ihrer Mutter aus dem Jahr 1945, das Maria in ihrer ersten Ausstellung im Klagenfurter Landhaus gezeigt hat. Maria ist nicht stolz auf das, was sie erreicht hat, denn sie ist noch immer nicht anerkannt. Maria ist nicht stolz auf ihre Bilder. Aber sie ist stolz, wenn sie das Bild von Mutting betrachtet. Sie wusste nicht, dass sie schon damals frei war.

Sie hat von Mutting kein Wimmerlporträt gemalt und sich nicht sklavisch an die äußere Wirklichkeit gehalten. Sie hat die Nachdenklichkeit der Mutter eingefangen, die man nicht oft gesehen hat. Das Robuste und ihre bäuerliche Herkunft, die sie in der Tschabuschniggstraße so sehr zu verbergen versucht hat. Maria hat auch die Kohlezeichnung von Mutting an die Wand gehängt, auf der Mathilde freundlich lächelt, entspannt und gelöst, so wie man sie auch nicht oft gesehen hat. Wenn Maria mehr von dieser Mutter gehabt hätte, der nachdenklichen und gelösten, hätte sie vielleicht nicht so weit weg müssen. Aber jetzt ist sie wieder da. Und Mutting mit ihr. Der Krebs hat Maria Mutting genommen, aber Maria trägt sie immer noch mit sich.

Hier oben in der Feistritz hat Maria keine Modelle, hier malt sie sich selbst. Das machen alle Künstler, aber nicht, weil sie so verliebt sind in sich selbst, jedenfalls kann das Maria von sich behaupten, sondern weil sie selbst immer zuhanden sind. Maria ist ihr geduldigstes Objekt. Sie ist ein Objekt, das sie schon kennt und bei dem sie jeden Farbfleck studieren kann. Dafür ist sie sich selbst dankbar. Sie muss nachher nicht zufrieden sein mit dem Ergebnis, so wie das die Modelle müssen. Maria muss nur als Malerin zufrieden sein mit dem Bild. Sie muss sich nicht als Frau schmeicheln. Nicht alle Menschen mögen es, wenn sie sich auf Marias Bildern ähnlicher sehen als in Wirklichkeit. Der Wiener Bürgermeister ist nicht begeistert, als er sich auf ihrem Porträt sieht. Einmal zerreißt ein junger Mann das Porträt, das sie von ihm gemalt hat, weil sie seine Seele erwischt hat. Manche Leute, die Maria porträtiert, sind enttäuscht, dass sie so schnell fertig ist. Wenn Maria sich selbst malt, gibt es diese Probleme nicht. Sie kann malen, was sie sieht und was sie fühlt. Sie kann zwischen Körpergefühlen und Augenwahrnehmungen wechseln, ohne dass jemand sich darüber beschweren könnte. Maria hat sich noch nie selbst geschmeichelt, auch nicht, als sie noch jung war. Sie hat sich nie verschönert, viel eher verhässlicht. Jetzt muss sie sich sowieso nicht mehr schmeicheln, jetzt will sie ja niemandem mehr gefallen. Für die jungen Männer ist sie zu alt.

Seit vielen Jahren hat Maria keinen Liebhaber mehr gehabt. Keinen Mann, der sie liebt. Sie hat manchmal Sex, aber auch das immer seltener. Sie hat seit dem Mann, über den sie einen Zeichentrickfilm mit dem Titel *Couples* gemacht hat, der immer zur Telefonzelle geht und ihr eine Liebe schwört, die es gar nicht gibt, kein Liebesdrama mehr durchgespielt. Ein Liebesdrama auf Englisch darzustellen ist für Maria leichter als auf Deutsch. Maria schreibt und zeichnet sich die Liebe vom Leib mit diesem Trickfilm aus dem Jahr 1972.

»Hey honey, let's talk about love«, sagt die Frau in dem Film.

»We already did last week«, sagt der Mann.

»But I'm your wife!«, sagt die Frau.

Die Frau befindet sich wie immer auf verlorenem Posten. Während die Köpfe streiten, passen die winzigen Geschlechtsteile der beiden Ehe-Kontrahenten, die aussehen wie die Enden eines einzigen überdimensionalen Gliedmaßes, zwar ineinander, aber die Passform stimmt nicht genau. Damit verfehlen sich nicht nur die Sätze, sondern auch die Sex-Ansätze. Das

Paar bewegt sich unbeholfen aufeinander zu, wälzt sich zu einem Knäuel zusammen und verbrennt. Als der Trickfilmmann, der Dutzende Male aus der Telefonzelle anruft, um der Frau seine Liebe zu schwören, der keine Taten folgen, mit der Frau Schluss macht, sieht man endlich die Frau. Es ist eine echte Frau, dargestellt von Marias Freundin Iris. Sie sitzt nackt am Telefon, das Kabel ist um ihren Hals geschlungen. Iris lässt den Hörer sinken und zerrt am Kabel, aber es schnürt sich nur noch fester.

Maria hat nie begriffen, wie man zusammenleben kann, ohne wie zwei tote Fische nebeneinanderzuliegen. Maria hat nie begriffen, wie man zusammenleben kann, ohne zu verbrennen. Sie hat nie begriffen, wie man lieben kann, ohne sich in Fesseln zu begeben. Deswegen hat sie mit vierzig dem Herzblut abgeschworen, auf dem Weg nach Paris. Sie ist noch ein paarmal darauf reingefallen, in Paris und in New York. Aber dann hat sie es begriffen, dass sie sich nicht mehr zum *tool* und nicht mehr zum *fool* machen lassen darf. Ein Maler braucht keine Liebe, im Gegensatz zu einem Dichter.

Maria Lassnicht!

So hat Kurt Moldovan sie einmal genannt, seines Zeichens Maler und ebenfalls Absolvent des Boeckl'schen Abendakts, nur weil Maria sich nicht von ihm herumkriegen hat lassen. Er wollte alle ganz jungen Mädchen herumkriegen und sogar die nur wenig jüngeren als er selbst, so wie Maria. Maria lacht. Moldovan hätte auch sagen können: Maria Lassmich!

Jetzt lassen Maria die Männer endlich in Ruhe. Maria macht sich nicht mehr zurecht, seit die Schwester von Gertie Fröhlich sie in Paris besucht hat. Gertie heißt jetzt Prachensky, und die Schwester heißt jetzt Sailer, weil sie Hans Sailer geheiratet hat, genannt John. Der junge Mann, der zehn Jahre später die Galerie Ulysses gründet, steigt als Schüler beim Autostoppen nach Italien in ein Auto, in dem Yoichi Okamoto sitzt, der Asiate mit Kamera und Begleiter von Charles von Ripper. Von ihm erfährt John Sailer, wo es die besten Ausstellungen gibt und in welche Bars er gehen muss. So trifft er auf Gertie Fröhlich. Und auf ihre Schwester. Die Wiener Kunstszene ist ein Familienbetrieb. Alle sind mit allen verbandelt, nur Maria ist endlich draußen, als sie 1960 nach Paris geht.

Sie wohnt in der lang gestreckten Rue de Bagnolet, die sich in einem großen Bogen hinter dem Friedhof Père Lachaise hinaufwindet. Das Arbeiterviertel ist heruntergekommen, sein Hundedreck steigt Maria in die Nase, aber das Wohnen hier ist nicht überteuert. Maria kauft zwei Apartments nebeneinander in der Nummer hundertneunundvierzig, einem Eckhaus, und lässt die Mittelwand abschlagen. Von dem eleganten Atelier darf niemand etwas wissen. Die Wiener werden nur neidig. Die Klagenfurter erst recht. Mutting hält dicht. Und schießt sogar Geld zu.

Zum ersten Mal hat Maria Platz für Leinwände, auf denen sie den Körper in seiner wirklichen Größe abbilden kann. Sie malt mit einem breiten Pinsel direkt auf die Leinwand, die sie an der Wand befestigt, und das schon lange, seit mindestens acht Jahren nicht mehr in den Farben der Nacht, in Blau und Schwarz, sondern in den Farben des Tages, in Rot, Grün, Gelb und Blau. Maria schließt die Augen und malt die Schultergefühle und Armgefühle, die Bauchgefühle und Beingefühle. Sie öffnet die Augen und erkennt sich nicht wieder. Aber das Licht der Farben bringt es an den Tag. Auch das ist Maria. Gerade das ist Maria, von innen nach außen, von der Nacht in den Tag gewendet. Maria ist eine Tageslichtmalerin. *Harlekin-Selbstporträt* nennt sie eines ihrer Bilder. Maria hat Humor. Und das auch tagsüber. Doch als die Schwester von Gertie sie schminkt und Maria mit ihr ins Café geht, vergeht ihr das Lachen. Der Besuch aus Wien hat das Herrichten als Bedingung gestellt fürs Ausgehen und geschworen, dass Maria dadurch schöner wird. Aber Maria wird zum Gespött. Sogar in Paris trifft man im Kaffeehaus Leute, die man kennt.

Und die sagen:

Wie siehst du aus! Wie eine Konkubine.

Nein, wie ein Harlekin!, sagt Maria und geht nach Hause.

Die Strichbilder aus den ersten Pariser Jahren gefallen Maria immer noch und gehören für sie immer noch zum Schönsten, was sie gemacht hat.

Wer sich in Paris nicht feminin kleidet, fällt auf. Wer einen Kärntner Akzent spricht, kann noch so gute Französischkenntnisse haben und wird doch nie ein vollwertiges Mitglied der Pariser Kunstszene werden. Maria frischt ihre Bekanntschaften aus den fünfziger Jahren auf. Aber sie findet unter den Franzosen keine Freunde. Dafür aber unter den Amerikanern. Auch die Amerikaner haben Paris gestürmt, die Metropole der Kunst. Sie bringen ihre hemdsärmelige Frische mit, eine Direktheit, mit der Maria besser zurechtkommt als mit der französischen Reserviertheit. Aus New York kommen mittlerweile auch die neuesten Kunstströmungen, die bei Ileana Sonnabend zu sehen sind, der amerikanischen Galeristin, die als Ileana Schapira in Bukarest geboren wird, aber in Paris und New York zu Weltruhm gelangt. Pop Art, Op Art heißen kurz und bündig die neuen Kunstsparten, die das Gegenteil von Snobismus darstellen, die die Barrieren einreißen zwischen Kultur, Unterhaltung und Konsum. Die Amerikaner mögen alles, was neu ist. Sie nehmen nichts tragisch. Eine Sprache mit einem Akzent zu sprechen schon gar nicht. Sie tragen Turnschuhe, auch die Frauen.

Komm auch nach New York, Maria, sagen sie. Dort sind die Mädchen freier. Und du musst keine Stöckelschuhe tragen.

Maria kommt. Paris ist die alte Welt. Paris sind die geschlossenen Türen. Paris ist die Wand. Paris ist Existenzialismus. In Paris sagen die Galeristen, dass Marias Kunst deutscher Expressionismus ist. Und deutscher Expressionismus ist noch älter als alt.

1968 überquert Maria den Atlantik per Flugzeug. Zuerst wohnt sie in Queens, für siebzig Dollar, bis sie ein Loft im East Village, in der Avenue B, findet. Es kostet hundertfünfundsechzig Dollar im Monat und ist eiskalt. Das East Village ist ein Slum mit hoher Kriminalität. Aber nicht alle Künstler können es sich leisten, so wie Kiki am Broadway zu residieren. Kiki ist schon seit sieben Jahren in der Stadt. Sam Francis hat ihr eines der größten Ateliers zur Verfügung gestellt. Es ist so groß, dass Kiki darin in Rollschuhen herumfährt. Sie arbeitet nicht mehr abstrakt, sondern legt Freunde auf den Boden, deren Umrisse sie abzeichnet. Sie ist begeistert von Robotern und Space Art. Maria mag Kiki und geht zu ihren rauschenden Festen. Kiki ist eine schöne Frau, der Maria ihre Attraktivität gönnt, denn Kiki ist nicht berechnend. Ihre Unbefangenheit entspannt Maria. Ihre Feste öffnen Maria eine Tür. In New York haben alle einen Akzent, und niemand schaut Maria komisch an.

Maria schwebt. Sie befindet sich im Zentrum der Kunst. Paris glaubt das von sich auch. Aber nur in New York kann Maria es fühlen. Es ist ein Hochgefühl. Die Amerikaner sind frei, und Maria tut es ihnen nach. Die alte Welt fällt von ihr ab. Maria hat kein Bauchweh mehr, sondern atmet frische Luft. Die Amerikaner haben keine Vorurteile. Nicht einmal gegen das Malen. Der Realismus ist hier nie gestorben. Er feiert fröhliche Urständ. Amerika ist das Land der Möglichkeiten und das Land der Zeichner. Das Land von Walt Disney. Maria hat einen Plan. Dazu ist sie sogar bereit, bei null zu beginnen. Sie ist bereit, für Walt Disney Comics zu zeichnen. Zu ihrem Erstaunen braucht es dafür aber Beziehungen, die Maria nicht hat. Bei der Malerei ist es leichter. Das können nicht alle. Eine Company, die Meisterwerke der Malerei kopieren lässt, gibt Maria eine Chance. Gemalt wird, was gefällt und sich verkauft, also Kitsch, Tulpen, die Werke von Impressionisten. Maria sucht sich einen schwierigen Impressionisten aus und malt so gut, dass der Chef ihr eine Themenverfehlung attestiert.

Das ist zu schön, Mylady, sagt er, und Maria rennt aufs Klo, wo sie die Tränen abtrocknet.

Maria schreibt einen Artikel über die New Yorker Kunstszene und schickt ihn an österreichische Tageszeitungen, so wie sie es regelmäßig aus Paris getan hat. Es klappt. Sie befindet sich schon wieder am Puls der Zeit und berichtet aus der neuen Metropole der Kunst, die dieses Monopol von Paris übernommen hat. »Ich habe ein Loft in Manhattan«, hebt der Artikel selbstbewusst an. »Was das ist, weiß nicht jeder in Europa. Die Lofts, sehr begehrt und schwer zu finden, sind aufgelassene Lagerhäuser, die aus einem Stockwerk bestehen, das ohne Trennwände durchgeht und meist von den Künstlern selbst bewohnbar gemacht und mit Dusche und Abwasch versehen wird.«

In Wien denken jetzt viele, dass Maria es geschafft hat, aber das stimmt nicht. Sie lebt immer noch vom Minimum und kocht sich meistens nur Haferflocken. Manchmal kauft sie einen Sack mit Hühnerherzen, die sind am billigsten. New York ist viel freier als Paris. In New York ist das Essen nicht das Allerwichtigste und die Kochkunst kein Terror. Einen Franzosen hätte Maria nie heiraten können, aber mit einem Amerikaner klappt es auch nicht. New York ist frei, und New York ist laut. Lastwagen fahren durch Marias Magen, die Menschen sprechen in ihr Hirn. Auf den durchnummerierten Straßen gehen die Passanten trotzdem wie in Watte. Sie hören nicht den Schmerz, sie spüren nicht die Kälte. Sie haben eine Hülle. Maria nicht. Sie kann im Traum riechen.

So ist es auch jetzt noch, in Wien und in der Feistritz. Manchmal denkt Maria, dass sie vergiftet wird. Der Rauch des Ofens in ihrer Nase kann töten. Maria darf aber noch nicht sterben, das gönnt sie den anderen nicht. Sie kann zwar keinen Purzelbaum mehr machen, aber sie ist noch kein Käfer, der auf dem Rücken liegt und strampelt. Der Rücken fängt allerdings an, ihr wehzutun. Wenn Maria malt, sind die Bandscheibenschmerzen verschwunden, danach spürt sie sie wieder. Maria muss in Bewegung bleiben. Sie kann immer noch auf den Berg gehen. Der Kogler-Berggipfel liegt auf tausendvierhundertachtundachtzig Metern Höhe, sie besteigt ihn einige Male in der Woche, auch im Winter, wenn der Schnee nicht zu tief ist.

Maria braucht die Natur. Sie braucht keine Menschen um sich. Sie braucht die Einsamkeit, um sich vom Reden zu erholen. Von den Schülern. Sie sind nett, aber sie saugen ihr alle Energien ab. *Sprechzwang*, so heißt ein Bild, das Maria 1980 malt, in dem Jahr, in dem sie anfängt zu unterrichten. Darauf ist Maria nackt, sie zeigt mit dem Zeigefinger in den weit geöffneten Mund. Ihr Kopf endet über der Nase. Maria hat keine Augen zum Sehen und kein Gehirn zum Denken. Sie muss reden, bis ihr der Mund ausfranst.

Kogler heißt auch ein Bauer in der Gegend. Er hat viele Söhne. Einer kommt öfter in die Kirche, wo auch Maria manchmal hingeht. Er hat ein gutes Gesicht, ein Bauerngesicht mit hervortretenden Backenknochen. Wenn Maria in die Kirche geht, wird sie gegrüßt, als ob sie eine von ihnen wäre. Sie geht zur Kräuterweihe, die der Pfarrer erfunden hat. Aber die Bauern beten nur nach, was ihnen vorgebetet wird. Sie lieben das Brimborium und haben keine Ahnung vom Leiden Jesu. Einmal, als sie die herausgeputzten Bauern zur Kirche gehen sieht, wird es Maria zu bunt.

Ihr glaubt, Jesus war jemand in einem Buch, ihr nehmt das nicht ernst! Jesus war ein echter Mensch, der sehr gelitten hat! Das versteht ihr alle nicht, wenn ihr euch so schön herrichtet für die Kirche!, ruft sie ihnen nach und eilt davon.

Die Bauern schauen ihr stumm hinterher und tragen es ihr nicht nach. Eine Professorin und Malerin darf ruhig einmal spinnert sein.

Der Wald reicht fast bis an das Schulhaus heran. Eine Katze sitzt am Waldrand unter einem Busch. Sie sieht zerzaust aus. Sie tut, als ob sie nicht schauen würde. Sie ist misstrauisch. Maria sieht die Furcht der Katze und ihr Herz wird weich. Schnell bringt sie einen Teller mit Milch. Die Katze tut immer noch so, als wäre sie nicht interessiert.

Mauzi, sagt Maria und geht ins Haus.

Als sie wieder hinauskommt, ist die Milch weg. Sie stellt jetzt jeden Abend und jeden Morgen Milch vor die Tür, und die Katze kommt wieder. Bald darf Maria an der Tür stehen bleiben, wenn die Katze trinkt. Dann darf sie sich hinsetzen. Die Katze schleckt die Milch auf und lässt sich streicheln. Ihr Schnurren surrt durch Marias Hände, die Haut entlang und bis in ihr Schmerzzentrum. Der Käfer beginnt zu krabbeln und krabbelt die Wirbelsäule hinunter. Das Wohligkeitsgefühl füllt Maria aus, das Vertrauen, das eine Misstrauische einer entgegenbringt, die ebenfalls kaum jemandem mehr trauen kann.

Die Jahre gehen dahin. Zu denen, denen Maria am ehesten vertrauen kann, gehören immer noch die jungen Männer. Einer kommt aus der Schweiz und hat versprochen, Maria berühmt zu machen. Er hat ihre Bilder groß platziert in der Ausstellung, die den zerbrochenen Spiegel zitiert. Maria braucht keine Spiegel zum Malen, aber sie braucht den Spiegel der anderen. Der Mensch ist des Menschen Wolf. Für Maria sind die Tiere Menschen. Die Katze ist auch des Vogels Mensch. Seitdem die Katze in Marias Garten ein und aus geht, hört Maria weniger Vögel. Maria liegt im Gras und lauscht dem Gezwitscher und dem Gesang. Sie versteht die Botschaft der Vögel, so wie der heilige Franziskus. Und trotzdem versteht sie nichts. Maria ist ein Mensch und greift in das Rad des Lebens, in das man nicht eingreifen soll. Sie verbindet sich mit einem Lebewesen, der Katze. Trotzdem kann sie die Katze im Herbst nicht nach Wien mitnehmen. Maria wird von Schuldgefühlen zermalmt.

Maria horcht in den Abend. Die Kuhglocken klingen nur noch leise. Maria denkt an das Kalb, das von der Gemeinschaft separiert wurde. Sie hat ihm einen Eintrag in ihr Notizbuch gewidmet, schon auf der Turracher Höhe. Es ist eine ebenso tragische wie melancholische, aber auch versöhnliche Geschichte. »Das schwarz-weiß gefleckte Kalb jenseits des Zauns muht jämmerlich, alle Kälber diesseits rotten sich zusammen und bemitleiden sichtlich das einsame Kalb. Es ist von einer neu eingeführten Rasse und hat scheinbar noch nicht herausgefunden, dass es nur sonntags, wenn die Bauern unterwegs sind, seinen Leckerbissen, das Salz-G'leck bekommt. Es ist der schönste Tag, den es auf einer Alm geben kann, die Sonne wärmt schon am frühen Morgen, nur Gesumme und Gezwitscher in der klaren Luft, und die braunen sanften Bergrücken heben sich scharf gegen den grünlich-blauen Horizont, in der Ferne die kahlen Schroffen mit den Schneeflecken der Julischen Alpen. Die Schönheit der Landschaft besteht nicht nur in der Vielfältigkeit von Wäldern und Matten, weichen und scharfen Umrissen, den zerzausten Silhouetten der Lärchen im Vordergrund und den breiten klein gegliederten Flächen im Hintergrund – es sind die Beleuchtung und die Witterung, die jedes Mal neu überraschen. Ob ich das Bild malen werde? Ein runder Berg, der aber auch scharfe Kanten hat und durch ihn hindurch eine Kuh, sodass der Kopf vorne gestreckt muhend herausragt und das Hinterteil rückwärts gegen den Himmel zeigt. Die Abendruhe nach diesem Tag ist so vollkommen, dass ich mittendrin wie eine Störung bin, denn ich bin unruhig und gelangweilt. Das gefleckte Kalb wurde vom Bauern weggeführt, weil es nach dem Stier verlangt, es wird aber nur vom Tierarzt künstlich besamt.« Maria hat oft Vorstellungen von Bildern, die sie aber meistens nicht realisiert, denn sie möchte nicht einmal sich selbst abmalen.

Der Hase sitzt am Wegrand. Er duckt sich in das Gras, legt die Löffel an und rührt kein Haar. Maria bleibt stehen. Sie macht die Runde immer um fünf, sechs Uhr, nach vollbrachtem Tagwerk. Hier oben sieht man kaum mehr als den Wald, das Tal und die Wolken, die lieblichen Matten der Wiesen mit den Vergissmeinnicht und dem Hahnenfuß, hellgrün mit blauen und gelben Tupfen, die Sonne und den Himmel. Sie trägt eine grüne Jacke, denn der Jäger, bei dem sie sich beschwert hat, dass es keine Rehe mehr gibt, hat ihr gesagt, dass es an ihrer roten Jacke liegt. Nichts liegt Maria ferner, als Tiere verscheuchen zu wollen.

Wer bist denn du?, fragt sie den Hasen.

Der Hase antwortet nicht. Wie auch, er kann nicht sprechen. Aber er stellt die Löffel auf. Der Hase horcht. Marias Ohr klingt von diesem Horchen.

Bist du denn tot?, fragt Maria.

Bist du ein Haushase, der von irgendwo weggelaufen ist?, setzt sie nach.

Da springt der Hase mit einem Ruck auf und rennt in Richtung Wald. Bevor er am Wald ankommt, dreht er sich zu Maria um. Der Hase richtet sich in voller Größe auf und streckt seine Vorderläufe zum Himmel. Er schaut Maria in die Augen.

Wer seid ihr?, fragt er.

Und Maria weiß, dass nicht der Wind den Wald zerstört hat, der Hurrikan, der die Feistritz heimgesucht hat, sondern der Mensch. Der Hase klagt sie an, er klagt alle Menschen an. Er bittet die Menschen um Hilfe, aber sie helfen ihm nicht. Maria kann ihm nicht helfen, sie klagt die Menschen auch an. Der Hase hat recht. Wofür lohnt es sich zu leben, wenn alles zugrunde geht? Nicht nur der Einzelne, sondern die ganze Natur? Der Mensch ist der Natur ein Wolf. Der Wolf ist dem Menschen ein Hase, er ist schon lange vertrieben worden. Er kommt nicht wieder.

Am nächsten Tag kehrt Maria zu der Stelle zurück. Aber der Hase ist weg. Auch die Vögel kommen nicht wieder. Die Rehe kommen nicht wieder. Die Wiesel sind fort. Und Margeriten gibt es auch keine mehr. Die Forstwege schneiden Wunden in den Wald. Je länger Maria an den Hasen denkt, desto mehr rührt sie seine Bitte, seine Anklage. Bestimmt hat der Hurrikan, den die Menschen verursacht haben und der Bäume entwurzelt hat, seine Kinder erschlagen. Maria will den Tieren etwas zurückgeben.

Maria malt wieder Tiere. Sie malt Rehe, Kühe, Ziegen, Hasen, Frettchen, Wiesel und nennt ein Bild *Ich bin der Hl. Franziskus der Waldtiere*. Sie malt jetzt keine Gegenstände, sie malt keine Stillleben mehr, seit sie in New York Obst unter Plastikfolie gemalt hat. Die Amerikaner lieben das, und Maria braucht Geld. Jetzt braucht sie kein Geld mehr. Sie malt nur noch, worauf sie Lust hat. Sie malt nur, wozu sie eine Beziehung hat, und zu Gegenständen hat sie keine höhere Beziehung. Maria malt nicht oft Landschaften, höchstens im Aquarell, und sie malt nie Blumen, jedenfalls fast nie und dann nicht um der Blumen willen, sondern als Zugabe. Vor Blumen hat sie einen Graus, denn Blumen sind schrecklich wie Engel. Denn Blumen sind schön. Keine Farbe kann schöner sein als die einer Rose. Rosen sind der Tod der Malerei.

Die Studenten an der Angewandten lässt Maria als eine der ersten Aufgaben einen weiß gedeckten Tisch malen, auf dem weiße Eier und ein Blumenkohl liegen. Blumenkohl hat so eine vielfältige Farbe, er hat eigentlich keine Farbe und trotzdem eine Farbe. Auch ein weißes Ei hat eine Farbe und eigentlich keine Farbe. Genau das sollten die Studenten anfangen zu analysieren. Maria lässt die Studenten mit dem Schwierigsten anfangen. Nicht alle bestehen die Prüfung. Die Prüfung ist nicht das Malen, sondern besteht darin, die Ehrlichkeit der Frau Professor auszuhalten.

Maria ist keine Pädagogin, die die Schlechten motiviert. Sie ist eine gute Lehrerin, aber nur für die Starken, aus denen sie ihre ganze Stärke herausholt. Wenn die Schüler zu stark werden, haben sie ein Problem mit der Frau Professor. Denn Maria braucht Bewunderung. Sie hat keinen Mann, sie hat keine Kinder, sie braucht die bedingungslose Liebe ihrer Studenten. Aber jeder Schüler, der stark genug wird, versucht irgendwann, seine Lehrer vom Sockel zu stoßen. Manche kommen an die Angewandte, um gegen ihre Lehrerin zu kämpfen. Und manche versinken in Bewunderung. Maria mag auch das nicht. Ihr muss niemand schmeicheln. Sie erwartet Respekt. Und merkt oft nicht, dass sie ihn bekommt.

Unterrichten ist kein Spaziergang, es ist ein Ringkampf. Aber es ist auch ein Liebesdienst. Maria liebt die Schüler zu sehr, deswegen können sie ihr auch so wehtun. Die Schüler lieben Maria auch, deswegen bleiben sie, auch wenn Maria ihnen wehtut. Sie spüren, dass Maria ihnen alles gibt, was sie hat. Das ist bei keinem der anderen Professoren der Fall, die sich einmal die Woche oder einmal im Monat blicken lassen und darauf achten, nicht zu sehr absorbiert zu werden von der Lehre, die keinen Ruhm bringt und keine Ehre. Die nur Brösel bringt, denn Menschen können nicht wachsen, ohne sich aneinander zu reiben. Manchmal wünscht sich Maria, dass sie das alles auch so an sich abgleiten lassen könnte, wie andere das können, aber sie weiß, dass sie das nicht wollen kann. Denn Kunst entsteht aus Reibung. Und Bilder erzählen Geschichten. »Ein Mensch auf einem Bild ist noch keine Geschichte. Zwei Menschen geben eine Geschichte. Ein Mensch und ein Tier zusammen geben eine Mythologie«, schreibt Maria in ihr Notizbuch.

Wenn die Geschichten mit Menschen Maria zu kompliziert werden, hat sie immer noch die Tiere. Die Beziehung zu Tieren ist so klar und erfrischend. Die Beziehung zu Menschen ist so ambivalent und kraftraubend. In New York hat sie auch Tiere gemalt. *Mit einem Tiger schlafen* nennt Maria das Bild, auf dem ein gewaltiger Tiger sie begattet. Der Tiger bespringt Maria, der Titel kehrt das Verhältnis um, denn Maria hat den Tiger herbeimalt und damit Macht über ihn zu erlangen versucht. Die nicht mehr junge Frau und das Raubtier ringen miteinander, die Frau liegt dabei auf einem weißen Tuch und hat den Mund halb geöffnet, auch der Tiger hat das Maul halb geöffnet, sodass man seine spitzen Zähne sieht. Sein Hinterleib ist nicht auf dem Bild, aber Marias Unterleib ist auf dem Bild, als braungrünes Dreieck sieht man das Schamhaar, aber die Frau schämt sich nicht. »Sexualität ist ein starkes Mittel, meine Beziehung zu Männern, das alles fließt auch in meine Arbeit hinein. Nicht nur bei Picasso war das so, auch bei einer Malerin ist das nicht anders.« Das sagt nicht Maria, das sagt Kiki in einem Interview. Aber es stimmt auch für Maria.

In New York entdeckt Maria ihre Liebe zu Zeichentrickfilmen. Wenn Walt Disney sie nicht nehmen will, will sie es selbst versuchen. Sie bastelt sich einen Tricktisch aus einem Kabelteller, legt zwei große Telefonbücher nebeneinander und eine Glasplatte darüber. Darunter kommt eine Glühbirne. Einer ihrer ersten Filme heißt *Chairs*. Stühle haben es Maria angetan, denn Stühle sind lebendig. Auf Französisch bedeutet »chair« Fleisch. Fleisch verändert sich und hat Begehren. Deswegen bewegen sich die Stühle, wenn Maria sie zeichnet. Animation heißt Belebung, Beseelung. Das ist kein Trick. Es ist Magie. Maria kauft sich eine Single-8-Kamera und besucht einen Trickfilmkurs. Aber die Technik ist ein Hund. Über ihr wohnt ein Fotograf mit seiner Frau und seiner hübschen kleinen blonden Tochter. Er stellt ihr alles ein. Dann betrachtet er die Bilder, die an den Wänden von Marias Loft hängen.

Sie können ja gar nicht malen, sagt er.

Maria ist beleidigt. Was hat der Möchtegernhippie mit dem großen Schnauzbart überhaupt zu melden? Aber der Satz lässt sie nicht los. Sie will es ihm zeigen. So kommt es, dass sie in New York nicht nur das Filmemachen lernt, sondern auch zur realistischen Malerei zurückfindet. Body awareness ist ein Begriff, den es schon gibt. Maria braucht ihn nur zu übernehmen. Maria schaut schon immer nach innen. Jetzt schaut sie von innen auf ihren Körper. 1970 zeigt sie auf einer Einzelausstellung im Austrian Institute *Body Awareness Paintings* und *Strichbilder*. Maria erscheint in einem blitzblauen Kleid und mit Turnschuhen. Sie ist ein Star, aber ein Star, der auf Tauchstation ist. Ein Star inkognito, so wie Greta Garbo, nur das Austrian Institute in New York weiß, dass Maria »the most important avantgarde-painter in Austria« ist. In Österreich selbst weiß es vermutlich niemand.

Mit einem anderen ihrer ersten Filmversuche, *Selfportrait*, gewinnt Maria im Jahr 1972 den Preis des New York State Council und lernt dort andere Filmemacherinnen kennen. Frauen, die wie sie den Stempel *weak* und *woman* aufgedrückt bekommen haben und die endlich begriffen haben, dass sie zusammen stark sein können. Maria sucht nicht mehr nach Männern, obwohl sie immer wieder auf sie hereinfällt. Sie ist fünfzig und die Männer bleiben zwanzig. Sie bereiten Herzschmerz, aber sie werden weniger wichtig.

Maria hat die Frauen gefunden. Die meisten Frauen sind jünger als Maria, aber das ist Maria ja inzwischen gewohnt. Auf Englisch ist es weniger schwierig, mit Frauen zu sprechen, und das heißt, Frauen zu vertrauen, als auf Deutsch. Ihre Freundin Iris filmt Maria nicht nur, sie malt sie auch. Iris ist halb so alt wie Maria und doppelt so breit. Iris ist ganz Fleisch. Wenn Iris Maria Modell steht, übertreibt Maria die Üppigkeit von Iris' Figur. Iris ist gekränkt, aber die Übertreibung ist eine Hommage. Vor der jungen Frau, die keine Malerin ist, die keine Filmemacherin ist, sondern einfach eine Freundin ihrer Nachbarn, muss sich Maria nicht fürchten.

Auch Bärbel, die Österreicherin, der Maria einen Film widmet, ist ganz anders als Maria. Bärbel hat dieselbe Figur wie Iris, das ist vermutlich kein Zufall. Aber ihr Gewichtsproblem ist nicht ihr wirkliches Problem, sagt die Erzählstimme im Film. Bärbel ist eine Duldende, die in der Sorge um Kinder und Mann aufgeht, erklärt sie. Bärbel ist Marias verlorene weiche Hälfte, die Hälfte, die sie nie entwickelt hat, das erklärt die Erzählstimme nicht. Aber Maria weiß, was ihr fehlt. Sie saugt es auf, wenn sie Bärbel besucht, sie taucht ein in Bärbels Großherzigkeit und ihre Nachgiebigkeit. Manchmal wünscht Maria sich, so wenig Ambitionen haben zu können wie Bärbel, dass sie ihre Talente so brach liegen lassen könnte wie Bärbel. Dass sie Bärbels Weisheit teilen könnte, die Maria aus dem amerikanischen Exil als Stimme aus dem Off in dem Film als »Austrian wisdom« bezeichnet und auf Englisch mit österreichischem Akzent bespricht: »Live and let live. The world is good, even when it's bad.« Nicht, dass Maria weiß, dass sie sich vor Frauen fürchtet. Aber wenn sie es wissen würde, würde sie sich nicht wundern. Maria hat kein Vertrauen, nur in junge Männer.

Junge Männer haben in Maria keine negative Prägung hinterlassen. Für sie gibt es kein Filmchen in Marias Kopf, das immer wieder abgespult wird. Junge Männer sind so leicht verständlich. Sie wollen Sex und spenden körperliche Freude, die einzige ehrliche, eindeutige Freude. Auch die alten Männer wollen Sex, aber sie wollen ihn als Gegengeschäft, als Machtspiel, sie wollen Sex mit jüngeren Frauen als Gegengabe für eine Karriere, die dann doch keine Karriere wird, weil die junge Frau eine junge Frau ist. Die jungen Männer werden von ihrem Körper dirigiert, und der Körper ist unschuldig. Maria verliebt sich immer noch in Männer, die gleich jung sind wie damals. Das wird immer leichter, weil sie sie immer weniger haben kann. In Paris ist Maria einmal zu einer Frauenvereinigung eingeladen, aber da sitzen sie alle auf goldenen Stühlchen mit den teuersten Pelzmänteln. Sie wollen Maria dabeihaben. Aber so eine ist Maria nicht. In New York ist das anders, die amerikanischen Frauen tragen Hemden und Hippieblusen und krempeln die Ärmel auf, so wie Maria. Die amerikanischen Frauen wollen Mädchen bleiben, so wie Maria, die sich immer noch in Knaben verliebt.

In Amerika kauft sich Maria zum ersten Mal einen Kühlschrank. Sie besitzt eine Badewanne. Und einen Fernseher.

Trotzdem geht sie mehr hinaus als in Paris. Zum Beispiel zu einer Lesung von Kate Millett in einem Theater, in dem Maria mit Hunderten von Frauen sitzt. *Sexual Politics* heißt das Buch, es wird ein Jahr später ins Deutsche übersetzt und trägt einen Titel, der Maria erleichtert, weil sie begreift, dass sie nicht alleine ist in ihrer Benachteiligung. *Sexus und Herrschaft: Die Tyrannei des Mannes in unserer Gesellschaft*. Die junge Frau liest aus ihrem Buch, sie spricht zu den Frauen. Sie ruft ihnen zu, dass sie alle Schwestern seien. Marias Kinn zittert und ihre Augen füllen sich mit Tränen. Ihr Gesicht verzieht sich wie das ihrer Urgroßmutter. Maria sieht die jungen Frauen, die um sie herum sitzen, und Tränen laufen ihr die Wangen herunter. Sie hat schon lange nicht mehr geweint. Zum ersten Mal ist Maria Mitglied einer Gruppe. Zuerst bei der Woman Liberation, dann bei den Women Artist Filmmakers. Auf Frauen, die Filme machen, ist Maria nicht eifersüchtig. Maria hat eine neue Freundin, Silvianna Goldsmith, eine schwarzhaarige Schönheit. Und sie malt sie ebenfalls. Auf dem *Selbstporträt mit Silvia* trägt Silvianna ein rot-blaues Kleid und schaut den Betrachter offenherzig an, während Marias Augen geschlossen sind. Auf die Wangen hat sie sich wie früher Schilder geheftet. Maria trägt ein fleischfarbenes Oberteil, einen Torso, der Nacktheit simuliert. Die alte Maria ist noch da, abweisend und wehrlos wie früher.

Das Filmemachen befreit Maria. Filme sind keine Arbeit, sondern Spaß. Und sie bringen Aufmerksamkeit. Alle wollen Filme sehen, sogar wenn sie von Frauen sind. Maria organisiert für die Filme der Women Artist Filmmakers Vorführungen in Europa, in Wien, Graz und Innsbruck, in Basel, Berlin und Brüssel. Maria arbeitet so viel wie schon lange nicht mehr. Sie raucht, sie nimmt Tranquilizer, so wie alle. New York gibt den Puls vor und Maria passt sich an. Maria wurde in dem Herbst geboren, in dem in Österreich Frauen zum ersten Mal wählen gehen dürfen. Maria will eine Wahl haben. Sie will keine Frauenkunst machen, sie will Kunst machen. Gleichzeitig ist für sie wahr, dass eine Frau, die keine Feministin ist, den Zusammenhang von Sexus und Herrschaft nicht begriffen hat. Maria macht keine feministischen Filme, sie macht Filme über sich selbst, und sie ist eine Frau, also sind es auch Filme über das Frausein. Sie malt keine feministischen Bilder, aber sie malt sich selbst, zum Beispiel als Astronautin, denn ein Jahr nach ihrer Ankunft in New York landen zwei Menschen, die Männer sind, auf dem Mond. Maria malt sich als *Woman Laokoon* im Kampf mit der Riesenschlange, sie malt sich als Riesin, einem King Kong gleich, durch die Wolkenkratzer von Manhattan schreitend. Das Bild heißt *Woman Power* und stammt aus dem Jahr 1979. Maria lebt schon seit zehn Jahren in New York und wohnt seit fünf Jahren nicht mehr im East Village, sondern in Soho. Ihr Loft hat vierhundert Quadratmeter, zu groß, um es sich alleine leisten zu können. Sie teilt es mit einer jungen Frau. Das geht nicht lange gut und hat nicht nur damit zu tun, dass die junge Frau eine Bewunderin von Ernst Fuchs ist, zwei Kinder hat und schließlich noch eine Untermieterin mit Hund aufnehmen muss, um sich ihren Anteil am Loft leisten zu können.

Buddy, der sich immer noch Padhi nennt, hat Maria eine Mail Art in die Spring Street geschickt, zusammengeklebt aus Zeitungsschnipseln. Maria ist erst vor Kurzem nach Soho umgezogen. Endlich hat sie eine Adresse, die salonfähig ist, so salonfähig, dass Maria es gar nicht allen sagen darf, weil sonst ganz Wien auf der Matte steht. Hat Padhi es gerochen? Nein, Padhi ist immer noch kein Weltreisender. Und schon gar kein

Adabei, also jemand, der dabei sein will, weil es ihn wichtiger macht, als er ist. Padhi ist, wie er ist. Er ist immer noch gut vernetzt und bekommt Marias Adresse. Sie steht am untersten Rand des Umschlags unter einer großen schwarzen Wolke, aus der ein knallbunter, kubistisch verfremdeter Schriftzug herausragt, den man, wenn man Padhis Musikvorliebe kennt, als das Wort Jazz entziffern kann. Am rechten Rand klebt der Absender, bestehend aus nur einem Wort: Padhipamphlet. Die Mail Art ist ein Gesamtkunstwerk, bei dem sogar die Briefmarkenauswahl nicht auf Zufall beruht. Eine ungarische Briefmarke ist nur Dekor und zeigt eine Taube. Die österreichischen Marken zeigen den Schriftsteller Hermann Bahr, der gerade seinen vierzigsten Todestag hatte, und Pieter Brueghel den Älteren, der die Jubiläumsmarke *200 Jahre Albertina* ziert, ein krausköpfiger, ein bisschen sauertöpfisch dreinblickender Mann, der einen Pinsel in der Hand hält.

Padhi hat Maria nicht vergessen. Dabei werden seine Freundinnen immer jünger. Jetzt ist er mit einer Schülerin zusammen. Padhi, der Hippie, Padhi, der Sauberkeitsfanatiker, Padhi, der Monologisierer. Neben ihm kommt niemand zu Wort. Die Frauen himmeln ihn trotzdem an. Maria wüsste gerne sein Rezept. Aber er hat keines. Er wirkt einfach, weil er so ist, wie er ist. Zumindest auf seine Kumpel. Und auf junge Frauen. Maria dreht die Karte um und hält den Atem an. Padhi hat Maria verstanden. Er hat sie nicht nur nicht vergessen, er hat für sie eine Collage zustande gebracht, die wirklich etwas mit ihr zu tun hat. Wie lange hat Padhi dafür gesammelt? Marias Kinn beginnt zu zittern, als sie die Details betrachtet. Sie hat Tränen in den Augen, als sie das Wort »bräuhaus« liest. Unten hat er das Foto von sich selbst und Maria hingeklebt, das Foto, auf dem er noch kurze Haare, ein weißes Hemd und einen Pullover trägt und auf dem sie Rücken an Rücken sitzen. Vor Marias Mund auf dem Foto, das so viele Erinnerungen weckt, das Maria ins Wien der fünfziger Jahre zurückkatapultiert, klebt ein Zitat aus einer Zeitung, das auch aus ihrem Mund stammen könnte. Nein, das tatsächlich aus ihrem Mund stammt: »Ich sitze nicht gerne zwischen den Stühlen.« Darüber klebt eine alte Illustration eines Zwangsstuhls. »Monströse US-Wirklichkeit«, verkündet die Headline über dem Bild rechts daneben. Es zeigt einen elektrischen Stuhl und den dazugehörigen Strafvollstrecker.

Maria liebt Stühle. Aber sie wohnt jetzt in der Heimat des elektrischen Stuhls. Noch weiter rechts liest Maria die Headline: »Kein Stuhl zum Ausruhen«. Und unter der Abbildung steht: »Der elektrische Stuhl von St. Quentin«. In der Mitte der Karte befindet sich ein Artikel über New York: »Für jeden normal denkenden Menschen ist New York ein Brechmittel«. Marias Augen beginnen zu flitzen. Sie tasten die Karte ab. Sie lassen sich nieder und eilen weiter. Überall sind Stühle und Sessel. Auch Van Goghs Stuhl fehlt hier nicht. Ganz rechts befindet sich ein großes Foto von Padhi, langhaarig, im hohen Gras irgendwo in Niederösterreich, halb hinter einem vergammelten Fauteuil versteckt. »sessel wackelt«, steht darunter in Kleinschrift und darunter in Versalien das Wort VERFREMDUNG, das Marias Augen jetzt überall entgegenspringt. Insgesamt sechsmal, immer in Großbuchstaben.

Oben links sieht man Zeitungsausschnitte über Maria, zum Beispiel das Selbstporträt aus dem Film, für den sie vor zwei Jahren den Preis gewonnen hat. Padhi kann nichts wegschmeißen, aber dieses Mal hat er für Maria gesammelt. Eine Flaschenpost aus der Vergangenheit, garniert mit einer Brieftaube und mit einem Dampfer über den Ozean gekommen. Marias Augen eilen weiter, von Zitat zu Zitat. »Hierarchie der Stühle.« »Ein Sessel für den Nachfolger.« »Nehmen S' Platz.« Maria wischt sich eine Träne aus dem Augenwinkel und stellt die Karte im Atelier auf. Sie sieht sie weiter, aber sie vergisst ihre Botschaft. Sie zieht keine Schlüsse, dabei ist die Botschaft klar: New York ist ein Brechmittel. Das Padhipamphlet gilt New York. Es ist ein Rückruf. »Bitte nehmen Sie Platz!« Der Satz, diesmal ohne Apostroph und mit der Höflichkeitsfloskel eingeleitet, steht über dem Hintern einer Frau, der mit einer blau glitzernden, mit zwei Heftklammern befestigten Folie nur notdürftig bekleidet ist. Die Frau beugt sich über einen glänzenden Fauteuil mit fleischlicher Anmutung. »Bitte nehmen Sie Platz!«

Maria sitzt immer noch zwischen den Stühlen, sie kann nicht anders. Auch jetzt, wo sie den Lehrstuhl angenommen hat, ist sie nicht angekommen. Maria ist und bleibt eine Einzelgängerin. Sie ist ihre One Woman Show, in den eigenen vier Wänden inszeniert, eine Generalprobe für das, was noch kommen muss und soll. New York wird in den fünf Jahren zwischen dem ersten, dem Padhirückruf, und dem Ruf der Professur nicht leiser, aber Maria wird immer noch empfindlicher. Sie benutzt Ohrstöpsel, aber die nutzen nichts, denn Maria kann den Lärm auch spüren, in ihren Lungen, in ihrem Bauchfell, in ihrem Herzen. Sie baut sich eine Schlafkammer, die gut abgedichtet ist, um dem Getöse und Getute der Stadt zumindest nachts zu entgehen. Sie sitzt im Käfig und kann nicht mehr raus. Dann ruft zum ersten Mal Wien an. Und Maria versteht, was Padhi von ihr wollte.

Maria hat auf der Angewandten ein Trickfilmstudio einrichten lassen. Jetzt, wo sie Professorin für Malerei ist, will niemand mehr malen. Darunter leiden auch andere, wie Arik Brauer. Maria will, seit sie nicht mehr in New York ist, seit sie in Wien ist, eigentlich keine Filme mehr machen. Die Technik ist nicht kompatibel, und das Leben ist nicht mehr kompatibel. Einmal war Maria auf der Burg Hochosterwitz und hat dort gedreht. Einen Märchenfilm. Sie braucht aber keine Märchen mehr. Sie braucht neue Ideen, bevor ihre Ideen gestohlen werden. Sie braucht die wenige Zeit, die ihr neben dem Unterrichten bleibt, zum Malen. Die Studenten greifen Marias Idee mit dem Filmstudio dankbar auf. Viele wollen für ihr Kunstschaffen nicht bloß Pinsel, sondern moderne Medien benutzen. Maria hat dem Titel ihrer Professur, Meisterklasse für Gestaltungslehre und experimentelles Gestalten, deren Bezeichnung eigentlich für Joseph Beuys erdacht worden war und dann einfach beibehalten wurde, seine Berechtigung verschafft. Sie lässt den Studenten freie Wahl, aber sie ist nicht glücklich, dass niemand mehr malen will und sie selbst schuld daran ist.

Dabei stimmt es gar nicht. Viele wollen malen. Maria kann man es nur sehr schwer recht machen. Maria hat nicht viel übrig für Aktionismus, dann schon eher für die Animation. Sie bekommt einen Assistenten, der mit den Studenten werken kann. Maria kümmert sich um die, die malen wollen. Sie muss ihnen beibringen, was sich nicht in Worte fassen lässt, indem sie redet. Kann man jemanden zur Kunst erziehen? Maria hat keine pädagogische Ader. Sie fasst die Schüler nicht mit Samthandschuhen an, sondern erzieht sie mit ihrer Ehrlichkeit. Manche weinen, andere wachsen. Sie alle wachsen zusammen. Maria ist jeden Tag da, da lernt man einander kennen. Sie kommt auch zu Festen und ist dann wie ausgewechselt. Wenn Maria mit den jungen Leuten feiert, wird sie so jung, wie sie nie gewesen ist. Sie vergisst die Professur, sie vergisst den Kunstmarkt, sie vergisst die Tröge, aus denen die Anerkennung ausgespeist wird.

Maria träumt und schreibt in ihr Notizbuch. »Träumte von einem Ochsen, der mit den Füßen in seiner Futterkrippe stecken blieb, dann sich bäuchlings drin umdrehte, den Kopf wie eine welke Blume hängen ließ und drin ertrank. Wie geistreich doch das Unterbewusstsein ist, denn es hat damit ganz meine Lage beschrieben, wie sie das Tagesbewusstsein nie so gut ausdenken könnte.« Der Ochse, das ist Maria, die Futterkrippe, das sind Marias Brotgeber, das Lehramt und die Kunsthändler, die Galeristen und die Jurys, die Kritiker und die Bewunderer. Oder wie Maria es zusammenfasst: »Die einen, die mich ausnützen wollen, wiegeln mich gegen die anderen auf, die mich auch ausnützen wollen. Diese verblödenden Lobreden!«

Maria will schon wieder weg von Wien, aber wohin soll sie gehen? Die Welt hat sie schon durch. Wer es in Paris und New York nicht ausgehalten hat, dem bleibt nur noch die Feistritz, Marias kleines Paradies. In der Feistritz gibt es keine Kunstmagazine, aus denen ihr Arnulf Rainer, Hermann Nitsch und die anderen Zerstörer entgegenschauen, die es bis ganz nach oben geschafft haben.

Maria flieht in die Natur. Maria flieht zum Fernseher und seiner Sicherheit. Sie ist ein Zaungast des Lebens. Dann explodiert der Atomreaktor in Tschernobyl, und auch in Maria explodiert etwas, ein Unheil, das sie nahen sieht und nicht in Worte fassen kann. Maria riecht das Gift, obwohl man es nicht riechen kann. Nicht nur die Stadt, auch das Land ist kontaminiert. Das Rehlein, das Maria malt, trägt einen Strahlenkranz, aber die Strahlen sind eigentlich unsichtbar. Deswegen glauben die dummen Menschen, die für die Atomkraft waren, wohl, dass es genügt, jedes Salatblatt einzeln abzuwaschen. Sie lügen sich in die Tasche, und wenn jemand, so wie Maria, die Wahrheit sagt, eckt er an.

Aber die, die so malen, wie es alle wollen, die das machen, was Mode ist, so wie Kiki, die ecken nicht an. Die bekommen Ausstellungen und Bewunderer und Bewunderinnen. Einmal hält vor Marias Schulhaus in der Feistritz ein Auto, und heraus steigen eine Dame und ihre Tochter.

Schau, das ist das Atelier einer berühmten Künstlerin, der Kiki Kogelnik, sagt die Dame.

Ich heiße Maria Lassnig! Und Sie fahren gefälligst nicht in meine Wiese und töten dabei Lebewesen, brüllt Maria, die gerade auf einer Bank vor dem Haus sitzt.

Die Frauen steigen wortlos ins Auto zurück und fahren davon.

Maria bekommt Kreuzschmerzen von der Unwahrheit, von der Assistentin, die dreißig Jahre jünger ist als Maria, die blonde Haare hat und glaubt, dass ihr die Welt gehört, die glaubt, dass sie ihren, Marias, Platz einnehmen kann, die sich mit den Schülern verbündet und abends, wenn Maria schläft, mit ihnen durch die Lokale zieht. Die auch am Wochenende mit den Schülern ausgeht und sich als eine von ihnen ausgibt, die Maria vom Sockel zu stoßen versucht, so, wie es immer geschieht, wenn jemand dorthin will, wo ein anderer schon ist, weil er dorthin wollte, weil der andere dort schon war. Maria hält das alles nicht aus, so wie immer. Maria nimmt sich heraus, so wie immer. Maria ist draußen, so wie immer. Aber sie hat noch lange nicht aufgegeben.

Als Maria endlich einen Grund findet, die Assistentin loszuwerden, stellen sich die Schüler auf deren Seite, jedenfalls manche von ihnen. Manche wechseln sogar die Seite, wechseln in eine andere Klasse oder zur Bildenden, zusammen mit Birgit Jürgenssen, die jetzt, Maria traut ihren Ohren nicht, als Assistentin zu Arnulf Rainer geht. Das Butzerl ist Marias Fluch. Das Butzerl hat ein Jahr nach Maria eine Professur bekommen, an der Bildenden, von der jeder weiß, dass sie mehr wert ist als die Angewandte. Das Butzerl, das die Malerei überwinden will, unterrichtet Malen, und Maria, die ihr Leben der Malerei gewidmet hat, unterrichtet Medienkunst. Es ist eine Lachnummer, aber eine todtraurige. Die Buberln sind jetzt alte Männer, aber sie beherrschen immer noch das Terrain. Marias Schüler laufen über zu Arnulf und geben ihr damit den Todesstoß. Maria will auf die Professur verzichten und damit auch auf die Pension, aber sie kann nicht auf eine Pension verzichten. Auf die Aussicht, endlich bald ihre Ruhe zu haben.

Nach dem Sommer, in dem Maria dann doch nicht gekündigt hat, stellt sie sich vor die restliche Klasse und fragt:

Wollen Sie auch alle lieber zum Rainer gehen?

Maria nennt Arnulf vor den Schülern destruktiv, und das ist er ja auch. Sie warnt sie vor jungen Männern. Aber eigentlich hat Maria ein Problem mit jungen Frauen. Das einzig Reale ist der Schmerz, sagt Kafka, und er hat recht, findet Maria. Ihr Leben ist eine einzige große Beleidigung.

Arnulf bleibt Marias Bezugspunkt, auch wenn sie sich kaum sehen. »Wir saßen uns an einer langen Künstlertafel gestern genau gegenüber«, schreibt Maria, »und es war symbolisch, wir sind die Eckpfeiler der österreichischen Kunst.« Maria betrachtet den Satz und lacht über sich selbst. Die heilige Maria. Aber es stimmt ja. Nur dass Heiligsein keinen Spaß macht. Es macht auch keinen Spaß, sich mit Arnulf zu vergleichen. Aber Maria kann es nicht lassen. Sie sind so gegensätzlich, dass sie sich an ihm reiben muss. Marias Kopf erstellt Tabellen. Sie und er. Er und sie.

Er war ein Welpe, denkt Maria. Jetzt sieht er aus wie ein alter Hund, denkt es in ihr weiter. Ein Platzhirsch. Männer sind Rudeltiere. Arnulf ist immer noch immer irgendwo dabei. Er ist ein Usurpator. Zuerst übermalt er Bilder, weil er kein Geld hat, um Leinwand zu kaufen. Dazu kauft er für ein paar Schilling alte Bilder beim Trödler und später dann im Dorotheum. Dann übermalt er Bilder, weil es Geld bringt. Er ist selbst erstaunt, dass es klappt. Aber etwas, wofür die Leute Geld zahlen, kann nicht schlecht sein. Arnulf macht weiter.

Maria sieht sie vor sich, eine endlose Kette von Übermalungen. Arnulf übermalt seine eigenen Radierungen, seinen eigenen Körper, er übermalt Automatenfotos und Fotos, Skulpturen und Gemälde, sogar Leonardo da Vinci übermalt er. Er übermalt alles, was ihm unter die Finger kommt. Und wenn es zugemalt ist, begibt er sich auf die Suche nach neuem, unberührtem Material. Was andere machen, ist dazu da, übertüncht zu werden. Arnulf entdeckt die Grimassen von Franz Xaver Messerschmidt und übermalt auch die. Er kommt drauf, dass er selbst auch Grimassen schneiden kann und das viel billiger ist.

Arnulf hat einen Heidenspaß. Er schneidet Gesichter und steckt sich wollüstig den Finger in den offenen Mund. Klick, das Foto ist gemacht, jetzt muss es nur noch übermalt werden. Sein fetter Körper wälzt sich auf dem Boden. Und klick, Arnulf findet auch leicht jemanden, der für ihn auf den Auslöser drückt. Als ob er doch wüsste, dass das nicht genug ist, malt er auch über seine eigenen Fotografien, am liebsten mit Schwarz.

Mit Schwarz löscht er alles aus, was keine Kunst ist. Und dann das, was Kunst ist. Heraus kommt, oh Wunder: Kunst. Und Geld. Arnulf übermalt Karikaturen von Dichtern und Schriftstellern aus dem neunzehnten Jahrhundert, er übermalt den Gilgamesch, er übermalt Fotos von Hiroshima und Nagasaki, dabei sind diese Städte schon einmal ausgelöscht worden. Er übermalt die Übermalungen. Er übermalt Goya, als ob der noch nicht finster genug wäre. Er übermalt die Gesichter der besten Maler, von Giotto, Botticelli und Fra Angelico. Er übermalt die Titelblätter von Zeitungen, er übermalt Bücher und zum Schluss sogar die Bibel. Er malt unter dem Einfluss von Drogen. Er bindet sich den Kopf mit Gummibändern und Strumpfmasken ein. Er gibt seinen Körperfotos Ohrfeigen und malt mit den Füßen. Er übermalt Frauen, natürlich, nicht nur ihre Bilder. Er fesselt sie. Natürlich.

Arnulf setzt sich über alles hinweg, denkt es in Maria, er scheut kein Fettnäpfchen und sitzt trotzdem immer im Fetten. Er nimmt alle für sich ein und übertölpelt sogar die katholische Kirche. Er baut Kruzifikationen, malt Kreuze und verkauft sie als moderne Kunst. Arnulf ist ein Strizzi, das muss man ihm lassen. Vielleicht kriegt er irgendwann noch mal einen Ehrendoktor in Theologie für seine Selbstvergötterung, denkt es in Maria, und Maria würde gerne kichern, wenn es nicht so ernst wäre. Maria würde gerne gerecht sein, wenn sie selbst gerecht behandelt werden würde. Auf Maria sind alle böse. Aber Arnulf wird alles verziehen, dem Enfant terrible, das keine Fremdsprachen spricht.

Er ist eine Marke. Aber das Übermalen hat er bei Maria erfunden, dabei bleibt sie, auch wenn es ihr keiner glaubt. Sie sind auf dem Bauernhof in Launsdorf, kurz nachdem sie sich kennengelernt haben, und er ist wieder mal neidisch, dass Maria so schön malen kann. Das hat er ja nie gelernt. Da sieht Maria plötzlich, dass er ein Bild von ihr übermalt hat. Es ist nur ein alter Mehlsack gewesen, aber ihr Bild ist weg. Und Arnulf redet sich raus, dass er keine Leinwand gehabt hätte. Er hat sich über sie gesetzt und sie verraten. Er denkt, dass er mit den Übermalungen irgendwas verbessert hat. Er denkt, dass er auf der Suche nach der Vervollkommnung ist. Aber er will nur auslöschen. Auch Maria. Nicht nur Maria.

Im Rathaus von Wolfsburg übermalt Arnulf anlässlich seiner Teilnahme an der Ausstellung *Junge Stadt sieht junge Kunst* im Jahr 1961 in einer Nacht-und-Nebel-Aktion die prämierte

Radierung der zweiundzwanzigjährigen Künstlerin Helga Pape und befestigt einen Zettel daran: »Übermalt von Arnulf Rainer«. Arnulf verbringt eine Nacht im Gefängnis. Das macht ihn nur noch bekannter. Maria ist schon ein Jahr in Paris, als sie davon hört. Aber es überrascht sie nicht. Maria weiß: Der Künstler ist der Künstlerin ein Wolf. Aber alles, was man sät, kommt einmal zurück. Und wenn es ein Vierteljahrhundert dauert.

In Arnulfs Atelier der Akademie der bildenden Künste lagern seine Bilder. Eines Tages findet Arnulf ein paar davon schwarz übermalt! Er schreit Alarm. Was er sich selbst erlaubt, dürfen andere noch lange nicht! Die Polizei muss heran und ihres Amtes walten, aber sie kann keinen Täter finden, obwohl auch dieser auf einem Zettel eine Beichte hinterlassen hat. Denn übermalen, ohne sich dazu zu bekennen, bringt keinen Ruhm. Da muss Arnulf schon selbst Detektiv werden. Eine Spur gibt es schon. »Und da beschloss er, Aktionist zu sein«, lautet die Botschaft, die an Arnulfs geschändetem Bild hängt. Alle sagen, dass das von Adolf Hitler abgeschrieben ist. »Ich aber beschloss, Politiker zu werden.« So beschreibt Hitler in *Mein Kampf* seinen Vorsatz im Jahr 1919, dem Irrtum der deutschen Novemberrevolution ein Ende zu bereiten. Arnulf hat einen Studenten, der ins braune Lager abgetaucht ist, und die Etiketten des Guggenheim Museums sind am meisten beschädigt worden. Arnulf zählt eins und eins zusammen, muss aber feststellen, dass Antisemitismus der Polizei immer noch wurscht ist. Sie denkt, dass Arnulf nur die Versicherung bescheißen will, die Bilder sind nämlich nicht versichert. Arnulf ist ein Hansdampf in allen Gassen, aber er macht trotzdem keine Kompromisse. Das gefällt Maria.

Sie wird das Denken über Arnulf nicht los. Wann ist aus ihrer Liebe ein Wettstreit geworden und wann der andere ein Hindernis und schließlich ein Feind? Es ist der Lauf der menschlichen Beziehungen, auch wenn man nie geheiratet hat. Es ist eine Hassliebe, denn Arnulf ist für Maria ein Obstakel. Aber ohne ihn hätte Maria nie so viel riskiert. Was sie gemeinsam erlebt haben, vergisst keiner von ihnen, auch wenn Marias Hass es oft überdeckt. Nach dem Skandal mit den übermalten Bildern legt Arnulf seine Professur nieder, weil er das Gefühl hat, dass die Akademie ihn im Stich gelassen hat. Aber es ist bei ihm wie verhext. Nichts, was er tut, schadet seinem Ruf. Wenn es seinem Ruf schadet, nützt es dem Verkauf. Sie nennen ihn Schwarzmaler. Er nennt seine Bilder Nadamalerei. Er nennt sich ein Malschwein, das ungeniert in der Farbe wühlt. Er geniert sich nicht, leere Bilderrahmen auszustellen. Er hat es sich leicht gemacht. Er genießt das Leben, das muss man ihm lassen. Und das soll er auch.

Ein Baby kann man nicht heiraten. Deswegen trauert Maria Arnulf nicht nach. Er liebt seine Kunst sowieso mehr als seine Frauen. Das versteht Maria gut. Sie hat ihre Kunst auch immer mehr geliebt als die Männer. Sie liebt ihre Freiheit ohne Beziehung. Er liebt seine Freiheit in Beziehungen.

Später schießt sich der Student mit einer Jagdflinte in den Mund. Maria versteht den Schock, unter dem Arnulf steht, sehr gut. Das hat Arnulf nicht verdient. Er tut ihr leid. Denn Arnulf ist ja kein Böser. Und gut ist er ja schon, das muss Maria zugeben, auch wenn sie nicht gerne müssen muss. Sein Strich hat einen Schwung, von dem sie nur träumen kann. Maria denkt zu viel. Er denkt sich nichts, zumindest glaubt Maria das. Er ist ein bunter Hund. Aber er hat einen Riecher. Und er hat Ideen. Er scheißt sich nichts, und mit Skrupeln ist noch niemand weit gekommen. Wer kann schon in den Kopf von jemand anderem schauen? Maria wird auch für naiv gehalten, weil sie oft nicht sagt, was sie denkt. Und sie ist wirklich naiv, aber ganz anders als Arnulf. Arnulf hat eine Frau, die ihn tröstet. Maria hat niemanden.

Arnulf ist kein Ungeheuer. Auch Arnulf hat Angst. Deswegen kauft er sich gleich, als er Geld hat, einen sicheren Ort. Er nimmt einen Zirkel, setzt ihn auf Wien an und zeichnet einen Kreis. Der nächste Ort, der sich unter dem Schutzschirm der NATO befindet, heißt Passau. Arnulf nimmt sich ein Atelier in einem ehemaligen Benediktinerkloster nahe der Dreiflüssestadt. Niemand ist aus dem Krieg ohne Angst herausgekommen, auch nicht die, die gar nicht drinnen waren.

Als die Rote Armee anrückt und die Knaben zum Krieg eingezogen werden sollen, als unfreiwillige Opfer für das letzte Gefecht, steigt der Sechzehnjährige in Gainfarn auf das Fahrrad, er fährt Richtung Kärnten, zum Großvater an den Längsee. Den Zug kann er nicht nehmen, weil die Züge nach denen durchkämmt werden, die nicht zum Volkssturm wollen, die nicht bereit sind, ihr Vaterland bis zum letzten Blutstropfen zu verteidigen. Arnulf fährt die umgekehrte Richtung wie Maria, von Wien nach Kärnten, über die Pässe und durch die Täler. Die Tiefflieger fliegen über dem Welpen. Er duckt sich und fährt weiter. Er strampelt der Angst davon.

Dass er sich lange nicht gerne wäscht und seine Haare so oft aussehen wie ein Gestrüpp, liegt an der Napola, die der Knabe besucht hat, der Internatsoberschule und Gemeinschaftserziehungsstätte für die zukünftige Elite, an ihren Aufmärschen und ihrem Drill. Dem Drill entkommt der Schüler, indem er lange am Häusel sitzt und liest oder malt. Ein Lehrer unterstützt ihn. Dann kommt ein anderer und will, dass die Kader des erbgesunden Führernachwuchses ausschließlich nach der Natur malen. Malen nach der Natur bedeutet für den neuen Lehrer vornehmlich die Darstellung des Krieges als Vater aller Dinge, kartografische Landschaften mit Bombentrichtern als Brandzeichen des Sieges, Brände, Panzer und Flugzeuge als Symbole von dessen unaufhörlichem, unvermeidlichem Nahen. Arnulf will den Krieg nicht hören, nicht sehen und schon gar nicht malen. Er will malen, was in seinem Kopf ist. Er will seinen Kopf durchsetzen. Er will sich nichts sagen lassen. Nicht einmal von der Natur. Und schon gar nicht von einem Nazi. Er geht weg von der Napola, um dem Krieg zu entfliehen. Auch das hält Maria ihm zugute.

Am Längsee entdeckt Arnulf, kaum ist der Krieg zu Ende, die Kunst. Eine Krankenschwester hinterlässt im Lazarett, das im Stift einquartiert ist, Bücher, eines zeigt Bilder von Vincent van Gogh. In Schwarz-Weiß natürlich, aber das reicht. Der Welpe ist auf die Spur gesetzt. Von St. Georgen aus sieht man die wenige Kilometer entfernte Burg Hochosterwitz nicht. Aber Arnulf findet trotzdem zu Maria. Maria ist seine Lehrerin. Aber bald ist er ihr Lehrer. Mit Arnulf entdeckt Maria die Kunst ein zweites Mal, er ist viel schneller, er ist mutiger. Sie läuft hinterher, aber er ist immer voraus. Sie denken, dass sie sich parallel entfalten, aber sie sind Gegensätze, wie Tag und Nacht.

Arnulf fürchtet sich vor Farben, Maria liebt Farben. Er braucht ein vorhandenes Bild, das ihm sagt, wo er hinmalen soll. Maria sitzt stundenlang vor der leeren Leinwand und versucht, alles aus sich selbst herauszubefördern. Er schimpft, während er zeichnet. Maria sagt kein Wort. Herbert Boeckl sagt, ein Maler hat seine Aufgabe wahrhaft erfüllt, wenn er schweigen lernt. Und dass er Befriedigung findet, wenn er das Schweigen auch bewahren kann. Arnulf rümpft darüber nur die Nase.

Dass Marias Professor sie in Klagenfurt im Atelier besucht! Ist doch nichts. Bei ihm ist immer alles nichts. Auch nicht, dass Boeckl sonst keine Schülerin besucht. Auch nicht Boeckls legendäre Aktzeichenstunde, die am Abend stattfindet und die Maria über die Nazizeit rettet. Obwohl dort alle nach der Natur zeichnen! Boeckl setzt sich manchmal zu den Mädchen, den hübschen natürlich. Zu Maria setzt er sich nicht, weil sie hübsch ist, sondern wegen ihrer Bilder. Und natürlich, weil sie auch aus Kärnten kommt.

Als Arnulf Maria in New York besucht, fürchtet er sich, weil Maria in einer so verkommenen Gegend wohnt. Arnulf ist das nicht gewohnt in seiner lauschigen Welt an der Donau unter dem Schutzschirm der NATO. Er fordert ein Taxi. Maria fährt nie mit dem Taxi. Nicht einmal zu ihren eigenen Ausstellungen. Und in eine solche Gegend kommt so spät gar kein Taxi mehr. Also bringt Maria Arnulf zu Fuß zur Subway-Station.

Arnulf ist immer schon weg. Dabei ist er nie aus Österreich rausgekommen. Maria war so lange in Paris und New York. Und trotzdem ist sie ihrer Vergangenheit treu geblieben. Er kann sich nicht konzentrieren, sie will meditieren. Maria will allein sein. Er braucht andere. Vor allem andere Männer. Die Hundsgruppe, das Pintorarium. Den Schulterschluss mit Dieter Roth. Sie gebärden sich wie Affen und kommen sich gewagt vor. Und dann laden sie bei einem Happening in der Secession zwei Affen zum Mitmalen ein. Aber die Affen wollen nicht so recht. Deswegen versucht der Welpe, der jetzt schon ein Rüde ist, die Affen zu übertreffen. Ob ihm das gelungen ist, weiß Maria nicht und will Maria auch nicht wissen. Sie hat genug von seinem Affentheater.

Dabei ist Arnulf ein netter Mensch, und von Maria kann man das nicht sagen. Arnulf will Künstler sein, Maria will Kunst machen. Er will der Erste sein. Maria will Anerkennung. Aber sie bekommt sie nicht. Er hat zu allen eine freundliche Distanz. Deswegen fühlt er sich so wohl in Gruppen. Maria kippt in alle

Menschen gleich hinein. Deswegen ist sie lieber alleine. Arnulf hat eine Frau, die ihn managt. Einen Anstandswauwau. Maria hatte nur Mutting, und die ist tot.

Arnulf und Maria sind zwei Seiten von einer Medaille. Arnulf kommt zur Malerei, um sie zu überwinden. *Malerei, um die Malerei zu verlassen*, nennt er seinen ersten Katalog in Frankfurt. Maria ist immer Malerin geblieben. Auch als niemand die Malerei gewollt hat. Er nutzt alle Medien, derer er habhaft werden kann, so wie er alles übermalt, dessen er habhaft werden kann. Marias neustes Medium ist der Trickfilm, und der ist, als sie ihn entdeckt, schon lange nichts Neues mehr. Eigentlich sind Trickfilme nur bewegte Zeichnungen. Maria hat keine Bandbreite, aber sie hat Tiefe. Arnulf ist ein Selbstdarsteller, Maria versteckt sich. Arnulf liebt den Zufall, Maria will Kontrolle. Er hat Erlöserfantasien, sie bewegt alles in ihrem Herzen. Er hält sich für einen Mystiker, sie klebt auf der Erde. Er lehnt alles Überkommene ab und will es zerstören. Sie will die alte Kunst der Malerei neu erfinden und sie gegen die Fotografie verteidigen. Er geht auf die Außenwelt los, sie schaut in sich hinein. Er konfrontiert. Sie analysiert. Er benutzt Drogen. Sie ist immer nüchtern. Er will die Welt verdecken mit seinem Schwarz, sie will sie herausarbeiten aus dem Weiß. Arnulf ist ein Krawattenmaler. Maria hat das nie getan. Zuerst nur die roten Krawatten ausstellen und dann zwei Jahre später die grünen. Arnulf macht Serien, Maria schafft Werke. Bei Serien unterstützt ein Bild das andere. Marias Bilder kämpfen gegeneinander. Ein Bild stört das nächste, steigt ihm auf den Kopf oder hebt es in die Höhe. Marias Bilder sind Einzelkämpfer, so wie sie selbst. Arnulfs Bilder sind Herdentiere. Und das ist kein Wunder, denn er ist selbst nicht gerne alleine. Arnulf stellt lieber einmal zu oft aus, Maria ziert sich immer und ist dann nicht präsent. Arnulf ist ein Star, Maria kennt niemand.

Maria war seine Lehrerin, dann wurde sie seine Schülerin genannt. Er unterrichtet an der Akademie der bildenden Künste, Maria nur an der Angewandten. Sie wird andauernd nach ihren Schülern gefragt. Aber für die Schüler von Arnulf interessiert sich niemand, genauso wenig wie für die Schüler von Picasso oder Max Beckmann. Arnulf kann Vater einer Tochter sein, obwohl er von früh bis spät manisch arbeitet. Maria kann keine Mutter sein, obwohl ihre Schüler für sie wie Kinder sind. Die Schüler zerren an Marias Nerven. Aber so sind Kinder. Sie sind undankbar und werden trotzdem geliebt. Und dann sind sie plötzlich auch dankbar.

Maria weiß nicht, wie ihr geschieht. Denn plötzlich wollen die Schüler, die neuen, die den Skandal mit der Assistentin schon nicht mehr kennen, denn die Schüler wachsen immer nach, nicht einfach nur ihre eigenen Filme machen, nein, sie wollen einen Film über Maria machen. Das wäre eine gute Idee, wenn sie auch Ideen hätten. Nur fällt ihnen nichts ein. Also muss Maria wieder einmal alles selbst in die Hand nehmen. Sie schreibt eine Kantate mit neuen Strophen zu einem alten Lied, das die Hausmädchen gesungen haben, auch das Mädel im Bäckerhaus, das keinen Namen hatte. Maria dichtet, so wie Mutting, im Bänkelsängerton. Aber Mutting hat schlechte Gedichte gemacht, sentimentale Gedichte. Ihre eigenen Gedichte findet Maria gut, obwohl sie auch sehr hausbacken sind. Sie dichten sich beinahe von selbst. Und singen muss sie sie auch selbst. Der Assistent dreht die Leier. Die Zeichnungen stammen von Maria. Maria liebt immer noch Kostüme. Sie macht aus dem Film ein Gschnas, einen Fetzenball. Einmal pro Strophe, manchmal öfter, wechselt Maria die Kostüme. Maria freut sich wie ein übermütiges Kind. Es ist ein Heidenspaß.

»Wenn alles grünt und blüht auf dieser Erde,
Wenn alles grünt und blüht auf dieser Welt
Jaja, da sitz ich hier und träume still verloren
Denk an die längst vergangne schöne Zeit

Ich war ein Kind, noch kaum war ich geboren,
Als eine Träne fiel mir auf das Haar
Es war die Mutter, die lag ganz verloren
Im Wochenbett herab aufs Kind sie schaut

Mein Elternhaus, das war ein wahres Drama
Die Häferln flogen kreuz und flogen quer
Das Kind schrie: Bleib am Leben, liebe Mama
Das Kind litt unter diesen Kämpfen sehr.
Jaja, da merkt ich früh, die Ehe ist kein Honig
Ein Wermutstropfen fiel mir früh ins Herz

Das Lesen, Schreiben lernt ich bei den Nonnen,
Ich lernte langsam und war nicht geschwind.
Die Kinder pufften mich und warn mir nicht gesonnen
Denn ich war so ein tugendhaftes Kind.

Gott hat bestimmt mich nicht zur Schönheit auserkoren
Doch gab er mir ein groß' Talent dafür
Ich zeichnete die Leut, und es ward geboren
Ein neuer Dürer oder sonst ein großes Tier

Die Mutter hat so manch Gewissensbisse
Bestimmt sei ich für Weib- und Mannespflicht
Drum schlang ich meine Hand ganz innig um ihre Füße
Das Schicksal sagt mir: Heirate du nicht

So ward ich denn gesandt auf die Akademie
Ich malte besser als so mancher Mann
Ich klopfte an die Kunst und glaubte auch
Dass sie die Menschheit besser und glücklich machen kann

Die Liebesgöttin war mir nicht gewogen
Obwohl so mancher wollte meine Hand
Am Ende haben sie mich leider doch betrogen
So ging ich kurzentschlossen außer Land

In Paris, Stadt der Kunst und samtenen Stühle,
Doch Kunst und Liebe war ein Jammertal
Ich konnte wählen Pop Art, Op Art und Tachismus
doch Kunstfaschismus war doch überall

Amerika, das Land der Möglichkeiten,
Das zog mich an, die Frauen sind dort stark
Sie wehren sich dort sehr und tuen gerne streiten
Den Machos wurd getroffen in das Mark

Die Frau Minister war so gscheit und freundlich
Und rief zurück mich in das Heimatland
Auf hohen Posten solln die Frauen und das ghört sich
Als Professor macht man Schüler schnell bekannt

Ich steh jetzt oben auf dem Berg der Reife
Und schau herab aufs lange Lebenstal
Doch fühle ich mich jetzt mehr vorsichtig als weise
Das Leben gibt dir keine andre Wahl

Ja, man wird älter und die Füße länger
Doch lieb ich jetzt die Welt um so viel mehr

Das Gmüt wird weicher und das Gsicht wird strenger
Statt Liebe hab ich jetzt den Fernseher

Das Leben ist ja wirklich nicht zu Ende
Ich fahre Ski, Motorrad auf und ab
Und jeder Tag bringt eine neue Wende

Es ist die Kunst, die bringt mich nicht ins Grab
Es ist die Kunst, jaja, die macht mich immer jünger
Sie macht den Geist erst hungrig und dann satt
Es ist die Kunst, jaja, die macht mich immer jünger
Sie macht den Geist erst hungrig und dann satt.«

Mit der Kantate fährt Maria nach Berlin, auf die Berlinale. Sie steht vor der fünf Meter hohen Leinwand, auf der sie sich selbst singen sieht. Die Maria auf der großen Leinwand sitzt vor einer gemalten Kulisse, einer Feistritzlandschaft, und geht zurück zur kleinen Riedi. Zum Wochenbett der Mama, mit Filzstift gezeichnet, zu den Kämpfen der Eltern, mit weißem Comic-Strich auf schwarzem Grund gezeichnet. Bei den Nonnen wird das Kind von beiden Seiten an den Zöpfen gezogen. Es setzt sich den Kopf von Marilyn Monroe auf, um seine Schönheit zu optimieren. Das Kind, das bald kein Kind mehr ist, hat einen Brautschleier auf dem Kopf und eine Krawatte mit dem Bild von Marilyn umgebunden, während es einen Teller abtrocknet.

»Das Schicksal sagt mir: Heirate du nicht.«

Die Filmmaria hält sich an diesen Rat. Sie geht außer Landes, weil die Männer sie betrogen haben. Aber das stimmt so natürlich nicht. Sie geht nach Páris, betont auf der ersten Silbe, weil sie die Kunst mehr liebt als das Leben. Ihr Leben ist trotzdem ein schlechtes Gedicht. Dem Publikum bleibt der Mund offen stehen. Ist der melancholische Sprechgesang und sind die kindischen Kostüme ernst gemeint? Oder will die ältere Dame, nun gewandet in eine gelbe Federboa, es zum Narren halten? Aber nein, Marias Leben ist ja eine Tragikomödie, mit einer Schlagseite zur Komödie, und Komödien sind zum Lachen da. Die Filmmaria bleibt nicht in Páris. Sie geht weiter nach Amerika, und sie trägt Kostüme der Neuen Welt, sie ist die Freiheitsstatue, ein Cowboy, eine Amazone, Al Capone, sie lebt die Trashkultur, und der Macho zerplatzt als Luftballon, an den die Filmmaria eine brennende Zigarette hält. Auf hohen Posten geholt, kommt sie zurück nach Wien, ordenbehangen und mit Seilen gefesselt. Der Berg der Reife ist giftgrün, und die Maxerln, die darauf klettern wollen, rutschen immer wieder ab. Von wegen oben stehen. Maria kann so ironisch sein, dass es wehtut. Maria kann so ironisch sein, dass es wieder wahr wird.

»Ich steh jetzt oben auf dem Berg der Reife. Und schau herab aufs lange Lebenstal. Doch fühle ich mich jetzt mehr vorsichtig als weise. Das Leben gibt dir keine andre Wahl«, singt die Filmmaria, während sie sich eine Narrenkappe aufsetzt.

Die Gedichte der Kantate sind schlecht gereimt wie die von Mutting, aber sie sind gut, weil sie wahr sind. Die gezeichneten Marias kotzen die Zahlen der runden Geburtstage aus. Maria ist über siebzig, und die Liebe findet nur noch im Fernseher statt, dessen Kind sie ist und dem sie ein großes Gemälde gewidmet hat. Was übrig bleibt, ist die Kunst. Maria hat alles verloren, aber sie hat die Kunst gewonnen. Maria steht vor der fünf Meter hohen Leinwand, aber sie lächelt nicht. Sie mag nicht lachen, wenn sie in der Öffentlichkeit steht. Sie meint es ernst, und sie wird nicht ernst genommen. Manchmal möchte Maria weinen. Aber sie tut es nicht. Der Film ist für den Kurzfilmpreis nominiert. Er darf die Berlinale eröffnen, eine

Auszeichnung erhält er nicht. Aber Auszeichnungen machen nicht satt. Nur die Kunst, die macht satt.

»Es ist die Kunst, ja ja, die macht mich immer jünger. Sie macht den Geist erst hungrig und dann satt«, singt die alte Dame auf der Leinwand.

Die Wahrheit ist, dass Maria noch lange nicht satt ist. Sie ist seit mehr als drei Jahren pensioniert und hat jetzt Zeit für das, worauf es ankommt, für die Malerei. Sie kann sich jetzt aufführen, wie sie will. Endlich ist Maria frei. Sie ist eine heilige Närrin.

Marias Wert ist noch einmal gestiegen. Jetzt will sogar der Galerist von Gerhard Richter sie haben. Er denkt, er kann es mit ihr so machen wie mit allen anderen. Nämlich sich ein paar Bilder herauszupicken, die locker dahingemalt sind, und dann zu sagen: Genau so müssen Sie malen.

Maria schnaubt. Sie weiß selbst, wie sie zu malen hat, und sie weiß, dass sie bestimmt nicht nach einem Rezept malen wird, nur weil ein Galerist glaubt, damit viel Geld verdienen zu können. Der Galerist behandelt Maria wie eine Anfängerin, dabei hat sie Malerei nicht nur studiert, sondern auch viele Jahre unterrichtet. Sie tun es immer noch. Sie behandeln Frauen wie kleine Mädchen. Der junge Schweizer ist da eine Ausnahme. Der junge Schweizer mit den schönen welligen Haaren und der breiten, hohen Stirn hat ihr versprochen, sie in der Welt bekannt zu machen. Und er kann es. Maria hofft nur, dass sie es noch erlebt, denn seit der Ausstellung *Der zerbrochene Spiegel*, bei der Maria prominent gezeigt wurde, ist nicht viel passiert. Jetzt will der Schweizer ihre Notizbücher herausbringen. Als Buch.

Maria wird Schriftstellerin. Der Gedanke reizt sie. Aber sie weiß jetzt schon, dass sie mit Intimem geizen wird. Wie es in ihr aussieht, müssen nicht alle wissen. Maria verplaudert sich sowieso schon zu oft. Sie ist zu leutselig, findet Maria. Sie kann sich nicht verstecken, sie kann nicht so tun, als ob. Gerade das ist das Interessante an ihr, findet der junge Schweizer, der die alte Dame in sein Herz geschlossen hat, weil sie so direkt ist. Weil sie sich kein Blatt vor den Mund nimmt. Weil bei ihr schon Texte vorhanden sind, als er verschiedene Künstler danach fragt, und sie nicht irgendwas zusammenfabrizieren muss. Und natürlich weil er ihre Malerei mag. Der junge Mann hat einen Riecher und eine große Karriere vor sich. Die ist ihm nicht in den Schoß gefallen, die hat er sich erfahren, mit Zugfahrten per Interrail-Ticket durch ganz Europa, auf denen er alles abgeklappert hat, was Rang und Namen besitzt. Aber herausgepickt hat er nur die, deren Kunst ihn direkt angesprochen hat. So wie Maria. Er ist ein Mediator, Koordinator und Kurator. Maria hat nicht geglaubt, dass so ein Beruf zu etwas gut sein kann, aber jetzt begreift sie es.

Mit Louise Bourgeois hat der junge Mann auch ein Buch gemacht oder will es machen. Louise hat es geschafft. Maria nicht. Maria kennt Louise von den Frauen in New York. Der Schweizer hat ihr bei seinem ersten Besuch in Wien erzählt, dass er von einer deutschen Künstlerin, Rosemarie Trockel, den Auftrag bekommen hat, sich auf die Suche nach Künstlerinnen zu machen, die nicht genügend anerkannt werden. Aber Louise ist anerkannt. Sie hat im Museum of Modern Art, dem Olymp der Kunst, schon Anfang der achtziger Jahre eine Schau bekommen. Sie ist schon eine Respektsperson, als Maria in New York lebt, nicht nur, weil sie älter ist als alle anderen und sogar acht Jahre älter als Maria, die selbst schon eine der Ältesten in der Runde der Künstlerinnen und Feministinnen ist. In Louises Keller in der zwanzigsten Straße treffen sich die Frauen und diskutieren, dort werden Flugblätter der Fight

Censorship Group gedruckt. Sie protestieren gegen die Zensur, die vor allem Erotisches betrifft. »Sisterhood ist powerful«, lautet die Devise, und Maria fühlt sich zum ersten Mal im Leben als Frau unter Frauen.

Alle haben Respekt vor der kleinen, zierlichen, geheimnisvollen, unerbittlichen Louise, und das nicht nur, weil sie mit dem Kunstbetriebsdrahtzieher, Machtmenschen und Rockefeller-Intimus Robert Goldwater verheiratet ist und im goldenen Käfig lebt. Für ihre Anerkennung nutzt Louise Bourgeois das allerdings gar nichts, jedenfalls nicht, solange ihr Mann lebt. Maria weiß nicht, ob sie Louise mag. Louise hat Angst vor Intimität, so wie Maria. Louises Kunst handelt von ihr selbst, von ihren Gefühlen, die nicht weniger verheerend sind als die von Maria. Louise hat viel ausgestellt, aber wenig verkauft, so wie Maria.

Das staatliche österreichische Fernsehen hat eine Dokumentation über Maria gedreht. Dazu reist ein ganzes Filmteam mit Maria nach New York, um alte Adressen abzuklappern. Natürlich will die Regisseurin auch zu Louise Bourgeois. Die kleine Louise ist imstande, Maria zu Hause in Wien größer zu machen. Maria spielt mit. Aber Louise vermasselt das Wiedersehen. Sie sitzt wie eine dunkle Königin in ihrer Küche, stocksteif, und verzieht keine Miene. Zu sagen hat sie über Maria auch nichts, schon gar nichts Warmes. Louise ist dreiundachtzig und sieht aus wie eine alte Frau. Lange Runzeln zerfurchen ihr Gesicht, in dem in Stein gemeißelt steht: Don't touch me. Maria trägt Turnschuhe, wie immer, und versucht gute Miene zum bösen Spiel zu machen. Schließlich geht es um Maria, einmal geht es um Maria, da ist es sowieso nicht schlecht, wenn Louise ihr nicht die Schau stiehlt.

Maria, dein Gesicht hat sich nicht verändert, sagt Louise.

Das Mikrofon nimmt den Satz auf. Die Kamera zeigt das unbarmherzige Gesicht von Louise, von der jetzt alle glauben, dass sie die Weisheit in Person ist. Jetzt will jeder alte Künstlerinnen entdecken. Dabei hätten sie entdeckt werden sollen, als sie jung waren. Als sie jung und hübsch und gut waren und mit dem Geld und der Anerkennung ein schönes Leben hätten führen können. Maria schüttelt den Gedanken an Louise und die alten Frauen ab. Louise ist nicht das Problem. Maria kehrt in Gedanken zu dem Richter-Galeristen zurück. Soll er doch selbst Maler werden, der Richter-Galerist, nicht Galerist, denkt Maria, wenn er so genau weiß, wie man malen soll.

Ihm zu Fleiß zeichnet sie jetzt Bauern. Denn Bauern will niemand mehr. Die Leute wollen leere Landschaften. Und leere Landschaften interessieren Maria nicht. Maria interessieren Menschen. Gerhard Richter glaubt an so viele Sachen, aber er riskiert nichts, findet Maria. Er malt schön, und er hat eine raffinierte Technik. Das imponiert den Leuten. Und wenn man große Bilder malt. Je größer, desto beeindruckter sind sie. Maria findet das langweilig und blasiert. Maria glaubt an wenig. Aber sie riskiert viel. Wenn jemand sie bedrängt und ein Bild haben will, fühlt sie sich nicht begehrt, sondern entehrt. Auch wenn sie geschätzt wird, fühlt sie sich unterschätzt. Wenn man sie zu sehr lobt, denkt sie, diese Erwartungen nie mehr erfüllen zu können. Natürlich stimmt es nicht, dass Maria die Bauern dem Galeristen zu Fleiß malt. Maria malt die Bauern nicht, weil sie irgendjemandem eins auswischen möchte.

Maria verdient jetzt gutes Geld, aber ihr Lebensstil ändert sich nicht. Sie ist noch geiziger als die Bauern. Einmal geht sie mit einem verschimmelten Speck zur Nachbarin und fragt sie, ob man das noch essen kann.

Aber Frau Professor, sagt die Nachbarin, die immer so viel redet, und vergisst ganz, auf Maria einzureden.

Seitdem hat Maria eine Nachrede. Sie weiß schon, dass sie

jetzt gut verdient, aber sie kann nicht aufhören zu sparen. Zu ihrer Ausstellung im Centre Pompidou kommt sie eine Dreiviertelstunde zu spät, weil ihr das Geld für ein Taxi zu schade ist und sie aus Versehen die Métro in die falsche Richtung nimmt. Wenn sie eine Ausstellung eröffnet, tritt Maria auf wie eine Diva, aber sie hat keine Allüren. Als Maria endlich erscheint, sind alle froh, dass sie da ist. Auch Louis, der mit seiner Frau gekommen ist. Er hält ihre Hand, und die Frau ist nicht eifersüchtig. Maria ist ein Star. Sie vergisst es nur noch zu oft.

Hilde Absalon ist eine Studienkollegin von Valie Export. Sie hat Entwürfe von Maria in Gobelins umgesetzt. Dann wurden sie Freundinnen. Hilde unterrichtet auch an der Angewandten. Sie tut immer noch alles für Maria. Sie hat es schon getan, als Maria in Paris war, als Maria in New York war, wenn Maria nach Wien und Kärnten fuhr, was sie jedes Jahr tat, egal, ob von Paris oder von New York aus. Aber Maria dankt es ihr nicht. Maria kommt oft zu Hilde und ihren Söhnen zum Fernsehen, denn sie hat selbst keinen Fernseher. Maria kippt in die Bilder, aber die Geschichte versteht sie nicht. Maria braucht Gehilfen, aber sie will niemandem etwas schulden. Maria stößt Menschen vor den Kopf und merkt es nicht einmal.

Ich bring dir Trauben mit, sagt Hilde.

Maria erfährt, was die Trauben kosten, und lehnt ab. Hilde will sie ihr schenken, aber Maria braucht keine Trauben. Und es ist nicht ganz klar, ob sie überhaupt Freunde braucht.

Sie braucht auch keine Preise, weil sie sich nichts auf Preise einbilden will. Sie will nicht herumlaufen wie ein aufgeblasenes Huhn. Es geht um die Kunst und nicht um Preise und schon gar nicht um Geld. Außerdem nutzen ihr die Preise nichts, wenn sie nichts zu reden hat. Außerdem muss man bei den Preisen dann hinfahren und Dankesreden halten. Das ist mühsam. Da bleibt Maria im Sommer lieber in der Feistritz.

Maria geht es um die Bewunderung. In Afrika gibt es professionelle Bewunderer, hat Maria irgendwo gelesen. Wenn sie etwas bewundert haben, bekommen sie ein Essen oder ein Geschenk. Denn bewundern ist anstrengend. So etwas würde Maria brauchen. Noch besser als Bewunderung ist, etwas abzulehnen. Denn die Bewunderung ist doch bei den wenigsten echt. Eine Studentin will über Maria schreiben und hat dafür Fragebögen über das Groteske in Marias Werk erstellt. Marias Werk ist aber nicht grotesk. Es ist die ungeschminkte Wahrheit. Vielleicht mit einen Schuss Ironie. Ohne die würde Maria umkommen.

Maria lehnt auch die Ausstellung in der Dorotheergasse ab, die ihr Helmut Klewan vorschlägt, vier Jahre vor ihrer Rückkehr, von der sie damals noch nichts ahnen kann. Maria denkt, dass sie in Österreich schon berühmt genug ist, sie will im Ausland berühmt werden. Klewan fügt sich der Widerborstigen und eröffnet eine Galerie in München. Aber da ist Maria schon Frau Professor, sie braucht kein Geld mehr und gibt ihm die Bilder nur in Kommission. Sie weiß nicht, ob sie verkaufen will, jetzt, wo sie es nicht mehr muss. Wenn Maria harmlos wäre, würde sie besser verkaufen, aber dann wäre sie keine große Künstlerin. Das weiß Klewan. Maria tanzt immer noch Rock'n' Roll wie eine Teufelin. Sie muss nicht sympathisch sein, damit Klewan ihre Werke vertreten will. Das ist Marias Glück.

Aber es ist auch Marias Unglück, dass alle jetzt ihre Bilder wollen. Der Pianist Alfred Brendel will ein Werk kaufen, das Maria in Paris gemalt hat. Es heißt *Frühstück mit Ei* und stellt eine Persiflage auf Édouard Manets berühmtes *Frühstück im Grünen* dar. Auf Marias Bild sitzt keine nackte Frau auf der Picknickdecke, umringt von bekleideten Männern, sondern dort findet ein wildes Gelage, um nicht zu sagen Gerangel statt, und zwar nicht auf, sondern neben einer Picknickdecke, auf der ein unschuldiges Ei im Eierbecher thront. Das Ei wird von einem orangeroten Tier bewacht, das jener Doppelgestalt ähnelt, die Maria unter dem Titel *Selbstporträt als Tier* gemalt hat, ein Tier, das eher einem Ungeheuer gleicht. Die Raufenden sind keine Menschen, sondern sind auch Ungeheuer, mit fehlenden Gliedmaßen und ohne Augen. Lächerlich und bedrohlich zugleich.

Was der Pianist nicht weiß: Maria hat noch ein Bild mit einem Frühstück gemalt, drei Jahre später, kurz bevor sie nach New York ging. Es heißt *Frühstück mit Ohr*, und darauf geht es wesentlich gesitteter zu. Das Ohr liegt auf einem weißen Teller, der auf einer weißen Tischdecke liegt, die auf einer roten Picknickdecke liegt. Darum sitzen drei eckige Ungeheuer ohne Augen, aber sie wirken nicht ganz so bedrohlich. Natürlich passt ein Ohr besser zu einem Pianisten als ein Ei. Noch eine Lassnig kann oder will Brendel sich nicht leisten. Er horcht in sich hinein und gebiert die Idee eines Tausches. Klewan fährt nach Wien, um mit Maria zu verhandeln. Er lädt sie mit Ossi und Ingrid als Schützenhilfen zum Abendessen in ein teures Restaurant ein und unterbreitet ihr den Vorschlag. Das Argument: *Frühstück mit Ei* ist größer als *Frühstück mit Ohr*. Für Maria wäre es also ein Geschäft. Maria hat gewusst, dass Klewan etwas im Schilde führt. Warum sollte er sie sonst zum Abendessen einladen? Und sich dabei mit Ossi und Ingrid absichern. Glaubt er, dass Maria dann keinen Skandal macht? Wieso glaubt er überhaupt, dass Maria einen Skandal macht?

Seit wann berechnet sich der Preis eines Bilds nach der Größe?, höhnt Maria.

Natürlich würde er auch einen Aufpreis zahlen, beeilt sich Klewan zu korrigieren. Er hat sich in dein Bild verliebt, Maria!

Ja, weil er das Bild nicht verstanden hat, schnaubt Maria.

Das Ohr hat nichts mit Musik zu tun, sondern nur mit Marias Ohren, die mehr hören als andere Ohren, die mehr hören, als sie sollen, und die die Welt nicht draußen halten können, die in die Feistritz fliehen müssen, um nicht zugedröhnt zu werden. Die in Paris und New York und Wien leiden wie die Hunde. Aber das sagt Maria nicht. Ingrid und Ossi schauen sich an. Sie mögen Maria. Aber es ist schon anstrengend mit ihr. Klewan räuspert sich.

Vielleicht hat ein Pianist auch empfindliche Ohren?

Maria hat nichts gesagt. Klewan hat sie trotzdem verstanden. Aber das nutzt ihm nichts. Maria zuckt mit den Schultern. Nicht ihr Problem. Es stimmt schon. Ein Pianist ist ganz Ohr, aber ein Pianist, der gierig ist, hat bei Maria keine Chance.

Bitte, Maria, er ist doch nicht gierig. Er will sogar mehr zahlen!, versucht Klewan sie umzustimmen. Brendel ist der bescheidenste Mensch, den ich kenne!

Maria weiß das, aber sie bleibt stur.

Er hat schon ein Bild und jetzt will er noch eins? Weil er nicht zufrieden ist? Ist das *Frühstück mit Ei* nicht mehr gut genug?

Klewan räuspert sich noch einmal. Er weiß, was kommen wird, aber er muss es probieren.

Brendel bietet dir eine Million Schilling.

Maria bleibt der Mund offen stehen. Noch nie ist für ein Bild von ihr so viel geboten worden. Aber da haben sie sich geschnitten. Maria lässt sich nicht kaufen. In Wahrheit soll Klewan sich schämen, findet Maria. Sie sagt jetzt kein Wort mehr. Alle sehen, dass sie beleidigt ist. Alle wissen, dass es keinen Sinn mehr hat, mit Maria zu diskutieren. Sie bringen das Essen hinter sich. Helmut und Ossi und Ingrid haben sich auch so etwas zu erzählen. Der Pianist behält sein Ei. Das *Frühstück mit Ohr* wird den Eisernen Vorhang in der Wiener Staatsoper zieren, aber das wird noch dauern und das wird der junge Mann aus der Schweiz einfädeln.

Marias Depot platzt aus allen Nähten, aber Maria gibt ihre Bilder immer weniger gerne her. Sie hat ja schließlich nichts außer ihnen. Sie kann ihre Bilder auch nicht auf Reisen schicken, zu irgendwelchen Ausstellungen, die sich irgendwelche Galeristen, Kuratoren oder Direktoren ausgedacht haben, um selbst berühmt zu werden. Was, wenn die Bilder nicht zurückkommen? Wenn sie gestohlen werden oder beschädigt? Maria kann den Gedanken nicht aushalten. Wenn sie doch hin und wieder ein Bild verkauft, bemerkt sie nachher immer, dass es doch noch nicht fertig ist, und kann es deswegen nicht hergeben. Sie malt noch so lange daran herum, bis sie es nicht mehr vermeiden kann. Zu einem Gerangel auf der Straße kommt es dabei nicht mehr. Aber die Kämpfe, die in Maria selbst stattfinden, haben nicht an Heftigkeit verloren.

Maria ist nicht nur ganz Ohr, sie ist auch ganz Nase. In die Feistritz ist sie nicht nur vor dem Lärm, sondern auch vor dem Geruch geflohen. Aber der Geruch verfolgt sie bis hierher: »Entsetzte Feststellung«, schreibt Maria in ihr Notizbuch: »Da ich in letzter Zeit unter den chemischen Gerüchen leide und dies in der Stadt feststelle, merke ich, dass der Geruch hier am Land mich ebenso verfolgt, da hier aber keine chemischen Gerüche sein können, muss ich die Gerüche selbst erzeugen: Ich rieche meine Nase, meine Nase riecht sich selbst, oder in der Nacht, nach Toilettenbesuch, rieche ich meinen Urin, der sehr femisch riecht, oder der Zwischenzehengeruch (kein Schweißfuß).« Dazu kommt, dass das Ohr und die Nase und die Augen zusammenhängen. »Wenn man wie ein Bildstock dasitzt, nichts ist als ein Horcher, vor sich auch nur ein Bild, an dem sich nichts rührt, dann wird alles anders als Bild und

Laut, es wird Geruch: Saure-Milch-Geruch, Kanalgeruch. Aber der Wind ist die erste Bewegung, die in die Welt kam.« Wenn Maria sich selbst malt und den feinen Schweißgeruch riecht, der von ihrem Körper aufsteigt, denkt sie an Oskar Kokoschka, der einmal von jemandem, den er porträtieren will, gefragt wird, wie er sitzen soll. Maria erzählt die Geschichte oft, auch in Interviews.

Wie soll ich sitzen?, fragt der zu Porträtierende. Im Profil? Oder brauchen Sie mich von vorne? Oder soll ich vielleicht stehen?

Das ist mir ganz wurscht, antwortet Kokoschka, sitzen S', stehen S', liegen S'. Sie können auch herumgehen. Hauptsach, riachn muaß i Eahna.

Den letzten Satz muss sogar Maria in der Mundart sagen, weil er auf Hochdeutsch zu wenig plastisch klingt. Hauptsache, riechen muss ich Sie, heißt das.

Maria ist bald achtzig. Je älter sie wird, desto mehr liebt sie die Birken. Wenn sie Birken sieht, beginnt ihr Körper zu schwingen und das Licht zu flirren. »Die Birken mit ihrem zarten weißen Leib kommen mit den zartgrünen Blättchen als erste Bäume zum Austreiben, sie werfen diese Blättchen auch als erste ab im Herbst. – Die Eschen und Eichen dagegen sind die letzten, die die grünen Blätter herzeigen, sie sind die mächtigen, dicksten Bäume. Ich bin auch ein Spätaustreiber und lange Zurückhalter«, schreibt sie in ihr Notizbuch. Maria sitzt in der Wiese vor dem Schulhaus. Einen Garten hat sie nicht angelegt, aber einen Baum gepflanzt. Sie hat keine Zeit für die Gartenarbeit. Sie hat keine Zeit, das Schulhaus gemütlich zu machen. Am Anfang hat sie sich Möbel bestellt. Die waren sehr teuer, weil der Tischler sie gemacht hat. An die Vitrinen hat Maria Schlösser bauen lassen, das sieht nicht schön aus, aber es ist notwendig. Maria hat Angst vor Dieben. Maria hat Angst, dass ihr jemand etwas wegnehmen will. Nicht nur ihre Bilder.

Aber Maria will auch etwas geben. Sie will den Bauern etwas zurückgeben. Am nächsten Sonntag geht Maria zum Kogler, der Josef Reinhart heißt. Genannt werden die Bauern nach ihrem Hofnamen, nicht nach ihrem richtigen Namen. Sie tritt nach der Messe auf ihn zu.

Ich würde gerne einen Bauern malen, sagt Maria.

Mein Gott, Frau Professor, da müssen Sie sich einen anderen aussuchen, aber nicht mich, sagt der Kogler.

Er hat viele Brüder, die wichtiger sind als er. Im Ort gibt es viele Männer, die schöner sind als er.

Aber doch, Herr Kogler, sagt Maria, Sie haben genau die Wangenknochen, die ich malen möchte.

Na, gehn S', wehrt der Kogler ab.

Maria lacht.

Aber Herr Kogler, ich bin ja auch so gebaut. Ich habe genau solche Wangenknochen wie Sie.

Kogler schaut. Er scheint nicht überzeugt von der Analogie. Aber er ist überredet.

Maria besucht Kogler zu Hause. Sie erzählt von Obermühlbach, sie erzählt von ihrer Radtour nach Wien. Nur die Begegnung mit den Juden lässt sie aus. Die Bauern wollen nichts wissen vom Nationalsozialismus. Sie wollen nicht darüber nachdenken, ob sie mitgemacht haben oder nicht. Sie haben nur mitgemacht, weil sie einberufen wurden, sagen die Bauern. Denn ein Bauer bewegt sich nicht freiwillig weg von seinem Hof. Da sind schon einige dabei, die sich geschmeichelt gefühlt haben von dem Gerede der Nazis von Acker und Scholle. Und die sich dann reingelegt gefühlt haben, als Acker und Scholle plötzlich nichts mehr gelten sollten, sondern nur noch die Maschinen. Die die Maschinen schließlich doch gerne benutzt haben, weil auch Bauern faul sind. Bauern bleiben dort, wo der Herrgott sie hingesetzt hat. Das unterscheidet Maria von ihnen. Sie ist weggegangen, aber sie ist zurückgekommen. Obwohl Maria bei ihrem Einzug die Bauern besucht hat, ist danach nie jemand zu ihr gekommen. Wenn man einander am Land besucht, hat man einen Grund, man braucht ein Gerät, man braucht eine Arbeitskraft. Hier am Land, wo die Leute genauso wenig reden wie Maria, wiegt jedes Wort tonnenschwer. Jeder Scherz kann als Beleidigung aufgefasst werden. Deswegen wird auch nicht politisiert, nicht einmal über die Vergangenheit. Geredet wird nur über das Wetter.

Die Bauern haben Angst vor dem Atelier der Frau Professor. Das stört Maria nicht. Sie hat jetzt wieder einen Grund, auf Besuch zu gehen. Und die Türen öffnen sich. Maria zeichnet die Tonerin, eine Frau mit weichem Blick und den Wangenknochen von Mutting, sie zeichnet den Toner und die Barbara Toner, liebe Leute. Sie zeichnet den Jäger Poglin und legt ihm Krickel zu Füßen. Die Krickel sind eine Anklage, aber der Poglin sieht nur das Gewehr, das über seiner Schulter hängt, und ist zufrieden. Zufrieden sind sie alle, weil sie sich getroffen fühlen. Nicht nur der Poglin kann treffen, mit seinem Gewehr, auch Maria kann treffen, vor allem die Trauer und die Verlorenheit in den Blicken der Bauern. Die Bauern sehen aber nicht die Verlorenheit und die Trauer, die sehen nur, wie gut die Frau Professor zeichnen kann. Das ist schon eine Kunst. Maria sieht die Hingabe der Bauern an das Leben, an das, was ist. Sie sieht das Erstaunen. Ja, die Bauern staunen manchmal, aber sie zweifeln nicht, das ist der große Unterschied, das ist der Grund, warum Maria nie eine von ihnen sein wird.

Maria zeichnet die Bauern mit dem Bleistift. Die groben Menschen werden ganz zart dadurch. Manchmal gibt sie sanfte

Rot- und Blautöne hinzu, bei den Augen, bei den Wangen, bei den Haaren. Maria setzt alle Personen vor einen Hintergrund in Sonnengelb, nur manchmal in Rot, Orange oder Blau. Die Bauern strahlen eine freundliche Ruhe und eine gelassene Würde aus. Nur der Gannacher schaut finster, und der Herr Pfarrer hat den Blick eines Habichts, starr und mit fest zusammengezogenem Mündchen. Streng schaut auch die Frau Ladusger. Eine Frau zeichnet Maria sogar mit ihrem Baby. Sie malt nie Babys, aber sie ist jetzt alt genug, um Großmutter zu sein. Sie malt nur sehr selten Kinder, seit der Krieg zu Ende und die Zeit vorbei ist, in der Malerinnen Kinder und Blumen zu malen hatten. Maria zeichnet das Baby, aber es tut gar nicht weh. In seinem Mund steckt ein Plastikschnuller in der Form einer Blume, die Augen schauen wissend und beinahe traurig, wie die der Mutter.

Zeichnungen vermindern den Schmerz. Auf der Zeichnung *Die Dorfgemeinschaft* sitzen die Frauen auf dem einen und die Männer auf dem anderen Ast, wobei der Ast der Männer schwerer ist und die Frauen in die Luft hebt, nahe zum Abgrund. Auch Christoph und Lisa sind dabei, mit einem Zicklein zwischen sich. Christoph und Lisa kommen jetzt oft zu Maria, um ihr Modell zu stehen. Sie bringen das junge Leben. Sie sind Adam und Eva, die Unschuld, die Maria schon lange verloren hat. Die Frau ist wie immer ein Satansbraten, aber von dem jungen Mann kann Maria ein Halserl verlangen, einen zarten Kuss auf die Seite des Halses, eine Erinnerung an das Wohlgefühl der körperlichen Lust.

Maria vermisst ihre Schüler. Jedenfalls manchmal, jedenfalls manche. Trotzdem ist sie froh, dass sie jetzt Zeit hat zum Malen. Jeden Tag in der Klasse stehen. Natürlich musste sie das nicht. Von den Männern macht das niemand. Die kommen ein-, zweimal im Semester vorbei. Arnulf oder Arik. Die scheißen sich nichts. Aber Maria kann etwas nur ganz oder gar nicht machen. Deswegen kostet es auch so viel Energie. Dafür sind ihre Schüler jetzt berühmt. Sie sind eine Gemeinschaft. Sie werden beachtet. Manche viel zu früh. Manche zu sehr. Sie sind schon eine Konkurrenz. Maria bekommt einen sanften Generationsfußtritt – von den Schülern oder von der Zeit. Generationsfußtritt. Das Wort gefällt Maria. Das wäre auch ein guter Titel für ein Bild. Mit dem könnte Maria es ihnen vor Augen führen. Wenn sie es denn sehen wollten. Mit Schülern ist es wie mit Freunden. Sie kommen an die Angewandte, um ihre Lehrer zu bestehlen und dann zu bekämpfen. Das sagt Louise auch. »Wenn ich einen Freund gewinne, indem ich ihm meine Bilder zeige«, hat Maria einmal in ihr Notizbuch geschrieben, »ist gleich damit die Gefahr verbunden, dass er mein größter Feind wird (so wie es schon so oft geschah) aus demselben Grund. Denn die Menschen, von denen man sich etwas angeeignet hat, hasst man.«

Maria wundert sich nicht über die Gewalt in der Welt, in der Großzügigkeit und Sanftmut bestraft werden. Großzügigkeit und Sanftmut sind eine Schande. Alle sind stolz auf ihren Zorn. Die Alten, wie Arnulf und Michael, und die Jungen, die Revoltierenden, die Maria aus Paris vertrieben haben, obwohl sie der Tod von Mutting aus Paris vertrieben hat, die saturierten Bürgerkinder, die in ihre Ideen verliebt und dafür zu morden bereit sind, und wenn es auch nur in Gedanken oder Worten passiert. Die Stalin und Mao anbeten, obwohl sie Hitler verachten. Die nichts sehen vor Wut. Maria ist anders. Ihr Kindheitstraum hat sich erfüllt, wenn auch nicht so, wie sie es sich damals vorgestellt hat.

Sie ist Hebamme und Wahrsagerin geworden, auch wenn sie dafür verlacht wurde. Hebamme von so vielen Jungen. Sogar der Sohn von Traudl Paulin hat bei ihr studiert. Er hat ein Porträt seiner Eltern angefertigt, die nackt auf einem Klavier posieren. Traudl lebt immer noch in Großbritannien. Sie hat Maria nie vergessen. Ohne die Schüler hätte Maria nie so viel Spaß gehabt. Ohne die Schüler hätte sie jetzt keine Familie. Maria bereut es nicht, Ja gesagt zu haben zu dem Ruf. Aber es ärgert sie, dass sie immer nach ihrer Lehrtätigkeit gefragt und nach ihrer Hebammentätigkeit beurteilt wird. Eine Frau darf nicht selbst genug sein, sie hat nur als Dienende einen Wert. Maria ist auch Wahrsagerin geworden, aber nur in ihren Bildern. Auch wenn niemand lesen kann, was Maria alles hineingeschrieben hat. Wenn Maria nicht die Hoffnung hätte, dass ihre Bilder lesbar wären, hätte sie sie nie in die Welt bringen dürfen. Die Bilder sind Marias Botschaft. Sie werden einmal ihr Vermächtnis sein.

11. KAPITEL
MONSTER

Maria wacht mitten in der Nacht von ihrer eigenen Stimme auf, die jammert wie die eines kleinen Mädchens.

Mutti, Mutti.

Maria hat geträumt. Ein Sarg steht inmitten einer Menschenmenge, alle sind schwarz gekleidet. Im Sarg liegt Mutting. Marias Herz zerbricht vor Schmerz, da erwacht Mutting und streichelt eine schwarze Katze, die auf ihrer Brust liegt. Aber Mutting kann Katzen schon seit beinahe einem Vierteljahrhundert nicht mehr streicheln, weil sie tot ist. Mutting kann Maria schon seit einem Vierteljahrhundert nicht mehr streicheln, weil sie tot ist. Mutting hat Maria auch früher nie gestreichelt, als sie noch gelebt hat. Einen Moment braucht Maria, um zu begreifen, wo sie ist. In der Feistritz, Ende der neunziger Jahre. Das kleine Mädchen ist eine emeritierte Professorin und noch immer nicht dort angekommen, wo es hinwollte. Das Jahrhundert ist bald vorbei, sogar das Jahrtausend. Maria greift zum Bettpfosten und ertastet den Rosenkranz, den sie dort hingehängt hat, nachdem der Krebs die Mutter geholt hat. Der Rosenkranz hat eine unheimliche Macht, er liegt auf den Händen der Toten, die in Marias Kindheit noch in der Öffentlichkeit aufgebahrt wurden. Die Toten wurden nicht versteckt, sondern ins Zentrum des Hauses, in die Mitte der Gemeinschaft geholt. Deswegen liegt der Friedhof um die Kirche herum. Auch hier in der Feistritz. Wer zur Messe will, muss an den Gräbern vorbei.

Der Rosenkranz ist eine Verbindung zu den Toten. Er überbringt Maria Botschaften von Mutting, aber in unregelmäßigen Abständen. Maria hat ihn von Paris nach New York mitgenommen und von New York in die Feistritz. Er hat jetzt schon lange nicht mehr zu Maria gesprochen. Die Toten verlangen nach ihrem Recht, denkt Maria, die auf dem Rücken im Bett liegt, steif wie Mutting auf den Beweinungsbildern, die Maria nach ihrem Tod malt. Das Recht der Toten ist ihr Weiterleben in der Erinnerung der Lebendigen. Maria hat Mutting nie vergessen. Mutting hat Maria aber vergessen. Sie hat vergessen, dass sie nicht sterben darf, weil Maria nicht ohne sie leben kann, als sie dem Krebs Raum gegeben hat in ihrem Körper. Jetzt kommt sie Maria manchmal besuchen, vor allem, seit Maria so alt ist wie Mutting, als der Krebs sie holte. Erst letzte Nacht ist die weiße Frau wieder zu ihr gekommen.

Maria hat zu ihr gesagt: Haha, du bist immer noch da.

Die weiße Frau hat nichts gesagt.

Maria hat gesagt: Du bist noch fast mehr da als zu Lebzeiten. Du lebst. Das freut mich!

Aber die weiße Frau hat Maria nur vorwurfsvoll angeschaut. Deswegen hat Maria weitergesprochen.

Ich habe so lange nichts von dir gehört, dass ich mir schon Sorgen gemacht habe. Wie in Paris, weißt du noch? Da habe ich immer solche Angst gehabt, wenn ich keinen Brief von dir und Vating bekommen habe, denn ich hatte dort doch niemanden mehr. Keine Liebe mehr. Keine Freundin. Zu Frauen hatte ich nie Vertrauen. Es lag an mir, ich weiß. Aber ich brauchte sie ja auch nicht. Ich hatte ja dich.

Die weiße Frau sagt nichts. Aber sie schaut nicht mehr vorwurfsvoll drein, sondern eher traurig. Die weiße Frau wird blasser und immer blasser. Aber sie ist noch da.

Es ist tödlich, keine Nachrichten mehr von Mutting zu bekommen, trotzdem kann Maria weiterleben, immer und immer weiterleben. Sie muss weiterleben, im Namen der Kunst. Mutting schweigt. Aber Mutting hat Maria immer geschrieben. Nach Wien und auch nach Paris. Auch der neue, der lustige Vater hat Maria geschrieben. Wenn sie keinen Brief bekommen hat, war Maria besorgt. Sie hat die Nachrichten gebraucht. Dabei hat sie selbst kaum geschrieben, und wenn, dann nur über ihre Alltagssorgen. So wie ihre Männer hat sie auch Mutting immer lange auf Briefe warten lassen. Erst als Mutting tot war, hat Maria gewusst, was ihr fehlt.

Wenn Maria im Sommer in Klagenfurt ist, hängen die Fragen immer unausgesprochen im Raum.

Warum verdienst du kein Geld?

Wann holst du dir endlich den Erfolg, der dir zusteht?

Warum erzählst du nichts?

Maria schweigt. Sie weiß die Antwort, aber es ist unmöglich, sie auszusprechen. Auch jetzt kann Maria die Antwort nicht aussprechen, sie kann sie nur leise in sich hineinschreien, während die weiße Frau immer blasser und blasser wird, bis sie kaum mehr zu sehen ist.

Mutting, du hast keine Ahnung, welchen Kampf ich um die Kunst geführt habe in Paris. Ich habe dir und Vating ja immer nur über die Heizung geschrieben und über die Steuern und über die Pakete. Die Pakete waren deine Liebe, das Heizkissen und die Salamis, der Speck, der Honig, die Marmelade, die Suppenwürfel und Senftuben, die Reindlinge, Kleider, Schals und die Fragen nach meinen Wünschen. Ich habe dich nicht vermisst. Ich habe dich gebraucht. Ich hatte nur die Kunst, auf die ich mich verlassen konnte. Und dich. Aber in Paris hatte ich noch nicht zu meiner Kunst gefunden. Da war ich noch nicht fertig. Über diesen Kampf habe ich dir nichts geschrieben. Du warst außer dir, dass ich wegen meiner verrückten Malerei nach Paris ziehen will, die du nicht verstehst, die dumme moderne Malerei und dein dummes Kind, das alles hat, nur nicht das, was wichtig ist: einen Mann und Kinder. Du hättest es nicht verstanden, wenn ich über meine Kunst geschrieben hätte. Du wolltest, dass ich Bilder für teures Geld verkaufe, dass ich in die Gesellschaft eindringe. Du hattest keine Ahnung von den verschlossenen Türen. Du warst ja immer nur in Kärnten. Aber das macht nichts. Ich habe mich auf dich verlassen können, ich war ja dein armes, verlassenes Kind. Ich wusste, dass du da bist, obwohl ich dich verlassen habe und nach Paris gegangen bin. Deine Briefe haben mich am Leben gehalten, auch wenn sie voller Vorwürfe waren. Du hast mir vorgeworfen, was ich dir angetan habe mit meinem Paris, von dem ich nur Nachteile und Verlassenheit habe und keinen Gewinn. Du hast mir vorgeworfen, dass ich ein schwerer Mensch bin, und mir vorgeschlagen, mich mit ein bisschen Selbstüberwindung und gutem Willen an die normale Menschheit anzupassen. Du hast mir vorgeworfen, dass ich immer genau die Menschen, die es gut mit mir meinen, von mir stoße. Du hast mir geraten, ungezwungen zu sein und fröhlich und froh drauflloszuarbeiten. Hast du es nur gut mit mir gemeint? Oder auch mit dir selbst? Du hast, als ich in Paris gelebt habe, in Klagenfurt Ausstellungen besucht und dich als Lassnigmutti ins Gästebuch geschrieben. Du hast geglaubt, die Kunstwelt zu verstehen. Aber du hast die Kunst nicht verstanden. Du hast geschrieben, dass du nichts auf der Welt hast außer mir, du hast sogar einen Teil deines Gartens verkauft, damit ich mir ein Atelier leisten kann. Für dich war ich ein verwöhntes Kind in einer neuen, wehleidigen Zeit. Du hast dir in einem Brief alles aus der Seele geschrieben, so, wie du es gedacht und gefühlt hast, und es hat nichts genützt. Ich habe dich abgewiesen, indem ich darauf nicht eingegangen bin. Es war nicht möglich, weil wir über zwei verschiedene Dinge geredet haben. Wenn ich fröhlich drauflosarbeiten hätte können, wäre ich keine Künstlerin geworden. Ich wollte auch gar keine Künstlerin werden, weil ich ein Künstler bin. Weil die Endung -in am Ende von Personenbezeichnungen schon bedeutet, dass man keine Chance hat. Ich habe dich notwendigerweise enttäuscht. Nicht nur weil ich ich bin, auch weil ich eine Frau bin. Ich wollte immer Maler werden, ich wollte mich nicht zur Malerin degradieren lassen, indem ein Unterschied gemacht wird zwischen meiner Kunst und der von Männern. Aber das versteht heute niemand mehr. Vielleicht erst wieder die Urenkeltöchter, die ich nicht habe. Es geht um die Kunst und nicht um das Geschlecht derer, die sie erschaffen. Ich habe dich notwendigerweise enttäuscht. Trotzdem hatte ich nichts auf der Welt außer dir. Wir hatten uns, auch oder weil wir so weit voneinander entfernt gelebt haben, dass wir uns nach einander sehnen konnten. Wenn wir zusammen waren, konnten wir uns nie nacheinander sehnen. Dein Lohn war meine Dankbarkeit, und die habe ich dir in jedem Brief geschrieben, immer wieder. Mehr konnte ich dir nicht geben.

Hat die weiße Frau noch zugehört? Sie ist wieder deutlicher zu sehen, aber sie schweigt immer noch. Sie hat nichts mehr zu sagen, denn sie hat in ihren Briefen an Maria schon alles gesagt. Sie hat versucht, das störrische Kind zu drängen. Sie hat versucht, es zu erziehen, sie hat versucht, um Verständnis zu betteln. Umsonst. Mutting ist eine starke Frau. Sie ist tot, aber sie ist immer noch da. Sie wird wiederkommen.

Maria kann die Zeichen nicht lesen, als im Sommer 1964 der Brief nach Paris kommt. Er enthält eine Botschaft, aber sie ist nicht verständlich, weil Mutting Maria nicht vertraut. Weil Mutting ihr nichts verrät. »Komm bald heim und ärgere dich nicht so über alles. Auch mein ganzes Leben war sehr, sehr hart. Aber alles nimmt einmal ein Ende.« Unterschrieben war der Brief von »deiner alten zittrigen Mutter«. Mutting hat schon ihr ganzes Leben über ihr Leben geklagt, wie soll Maria da wissen, dass es jetzt ernst ist? Sie kommt nach Hause, weil die Galerie Hildebrand in der Wulfengasse eine Ausstellung vorbereitet. Auf den Tod ist Maria nicht vorbereitet. So alt ist Mutting nicht, hat Maria gedacht. Aber Ende siebzig ist schon ein Alter. Maria weiß das jetzt, weil sie selbst Ende siebzig ist. Mutting war immer stark, bis sie der Krebs von innen aufgefressen hat. Wie hätte Maria da wissen sollen, dass sie sich um Mutting kümmern muss?

Maria hat Mutting gemalt. Immer wieder. Und auch noch, als sie schon tot war. Sie hat sich Mutting nach dem Krebstod so lange ermalen müssen, bis sie sich ihrer sicher war. Nur das Malen hat gegen die Trauer geholfen. Erst als Maria sich ausgemalt hat, fängt Mutting an, Maria zu besuchen. Aber davor müssen viele Leinwände mit Farbe bedeckt werden. Das Bild, das Maria noch im Jahr des Krebstodes malt, heißt *Balken im Auge/Trauernde Hände*. Im Vordergrund sitzt ein Mädchen in gestreiftem T-Shirt. Ein gewaltiger hellgelber Balken führt durch ihr Auge. Oder ist es ein Lichtstrahl? Dahinter liegt die Tote. Sie hat gar keine Augen mehr, nur noch Augenhöhlen. Aus ihrem Schoß wachsen Rosen, dabei wollte Maria nie Rosen malen. Die Tote trägt an der Hand, die sichtbar ist, einen weißen Handschuh. Und auch das Mädchen, das von ihr abgewandt sitzt, trägt weiße Handschuhe. Die trauernden Hände liegen überkreuzt im Schoß des Mädchens, dessen Ähnlichkeit mit Maria unverkennbar ist. Dem Mädchen sind die Hände gebunden, schon immer, noch nie wusste es, was es tun soll. Noch nie konnte es sich im Leben selbst helfen. Immer musste Mutting helfen, die tüchtige, erbarmungslose Frau. Mutting hat gesagt, dass Maria stolz sein kann auf das, was sie kann, so wie malen. Aber Maria kann auf ein Talent nicht stolz sein, denn für ein Talent, das angeboren ist, kann man ja nichts. Stolz sein kann man nur auf etwas, das Mühe macht. Ein Haushaltsbuch führen, eine Ente backen, sich konzentrieren. Mit Muttings Tod beginnen Marias Probleme. Mit ihrem Tod enden Marias Probleme. Maria verwandelt sich in Mutting. Die trauernden Hände vermögen nur eines, sie vermögen das, was sie immer vermocht haben: malen.

Der Tod der Mutter löst eine Flut von Bildern aus. Maria malt ihn sich von der Seele. Ein Bild heißt *Ehepaar*. Die Mutter ist ein toter Fisch, der zusammen mit seinem Partner auf der Straße liegt. Ein Verkehrspolizist in einer gelbgrünen Uniform steht vor dem Fischpaar und verbucht dessen Tod. Rechts oben im Bild braust das Leben als knallroter Sportwagen davon. Die Fische sehen friedlich aus. Aber Maria weiß, dass die Ehe ihre Mutter umgebracht hat. Paul Wicking, der lustige Stiefvater, hat Mutting auf dem Gewissen, denn während er lustig war, hat Mutting geputzt. Paul Wicking hat Mutting gerettet. Aber er hat sie auch ins Grab gebracht. Maria will nicht gerecht sein. Sie hat es noch nie gewollt, weil sie ihre eigene Sonne ist und die anderen Menschen nur Trabanten, die in Marias Licht leuchten. Maria braucht nicht gerecht zu sein, weil sie auch sich selbst gegenüber keine Barmherzigkeit walten lässt.

Maria malt sich als Ungeheuer, ganz in Rot und Rosa, wie auf dem *Selbstporträt als Tier*, das sie vor einem Jahr gemalt hat, als sie noch nicht ahnt, mit welchem Hammer das Schicksal auf sie niederfahren wird. Das Ungeheuer trägt eine bleischwarze Kopfbedeckung. Maria ist ein Monster, das nicht zwischen sich selbst und der Welt, zwischen Mensch und Tier, zwischen Mutter und Tochter unterscheiden kann. Die Monster haben geschlossene Augen, denn sie können nicht klar sehen. Unter den geschlossenen Augendeckeln sieht Maria rot, deswegen sind die Monster augendeckellichtrot.

»Das geschlossene Augengefühl, das Augendeckelgefühl, man spürt, die Wangen reichen von einer Ecke des Zimmers zur anderen, das Kinn ist nicht da oder reicht bis zum Bauch hinunter, die Nase ist eine brennende Öffnung. Das Raumgefühl der Gesichtsteile verschiebt die Proportionen, was herauskommt, ist ein Ungeheuer, das Ungeheuer in uns. Auch Engel haben Ungeheuer in sich – alle sind wir Ungeheuer«, schreibt Maria in ihr Notizbuch, in dem sie Filmideen notiert. Aber sie macht daraus keinen eigenen Film. Alle ihre Filme handeln von Ungeheuern. Maria malt sich als *L'Autrichienne*, als fremde Hündin, als Hundedame *La femme chienne* mit Halsband und rosa Augenkissen, als das Andere des Menschen. Maria malt ein Selbstporträt als Hund, aber auf dem Bild sieht sie genauso aus wie auf jenem, das sie *Selbstporträt als Ungeheuer* genannt hat. Sie hat auf dem Bild einen genauso flachen Schädel und statt der bleischwarzen Kopfbedeckung fügt sie eine rosafarbene Hand hinzu, die auf der Hundehüfte liegt, so hellrosaweiß wie die Trauerhände auf dem ersten Beweinungsbild. Maria malt *Die große Mutter*, auf der ein Hundemonster sein Kind wie ein Känguru in der Bauchtasche trägt, das Kind schaut hinauf zu seiner Trägerin, aber die hat die Augen geschlossen. Maria hat vor Muttings Tod schon Monster gemalt, jetzt weiß sie, warum.

Maria weint mit dem Pinsel. Sie kann nicht mehr aufhören. In den Tränen verschmilzt die Wahrnehmung und damit das, was Maria sieht, mit dem, was Maria fühlt. Aus dem nackten Bauch der Mutterleiche wachsen hellrosa Rosen, die aussehen wie Wucherungen, auf einem anderen Beweinungsbild stecken Hyazinthen in ihrem Leib wie Nägel. Sie stecken nicht nur in ihrem Bauch, sondern auch in ihren Handflächen, in ihrer

Kehle und in ihrem Geschlecht. Die Mutter wird mit Blumen gekreuzigt. Maria will nie mehr Blumen malen. Alle sagen, dass Blumen das Leben sind und die Schönheit, aber Blumen sind der Tod. Nur wenn Maria malt, ist sie nicht ganz Trauer, wenn sie malt, erhebt sie sich über die Tränenseen. Dann sieht sie alles klar, mit reingeweinten Augen. Maria malt einen *Todesengel*, mit Hundeungeheuergesicht und hellrosa Flügeln, die wie eine Decke auf dem schlafenden Himmelswesen liegen. Engel sind Ungeheuer, weil sie keine Gefühle haben. Noch zwei Jahre später hat Maria sich nicht ausgemalt. Sie malt sich auf einer Picknickdecke mit der toten Mutter. Die Mutter liegt auf dem Rücken, auf ihrem Bauch wächst Gras, wie auf einem Grab, daneben liegt die Tochter, zusammengekrümmt wie ein kleines Mädchen, wie das Mädchen, das im Traum nach der Mutti schreit und das Maria immer noch ist. Die beiden sind nicht alleine, sondern umringt von einem wilden Publikum, der Menschheit. Ein Arm wächst aus dem Gras, der eine Armbanduhr trägt. Die Zeit vergeht, aber die Trauer bleibt.

Maria malt sich mit einem Balken durch den Oberkörper. Sie hat die Trauer mitgenommen über den großen Ozean. Jetzt, wo Mutting tot ist, kann sie auch ans andere Ende der Welt ziehen, nach New York. Sie macht ihren ersten Trickfilm und gewinnt einen Preis.

»When my mother died I became she. She was so strong«, sagt Marias Stimme mit dem harten Kärntner Akzent aus dem Off.

Sie ist Produzentin, Zeichnerin, Kamerafrau und Sprecherin. Und natürlich Hauptdarstellerin. Der Kopf der Hauptdarstellerin Maria zerbricht, und heraus kommt Mathilde. So einfach ist es. So klar. Und so unheimlich. Maria ist schon vorher Mathilde gewesen. Als Maria von dem Krebs erfährt, fahren

Mathildes Schmerzen in sie ein. Sie bekommt Herzschmerzen, sie bekommt Leberschmerzen. Dabei spürt der Mensch seine Leber gar nicht. Maria schon. In New York hört Maria zum ersten Mal das Lied, ein Spiritual der Schwarzen, die wie Maria eine Verbindung zum Jenseits haben, die singen und schreien und tanzen, wenn sie traurig sind, die ihre Trauer hinausschreien, ein Lied, das sie nicht mehr aufhört zu hören, seit es zum ersten Mal in ihr Ohr gedrungen ist, das sie in einem Film verwendet, das sie tröstet in der Nacht und das die weiße Frau beschwört. Maria singt es in die Nacht hinaus, neben ihr hängt der Rosenkranz. Und irgendwann hört die weiße Frau es und kommt sie zum ersten Mal besuchen.

»Sometimes I feel like a motherless child. A long way from home. Sometimes I wish I could fly like a bird up in the sky, little closer to home. Motherless children have a hard time, a long way from home.«

Noch in Berlin, in dem Jahr, bevor der Ruf kommt, der Maria aus New York zurück nach Wien zitiert, in dem Jahr, das sie mit Ossi und Ingrid verbringt, finanziert mit einem Stipendium, in dem Jahr, in dem sie schon weiß, warum sie genug hat von New York, umgeben vom grünen Grunewald, zeichnet Maria sich den Schmerz um den Tod von Mutting von der Seele. Mutting liegt mit einem Federschmuck um den Kopf aufgebahrt zwischen zwei Bäumen in den Lüften. Ihre Augen sind geschlossen, die starken Wangenknochen beglaubigen den Titel, der die unerschrockene Seele von Mathilde preist. *Meine Mutter war eine Indianerin*. Maria glaubt nicht, dass nach dem Tod noch etwas kommt. Es ist einfach aus. Maria wird nicht in den Himmel auffahren und dort herumfliegen. Das denken die Leute nur gerne, weil sie Angst vor der Erde haben. In Wahrheit fahren die Toten hinunter in die Erde. Zu den Maden, zu den Graswurzeln, die sich von den Toten ernähren. Deswegen hat Maria Mutting auch in einem Baum aufgebahrt. Das mit dem Himmel ist nur ein Trost, an den sich die Menschen zu gerne klammern. Maria will sich nicht an eine Illusion klammern. Sie will der Wahrheit ins Auge sehen. Maria will selbst nicht auf ihre alten Tage zur Religion zurückfinden. Sie hat sich aus der Enge, in die die Nonnen die Religion gestopft haben, herausgewunden und braucht kein Schlupfloch zurück in diese Höhle. Das heißt aber nicht, dass Maria keinen Sinn für das hat, was hinter den Sinnen liegt. Das Jenseits, aus dem die weiße Frau sie besuchen kommt. Auch die weiße Frau ist ein Ungeheuer, denn sie ist ein Engel. Die Mutter ist ein Engel, aber sie ist auch eine Aufhockerin, ein Druckgeist.

Seit die Mutter tot ist, glaubt Maria nicht mehr an ein Leben nach dem Tod. Außer in den Gedanken der Menschen, die noch leben. Maria hält Mutting am Leben. Maria hat Mutting zu einer berühmten Mutter gemacht, aber davon hat Mutting nichts mehr mitbekommen. Deswegen ist Maria froh, dass Mutting es zumindest als weiße Frau noch erleben kann. Dass sie noch nicht ganz tot ist. Genauso wie der Gedanke an den Tod quält Maria der Gedanke daran, dass die Menschen die Natur und damit sich selbst zerstören. Wenn die Welt untergegangen ist, macht es keinen Sinn mehr, gelebt zu haben. Dann macht es keinen Sinn mehr, gemalt zu haben.

In der Tschabuschniggstraße hängen noch die Kleider ihrer Mutter in den Schränken. Maria hat hinter den Kleidern einen Stapel mit Briefen gefunden. Jetzt kann sie die Kleider noch weniger weggeben. Maria hat die Briefe mitgenommen, aber sie kann sie nicht lesen. Alles, was mit Mutting zusammenhängt, bildet eine Schranke in ihr. Deswegen kann sie ja auch nicht ihre Erinnerungen an Mutting aufschreiben. Deswegen konnte sie in ihren Briefen aus Paris nur von der Gasheizung schreiben.

Maria träumt von Mutting. Schon zum zweiten Mal in einer Woche. Maria will verstehen, was das bedeutet, sie will nicht schon wieder vergessen, was sie geträumt hat. Der Traum ist ein Vergessen des Ichs, und dann vergisst das Ich, was es geträumt hat. Maria holt ihr Notizbuch und schreibt: »Zusammengesunken richte ich sie auf und halte sie nackt in meinen Armen. Das Gefühl ihres Körpers, das sie mir nie gab.« Sonst kann Maria über Mutting nichts schreiben. Die Feder stockt, wenn Maria sie auf das Papier setzt. In Bezug auf Mutting ist die Feder alles andere als die Schwester des Pinsels. So will der junge Schweizer das Buch mit Marias Aufzeichnungen nennen: *Die Feder ist die Schwester des Pinsels.* Der Pinsel kann Mutting malen, er kann ihre Gegenwart beglaubigen und ihren Tod bannen. Die Feder kann das nicht. Maria kann nicht über Mutting schreiben. Sie kann aber an Mutting schreiben. Jedenfalls konnte sie es, als Mutting noch lebte. An die stumme, weiße Frau kann Maria nicht schreiben. Aber an die starke, tüchtige Mutter schreibt Maria unzählige Briefe.

In ihnen versucht Maria, die Schuld ihrer Geburt wiedergutzumachen. Sie versucht die Enttäuschung, die Maria für Mutting ist, zu mildern. Sie versucht Mutting zu verstehen. Sie versteht Mutting, aber Mutting versteht Maria nicht. Das hat der Pfarrer gesagt, und seitdem hat sich nichts geändert. Genau genommen versteht Maria Mutting auch nicht. Mutting hat Maria geschrieben, dass sie, Maria, es zu leicht gehabt hätte. Im Vergleich zu Mutting stimmt das sogar. Mutting musste jeden Groschen dreimal umdrehen. Sie hatte niemanden, bei dem sie sich ausweinen konnte. Aber konnte sich Maria bei Mutting ausweinen? Nach dreißig unfröhlichen Jahren in der Fröhlichgasse ist sie es nun zumindest immer wieder. Denn der neue Vater ist kein grantiger Vater so wie der alte. Er ist ein temperamentvoller Mensch mit Herz und Verstand. Mutting hat endlich eine friedliche Familie, sie hat es zu zwei Ehemännern und einem Haus mit Garten gebracht. Nur die Tochter ist eine Enttäuschung und hat die Mühen von Mutting zunichtegemacht. Und sie versteht es nicht einmal.

Maria hat Menschen noch nie verstanden. Da hat Mutting recht. Bei den Wandervögeln haben alle gesagt, dass man ehrlich sein soll. Das hat Maria sich zu Herzen genommen. Wenn sie etwas verstanden hat, muss sie es auch ausführen. Sie sagt Walter, dass auch jemand anderes in sie verliebt ist. Dabei ist sie selbst in Walter verliebt. Sie kann es aber nicht glauben, dass er sie liebt. Maria mindert es, indem sie Walter sagt, jemand anderes sei auch in sie verliebt. Es stimmt ja, aber eigentlich tut es nichts zur Sache. Walter tut es aber schon etwas. Es bringt ihn um. Er schließt sich der Bewegung an, die den Totenkopf als Symbol hat. Er wird im Todeslager stationiert, das so heißt wie der Professor, zu dem Maria ein Jahr später studieren geht. Dachau. Walter wird mit der Todesmaschine des Krieges Richtung Osten transportiert. Er nimmt am Polenfeldzug teil. Statt neuen Lebensraum zu finden, bringen die jungen Männer den Tod. Und fallen ihm selbst zum Opfer. Walter besucht Maria seitdem im Traum, nicht oft, aber immer wieder. Er kommt zu ihr. »Vielleicht ist das das Beste, was einem Lebenden passieren kann, die zarte Berührung eines Totenfingers«, hat Maria vor vierzig Jahren in ihr Tagebuch geschrieben. Ein Tagebuch vergisst nicht, ein Gehirn wie das von Maria genauso wenig.

Maria nimmt den Stapel mit Briefen. Zum Schluss haben Mutting und Vating mit der Schreibmaschine geschrieben. Mutting zittert schon so sehr, dass niemand mehr ihre Schrift lesen kann. Mutti Zitterfink. So unterschreibt sie in den letzten Briefen aus dem Jahr 1964. Seit Maria in Paris ist, seit sie keine Liebe mehr hat, ist Mutting die einzige Kraftquelle, die ihr bleibt. Sie wartet auf die Briefe von Mutting und Vating, sie bekommt Bauchweh, wenn kein Brief kommt, sie bekommt Herzweh, wenn sie nicht nach Hause fahren kann.

»Also, Muttilein, bet für mich, halte den Daumen und denk an mich, bitte«, schreibt sie. Und: »Lieber Vati, schreib auch mal, sonst denk ich, du magst mich nicht.« Maria unterschreibt die Briefe aus Paris mit »euer Butzerle«. Sie hat kein Butzerle mehr, sie selbst ist wieder eines geworden. Sie ist über vierzig und fühlt sich wie ein kleines Mädchen. Ihr Herz ist schwer, und ihr Herz ist leer. Das Pariser Atelier hat Maria mit Muttings Hilfe gekauft. Aber es belastet sie trotzdem. Sie muss in Österreich ein Geld dermalen, um es sich auch leisten zu können. Alleine schafft Maria es nicht. Es tut gut, eine Mutter zu haben, die einen auch finanziell unterstützt, die Pakete schickt und an einen denkt. Es tut gut, es ihr schreiben zu können. Schreiben ist leichter als sagen.

Maria dankt der Mutter, zunächst dafür, dass sie leben darf, dann dass sie studieren durfte, dass sie nie auf ihrem Weg gehindert wurde und dass Mutting an sie glaubt. Sie möchte Mutting als Gegenleistung ihren Ruhm zu Füßen legen. Aber das ist nicht so leicht, denn ein schneller Ruhm hält nicht lange, das weiß Maria. Leider weiß Mutting es nicht, die denkt, Maria soll möglichst schnell möglichst viel Geld verdienen mit ihren Bildern. Maria hat keine Tochter, aber wenn sie eine hätte, würde sie sie Mathilde nennen. Titi, der Name gefällt ihr. Sie schreibt es Mutting. Aber Maria ist und bleibt eine Tochter, sie kann keine Mutter sein. In Marias Briefen geht es immer um Geld. Geld spielt eine Rolle im Leben, ob Maria es will oder nicht. Mutting hat das akzeptiert. Maria muss sich damit abfinden, anfreunden kann sie sich damit nicht. Luxus ist ein Wort, das Maria nicht versteht. Paris ist überfüllt mit schönen Dingen, aber sie sind alle überflüssig, findet Maria.

Lieber geht sie zu einem Bibelabend. »Das ist besser als die ewige Sehnsucht nach dem Vergnügen und ich gebe kein Geld aus dabei«, schreibt sie Mutting. Maria, die Nonne, ist immer noch da.

Maria kann gut Hilfe annehmen. Ohne die beiden Ritter Louis und Rémi ginge nichts. Louis reist dazu aus Rouen an, wo er lebt und ein Architekturbüro betreibt. Auch bei Heide Hildebrand geht es. Die Galeristin organisiert Ausstellungen, und Maria ist böse, wenn sie ihren Anteil dafür verlangt. Maria braucht eine Anlaufstelle in der Heimat. Seit Mutting tot ist, hat diese Aufgabe Heide Hildebrand übernommen, die um viele Jahre jünger ist als Maria. Maria nennt Heide in Briefen »mein liebes Kind«. Zusammen mit ihrem Mann Ernst betreibt Heide eine Galerie in Klagenfurt. Sie vertreten Maria, und Maria stellt Forderungen. Ernst Hildebrand soll ihr eine Bestätigung beschaffen, dass sie als Lehrerin gearbeitet hat. Aber möglichst ohne Jahreszahl. Die Amis glauben sonst, dass Maria ein Nazi war. Maria ist kapriziert und schwer zufriedenzustellen.

Maria ist eine Prinzessin, die im Namen der Kunst nicht erwachsen werden will. Mit Maria befreundet zu sein ist kompliziert und erfordert eine dicke Haut. Trotzdem wächst eine Freundschaft. Heides Tochter Céline ist aber auch zu herzig. Kinder können Marias Seele heilen. Wenn auch nicht für lange. Heide und Ernst haben jetzt das Paketeschicken übernommen. Da ist zwar kein selbst gebackener Reindling dabei, dafür Kekse, Honig, Nüsse und Feigen. Im Gegenzug bekommen sie von Maria Briefe mit Anweisungen, Änderungswünschen, Vorwürfen und Klagen. Auch wer Maria ausstellen will, braucht eine dicke Haut. Maria besucht die Hildebrands in ihrem Domizil auf der Insel Krk. Und Heide muss Maria schreiben, wie die Retrospektive von Arnulf in Werner Hofmanns Museum des

20. Jahrhunderts war. Von so einer Ausstellung kann Maria bis dahin nur träumen.

Das Fordern und Befehlen hat Maria von Mutting gelernt. Mutting schickt ihr im Gegenzug Tipps. Maria ist immer noch störrisch wie ein junges Kalb. Mathilde ist halsstarr wie eine alte Eselin. Was Maria laut Mutting nicht vergessen darf: warme Socken zu tragen, Milch und Zitrone zu konsumieren, um gesund zu bleiben, saftige Äpfel zu essen statt der süßen Nachspeisen, die nur dick machen und keine Vitamine haben. Dahinter setzt Mutting sechs Ausrufezeichen. Überhaupt strotzen ihre Briefe vor Ausrufezeichen. Das muss auch sein, denn die Tochter hört sonst nicht.

»Nach Inges Besuch werde ich dann wohl Zeit finden, ein Packl für dich zusammenzurichten, habe schon ein Glas Medizin gerichtet, Butter und Honig gemischt für deine Blutarmut, das nimmst täglich zum Frühstück aufs Brot!!! Die beiden Salami sind auch noch da, ein Stückl Speck und ein bissl Backerei.« Die Mutter hat ein Schnackerl, also einen Schluckauf, wenn sie an ihre uneinsichtige Tochter denkt, weil sie solche Sorgen hat, dass Maria am Hungertuch nagt. Sie fragt nach dem Echo von Ausstellungen, nach Kritiken, nach den Verhandlungen mit Galerien. »Alles das interessiert mich doch sehr«, schreibt Mutting, und Maria weiß es zu schätzen. Mutting entdeckt in der *Volkszeitung* Marias Bericht aus der Pariser Kunstszene unter dem Titel *Kunstbrief* und liest ihn. Ihr Kommentar: »Drastisch, aber kurz.«

Der lustige Vater schreibt Maria, dass er so einen Kunstbrief nie schreiben könnte. Und dass Mutting eine »Clo-Thilde« ist, weil die Installateure es nicht hinkriegen mit der geplatzten Leitung. Auch der lustige Vater kann drastisch sein, wenn er beschreibt, wie Mutting die braune Sauce wegputzt und dabei reibt und reibt. Er hat ein Schreibtalent. Einmal dichtet er ein Gedicht für eine blinde Geigerin und bekommt als Dank von dieser Konzertkarten. Auch er lässt sich von Maria für Dienste einspannen. Er nennt sich ihr gegenüber selbst Sherpa-Vati, weil er Marias Bilder zu Ausstellungen schleppt und Pakete zur Post und ihre Koffer zum Zug.

Der Sherpa-Vati hat Maria ins Herz geschlossen. Er schleppt auch sich selbst in Form eines Porträts, das Maria von ihm gemalt hat, zu einer Gruppenausstellung. »Also am Montag, den 20., habe ich mich befehlsgemäß selber unter den Arm genommen und habe den schweren Gang dorthin angetreten, wo man mich aufhängen wird!! Und heute erfahre ich erst, dass ich zuerst in Graz und dann erst in Klagenfurt gehängt werde!! Also kann ich mich vielleicht dann in Graz zuerst noch selbst hängen sehen!!?? Was man doch in einem siebzigjährigen Leben alles erlebt!!« Dann muss er sich wieder zurücktragen, ohne ausgestellt worden zu sein. »Eben komme ich aus dem Künstlerhaus zurück, wo ich mich wieder selber unter den Arm genommen und heimgetragen habe! Man hat mich – aus Raummangel!! – doch nicht gehängt, und so hänge ich halt wieder daheim hinter dem Ofen.« Der Sherpa-Vati liebt Kunst, und er findet, dass Maria sowieso alle in Kärnten malenden »Patzer« in den Sack steckt.

Mutting kann es Maria hingegen nie ganz recht machen. »Unter deiner provisorischen Existenz in Österreich hab ja auch so hauptsächlich ich zu leiden, denn für alles soll ich sorgen, ein Trumm dort, eines da, wie du sagst«, schreibt Mathilde im Februar 1964. Sie treibt ihr Kalbl immer noch vor sich her. Schließlich ist sie so etwas wie seine Managerin und zuständig für Geldgeschäfte, Überweisungen, die Vermietung der Bräuhausgasse, die Bereitstellung von Unterkünften für die heimurlaubende Tochter, die Pflege von Kontakten und so weiter. »Hast du Frau Kleinmayr gratuliert? Lege auch einen Ausschnitt über die baldige Pensionierung von Dr. Rudan bei, nach ihm kommt ein Jugendführer als Kunstreferent, worüber viel diskutiert wird, weil er nix versteht … Halt ein Mords-Roter. Die Künstler müssten in Österreich halt auch alle Farben spielen, resp. malen.« Mutting versteht etwas von Politik. Sie weiß, wie man es sich richtet. Maria will davon immer noch nichts wissen. Sie will und will kein Geld verdienen, dabei hat Mutting so gute Ideen. Mutting schickt immer wieder Geld, der Betrag ist unten am Brief notiert, falls jemand auf die Idee kommen sollte, das Geld zu entwenden. Aber Maria soll langsam auch einmal selbst Geld verdienen. Sie hätte es verdient!

Mutting denkt und denkt und kommt zu keinem Ende, sie beißt sich an ihrem sturen Kind die Zähne aus. »Ach was mach ich mir um dich für Sorgen um deine Zukunft!!! Ewig kein Geld, und was sind heute schon ein paar tausend Schilling. Von der Regierung das Geld noch nicht da, wie viel soll es denn überhaupt sein? Mach mit der Presse mehr Geschäft! Was ist mit dem Frankfurter Wiener, weiß nicht, wie er heißt. Oder Buchillustrationen etc., denn jahrelang so ohne Einkommen, das wird ja nicht weitergehen. Bin so in Sorge um dich. Schluss für heut, herzlichst Mutti (Zitterfink)«

Dann bekommt Mutting wieder Mitleid mit dem Kalbl. Sie schreibt im Wochentakt einen Bericht aus der Heimat an die Kunstfront, so wie Maria einen Wochenbericht aus Wien geschickt hat, als sie an der Akademie studiert hat. Aber manchmal auch öfter. Das Kind sehnt sich ja so nach den Briefen der Mutter. Mathilde wird gebraucht. Aber bekommt sie auch genug Dank? Mathilde tippt sich die Finger wund. Auch sie gibt nie auf, genauso wie Maria.

»Liebes armes verlassenes Hautele!

Also schneller geht's do nimmer! Heute dein Brief angekommen und heute schon alle Wünsche erfüllt. Ist Vati nicht ein braaver Vati? … Dass du aber mit mir immer nur unzufrieden bist, kränkt mich schon sehr, wo ich doch alles nur und nur zu deinem Wohle zu machen glaube und auch die Zeitungsausschnitte nur sende, damit du ja über alles Wissenswerte in deiner engsten Heimat orientiert bist und vor allem, was sich in punkto Kunst tut. (A nit recht.) Nun werde ich dafür als Sadist geschumpfen von dir. Solange du lebst, hatte ich doch immer nur dein Wohl und dein Glück im Auge, aber du bist eben doch sehr stark mit dem Rebellenblut der Sternberg behaftet!!! Wegen deinen versuchten Punschkrapferln musste ich trotz Trauer doch lachen, denn das ist ja schwer zu machen, denk ich, ich hab sowas zumindest nie versucht, das ist ja Konditorarbeit. Dazu die Glasur!! Ja aber dass man heißen, gesponnenen Zucker niemals mit bloßen Fingern berühren darf, müsstest doch wissen, denn das sind ja gar arge Verbrennungen, ärger noch als heißes Fett und bleibt ja die Haut dran hängen. Du armes Dummerle. (Es ist besser, du spinnst Journalistik oder Kunstliteratur.) Hoffentlich zahlt man dir den Pariser Kunstbrief auch ordentlich, aber wohin und wann?? Schreib dem Monsignore Mauer darüber, wie du auf diese Weise doch etwas Geld bekämst??? Schimpf mich aber nicht wieder zsamm deswegen, wo ich doch nur Anregungen für Einkünfte gebe …«

Ja, Maria hat versucht, Punschkrapferln zu machen. Ein Desaster. Punschkrapferl, so lautet das Bonmot, sind wie Kärnten, außen rosa, innen braun und immer unter Alkohol. Es ist eh besser, dass die Krapferl nicht gelungen sind. Maria hat Mutting davon nur geschrieben, weil sie all das andere nicht beschreiben konnte. Das Ringen um die Kunst, den Kampf, in

Paris Fuß zu fassen, die Müdigkeit von dem Lärm der Stadt, die Euphorie über ihre Bilder mit den lebensgroßen Figuren auf lichthellem Untergrund, die Maria liebevoll Strichmanderln nennt, das großzügige, eigentlich unverschämt luxuriöse Altelier, das sie nicht verdient hat und nur durch leidvolles Bodenreiben verdienen kann, der Blick aus dem Fenster auf die Straßen und ihre winterkahlen Bäume, die aussehen wie gemalt, und nach hinten hinaus über die schneebedeckten Dächer der Hinterhöfe, die aussehen wie eine Mischung aus Wien und New York, die Spaziergänge mit Louis zu den Bouquinisten und durch die Antikmärkte, das Licht auf der Seine und das Dunkel von Marias Zukunft.

Maria steckt fest. Sie würde weggehen von Paris, aber sie kann es Mutting nicht antun, noch weiter weg zu ziehen. Dazu ist das Band zwischen ihnen zu stark. Mehr als mit den Briefen gibt sich Maria Mühe mit den Geschenken. Sie denkt und kreiert Ideen, sie will Geld ausgeben, das sie nicht hat, und kratzt dann doch etwas zusammen für ein Präsent, das sie sich gerade noch leisten kann. Das ist Mutting dann auch wieder nicht recht. »Bitte kauf mir um himmelswillen ja nicht wieder was zum Herumliegen«, schreibt Mutting, die Maria kennt wie kein anderer Mensch auf der Welt, »ich brauch wirklich nichts, und wenn du mir im Sommer ein letztes Porträt machst, wäre das ein schönes Geschenk, so ein natürliches wie Nessmanns. Spare dein karges Geld für dein Leben, ist eh alles so teuer dort wie da.«

Maria kann nicht weiterlesen. Sie hat kein letztes Porträt gemacht und Muttings letzten Geburtstagswunsch nicht erfüllt. Sie kann es nicht, vor allem, seitdem sie weiß, dass Mutting stirbt. Sie weiß, dass Mutting stirbt, und kann es nicht glauben. Sie macht zwei Gouachen, danach, aber das sind hingepinselte Schatten, Mutting im Liegestuhl inmitten des Grüns des Gartens, wie schwebend in der Luft. Eine davon wird Hildegard Absalon als Tapisserie fertigen. Seit Mutting tot ist, trägt Maria das erste, natürliche Porträt der Mutter, das sie kurz nach dem Krieg gemalt hat, mit sich um die Welt. Es hing in Paris und Maria hat es auch über den großen Ozean mitgenommen, nach New York, wohin sie eine Kiste per Schiff geschickt hat, während sie selbst den Flieger nahm und in den Himmel abhob, in ihr nächstes Leben, das Leben danach, ohne Mutting. Mutting kam mit dem Schiff nach, sie hat Maria nie verlassen und verlässt sie auch jetzt nicht. Muttings Porträt hängt nicht in Wien, sondern in der Feistritz und erinnert Maria daran, dass sie Mutti Zitterfink den Wunsch eines letzten Porträts nicht erfüllt hat, dass sie ihn nicht erfüllen konnte, weil in dem ersten Porträt schon alles drinnensteckt und weil Maria sich nicht wiederholen kann. Wenn ein Werk gelungen ist, kann sie sich selbst nicht übertrumpfen. Und sich selbst zu unterbieten verbietet sich für Maria. Maria dreht den Brief um, auf der Rückseite schreibt immer der Vater, der hat sie schon in Paris zum Lachen gebracht, als sie nichts zum Lachen hatte. Er hat sie adoptiert, obwohl sie Lassnig hieß und schon über dreißig war, als Mutting ihn geheiratet hat.

»Liebes Mizzele-Moizele vulgo Oele-oh-Nora!

Heute kam dein lieber Brief und der gute Sherpa-Vati hat sich sofort auf die Beine gemacht – ohne Geruch, versteht sich! – und ist zur *Volkszeitung* geeilt. Unterwegs traf ich Frau Pieber von dem Taxameter in der Libsengasse, die mir zu dem gerade heute in der *Volkszeitung* erschienenen Artikel über dich gratulierte, so konnte ich bei der *Volkszeitung* gleich diese Belegexemplare erbitten! Von deinem Kunstbrief bekam ich aber nur fünf Stück, weil sie schon wenige mehr haben!!! Und fünf von der heutigen Nummer. So kaufte ich bei meiner Liliputaner-Trafikantin noch ein paar dazu, die sie zufällig noch hatte! Und gleichzeitig mit diesem Brief geht das Imprimé an dich ab und kommt hoffentlich gut und bald an. Schreib uns gleich, wenn du es bekommen hast. Dass du sooo arm und verlassen dich fühlst, wenn kein Brief von uns kommt, versteh ich: Aber wir schreiben jede Woche mindestens einen Brief und ich verstehe nicht, dass da nix ankommt! Dass ihr in Paris so gar keinen Fasching habt, ist komisch, aber auch Jo Lo-Verde hat im Radio darüber rapportiert, dass in Paris da nix los ist und nur in Nizza gefeiert wird, aber da gründlich. Musst rein an die Côte d'Azur reisen, dass du das Tanzbein schwingen kannst!! In Villach und heuer sogar in Klagenfurt ist dagegen allerhand los und Mutti legt dir betreffende Artikel bei! Ich hab noch nicht einmal Zeit gehabt, den heutigen Ida-Weiß-Artikel über dich zu lesen, aber Mutti sagt, dass er sehr gut ist. Muttis Heringsalat duftet so verlockend neben mir, und so übergebe ich die Klapperkiste an sie weiter. Alles Gute zum 21. Und mille baiserln etc. etc. von deinem vulkanisierten Aetnabesitzer Vati«

Maria muss schmunzeln. Auch jetzt. Wo ihr nur zum Weinen zumute ist. Mit dem Aetna ist die Infrarotheizung gemeint, die in dem Winter, wo es minus zwanzig Grad hat, die Heizölschlepperei des Sherpas ersetzen sollte, zum Kummer der Stromrechnung. »Apropos: Aus Paris verlautet, dass sich eine im 20. Arrondissement wohnende österr. Malerin beim Spinnen die Finger verbrannt hat??? Sie soll einem Konditor ins Handwerk gepfuscht haben …« Die Konditorgehilfin Maria ist zum Zeitpunkt des Briefes fünfundvierzig Jahre alt. Und immer noch ein Butzerle. »Sonst nixneux. Frau Weiß sandte heute deine Bilder zaruck, sollen wir sie dir nachsenden??? Wawa Buzzale!«

Das Schmunzeln vergeht dem Butzerle aber jetzt, denn es erinnert sich an das Zerwürfnis mit dem Sherpa nach dem Tod von Mutting. Der Sherpa will das halbe Haus davontragen. Was bildet er sich ein, nachdem er Mutting ins Grab gebracht hat mit seinem Schürzenjägertum? Obwohl Mutting mausetot in der Erde liegt und von Maden zerfressen wird, sieht Maria keinen Gram bei dem Ex-Ehemann, der nun den lustigen Witwer gibt, der nicht trauert, jedenfalls glaubt Maria das, die so sehr trauert, dass sie die Trauer der anderen nicht mehr zu sehen vermag, dass für die anderen keine Trauer übrig bleibt, jedenfalls keine adäquate, sodass Maria glaubt, mit ihrer Trauer alleine zu sein. Maria fühlt sich unverstanden. Das war immer so. Der lustige Vater versteht es nicht, Maria macht ihm einen Skandal, und dabei wird so viel Tinte verspritzt, dass er noch weniger klar sieht. Klar ist nur, dass man bei Maria keine Chancen mehr hat, wenn sie ihr Urteil gesprochen hat. Maria ist unerbittlich. »Jeder Tod ist ein Mord«, schreibt sie in ihr Notizbuch. Und deswegen ist für sie klar: »Man hat Mutti ermordet.«

Im Frühling 1964 glaubt Maria noch, dass alles immer so weitergehen wird, dabei ist der Krebs schon dabei, Muttings Leber zu überwuchern. Sie stirbt wenige Monate nach der Diagnose. Maria weiß nicht, ab wann Mutting es wusste, sie versucht es aus den Briefen herauszulesen, aber es klappt nicht, sooft sie es auch versucht. Manchmal glaubt sie, einen Hauch davon zu erhaschen. Mutting hat Maria nicht vertraut und sie nicht an ihrem Sterben teilhaben lassen. Sie hat gedacht, dass Maria ein Kind ist und es nicht aushalten wird. Mutting war stark. Sie hat immer alles alleine ausgehalten. Sie ist durch ihre Frechheit und ihre Selbstsicherheit zu Wohlstand gekommen. Im April 1964 schreibt Mutting: »Bin immer so traurig, wenn ich unseren schönen blühenden Garten betrachte und an dich dabei denke, dass du kein Jahr im Frühling diese Blütenpracht sehen und genießen kannst, sondern in deinem Pariser Steinhaufen drin in der Stinkluft hausen musst oder willst. Na ja, des Menschen Wille ist sein Himmelreich!«

Ist das so ein Hauch? Vielleicht der Hauch von einem Hauch. Dann geht es gleich weiter mit Empfehlungen: »Werner Berg hatte jetzt am 11.4. seinen 60., es wäre nett von dir, wenn auch du – wenn auch verspätet – eine nette Gratulation schicktest, du warst doch oft Gast dort, und sie waren immer so nett zu dir, außerdem ist er Freund Kuchlings Schwiegervater, also mach das.«

Maria hat es nicht gemacht. Sie hat so etwas seit Muttings Tod gar nicht mehr gemacht. Formalitäten einzuhalten. Höflichkeitsformeln zu sprechen. Traditionen zu pflegen. Erklärungen abzugeben. Sich zu rechtfertigen. So zu tun, als ob. Sich mit der Realität abzugeben. Deswegen ist sie auch so auf den Hund gekommen. Seit sie keinen Stall mehr hat, wo sie hineintraben kann, ist sie allein. Jetzt weiß sie, was dieser Stall ihr bedeutet hat, aus dem sie nur fliehen wollte. »Es ist jammerschade, dass du nicht auch was Verkaufbares ausstellst, damit du zu Geld kämst, das du doch so nötig hättest!!!«, schreibt Mutting. Sie schreibt nicht, dass die Sorgen um Maria sie ins Grab bringen werden. Maria weiß es auch so. Mutting gibt nicht auf. Sie ist stur wie ihr Kind. Der Apfel fällt nicht weit vom Stamm. Deswegen muss das Kind irgendwann einmal vernünftig werden.

»Lese im Pralineheft gerade von dem berühmten Maler und hervorragenden Prominentenmaler Franz Bueb, der Jacky Kennedy und viele andere Große porträtierte, der hat sich in Niederösterreich sesshaft gemacht, dortselbst baute er eigenständig eine amerikanische Pionierhütte mit selbstgebautem offenem Kamin. Ist im Heft alles bebildert und genau sein Werdegang beschrieben. Jacky war mit ihrem Mann in Wien, um Chruschtschow zu treffen, da saß sie in der Spanischen Reitschule neben Bueb und bat ihn, so ein Tierbild für sie zu malen, lud ihn nach Amerika ein, und so wurde er eine Größe von heute, aber er ist ein wunderbarer Porträtist, so wie du, nur musst du Aufträge bekommen, damit die Welt sieht, was du kannst. Sind heute wieder gefragt! Neue Mode für Prachtwohnungen. Er wohnt in Grillenberg in Niederösterreich. Sein Hobby ist Kochen und Braten und Blumen züchten, seine Freunde loben seine Kochkunst, ein Bild, wo er gerade Bratwürste grillt, ist drinnen. Der amerikanische Kunstpatron Hugh Dillmann lud ihn nach Palm Beach ein, richtete ihm dort in der elegantesten Straße ein Atelier ein und dort lernte er dann die Kennedys kennen. Die Windsors malte er dort, Ingrid Bergmann, gab Hedy Lamarr und Lana Turner Zeichenunterricht, traf bei Rothschilds Winston Churchill, und so häuften sich seine Aufträge. Heute dürfte der junge Deutsche bereits ein reicher Mann sein. (Aber er dürfte doch Jude sein, sieht zwar nicht so aus.) Der Mann interessiert mich, vielleicht hast du von ihm gehört in Paris??? Seine Nachbarn, die Bauern dort, lieben ihn, sagen, der Maler ist wieder da, der Philosoph, Abenteurer, Künstler und Menschenfreund hat längst bei ihnen das Heimatrecht erworben. So, das über Franz Bueb.«

Maria hat außer in Muttings Brief nie etwas von Franz Bueb gehört. Maria war für Mutting eine Enttäuschung, weil sie nichts aus sich gemacht hat. Das stimmt. Aber Maria hat vergessen, wie sehr Mutting ihr Können und ihre Malerei geschätzt hat. Maria weiß, dass die Bauern Bueb nicht geschätzt haben, sie haben ihn vielleicht bewundert und beneidet, so wie Mutting Bueb bewundert und im Namen ihrer Tochter beneidet. Maria wurde noch nie bewundert und selten beneidet. Sie hat es nicht geschafft, Mutting zur berühmten Mutter zu machen, so wie sie es versprochen hat. Mutting hat nicht verstanden, dass nur Männer ihre Mütter zu berühmten Müttern machen können. Selbst wenn Maria reich hätte werden wollen, Palm Beach wäre ihr nicht zu Füßen gelegen. Jackie Kennedy wäre Maria auch nicht zu Füßen gelegen. Maria hat die Bestimmung, die Mutting für sie vorgesehen hat, die Ehe, ausgeschlagen. Und sie ist nicht einmal zum Ausgleich reich geworden. Sie hat ihr Talent vergeudet. Sie hat nicht nur die Blumen im Garten verpasst, sie hat ihr Leben verpasst, während sie vor der leeren Staffelei saß.

Maria hat gedacht, dass sie noch genug Zeit hätte, es Mutting zu beweisen. Und dann ist die Zeit ohne Vorwarnung vorbei. Warum hat Mutting nichts gesagt? Am 11. Mai 1964 macht sich Mutting per Brief Sorgen, dass Maria sterbenskrank ist. Dabei ist sie selbst sterbenskrank. Mutting will Maria auf die Zeit ohne Mutting vorbereiten mit ihren Vorwurfsbriefen, aber sie spielt mit verdeckten Karten. Sie ärgert sich, dass Maria sich nichts zutraut und auf diese Weise nie hochkommen wird, und schreibt, nein schreit ihr entgegen: »Du kannst doch was und sollst mehr Selbstvertrauen haben, nur den Mutigen gehört die Welt!!! So wirst du ja einmal verhungern!!!«

Mutting glaubt, dass Obst und Gemüse vergiftet sind, weil sie gespritzt sind, deswegen baut sie eigenes Gemüse an und gießt es nur mit reinem Brunnenwasser. Mutting isst wenig Fleisch, nie Konserven und schält gekaufte Äpfel. Sie schreibt, dass sie im Gebirge leben will und sich nur noch von Wurzeln, Beeren, Schwämmen und Tannenzapfen ernähren. Sie ist eine Puristin, so wie Buddy, so wie Maria, und trotzdem oder gerade deswegen hat der Krebs Mutting geholt. Maria darf nicht verhungern, weil sie es Mutting jetzt endgültig beweisen muss. Sie muss Mutting werden, um Mutting zu zeigen, dass sie es schafft. Damit Mutting nicht umsonst gelitten hat und nicht umsonst gestorben ist.

Allerdings hätte Mutting etwas früher anfangen müssen, Maria zu sagen, dass sie mehr Selbstvertrauen haben soll. Maria hat ja Selbstvertrauen, aber nicht in der Art und Weise, die Mutting meint. Nicht das Selbstvertrauen, das man mit Geld und Macht gewinnt. Wenn Mutting in ihren Briefen über die Engländer und Amerikaner, die das arme kleine Österreich zerstört haben, über die überhandnehmende Reklame oder das in Kinos, Fabriken und Geschäften überhandnehmende Judentum und den Maulkorb für den kleinen Mann schimpft, liest Maria schnell weiter. Mutting ist eine dumme Frau. Eine dumme Frau, die es nur mit sich selbst und ihrem eigenen Fleisch und Blut gut meint. Die weiß, wie man überlebt und durchkommt, ohne von schlechtem Gewissen angekränkelt zu werden. Die immer anderen die Schuld gibt. Mutting hat es durch ihre Frechheit und ihre Selbstsicherheit zu einem bescheidenen Wohlstand gebracht. Daran lässt sie Maria teilhaben. Der Preis dafür sind Vorwürfe. Sie zahlen es sich in unterschiedlichen Währungen heim.

»Also du verpflichtest mich geradezu, ewig zu leben, damit deinen Bildern kein Unglück passiert!!«, schreibt Mutting. »Ehrlich gesagt, ich wüsste in einem so grässlichen Fall wirklich nicht, was anfangen, denn ich würde dich wohl nur ein paar Tage höchstens überleben.« Aus keinem der Briefe kann Maria herauslesen, ob Mutting von ihrem Tod schreibt oder nur von ihren Sorgen um das Leben. Mutting denkt, dass Maria zu viel denkt. »Denke doch nicht immer an so einen Unsinn, denn ich denke, du bist doch gesund, du müsstest nur natürlicher leben.

Früh auf und nieder, früh Nachtessen, nichts Schweres vor allem, wenn Flüssigkeiten, vor allem Obst und Salate, Gemüse, keine Tabletten und anderes Gift«, schreibt Mutting. Maria überlebt Mutting auch nicht mehr als ein paar Tage. Denn sie stirbt mit ihr. Um als Mutting wiederaufzuerstehen. Sie ist selbst die weiße Frau. Sie hat die Angst der Mutter geerbt, die Angst vor Vergiftung, Diebstahl und Betrug, das Misstrauen und den unheimlichen Willen, nicht aufzugeben, zu kämpfen bis zum letzten Bluttropfen. Die weiße Frau holt Maria zurück in den Mutterschoß, den sie nie bewohnen durfte, auf den sie sich zum Weinen niederlegen darf und muss.

Maria hatte schon das ganze Jahr 1964 Herzweh. Dann weiß sie, warum. Maria fährt nach Hause, es ist Sommer, sie soll Urlaub auf der Insel Krk bei den Hildebrands machen und die Badesachen nicht vergessen. Maria stolpert über das unaussprechliche Wort, das mit Kr beginnt. Krebs. Sie bleibt in Klagenfurt hängen und weint drei Monate später über dem, was mit Gr beginnt. Dem Grab. Die Mutter deutet nichts an, als sie Maria nach Klagenfurt zitiert, unter dem Vorwand, dass sie ja weiter soll auf die Insel Krk. Sie hat sich zu viele Sorgen um Maria gemacht, um ihr per Brief die Wahrheit zu sagen, und sie weiß nicht, wie das arme Kind es auffassen wird. Mathilde will sichergehen.

Sie wartet eine Woche auf die Tochter, die nicht kommt und keine Karte schreibt. Ist Maria noch in Paris oder schon unterwegs? Mutting will schon an das Konsulat schreiben und Nachforschungen anstellen lassen nach der verschollenen Tochter. Die Mutter schreibt Maria am 21. Juni 1964, dass sie so etwas nicht mehr machen soll. Mit ihren vielen Ausrufezeichen. Maria soll die Mutter nicht warten lassen. Sie soll die Mutter nicht im Ungewissen lassen. Dann macht die Mutter etwas mit Maria, was sie nicht machen soll. Das man nicht wieder gutmachen kann. Sie stirbt. Vorher schreibt sie noch, dass Maria den guten Wande nicht mehr reinlassen soll und ihm klipp und klar sagen, dass seine Besuche unerwünscht sind. »Aber ich kenne dem Herrn seine Elefantenhaut – gleich dick wie Arnulf Rainer. Gleiche Charaktere. Ich bitte dich, sperr deine Wohnung ja gut ab und bitte den Hausmeister oder wen im Haus, öfters das Schloss und Türe zu kontrollieren. Wande und Rainer sind zu allem imstande!!!«

Jetzt muss Maria zu allem alleine imstande sein. Der Brief vom 21. Juni endet mit den Worten: »Komm bald und gesund heim und ärgere dich nicht so über alles. Auch mein ganzes Leben war sehr, sehr hart .. Aber alles nimmt einmal ein Ende .. Sei herzlichst geküsst von deiner alten zittrigen Mutter«. Mutting hat nur jeweils zwei Punkte gemacht. Sonst macht sie oft sieben und mehr. Sie liebt Satzzeichen, die Grenzen setzen oder Raum für das Denken lassen. Zwischen den Sätzen und zwischen diesen Punkten hätte Maria lesen müssen. »Auch mein ganzes Leben war sehr, sehr hart …« War. Am 18. September 1964, zehn Tage nach Marias fünfundvierzigstem Geburtstag, stirbt die wilde Thilde. Unversöhnt.

Maria erbt nur das halbe Haus, aber sie erbt den ganzen Brillantring, den Mutting erst vor ein paar Monaten von Verwandten des Sherpas geschenkt bekommen und von dem sie Maria in einem Brief nach Paris ausführlich berichtet hat. »Ich war so paff und gerührt und musste weinen. Ich habe eine große Freude damit, kannst dir denken, er ist mir etwas zu klein, aber ich wollte ihn nicht weiter machen lassen, wie Hertha es wollte, denn er soll doch dir gehören und du hast doch kleinere Fingerln als ich.« Maria hat es wieder nicht gelesen, obwohl es dort stand. Sie hat sich auf den nächsten Satz konzentriert, auf den Abgrund, der zwischen ihr und Mutting klafft, wenn Mutting schreibt: »Man ist mit Schmuck gleich hundertprozentiger, und du sollst auch nicht immer so nackt herumlaufen. Hast die kostbare Brillantbrosche, die goldenen Halsketten, den Ring von mir, den ich seinerzeit für dich kleiner machen ließ (Brillantring) und so diverse schöne Sachen.«

Mutting hat Maria nicht verstanden. Das hat sogar der Pfarrer bemerkt. Aber Maria hat Mutting auch nicht verstanden. Mutting freut sich das ganze Jahr auf Maria, aber sie meint eine andere Tochter, die ganz normale Interessen hat, die redet, die sich über ganz normale Dinge freut, die einen Anteil nehmen lässt. Im Sommer in Klagenfurt will Maria ihre Ruhe haben und nicht mit Mutting über die Leute tratschen. Maria und Mutting leben aneinander vorbei. Maria liest die Briefe und weiß es immer mehr. Mutting hat alles gegeben. Und Maria hat noch eine Bringschuld. Sie hat es Mutting versprochen, kurz nach Kriegsende.

»Liebe Mutti!

Zum Muttertag, den zu feiern uns der Brauch anregt, will ich dir schreiben, so wie damals, als ich fort war, und als es schön war, dass ich dir mehr zugetan war als jetzt. Es ist schön und eine oberste Aufgabe des Menschen, sich zu besinnen. Je öfter er es tut, je öfter er zur Besinnung kommt, was er sich und der Welt schuldig ist, desto schöner und vollendeter wird sein Leben sein. – Lass mich, meine liebe Mutti, dir sagen, dass ich oft den Wunsch habe, zur Besinnung zu kommen, wie ich dir und mir das Leben angenehmer machen könnte, wie ich mich dir in mehr Ehrfurcht und Herzlichkeit nähern könnte und dir meine Kinderliebe in mehr als meiner sonstigen rüpeligen und unaufrichtigen Art entgegenbringen könnte.

Wenn du mich in meiner Lebensführung nicht verstehst und ich mit deiner Belehrung nicht zurechtkomme, so weiß ich deine Zurechtweisung im Geheimen doch sozusagen als ›Stimme des Volkes‹ oder ›Stimme der weisen Frau‹ zu schätzen, als Stimme der guten Mutter, die um die Brut besorgt ist – wie viel mehr kann ich dann beglückt sein, wenn du mich als Freundin verstehst und wenn wir in sprechender oder stummer Harmonie nebeneinander leben.

Über meine äußerste Kompliziertheit hinweg, die mir solche Gnaden macht und mich niemals einen einfachen Weg (den der guten Heirat) wird gehen lassen – darüber hinweg werde ich stets von einem weisen Instinkt geleitet, von dem ich wohl noch immer nicht weiß, ob er mich in höchste Höhen der Kunst, ob in die gute Ehe, oder ob er mich bei dir bleiben lässt. Was immer passiert, ich will dich zur berühmten Mutter machen.

Deine Tochter,
Dein Ebenbild,
Deine dankbare Maria«

Maria will die Stafette weitergeben. Sie wird ins Ziel einlaufen und für Mutting den Sieg einholen. Der Stab, der auf dem Bild, das sie in New York gemalt hat, durch ihren Oberkörper läuft, ist ein Staffelstab. Er ist Marias Halt und Untergang. Maria ist eine Kämpferin, die jetzt keine Zeit mehr hat, um sich auszuruhen, so wie auf dem Bild, das sie ein Jahr später, ebenfalls in New York, gemalt hat und das *Rast der Kriegerin* heißt. Auf dem Bild hängt ein dicker brauner Baseballhandschuh über der sitzenden Nackten mit dem weißen Gesicht und den geschlossenen Augen. Maria braucht keine Kampfausrüstung. Ihre Waffe ist der Pinsel.

12. KAPITEL
MARIA MALT

Die Leinwand steht nicht auf einer Staffelei, sondern ist an die Wand genagelt. Das habe ich in Paris zum ersten Mal gemacht, als ich endlich genug Platz hatte, große Bilder zu malen. Wenn jemand den Pinsel so fest aufdrückt wie ich, ist das notwendig. Malen ist Arbeit, ein körperlicher Akt. Manchmal habe ich die Leinwand auf den Boden gelegt und liegend gemalt. Davon gibt es ein Foto. Seitdem denken alle, dass das typisch für mich ist. Aber das stimmt nicht. Fotos lügen, weil sie Momentaufnahmen sind, weil sie den schönen Schein der Oberfläche zeigen. Bilder lügen nicht, weil sie die Wahrheit von innen ausmalen und damit nach außen tragen. Wenn das Bild fertig ist, ist es bei mir noch lange nicht fertig. Dann fange ich an, darauf herumzuwischen, mit Lappen und Terpentin. Auch dafür brauche ich die Wand als sicheren Grund.

In der Ecke liegt der rosa Wasserball, auf dem die Kontinente aufgedruckt sind. Ich habe die ganze Welt zur mir ins Atelier geholt. Der Eichelhäher ist mein einziger Beobachter. Er sieht mich, obwohl er tot ist. Er ist ausgestopft, aber sein Gefieder glänzt. Sein Augapfel schimmert hellblau, so wie seine Federn. Der Präparator hat ihn dem Tod entrissen und ihm ein ewiges Leben geschenkt. Das betreibe ich mit meinen Bildern auch. Meine Bilder sind Konserven. Sie sind eine Flaschenpost für die Zukunft. An der Wand hängt das Porträt von Arnold Wande. Aber der blickt nicht auf mich, sondern zur Seite. Er ist zu bescheiden. Der Eichelhäher hat einen zerzausten Haarschopf. So wie Arnulf. Ich denke an die Männer, die ich hatte, ich denke an die Männer, die ich nicht hatte. Ich denke an die Liebe, die ich verloren habe, ich denke an die Liebe, die ich verschmäht habe.

Draußen auf der Maxingstraße fahren die Autos vorbei. Darüber hinweg dringen Tierrufe. Die Natur ruft mich noch immer. Ich bin ein Teil von ihr. Die Maxingstraße wird auf der rechten Seite von ansehnlichen Patrizierhäusern gesäumt und führt hinauf zum Friedhof und zur amerikanischen Botschaft, vor der bewaffnete Männer stehen und wo die Gefahr in der Luft zu liegen scheint, und von da aus weiter bis zur Fernsehanstalt, dem Schloss im Himmel für die Aufwärtsstrebenden, für die, die vom Gesehenwerden leben. Auf der linken Seite grenzt eine Mauer die Maxingstraße vom Tiergarten Schönbrunn ab, einem der ältesten Tiergärten der Welt. Hier ist die Filmakademie untergebracht. Und von hier dringt das Geheul der Wölfe und das Gebrüll der Löwen durch mein Atelierfenster. Manchmal hört man auch die Affen schreien. Dahinter liegt das Schloss in sattem Gelb, das Tor zu dem weitläufigen Park mit der Gloriette, dem Ruhmestempel, auf einer Anhöhe gelegen, von dem man auf ganz Wien hinunterschauen kann.

Wenn man die enge Maxingstraße an der langen Mauer des Parks entlanggeht, hinter der sich auch der Botanische Garten mit seinen ausladenden Baumsolitären befindet, kann man schon daran denken, wie leicht man zermalmt werden kann. Während man bergauf zu gehen meint, fließt das Leben in seiner Eintönigkeit an einem vorbei. Damit meine ich den Autoverkehr, der mich auch hier stört, denn die Maxingstraße ist eine Durchzugsstraße. Oben aber liegt der Friedhof. Nicht weit davon entfernt, aber nicht zu nahe, wenn man so will am unteren Ende, wohne ich. Ich bin durch die Jahre marschiert wie im Traum, es waren Tränenträume.

Ich war nie jung, jetzt bin ich alt. Aber eigentlich habe ich kein Alter. Trotzdem will ich Erinnerungen aufs Papier und auf die Leinwand bringen. Mein Gehirntattoo abmalen. Erinnerungen verändern sich. Aber das Bild davon nicht. Bilder können Erinnerungen festhalten. Sie können den Shrink ersetzen, zu dem in New York alle Künstler rennen. Aber ich brauche keine Analytiker, ich habe meine Pinsel. Ich habe meine Filme, und einmal habe ich auch bei einem fremden Film mitgemacht, von Otto Muehl, denn ich bin ja zu allen möglichen Schandtaten bereit. Muehl ist genauso ein Platzhirsch und Vergewaltiger wie die anderen. Oder noch schlimmer. Ich habe die Anna O. gespielt, obwohl ich schon fast siebzig war, Muehl selbst hat Sigmund Freud gegeben, und ich musste mich auf seiner berüchtigten Couch von Nazis vergewaltigen lassen. Muehl ist ein Manipulator. Zuerst hat es mir Spaß gemacht. Dann erst habe ich gemerkt, dass ich sein Instrument war. Auch seine Filme sind Vergewaltigungen. In seinem zweiten Film, *Andy's Cake*, hätte ich nicht mehr mitmachen sollen. Aber er hat in der New Yorker Kunstwelt, in Warhols »Factory« gespielt, und es hat mich gereizt und auch irgendwie befriedigt, eine Waffe in die Hand zu bekommen und als Valerie Solanas auf Andy Warhol zu schießen, als Radikalfeministin, aber mit Netzstrumpfhose, kurzem Lederrock und Punkfrisur.

Da war die Kommune von Otto Muehl, der Friedrichshof im Burgenland, schon in Auflösung begriffen. Ich hätte das nicht machen sollen, obwohl es eine wahre Geschichte ist, dass Warhol der Solanas ihr Drehbuch gestohlen hat. Es hat mir Spaß gemacht, wild durch die Gegend zu ballern. Weil er es verdient hat, der Warhol-Muehl, der diesen Film weitergedreht hat, obwohl er schon in Untersuchungshaft saß, und alle haben mitgemacht. Bei meiner Szene war er aber dabei und hat mich angefeuert. Ich habe mich richtig reingesteigert, weil ich unfähig bin, Dinge halb zu machen. Mir kann man so leicht Gewalt antun. Es war ein schauriger Genuss, auch einmal selbst Gewalt auszuüben. Ich habe Solanas verstanden. Frauen kann man ja so leicht bestehlen, weil sie so leichtgläubig sind.

Auch ich war leichtgläubig. Eine lächerliche Siebzigjährige, die in dem Film eines Vergewaltigers mitspielt, der im selben Jahr zu sieben Jahren Haft verurteilt wird. Daraus kann man nichts lernen. Darüber kann man lachen oder sich schämen, je nach Stimmung. Ja, der Muehl würde einen Shrink brauchen. Die alle würden einen Shrink brauchen. Ich brauche keinen Psychiater. Ich habe die Malerei.

Ich muss warten, bis sich mein Gemüt beruhigt hat. Mein Herz klopft noch zu stark, weil ich an die Filme gedacht habe und die Grausamkeit dieser Kunst in mir aufgewacht ist. Ich muss warten, bis der Atem wieder ruhiger wird. Das Malen beginnt nur in der Stille. Das ist der beste Ausgangspunkt. Ich muss so lange warten, bis die Arbeit leicht wird. Ich darf keine Absicht haben, etwas Bestimmtes zu malen. Ich spüre, wie ich sitze, wie ich vor der Leinwand stehe, aber ein Gefühl hat keine Form. Es ist pure Ausbreitung. Deswegen kann Malen auch keine Arbeit sein. Ich tue ja nichts, ich bin nur ein Medium. Mein Medium. Ich sitze in meinem roten Sessel und warte. Welcher Impuls mich dazu bringt aufzustehen, kann ich im Nachhinein nicht sagen.

Ich öffne einfach die Augen und gehe zur Leinwand. Wenn ich vorher lang genug sitze, geht das Malen danach schneller. Ich mache meistens keine Vorzeichnungen. Ich verbessere nicht. Höchstens im Nachhinein. Das Bild muss aus mir herausfließen. Dann habe ich Zeit zum Ausarbeiten. Aber dass das Bild besser wird, sehe nur ich. Die anderen sehen keinen Unterschied.

Nur wenn ich male, bin ich ein richtiger Mensch. Begonnen hat es in der Küche der Fröhlichgasse. Mutting ist genervt, stellt mich mit Bleistift und Papier ruhig, und ich lerne zu sehen. Erst ab da bin ich kein Tier mehr. Auch wenn Mutting mich Kalbl nennt. Die Welt kommt zu mir, weil ich sie sehe. Wenn ich zeichne, brauche ich nicht mit Mutting zu reden. Ich brauche überhaupt nicht zu reden, die Wörter sind eh nie genug. Wenn es genug Wörter gäbe, würde ich schreiben, aber es gibt nicht genug Wörter, obwohl es von ihnen so viele gibt. Die Farben stehen mir hingegen alle zur Verfügung, weil alle Farben in den drei Grundfarben stecken. Ich kann sie beliebig mischen.

Bilder brauchen Zeit. »Die Zeit, die man im Anfang versäumt hat, an ein Bild zu verschwenden durch Meditation, Zögern, Innehalten – die muss man später durch Pausen, sich erholend vom ›Rauschzustand‹, wieder hereinholen«, habe ich einmal geschrieben. Das stimmt immer noch. »Jede Zeichnung ist ein Triumph über die Unruhe der Welt«, habe ich einmal geschrieben. Und: »An einem zu schnell begonnenen Bild rächt sich die Zeit, und es wird nie fertig.« Ich schreibe ja, aber nur über Kunst. Nicht über mich. Ich male mich. Ich male mich, weil der Weg zu mir der kürzeste ist, weil ich niemand anderen habe. Ich male mich selbst, weil ich dann kein Modell heiraten muss. Die Malerei setzt den Menschen keine Maske auf, sondern reißt ihnen die Maske herunter, auch mir selbst. Das ist meine Antwort an den Nikolaus und sein Gesicht aus Pappmaché. Die Malerei zeigt die Welt so, wie sie wirklich ist, auch wenn sie anders aussieht.

Bevor ich beginne zu malen, wasche ich nie meine Hände. Aber baden darf ich erst, wenn mir etwas gelungen ist. Wenn ich zufrieden bin. Ein Schaumbad nehme ich aber nie. Das braucht man nicht zum Sauberwerden. Das ist zu viel. Ich bin immer noch Asketin. Ich kann nicht anders. Mein Magen darf nicht zu voll sein, um mit dem Malen beginnen zu können, aber auch nicht leer. Ich muss alles vergessen, was ich gelesen oder gedacht habe. Dann bin ich alles, was ich fühle. Ich habe mich mit einem Affen, einem Meerschweinchen, mit Ordenskette, mit Stab, mit einem Schwein, mit einem Kochtopf, mit einem Weinglas, einem Vögelchen und einem Gurkenglas gemalt. Ich habe mich als Zitrone, als Kopfheit, als Knödel, als Ohr, als Monster, als Phallus, als Schwammerl, als Prophet, als Rosenkorb, als Tier, als Ungeheuer, als Marmeladenglas, als Indianergirl gemalt. Ich bin all das und doch ich selbst. Ich bin die ganze Welt.

Zum Malen brauche ich natürliches Licht, am besten von oben. Das habe ich hier zum Glück. Die Franzosen hatten alle Ateliers mit Oberlicht. Bei künstlichem Licht können nur Leute malen, die Fotografien kopieren. Bevor ich beginne zu malen, bin ich verzweifelt. Ich bin ein Chaos, in das der Pinsel eine Ordnung zaubert. Wenn ich das Weinen male, bin ich getröstet. Ich gehe wie ein Tor ans Werk. Der Pinsel heilt mich. Wenn man richtig vorbereitet ist, wird alles ganz leicht. Aber es ist schwer zu erreichen, dass es leicht wird.

Ich male mir meine Welt aus Zuckerlfarben. Krapplack mische ich mit Weiß, das passt zu einem Kind aus dem Krappfeld, das nie Zuckerl bekommen hat. Türkisgrün ist der Wörthersee in Klagenfurt. In diese beiden Farben kann ich eintauchen, weil sie in der Realität nicht oft vorkommen. Ich bin nicht nur Riedi, nicht nur Maria, nicht nur die Lassnig. Ich bin Laokoon, ich bin eine Kriegerin, eine reiche Hirtin, eine Froschkönigin, eine Almkuh, ein Harlekin, ein Stuhl, ein Engel. »Ich bin die Frau Picasso, fang die Bilder mit dem Lasso.« Diesen Satz muss ich aufschreiben. Er hat Humor. Wer nicht mehr über sich selbst lachen kann, ist tot. Das haben sie alle nicht verstanden, die sich bierernst genommen haben. Die Stephansbuben. Die Hunde! »Ich bin die Frau Picasso, fang die Bilder mit dem Lasso. Die roten Monster, das bin iii! Ergebnis meiner Fantasiiie!« Diese Schlacht habe ich nicht verloren, sondern gewonnen. Nur weiß es noch niemand.

Die Farben mische ich in Marmeladengläsern an. Der Lappen ist der Rest von einer alten Untergatti. Das ist nichts Schlimmes, es ist nur Stoff, und der hat seine Schuldigkeit noch nicht getan. Meine Farben sind Natur. Pigmente sind Steine. Dazu kommt Öl. Malerei ist nicht künstlich. Auf dem Tisch liegt das Messer von der Großmutter. Es sieht noch genauso aus wie früher. Das Gackern der Hendln, die sie damit abgestochen hat, steckt noch drinnen. Sein Schaft liegt noch genauso geschmeidig in der Hand. Die Dinge vergehen nicht. Ich vergehe. Deswegen male ich Bilder.

Ich strecke den Arm aus und setze den nassen Pinsel auf die weiße Leinwand. Ich verlasse die Welt und schlüpfe in die Zweidimensionalität. Sie ist mein Wohnhaus. Sie ist mein Ausdruck und ich bin ihr Abdruck. Sie ist mein Leben. Sie ist die einzige Möglichkeit, mit mir allein zu sein. Ich bin so viele. Es gibt so viele Arten von Pinselstrichen, harte, weiche, zerfaserte, klumpige, ruhige, unruhige. Ich kann malen. Und ich tue es. Ich habe es so viele Jahre nicht getan. Das war der größte Verzicht und die größte Sünde in meinem Leben. Auf die Farben zu verzichten und auf die Realität zu verzichten. Aber meine Farben brauchen keine Realität. Jedenfalls keine sichtbare. Es sind Gedankenfarben, Geruchsfarben, Fleischdeckenfarben, Quellfarben, Qualfarben, Schmerzfarben, Druckfarben, Luftfarben, Nervenfarben, Druck- und Völlefarben, Streck- und Strangfarben, Höhlungs- und Wölbungsfarben, Streufarben, Durchbruchsfarben, Rauschfarben, Stein- und

Beinfarben. Meine Farben halten sich nicht an die Realität, so wie meine Realität sich nicht an die Wirklichkeit hält. Ich male Körpergefühle, und Gefühle haben keine feste Form. Sie haben auch keine klare Farbe, denn alles Sichtbare ist Mischfarbe. Das versteht niemand, der nur schüttet und spritzt, kritzelt und zerstört, so jemand kann das Malen nicht vermissen. So jemand kann es nicht vermissen, eine Welt zu erschaffen, auch wenn sie nur gemalt ist. So jemand kann nicht vermissen, die Freude an der Realität auf die Leinwand zu bannen. Und auch die Traurigkeit über ihre Unzulänglichkeit.

Auch wenn die Dinge, auch wenn ich selbst auf meinen Bildern nicht so aussehe wie in der angeblichen Wirklichkeit, bedeuten meine Bilder keine Deformation der Realität, sondern viel eher ein Umzäunen von Wolken, ein Feststecken von Nebelreichen, eine Mystik des Physischen. So habe ich das einmal genannt, und es stimmt immer noch. Ich will das Unmögliche, aber ich will der Welt nichts Unmögliches zumuten, deswegen sind meine Bilder lesbar. Ich male keine Einbildungen, sondern bilde Eindrücke ab. Meine Bilder sind keine Fantasien, wo man in einer Wolke einen Dinosaurier erkennen kann oder in einem Dinosaurier eine Wolke. In meine Bilder muss man nichts hineininterpretieren, weil sie sich schonungslos offenlegen. Lieber penetrant als elegant, lautet meine Devise. Ich hasse es, wenn ich meine Kunst immer erklären muss. Ich liebe es, wenn ich einfach malen kann. Die jungen Maler versuchen ja, ein Bild geheimnisvoll zu machen, indem sie ihre Absicht verschleiern, ich aber versuche das Geheimnisvolle zu enthüllen. Sie versuchen die Kunst zu erweitern, ich versuche sie zu vertiefen. Sie versuchen sie zu zerlegen, ich versuche zusammenzufassen.

Eigentlich ist der dumme Fotograf schuld. Ich gebe es ja zu: Ich habe ein Problem mit Fotografen, diesen Parvenüs der Kunst, die sich von Maschinen abhängig machen. Für die Malerei brauche ich nur Dinge aus der Natur. Keine Technik. »Die Malerei ist ein Meditationsinstrument«, habe ich einmal geschrieben. Aber das ist nur die halbe Wahrheit. Denn die Malerei ist auch eine Waffe. Ein Samurai-Schwert. »Ich kann einen Gegner fertigmachen ohne Fotoapparat und Revolver«, habe ich einmal geschrieben. Ich will die Leute ansehen und riechen, wie Oskar Kokoschka, ich will um sie herumgehen und ihre Geheimnisse entdecken. Ich will nicht abhängig werden von Maschinen. Ich will keine Fotos abmalen, die die Wirklichkeit abfotografiert haben. Wo bleibt da die Kunst?

Durch die Fotografie, dieses Hundertstelsekundenglück, verlernen wir die Kunst des Sehens. Wir werden zu Schaulustigen. Zu Fernsehglotzern. Manchmal brauche ich auch nur eine Hundertstelsekunde, um jemanden zu sehen. Aber das ist Intuition und nicht Imitation. Mit dem Pinsel kann ich einen Gegner fertigmachen ohne Apparat, und das heißt ohne Revolver. Du oder ich? Aber das tue ich nicht. Denn die Malerei ist kein Wettbewerb, sondern ein Liebesdienst an der Wirklichkeit. Ich hätte nie gedacht, dass die Kunst einmal so herunterkommt. Dass die jungen Leute Heftln kaufen und dann etwas daraus abmalen, das ihnen gefällt. Und das soll authentisch sein? Warhol hat damit angefangen. Und er wird damit immer noch ernst genommen. Ernster als ich. Vielleicht nehme ich die Kunst zu ernst. Einfach Fotos umfärben, das ist mir zu wenig. Das ist Geschmackskunst. Das ist der Wunsch, Kunst zu sein. Aber die Leute akzeptieren einfach alles.

Eigentlich ist der dumme Fotograf schuld. Er hat über mir gewohnt in meinem Atelier in der Avenue B. Ich habe ihn gefragt, ob er mir bei der Technik helfen kann, beim Tricktisch.

Er ist gekommen, hat mir alles erklärt. Die Amerikaner sind ja so praktisch veranlagt. Bei ihnen gibt es nur Probleme, die gelöst werden können. Dann hat er sich meine Bilder angeschaut, die an der Wand hingen. Die Amerikaner sind ja ein bisschen naiv. Aber das ist auch gut so.

Er hat gesagt: Du kannst ja gar nicht malen.

Ich habe geglaubt, ich höre nicht richtig.

Kann ich doch, habe ich gesagt.

Und warum machst du dann so was?, hat er gefragt.

Ich habe ihn zur Tür begleitet und mit Blicken bestraft. Er hat sich nichts daraus gemacht. Dann habe ich es ihm beweisen wollen. So hat Trotz doch einmal zu etwas Gutem geführt. Ich war frei. In Amerika habe ich zum ersten Mal den Duft der Freiheit gerochen, deswegen war ich auch offen dafür, etwas Neues auszuprobieren. Ich habe Filme gemacht. Das war ein Spaß. Davon hatten sie in Wien keine Ahnung. Ich war die Erste, die an der Angewandten ein Trickfilmstudio einrichten hat lassen. Ich war Pionierin, wie so oft. Aber das ist diesmal gut angekommen bei den Jungen. Leider wollten viele dann nicht mehr malen. Aber das ist sowieso nichts für jeden. Die Malerei erfordert die absolute Hingabe. Dafür sind nicht viele bereit.

Früher hat Mutting, hat der alte Vater, haben alle immer gesagt, man muss die Jugend nutzen. Ich habe das nie verstanden und meine Zeit verschwendet. Zuerst wusste ich nicht, was ich mit meinem Leben anfangen soll. Dann habe ich es verabsäumt, meine Karriere voranzutreiben. Und plötzlich hatte ich nicht mehr viel Zeit. Jetzt wird die Zeit wirklich knapp, denn bald werde ich achtzig. Dabei will ich noch so viele Bilder malen. Für gute Bilder muss man aber Zeit vergeuden. Ich male nicht mehr zehn Stunden am Tag, so wie früher, obwohl Ossi übertreibt, wenn er das behauptet, sondern nur noch ein, zwei

Stunden. Den Rest der Zeit bereite ich mich auf das Malen vor, oder ich bereite das Malen nach. Auch wenn ich fernsehe oder spazieren gehe oder herumsitze oder lese oder Wäsche aufhänge oder koche oder einkaufe, werkt es in mir. Sogar wenn ich schlafe. Deswegen habe ich nie die Furcht, durch Schlafen mein Leben zu verpassen. Ich kann gar nicht genug schlafen. Und ich kann nie genug malen. Eigentlich male ich immer. Ich schleiche wie eine Katze um den heißen Malbrei und verzögere die Zeit, weil ich weiß, dass sie noch nicht reif ist, um mir als Bild in den Schoß zu fallen. Malerei braucht Zeit. Erst aus der Fülle der Zeit entsteht die Konzentration, aus der sich das Bild malt.

Erst wenn das Bild schon fertig gemalt ist in mir, kann ich den Pinsel ergreifen. Danach runde ich das Bild noch mit Zeichnungen ab. Dabei ist das Bild ein abgeschlossenes Werk und die Zeichnungen nur ein Liebesdienst am Bild. Sie können aber auch vor dem Bild entstehen. Zeichnungen sind Ideen, Bilder sind Empfindungen. Natürlich sind auch die Zeichnungen nicht ganz ohne Empfindungen, sie sind der Idee nur näher, deswegen helfen sie mir dabei, die aufgewühlten Empfindungen wieder zu beruhigen. Sie helfen mir aber auch dabei, mich einem Bild anzunähern. Die Zeit im Atelier, die immer noch den größten Teil des Tages ausmacht, ist mein Gottesdienst. Aber der Gottesdienst geht auch weiter, wenn ich vor dem Fernseher sitze und die Vorabendshows schaue. Nirgends kann ich besser entspannen als beim Fernsehen. Ich vergesse mich selbst und schlüpfe in einen anderen, in eine andere, in alle, die ich sehe. Fernsehen verblödet nicht, wie viele behaupten, Fernsehen entspannt, und es regt mich an. Ich zeichne auch beim Fernsehen. Es gibt nichts, was zu banal ist, um in Kunst verwandelt zu werden. Denn Kunst ist das Leben und das Leben ist Kunst.

Das Malen geht bei mir schnell, das Titelfinden dauert dafür manchmal umso länger. Früher dachte ich, dass ich keine Titel brauche, dass sich die Leute selbst was denken sollen zu den Bildern und sich ein bisschen anstrengen. Aber jetzt sehe ich ein, dass das eine Überforderung ist. Dass sie es einfach nicht tun: denken. Sie brauchen eine Hilfe, eine Stütze. Das Titelfinden macht mir jetzt sogar oft Spaß. Mit einem guten Titel kann man ein Bild zu Ende malen. Ein guter Titel ist wie ein Gedicht. Aber man kann damit auch die Galeristen auf die Schaufel nehmen und sie in die Irre führen. Sie fallen immer drauf rein. Auch die Sammler. Wenn ich einen guten Titel erfinde, weiß ich schon, dass sie das Bild kaufen werden. Die Esel. Sie fischen immer das Pompöse heraus.

Wenn das Kunstgeschäft nicht so grauslich wäre, würde Malen noch viel mehr Spaß machen. Die Galeristen wollten nie hören, wenn ich gesagt habe, dass ein Bild besser ist als das andere. Das sagt man nicht: dass ein Bild weniger gut ist. Mit so einer kann man nicht repräsentieren. Die Galeristen haben immer zu mir gesagt, dass sie mich vor mir selbst verteidigen müssen. Dabei muss ich mich vor ihnen schützen. Vor der Geschäftemacherei. Und vor den Wörtern, die so tun, als ob sie die Kunst auf eine höhere Stufe heben. Wenn man diese Wörter nicht benutzt, und ich weigere mich, solche Nebelwerfer zu schleudern, dann ist man nicht anerkannt. Wenn man sich nicht als Künstlerin aufspielt, wird man nicht als Künstlerin anerkannt. Wenn man nichts redet, denken alle, man hat nichts zu sagen. Wenn man nicht lauter gleiche Bilder malt, verstehen sie es nicht.

Bringen Sie mir dreißig davon, hat eine Galeristin in Paris zu mir gesagt.

Ein Bild hat ihr nämlich gefallen. Nein, es hat ihr nicht gefallen, sie hat gedacht, dass sie so etwas verkaufen kann. Ich habe nichts geantwortet und bin nur weggegangen.

Ich bin aus Paris weggegangen. Aber die Galeristen sind überall gleich. Ich weiß heute noch nicht, wie sie sich das vorgestellt hat. Hätte sie die Titel durchnummeriert? Körpergefühl eins, Körpergefühl zwei, und so weiter, bis dreißig? Bilder sind keine Nummern. Bilder sind Unikate. Wenn ich merke, dass jemand sein Bild nur wegen des Titels ausgesucht hat, dann versuche ich ihm das Bild zu verweigern. Ich habe da so meine Methoden. Ich sage einfach, dass das Bild nicht verkäuflich ist oder dass es noch nicht fertig ist. Den Titel eines Bildes suche ich meistens erst nachher, ganz selten habe ich ihn vorher. Denn wenn ich male, habe ich keine Schlagwörter im Kopf, Wörter würden alles kaputthauen, vor allem das Spüren. Das Leerwerden.

Das einzig Reale für mich sind meine Wahrnehmungen, das Spüren nach innen und das Sehen nach außen. Manchmal vermische ich das einfach beim Malen. Ein Auge male ich, wie ich es fühle, und das zweite male ich, wie ich es sehe. Um mich zu malen, brauche ich aber keine Spiegel mehr. Ich kenne mich in- und auswendig. Mir kann niemand mehr etwas vorschreiben, denn nur ich weiß, was ich fühle, und das verändert sich jeden Tag. Jeder bastelt sich seine Realität, und die Künstler sowieso. Die Schatten auf der Höhlenwand werfen wir selbst. Und wenn ich so einen Schatten geworfen habe, beginnt die Poesie, das Verwirrspiel mit dem Titel.

Manchmal verdeutlicht der Titel das Bild, vor allem bei den drastischen Bildern. Manchmal torpediert der Titel auch das Bild. Manchmal ist der Titel eine Nebelgranate, mit der ich meine angeblichen Bewunderer teste, ob sie wirklich meine Malerei bewundern oder nur den Preis, den irgendwelche Galeristen und Auktionshäuser auf irgendwelchen Verkaufsveranstaltungen oder vielmehr Tombolas erzielen. Diese kleine Schriftstellerei macht mir Spaß, und manchmal quält sie mich natürlich auch. Mit den Menschen von heute kann man nicht mehr über die Malerei sprechen. Deswegen schicke ich ihnen eine Geheimbotschaft in Form eines Titels. Der sinkt dann auf ihren Grund, während sie auf der Oberfläche weiterlabern und hohles Zeug von sich geben. Über Malerei zu sprechen ist den Leuten zu kompliziert. Den heutigen Knopfdruckmenschen. Sie wollen cool sein und überall dabei sein. Sie wollen nichts versäumen. Aber Versäumen ist wichtig.

Heute ist ein besonderer Tag, und dies wird ein besonderes Bild, denn es hat schon einen Titel, bevor ich es male. Die Illusion von den verpassten Möglichkeiten oder Die Illusion von den verpassten Gelegenheiten. So wollte ich das Bild nennen. Jetzt habe ich einen neuen Titel. *Die Illusion von den versäumten Heiraten*. Das ist gut, weil es noch direkter ist. Ich habe keine Zeit mehr, um den heißen Brei zu malen. Einmal hatte ich einen guten Titel für ein Aquarell: *Ein Aquarell ist wie eine Liebesbeziehung. Nachträgliche Verbesserung unmöglich*. Bei Zeichnungen liebe ich sowieso philosophische Titel. *Ich zeichne, also denke ich* zum Beispiel. An der documenta in Kassel habe ich vor fünfzehn Jahren zum ersten Mal teilgenommen. Dieses Jahr wird sie von Catherine David kuratiert, zum ersten Mal von einer Frau. Ich dachte, sie schätzt mich, aber dann war sie bei mir im Atelier und wollte nur Zeichnungen. Da war ich beleidigt, und das ist mein gutes Recht. Meine Filme zeigt sie auch, das ist schön und gut. Aber ich bin meine Malerei. Jede Zeichnung ist ein verhindertes Ölbild, weil ich mich nicht selbst kopiere. Das verbietet mir mein Gewissen. Die Idee ist dann an eine Zeichnung verschwendet. Zeichnungen sind Fingerübungen. Meine Bilder sind Kunst. Sie sind klüger als ich. Das sind die Zeichnungen nicht immer.

Das Bild, das ich heute malen werde, gibt es trotzdem schon als Zeichnung. Die Idee war damit aber ausnahmsweise nicht verschwendet, denn das Bild zu wichtig, um nicht gemalt zu werden. Deswegen erschaffe ich die Idee heute in Öl noch einmal neu. Die Zeichnung habe ich zuerst *Die Illusion von den versäumten Heiraten* genannt und den Titel an den rechten oberen Bildrand geschrieben. Dann habe ich ihn durchgestrichen, aber nicht wegradiert, und daruntergeschrieben: »Erinnerung ist eine Illusion. Die Illusion der versäumten Lieben«. Es ist traurig, dass sich auch Menschen wie Catherine nicht mehr für die Malerei interessieren. Die Leute, die nicht mehr über die Malerei reden können und wollen, fragen mich ja immer unwichtige Sachen, zum Beispiel warum ich nie geheiratet habe. Ich wollte nur einmal heiraten. Und selbst da ist es nicht sicher, ob ich das wollte oder nicht nur Mutting.

Mutting hat Louis geliebt. Und ich liebe ihn auch, wenn ich mich an ihn erinnere. In der Erinnerung ist das leichter als in der Wirklichkeit. Deswegen habe ich unten rechts auf das Bild noch einen Kommentar dazugeschrieben. Das mache ich fast nie. Über dem Datum, Februar 1997, und meinem Namen, M. Lassnig, habe ich geschrieben: »Das Erinnern, das ist Liebe«. Auf der Zeichnung bin ich zu sehen, so, wie ich jetzt aussehe, mit meinem bald achtzigjährigen Gesicht und der großen Brille. In meinem Arm liegt meine Liebe. Aber es ist nicht Louis, es ist Sergeant Frank Philipps. So wie ich nicht über Mutting schreiben kann, kann ich Louis nicht mehr malen. Aber ich will mich an ihn erinnern.

Mutting hat sich zuerst in Louis verliebt, weil er so lustig pfiff. Ich war ja in Wien auf der Akademie. Louis war Franzose, er kam aus Rouen. Er konnte nicht nur gut pfeifen und besaß einen französischen Charme, sondern er hat auch gemalt. Aber er war so ein Halbkünstler. So nenne ich Leute, die nicht bereit sind, ihr Leben für die Kunst zu geben. Louis hat sich in Muttings Herz gepfiffen, und sie hat jeden Tag zu ihm gesagt: Meine Tochter ist auch Künstlerin, die müssen Sie kennenlernen.

Einmal konnte sie mit meiner Kunst angeben. Als ich im Sommer 1943 nach Hause kam von der Akademie, war er da. Sie hatten die französischen Studenten zusammengefangen und ins sogenannte Reich versetzt. Später hießen dieselben Studenten dann Displaced Persons, als ob sie aus Versehen woanders aufgefunden worden wären als dort, wo sie hingehören. In Wahrheit waren es Zwangsarbeiter, auch wenn man den Zwang nicht gesehen hat. Sie haben es Arbeitsdienst genannt, damit es nicht so schlimm klingt. Man hat ja damals das meiste nicht so genannt, wie es war. Deswegen habe ich auch lange gebraucht, um einen Durchblick zu bekommen, um den Nationalsozialismus als Ganzes zu sehen. Und noch länger, um ihn ins Bild zu bannen. Erst 1988 habe ich meinen Tribut an 1938 gezollt. Denjenigen, die gezwungen wurden, den Gehsteig zu waschen unter dem Hohnlachen der anderen. Denjenigen, die gezwungen wurden, zu fliehen, wie die Fischbachs.

An die fünfundfünfzig Millionen Toten des Zweiten Weltkriegs habe ich mich noch nicht gewagt, ihre Zahl übersteigt mein Vorstellungsvermögen, dabei waren es einzelne Menschen aus Fleisch und Blut, aus Wahrnehmungen und Empfindungen, die den hochgekochten Feindschaften, den festgefügten Ideologien, den sauberen Stiefeln und Kappen und den erbarmungslosen Maßnahmen zum Opfer fielen, egal, ob sie in roher Gewalt ausgeführt wurden oder mit kalter Akkuratesse. Ich wollte einen Antikriegsfilm machen, aber ich habe ihn immer noch nicht fertig bekommen, obwohl ich schon seit zwanzig Jahren daran arbeite. Die Soldaten marschieren weiter, auch ohne dass ich sie zeichne, die Panzer rollen weiter und ich kann sie nicht aufhalten mit den lächerlichen Mitteln eines Zeichentrickfilms. In meinem Antikriegsfilm wollte ich die akkuraten Soldaten zu Ungeheuern werden lassen, aber es hat nicht geklappt. Es sah komisch aus, wie sie ihre Beine schwangen. Und Krieg ist nicht komisch. Krieg ist ernster als Ernst. Er vermischt Täter und Opfer, und heraus kommen Monster. Der Krieg weiß nicht, was er ist. Er ebnet alle Unterschiede ein. Er kann nie einen Schritt hinter sich zurücktreten, sonst würde er seinen Antrieb verlieren, sonst wäre er aus. Kunst hingegen ist nur gut, wenn sie sich selbst reflektiert. Kunst und Krieg, das geht schwer zusammen. Vielleicht bin ich deswegen an meinem Antikriegsfilm gescheitert. Vielleicht hatte ich auch einfach nicht den Mut, genau genug hinzuschauen.

Louis sah nicht aus wie ein Zwangsarbeiter, er war einundzwanzig und Student der Innenarchitektur. Arbeiten musste er im Bautenschutz. Wenn es Bombenalarm gab, mussten die Burschen die Hauswände mit Wasser nass spritzen, damit es nicht so stark brennt, wenn eine Bombe der Alliierten auf ein Haus fällt. Die Söhne der Alliierten mussten das Brennen verhindern, das ihre Väter entfachen wollten. So krank war diese Welt. Und inmitten dieser kranken Welt war Louis. In dieser kranken Welt war es verboten, mit Zwangsarbeitern in intime Beziehungen zu treten oder gar Geschlechtsverkehr zu haben und ein nicht rassisch reines Kind zu bekommen. Bei unerlaubter Liebe drohten die Gestapohaft und das KZ. Warum Mutting nicht mehr Angst hatte, weiß ich nicht. Eine Nachbarin von uns hatte ein Verhältnis mit einem Franzosen und wurde verhaftet. Denunziert werden konnte jeder, auch die, die nichts Unerlaubtes gemacht haben. Louis und ich waren verliebt. Aber wir hatten keine Liebesbeziehung.

Er hat die Literatur und die Kunst geliebt. Wie sollte ich mich da nicht in ihn verlieben? Er war anders als die Naziburschen, anders als die Fronturlauber, er war einundzwanzig und ich vierundzwanzig. Da hat es angefangen mit den jüngeren Männern, von denen ich nie mehr losgekommen bin. Von denen ich nie loskommen wollte. Gewohnt hat er in einem Hotel, das vorher Slowenen gehört hatte, aber das enteignet worden war. Er konnte sich frei bewegen in der Stadt und auch bei uns zu Abend essen, sogar mit anderen französischen Freunden. Wo Mutting ihn aufgegabelt hat, weiß ich nicht. Sie hat ein Gespür gehabt für Menschen, die etwas Besseres waren als wir Keuschlerkinder.

Mutting wollte immer nach oben, und sie hat es ja auch geschafft. Sie hat Louis zum Abendessen eingeladen. Der Kontakt zu den Ausländern war zwar nicht erwünscht, aber Mutting hat offenbar nichts von Politik verstanden. Obwohl sie gemeint hat, dass Hitler notwendig ist, hat sie den Feind zum Abendessen eingeladen und wollte ihn mit ihrer Tochter verheiraten. Ein feiner Feind war das. Er sah so fein aus, der Louis. Mit der kecken Baskenmütze, schief auf den Kopf gesetzt, prächtigen, gewellten schwarzen Haaren und einer dunklen Hornbrille. Mit Krawatte und Anzug.

Louis hat Glück gehabt im Unglück. Er konnte Deutsch, aber ich konnte noch besser Französisch. Und es hat mir Spaß gemacht, es zu verwenden. Mutting saß da und schaute von einem zum anderen, von ihrer französisch parlierenden Tochter zu dem feinen Mann, und sie war glücklich. Ich wollte Mutting immer glücklich machen, und ich habe es nie gekonnt. Und jetzt, mit Louis, hatte ich plötzlich das Gefühl, dass ich es doch kann. Ich wollte es auch. Ich habe ihn geliebt, weil er aus dem Land von Cézanne und Manet kam. Ich fing an, in meinem Tagebuch französisch zu schreiben. Ich habe sogar französische Gedichte verfasst. Und er hat auf Deutsch Gedichte für mich geschrieben. »Der Winter hat mir Frühlingstage beschert, eine junge Frau mit runden Armen lässt auf meiner Seele Liebesworte erblühen.« Hitler hat mir meinen ersten Mann geschenkt. Es war zum Weinen.

Louis hat meine Kunst verstanden. Ich habe ein Doppelporträt von uns gemalt, auf dem er mich ansieht, aber ich zweifelnd aus dem Bild herausschaue, auf den Betrachter, auf die Betrachterin. Die Betrachterin war Mutting, und sie hat nicht erlaubt, dass ich Nein sage, als Louis mich gefragt hat, ob ich ihn heiraten will. Wie hätte ich da Nein sagen können? Wir haben uns verlobt. Ich wollte nie in die Zukunft denken. Aber Louis hat in alle Richtungen gedacht. Sogar 1943, wo niemand an die jüngere Vergangenheit denken konnte und niemand an die nahe Zukunft. Nur Louis. Wie hätte ich Nein sagen können zu Louis' Fingerspitzen, die sich in meine Haut senkten, die zart waren wie Libellen, die den Käfer auslösten, aber nicht nur einen einzigen Käfer, sondern ein so großes, so betäubendes Gekrabbel, dass ein neues Wesen daraus hervorging. Maria mit Haut, erschaffen durch die Fingerspitzen von Louis, durch seinen zarten Blick, der das Gekrabbel auch ohne Fingerspitzen auslösen konnte.

Ich war zum ersten Mal glücklich im Leben. Aber es war ein verhaltenes Glück, kein überschäumendes, so wie mit Michael. Mutting musste eine Bewilligung einholen, damit ich ihn heiraten durfte, und die habe ich auch bekommen. Ich durfte einen Zwangsarbeiter heiraten. Das mit dem Stempel habe ich nie verstanden. Warum braucht man für die Liebe einen Stempel? Die Liebe ist doch ein Ereignis jenseits von Raum und Zeit und Politik. Die Liebe ist das Einzige im Leben, was gratis sein sollte. Das habe ich geglaubt, aber das hat nicht gestimmt. Die Liebe ist das Ereignis des Lebens, für das man den höchsten Preis zahlt, eine Ansteckung, gegen die man nie immun wird. Man zahlt immer wieder, und jedes Mal zahlt man mehr. Für unsere Liebe hat Louis gezahlt. Er hat seine Eltern überzeugt, dass er eine Feindin heiraten darf. Seine Eltern haben in einem kleinen Ort in der Normandie gewohnt. Kein Wunder, dass sie dagegen waren. An ihrer Küste sind die Alliierten gelandet, sie haben hautnah erlebt, was Hitler angerichtet hat. Was wir alle angerichtet haben, die ihn geduldet haben.

Louis hat für uns eine Wohnung in Paris gemietet, er hat sie eingerichtet mit Möbeln, die seine Eltern bezahlt haben. Er hat gewartet. Den Preis des Wartens kenne ich so gut. Warten kostet mehr Energie als alles andere. Als Tun. Louis hat gewartet und ich habe ihn warten lassen. Er hat gewartet, und ich habe mich mit anderen Männern abgelenkt. Ich wusste nicht, was ich tun soll. Ich wusste nicht, was ich dagegen tun soll. Mir war langweilig, ich war freudlos, ich war einsam. Ich habe mit Mutting gestritten unter unserem düsteren Stern. Ich habe gewünscht, ein Stein zu sein, einmal habe ich sogar geschrieben, dass ich jemanden umbringen möchte. Irgendjemanden, nur nicht Louis. Ich wusste, was mich erwartet. Das Erste war die französische Küche. Das klingt lächerlich. Aber in Frankreich ist das Essen ein heiliger Akt, jeden Tag. Wie hätte ich diese Messe mit meiner Kärntner Knödelküche bestreiten sollen? Wie hätte ich die Energie fürs Kochen aufbringen sollen, wenn ich immer gewusst hätte, dass diese Energie eigentlich für die Kunst bestimmt war?

Louis hat mir das Visum geschickt. Er hat alles besorgt, was wir gebraucht haben. Louis' Eltern haben aber nicht so schnell aufgegeben. Sie haben Mutting geschrieben, dass sie gegen diese Verbindung auf mich einwirken soll. Aber Mutting wollte diese Verbindung so sehr. Wie sollte ich sie da lösen? Ich war gefangen. Mutting und Louis haben sich beinahe öfter geschrieben als Louis und ich. Ich habe versucht, nett zu sein, aber das war wahrscheinlich das Falsche. Louis hat gewartet und gehofft, er hat sein geliebtes Paris mit meinen Augen gesehen, bei jedem Spaziergang, und ich bin nicht gekommen. 1945, 1946, 1947, 1948, 1949. Warten ist grausam. Schweigen noch mehr. Aber ich wusste irgendwann nicht mehr, was ich schreiben soll. Die Wahrheit wusste ich ja selbst nicht. Ich wusste nicht mehr, was ich fühlen soll. Ich habe die Liebe immer weniger gespürt, je länger er weg war. Ich habe keinen Trennungsschmerz gespürt und keine Sehnsucht. Je länger er weg war, desto leichter wurde es für mich, ihn zu verraten. Je länger er weg war, desto leichter wurde es für mich, ihn warten zu lassen. Ich habe versucht, mich auf den Louvre zu freuen, aber ich habe mich gefühlt wie ein leeres Haus aus Stein, kalt und mit dicken Wänden. In dem Haus hingen meine zukünftigen Bilder, aber der Schlüssel war verloren.

Louis hat gewartet und gewartet. Bis 1949 hat er gehofft, dass ich komme. Ein paar Tage, bevor mein Visum abgelaufen ist, habe ich ihn gefragt, ob ich kommen soll. Einen größeren Hohn kann man sich nicht vorstellen. Er hat mir nie ein Ultimatum gesetzt, und als ich dann, gut zehn Jahre später, nach Paris gezogen bin, hat er sich um mich gekümmert wie ein Verlobter. Nur dass er da schon verheiratet war und in Rouen lebte. Louis hat es in Kauf genommen, seine Frau zu kränken. Ich kann nicht daran denken, aber heute will ich daran denken. Aus dem Leinen der Aussteuer, die Mutting für mich zusammengespart hat, habe ich Leinwände geschnitten. Aber das hat nicht ausgereicht, um mich genügend abzuschneiden von meinem Versprechen. Kein Wunder, dass ich mich in jeden Mann verliebt habe, der mich davon abgehalten hat, nach Paris zu fahren und mich ins gemachte Nest zu setzen, in die liebevoll eingerichtete Wohnung, zu dem feinsten Menschen, den ich kannte. Ich habe mich in Michael verliebt, ich habe mich in Arnulf verliebt, ich habe mich in Wande verliebt. Und

Sergeant Frank Philips? Das war keine Liebe. Das war eine Verirrung.

Louis hat es mir nicht nachgetragen. Ich weiß nicht, mit welcher Seelenkraft er unsere Freundschaft aufrechterhalten hat. Er hat mich nicht verlassen, das ganze Leben. Schon als ich mit dem ersten Stipendium nach Paris reiste, zwei Jahre, nachdem Louis die Hoffnung aufgegeben hatte, hat er sich nichts anmerken lassen. Vielleicht hat es geholfen, dass er inzwischen Denyse gefunden hatte. Aber es bleibt trotzdem eine übermenschliche Haltung. Er muss mich geliebt haben. Nicht so wie Michael, nicht so wie all die Egoisten. Bei sich konnte er mich nicht wohnen lassen, nicht nur, weil er seinen Lebensmittelpunkt nach Rouen verlegt hatte. Deswegen hat er mich bei seinem Freund Rémi Delatouche und dessen Frau Madeleine einquartiert. Das klang für mich so aristokratisch, aber wahrscheinlich war er nur ein Belgier. Rémis Frau hat gekocht, so wie ich nie hätte kochen können. Wir haben mittags angefangen zu essen und waren abends immer noch nicht fertig. Sie haben die Gabel und das Messer mit zwei Fingern angefasst und einen Finger abgespreizt. Ich habe gelacht und es nicht gekonnt. Aber sie haben mir nichts nachgetragen. Ich habe später auch einmal versucht zu kochen, als ich dann, zehn Jahre später, ganz nach Paris gezogen bin. Louis hat mir wieder geholfen. Er hat geholfen, meine Wohnung einzurichten, obwohl ich in die von ihm für mich eingerichtete Wohnung nie eingezogen bin. Er hat mit mir Streifzüge durch die Antiquitätenmärkte unternommen, wie mit einer alten Freundin. Er hatte keinen Gram. So ein Mensch ist Louis. Er ist der feinste Mensch.

Louis ist vor zwei Jahren auch mit Denyse zu meiner Ausstellung im Centre Pompidou gekommen, der Ausstellung, zu der ich selbst zu spät gekommen bin, weil ich die falsche Métro genommen habe. Vielleicht hatte ich Angst davor, Louis zu begegnen, aber die Angst war unnötig. Wir haben Händchen gehalten und gekichert wie zwei Teenager. Denyse, die genauso ein feiner Mensch ist wie Louis, hat sich zwar etwas daraus gemacht, aber sie hat es zugelassen. So wie sie immer zulassen musste, als ich in Paris war, dass Louis Rouen verlassen hat, um zu mir zu fahren. Sie war eifersüchtig, aber sie konnte nichts machen. Nur warten, dass er zurückkommt. Vor zwei Jahren ist Denyse nach Paris mitgekommen. Für mich bedeutet das: Sie ist sich seiner sicher, und das ist gut so. Sie freut sich, dass sie ihn bekommen hat, und das gönne ich ihr auch.

Als ich 1995 in Rouen ausgestellt habe, war Louis auch da. Ich war als einzige Künstlerin bei beiden Ausstellungen vertreten, die Catherine David mit Robert Fleck in Caen und Rouen parallel organisiert hat. Noch so ein junger Mann. Robert hat mich in seinem Renault fünf von Rouen nach Caen zurückgebracht, und ich habe ihn gebeten, nicht die Autobahn zu nehmen. Wir sind über die Landstraßen gefahren, es war wie im Urlaub. Immer wieder sind wir stehen geblieben, um die schwarz-weißen Fachwerkhäuser und die schwarz-weißen Kühe zu bestaunen, und ich habe Robert erzählt, dass ich auf meine Hauswände in der Feistritz Tiere gemalt habe, um die Jäger zu ärgern, die viel zu viel Wild schießen, sodass schon gar keine Rehe mehr da sind. Als Mahnung und Provokation sozusagen. Robert hat gelacht. Er ist nicht einmal vierzig und hat noch den glühenden Eifer der Jugend. Ich liebe das. Es reizt meine Nerven und Sinne.

Wenn ich mit jungen Menschen zusammen bin, fühle ich mich auch jung. Und das bin ich ja, auch wenn man es nicht mehr sieht. Die jungen Leute in Rouen, die dort mit mir ausgestellt haben, und auch das Ausstellungsteam, waren genauso reizend. Alle haben geschmunzelt, als Louis mich abgeholt hat. Wir sahen aus wie zwei frisch Verliebte. Und sie haben geglaubt, dass ich erst zwei Tage später zurückgekommen bin, dass ich über Nacht mit ihm zusammen war. Ich habe es nicht dementiert, weil ich es lustig finde, wenn junge Leute denken, dass alte Leute verliebt sind. Ich bin auch ein bisschen verliebt in Louis, vielleicht sogar mehr als damals. Aber ich liebe ihn nicht. Ich liebe nur meine verpasste Chance. Ich liebe es, dass er mich immer noch liebt, und sei es nur ein bisschen, und sei es nur aus Nostalgie. Eine unerfüllte Liebe stirbt nicht. Sie bleibt eine ewige Verheißung. Das ist süß und grausam zugleich. Louis braucht eine liebe Frau, keine grausame, so wie mich. Es wäre mit mir nicht gut gegangen. Und so ist die Geschichte gut ausgegangen.

Auch bei Michael ist die Geschichte gut ausgegangen. Wer hätte das gedacht! Vor allem, nachdem seine Partisanin mit nur fünfunddreißig Jahren gestorben ist. Da war die Beziehung zwar schon lange zerbrochen, und Michael hatte eine Neunzehnjährige erkoren, sich von ihm anbeten zu lassen, aber auch dieser Frau war ein früher Tod bestimmt. Michael hat ihrem Todeskampf beigewohnt. Es ist ein Wunder, dass Michael nicht verrückt geworden ist. Das Ringen mit mir, die Leidenschaft für Traudl, die Trennung, die junge Uta, der Tod, der Tod und immer der Tod. Kein Wunder, dass er immer wieder ausrastet, Menschen ohrfeigt, die seine Gedichte falsch abdrucken, dass er sich in alte Nazis wie Karl Truppe verbeißt. Aber Dichtung, das bleibt für Michael das Leben selbst, niemals bloß eine Zutat zum Leben. Trotzdem konnte ich mit ihm nicht befreundet bleiben. Er hat nicht nur Autos und die ganze moderne Zivilisation gehasst, sondern auch die Amerikaner. Dabei hat er gar keine Amerikaner gekannt. Ich konnte ihm das nicht verzeihen. Aber es ist ein Wunder geschehen. Eine Indianerin hat Michael gerettet. Das ist kein Witz. Sie heißt Winnetou Zuckmayer und ist natürlich keine Indianerin, sondern die Tochter von Carl Zuckmayer. Noch im selben Jahr, in dem Traudl gestorben ist, 1958, hat Michael Winnetou beim Begräbnis von Theodor Kramer kennengelernt. Das war nur logisch: Den Tod im Rücken konnte er das Leben nur auf dem Friedhof finden. Er hat nicht nur eine Frau bekommen, sondern auch einen Schwiegervater und eine Schwiegermutter, vor denen er genug Respekt hatte. Sie hatten erst ein Jahr zuvor ein Paradies erworben, in Saas-Fee, auf beinahe tausendachthundert Metern Höhe. Der Feensitz in der Oberen Wildi mit dem wunderschönen Namen Vogelweid hat Michael der Welt enthoben, mit der er immer noch auf Kriegsfuß stand, und die Indianerin, die als Kind von Berlin nach Wien geflohen war und 1938 auch aus Wien fliehen musste, hat ihm nicht nur Eltern, sondern auch ein Kind geschenkt. Winnie ist mit dem Flugzeug geflohen, kein Wunder bei einer Fee, die einen Teufel wie Michael retten kann. Die Berge werden einen Beitrag dazu geleistet haben. Und natürlich der alte Zuck, der die vom Krieg traumatisierte Jugend verstanden und verteidigt hat. Und Paul, mein lieber Freund Paul Ancel-Celan, mein Schutz-Angel, ging in die Seine. Da war ich schon in New York. Ich habe es nicht verwunden. Gisèle musste noch über zwanzig Jahre alleine weiterleben.

Ich blieb mit der Malerei verheiratet und bin es heute noch. Mutting blieb mit Louis verheiratet, bis ans Ende. Sie hat ihm Päckchen geschickt, auch als die Verlobung endlich gelöst war. Er blieb ihr Schwiegersohn, den sie nie hatte. Er wurde ihr Sohn, den sie nie hatte. Sie hat ihn nach dem Krieg zum Skifahren nach Klagenfurt eingeladen, in mein Zimmer, mit

Denyse, die immer so eifersüchtig auf mich war, obwohl sie keinen Grund dazu hatte, und mit den gemeinsamen Kindern. Louis hat niemals das Krampuspäckchen vergessen, das Mutting ihm am 6. Dezember 1944 in das Hotel geschickt hat, wo er untergebracht war. Ein halbes Jahr nach der Landung der Alliierten in der Normandie. Da wussten wir noch nicht, dass der Krieg auch einmal vorbei sein würde. Louis hat ihr auch bis zum Schluss Briefe geschrieben mit der intimen Anrede: »Liebe Mutti!«

Das Glück war: Die haben mich gar nicht gebraucht. Und ich brauchte auf diese Weise nicht kochen zu lernen, sondern konnte malen. Louis hat mir nach dem Krieg teure Farben aus Paris geschickt. Er hat die Kunst geliebt, aber er hätte nie sein Leben dafür hingegeben. Er war lieb, aber nicht tiefsinnig. Er hat die Tragik des Lebens nicht gesehen, nicht einmal, wenn er sie selbst erlebt hat. Ich bin nicht sicher, ob er überhaupt begriffen hat, was ich ihm angetan habe.

Einmal habe ich auch französisch gekocht. Da habe ich André Breton und ein paar andere Surrealisten eingeladen, sie sind alle gekommen. Ob Breton selbst dabei war, kann ich nicht mehr sicher sagen. Aber Arnulf war da, der Welpe mit dem zunehmenden Wanst aus Wien. Ich hatte extra eine Ente gekauft und ins Rohr geschoben, aber ich habe sie so lange drinnen gelassen, bis sie verbrannt war. Dabei habe ich mich genau ans Rezept gehalten. So stand es mit meiner Kochkunst. Die Surrealisten saßen um die verbrannte Ente herum und wussten nicht, was sie sagen sollen. Es war ein absurdes Gemälde, ein Happening der Antikochkunst. Trotzdem wurde es ein wunderbarer, unterhaltsamer Abend. Wir haben den ganzen Wein ausgetrunken, manchmal knurrte ein Magen, aber das war egal. Danach habe ich keine Diners mehr gegeben. Und jetzt, wo ich daran denke, knurrt mir selbst der Magen. Dabei sollte ich zum Malen keinen Hunger haben. Aber darauf kann ich jetzt keine Rücksicht nehmen. *Die Illusion von den versäumten Heiraten* will gemalt werden.

Die Zeichnung, die ich schon gemacht habe, hat einen gelben Hintergrund, so wie bei der Serie der Landleute. Ich bin ja auch ein Landkind. Das Bild hat sich angebahnt. Das passiert nicht oft. Aber dieses Bild schafft sich Raum. Auf der Zeichnung habe ich den Mund halb geöffnet. In mich dringt immer die Welt ein. Jetzt dringt sie aus mir heraus. In meinen Armen liegt ein Baby, das aber ein Mann ist. Ich kann mir kein echtes Baby in die Arme zeichnen, das würde zu wehtun, das wäre zu durchschaubar, und das trifft es auch nicht.

Das Baby ist Sergeant Frank Philips mit einer Klarinette am Mund und haarigen Unterarmen, aber sein Leib ist kurz wie der eines Säuglings. Er hat die Augen halb geschlossen und ist auf sein Instrument konzentriert, ich habe die Augen geöffnet und schaue durch meine Brillengläser verloren nach oben, also nicht so, wie eine Mutter es tun sollte, die sich liebevoll auf ihr Kind bezieht. Der neue Titel, *Die Illusion der versäumten Lieben*, bedeutet, dass ich nicht nur nicht geheiratet, sondern auch nicht geliebt habe, jedenfalls nicht genug. Das tut mir viel mehr leid als das Nichtheiraten. Mit der Liebe ist es so wie mit dem Abenteuer. Während man drinnen steckt, ist es noch gar nicht so aufregend, und man kann es nicht genießen. Genießen kann man es erst, wenn man sich daran erinnert – und vor allem, wenn man davon erzählt. Durch das Erzählen wird das Erlebte erst zum Abenteuer und damit zum Genuss. Durch das Erinnern werden meine Lieben erst zur Liebe. Denn während des Liebens habe ich immer nur gelitten.

Eigentlich hätte ich bei einer Illusion von den versäumten Heiraten die Pflicht, Louis zu malen. Aber das tut zu sehr weh.

Oder Arnulf, mein erstes Baby, das mich verraten hat. Denn Kinder verraten doch immer ihre Eltern. Aber ich habe Arnulf ja auch verraten, weil ich ihm nicht nach Wien nachgekommen bin und ihn zappeln lassen habe. Weil ich nicht zugelassen habe, dass er mich anbetet. Er musste ja irgendwann aufgeben. An mir haben sich so viele Menschen die Zähne ausgebissen. Genauso wie ich Louis und Arnulf verraten haben, habe ich auch Mutting verraten und ihre Wünsche mit Füßen getreten. Arnulf ist an mir vorbei erwachsen geworden. Er hat sich bemüht, mich zu fördern. Auch wenn er keine Chance damit hatte und ich keine Chance hatte neben den Buberln. Es war auch die Zeit, Arnulf konnte dafür nichts. Niemand ist verpflichtet, die Zeit zur Gänze zu durchschauen, in der er knietief steckt. Ich gönne Arnulf seinen Ruhm. Er hat ihn verdient. Er war mein Baby, aber seine Kunst hat er sich selbst erarbeitet. Sie hat mit meiner wenig zu tun, auch wenn sie sich parallel entwickelt hat. Ich beneide ihn um seine Freiheit, seine Unverfrorenheit und seine Nonchalance, Eigenschaften, die ich nie hatte und denen ich mich erst jetzt langsam, sozusagen von hinten nähere.

Sergeant Frank Philips ist am 8. Mai 1945 mit den Briten in Klagenfurt einmarschiert. Die Briten haben Klagenfurt von der NS-Herrschaft befreit wie Gentlemen, die sie nun einmal sind. Auch Frank war Brite. Er war lässig wie alle Soldaten. Ich hatte schon lange keinen lässigen Mann mehr gesehen. Dagegen hatten die Heimkehrer mit ihren grauen Gesichtern keine Chance. Wir Mädchen hießen Schokomädchen, weil die Leute neidisch auf die Schokolade waren, die wir von den Soldaten bekommen haben. Aber darum ging es gar nicht. Es ging um das Gefühl zu leben. Die Haare konnten mir die Leute nicht abschneiden, so wie es bei manchen Schokomädchen passiert ist, die zur Strafe geschoren wurden. Denn meine Zöpfe waren sowieso schon weg. Frank liebte die Musik wie mein Tonivater, und er hatte einen trockenen Humor, wie ihn eben nur die Briten haben.

Ich vergaß Louis in dem Augenblick, in dem ich Frank sah. Ich hatte gute Gründe, Louis zu vergessen, denn ich saß in der Falle. Ich versuchte mich in der Falle abzulenken und fiel in die Arme von Frank. Ich war berauscht, ich war endlich nicht mehr kalt. Liebe war besser als Alkohol. »L'amour est un alcool divin!«, habe ich in mein Tagebuch geschrieben. Dabei sprach Frank gar kein Französisch. Es war schön, sich mit den Feinden zu versöhnen. Frank hatte immer Zigaretten dabei. Der Rauch sank in meine Lungen und breitete dort eine große Klarheit aus, eine Gleichgültigkeit, die mich Louis vergessen ließ.

Frank hat sich nicht für Kunst interessiert, deswegen musste ich nicht darüber nachdenken, ob ich meine Kunst mit der Liebe vereinbaren kann. Es war klar, dass das nicht möglich war. Ich habe ihn geliebt, weil er mir Erleichterung verschafft hat. Aber er war nicht nur ein Alibi. Ich konnte ihn nicht vergessen. Vielleicht weil die Beziehung zu kurz war, um in ein Drama auszuarten. Vielleicht weil die Beziehung zu gefährlich war, noch gefährlicher als die zu Louis, denn die Briten waren für die Klagenfurter Besatzer, und alle Frauen, die sich mit ihnen eingelassen haben, galten als Huren. Ich habe es genossen, eine Hure zu sein, denn so war klar, dass ich ein schlechter Mensch bin, ein Mensch, den ein ehrlich Liebender so wie Louis sowieso nicht heiraten kann. Ich war im Rausch, und an diesen Rausch wollte mein Bewusstsein wieder anknüpfen. Ich habe oft in meinem Tagebuch über Frank nachgedacht, aber nicht im Traum daran gedacht, ihn ausfindig zu machen. Frank blieb mein Traum, meine schönste Illusion.

Seltsamerweise trauere ich ja nur den Männern hinterher, denen ich selbst den Laufpass gegeben habe. So wie Frank. Er hat mir einen Heiratsantrag gemacht. Und ich habe es genossen, noch in derselben Sekunde Nein zu sagen. Das, was ich bei Louis jahrelang nicht über die Lippen gebracht habe, brach sich Bahn und war so wahr, dass es mich befreite. Befreit von den Befreiern. Danach kam Michael. Das nächste Gefängnis. Die Fröhlichgasse, in der das alte Backhaus stand, wurde in 8.-Mai-Straße umbenannt. Der Krieg war aus, und mein Drama hatte erst begonnen. Der Krieg war aus, aber die Briten trugen immer noch Uniform.

Meine Zeichnung *Erinnern – das ist Liebe* kann ich nicht einfach als Bild abmalen. Frank muss eine Uniform tragen. Der Pinsel führt mich. Er ist ein Urzustandswerkzeug, so wie der Bleistift. Ich mache keine Vorzeichnung. Ich denke mit den Augen. Es ist nicht leicht, aus seinen Augen herauszuschauen, denn die Augen sind kein Fenster zur Welt. Sie sind ein Spiegel, der das Innere nach Außen reflektiert. Franks Gesicht verschwimmt, es formt sich zu einem Knödel aus. Sein Instrument verschwindet, denn ein Soldat marschiert, er macht keine Jazzmusik. Er trägt Stiefel, deswegen müssen die Beine länger werden. Und die Bluse von der Zeichnung stimmt nicht. Eine Mutter braucht Brüste.

Ich bin alt, aber ich bin nackt. Meine Brüste hängen bis zu dem Kindersoldaten hinunter, aber sie geben keine Milch. Es sind die Brüste einer alten Frau, und ich bin eine jämmerliche Gestalt, keine heilige Maria, auch keine Hure, sondern eine eiserne Jungfrau, die sich fürs Leben zu schade war. Die sich aufgespart hat, bis es zu spät war. Die den vergangenen Lieben Krokodilstränen hinterherweint. Ich bin eine Gefangene der Liebe, ich bin eine Gefangene meines Körpers und seiner Bedürfnisse und damit eine Gefangene des Mutterschaftswunsches, deswegen trage ich blau-weiß gestreifte Hosen. Die Gefangene starrt in die Luft und gibt sich der Illusion hin, frei zu sein. Die Gefangene glaubt, dass es auch hätte anders ablaufen können, aber das stimmt nicht. Das Baby ist ein Monster der Gewalt, ein Soldat, und von der Jungfrau ist nur noch ein blauer Brillenrand übrig geblieben. Aber genauso ist das Leben. So ist die Kunst. In der Kunst ist alles erlaubt, das haben doch alle immer heruntergebetet, ohne zu begreifen, was das bedeutet.

Wenn ich male, ist so gut wie alles erlaubt. Das Peinliche ist meine Herausforderung. Das Peinliche ist meine Mutprobe, mein Abenteuer, meine Schuldigkeit. Je drastischer, desto besser. Die Drastik ist eine Vereinfachung und eine Übertreibung. Sie setzt das, was ist, in ein grelles Licht. Ich habe mich lange genug versteckt. Jetzt entblöße ich mich bis zur Kenntlichkeit, aber sie werden es trotzdem nicht erkennen. Das Drastische ist die Befreiung. Eine Erlösung.

In der Kunst geht es nicht um Kommerz, sondern um die Wahrheit. Die Wahrheit ist schön, auch wenn sie hässlich ist. Ich werfe ihnen die Wahrheit vor die Füße, den Galeristen und den Sammlern, den Schnöseln und den Mitläufern. Sie sollen ihre Geldbörsen und Schecks und Kreditkarten zücken und dafür bezahlen, dass sie mich so lange ignoriert haben. Meine Bilder sind teuer, und ich hoffe, dass sie noch teurer werden. Yves Klein hat mich schon in den sechziger Jahren erkannt, aber er hat nicht gewusst, dass ich es bin. Ich war bei einer Ausstellung des Salon de Mai dabei, des Salons der Arrivierten, wie ich ihn nannte. Yves Klein kam mit seiner Entourage vorbei. Er ging die Bilder entlang, und vor meinem Bild blieb er stehen und fragte: Von wem ist das? Es wurde ihm gesagt. Er hat anerkennend genickt und sich den Namen bestimmt nicht gemerkt. Und ich habe mich nicht zu erkennen gegeben, obwohl ich in der Nähe stand. Ich habe diese Auszeichnung in meinem Herzen getragen, an der Stelle, an der der Gram sitzt darüber, dass ich nicht erkannt werde. Ich war stolz, dass ich mich nicht zu erkennen gegeben und dem berühmten Mann nicht zu Füßen geworfen habe.

Es hätte mir eh nichts genützt. Die Frauen, die sich denen zu Füßen geworfen haben, die sie hätten voranbringen können, sind auch nicht anerkannt worden. Die, die sich nach oben schlafen wollten, sind wieder nach unten gefallen, sobald sie aus dem Bett gestiegen sind. Auch jetzt werden sie mich nicht erkennen. Und die Anerkennung, die ich von Einzelnen bekomme, nutzt nichts. Ich bin trotz meines Erfolgs, den nur andere als Erfolg sehen, ich aber als Nichterfolg, ohne Hoffnung. Diese vielen Feinheiten auch in diesem Bild, die Farben und die Pinselstriche wird wahrscheinlich nie jemand erkennen, auch die ganzen Experten nicht. Mich stört jeder Pinselstrich, der nicht perfekt ist. Noch nach Jahren. Ich sehe immer nur die missglückten Pinselstriche. Aber jetzt sind mir die Pinselstriche geglückt. Das Bild hat sich von selbst gemalt. Es ist aus einem Guss. Aus Gewohnheit werde ich morgen noch darauf herumpinseln, aber so, dass sich nichts ändert. So, dass auch ich nicht sehe, dass sich etwas geändert hat, nicht nur die anderen.

Ich trete zurück und sehe mich. Es gibt keinen größeren Genuss, als jemanden getroffen zu haben, besonders sich selbst. Trotzdem reicht dieses Bild noch nicht. So leicht wird man die versäumten Lieben nicht los. Ich muss das Bild mit der Illusion von den versäumten Heiraten noch einmal malen. Das nächste Mal wird Sergeant Philips eine Zigarette schmauchen und ich werde ihn in die Luft stemmen. Ich konnte keine Ehe stemmen, weil ich die Kunst stemmen musste. Aber der Soldat, den ich stemmen werde, wird sich in Luft auflösen, so grau und durchscheinend wie sein Zigarettenrauch. »Die Kunst ist eine anspruchsvolle Dame. Man muss sich ausschließlich ihr widmen, denn sie ist unglaublich eifersüchtig. Wenn man sie betrügt, rächt sich das im Leben.« Diesen Satz muss ich aufschreiben. Es ist lustig, dass ich Frank gemalt habe. Das habe ich nicht gewusst, bevor ich anfing zu malen. Ich dachte, ich male Arnold. Vielleicht sind es ja auch beide. Oder alle Männer zusammen, die aus dem Krieg nur noch als Schatten ihrer selbst zurückgekommen sind und die dann von starken Frauenarmen gestemmt werden mussten.

Das Bild von Wande ist das einzige Bild, das noch hier in der Maxingstraße an der Wand hängt. Es wird immer über meinem Sofa hängen, auch wenn ich ein größeres Atelier finde. Ich habe keinen Platz mehr für die Bilder, und der junge Schweizer hat zu mir gesagt, dass ich ein Atelier mit einem Depot brauche. Aber ich will nicht weg vom Zoo, von den Adlern und Affen. Mit Wande hätte es etwas werden können. Den Gedanken erlaube ich mir oft, obwohl ich weiß, dass es nicht stimmt. Denn auch er war mir zu ähnlich, obwohl er mir in nichts ähnelte, außer einer gewissen Schlampigkeit. Jeder, der mir zu nahe kommt, wird mir zu ähnlich. Aber Wande war meine einzige Beziehung ohne ständigen Streit und Herzeleid.

Vielleicht wartet er ja im Jenseits auf mich. Das Jenseits kann man leider nicht malen. Es ist ja keine Glasplatte, keine Wand, hinter der die Menschen auf einen warten. Vielleicht male ich die Berührung mit dem Jenseits. Schließlich kommt das Jenseits ja auch zu mir. Immer öfter kommt die weiße Frau und will mich holen. Aber natürlich ist das lächerlich. Es ist peinlich. Aber das Peinliche ist ja das Interessante, denn das Peinliche ist das Genaue. Die ungeschminkte Wahrheit. Was kann ich dafür, wenn andere das, was ich spüre, peinlich finden? Das Spüren findet ja nur in meinem Gehirn statt, meiner grauen Masse, die in dem Fall eine weiße Masse ist.

Das Jenseits-Gehirn liegt unter dem Schädelknochen, aber den spüre ich nicht, deswegen kann ich ihn auch nicht malen. Das Jenseits-Gehirn hängt mit dem Hinterkopf-Rückenmark-Wonnegruseln zusammen. Es hat nichts mit der Kunst zu tun. Einmal hatte ich das Gruseln auch, als ein Kitschmaler im Fernsehen gemalt hat. Das darf ich niemandem erzählen. Das wäre sogar mir peinlich. Wenn ich das Bild von Wande sehe, wenn ich an seine hochmütige Nase und seinen geschupften Gang denke, kommt eine Erinnerung von dem Gruseln zurück, das ich hatte, wenn er Gegenstände auf dem Tisch arrangiert hat. Vielleicht kann ich deswegen keine Stillleben malen. Weil es bei mir nie still ist. Weil immer irgendwo ein Käfer herumläuft und ich immer in irgendeine Liebesgeschichte kippe.

Das Gruseln erlebe ich auch immer seltener. Leider, denn ich habe ja auch keinen Sex mehr. Es ist wie ein Orgasmus, nur länger und sanfter, nein, das ist zu ordinär, es ist kein Orgasmus, sondern ein Magnetismus, denn ich schnurre dabei wie eine Katze. Ich zittere wie ein Hase. Ich bekomme es, wenn ein Kind mich streichelt. Oder wenn jemand mir einen Halskuss gibt. Wenn ich schon keine Liebe habe, will ich an der Liebe von anderen teilhaben. Deswegen liebe ich Realityshows, wo die Leute sich nackt ausziehen und ihr Intimstes preisgeben. Deswegen habe ich meine Schüler auch immer nach ihren Beziehungen ausgefragt. Oder Christoph und Lisa nackt posieren lassen. Sie sollten zärtlich sein, sie sollten sich streiten. Ich bin ja nur noch ein Zaungast. Eine Zaunkönigin. Christoph und Lisa habe ich angefangen zu malen, weil jemand zu mir gesagt hat, ich sei narzisstisch, weil ich nur mich selbst male. Dem wollte ich es zeigen. Christoph und Lisa waren Mesner in der Feistritz, aber eigentlich waren sie Naturkinder, kunstinteressierte Aussteiger. Deswegen habe ich sie gefragt, ob sie mir Modell stehen wollen. Ich wollte die großen Gefühle malen, Liebe und Hass, aber es ist etwas anderes herausgekommen, als ich wollte. Vielleicht kann man keine klaren und großen Gefühle malen, sondern nur die vermurksten, verkorksten und verwirkten.

Helmut Klewan hat mich einmal gefragt, warum ich nicht geheiratet habe.

Weil Sex die Liebe brutalisiert, habe ich gesagt.

Meine Männer waren zu wild. Und dann bin ich selbst wild geworden. Meine Eltern haben zu wild gestritten. Und dann bin ich schreiend davongelaufen. Nach Kindern hat Klewan mich nicht gefragt. Aber ich hätte ihm gesagt, dass die Bilder meine Kinder sind. Es sind Teile meiner selbst, deswegen kann ich mich nicht von ihnen trennen.

Warum trauere ich nur den Männern nach, die ich selbst verlassen habe, und nicht denen, die mich verlassen haben? Weil ich da eine Wahl hatte. Aber das Nachtrauern ist auch eine Illusion. Ich hätte nie bei ihnen bleiben können und den Preis zahlen, den die Künstlergattinnen zu zahlen bereit waren. Nur wenige haben es geschafft, weiter Kunst zu machen. Gertie Fröhlich, mit ihrer frohen Natur und ihrem Talent zum Salon, hat es geschafft. Mit ihrem Talent, Fäden zu knüpfen in ihrer Wohnung in der Sonnenfelsgasse, der Parallele zur Bäckerstraße, im Epizentrum der Avantgarde. Sie hat sich getraut, Käthe Kollwitz zu zeigen, Kinderkunst und naive Kunst. Sie hat sich von Prachensky nicht binden und sich scheiden lassen, sie hat wieder geheiratet und auch von Peter Kubelka ein Kind bekommen. Aber Gertie hat trotzdem nicht aufgehört, für die Kunst zu arbeiten. Sie hat den Schweinefisch des Filmmuseums entworfen und andere Grafiken, sie hat gemalt und jetzt sogar einen Professorentitel verliehen bekommen.

Ich bin nicht so unternehmungslustig wie Gertie. Ich bin nicht so flexibel wie sie. Ich bin stur und bleibe bei einer Sache. Ich bin auch weniger bescheiden als Gertie. Für mich gibt es keine Kunst. Es gibt nur die Malerei.

Ich habe keine Illusionen mehr. Jedenfalls habe ich das gedacht. Aber ich habe doch noch viele Illusionen. Deswegen muss ich noch mehr Bilder malen. Aber nicht heute. Heute bin ich erschöpft. Ich muss noch die Illusion von der versäumten Mutterschaft malen. Das bin ich Mutting schuldig. Natürlich muss sie einen weißen Hintergrund haben. Denn ich gebäre die Menschen, die ich male, auf die leere Leinwand, in die Leere. Auch wenn ich es selbst bin. »Die Leere ist fröhlich, eine fröhliche Einsamkeit.« Diesen Satz muss ich aufschreiben. Mutting hat mir immer vorgeworfen, dass sie keine Großmutter geworden ist. Aber ich wäre eine schlechte Mutter gewesen. Heute verstehe ich Mutting. Ich wünsche mir oft, Großmutter zu sein. Dann könnte ich meinen Enkeln Fragen beantworten.

Oma, was bedeutet schwul?

Und ich könnte mit meinen Enkelkindern schmusen. Kinder schmusen ohne Hintergedanken. Aber um Oma zu werden, hätte ich zuerst Mutter werden müssen. Es tut mir ja eigentlich nicht leid, nur zu den heiligen Zeiten, zu Weihnachten und Ostern, wenn ich alleine auf dem Berg sitze. Es ist mir um jeden Kuss leid, den ich nicht gegeben habe. Und ich habe Versäumnisse, die mein Geheimnis bleiben werden. Ich habe sowieso immer zu viel verraten. Immerhin habe ich den Studenten nicht alle meine Malgeheimnisse verraten. Die hätten mir nur den Generationsfußtritt gegeben und die Geheimnisse mit Füßen getreten. Ich habe den Schülerinnen aber geraten, Kinder zu bekommen. Sie haben mich alle gefragt, am Ende des Studiums. Und ich habe gesagt:

Selbstverständlich. So viele wie möglich! Dann habt ihr nichts zu bereuen.

Sie sind dann gekommen und haben mir ihre Kinder gezeigt. Das hat mich noch mehr gerührt. Viele haben sich wieder scheiden lassen, aber das ist heute ja auch kein Problem mehr. Ein lediges Kind hat heute auch keine Nachrede mehr. Es ist ein ganz normales Kind. Heute ist eine andere Zeit, vielleicht hätte ich es heute auch wagen können, Kinder zu bekommen.

Auch den Journalisten habe ich nicht alle Geheimnisse verraten. Die fragen sowieso immer nur dasselbe. Die Journalisten fragen nie nach dem, was wichtig ist. Und sie fragen einen nur, wenn man Geburtstag hat. Bald werde ich achtzig, deswegen fangen sie jetzt schon an mit den Interviews. Aber Geburtstage bedeuten nichts für die Kunst. Sie sind nur der Anlass, um einen mit der Nase in den Dreck seines fortgeschrittenen Alters zu stoßen und einem zu zeigen, dass man knapp vor Torschluss steht. Dann heißt es plötzlich: Was für ein Alterswerk! Dabei war ich mit zwanzig schon genauso gut. Oder viel besser.

Ich werde auch nach dem Tod noch lange nicht so gewürdigt sein, wie ich es verdient hätte. Das klingt hochmütig. Aber ich weiß, dass ich recht habe. Die Interviewer fragen einen nie, worum es wirklich geht. Um den Tod zum Beispiel, davor haben sie zu viel Angst. Dabei ist er doch das Nächste, wenn man achtzig wird. Das habe ich immer schon gewusst. Ich habe schon zu meinem Dreißiger in mein Tagebuch geschrieben: »Der Mensch ist erst dann reif, wenn er mit dem Tod zu rechnen beginnt, ihn ins Leben einkalkuliert und die Spanne Zeit, die uns gegeben ist, völlig greifbar ist. Wenn man das weiß, ist das Leben um uns und unser eigenes einer Kristallisation gleich geworden.«

Ich dachte, ich möchte noch mit einem Tier leben und so weit wie möglich in sein Geheimnis eindringen. Aber auch das ist eine Illusion. Man kann nicht einmal in sein eigenes Geheimnis ganz eindringen. Ich habe mich immer geweigert, eine Psychoanalyse zu machen.

Du kommst aus Wien, haben sie in Amerika zu mir gesagt, der Stadt Freuds! Und du gehst nicht zum Shrink?

Die Amerikaner sind alle zum Shrink gerannt, aber es hat ihnen nichts genutzt. Es hätte mir auch nichts genutzt. Wenn es mir einmal schlecht geht und ich Selbstmordgedanken habe, dann male ich ein Bild, und es geht mir wieder gut. Das klingt drastisch und peinlich, aber es ist wahr. Natürlich habe ich Freud gelesen, ich habe seine Sprache sehr genossen und ich habe es genossen zu erfahren, dass ich nicht verrückt bin. Aber noch lieber habe ich Daniel Paul Schrebers *Denkwürdigkeiten eines Nervenkranken* gelesen, die alle Shrinks so faszinieren.

Mich hat fasziniert, wie sicher dieser Halluzinierende ist, wie er die erstaunlichsten Verdrehungen für wahr hält, für »außer allem Zweifel«, wie er immer so gerne schreibt. Ich zweifle immer. Ich wäre manchmal gerne so sicher wie Schreber. Ich fühle mich manchmal so verfolgt wie Schreber. Aber wenn ich seine Beschreibungen lese, von kleinen Männern, die auf seine Füße gesetzt werden, um sein Rückenmark auszusaugen, von seinem Penis, der nach innen gezogen wird, um ihn zu einer Frau zu machen, dann fühle ich mich gesund. Die Furcht vor Einbrechern und vor Tratsch und Ideenklau ist dagegen herrlich real. Denn diese Dinge gibt es ja wirklich. Am meisten fasziniert hat mich Schrebers Theorie, dass die Seele des Menschen in seinen Nervenbahnen enthalten ist und diese Nervenbahnen mit Gott und den Gestirnen verbunden sind. Die Gestirne sind mit uns verbunden, und die Menschen sind untereinander verbunden. Durch Verwandtschaft und durch Ideen. Ich habe diese Beziehungen gemalt und sie *Be-Ziehungen* und *Malflüsse* genannt.

Wir sind auch mit denen verbunden, die schon tot sind. Das weiß ich nicht nur, weil die weiße Frau mich besucht. Das weiß ich, weil ich es spüre. Und Spüren ist mein Leben. Ich bin nicht in Watte gepackt wie die anderen, ich hänge am seidenen Faden meiner Nerven. Und damit an ihren Nerven. Diese Verbindungen lassen sich nicht kappen, vor allem nicht zu den Menschen, die man geliebt hat. Die Menschen auf den Bahnsteigen, in der Nervenklinik, sogar die Pfleger und Ärzte hält Schreber oft für »flüchtig hingewunderte Menschen«, also für nicht real. Aber die anderen sind real. Das ist ja ein Teil des Problems. Die anderen stecken in einem, auch in mir. Wenn ich in den Spiegel schaue und mein immer karger werdendes Gesicht sehe, sehe ich das dunkle Gesicht meiner Großmutter, ein Armeleutegesicht. Besonders wenn ich schwitze. Die Großmutter hat geschwitzt, wenn sie Suppe gegessen hat. Ich sehe auch das helle Gesicht des gräflichen Großvaters, blond und wie ein Vergissmeinnicht in Milch gekocht.

Ich bin sie alle, bald bin ich sogar Louise Bourgeois, mein Gesicht bekommt immer mehr Falten. Louise ist eine Faltenlandschaft. Sie sieht aus wie eine alte Indianerin. Sie ist ein kleiner Napoleon. Schließlich ist sie ja auch in Paris geboren. Kürzlich hat ein Herr aus New York angerufen, ein Herr Petzel.

Die junge Generation hat ein Recht, Ihre Bilder im Original zu sehen, hat er gesagt.

Ich habe erst mal gemauert.

New York ist ja das Revier von Louise, habe ich gesagt.

Das kann man doch nicht vergleichen, Spinnen und Gemälde, hat er gesagt.

Louise hat es auch nicht leicht gehabt, aber mit ihrem Vater. Sie hat Zuflucht gefunden bei ihrer Mutter, die sie immer als Spinne darstellt. Spinnen weben, so wie Ingrid. Spinnen vertreiben Ungeziefer. Als ihre Mutter starb, wollte Louise auch sterben, so wie ich sterben wollte, als Mutting starb. Aber wir haben weitergelebt. Auch bei Louises Geburt haben die Leute gesagt, dass man nur bei einem Sohn glücklich sein kann und sich mit einer Tochter einfach abzufinden hat. Louise bekam das von ihrem Vater mit voller Wucht zu spüren. Sie kam nie zu Wort. Sie hat beim Essen kleine Brotkügelchen gedreht, das war ihr Vater, den sie dann zerstört hat. Das Kunstwerk, in dem sie ihn zerstört hat, hieß *Destruction of the Father*, es zerstörte den Tyrannen. Aber Louise ist selbst eine Tyrannin. Sie ist eine Zerstörerin, obwohl oder weil ihre Mutter eine Restauratorin von Tapisserien war, die wie eine Spinne ständig Gewebe erneuerte. Louise ist ein Snob. Deswegen macht sie sich mit ihren Objekten lustig über andere und über die Welt. Sie fühlt sich vom Leben betrogen und rächt sich jetzt mit Ritualen. Sie will ihre Vergangenheit liquidieren.

Ich will meine Vergangenheit und damit mich selbst nicht zerstören, sondern offenbaren. Louises Werke sind Schamanismus, eine Beschwörung, meine Werke sind Aussagen. Ich rebelliere nicht gegen die Welt, wie sie ist, sondern ich schaue sie an. Ich rebelliere nur gegen die mangelnde Anerkennung. Die Welt, wie sie ist, macht mich nicht aggressiv, sondern lässt mich nur verzweifeln. Louises Werke sind Monumente und stehen im öffentlichen Raum. Meine Werke sind Stellungnahmen, aber ich zögere immer noch, sie der Welt zu präsentieren. Unsere Kunst ist Notwehr. Wir haben kein Vertrauen. Deswegen wurden wir auch nie Freundinnen. Deswegen haben wir viele Freundinnen verloren. Louise wehrt sich immer noch gegen ihren Vater, obwohl er schon so lange tot ist. Sie ist froh, dass sie nur Söhne hat. Ich wehre mich nicht mehr gegen Mutting. Ich bin traurig, dass ich keine Tochter habe. Louise sucht Sicherheit, ich suche Ausdruck. Sie will verführen und mit dem

Betrachter spielen. Ich will alleine sein und sende meine Werke als Funkbotschaft von meinem privaten Mond hinunter in die Welt. Louise ist eine Verführerin, sie liebt es, Fallen zu stellen. Ich falle immer wieder drauf rein, wenn mir jemand Fallen stellt. Deswegen habe ich den Herrn, der glaubt, in New York eine Galerie betreiben zu wollen, auch schmoren lassen. Die jungen Leute in New York sollen sich selbst was ausdenken, sie brauchen meine Bilder gar nicht zu sehen, sonst klauen sie mir nur wieder meine Ideen. Nach dem Generationsfußtritt wollen sie jetzt den Kniefall machen? Ich warte erst mal, ob das wirklich ernst gemeint ist.

Ich habe jetzt an den Schweizer geschrieben. Er ist ein Besessener wie ich. Er hasst die Mundart, so wie ich, und ist deswegen aus der Schweiz nach Paris geflohen und will weiter nach London. Er hat mir das Buch geschickt, das er mit Louise gemacht hat. »Lieber Hans Ulrich! Lieben, lieben Dank für das schöne Bourgeois-Buch«, habe ich ihm geschrieben, »seine Dicke hat mich wohl gleich dekuraschiert, ebenfalls die vielen Interviews mit wichtigen Persönlichkeiten. Sie ist auch eine ganz verschiedene Person mit einem Willen zu siegen wie Napoleon und hat Töne wie die Trompete von Jericho, ich dagegen zirpe leise wie eine Zikade, hoffentlich wird das wohl gehört, denn ich möchte nicht, dass Sie enttäuscht werden.«

Ja, mein Herz schlägt, aber natürlich nicht für Hans Ulrich, obwohl er schon ein herziger Kerl ist. Nur ein bisschen. Louise ist bald neunzig, alle denken, dass sie nie sterben wird. Ich bin bald achtzig. Und ich muss unbedingt älter werden als sie. Alfred Schmeller, der Apologet der jungen Männer, hat prophezeit, dass die Generation der 1929er die erste sein wird, die das Jahr 2000 erleben darf. Er hat sich getäuscht, denn Louise und ich werden auch dabei sein. Und ich noch viel länger. Schmeller ist ein Jahr jünger als ich, aber er ist schon vor acht Jahren gestorben. Er hat sich geirrt, als er mich nicht dazugezählt hat. Ich werde es auf jeden Fall erleben. Ich werde sie alle überleben. Jedenfalls mit meiner Kunst.

Louise und ich werden es schaffen. Louise verachtet den Kunstmarkt auch. Sie schockiert, wo sie einfach nur genau sein will. Sie ist voller Ironie, aber nicht sich selbst gegenüber, sondern gegenüber dem Kunstmarkt. Mich interessiert der Markt nicht, jedenfalls nicht als Sujet eines Kunstwerks. Sie macht sich über andere lustig, ich nur über mich selbst. Louise hat es faustdick hinter den Ohren. Dagegen bin ich immer noch ein Kalbl und ein frommes Lamm, auch wenn manche denken, dass ich ein sturer Bock bin. Wir wollen beide nicht abhängig sein. Sie will provozieren, das liegt mir fern. Sie macht ihr Unbewusstes öffentlich, indem sie es in geschlossene Zellen packt. Sie versteckt sich vor aller Augen. Sie baut hölzerne Treppen, die »No Exit« heißen. Sie hasst die Ismen, so wie ich, weil sie von Männern für Männer gemacht wurden. Aber sie spielt auf der Klaviatur des Kunstmarkts, so wie Arnulf, ich hingegen entziehe mich ihm. Mit Ölbildern kann man auch kein Trompetenkonzert geben oder sich auf öffentlichen Plätzen breitmachen. Bilder sind leise. Ich lasse den Mann vom Museum of Modern Art schmoren, weil ich mir selbst treu bleiben will. Ich habe schon kurz nach dem Krieg, als es noch gar keinen Kunstmarkt gab, geschrieben, dass ich nicht durch einen Glücksfall an die Öffentlichkeit kommen möchte, durch ein Zusammentreffen mit einer mächtigen Persönlichkeit. Deswegen habe ich mich auch Yves Klein nicht zu erkennen gegeben. »Ich möchte mein Glück«, habe ich geschrieben, »wenn es reich und abgelegen genug ist, selbst protegieren.«

Jetzt ist es bald so weit. Ich bin die Frau Picasso. Ich bin Manetangelo. Ich bin selbst ein Meister. Ich habe keinen Respekt mehr vor ihnen. Ich bin Maria ohne Bart. Ich habe so langsam gelebt, deswegen muss ich noch lange leben. Ich habe die Jahre nie gezählt. Ich war nie jung, und jetzt bin ich nicht alt. Ich bin nicht mehr jung, aber ich habe noch genug Kraft. Ich habe mich noch zu rechtfertigen dafür, dass ich gelebt habe. Ich tanze den letzten Tango, und wen ich zum Tanzen auffordere, das entscheide ich selbst. Der Tango ist ein Lebenstanz, gerade weil er ein Todestanz ist. Er ist so ekstatisch und anstößig wie das Leben, er ist so akkurat und erbarmungslos wie der Tod. Der Tod tanzt mit dem Mädchen. Es muss der längste Tanz in meinem Leben werden. Schon deswegen, weil jetzt alle denken, dass ich bald sterben werde, und das ist ja das Normalste, wenn man achtzig wird. Aber ich werde diese Selbstverständlichkeit noch möglichst lange hinauszögern.

Ich bin nie zufrieden. Aber das ist gut so. Denn das Quäntchen Unzufriedenheit, das immer zurückbleibt, der Zweifel, der immer nagt, sind Samen, die immer wieder neu zu keimen beginnen. Ich bin noch ganz am Anfang. Auf die Welt bin ich nicht mehr neugierig. Ich bin der Welt nichts mehr schuldig, aber ich bin meiner Malerei noch etwas schuldig. Deswegen kann ich nicht aufhören. Deswegen kann ich nicht aufgeben. Das habe ich auch der weißen Frau gesagt. Sie kann mich jetzt noch nicht holen. Sie muss noch warten. Ich bin noch neugierig, aber nicht auf die Welt, sondern auf die Bilder, die ich noch malen werde. Denn meine Bilder sind klüger als ich.

EPILOG

Preise, Ausstellungen und Buchpublikationen nach dem 80. Geburtstag Maria Lassnigs am 8. September 1999 bis zu ihrem Tod am 6. Mai 2014 (Auswahl).

1999: Maria Lassnig, Museum Moderner Kunst Stiftung Ludwig, 20er Haus; Musée des Beaux-Arts de Nantes und FRAC des Pays de la Loire

2000: Maria Lassnig: Die Feder ist die Schwester des Pinsels. Tagebücher 1943–1997, hg. von Hans Ulrich Obrist, DuMont

2001/02: Maria Lassnig. Bilder 1989–2001, Kestner Gesellschaft Hannover; Bayerische Akademie der Schönen Künste, München

2002: Roswitha-Haftmann-Preis, Zürich; Rubenspreis der Stadt Siegen; Ehrenring der Universität für angewandte Kunst Wien; NORD/LB Kunstpreis

2002: Körperporträts, Museum für Gegenwartskunst, Siegen

2002: Erste Ausstellung in der F. Petzel Gallery, New York

2003: Repräsentation Österreichs auf der Biennale in Peking

2003/04: Verschiedene Arten zu sein, Kunsthaus Zürich; Städel Museum Frankfurt

2004: Erste Ausstellung in der Galerie Hauser & Wirth, London

2004: Zyklus Landleute auf Schloss Straßburg im Gurktal

2004: Max-Beckmann-Preis der Stadt Frankfurt

2005: Österreichisches Ehrenzeichen für Wissenschaft und Kunst

2005: body.fiction.nature, Essl Museum, Klosterneuburg, Niederösterreich

2005: Gestaltung des Eisernen Vorhangs in der Staatsoper Wien (Werkreproduktion)

2006: Zwei oder Drei oder Etwas. Maria Lassnig, Liz Larner, Kunsthaus Graz

2006: Körperbilder, Body awareness painting, Museum Moderner Kunst Kärnten

2008: Maria Lassnig, Serpentine Gallery, London
2009: Maria Lassnig, Contemporary Arts Center, Cincinnati
2009: Im Möglichkeitsspiegel. Aquarelle und Zeichnungen von 1947 bis heute, Museum Ludwig, Köln
2009: Das neunte Jahrzehnt. MUMOK, Wien
2010: Ehrenmitglied der Akademie der bildenden Künste Wien
2010: Die Kunst, die macht mich immer jünger, Städtische Galerie im Lenbachhaus und Kunstbau, München
2012/13: Maria Lassnig: Der Ort der Bilder, Neue Galerie, Graz; Deichtorhallen, Hamburg
2013: Goldener Löwe der 55. Biennale von Venedig für das Lebenswerk
2013: Annahme des Ehrendoktorats der Alpen-Adria-Universität Klagenfurt (zuerkannt 1999)
2014: Maria Lassnig. MoMA PS1, New York
2014: Ehrengrab am Wiener Zentralfriedhof

EDITORISCHE NOTIZ

Dieses Buch ist ein Roman und also fiktiv, das betrifft auch Personen, die einen Namen tragen, den es in der Wirklichkeit gibt oder gegeben hat. Nichtsdestotrotz sind die meisten Szenen daraus nicht erfunden, sondern durch Aufschreiben, Erzählen etc. weitergegeben worden: in Tagebüchern, Briefen, Radio- und TV-Sendungen, Zeitungsartikeln und Büchern. Der Roman bildet damit aber keine vergangene Realität ab, sondern versucht sie lediglich zum Leben zu erwecken. Aus der Perspektive seiner Hauptfigur, Maria Lassnig, gesehen, kann er dem Anspruch, dieser Vergangenheit »gerecht« zu werden, kaum genügen, schon gar nicht ihren Liebhabern und Lebensgefährten, deren Verdienste durch diese Brille notgedrungen ins Hintertreffen geraten. Aber Literatur bildet ja auch nicht die Wirklichkeit ab, sondern ist nach der Definition meines akademischen Lehrers Horst-Jürgen Gerigk immer bereits verstandene Welt. Mit Friedrich Nietzsche gesagt: Es gibt in ihr keine Tatsachen, nur Interpretationen.

DANK

Mein Dank gilt der Maria Lassnig Stiftung, die das Romanprojekt unterstützte und mich Einsicht in die Notizhefte und den Briefwechsel von Maria Lassnig sowie in unveröffentlichtes Filmmaterial nehmen ließ. Hans Werner Poschauko, der bei Maria Lassnig studierte und in den letzten Lebensjahren ihr persönlicher Assistent war, hat dazu zahlreiche mündliche Anekdoten beigetragen. Die wunderbare Biografie von Natalie Lettner (Maria Lassnig. Die Biografie, Wien 2017), die mich erst Mut fassen ließ, ein solches Romanprojekt anzugehen, war beim Schreiben Anregung und auch Vorbild, trotz des anderen Genres. Natalie Lettner verdanke ich außerdem wertvolle Tipps und Lektüreanregungen. Johanna Ortner von der Maria Lassnig Stiftung, eine der profundesten Kennerinnen von Werk und Leben, hat mir unzählige Detailfragen beantworten können. Carla Ebel und Marlene Hans von der Maria Lassnig Stiftung haben ebenfalls dazu beigetragen, Fragen zu klären. Hans Ulrich Obrist und Robert Fleck, die Maria Lassnig als Kuratoren begleitet haben, haben Anekdoten preisgegeben. So wie alle meine bisherigen Romane hat Ingrid Götz auch diesen mit ihrem kritischen dramaturgischen Auge begleitet. Als Erstleser haben mir Kristin Harrich, Tomek Luczynski, Alfred Pfoser, Tanja Jeschke, Barbara Breitenfellner, Kathrin Kaschek und Daniela Hinteregger sowie Peter Pakesch von der Maria Lassnig Stiftung wertvolles Feedback gegeben. Den letzten Schliff bekam der Roman von meiner Lektorin Barbara Giller. Auf meinen Recherchewegen durch die Kärntner Kindheitsorte von Maria Lassnig und bis Paris, auf denen mich mein Mann Alexander Nüchtern begleitet hat, wurde ich von Christoph und Lisa Resch unterstützt, die mir Zugang zum Atelier in Feistritz ob Grades gewährten. Mit Maria Nicolini besuchte ich Maria Lassnigs erstes eigenes Atelier in der Klostergasse in Klagenfurt (früher Heiligengeistplatz).